KB162365

ADONIS

아도니스

ADONIS vol.5
아도니스

초판 1쇄 인쇄일 | 2015년 12월 24일
초판 1쇄 발행일 | 2015년 12월 30일

지은이 | 남혜인
편 집 | 이은미
기 획 | 이예희
펴낸이 | 박성면
펴낸곳 | (주)동아

출판등록 | 제396-2007-00071호

주소 | 경기도 파주시 문발로 115, 세종출판벤처타운 201-A호
전화 | (031)8071-5201
팩스 | (031)8071-5204
E-mail | bear6370@hanmail.net
홈페이지 | http://blog.naver.com/lion6370

정가 | 11,800원

ISBN 979-11-5511-522-0(04810)
ISBN 979-11-5511-397-4(SET)

ETERNAL BLISS
ADONIS

아도니스

Part 02
vol.05

남혜인 장편소설

동아

2부
아도니스 Eternal Bliss
: 영원한 행복

17. 데뷔식 편

17. 데뷔식 편

.

.

.

1492년 4월 아르하드 탄생.
1497년 2월 이아나 탄생.

9세, 4세.
아르하드, 처음으로 검을 쥐고 펑펑 울다.
이아나, 르보니를 졸졸 쫓아다니다.

13세, 8세.

아르하드, 검의 수련에 박차를 가하다.
이아나, 사라체를 독살하다.

16세, 11세.
아르하드, 발젠타 학술원 입학하다.
이아나, 가문에서 박해받다.

18세, 13세.
아르하드, 카마트로스를 결성하다.
이아나, 애정을 갈구하다.

20세, 15세.
아르하드, 정재계를 주무르는 암흑가 실세가 되다.
이아나, 호르비를 무의식중에 살해하다.

21세, 16세.
아르하드, 슈나이더와 손을 잡고 블랙폭시를 적대하다.
이아나, 사교계 데뷔하다, 테오도르 아카데미 입학하다.

22세, 17세.
아르하드, 이아나를 발견하다.
이아나, 테오도르 아카데미 자퇴하다.

23세, 18세.

아르하드, 블랙폭시를 괴멸하다.
이아나, 정을 포기하고 검에 집중하다.

24세, 19세.
로안느 건국기념 청년 검술대회에서 직접 대면하다.
아르하드, 이아나에게 소유욕을 느끼다.
이아나, 아르하드에게 경쟁심을 불태우다.

25세, 20세.
아르하드, 우드럽 왕국에서 바하무트 제국 공략을 하다.
이아나, 검 수련에 모든 시간을 바치다.

27세, 22세.
아르하드, 귀족들을 끌어모으고 민심을 모으는 데 성공하다.
이아나, 대륙검술대회에서 우승하지만 허탈함을 느끼다.
슈나이더 왕자의 부하가 되다.

28세, 23세.
아르하드, 첫 번째 심장을 가지다.
이아나, 찾아오지 않는 아르하드에게 분노하다.

29세, 24세.
아르하드, 바하무트 황실을 제거하고 제국의 황제가 되다.
이아나, 로베르슈타인 가문을 숙청하고 로안느 왕국의 공작이 되다.

다시 대면하다.

30세, 25세.
아르하드, 이아나를 회유하다.
이아나, 아르하드를 적대하다.

32세, 27세.
로안느 왕국, 왕자의 난이 일어나 슈나이더 왕자가 왕이 되다.
바하무트 제국, 전쟁을 일으키다.
.

.

.

39세, 34세.
아르하드, 이아나를 죽이다.
이아나, 아르하드에게 죽다.

그는 악마이되 악마가 아니었다.
그는 악마가 아니었지만 아르하드였다.
그는 악마이되 아르하드였다.

악마의 심장은 한 신의 검에 꿰뚫린 채 판데모니엄에 갇혔다. 기억을 담은 악마의 영혼은 갈기갈기 찢어져 세상에 흩뿌려졌으며, 심장에 남아 있는 그의 작은 영혼에는 얼굴도 기억 안 나는 한 붉은 신의 검에 찔려 지저까지 처박힌 기억과 영원에 가까운 시간 동안 갇혀 있었던 끔찍한 기억, 그리고 아주 가느다란 이지만이 남아 있었다.

"흐윽, 흑, 하인리히 님, 어찌하지요?"

아직 영혼이 깃들지 않은 태아를 밴 한 여자가 아주 우연히 판데모니엄과 지상을 연결하는 작은 균열에 도달했다. 악마는 균열 너머로 제 영혼의 파편을 느꼈다.

악마의 작은 영혼은 옴짝달싹 못 하는 심장을 벗어나 균열을 타고 기어올랐다. 여자의 배를 갈라 깨끗한 신력 외에는 어떤 불순물도 머금지 않은 태아의 심장에 깃들었다. 그 심장을 각인시켜 자신의 두 번째 심장으로 삼았다.

태아는 자궁 안에서 제 뜻대로 최상의 육체를 구성했으며, 파편과 심장을 되찾아 완전해지고자 하는 본능을 영혼에 새겼다.

그렇게 아르하드가 탄생했다. 악마의 두 번째 삶이 시작된 것이다.

"하인리히 님, 제가 젖어미는 많이 해 봤지만 울지도 웃지도 않고 이렇게 멍하게만 있는 아이는 처음 봤어요. 의원에 데려가 봐야 하지 않을까요?"
"글쎄……. 아무튼 오늘도 수고했네."

아르하드는 어렸을 때 현실과 꿈의 경계에서 한없이 헤맸다.

소년은 깨어 있을 때든 잠들었을 때든 언제나 둥실둥실, 구름 위를 떠다니는 기분으로 어둠 속을 부유했다. 어느 순간 어둠의 저편에서 나타난 붉은빛에 홀려 갈증을 느끼고 다가가 보지만 붉은빛은 계속해서 멀어지고 멀어지다가 사라지곤 했다. 그리고 소년은 다시 어둠 속을 유랑했다.

"스승님. 저 멍청이는 내버려 두고 저 마법 가르쳐 주세요."

그런 상태는 그가 아홉 살이 될 때까지 계속되었고 그보다 두 살이 많았던 라랏슈아 엘 마르디알은 아르하드에게 지극정성인 하인리히 때문에 아르하드를 질투했다.

라랏슈아는 마르디알 왕국에서 벌어지는 심각한 왕위 다툼에서 완전히 비껴 난 특이한 왕녀로, 그녀의 마법의 재능을 알았던 하인리히가 거둬 왔다. 그때부터 라랏슈아는 하인리히를 아버지처럼, 스승님처럼, 하나밖에 없는 가족처럼 생각했다. 그래서 하인리히가 신경 쓰는 아르하드를 얄미워했고 시시때때로 마법으로 괴롭혔다.

"라랏슈아!"
"으아앙, 하인리히 님! 아르하드가!"
"아르하드에게 손대지 말라고 하지 않았더냐!"

하지만 마법으로 괴롭혀 봤자 마법은 아르하드에 닿지 못하고 흩어지거나 튕겨져 나왔다. 라랏슈아는 제가 시전했던 마법을 그대로 뒤집어쓰기가 일쑤였다. 그것을 보며 하인리히는 아르하드를 더더욱 경계했다. 아르하드는 그냥 백치가 아니었다. 그대로 백치 상태로 내버려 두는 게 나을지도 모른다는 생각이 들었지만 독이 오른 바하무트 황실 때문에 방치하는 것도 문제였다.

하인리히는 아르하드에게 온갖 물건들을 가져다주었다. 곰인형, 나무토막, 장난감…… 그리고 어느 날 하인리히가 진검을 건네주는 순간, 아르하드의 온 세상에 색이 칠해졌다.

검. 그 순간 누군가의 검에 심장이 꿰뚫리는 기억이 그의 머리를 집어삼켰다. 갑작스레 솟구치는 감정의 파도를 멍하니 지내던 어린 소년은 견디지 못했다.

"흐으윽, 흑! 흐윽!"

아르하드는 펑펑 울었다. 아픔이었는지, 배신감이었는지, 무엇이었는지는 확실하지 않았다. 어린 소년은 검을 끌어안고 엉엉 울고 말았다. 정말 서럽게 울었다. 온 세상이 너무 서러워서 소년은 처음으로 아이답게 울었다.

그때부터 아르하드의 진정한 인생이 시작되었다.

영원에 가까운 시간 동안 아무것도 하지 못하고 갇혀 있었던 그의 욕망은 한계가 없는 텅 빈 우주처럼 컸다.

지식을 가지고 싶어졌다. 영원에 가까운 시간 동안 아무것도 하지 못하고 갇혀 있었기 때문에 그는 새로운 지식에 목말라 있었다. 가정교사에게 제왕학을 비롯한 온갖 과목을 배웠다. 하인리히의 허가증을 이용해 국립도서관에 몇 날 며칠을 처박혀 책을 읽을 때도 있었다. 그의 비상한 머리는 물을 빨아들이는 스펀지처럼 지식을 쏙쏙 흡수했다.

돈을 가지고 싶어졌다. 태초부터 이어진 결핍의 감각은 만족을 모르고 갖고 싶은 모든 것을 손에 넣으라고 속삭였다. 그리고 이 시대에서 뭔가를 얻기 위해서는 보편적으로, 반드시 돈이 필요했다. 아르하드는 마나의 배열만 알면 마법을 자유자재로 시전할 수 있었으며 그의 영혼을 기억하고 있던 아공간이 불려 나왔다. 그곳에는 신성시대에서 그가 모아 온 황금이 빼곡히 차 있었다. 마법으로 만들어 낸 황금이 아닌, 신력으로 만들어 낸 순도 높은 황금들이 한 왕국의 거대한 왕성의 크기만큼 보관되어 있었다. 인간들은 신들처럼 황금을 탐했고, 아르하드의 황금은 마도시대에서 엄청난 가치를 지녀 그가 하고자 하는 모든 일의 자금이 되어 주었다.

어린 아르하드는 배운 것을 토대로 상단에 투자해 보고, 사업도 직접 벌여 보고, 완전히 망해도 보면서 물건의 가치를 보는 눈과 돈을 버는 방법, 그리고 탁월한 투자 감각을 가지게 되었다. 그의 재산은 기하급수적으로 쌓여 갔다.

세상에서 가장 고귀한 자가 되어 보고 싶어졌다. 머나먼 과거에, 가장 비천하여 모든 존재에게 기생충 취급을 받았던 악마의 영혼에는 가장 높은 자리에 대한 욕망이 존재했으며 아르하드는 그것을 이어받았다. 처음에는 그저 황실이 악마의 파편을 모아야 하는 그에게 최대의 적이었기 때문에 겸사겸사 황제가 되고자 했지만, 시간이 흐르면 흐를수록 누구보다 높은 자리에 앉아 만인을 내려다보고 싶다는 야망이 거세게 일었다.

ADONIS
아도니스

작은 왕국들의 후계자 싸움이나 정치에 직접적으로 혹은 간접적으로, 적극적으로 혹은 소극적으로 개입해 보면서 그는 세계에서 유일무이한 황제가 되는 그날을 위해 정치적 자질을 닦아 갔다. 막대한 재산으로 인재를 끌어모으고 육성했으며, 온갖 방법을 이용해 세계 각지로 그의 영향력을 넓혔다.

그러나 결핍은 그 무엇으로도 채워지지 않았다. 인간들의 애정과 관심을 한 몸에 받아도, 수많은 부하들이 그를 따라도…… 감정과 욕망의 바다에서 살아온 그를 만족시킬 수 있는 파도는 없었다. 아무리 채워도 충족되지 않는 결핍의 감각과 공허감은 아르하드를 매사에 무감각하게 만들었다.

그래서 그는 검의 수련에 몰두했다. 검은 쥘 때마다 심장을 아릿하게 하는 무언가가 있었다. 그는 그 감각을 싫어하면서도 불에 홀린 나방처럼 본능적으로 갈구했다.

적어도 스물세 살이 되기 전까지는.

열여섯 살, 아르하드는 하인리히가 학장으로 있던 발젠타 학술원에 입학했다. 그곳에서 수많은 사람들을 만나고, 수많은 추종자들을 얻고, 수많은 수업을 듣고 수많은 사람들을 다루었다. 그리고 오웬 후작가에 몹쓸 짓을 당하고 있던 리키젠을 우연히 발견하고 별 뜻 없이 구해 주었다. 귀족에 대한 증오를 불태우는 소년이 의지할 곳은 없었고 그의 방에 빼곡히 꽂혀 있는 수준 높은 책을 한 번 본 아르하드는 소년의 재능을 알아보고 후원하기 시작했다.

열여덟 살, 에이지가 바하무트 황실에 증오를 불태우며 찾아왔다. 그는 비상한 머리로 젊은 나이에 무려 대블랙폭시의 정보 계열 보스가 된 로이긴족의 청년이었다.

아르하드, 하인리히, 에이지는 손을 잡고 바하무트 황실에 분노하거나, 블랙폭시를 끔찍하게 싫어하거나, 특별한 야망을 지닌 인재들을 하나하나 매수해 '카마트로스'를 결성했다.

카마트로스의 자금은 모두 아르하드가 소유하고 있던 황금과 그가 그때까지 투자해 온 상단이나 벌여 온 사업에서 벌어들이는 돈으로 충분히 운용되었다. 인재가 충분히 모인 순간부터 블랙폭시와 완전히 적대하기 시작했다.

스무 살, 그가 거느린 세력들은 세계의 핵 중에서도 핵으로서, 세상을 좌지우지할 수 있을 정도로 거대했다. 그러나 누구도 아르하드의 존재를 알지는 못했으며, 그를 돕는 카마트로스의 간부들조차 그의 세력이 어디까지 뻗어 있는지 알지 못했다.

스물한 살, 블랙폭시를 혐오했고, 왕위를 노리고 민심을 잡으려 했던 슈나이더와 손을 잡고 블랙폭시를 정면에서 적대하기 시작했다.

"테오도르 아카데미에 재밌는 여자가 있습니다."

스물두 살, 인재 물색에 공들이고 있던 에이지가 아르하드에게 보고서를 올리며 말했다.

"검사입니다. 내성적인 성격에 소극적인 행동으로 세간에는 알려지지 않았습니다만 아카데미의 검술 선생들 사이로는 엄청난 검재라는 소문이 돌고 있다고 합니다. 세간의 평판은 아주 나쁘지만 평판은 평판일 뿐이고, 직접 알아본 결과 괜찮은 여자입니다. 저는 영입할 가치가 아주 높다고 생각하는데, 한번 보시겠습니까?"

에이지는 그에게 둘둘 말린 종이를 내밀었다. 아르하드는 아무 감흥 없이 종이를 펼쳐 보았다. 불꽃처럼 화사해 보이는 붉은 머리카락과 붉은 눈, 하지만 일자로 굳은 딱딱한 입매와 우울한 빛이 감도는 눈동자가 한눈에 들어왔다.

아르하드는 소녀의 붉은 외양에 흥미가 생겼다.

그는 황금의 누런빛을 좋아했다. 하지만 그 색이 선호하고 즐기는 정도라면 붉은빛은 그의 마음을 울컥하게 만들면서도 기이할 정도의 광기를 불러일으켰다. 마치 붉은빛에 흥분하는 투우처럼.

인재는 언제나 환영이다. 뜻을 함께할 인재를 영입하는 데에 한창이었기에 에이지는 누군가 뛰어난 실력을 가졌다는 소문이 들려왔다 하면 빠르게 조사를 했다. 그리고 그가 아르하드에게 보고를 할 때는 이미 고르고 골라 모든 조사를 마치고 승인만 기다리는 뛰어난 인재들뿐이었다. 그런 에이지가 칭찬을 할 정도라면 나쁘지 않았다. 하지만 그게 다였다. 인재로서 흥미가 생겼을 뿐이었다. 여자의 초상화를 봤을 때도 꽤나 예쁘장한 여자라고는 생각했지만 붉은 외양에 흥미가 생겼을 뿐 심장이 뛰는 감흥은 없었다.

소녀에게 흥미가 생긴 그는 그녀의 과거에 대해 완벽하게 조사하라고 에이지에게 일렀다. 얼마 지나지 않아 에이지가 그녀의 행적을 조사해 왔다.

<이아나 로베르슈타인, 17세>

8세, 백작부인 독살.
15세, 외조부 사망, 검을 처음으로 쥠.
16세, 테오도르 아카데미 입학.
17세, 사교계 데뷔.
현재는 테오도르 아카데미 재학 중이지만 소문으로는 자퇴서를 제출
했다고 함. 사교계에서 평이 아주 안 좋음. 심각한 따돌림을 당하고 있
음. 고리대 사업으로 번 돈과 더러운 수를 써서 백작의 첩이 된 어미의
신분 때문에 평민들에게 경멸 받고 있으며, 영지에서 백작 부인을 죽인
괴물이라 불림. 독살은 아무것도 모르던 어린 시절 모친의 명령을 따른
것으로 보임. 고위 귀족들 중에는 그녀의 검의 재능을 알아보고 관심을
가지고 있는 이들이 꽤 있음.

아르하드는 보고서를 읽으면서 실소를 머금었다. 대단한 인재인
데 이런 취급을 받고 있다면 영입이 아주 쉬울 것이다. 그 재능
이 진짜인지 가짜인지는 아직 모르지만, 에이지가 직접 이렇게
보고하는 인물들은 아르하드가 보기에도 걸출했다. 호기심이 생긴
그는 언제나처럼, 인재를 직접 한번 확인해 보기로 했다.
테오도르 아카데미는 학술원과 가까운 편이었기 때문에 아르하
드는 시간을 내서 테오도르 아카데미에 잠입했다. 그리고 행적을
찾아 헤맨 지 얼마 되지 않아 도서관의 구석진 곳에 앉아 열심히

공부를 하고 있는 그녀를 만날 수 있었다.

아르하드는 몸을 숨긴 채 평가하듯 소녀를 훑었다. 이아나가 모르는 이아나와 아르하드의 첫 만남은 그렇게 이루어졌다. 아르하드는 이아나를 관찰했다. 소녀는 무표정했고 붉은빛은 칙칙했다. 그리고 아르하드의 심장은 평소처럼 냉정했다.

"얘, 저길 봐. 그 계집애야. 왜 보기 싫게 매일 도서관에 있고 그런다니?"
"골려 줄까?"

그때 아르하드의 부근에서 이아나를 보면서 쑥덕거리던 여자들이 비웃는 얼굴로 그녀에게 우아하게 다가갔다.

"어머, 애들아, 이거 내가 찾던 책이잖니?"

바로 옆에서 큰 소리로 들려오는 소리에 열심히 펜을 놀리며 공부를 하던 이아나는 조심스레 고개를 들었다.

"필요하세요? 다 끝냈으니 필요하시면 지금 바로 드릴게요."
"이게 누구야. 로베르슈타인 백작가의 레이디?"

상냥한 호의였다. 하지만 여자들은 애초에 책이 목적이 아니었다.

"미쳤니? 창녀의 딸이 만진 책을 나보고 만지라고?"
"얘, 그만해. 오늘 네 홍차에 이상한 게 들어 있을지도 몰라."

이아나의 과거를 대놓고 들추어낸 여자들 중 하나가 이아나가 쌓아 뒀던 책 중 하나를 더러운 것 집듯 두 손가락으로 잡아 올리더니 파라락 살폈다.

"이렇게 공부해서 뭣 하려니? 머리가 별로 안 좋아서 매번 중위권에 머무른다며? 시간낭비야, 시간낭비. 이 시간에 외모나 가꾸는 게 낫지 않겠니?"

여자가 이아나의 뺨을 장갑을 낀 손으로 톡톡 쳤다.

"피부가 엉망인걸. 이런 거친 피부를 만지고 싶어 하는 신사분은 없을 거야. 입술도 부르튼 거 봐. 어머, 머리카락도 돼지털처럼……."
"공부한다고 해 봤자 신분상승은 어림도 없고, 가꾸어 봤자 데려갈 신사분도 없을 테고. 네 인생, 어쩜 좋니."
"듣자 하니 멋진 공자님들 사이에서 검을 수련한다던데? 땀에 흠뻑 젖어 제 나신을 아닌 척 드러내곤…… 좋아서 검을 수련한다는 건 말도 안 되는 소리고, 주제넘게 공자님들 유혹하려고 추악하게 발버둥 치는 거겠지."
"제 어미랑 똑같아. 이미 순결은 내던진 지 오래일걸."
"순결은 무슨. 어미처럼 몇 번이나 했을 거야."

여자 중 하나가 이아나에게 속삭였다.

"꼴 보기 싫으니까 제발 공공장소에는 얼굴 좀 보이지 말아 줘."
"어린 나이에 상냥한 부인을 독살한 네가 무서워 죽겠다고."

"널 보면 아주 불쾌해져."

이아나를 잔뜩 모욕한 여자들은 이아나를 일부러 툭 치고 지나
가며 자신들끼리 웃었다.

"……."

이아나는 잠시 고개를 숙이고 있다가 익숙한 듯 다시 공부를
하기 시작했다. 그도 잠시, 살이 뒤룩뒤룩 찐 한 남자가 이아나에
게 다가왔다.

"레이디 이아나. 내 제안은 다시 한 번 생각해 봤나? 계속 거절만
하지 말고……."

남자는 이아나의 어깨를 매만졌다. 이아나가 주먹을 꽉 쥐었다.
그녀의 주먹이 바르르 떨리더니 사내의 손을 세게 쳐 냈다. 이아
나는 놀란 기색의 사내를 노려보았다.

"그만하세요. 이때까지는 돌려서 거절해 왔지만 저는 그런 여자가
아닙니다. 더 이상 그런 말씀은 하지 마세요. 그리고 전 이름을 허락
한 적 없어요. 함부로 이름을 부르지 말아 주세요."

이미 여자들 때문에 상처를 받은 상태이던 이아나는 평소 남자
의 모욕적인 제안을 유하게 거절해 오던 것과는 달리 날카롭게
쏘아붙였다. 사내는 그것을 모욕으로 받아들였다. 이아나 따위에

게 모욕당한 게 수치스러워서 저 혼자 씩씩거리더니 그녀의 몸을 확 밀쳤다. 이아나는 뒤로 넘어질 뻔했지만 간신히 책상을 붙잡고 견뎠다. 남자는 나동그라지며 꼴사나운 모습을 보일 줄 알았던 이아나가 멀쩡하자 더욱 자존심이 상해 꽥 소리를 질렀다.

"비싼 척은 있는 대로 다 하고 있군. 너 같은 더럽고 소름 끼치는 계집애한테 이런 제안이라도 해 주는 나 같은 남자가 어디 많은 줄 알아? 이미 몇 번 벌려 준 다리, 뭐가 그리 비싸다고! 허참!"

그녀를 몸 파는 싸구려 여자로 취급한 남자까지 떠나갔다.

"……."

몸을 바로 한 소녀는 울지 않으려는 듯 치맛자락을 잡고 파들파들 떨었지만 이미 붉어진 눈시울은 소녀의 뜻을 따라 주지 않았다.
툭. 투둑.
이때까지 잘 참았던 이아나의 눈에서 눈물이 후드득 떨어졌다. 눈망울이 글썽글썽했다. 눈물을 그치려는 듯 표정이 덜덜 떨리고 입술을 꾹 깨문 채 눈물을 뚜욱뚝 떨어뜨렸다.
소녀는 결국 참지 못하고 책상에 엎드렸다. 몇 번이나 몸을 들썩였다. 하지만 흐느끼는 소리는 없었다. 숨죽여서 소리 없이 울던 이아나는 얼마 지나지 않아 우울한 표정으로 몸을 일으켰다. 눈물을 흘린 시간은 짧았다. 빨개진 눈으로 책을 정리한 이아나는 도서관을 떠났다. 그 모든 과정을 아르하드는 아무것도 하지 않고 지켜보았다.

'저 정도면 귀족을 환멸하면 환멸했지 환상은 없겠군.'

귀족들의 세계는 냉혹하다. 유한 말투 속에 뾰족한 날과 지독한 독을 심어 상대를 공격하고 이득을 취한다. 그런 세계에서 이아나는 최약에 속했으며 귀족들은 저들끼리 쌓인 스트레스를 이아나에게 풀었다.

'하지만 아직 부족하다.'

적의를 보이는 이에게 상냥하게 굴며, 모욕에 응징하지 못하고 눈물만 흘리는 심약한 소녀는 거사에 쓸 수가 없다. 상대가 저보다 높은 신분이라 한들 기세와 분위기로 상대를 제압할 수 있는 특출함이 있어야 했다.

카마트로스의 조직원들은 모두 그런 이들이다. 사람 한둘은 기본으로 죽여 봤을 정도로 모질며, 강한 증오를 품은 독한 이들이다. 아르하드는 이아나의 검을 보지는 못했지만, 그녀가 그렇게 될 때까지는 영입이 불가하다고 결론을 내렸다.

정신적으로 힘들어하는 그녀를 도와주고 호감을 심어 둘 수도 있지만…… 그건 지속적으로 돕지 못하는 이상 효과가 크지 않다. 아르하드는 아주 바쁜 몸이었고 무엇보다 현재의 그녀에게 시간을 할애할 만큼의 매력을 느끼지 못했다.

아르하드는 여자기숙사에 힘없이 들어가는 이아나의 모습을 뒤에서 지켜보다가 테오도르 아카데미에서 나왔다. 그는 더 이상 심약한 소녀에게 시간을 낭비할 생각이 없었다. 그때 그는 제 친구들과 이아나의 욕을 하며 큰 소리로 떠들어 대고 있는 남자를 보았다.

천하디천하다. 또한 추하고 상스럽다. 제 권위만 믿고 저보다 하등한 이들을 함부로 대하는 놈들은 역겹다. 아무것도 아닌 주제에 고귀한 척 거들먹거리는 게 꼴불견이다.

저들은 어찌 알지 못할까? 제 위에도 포식자가 있고, 그들이 저급한 자들에게 내키는 대로 굴 수 있다면 그들의 상위 포식자 또한 그럴 수 있다는 것을. 아르하드는 사이한 기운을 풍기며 날 선 송곳니를 드러냈다.

얼마 지나지 않아 남자의 가문은 아르하드의 손에 갈기갈기 찢어지다 못해 무너졌다. 또한 소녀에게 모욕을 주었던 귀족 계집애들의 가문도 재정난과 정치적 암투로 하나둘 몰락했다. 그건 이아나를 위한 복수라기보다는 최종 포식자의 고까움 때문이었다.

그리고 이아나는 자퇴하고 영지로 돌아갔다.

스물세 살, 귀족 가문에 실습을 나가는 학년이 되었다. 아르하드는 촉망받는 인재지만 마나를 제어할 수 없는 것으로 알려져 있었다. 하지만 검술실력이 워낙 뛰어나 검술학부 내에서 중상위권에 머무르고 있었고, 어느 정도 실습 파견지를 고를 수 있었다.

심드렁한 표정으로 목록을 훑던 아르하드는 로베르슈타인 영지를 발견했다. 자연스럽게 이아나를 떠올린 그는 이참에 로베르슈타인 영지를 선택해 그녀를 다시 한 번 보기로 결정했다. 일 년 동안 변화가 있었을지 궁금했고 에이지가 칭찬한 검을 직접 볼 기회가 있을까 싶어서였다. 로베르슈타인 영지는 롯소산맥 중앙과 맞붙어 있는 영지이기도 했으므로 그는 이번에 롯소산맥에서 판데모니엄의 균열도 찾아보기로 했다.

학술원 학생들이 저택에 입성한 날, 저택의 사람들은 그들을 친절하게 맞이해 주었다. 영지의 상황과 실습 내용에 대한 가르침을 받은 후 기사들과 함께 정원을 지나가던 아르하드는 스쳐 지나가는 붉은빛을 보았다. 소녀의 태를 벗고 여인이 되어 가는 이아나였다. 그녀의 얼굴은 이제 완전히 죽어 표정이 없었다.

아르하드는 그 얼굴이 꽤 마음에 들었다. 저런 얼굴은 감정적으로 모조리 마모되었거나 뼛속 깊이 원한을 품은 이들만이 지을 수 있었다. 저 상태에서 회유를 잘 하면 영입에 성공할 가능성이 아주 높았다.

아르하드는 이아나의 손을 살폈다.

'여전히 검을 수련하고 있는 거겠지?'

검을 잡아야 굳은살이 생기는 부위에 딱딱하고 거친 살이 배어 있었다. 아르하드는 만족했다. 문제는 그다음이었다.

아르하드는 실습이 시작된 지 얼마 지나지 않아 이아나가 검을 들고 저택 뒤에 있던 산으로 향하는 것을 발견했다. 그는 기척을 완전히 감추었다. 어마어마한 재능과 함께 십 년 넘게 검을 쥐어 온 그와, 아무리 대단한 재능을 지녔더라도 겨우 삼 년 남짓 검을 쥔 소녀의 경지는 차이는 어마어마했다. 당연히 소녀는 그의 미행을 전혀 알아채지 못했다.

쏴아아아……

바삐 걷던 소녀가 걸음을 멈춘 곳은 바람이 부는 언덕이었다. 베인 커다란 나무 밑동과 그 주변을 키가 큰 나무들이 동그랗게 감싸고 있는 장소였다. 아르하드는 주변을 살피다가 소녀가 걸터앉는 커다란 나무의 밑동을 보았다. 그런데 그것을 보는 순간, 기이한 기시감을 느꼈다. 언제나 고요하게 가라앉아 있던 가슴이 뛰어 대고, 욱신거리며 아려 왔다.

'이상한 장소로군.'

그리고 검을 휘두르는 이아나를 목격했다.

숨이 막혔다.

초상화로 보았던 우울한 소녀가 아니었다. 아카데미에서 봤던 상처받은 소녀도 아니었다.

그녀는 웃고 있었다. 신이 나서 소리 내어 웃는 것도 아니고, 유혹하듯 어여쁘게 웃는 것도 아니다. 그저 누구보다 즐겁게, 환하게 웃고 있었다.

사람이 어찌 저렇게 기쁘게 웃을 수 있을까. 환희에 젖어 환히 웃고 있는 그녀에게서는 죽은 표정이었을 때와는 달리 생동감이 넘치고 온몸에서 뜨거운 에너지가 뿜어져 나왔다.

그 순간 무척이나 아름답다고 생각해 버렸다.

심장이 쿵 하고 가라앉았다. 나무를 짚은 손에 힘이 들어갔다. 각목에 머리를 세게 얻어맞은 기분이었다. 심장을 거세게 두들긴 그녀의 웃음은 이성과 정신이 한 번에 날아갈 정도로 빠르게 위로 치밀어 올라 그의 모든 것을 지배하며 온 정신을 차지했다.

'어째서?'

감정에 무척이나 무뎠던 아르하드는 그게 무슨 감정인지 알 수 없었다. 모든 것을 냉정하게 판단하고 매사에 냉철했던 무감각한 그는 따스한 감정을 딱히 느껴 본 적 없었다.

하지만 지금, 일정한 맥박을 유지하던 심장은 고무줄처럼 한도까지 수축하고 팽창했다. 피가 불에 달궈지는 용암처럼 들끓었다.

목이 말라.

아르하드는 더워져서 미간을 찌푸린 채 목을 매만졌다. 땀방울이 주르르 흘러내려, 모래와 태양밖에 보이지 않는 열사의 사막 한가운데 선 것처럼 타는 듯한 갈증을 느꼈다.

수련을 마치고 거칠게 숨을 내뱉으며 바닥에 누워 있는 소녀는 무척이나 즐거워 보였다. 어찌할 바를 몰랐던 아르하드는 나무 너머에서 그녀의 모습을 떨리는 시선으로 몰래 훔쳐보기만 했다.

몸을 일으키자마자 소녀의 얼굴에서 표정이 사라지기 시작했다. 웃음을 본 게 착각이라는 것처럼 표정이 싸늘해졌다. 그리고 산을 내려가기 시작했다.

"……."

그 과정을 전부 지켜본 아르하드의 심장에서 그녀를 이곳에서 당장 데려가고 싶은 욕구가 뜨거운 불처럼 치밀었다. 아르하드는 제 심장을 뛰게 한 소녀를 놓치고 싶지 않았다. 차가운 무채색의 세계 속에서 그녀 홀로 빛나 보였다. 어릴 적, 어둠 속의 붉은빛처럼, 검을 들었을 때의 그 환희처럼 그를 허우적거리는 감정의 바다로 밀어 버린 그녀를 놓치고 싶지 않았다.

어째서일까? 검을 든 소녀는 흔치 않기 때문일까? 더 밝게 웃는 예쁜 소녀를, 더 우아하게 웃는 아름다운 소녀를 눈에 차일 정도로 많이 봤는데도, 흙먼지가 잔뜩 묻은 이아나는 어찌 보면 볼품없는 소녀라고도 할 수 있는데…….

너는 누구보다 아름다워. 그 생기, 누구보다 빛나는 너.

아르하드는 어지러워졌다.

실습 내내 이아나를 지켜보다가, 실습이 끝나자 아르하드는 학술원으로 돌아갔다. 그리고 그때부터 그녀의 일거수일투족을 보고받았다.

아르하드는 이아나에게 영입 제안을 하지 않았다. 소녀는 아직 어렸다. 많이 어렸다. 소녀는 아직 성장기였으며 혼자서 휘두르는 검에 푹 빠져 도취되어 있는 상태였으므로 실전보다는 혼자서 갈고 닦으면 실력이 많이 향상되는 시기였다.

무엇보다, 그의 상황은 아주 위험하게 돌아가고 있었다. 카마트로스에서는 죽어 나가는 조직원이 부지기수였다. 그 죽음들을 함께하면서 아르하드의 마음속에 욕심을 부려 이아나를 옆에 두었다가 죽으면 어쩌지, 하는 불안감이 샘솟았다. 1년 후 그가 향할 곳에서는 이보다 더한 피바람이 불 텐데 그녀가 견딜 수 있을까?

아르하드는 불가라고 결론을 내렸다. 그의 처지는 아직 실전도 제대로 겪지 않은 검사가 감당할 수 없었다. 그의 적은 바하무트 황실, 아주 위험한 괴물들이므로.

아르하드는 블랙폭시를 괴멸까지 이르게 했다. 에이지 외에는 마약상과 노예상 보스까지 모두 척살했다. 그러면서도 이아나에게서 눈을 떼지 않았다. 그는 그녀를 아껴 주고 싶었다. 그에게 벅찬 감정을 선사하는 그녀는 소중했다.

황제가 되고 난 후 모든 게 안정되면 너를 찾으리, 그리 마음먹었다. 그것이 스물세 살의 그였다.

요 며칠간, 로안느 왕국의 수도 테오도르는 숨 가쁘게 돌아가

고 있었다.

사치의 끝을 달리고 있는 왕궁에 노란 황금으로 세공된 장식물들이 부를 뽐내듯 전시되기 시작했다. 왕궁의 새하얀 벽은 시종들이 결벽증에 가깝게 청소한 결과 먼지가 앉을 새도 없이 뽀얗게 빛났다.

학술제를 참관하기 위해 상경했던 지방 귀족들은 돌아가지 않고 친분이 있는 귀족의 저택에 머물렀다. 지방, 수도 구분할 것 없이 귀족들은 티타임을 열어 수다를 떨거나 부르주아 거리를 쏘다니며 쇼핑에 열을 올렸다.

관리들은 왕성에서 타 왕국의 귀한 사절들을 맞이하느라 수없이 허리를 숙여 댔으며 성문에서는 기사들이 사람들을 통제하느라 진땀을 뺐다. 나무마다 로안느의 국기가 걸린 채 바람에 나부꼈고 사람들은 신나게 노래를 부르고 춤을 췄다.

12월 31일, 사람들은 한 해의 마지막 날을 보내며 스스로를 돌아보았다.

"와아아아아!"

그리고 1월 1일 자정이 되는 순간 고요했던 테오도르는 거대한 환호성에 집어삼켜졌다. 사람들은 거리로 뛰쳐나와 신나게 노래를 부르고 춤을 췄다.

수도 테오도르에서 로안느 왕국 최대의 연례행사, 건국제가 시작되었다.

"아가씨, 더는 무리예요."

"안 돼, 더 조여! 오늘 칼릭스 공자님이 오신댔어. 다른 계집애들보다 더 눈에 띄어야 한단 말이야!"

"알겠습니다. 안 되시겠거든 빨리 말씀해 주세요."

"컥!"

귀족들은 아침부터 한창 단장 중이었다. 하늘에 노을이 맺히는 오후 다섯 시를 시작으로 밤새도록 벌어질 왕성의 화려한 파티. 그곳에서 묻히지 않기 위해 일종의 전투 준비를 하는 것이다.

치장 정도는 건국제 파티에서 사교계에 데뷔하는 귀족 영애들이 제일 심했다. 데뷔는 성년이 된 숙녀가 처음으로 사교계에 등장해 스스로를 선보이는 것을 의미한다. 어떻게 데뷔하느냐에 따라 그녀의 격이 정해지기 때문에, 귀족 소녀들은 성년이 되는 생일에 화려한 파티를 열어서 수많은 귀족들의 축하를 받으며 데뷔하기를 소망했다.

하지만 하위 계급의 귀족 소녀들은 현실적으로 소망을 이루기가 어려웠다. 친분이 있는 몇만 초대하는 소박한 데뷔식이야 문제없지만, 데뷔식을 치르는 비용도 문제거니와, 세력이 약하면 파티에 초대를 해 봤자 귀족들이 올지 의문이었기 때문이다.

특히나 로안느 왕국의 귀족 계급 분포도의 경사는 몹시 가파르다. 공을 세우거나 능력이 아주 뛰어난 이를, 왕실에서 영지는 주지 않되 명예뿐인 준남작으로 봉하는 탓에 고위 귀족은 극소수였지만 하위 귀족들은 포화상태였다. 당연히 하위 귀족의 여식들도 많았다.

국가는 이들을 위해 일 년에 한 번, 건국제를 데뷔의 날로 지정했다. 그래서 하위 귀족의 여식들은 하나같이 건국제의 데뷔식을 꿈꾸었다. 한꺼번에 데뷔를 치르면 그만큼 받는 관심은 줄어들겠지만 건국제 파티에서 치르는 데뷔식은 수없이 많은 귀족들과 함께할 수 있으므로 특별했다.

하얀 드레스는 데뷔하는 여인들의 상징으로, 건국제에서 다른 귀족들은 하얀 옷을 입을 수 없었다. 또 그들에게는 붉은 장미가 한 바구니씩 선사되는데, 이는 앞으로 사교계의 꽃으로 활약해 달라는 의미와 상통했다.

물론 귀족들뿐만 아니라 로안느 왕국 전체가 들썩였다. 학술제에서는 학술원 내부와 수도 한 귀퉁이만 축제 분위기로 들떠 있었다면 건국제 때는 로안느 왕국 전체가 축제 준비로 여념이 없었다.

자랑스러운 왕국이 탄생한 날이므로 국민들은 제 생일인 양 흥분해서 몸을 바삐 움직였다. 이날만을 위해 돈을 차곡차곡 모아 온 사람들이 돈 잔치를 벌이는 날이었다. 상인들은 각종 먹거리, 기념품, 여인들이 탐낼 만한 액세서리들과 아름다운 꽃 같은 물건들을 공수해 와서 발 빠르게 진열했다.

건국제는 로안느 데 로안느 여왕이 축복을 내리는 날!

여왕은 머나먼 과거에 라오스의 열렬한 추종자이자 다섯 사도 중 한 명이었다. 라오스의 은총을 받았기 때문일까? 신의 곁에서 엘프만큼 긴 세월을 살아가던 그녀는 신이 모습을 감추자 차츰 늙어 가다가 노인의 모습으로 사망했다.

여왕은 몹시 아름다웠다고 한다. 그녀는 많은 사내들을 거느리며 그들과 많은 사랑을 나누었다. 전설적 인물인 로안느 데 로안느 여왕은 위대한 건국왕이기도 했지만 사랑의 여신으로 추앙받기도 했다. 그런 이유로 건국제는 여왕의 날이라고도 불린다. 이날, 장미꽃을 건네며 사랑을 고백하면 사랑이 이루어진다는 전설이 있다.

일 년 중 최다 고백 수를 자랑하는 날. 사랑을 꿈꾸는 이들의 달콤한 환상으로 가득 찬 로맨틱한 날. 모두가 들떠서 장미 한 송이쯤은 가지고 다니는 날. 어딜 둘러봐도 남녀가 쌍으로 있는 날. 건국제!

"장미가 왜 이렇게 비싸? 이건 뭐 금값보다 더해."

"건국제가 아닌가. 대목이니 비쌀 수밖에."

"몰라서 묻나? 건국제를 감안하더라도 이건 너무 비싸잖아. 흉년일 때도 이렇게 안 비쌌어."

"물량이 없어도 너무 없어. 알아보니 다른 상인들도 울상이더군. 장미 화훼 농원은 싹쓸이당하고 장미 없다는 간판 건 지 오래고."

"사재기한 거 아냐? 아닌 게 아니라 확실해. 대체 어떤 놈이 장미를 사재기한 거야? 이번에야말로 제시의 마음을 얻어야 하는데!"

"사재기를 했다면 자네 같은 사람에게 비싸게 팔아먹으려는 상인들이겠지. 하지만 말이야. 사재기라면 비싸게라도 물건이 풀려야 하는데 물량이 없어도 너무 없단 말이지. 그래서 소문 두 가지가 돌고 있는데, 하나는 고백했다가 차인 어떤 부자가 남 행복한 거 보기 싫다고 장미를 죄다 사들여서 태웠다는 소문이야."

"그건 그냥 정신병자잖아. 너무 비현실적인데."

"두 번째 소문은 그럴싸해. 이번이 국왕 전하께서 총애하는 안젤리나 왕녀님의 데뷔식이 아닌가? 로안느 왕실에서 장미를 있는 대로 다 사들였다고 하네."

"백 퍼센트군. 이번 건국제는 왕녀님의 날이구면."

쑥덕대는 꽃집 주인과 장미를 사러 왔다가 허탕을 친 손님의 뒤로 붉은빛이 획 지나갔다. 그리고 조그마한 체구의 한 여자가 그 빛을 헐레벌떡 뒤따라갔다.

"이아나 야아아아아아아아아앙."

"그런 식으로 부르지 마십시오."

"그러지 말고요. 저, 사실 옛날부터 이아나 양의 데뷔식 드레스를 준비했었단 말이에요."

"옛날?"

"이아나 양이 아직 데뷔 안 했다는 말을 듣고 그때부터 몰래 작업에 착수했거든요."

"헛수고를 하셨군요."

프리실라는 이아나를 등 뒤에서 와락 끌어안았다. 이아나가 무시하고 앞으로 계속 걸어가자 몸집이 작은 프리실라는 으아앙, 으앙 하며 질질 끌려갔다.

"그렇게 화려하지도 않아요. 이아나 양이 화려한 거 싫어하니까 비즈랑 보석을 조금만 이용해서 심플하게 디자인했어요!"

이아나는 걸음을 멈추고 질린 눈으로 프리실라를 보았다. 프리실라가 그녀를 꼭 끌어안았다.

"프리실라, 저는 이미 기성복을 구매했습니다. 지금 가지러 가는 길이고요. 저에게 당신의 돈을 낭비하지 마시지요. 그 옷을 다른 여인들에게 판매하는 건 어떻겠습니까?"

"오, 안 돼! 다른 호박들은 안 돼! 제발, 제 선물이라고 생각하고 받아 주세요. 제발 그 기성복은 환불, 아니 제가 살 테니까 저 주시고 제 옷 입어요!"

"왜 이렇게 저에게 뭔가를 주지 못해서 안달이신 거죠? 손해를 보면서까지 옷을 주고 싶어 하다니…… 이건 이상합니다, 프리실라."

"이아나 양은 내 거야!"

이아나를 꼭 끌어안고 있는 프리실라의 눈에 핏발이 섰다.

"이아나 양, 디자이너들이 얼마나 자신의 뮤즈를 찾아 헤매는지 모르죠? 얼마나 집착하는지 모르죠? 평소엔 그러려니 해도 특별한 날에 뮤즈가 다른 디자이너의 옷을 입으면 절망해요. 나한테는 이아나 양이 뮤즈예요. 내가 이아나 양이 데뷔하는 날을 얼마나 기대했는데."

등 뒤가 축축하게 젖는 느낌에 이아나는 한숨을 내쉬었다.

"미리 말 못 한 건 미안해요. 그런데 제 옷이 싫어요? 제 옷, 질색할 정도로 이상하지 않잖아요? 제 취향이 독특하면 모르겠는데 다들 제 옷 못 사서 난리라고요. 이아나 양이 마음에 들지 않으신다면 고쳐 올게요. 응? 제발 입어 주세요."

결코 프리실라가 미안해할 일이 아니었다. 데뷔식은 귀족 영애에게 아주 중요한 행사고 그래서 프리실라가 이러는 거라고, 알고는 있었다. 하지만 몇 년 뒤에 왕국 자체를 떠날 예정이기에 이아나는 사교계에 의미를 두지 않고 있었다. 데뷔는 약속의 이행에 불과하므로 딱히 차려입고 싶지 않았다.

"이미 산 옷입니다. 그리고 당신은 당신대로 건국제를 즐겨야 하지 않습니까?"

"일 년에 한 번 있는 건국제, 제가 알 게 뭐예요. 애인과는 헤어진 지 오래라 필요 없어요."

프리실라가 이렇게 나오자 이미 구매한 옷을 찾으러 가는 행위가 꺼려졌다. 마치 그녀를 짓밟는 기분이 들었다. 며칠 전 기성복을 구매했다는 말에 새하얘지던 프리실라의 얼굴이란.

"어머……."

멀리서 이아나를 발견하고 다가오던 사라체가 이아나를 꽉 끌어안고 있는 프리실라를 뒤늦게 발견하고 놀라서 멈칫했다. 이아나가 사라체에게 고개를 숙였다.

"그간 안녕하셨습니까."

"그래. 너도 잘 지냈니."

사라체는 이아나와 점심에 만나기로 약속했다. 파티장에 입장한 후부터는 약속대로 참견하지 않겠지만 그전까지는 함께하자는 말에 이아나는 순순히 승낙했다. 아직 가족과 함께 있는 게 거북스럽긴 했지만 예전처럼 혐오스럽진 않았다.

사과를 받았기 때문일까, 그녀를 미치도록 원해 주는 사람이 있기 때문일까. 이아나는 알 수 없었다.

프리실라가 고개를 번쩍 들어 사라체를 보았다.

"부인? 로베르슈타인 부인이시군요?"

"당신은 학술제 의상대회에서 이아나의 의상을 맡았던 아가씨네요. 이름이?"

"프리실라예요, 부인."

"그래요, 프리실라 양. 그런데 여긴 어쩐 일로?"

프리실라가 두 손을 모아 사라체를 간절하게 쳐다보았다.

"부인, 이아나 양이 제 드레스를 입으면 안 될까요? 부탁드려요. 저 정말 열심히 만들었어요. 마음에 드실 거예요."

사라체는 난처한 얼굴로 고개를 설레설레 저었다.

"물론 저는 프리실라 양의 실력을 믿어요. 의상대회 때 보았던 옷이 인상 깊어서 프리실라 양에게 드레스를 맞추는 건 어떻겠냐고 이아나에게 제안도 해 봤고요. 하지만 이아나가 기성복을 원했어요. 저는 이아나를 강제할 수 없답니다."

"이아나 양……."

프리실라가 사라체에게서 시선을 거두고 이아나를 간절한 표정으로 돌아보았다. 이아나는 한숨을 쉬었다. 며칠간의 집요한 공세에 결국 두 손 들었다. 프리실라는 시들던 꽃이 물을 머금고 생생하게 되살아나는 것처럼 웃었다.

하지만 몇 시간 뒤 프리실라는 펑펑 울고 있었다.

"훌쩍, 훌쩍, 흑, 흑흑."

"후우……."

다 큰 여자가 어쩜 이렇게 잘 우는지. 프리실라는 이아나의 탐스러운 붉은 머리카락을 정성스레 빗으면서도 계속해서 울었다. 좋아서 방긋방긋 웃다가 갑자기 우는 그녀의 속내를 짐작하기 어려웠다. 이아나는 혼란스러운 기분으로 물었다.

"왜 우는 거죠."

"이아나 양."

프리실라는 그녀답지 않게 아주 풀이 죽은 목소리로 말했다.

"제가 싫어요?"

"예?"

"혹시 제가 이아나 양에게 엄청난 민폐인가요? 귀찮아요? 무엇보다 제 옷이 마음에 들지 않나요? 솔직하게 말해 주세요."

프리실라는 축 처져 있었다. 억지를 부리고 통곡하며 매달려서 이아나에게 자신의 옷을 입힌 건 좋았지만 그 과정에서 엄청난 소모전이 있었기 때문이다.

"미안해요……."

프리실라도 사람이다. 늘 아무렇지 않은 척했지만 언제나 어쩔 수 없이 입어 주는 듯한 이아나를 보면서 그녀의 자신감과 철면피는 조금씩 깎여 나가고 있었다. 동시에 혹시 제 옷이 취향이 아닌 걸까, 이렇게 매달리는 게 짜증나는 게 아닐까, 자신을 꺼림칙해하는 게 아닐까 하는 생각들이 쌓이고 쌓였다.

드디어 오늘, 그것이 바닥을 보였다.

'정말로 싫어한다고 말하면 어떡해…… . 이제야 알았냐고, 룸메이트라서 참아 줬다고, 이젠 아는 척도 하지 말라고 하면 어떡해.'

기숙사는 매년 새로 배정된다. 룸메이트가 마음에 들면 계속 함께 지내도 되지만 이아나는 절대로 거부할 것이다. 이제껏 얼마나 귀찮게 했는데.

오늘이 마지막일지도 모른다는 생각에 이아나와의 추억이 주마등처럼 스쳐 지나갔다. 프리실라는 눈물을 참을 수가 없었다.

이아나는 깜짝 놀랐다.

"그게 아니라."

"저는 이아나 양이 좋아요. 정말 좋아요. 모델로도 좋아하지만 사람 대 사람으로서도 정말 좋아해요. 완전 팬이에요."

이아나의 몸이 굳었다. 이런 말은 언제나 익숙하지 않다. 그녀가 들어 왔던 말들은 언제나 험담이고 흠이고 욕설이었기 때문이다. 그래서 저차원적인 모욕에는 더 이상 흔들리지 않는 그녀였지만 이렇게 진심 어린 호감으로 부딪쳐 오는 사람들에게는 어찌 대처해야 할지 알 수 없었다.

상대의 악의는 그대로 악으로 받아치면 되고, 싫어하는 상대의 치근덕거림은 냉정하게 쳐 내면 된다. 하지만 딱히 싫어하지 않는…… 아니, 호감을 가지고 있는 사람이 이렇게 대놓고 좋다고, 진심으로 호감을 드러내며 제게 부딪쳐 올 때는 어떻게 대처해야 할지 이아나는 늘 아리송했다.

"그래서 이아나 양에게 더 매달렸나 봐요. 미안해요. 옷이 마음에 들지 않는 거면, 이번 데뷔식을 끝으로 억지로 옷을 떠넘기지 않을게요. 그러니까 저랑 계속 친하게 지내 줘요."

프리실라는 빗질을 하면서 서럽게 눈물을 후드득후드득 쏟아 냈다. 이아나는 프리실라에게 칭찬을 해 준 적이 거의 없다는 걸 깨달았다.

프리실라는 언제나 먼저 옷을 들고 달려들었고, 옷은 언제나 한 땀 한 땀 정성이 들어가 있는 데다 세련되고 깔끔한 디자인이라 이아나의 취향에 부합했다. 이아나는 정성이 듬뿍 들어간 옷이 더럽혀지거나 망가질까 싶어 계속 거절하다가, 프리실라가 징징대기 시작하면 얼떨떨하게 승낙하곤 했다. 그러면 프리실라는 고맙다고 방긋방긋 웃었다. 옷을 선물 받고도 먼저 감사 인사를 받는 바람에 감사 인사를 할 겨를이 없었다. 이아나는 자연스럽게 칭찬에 박해졌다.

프리실라의 옷을 싫어하지 않는다. 프리실라 또한 싫어하지 않는다. 아니, 싫어하지 않는다는 말은 옳지 않다. 오히려 좋아하고 있었다.

처음부터 나쁜 소문을 신경 쓰지 않고 이아나 자체에만 집중하던 프리실라. 이아나의 몸에 제가 만든 옷을 가져다 대 보면서 히죽거리며 웃는 프리실라. 언제나 이아나에게 있는 대로 호감을 드러내는 프리실라.

언제부턴가 이아나는 애완동물처럼이라고 하기는 뭐하지만 그런 그녀를 귀엽게 보고 있었다.

프리실라의 행동들은 모두 자신을 향한 호의에서 비롯되었다. 그녀의 호의를 호의라고 인식하지 못한 채 너무 익숙해진 모양이었다. 이아나는 그런 스스로를 반성했다.

'상처를 준 걸까.'

프리실라가 상처받는 걸 원하지 않았다. 그럼 솔직해지면 될까? 싫어할 것 같진 않은데. 이아나는 망설이다가 입을 열었다.

"……당신의 옷이 예쁘니까."

"네?"

"저는 눈에 띄는 걸 원하지 않는데 당신의 옷이 예뻐서 입으면 눈에 띌 것 같으니까, 그래서……. 당신의 옷도, 당신도 싫어하지 않습니다. 아니, 좋아합니다. 그리고 말은 잘 하지 않았지만 당신의 솜씨가 무척 훌륭하다고 생각합니다. 제게 과분할 정도로요. 항상 고맙습니다."

대답이 없다. 이아나는 어쩐지 민망해져서 이마를 짚었다가 프리실라를 흘끔 보았다. 그리고 흠칫 놀랐다. 프리실라가 조금 전과는 비교도 안 되게 눈물과 콧물을 쏟아 내고 있었다.

"이이아아나아 야아아아앙!"

이아나를 와락 껴안은 프리실라의 눈이 희번덕거렸다.

"하아하아, 자기를 평생 내 것으로 덮어 버리겠어!"

'변태…….'

이아나는 그렇게 생각했다. 하지만 프리실라가 좋아서 어쩔 줄 몰라 하는 걸 보면서 어쩔 수 없다는 듯 웃었다.

그 후, 프리실라는 한참이나 이아나를 붙잡은 채 씨름을 했다.

프리실라가 준비한 드레스는 하늘에서 눈이 내리는 듯한 풍경을 담아낸 듯했다. 눈꽃 자수가 수놓아진 시스루 천이 목과 가슴 윗부분을 덮었다. 시스루 천 위를 가득 장식하는 반짝거리는 큐빅들은 백색 드레스 자락으로 내려갈수록 듬성듬성하게 떨어져 내렸다. 추운 겨울이라 팔과 등을 천으로 덮은 덕분에 이아나의 탄탄한 몸과 잔상처가 군데군데 나 있는 피부는 모두 가려졌다. 몸이 가려지자 이아나는 다른 소녀들과 다를 바가 없었다.

단정하게 땋아서 말아 올린 머리카락을 반짝거리는 큐빅과 백진주로 제작된 꽃 모양의 핀을 꽂아 고정시켰다. 얼굴에 은은한 빛이 감도는 파우더를 펴 바르고, 날 선 눈매를 붓으로 내려 그렸다. 눈매를 누그러뜨려서일까? 이아나는 제 나이다운 소녀처럼 보였다.

하얀색과 분홍색의 그러데이션으로 눈두덩을 옅게 칠한 후, 복숭앗빛의 분을 뺨에 살짝 덧칠했다. 프리실라는 이아나의 턱을 붙잡고 투명하면서도 보기 좋은 붉은빛의 립글로스를 발라 주면서 격한 만족스러움에 입술 끝을 떨었다.

은은하게 빛날 뿐 강렬하진 않다. 힘을 주어 치장하고 올 이들에 비하면 아주 수수했다. 시선을 일부러 주지 않는다면 화려한 빛으로 가득할 귀족들 사이에 묻힐 게 분명했다.

그러나 아주 예뻤다. 발견하기는 어려울지 몰라도, 한번 시선을 주면 쉽사리 떼어 낼 수 없으리.

"끝!"

프리실라는 이아나를 졸졸 따라다닌 보람을 느꼈다. 자신의 뮤즈가 제 손에서 작품으로 완성되는 순간에는 언제나 아찔한 쾌감이 심장을 폭포수의 거센 물방울들처럼 두들긴다. 이는 이아나를 만난 이후에야 느낄 수 있었던 짜릿한 만족감이었다.

"흠."

이아나는 눈을 뜨고 거울에 비친 제 모습을 이리저리 비춰 보았다. 확 달라진 제 모습이 뭔가 이상했다.

옆에서 구경하고 있던 사라체가 감탄해서 박수를 쳤다.

"프리실라 양, 정말 솜씨가 좋군요."

"후후. 이게 제가 하는 일이니까요, 부인."

프리실라는 후우, 하고 땀이 송골송골 맺힌 이마를 손등으로 슥 닦아 냈다. 그러더니 두 주먹을 불끈 쥐었다.

"이걸로 아르하드 군은 맛이 갈 거야!"

"이제 그만 좀 하시죠."

프리실라가 망상을 하며 좋아서 발을 구르자 이아나는 지겨운 기색을 풍겼다. 하지만 예전과 같이 거북함이 묻어나는 날 선 반박이 아닌, 달콤한 착각에 빠져 있는 소녀를 타이르는 듯한 태도였다. 아르하드에게 답을 얻어 낸 이아나는 예전보다 한결 느긋했다.

"그분은 저를 동료로 생각하고 있습니다."

"엑, 아르하드 군이 그리 말하던가요?"

"네. 제가 직접 대놓고 물어봤습니다. 저를 사랑하느냐고. 선배님은 절 그냥 함께하고 싶은 동료로 여기고 있다고 답했습니다. 저도 그를 그렇게 생각하고 있고요. 그러니 더 이상 그런 이상한 말 하지 마십시오."

"이 잔인한……."

이아나의 말을 잠자코 듣고만 있던 프리실라가 가느다란 몸을 파르르 떨었다. 나무였다면 나뭇잎이 우수수 떨어졌을 만한 경련이었다.

"식은 빵 덩어리인 이아나 양이라면 엄청 불만 있는 얼굴로 물어봤을 게 분명해. 나한테 그랬던 것처럼 싫어 죽겠다는 표정으로 물어봤겠죠."

"물론 그랬긴 하지만, 그게 무슨 상관입니까? 저는 제 의사를 표현했을 뿐입니다."

이아나는 그의 앞에서 혐오한다는 기색을 숨기지 않았다. 숨길 필요가 없었다. 아니, 오히려 그의 앞에서 더욱 드러내고 싶었다. 그가 자신을 사랑할 리도 없거니와…… 거기까지 생각한 이아나는 고개를 저었다.

"그런 이아나 양을 앞두고 아르하드 군이 사실대로 말할 수 있겠어요?"

"제 태도와 그분의 대답은 관계없습니다. 어쨌든 이제 저와 그분을 그따위 관계로 엮지 마시길. 불쾌합니다."

"으아앙!"

프리실라는 결국 더 이상 말을 잇지 못하고 화장대 위에 쓰러졌다.

프리실라에게는 두둑이 사례했다. 프리실라는 돈을 받지 않겠다고 손을 내저었지만 이아나가 공짜로 받을 만한 옷이 아니라고, 당신의 옷이 시중에 있었다면 틀림없이 돈을 주고 샀을 것이라 단호히 말하자 그녀는 쑥스러워하면서도 무척 기뻐하며 돈을 받았다.

덜컹덜컹.

그리고 이아나는 현재 로베르슈타인가의 마차를 타고 있었다. 체르노, 사라체, 하르첸, 이아나. 마차 내부에 다소 불편한 침묵이 흘렀다.

이아나는 창밖을 내다보았다. 사과를 했고, 용서를 하여 앙금은 없다지만 이미 벌어진 마음의 거리는 쉽사리 좁힐 수 있는 게 아니었으며, 좁힐 생각도 없었다. 꼭 필요한 대화를 감정이 상하지 않게 나누는 정도가 딱 좋았다.

건국제의 열기와 장미꽃의 향연으로 거리는 온통 울긋불긋했지만 얼어붙은 대기는 푸르스름했다. 차가운 바람에 나부끼는 왕국의 깃발들과 꽃 장식물을 보고 있자니 저녁에 있을 평민들의 풍등행사는 성공리에 끝날 듯했다.

건국제 밤에는 매년 새해의 복된 운수와 나라의 평화를 기원하며 풍등을 하늘 위로 올려 보내는 행사가 열린다. 별만큼 많은 알록달록한 풍등들이 별빛 찬란한 하늘을 장식하는, 오늘만 볼 수 있는 절경이었다.

"이아나, 예쁘다."

하르첸이 칭찬으로 말문을 열었다. 창문 밖으로 겨울의 풍경을 내다보며 이런저런 생각을 하던 이아나는 움찔했다.

테오도르 아카데미에서 공부를 하던 하르첸도 파티에 참여했다. 건국제 파티는 사정이 있지 않은 이상 참여하는 게 좋다. 거의 모든 귀족이 모이기에 귀족끼리 안면 익히기가 좋기 때문이다.

감사합니다, 이아나는 그리 대답했다. 이제 거부할 까닭이 없다. 사라체를 독살하지 않은 이번 생에서 하르첸은 제게 조금도 잘못한 게 없었다.

'아니지, 회귀 전에도 잘못한 게 없었어.'

오히려 자신이 사과해야 할 판이었다.

하르첸은 나이가 많지 않다. 저보다 겨우 네 살이 많았다. 어머니가 독살당했을 때의 나이는 열둘. 그는 어린 나이에 사랑하는 어머니를 잃었고 그에 일조한 저를 미치도록 미워할 수밖에 없었다. 로베르슈타인 가문의 정통 후계자로서 가문을 집어삼키려는 첩의 딸을 적대하는 건 당연했다.

그리고 끝내 불행에 잡아먹힌 이아나의 손에 죽었다.

스스로의 불행에 갇혀 지내다 온전히 성장해서 돌이켜 본 과거에는, 정을 바랐던 철없는 아이 때문에 망가진 한 가족의 시체가 폐허 위에 널빤지처럼 널려 있었다.

"자, 데뷔 축하해. 장미야."

이아나는 하르첸이 내밀고 있는 장미꽃 한 송이를 물끄러미 쳐다보았다.

사라체가 죽지 않은 지금, 하르첸은 이아나에게 친오라버니처럼 상냥하기만 했다. 과거에서 벗어나지 못한 이아나가 거부했을 뿐이다. 뭘 해도 차갑게 거부하는 계집아이에게 다가갈 방법을 찾지 못했던 하르첸은 말없이 꽃을 보내왔다.

드높게 세웠던 벽을 허문 이아나의 심장에, 자신이 죽였던 하르첸은 꼴도 보기 싫다는 이기적인 거북함이 아닌 저릿한 죄책감과 미안함이 아르하드가 타 주었던 부드러운 차향처럼 맴돌았다.

만일 회귀 전 르보니가 사랑을 빨리 포기했었다면, 내가 부질없는 애정에 매달리지 않았다면, 그래서 사라체를 독살하지 않았다면 우리의 관계는 달라졌을지도 모르지. 최악으로 치닫지는 않았을지도 몰라.

붉은 장미가 무척 선명하게 시야를 적셨다. 이아나는 하르첸이 내밀고 있는 장미꽃을 쳐다보며 생각했다.

'역시, 내게 있어 사랑은 최악이야.'

쓸데없는 생각을 했다고 여긴 이아나는 고개를 저었다. 이미 지나간 과거, 무의미한 상상일 뿐이었다.

이아나는 천천히 손을 내밀었다.

"……고맙습니다."

처음으로 꽃다발을 받았다. 하르첸은 놀란 표정을 지었다가 이내 옅은 미소를 지으며 고개를 끄덕였다. 이아나는 손에 쥔 장미를 무릎 위에 놓았다. 그리고 다시 창문 밖을 바라보았다. 남매의 행동을 지켜보고 있던 사라체와 체르노의 얼굴이 다소 밝아졌다.

이아나가 변했다. 받아들일 생각은 추호도 없는 듯하나 예전처럼 칼같이 거부하지는 않았다. 이아나가 변한 건 의상대회 마지막 날, 그녀에게 꽃다발을 안겨 주던 사람들과 방학식에서 보았던 그 잘생긴 청년 덕분인 걸까. 그는 이아나를 정말로 아껴 주는 것 같았으니까.

사라체는 쓴웃음을 지었다.

이아나는 좋은 아이니까, 시간이 지나면 모두가 그녀를 자연스럽게 받아들일 수 있을 거라고 생각하며 따로 손을 쓰지 않았다. 하지만 모욕적인 소문의 수준이 그 정도로 심할 줄은 몰랐다. 알았으면 조치를 취했을 것이다.

변명 같지만 하인들이 쉬쉬하느라 온실 속의 부인에 불과한 제가 몰랐다는 게 이유라면 이유다. 하인들이 그녀를 싫어하고, 영지민들도 그녀를 꺼려한다는 건 알고는 있었지만, 그녀에게 향하는 모욕을 제 눈으로는 직접 목도하지 못했기에 그리 지켜보고만 있을 수 있었다.

의상대회에서 이아나에게 작두날처럼 떨어지던 잔인한 모욕들. 그것을 직접적으로 목격한 사라체는 크나큰 충격을 받았다. 만일 자신이 그곳에 서 있었다면 머리가 하얗게 질려 도망쳤을 것이다. 하지만 이아나는 익숙한 듯 서 있었다. 그런 것들을 늘 버텨 왔던 것이다. 거기서 무언가 잘못되어도 한참이나 잘못되었다는 걸 알았다.

시간에 맡기는 것, 자연스러운 변화를 믿는 것. 그만큼 무책임한 게 없다는 걸 사라체는 깨달았다. 다른 사람의 시선이 변하더라도 당사자는 이미 상처받은 후다. 만일 정말로 이아나를 위했다면 하인들과 영지민들이 함부로 떠들어 대지 못하도록 처음부터 엄하게 단속해야 했다. 하물며 이아나는 아이가 아닌가. 누구 하나는 그녀의 방패막이가 되어 보호해 줬어야 했는데 그러지 못했다.

부끄럽다. 이아나를 위한다고 입으로는 떠들어 대면서도 정작 한 건 없다.

'이제부터라도 할 수 있는 일을 해야 해.'

사과를 했을 때, 맑은 눈빛의 이아나는 마음에 담아 두지 않는다고 말했다. 말로 하는 사죄는 이제 무의미했다.

'그렇다면 말이 아닌 행동으로 해야겠지.'

사죄란, 누군가가 어른들의 잘못을 이아나에게 떠넘겨 탓하지 못하게 하는 것. 가문이 이아나에게 해 줄 수 있는 모든 걸 지원해 주는 것. 그리고…… 그녀가 원하는 대로 가문에서 제적시키는 것.

이미 너무 잘못되어 돌이킬 수 없는 관계였다. 이아나의 어미인 르보니부터 시작해 첫 단추부터 잘못 채운 관계는 전부 다 풀어내고 다시 채우지 않는 이상 올바른 관계를 정립할 수 없었다.

잘못 채운 단추를 끝까지 풀어내는 게 다시 옷을 입는 한이 있더라도 바르게 입을 수 있는 유일한 방법. 이아나를 향한 사과가 그 첫 번째 단추였다. 잘못했던 것을 하나하나 바로잡고 사과하면서 마지막에는 그녀를 풀어 주는 게 단추를 모두 풀어내는 방법이리라.

모든 게 처음으로 되돌아간다. 드리웠던 붉음이 사라지면 로베르슈타인 가문은 푸르른 고요를 되찾을 것이고, 이아나는 그녀를 숨 막히게 했던 푸름으로부터 독립해 하늘로 휘영청 떠오를 것이다. 서로의 정체성과 가치를 생각한다면 끝이 나야 맞는 관계였다.

'그 후에 새롭게 좋은 관계를 맺을 수 있다면 얼마나 좋을까.'

마차가 왕성 앞에 도착했다. 뉘엿뉘엿 저물어 가는 해는 왕성의 꼭대기에 걸려 있었다. 왕성의 마차 정류장에는 늦게 온 게 아닌데도 번쩍거리는 마차들로 빼곡히 차 있었다. 마구간지기와 마차를 관리하는 시종들이 분주하게 돌아다녔다.

이아나는 창밖으로 끝없이 펼쳐져 있는 정원과 거대한 왕성을 보았다. 건국제를 위해 장미꽃과 장식물, 화려한 빛을 뿜어내는 아티팩트들로 장식된 하얀 왕궁은 무척 아름다웠다.

회귀 전에는 제집처럼 드나들었던 왕궁이지만 오랜만에 보니 어색하기도 했다.

체르노가 먼저 마차에서 내려 사라체를 에스코트하자, 하르첸도 내려서 이아나에게 손을 내밀었다. 이아나는 숨을 고르게 내뱉었다. 그리고 하르첸의 손을 붙잡고 마차에서 내렸다.

건국제 파티는 야외와 실내 홀에서 열린다. 홀은 하얀 대리석을 토대로 건설되었다. 홀 제일 안쪽에 세워진 왕좌의 뒤에는 로안느 왕실의 문장이 수놓아진 태피스트리가 걸려 있고, 기하학적인 패턴이 그려진 타일이 홀에 어우러지도록 깔려 있다.

높은 천장과 벽에는 화가들이 그린 그림과 조각사들이 새긴 우아한 조각이 금은과 어우러져 우아함을 뽐냈고, 천장에서 길게 내려온 크리스털 샹들리에들은 반짝반짝 빛나며 홀을 밝혔다.

벽에는 개폐가 가능한 유리문이 많은데, 모두 조그마한 테라스로 연결되어 있다. 테라스들은 벽으로 각각 구분되어 서로의 영역을 침범하지 않으므로 한 테라스에서 다른 테라스를 훔쳐볼 수 없다.

테라스는 파티에 지친 귀족들이 쉴 수 있는 개인적인 공간. 방해받고 싶지 않을 때는 들어갈 때 커튼을 치고 들어간다. 연인이 로맨틱한 행각을 벌이기 위해 테라스를 차지할 때도 커튼을 친다. 커튼이 쳐져 있는 테라스에는 들어가지 않는 게 암묵적인 룰이었다. 하지만 커튼을 치지 않고 테라스에 혼자 들어가는 것은 나 외로우니 대화 상대가 되어 달라는 뜻과 상통했다. 홀에 있던 귀족이 유리창 너머로 보이는 테라스의 사람을 발견하고 그 사람이 마음에 들면 문을 열고 들어가 대화를 나누는 일은 귀족들이 즐기는 파티의 유흥 중 하나이다. 심지어 처음 만난 주제에 서로가 마음에 들어 커튼을 치고 뜨거운 성애를 즐기는 귀족들도 있었다.

물론 커튼이 쳐져 있더라도 눈여겨보고 있던 귀족이 테라스에 들어가는 걸 목격할 시, 용기 있는 귀족은 테라스 문을 한번 똑똑 두들겨 본다. 만일 무시한다면 망신도 그런 망신이 없겠지만 기본적인 룰을 어기는 무례를 저지를 정도의 간절함을 높이 사서, 테라스의 귀족들은 기분이 나쁘지 않은 한 정중하게 사양해서 돌려보내거나 호기심에 들여보내 주곤 했다.

화려한 홀 앞의 정원은 건국제를 위해 키워 낸 화려한 장미꽃들과 관상용 식물들이 어우러져 무척 아름답다.

귀족들을 수용하는 건 홀만으로도 충분하지만 정원을 도외시하고 홀 안에서만 파티를 즐기는 건 손해이므로 풍치를 마음껏 즐길 수 있도록 야외에도 하얀 테이블보가 덮인 동그란 테이블과 의자가 놓여 있었다. 안에서 파티를 즐기다가 야외로 나와 시종들이 나르는 고급 와인과 왕궁의 요리사들이 성심성의껏 조리한 요리를 맛볼 수도 있고, 다른 귀족들과 도란도란 대화를 나눌 수도 있으며, 홀에서 흘러나오는 잔잔한 음악에 몸을 싣고 분위기 있는 춤을 출 수도 있었으므로 정원까지 개방된 파티는 귀족들에게 환대를 받았다.

이아나는 길게 펼쳐진 레드 카펫을 밟으며 환한 빛이 뿜어져 나오는 홀로 향했다. 홀의 입구에서는 시종들이 일일이 귀족의 신분을 확인하며 명단을 체크하고 있었다. 시종들은 입구에 선 로베르슈타인가 사람들에게 허리를 깊이 숙이며 인사했다.

"어서 오십시오. 신분을 밝혀 주시겠습니까?"

체르노가 품에서 초대장과 함께 가문의 문장을 꺼내자 접대하던 시종들은 숨을 들이켰다. 거물이었다.

로안느 왕국은 귀족이 많은 편이지만 이는 남작과 자작 같은 낮은 지위의 귀족들 얘기고 백작 이상의 고위 귀족 수는 거의 고정되어 있다. 왕의 형제들이나 여왕의 부군에게 주어지는 대공이라는 특수한 계급을 제외하고, 드넓은 로안느에서 고위 귀족이라 불릴 수 있는 가문은 오십 개도 되지 않았다.

로안느와 유구한 역사를 함께해 온 타루이트 공작가, 워니프리드 공작가와 이들에 비하면 최근에 공작가로 격상된 솔사비어 공작가를 포함한 삼 공작이 왕국 내에서도 광활한 영지를 다스린다.

후작 가문에는 5대 공신 가문인 오웬 후작가, 클라우드 후작가와 바하무트와의 전쟁 도중에 공을 세워 후작이 된 타치투스 후작가, 메네스트리에 후작가가 있는데, 왕의 검이라 불리는 차이판 후작가가 이번 대의 가주인 겔로니언 차이판에 의하여 백작가에서 최근 후작가로 새로 승격했다.

그 아래로 삼십여 개의 백작 가문이 있다. 그중에서도 로베르슈타인 백작가는 개국공신 가문으로, 부귀영화를 뿌리치고 변경에 자리 잡았다. 개국공신 가문 중 유일한 백작 가문이었지만 영향력으로 따지자면 후작급이었다.

공후백을 제외한 삼천여 명의 귀족들은 모두 자작과 남작, 그리고 준남작의 작위였다. 승작이 몹시 어렵기에 까마득한 고위 귀족은 우러러볼 수밖에 없는 위치에 있었다.

"순백의 드레스를 입으신 레이디, 데뷔를 축하드립니다."

건국제 파티에서 데뷔를 하는 여성들에게는 왕궁의 정원에서 꺾어 장식한 장미꽃 바구니를 하나씩 안겨 준다. 왕궁 정원사들이 정성스레 준비한 싱그러운 장미꽃들과 리본으로 장식된 바구니는 아주 아름다워서 데뷔 선물로 손색이 없었다. 이아나는 거기에 하르첸이 선물한 장미꽃을 꽂았다.

"로베르슈타인 백작 각하 외 가족분들 드십니다!"

귀족이 많기에 새로 온 귀족들이 입장할 때면 이렇게 시종들이 확성 아티팩트를 들고 목이 터져라 외친다. 홀에 있던 귀족들은 관심을 가지고 있는 귀족들이 등장할 때마다 입구를 주시했다. 그리고 수도에 잘 오지 않는 로베르슈타인 백작 가문은 많은 이들의 주목을 받을 만했다. 그들 중에서도 처음으로 사교계에 등장한 이아나에게 시선이 쏠렸다.

"저 여인이……."

"이아나 로베르슈타인……."

처음부터 로베르슈타인 가문의 부도덕과 불명예의 상징으로 찍혀 있던 이아나였다. 게다가 외조부를 제 손으로 죽인 죄는 외조부의 신분이 평민이었다는 점, 그녀를 먼저 죽이려 했다는 점에서 정상참작되었지만 평판은 더욱 나빠졌다.

작년에는 학술원의 검술학부에 입학했다는 소문으로 귀족들의 안줏거리가 되었으며, 블랙폭시의 노예상에서 노예로 등장했다는 소문으로 도마에 올랐다.

그 후, 학술제에서의 활약은 이아나를 최고 유명인의 반열에 올렸다. 의상대회와 검술제에서의 우승도 놀랍지만, 무엇보다 로안느 왕실의 실세이자 귀족들의 우상인 슈나이더 레제 로안느가 그녀를 경매에서 낙찰받기 위해 눈에 불을 밝힌 사건. 그리고 슈나이더를 제치고 정체불명의 사내에게 50만 골드라는 거금에 낙찰당한 사건은 오랜 시간 회자되었다.

아직 찜찜한 시선은 남아 있지만 슈나이더가 관심을 가졌다는 사실 하나만으로도 그녀의 불편한 소문은 한결 누그러졌다. 그리고 로베르슈타인 가문의 가주가 그녀를 인정하며 함부로 대하지 말라고 엄포를 놓았기에 이아나는 충분히 가치가 있는 여자가 되었다. 몇몇 귀족들은 정치적인 계산으로 머리를 굴려 댔고 몇몇은 정략결혼을 생각하는 지경에 이르렀다.

"어미가 사내들을 홀릴 정도로 예뻤다더니 그 딸도 과연……."

가십거리를 차치하고, 이아나 로베르슈타인은 소문대로 예뻤다. 이아나에게 한번 시선을 준 청년들은 쉽사리 눈을 떼지 못했다. 눈을 내리뜬 채 귀족 영애의 걸음걸이로 사뿐사뿐 걷고 있는 이아나는 보면 볼수록 예뻤다.

하지만 소녀를 학술제에서 이미 한 번 보았던 귀족들은 눈을 비볐다. 저 소녀가 의상대회에서 위압적이면서도 아름다움을 뽐냈던 붉은 소녀가 맞는가? 검술제에서 악귀와도 같은 면모를 보이며 강력한 검사가 될 사내들을 짓밟았던 그 붉은 여검사가 맞느냐 말이다.

그들이 보았던 아름다움과는 차이가 있었다. 루비처럼 영롱한 적안과 선명한 적발은 여전했지만 검을 쥐지 않은 데다 얌전히 다니는 이아나는 평범한 귀족 소녀처럼 보였다. 동물로 비유하자면 새침하고 도도한 귀족 고양이 같았다.

그녀의 나이는 이제 열일곱, 소녀에서 여인으로 성장하는 꽃다운 나이였다.

로베르슈타인 백작 가문이 파티장에 자리 잡자, 그들과 친분이 있었던 귀족들이 앞다투어 다가갔다.

"체르노, 오랜만일세."

체르노는 인사를 받아 주다가, 풍채 좋은 금발의 중년 사내가 앞으로 나서자 반가운 기색으로 그를 맞았다.

"오, 메르노프. 이렇게 바로 얼굴을 보니 반갑네. 학술제 이후로 한번 보려고 했었는데 자네가 없더군?"

"급한 일로 동쪽에 다녀왔거든."

그는 모노빈카 백작 가문의 가주, 메르노프 모노빈카였다. 테오도르 아카데미에서 체르노와 함께 학창 시절을 보낸 절친한 친우이며, 체르노와는 달리 영지는 그의 보좌관들에게 맡겨 두고 수도에서 정치를 하는 수도 귀족이었다.

메르노프는 사라체에게 고개를 숙여 인사했다.

"부인, 오랜만입니다. 이제 몸은 괜찮으신지?"

"하루 종일 밖에 나와 걸어 다녀도 될 정도예요. 걱정해 주셔서 감사해요."

사라체가 치맛자락을 살짝 잡아 올리며 그에게 인사했다. 메르노프는 인사를 하는 하르첸에게 잠시 시선을 주었다가, 뒤에서 얌전히 서 있는 이아나를 보았다.

"하르첸은 수도에서 자주 보았고. 이 아이가……."

"내 딸, 이아나라네."

이아나는 딸이라는 익숙하지 않은 호칭에 움찔했지만 이내 침착한 모습으로 되돌아왔다.

"그렇군. 아주 어릴 적에 보고 처음 보는구나."

"……만나 뵙게 되어 영광입니다, 모노빈카 백작님."

이아나는 껄끄러워서 인사를 하고 바로 시선을 돌렸다.

메르노프 모노빈카.

회귀 전 로베르슈타인 가문을 몰살시키고 저 혼자 로베르슈타인의 이름을 단 이아나를 극도로 혐오했던 그는 이아나와 척을 지다 못해 훗날 페르난도의 편에서 슈나이더의 왕위 찬탈을 저지하다가 그녀의 손에 죽었다.

죽는 그 순간까지 메르노프는 이아나에게 악랄한 저주를 퍼부었었다. 하지만 현재, 그 시간을 기억하지 못하는 메르노프는 이아나를 보면서 허허거리며 웃었다.

"소문과는 다르게 부끄러움을 타는가?"

"그럴 리가. 아마 자네의 느끼한 얼굴이 거북한 게 아닐까 싶네."

"뭐라고. 감히 내 잘생긴 얼굴에 대고 그따위 말을 하다니, 책벌레 주제에 나와 결투를 하고 싶은 건가?"

짐짓 화난 척을 하던 메르노프가 얼굴을 풀고 다시 이아나를 보았다.

"소문은 많이 들었다네. 왜 테오도르 아카데미로 보내지 않고."

"딸아이가 발젠타로 가기를 바랐네. 그리고 그곳에서 아주 우수한 성적을 거두고 있다는 건, 수도에 사는 자네라면 더 잘 알겠지."

"정말 독특한 여아구나. 아니, 이제 레이디인가."

메르노프가 장미 한 송이를 들고 주변에서 서성거리던 그의 시종에게 손짓하여 장미를 건네받았다. 그리고 그것을 이아나에게 내밀었다.

"아주 아름답게 자랐구나. 사교계 데뷔를 축하한다. 축하의 의미로 장미 한 송이를 준비했단다."

이아나는 메르노프가 내민 장미꽃을 뚫어져라 쳐다보았다.

"너의 아버지와는 막역한 사이이니 어려운 일이 있으면 언제든지 나를 찾아오너라."

메르노프는 이아나에게 거부감을 보이지 않았다. 오히려 호의적이었다. 친우인 체르노가 그녀를 증오하지 않았고, 이아나가 학술원에서 우수한 성적을 거두었으며, 슈나이더 왕자가 그녀에게 관심을 보인 탓이다.

"예."

이아나는 메르노프의 장미를 받았다. 저도 사람이긴 사람인 모양이다. 지나간 시간은 지워졌으니 과거에 얽매이지 않기로 결심했음에도 이리 질척거리는 걸 보면 말이다. 사람 마음이라는 게 뜻대로만 이루어지면 얼마나 좋겠나.

생각해 보니 저번 생에서는 목을 베어 죽였다지만, 이번 생에서는 이렇게 잘 살아 있는데 제가 왜 꺼림칙해야 하나 싶었다.

제 결심을 떠올리며 마음을 다잡은 이아나는 어깨를 펴고 메르노프를 마주했다. 처음과는 달리 당당해진 이아나의 태도에 메르노프의 눈에 이채가 서렸다.

"하르첸 님, 오랜만입니다."

"사라체 부인, 여전히 아름다우시군요. 건강은 좋아지셨는지요?"

"옆의 아름다운 레이디는 소문이 자자한 여동생분이시지요."

"레이디 로베르슈타인, 데뷔를 축하합니다."

"저에게 학술원의 이야기를 들려주시지 않겠습니까?"

"무엇을 계기로 검을 잡으신 건지요?"

메르노프와 체르노가 대화를 나누는 사이, 사라체와 하르첸, 이아나에게 다른 귀족들이 말을 걸어왔다. 그들의 관심사는 이아나였다. 사라체와 하르첸은 다른 귀족들을 상대해 본 적이 없는 이아나가 곤란해할까 봐 그녀의 옆에 계속 붙어 있었다.

하지만 쓸데없는 걱정이다. 이아나는 회귀 전 저를 지독하게 모욕하는 귀족들을 이골이 나도록 상대해 봤다. 이번에는 모욕이 아니라 관심이라는 점이 달랐지만.

'회귀 전과는 아주 다른 대우로군.'

이아나는 손바닥 뒤집듯 바뀐 청년 귀족들의 태도에 속으로 콧방귀를 뀌었다.

그녀는 대충 질문에 대답해 주면서 주변을 둘러보았다. 하얀 드레스를 입은 여인들이 곳곳에서 눈에 띄었다. 데뷔식에서 관심을 받고 싶은 건 누구나 마찬가지기에, 그들은 얼굴에 시샘과 부러움을 내비쳤다.

이아나는 빨리 왕족과 안젤리나가 등장하여 파티가 시작되길 바랐다. 안젤리나가 나오면 관심은 모두 그녀에게 쏠릴 것이고, 이 지겨운 대치는 끝날 터였다.

그녀는 미리 춤을 추기로 약속되어 있는 사람들이나 청해 오는 사람들과 춤 몇 번을 춘 후에 피곤하다는 이유를 대고 정원으로 나가 홀로 시간을 보낼 계획을 세웠다. 파티는 참가하더라도 귀족들과 친분을 쌓고 싶은 생각은 없었다.

"이아나 양!"

친숙한 목소리가 들려왔다. 지겨운 표정을 애써 감추며 무뚝뚝하게 말을 받아 주고 있던 이아나가 고개를 번쩍 들었다. 저 멀리서 장미꽃 한 송이를 들고 다가오는 헤레이스가 보였다. 헤레이스는 반가움을 감추지 못한 채 활짝 웃었다.

"와, 이아나 양, 정말 예쁘네요. 눈이 부셔요. 데뷔 정말 축하해요!"

"헤레이스, 그 무슨 무례한 어투냐!"

한 사내가 성큼성큼 다가오더니 헤레이스를 혼냈다. 점잖은 콧수염에 단단한 콧대, 굵직한 일자 눈썹과 엄격한 기세를 간직한 갈색 눈동자가 이아나의 눈에 들어왔다.

"어투도 어투거니와 가주님께 먼저 인사를 드려야 한다는 것, 잊었느냐? 학술원에 가서 귀족으로서의 소양은 모두 잊고 온 모양이구나."

"죄송합니다, 아버지."

그는 헤레이스의 아버지, 토호크 벤덤 자작이었다.

벤덤 자작가, 영지는 없지만 우습게 볼 수 없는 가문이다. 대대로 왕에게 충성을 바쳐 온 골수 왕실파 귀족 가문이며, 현 가주인 토호크는 현왕 하리오스 맥시엄 로안느가 아주 신뢰하는 기사였다. 벤덤 검술로 유명한 그의 가문은 기사와 병사 모집 기간마다 수련병들이 들끓었으며, 벤덤 기사단의 실력은 왕국에서 손꼽혔다.

토호크는 체르노와 메르노프를 향해 고개를 숙였다.

"체르노 님, 오랜만에 뵙습니다. 그간 강녕하셨습니까?"

"물론이네, 토호크. 자네는 여전하군. 그런데 이아나와 자네의 아들이 친분이 있는가?"

"학술원 동기라고 하더군요. 레이디 로베르슈타인, 이리 뵙게 되어 아주 기쁩니다. 헤레이스와 츠레비스의 아비 토호크 벤덤입니다."

토호크가 이아나에게 고개를 숙여 인사를 하자 이아나 또한 치마를 살짝 잡으며 인사를 했다.

"라오스의 광명이 함께하시기를. 저야말로 헤레이스 공자에게 신세를 많이 지고 있습니다."

"로베르슈타인 백작님, 레이디 이아나에 대한 반가움에 앞서 먼저 인사를 드리지 못한 저의 무례를 용서해 주십시오."

헤레이스의 사죄에 체르노는 천천히 고개를 끄덕였다. 헤레이스는 웃으면서 이아나에게 꽃을 건네었다.

"레이디 이아나, 데뷔 정말 축하합니다. 오늘도 정말 아름다우십니다."

이아나는 고맙다는 말과 함께 꽃을 건네받았다. 그때 토호크의 뒤로 익숙한 얼굴이 또 하나 다가왔다. 드레스를 화려하게 차려입은 중년 여인과 함께 도착한 그는 토호크의 옆에 서서 체르노에게 직각으로 허리를 굽혔다.

"처음 뵙겠습니다, 로베르슈타인 백작님."

"자네는?"

"벤덤 가문의 츠레비스 벤덤입니다. 저 또한 학술원에 다니고 있고, 레이디 로베르슈타인께 은혜를 입은 적이 있습니다. 오랜만입니다, 레이디."

침착한 츠레비스의 인사에 이아나도 인사를 했다. 토호크는 두 형제, 헤레이스와 츠레비스를 번갈아 보다가 흠, 하고 만족스러운 얼굴로 고개를 끄덕였다.

"츠레비스, 이분이 네가 말한 그분이니?"

"예, 어머니."

뒤에서 그들을 지켜보고 있던 중년 여인이 앞으로 나섰다.

"벤덤 가문의 살림을 맡고 있는 세실리스 벤덤입니다."

세실리스는 이아나를 못마땅하게 쳐다보았다. 츠레비스는 이아나를 칭찬했지만, 소중한 아들이 이아나 때문에 만신창이가 되어 방에서 두문불출한 몇 개월을 지켜본 세실리스는 이아나가 마음에 들지 않았다. 그런 감정을 직접적으로 내비치지 않으려 노력했지만 말투에서 묻어 나오는 잔가시는 어쩌지 못했다.

"오, 여기에 있었군."

그 뒤로 필리거 애슐턴트와 겔로니언 차이판이 다가와 이아나에게 반갑게 인사했다. 거물들의 등장에 귀족들이 바짝 긴장해서 얼어붙었다. 무려 왕의 방패와 검. 애슐턴트 백작가의 전 가주이자 전 근위대장과 차이판 백작가를 후작가로 끌어올린 로안느 최강의 검사였다.

"안녕하십니까, 차이판 후작님. 필리거 교수님. 라오스의 광명이 함께하시기를."

"데뷔를 축하하네, 레이디 이아나. 학술원에서 보았을 때와는 사뭇 다른 느낌이군. 아주 아름다워."

이아나가 치맛자락을 잡고 인사한 후 다시 몸을 바로 하자 겔로니언 차이판이 흡족해하며 이아나의 손등에 입을 맞추었다. 그가 이아나를 아주 존중하는 태도를 보이자 구경하고 있던 귀족들이 숨을 죽였다.

겔로니언은 장미를 슥 내밀었다.

"사교계의 데뷔를 축하하네. 자유분방한 성격이라던데, 답답하지 않나?"

평범한 귀족 여성이 이런 말을 들었다면 말괄량이 취급당하는 것으로 알고 얼굴을 붉혔겠지만, 악의가 없음을 알기에 이아나는 장미를 받으며 엷게 웃어 보였다.

"답답하긴 하군요. 영 체질이 아닌지라 곧 제 모습을 보지 못하실지도 모르겠습니다."

"흐음, 흐음. 그래도 나와 춤 한번 춰 주고 도망치든가 하게. 나는 아름답고 젊은 아가씨와 춤추고 싶거든!"

"늙어서 주책이라더니……. 이아나 학생, 꺼려하지는 말게. 겔로니언은 저택에 있는 부인에게 껌뻑 죽는 애처가이니 말이야. 아, 여기서는 레이디 이아나라고 불러야겠군. 데뷔 축하하네."

겔로니언을 타박하던 필리거도 이아나에게 붉은 장미 한 송이를 내밀었다.

"그런 생각, 하지 않았습니다. 감사합니다, 교수님."

"오, 찾았구나."

이아나 일행에게 다가가는 긴 수염의 노인과 중년 사내, 그리고 로브를 쓴 남자를 발견하고 귀족들이 웅성거렸다.

한 명은 로안느 왕국민이면 모르려야 모를 수 없는 발젠타 학술원의 학장이자 열 명의 대마법사 중 한 명인 하인리히였다.

작은 귀족 가문의 일원이었지만 작위를 버리고 자유로운 신분

으로 떠돌아다니며 마법 수행을 한 그는, 가족들이 모두 비명횡
사하고도 몇 년 후에야 다시 로안느 왕국에 나타나 학술원의 학
장을 맡았다. 로안느 왕국에서는 그에게 다시 귀족 작위를 내리
려 했지만 하인리히는 거부했다. 그래서 평민 신분이지만 그의
권위는 무시할 만한 성질의 것이 아니었다.

"하인리히 님."

"오랜만이네, 토호크. 내 바빠서 가문에 잘 들르지 못했군."

토호크가 하인리히에게 공손하게 머리를 숙였다. 하인리히는 지
금은 죽고 없는 장인의 형님이지만 죽은 아내가 친아버지처럼 따
랐기에 장인으로 대하고 있었다. 게다가 대륙에 열 명밖에 없는
대마법사. 벤덤 가문의 든든한 우방군이었다.

"오오오, 이아나 양. 오늘은 눈꽃 요정이구나! 뜨거운 마그마
전사 같던 예전과는 달라!"

하인리히의 옆에서 백발과 탁한 금발을 깔끔하게 걷어 올린 중
년 남자가 방정맞게 말했다. 깔끔한 붉은 로브까지 차려입은 그
는 이아나가 기억하고 있는 지저분했던 모습과는 조금 달랐지만
태도는 똑같았다.

"마이마예 님. 잘 지내셨는지요."

누구기에 이아나에게 이렇게 무례한가, 하고 유심히 쳐다보고
있던 사람들이 익숙하면서도 낯선 이름에 갸웃거리다가 옆에 서
있는 하인리히를 보고 그의 정체를 알아챘다. 그리고 경악했다.

벰피르카 왕국 불의 마탑의 마탑주이자 하인리히와 같이 대마
법사 중 한 명인 마이마예 레비아제!

"로안느의 왕이 제 딸내미 데뷔라고 나한테까지 초대장을 보냈

지 뭔가. 귀찮아서 안 오려고 했지만 이아나 양이 데뷔를 한다고 해서 왔다네. 자, 이건 내 선물일세."

퐁.

마이마예의 손에서 뭔가가 튀어나왔다. 그의 손에는 초록색의 삐뚤삐뚤한 막대기가 하나 들려 있었다. 마치 꽃을 떼고 남은 초라한 연둣빛 줄기 같았다. 마이마예는 이아나에게 그것을 불쑥 내밀었다.

"이게 뭡니까?"

이아나가 정체를 알 수 없는 그것을 받지 않고 이리저리 살피자 마이마예가 씨익 웃었다.

"개화."

마이마예가 개화, 라고 속삭이자 막대기의 끝에 마나가 조금씩 몰려들더니 작은 불꽃이 피어났다. 반딧불이가 모여들듯 점점 커져 가던 불꽃은 마침내 커다란 불꽃이 되었다. 일렁거리는 붉은 불은 장미꽃의 형상을 만들어 내고 있었다.

"특수 제작한 불꽃장미라네. 나는 아주 로맨틱한 중년이지."

마이마예가 그것을 이아나에게 쥐어 주었다. 이아나는 신기한 눈으로 제 손에 쥐여 있는 불꽃장미를 살폈다.

"하니델프와 내가 열심히 만들었어. 장미를 보고 싶으면 개화라고 말하면 되고, 불을 끄고 싶으면 낙화라고 말하면 된다네."

이아나는 '낙화'라고 중얼거렸다. 그러자 불꽃이 연기가 되어 사라졌고, 줄기를 담당했던 막대기만 남았다.

"어때, 멋지지?"

"횃불로 딱이구먼."

잠자코 지켜보던 하인리히가 삭막한 평을 남겼다. 마이마예가 발끈해서 길길이 날뛰어 댔다.

"아니, 하인리히 씨! 이런 엄청난 작품더러 횃불이라니요!"

"감사합니다, 마이마예 님. 소중히 간직하겠습니다."

"어, 어흠. 이아나 양이 마음에 들어 하니 다행이네."

이아나는 신기한 눈으로 초록색 막대기를 살피다가 바구니에 꽃들과 그것을 넣었다.

주변에 있던 귀족들의 시선이 일제히 이아나에게 쏠렸다. 대체 뭔데 저런 특이한 거물들과 알고 지내는 건가 싶었다. 무려 왕의 검에 왕의 방패, 대마법사 둘이다.

스륵…….

그리고 하인리히, 마이마예와 함께 왔던 남자가 뒤집어쓰고 있던 로브를 벗자 귀족들이 헛숨을 들이켰다.

바구니를 정리하던 이아나가 고개를 들었다. 그리고 하인리히와 마이마예의 뒤에서 탁한 눈동자로 저를 빤히 들여다보고 있는 남자를 발견하고 화들짝 놀랐다.

이아나와 눈이 마주치자마자 그가 위로 뻗은 눈썹을 누그러뜨리고 날 선 눈매를 접어 매력적인 미소를 그려 냈다. 로브를 벗는 순간부터 그의 얼굴에서 시선을 떼지 못하고 있던 여인들의 얼굴이 화닥닥 달아올랐다. 하지만 그 미소를 정면에서 받고 있는 이아나만큼은 얼굴이 굳어져 있었다.

왜 왔습니까.

이아나가 심기 불편한 기색을 숨긴 채 입 모양으로 묻자 남자, 아르하드는 어깨를 으쓱이고는 뒤를 돌았다. 이아나는 질책을 회피하는 아르하드를 노려보았다. 그는 이곳에 나타날 이유도 없고,

나타날 수도 없는 처지였다.

대다수가 귀족이고, 평민들 중에서는 이름이 아주 잘 알려진 대상인이나 높은 경지의 마법사처럼 귀족 못지않은 힘을 가진 자들만 초대받을 수 있는 파티였다.

건국제에서는 신분 확인을 위해 가면을 쓰고 나올 수 없다. 아르하드가 눈에 띄는 제 용모를 온전히 드러내야 한다는 뜻이다. 몸을 숨겨도 모자랄 판에, 귀족 중에서도 보기 힘든 잘생긴 외모를 뽐내면 어쩌자는 말인가?

'설마 나 때문에 온 건 아니겠지.'

자의식 과잉이 아닌가 싶었지만 아르하드의 전적을 떠올렸을 때 허튼 가정은 아니었다. 만일 자신 때문에 온 거면 한 소리를 해 줄 생각이었다. 대체 무슨 배짱으로 적국이 될 나라의 사교계에 얼굴을 비친단 말인가? 귀족들의 관심을 받아서 좋을 게 전혀 없는데.

"아르하드 군?"

필리거는 평민이라 생각했던 아르하드가 여기에 있자 다소 놀랐지만, 하인리히와 아르하드의 유대 관계가 깊다는 것을 떠올리고 납득했다. 하인리히는 그에게 아르하드의 출석에 관련해서 양해를 여러 번 구한 적 있었다. 아마 하인리히가 데려온 것이리라.

아르하드가 필리거에게 작게 인사를 했고, 필리거는 고개를 끄덕여 인사를 받았다.

종업식 때 아르하드와 이미 한 번 면식이 있었던 체르노와 사라체는 건국제 파티에 참석한 아르하드의 신분이 궁금해졌지만 그에 대해 아무것도 묻지 말고, 관심도 가지지 말라 했던 가시 돋친 이아나를 떠올리곤 애써 관심을 끊었다.

그때 나팔 소리가 울려 퍼졌다.

"국왕 전하 드시옵니다!"

풍채 좋은 한 남자가 보석을 주렁주렁 단 긴 망토를 끌며 나타났다. 홀 안에 있던 모든 남귀족들은 왼쪽 가슴에 손을 얹으며, 여귀족들은 치마를 살짝 올려 쥐며 허리를 숙였다.

"로안느의 태양을 뵙습니다."

하리오스 맥시엄 로안느.

로안느 왕국의 현왕이다. 보석들로 사치스럽게 치장한 왕은 바다를 가르듯 펼쳐지는 고급 레드 카펫을 밟고 태피스트리가 걸린 홀 앞으로 걸어갔다.

이아나는 고개를 숙인 채 그를 살폈다. 가슴까지 기른 하얀 수염은 그의 늙음을 대변했으며, 얼굴 곳곳에 패인 주름 자국은 화려한 치장으로도 감출 수 없었다. 거무죽죽한 입술과, 겨울인데도 이마에 맺혀 있는 땀과, 기름진 음식으로 살찌운 비대한 배는 그의 몸 상태가 나쁘다는 걸 의미했다.

하리오스는 지금으로부터 오 년 후 지병으로 서거했다. 저 상태를 보니 오 년도 오래 버텼다 싶었다.

왕의 뒤로 왕비 뮤지니엘 로안느가 여덟 살배기 왕자 라이너스 뮤지니엘 로안느의 손을 잡고 나왔다.

강력했던 로안느 데 로안느 여왕은 아름다운 은발과 은안을 타고났고, 그녀는 죽어 가면서 저를 닮은 이들이 왕국을 이끌어 가는 법안을 제정했다. 따라서 로안느 왕국의 왕위는 은발과 은안을 가진 이들에게만 계승권이 주어진다.

국민들은 불만을 가지지 않았다. 여왕에 대한 향수에 젖어 있던 국민들에게 은빛은 몹시 사랑스럽고 자랑스러운 색이었으며 흔하지 않은 은빛은 위대한 로안느 왕실의 특징으로 자리 잡았다.

또한 여왕의 피를 유전적으로 진하게 이어받은 이들은 선천적으로 마나 제어의 재능이 뛰어났기 때문에 이십여 년 전만 해도 전쟁 국가였던 로안느는 은빛의 왕을 환영했다.

뮤지니엘 로안느는 오랜 세월 왕과 관계를 가졌음에도 다른 색이 섞인 두 왕녀만을 출산했고, 왕실의 후계를 생산해야 하는 왕비의 임무를 수행하지 못한다는 이유로 폐위될 위기에 처해 있었다.

나이가 많은 그녀가 왕자를 낳을 것이라고는 누구도 예상치 못했기에 왕세자 자리는 1왕자 페르난도에게 넘어갔다. 그리고 페르난도와 슈나이더의 왕위 계승 싸움이 시작되었다.

그러나 팔 년 전 뮤지니엘이 찬란한 은발과 은안을 가진 라이너스를 낳으면서 왕비의 세력 또한 싸움에 끼어들었다. 그리하여 왕궁의 세력구도는 완전히 세 갈래로 나뉘었다.

왕세자 자리를 지키려는 페르난도 루리아 로안느, 많은 귀족과 백성의 지지를 받는 슈나이더 레제 로안느, 어리지만 적출이라는 이점이 있는 라이너스 뮤지니엘 로안느.

왕의 얼굴에 늘어나는 주름과 함께 권력을 탐하는 자들의 스산한 욕망은 궁정을 자욱하게 채워 가고 있었다.

왕비의 뒤로 사람을 잡아먹는 사갈 같되, 뭇 남자들을 쓰러뜨리고도 남을 만큼 색기 어린 미모를 뽐내는 1후궁 루리아 로안느, 루리아 로안느와 만만찮게 아름다우면서도 기가 세 보이는 2후궁 레제 로안느가 들었다.

그 뒤로는 왕세자 페르난도 루리아 로안느, 2왕자 슈나이더 레제 로안느, 3왕자 시아이외 루리아 로안느가 들었다. 화려하게 반짝이는 금발을 보석으로 치장한 릭실리야 뮤지니엘 로안느, 은은한 은발을 땋아 내린 아름다운 안젤리나 뮤지니엘 로안느도 들었다.

왕은 왕좌에 착석하여 호기롭게 외쳤다.

"오늘은 건국일, 초대왕 로안느 데 로안느께서 위대한 로안느 왕국을 건국하신 날이다. 디슈니트, 읊게."

왕의 보좌관, 콧수염이 멋스럽게 양쪽으로 난 디슈니트 자작이 로안느 왕가의 내력을 읊기 시작했다. 로안느 왕국의 천 년 역사 중 굵직굵직한 사건들이 디슈니트의 입에서 서사시처럼 읊어졌다.

"하리오스 맥시엄 로안느 전하께서 즉위하신 이래, 악독한 바하무트 제국의 침략은 끝났습니다."

길고 또 길었으며, 잔인하고 또 잔인한 전쟁이었다. 첫 전쟁이 발발한 지 천 년이 다 되어 간다.

마도시대 초기, 여왕이 집권하고 있을 때부터 따스한 햇볕과 비옥한 토양을 탐내 남부 대륙을 침범하는 북부의 야만족들은 많았다. 하지만 그들은 아무것도 얻지 못하고 잔인하게 격파당했다. 그러나 바하무트 제국은 아니었다.

왕국들 사이에 어느 정도 국경이 정해지고 대륙에서 전쟁의 광기가 거둬질 즈음, 북부에서 제국을 칭하며 깃발을 들고 일어난 바하무트는 달콤한 꿀과 젖이 흐르는 남부를 토벌하겠노라고 선포했다. 북부의 야만족과 소수민족들을 통합하고 주변의 왕국을 집어삼키며 성장한 거대한 바하무트 제국과의 기나긴 전쟁은 그때부터 시작되었다.

우기나 농사철에는 잠정적으로 잠시 휴전이 되곤 했지만, 일시적인 평화일 뿐이었다. 그들은 일 년에도 몇 번이고 재정비를 해서 남부를 침략했다.

그런 바하무트가 이십 년 가까이 같잖은 시비도 걸어오지 않는 건 처음이었다. 피 냄새와 소중한 가족을 잃은 이들의 울음소리가 가실 날이 없던 로안느 왕국에 어색하면서도 뜨뜻한 훈풍이 불었다. 사치의 바람도 함께 불어왔다.

"이는 주신 라오스께서 하리오스 맥시엄 로안느 전하를 굽어살피고 계신다는 증표입니다. 전하께서 집권하신 이래 백성들이 춤을 추고 노래를 부르기 시작하였으며, 왕국은 다른 국가와의 비교를 불허하며 눈부시게 발전하고 있습니다. 이 모든 것이 전하의 은덕입니다."

연설은 하리오스를 추켜세우며 마무리되었다. 건국제마다 들어 왔던 찬사이지만 하리오스는 몹시 배부른 표정으로 고개를 끄덕였다.

"로안느여, 영원하라!"

"국왕 전하 만세!"

귀족들이 분위기에 취해 환호성을 지르며 박수를 쳤다. 왕이 박수를 두 번 치자 소란은 소강상태로 접어들었다.

"오늘은 건국제지만, 나의 아름다운 딸 안젤리나가 사교계에 처음으로 데뷔하는 날이기도 하다."

하리오스가 손짓을 하자 안젤리나가 그의 곁으로 우아하게 다가갔다. 그녀는 천사가 강림했다고 해도 반론의 여지가 없을 정도로 아름다웠다. 조그맣고 하얀 얼굴과 오밀조밀한 이목구비. 톡치면 부러질 듯한 가느다란 선들이 왕녀를 이루었다. 긴 속눈썹 아래에서 바다처럼 일렁이는 푸른 눈동자. 푸른 눈은 로안느 왕가의 특징이 아니었지만 고귀한 은발과 너무나 잘 어울렸다. 느슨하게 땋아 내린 은발과 눈꽃을 뿌린 듯 투명한 물방울 다이아몬드들로 장식한 새하얀 드레스를 입은 그녀는 요정이 강림한 듯 사랑스럽고 또 아름다웠다.

"그대들은 오늘 나의 딸을 위하여 웃음과 헌신을 아끼지 말아야 할 것이다."

왕이 은방울꽃처럼 청초한 안젤리나에게 손을 내밀자 그녀는 수줍은 기색으로 그의 손 위에 손을 올렸다.

"나의 딸과 오늘 데뷔하는 모든 여인에게 여왕께서 축복을 내릴지어니! 파티를 시작하겠노라!"

왕의 선언과 함께 무도회장에서 숨을 고르며 솜씨를 뽐낼 준비를 하고 있던 악단이 아름다운 선율의 왈츠를 연주하기 시작했다.

"안젤리나, 첫 춤은 나와 추자꾸나."

"예, 아바마마."

과연 오늘은 안젤리나 왕녀의 날이었다. 청년들은 국왕 이후의 춤을 청하기 위해 꼬리에 불붙은 망아지처럼 그녀에게 몰려들었다. 청순한 안젤리나는 소극적이지만 들뜬 기색을 숨기지는 않았다.

사람들은 춤을 춰야 한다는 것도 잊고 국왕과 함께 빙글빙글 도는 그녀를 바라보았다. 안젤리나는 세상에서 가장 아름다운 소녀라 칭해질 만하였다. 신분 또한 부족함이 없어, 타루이트 공작가의 레리트 타루이트와 함께 로안느의 꽃이라 불리기에 손색이 없었다.

아아, 오늘 저 고운 손에 입술을 맞댈 수만 있다면 일 년 내내 축복을 받는 기분일 듯하다. 오늘은 저 아름다운 왕녀가 주인공이리니!

그러나 몇몇 귀족은 계속 이아나를 주시했다. 그녀의 독특한 소문과 로안느 특유의 여성관, 그리고 신분상의 흠집 등 여러 가지 문제가 얽혀 그녀에게는 꽃이라는 호칭이 붙지 않았다. 로베르슈타인 가문은 누구에게나 인정받는 가문이지만 환대하며 꽃으로 떠받들어 주기에는 이아나가 몹시 미묘한 위치에 있었다.

이아나의 외양은 여인들 중에서도 발군에 속했다. 만일 안젤리나가 없었다면 평판이 좋든 나쁘든 그녀가 오늘의 주인공이겠지만 안젤리나, 고귀한 핏줄을 타고난 아름다운 소녀의 데뷔에 귀족들은 그녀를 추켜세웠다.

하지만 무려 왕녀에, 사교계의 꽃이다. 오를 수 없는 나무는 그저 예쁘다, 예쁘다 하며 우러러보기만 할 뿐 현실적이면서도 미적 감각이 있는 청년들은 이아나를 주목했다.

그들은 이아나를 머리부터 발끝까지 훑은 지 오래였다. 오늘 왕녀가 하얀 사슴이라면 이아나 로베르슈타인은 하얀 고양이였다. 순해 보이는 왕녀와는 달리 딱 봐도 새침한 그녀는 한번 침대 위를 함께 뒹굴어 보고 싶을 정도로 매력적이었다.

그래. 그랬다. 얌전히 있을 때는 그저 도도한 귀족 고양이였는데…….

청년들은 침을 꼴깍 삼켰다. 현재 감히 질투도 못 할 정도로 잘생긴 남자를 찌를 듯이 쏘아보고 있는 이아나에게서는 강렬한 기세가 풍겼다. 고양이는, 마치 둔갑하고 있었던 것처럼 늘씬한 백호로 변했다. 함부로 침대에 내던졌다가는 역으로 숨통을 물어뜯겨 침대 밑으로 내팽개쳐질 듯한 위압적인 여자가 되었다.

하지만 이런 점도 매력적이라서, 한번 전력으로 꺾어 보고픈 도전 정신이 들었다.

"……."

이아나는 우수수 떨어져 나간 시선을 기뻐하지 못했다. 악단이 연주를 시작하자마자 다른 청년들이 발을 내딛기도 전에 아르하드가 성큼 걸어서 그녀의 앞에 섰기 때문이다.

"여긴 왜 오셨습니까?"

"너랑 춤추고 싶어서 왔지."

"후……."

아르하드가 무슨 당연한 소리를 하냐는 듯 당당하게 말했다. 자의식 과잉이라고 생각했는데 진짜였다. 이아나는 어이없다는 표정을 숨기지 않았다.

"이 파티는 귀족들과 초대받은 자들만 참가할 수 있습니다. 그런데 평민인 당신이 어떻게?"

아르하드가 작게 속삭였다.

"시골 귀족인 칼리스토 자작의 양아들 신분으로 들어왔어. 내내 평민이었다가 얼마 전 귀족의 양자가 되었다, 라는 게 지금의 내 설정이다. 누구나 납득할 수 있는 훌륭한 거짓말이지."

설마 오늘 여기 들어오려고 양자 자리를 산 건 아니겠지……라고 생각했지만 이제 설마라는 단어는 아르하드 이 남자에게 대입할 수 없다. 확실하다. 이아나는 다시 한 번 한숨을 푹 쉬었다.

"몸을 사려야 하는 것 아니었습니까?"

"사람이 이렇게 많은데 티도 안 난다."

"그 얼굴로 그런 말을 잘도 하시는군요. 지금도 쳐다보고 있는 사람이 수두룩한데."

칭찬으로 듣겠다며 이아나의 가시 돋친 말을 부드럽게 넘긴 아르하드가 손을 내밀었다. 이아나는 제 손이 얹어지기만을 기다리

APONIS
아도니스

는 하얀 장갑을 내려다보다가 아르하드를 찬찬히 뜯어보았다.

로브 밑의 의상은 푸른색으로 포인트를 준 검은 정장이었다. 적당하게 달라붙어 드러난 탄탄한 몸과 긴 다리의 선은 단연 눈에 띄었다. 그가 입은 깔끔한 정장은 다른 귀족들이 입었다면 너무 단출하다는 이유로 흠이 될 수 있었지만 그 옷을 입은 게 아르하드라서 모든 단점이 사라졌다. 이마 위로 결 좋게 흘러내리는 새까만 머리카락과 무게감 있게 가라앉은 금안, 짙은 눈썹과 권태로운 눈매.

아르하드를 이루는 굵은 선들은 한 남자의 오만하면서도 귀족적인 인상을 그려 내었다.

'아.'

귀족들의 사교계에서, 편한 복장도 학술원의 교복도 아닌 정복을 차려입어 누구보다 귀족 같은 그를 마주한 순간 이아나는 새삼스레 깨달았다.

그렇다, 이 남자는 저와 둘이 있을 때는 한없이 허술한 모습을 보이지만 누구보다 고귀하고 오만했던 북국의 황제였다.

"이아나."

간절하게 이름을 부르던 적국의 군주. 제 이름을 애타게 불렀던 검은 사내가 있었다. 그 남자는 눈앞의 남자와 똑 닮은 얼굴로 그에게 오라고 간절하게 회유했다.

삼 년간의 회유와, 슈나이더가 제위한 지 얼마 지나지 않아 발발한 바하무트 제국의 전쟁. 그리고 칠 년……

"이아나, 너는."

전장의 피비린내가 풍겨 온다. 잔인하게 병사를 베어 넘기는 끝에는 그 남자가 있었다.

피보라 속의 그 남자가. 말라붙은 피처럼 까맣지만 황금의 만월처럼 우뚝 섰던 그 남자가.

이지러지고 문드러지는 감정을 내비치며.

"이아나, 네가 대체 뭔데."

그를 찌를 듯이 노려보는 제게 투레질을 하는 흑마에서 뛰어내려 발걸음을 재촉하던 그 남자가, 전장의 광기보다도 섬뜩한 광기를 품었던 그가, 피 묻은 손을 뻗었다.

"이아나, 네가 대체 무엇인데 나는……!"

당신은 어째서…….

"레이디, 장갑을 노려보고만 있지 말고 저에게 첫 춤의 영광을 안겨 주시지 않겠습니까?"

그의 손을 노려보고 있던 이아나는 퍼뜩 정신을 차렸다.

붉지 않다. 하얗다.

바보. 본인을 앞두고 누구를 떠올리는 건지. 정신을 차리기 위해 고개를 설레설레 저은 이아나는 아르하드가 여태 손을 내밀고 있다는 것을 깨달았다.

"……정말로 저와 춤추려고 여기에 오셨습니까?"

"정확히 말하자면 너의 첫 춤을 가져가기 위해서."

이아나의 귀가 살짝 붉어졌다. 어리석다는 생각이 들었지만, 이성적인 판단은 제쳐 두고 귀족들에게 얼굴을 드러내는 것을 감수하면서까지 제 첫 춤을 함께 추고 싶다는 아르하드의 마음이 싫진 않았다.

"훗."

웃음이 나왔다. 아르하드와 춤을 추는 수밖에 없겠구나 싶었다. 그의 돌발 행동을 나무라고 싶은 마음은 둘째 치고, 네 첫 춤을 가져가겠다는 그의 선포를 은근히 마음에 들어 하는 스스로가 현재 이곳에 있음을 깨달아 버렸으므로.

그리고 잘 생각해 보면 강제든 아니든 첫 춤의 상대가 바하무트 제국의 황제가 될 사내라니, 영광으로 생각해야 할 판이다.

이아나가 손을 천천히 내밀었다. 나비가 꽃에 앉듯 조심스레 닿았다. 제 손에 얹어진 이아나의 손을 아르하드는 희열 찬 눈으로 보았다.

꽃이 오므라지는 것처럼 아르하드의 손가락이 접어졌다. 이아나의 손을 붙잡은 아르하드의 손에 힘이 세게 들어가는가 싶더니 그녀를 쭉 끌었다.

귀족들이 춤을 즐기고 있는 홀의 중심에 다다라 아르하드가 이아나의 몸을 강하게 끌어당기자 바닥과 힐이 맞부딪쳐 따닥 하는 소리가 났다. 그는 마주 잡은 손에 힘을 주고, 오른손을 그녀의 왼쪽 날개 뼈 부분에 슬쩍 얹었다. 포옹을 할 때처럼 몸이 밀착했다.

이아나는 아르하드의 어깨 너머로 얼굴을 내밀었다. 여자치고는 큰 키인 데다 손가락 두 마디 정도 높이의 힐을 신었음에도 그를 올려다보아야 했다.

이아나가 아르하드의 팔꿈치 위쪽, 삼각근 밑쪽에 손을 얹었다. 손바닥 밑으로 옷에 감춰져 있던 단단한 몸이 느껴졌다.

"발을 밟을지도 모릅니다. 익숙하지가 않아서."

이아나는 그의 팔을 가볍게 감싸며 작게 속삭였다. 어렸을 때 교양으로 배웠던 춤이 아니라 사교계에 나와서 추는 건 정말 오랜만이었다. 이아나는 걱정은 뒤로하고 일단 춤에 집중하기로 했다.

"마음껏 밟아도 좋아."

아르하드가 너그럽게 말하자 이아나는 작게 웃음을 터뜨리고 말았다. 그 웃음을 아르하드는 눈에 담았다.

"바보. 잘못 밟으면 발등이 파일 수도 있는데."

이아나가 왈츠의 기본자세를 취하며 목을 옆쪽으로 살짝 젖혔다. 앞을 보던 아르하드의 시선이 올려 묶은 붉은 머리칼이 살짝 흐트러져 있는 이아나의 뇌쇄적인 목선을 흘끔 훑었다.

그의 눈동자가 그녀의 턱 선을, 슬쩍 올라가 있는 붉은 입술 선을, 날렵한 콧잔등을 손가락으로 쓸어 올리듯 열기로 매만졌다.

목을 옆으로 살짝 꺾은 채 이아나의 시선이 루비가 또르르 굴러가듯 그에게 흘렀다. 음울한 집착이 맴도는 형형한 금안과 나른한 웃음기를 품은 강렬한 적안이 왈츠의 선율과 함께 허공에서 엉켜들었다.

"저기 봐요."

춤을 추지 않는 귀족들은 춤을 추는 이들을 시야에 담으며 눈에 띄는 이들에 대해 대화를 나누었다. 그런 면에서 이아나와 아르하드는 단연 눈에 띄는 한 쌍이었다.

"저 청년은 누구죠? 저런 얼굴이 눈에 띄지 않았을 리가 없는데. 처음 보네요."

"아까 마이마예 님, 하인리히 님과 함께 들어왔어요. 벤덤가와 관련이 있지 않을까요?"

"하지만 벤덤 자작은 저 청년을 모르는 눈치였어요."

"로베르슈타인 영애와 친한 사이인 모양인데."

사내들이 이아나를 어떻게 해 보고 싶다는 욕망을 품은 것과 마찬가지로 아르하드에게 한눈에 반해서 얼굴을 붉히고 있는 여인들도 있었다.

로맨스 소설에서 읽었던 남자 주인공이 툭 하니 튀어나온 것만 같았다. 귀족적이면서도 금욕적으로 생긴 미남이 제 품 안에 안겨 있는 한 여자만을 뜨겁게 바라보는 시선이란, 이 세상에서 가장 예쁘다는 듯 바라보는 시선이란, 색정적인 의도가 전혀 보이지 않는데도 야릇할 정도로 관능적으로 여겨져 다리에 힘이 풀렸다.

만약 저 품 안에 있는 여자가 저라면 견디지 못하고 저 남자의 팔에 늘어질지도. 저 시선이 제 얼굴과 몸에 내리꽂힌다는 생각만 해도, 저 마디 굵은 손이 제 살에 닿는다는 상상만 해도 쾌감으로 몸이 바르르 떨렸다.

아니, 그런데 저 여자는 대체 어떻게 저런 시선을 저리 아무렇지도 않게 버티는 거야? 보통 여자가 아니다.

'하나, 둘.'

이아나는 춤에 익숙하지 않았기 때문에 아르하드가 이끄는 대로 침착하게 스텝을 밟고 있었다. 자꾸 엉키려는 스텝에 신경을 썼지만 그녀는 결국 아르하드의 발을 꾸욱 밟았다.

"……!"

화들짝 놀라서 곧바로 발을 떼어 내는 바람에 이아나는 순간 균형을 잃었다. 하지만 아르하드가 그녀를 세게 붙잡아 주었기에 못 볼 꼴을 면했다. 이아나의 귀가 수치심으로 붉어졌다.

"죄송합니다."

"네가 실수하는 건 정말 보기 어려운데 여기서 보는군. 괜찮으니 더 밟아도 돼."

분명 힘이 들어갔기 때문에 아플 텐데도 아르하드는 여유롭게 웃었다. 이아나의 귀가 더더욱 빨개졌다. 이 남자는 고통을 즐기는 변태인 건가, 아니면 놀리는 건가. 후자겠지. 이아나의 얼굴이 살짝 신경질적으로 변했다.

"놀리시는 건가요. 저는 실수하는 게 싫습니다."

이아나는 그리 말하고 스텝에 열중했다. 아르하드는 시선을 내려 그녀의 얼굴을 들여다보았다.

"예전부터 생각했던 건데, 너는 강박적일 정도로 실수하는 걸 싫어해. 너무 심하게 완벽을 추구한다고. 피곤하지 않나?"

이아나가 잠시 고민하다가 말했다.

"피곤한 것보다 실수하는 게 더 싫으니 괜찮습니다. 다른 건 몰라도 제가 맡은 일만큼은 완벽하게 수행하고 싶습니다."

언제부터 실수를 싫어하게 되었더라. 이아나는 빙글빙글 돌면서 과거를 유영했다.

어릴 적부터 실수 하나라도 있으면 날아온 스승들의 사나운 매질. 사람들에게 흠 잡히지 않기 위해, 인정받기 위해 완벽해지려 노력했던 나날들.

어릴 적부터 이아나는 스스로에게 실수를 용납하지 못했다. 정을 포기한 이후로 그녀는 자기 자신을 갈고닦는 데만 집중했다. 실수를 하면 스스로에게 실망했다. 그리고 이아나는 그런 기분이 너무 싫었다. 강한 자기애만 남은 그녀가 감내하기 어려운 감정이었기 때문이다.

"제가 이런 건, 어릴 때부터 그렇게 자랐기 때문이겠죠."

이아나는 회귀 전의 과거와 현재의 과거를 적절히 섞어 조곤조곤 이야기했고, 아르하드는 가만히 들어주었다.

"저는 이런 저에게 만족하고 있습니다. 이런 제가 나쁜 건 아니지 않습니까? 완벽한 사람이 되면 다른 사람에게 폐를 끼치지도 않고."

특히 아르하드의 앞에서는 절대 실수를 하고 싶지 않다. 몇 개월 전 케이거스 사건에서, 제가 아르하드에게 얼마나 잘 보이고 싶은지를 깨닫고 난 이후 더더욱 실수하기 싫어졌다.

그에게 도움이 되고 싶다. 그를 왕으로 섬길 것이며, 훌륭한 수족이 되어 줄 것이다. 아르하드의 진심에 보답할 만큼 가치 있는 사람이 되고 싶다. 그가 바라는 기준치를 만족시키고도 남는 대단한 사람이 되고 싶다. 더욱 완벽해져서 그가 더욱 바라게 하고 싶다.

이런 마음, 당신은 알까?

"실수는 싫습니다."

그때, 이아나는 아르하드의 발을 또 한 번 꾹 밟았다. 이아나의 표정이 싸해졌다. 발을 밟힌 아르하드가 웃음을 터뜨렸다.

"아무래도 춤을 연습해야 할 것 같군요. 이 상태로 다른 사람과 춤을 췄다가는 제 체면도 체면이거니와 사람들의 발이 남아나지 않겠습니다. 춤을 별로 좋아하는 편은 아니지만, 어쨌든 줄 일이

가끔씩은 있을 테니까."

"나랑 연습할래? 실수는 내 앞에서만 해 줬으면 좋겠는데."

이아나는 입술을 일자로 다물었다. 아르하드는 제 허술한 모습과 당황하는 모습을 즐기는 걸까. 수치스럽다. 이아나가 불만스럽게 고개를 살짝 꺾어 아르하드를 보았다.

"즐거우신 모양이군요. 악질입니다."

"부정하지 않겠다. 그런데 내가 왜 네 실수에 즐거워하는 줄 알아?"

아르하드가 그녀의 몸을 제 쪽으로 조금 더 끌어당기며 말했다.

"실수를 한다는 건 너에게도 틈이 있고, 내가 너를 도와줄 여지가 있다는 거니까."

이아나의 얼굴이 묘해졌다.

"이해하기가 힘듭니다. 제가 유능하면 더 좋지 않습니까? 당신은 저를 필요로 하고 있고, 저는 당신에게 도움이 되어야 합니다. 그러려면 실수를 해서 당신에게 폐를 끼쳐서는 안 됩니다. 왜 당신이 절 도와줄 여지가 있는 게 좋다는 거죠?"

"난 퍼부어 주는 걸 좋아해. 그런데 네가 너무 완벽하면 내가 네게 해 줄 수 있는 게 없어지잖아. 돈이든, 물건이든, 일의 뒤처리든…… 네가 나를 더 필요로 해 줬으면 하는 게 내 본심이다. 그러니까 내 말은, 내게 도움이 되려고 스스로를 몰아붙이지 말라는 뜻이다. 편하게 있어도 돼."

이아나의 표정이 점점 이상해졌지만 아르하드는 알아채지 못했다.

"난 너와의 대화가 즐거워서, 내 앞에서 네가 검을 수련하면서 즐거워하는 걸 보고 싶기 때문에 네게 영입 제안을 한 거다. 내 앞에선, 유능하고 완벽하지 않아도 된다. 나는……."

아르하드가 이아나에게 속삭였다.

"너 그 자체를 원하는 거니까."

"……!"

이아나의 심장이 덜컥했다.

"너라는 검에 반했다."

그가 진심을 담뿍 담아 속삭인 말은, 신력을 억지로 다루려 하다가 심하게 다친 날의 진심 어린 고백과 비슷하다. 그러나 왜일까? 쇠몽둥이로 배를 맞은 듯 숨이 쉬어지지 않았다. 마음 한구석에 숨어 있던 무언가가 불쾌하게 꿈틀거렸다. 꾸역꾸역 치밀어 올라 목이 메었다.

'유능하지 않아도 된다고? 내가 검을 쥐지 않아도 상관없다는 말인가?'

이아나는 그때와는 달리 설레는 기쁨이 아닌 엄청난 불안감을 느꼈다. 이상하게도 제 검을 바랄 때는 영원할 것만 같던 아르하드의 마음이 바람이 불면 날아가 버릴 종잇조각처럼 가볍게 느껴졌다.

'검이 아니면 나에게 무슨 가치가 있다는 거지?'

처음으로 자아가 검과 완전히 분리되는 순간, 이아나는 난생처음으로 자신감을 잃었다.

질문에 대답할 수 없음에, 이아나는 스스로를 되돌아보는 기회를 얻음과 동시에 이상한 아집과 거부감에 몸서리쳤다. 그녀가 자각하지도 못한 채 머릿속에 채워 넣고 있는 생각들은 한 방향으로 격한 흐름을 타고 있었다.

아니, 당신은 내가 유능하기 때문에 나를 원해야 해. 그렇지 않으면 지금의 완벽한 관계에 작은 틈이 생겨 버릴 거야. 나를 맹목적으로 아껴 주는 당신이 변할지도 몰라.

안 돼, 당신은 절대 변하면 안 돼.

변할 여지조차 주고 싶지 않아.

숨어서 있는 듯 없는 듯 살던 무언가가 이제는 마음을 헤치고 나오더니 불안이라는 감정을 뱉어 냈다. 미지의 무엇이 만들어 내는 불안감에 이아나의 피부가 창백해졌다. 그 무엇의 정체를 알고 싶지 않아서, 그녀는 제 마음을 외면한 채 말했다.

"당신은 저를 당신의 신하로 두고 싶었던 게 아닙니까? 제 검은 당신에게 필요하지 않습니까?"

이아나의 말에 반박하려던 아르하드가 그녀의 이상한 태도를 깨닫고 표정을 굳혔다.

"저는 당신에게 무력으로써 필요한 사람이 되고 싶습니다."

이아나는 다시 춤의 기본자세로 되돌아갔다. 우아하게 고개를 꺾어 그의 어깨 너머를 바라보며 아르하드의 시선을 피했다.

이아나는 아무렇지도 않은 척 농담을 하듯 말했다.

"제가 검을 잘 다루기 때문에 필요한 게 아니라면, 단순히 저라는 사람이 마음에 들기 때문에 곁에 두고 싶으신 거라면 훗날 제 검이나 제 성격에 질리면 어쩌시려는 겁니까?"

"……."

"그때, 제 검이 당신에게 필요하지 않다면, 당신은 제가 다른 군주에게 가더라도 잡지 않으실……."

그때, 이아나의 손을 붙잡고 있던 아르하드의 손에 힘이 세게 들어갔다. 손뼈가 부러질 것 같은 힘에 이아나가 말을 멈추고 인상을 찡그린 것도 잠시, 스텝이 멎고 그녀의 손을 맞잡았던 아르하드의 손에서 힘이 풀렸다.

"날 봐."

돌발 상황에 이아나의 생각도 멎은 순간, 그를 외면하고 있던 그녀의 얼굴이 우악스레 붙잡혀 당겨졌다. 깜짝 놀란 이아나가 얼떨결에 아르하드를 올려다보았다가, 흠칫했다. 딱딱하게 굳은 시선은 엄청난 분노를 머금고 있었다.

"왜 그런 말을 하는 거지?"

이아나는 제 말의 어떤 부분이 이 남자를 이토록 분노케 했는지 다소 정신없는 상태에서 되짚어 보았다. 그가 변할지도 모른다고 했던 말에 화가 난 걸까. 그게 이렇게 화를 낼 만한 일인 건가.

그의 진심을 외면한 건 아니었는데. 그저 그 진심이 언제 끝날지 모르는 감정이기 때문에, 확실한 관계를 유지하기 위해 제 검을 필요로 해 달라 말한 것뿐인데.

"내가 널 놓아주길 바라? 성급히 기사 맹세를 한 걸 후회해? 벌써 다른 미래를 꿈꾸는 건가?"

"아니, 제 말은 그게 아니라, 혹시라도……."

당황한 이아나가 해명하려 했다. 그러나 제가 느낀 불안감을 설명할 수 없어 말끝이 흐려졌다.

입 밖으로 내선 안 될 것 같았다. 말하는 순간 제 안에서 마주하기 싫었던 뭔가의 존재를 제대로 깨달을 것 같은 기분이 들었다.

이제껏 쌓아 올린 것이 무너질 것 같은, 그런 불안한 예감이 들었다.

아르하드의 얼굴이 점점 얼어 갔다.

"다른 놈에게 간다는 말 하려거든 그 입 다물어."

혼란스러워진 이아나가 다시 시선을 피하며 아르하드를 밀어내려 했다. 아르하드의 눈빛이 사납게 변했다.

날개 뼈에 살짝 올라가 있던 그의 손이 순식간에 그녀의 몸을 휘감아 조였다. 턱을 붙잡고 있던 손은 그녀의 머리를 붙잡아 제품 안에 당겨 있는 힘껏, 끌어안았다.

"윽."

조이는 힘에 숨이 막혀서 이아나는 생각에서 벗어났다. 아르하드가 음울하게 속삭였다.

"먼저 기사 맹세를 한 건 너야."

한없이 상냥하고 조심스럽다가도 제가 그를 부정하는 짓을 저지를 때 아르하드는 거의 반은 미친 듯한 비정상적인 모습을 보이곤 했다. 지금 그의 목소리에서 묻어나는 광기도 마찬가지였다.

"네가 먼저 맹세를 했으니, 내가 널 놓아주지 않는 한 계속 내 곁에 있어야 해. 그리고 나는 널 놓아줄 생각이 추호도 없지. 네가 나를 떠난다면."

아르하드는 이아나를 끌어안은 손에 힘을 꽉 주더니, 낮게 깔린 목소리로 중얼거렸다.

"네가 걷는 길에 있는 모든 인간의 목과 사지를 뜯어내서 몬스터의 먹이로 던져 줄 테니 나를 벗어날 생각은 하지 마라."

잔인한 경고였다.

'아.'

한 남자가 참지 못하고 내비치고 만 속내를 마주하며, 이아나는 속으로 신음을 흘렸다. 회귀 전에도 죽이기 직전까지 저를 바랐고, 시간이 지워진 지금도 이토록 저를 바라는 잔인하고도 맹목적인 맹수.

어찌 잊었단 말인가. 아르하드는 이런 남자였다. 자신을 바라지 않는 아르하드는 상상조차 할 수 없다.

'그래. 어떤 식으로든 이 남자는 나를 원할 거야.'

영원과 불변. 그런 것은 이 세상에 결코 존재하지 않을 텐데도 이런 믿음을 가져다주는 아르하드는 이상했다.

"……."

그러나 불안함이 가라앉고 가슴이 벅차오른다. 이아나의 얼굴에 유례없이 희열이 언뜻 내비쳤다. 검을 쥘 때를 제외하고는 희열이라는 감정은 그녀를 단 한 번도 사로잡은 적이 없었다. 하지만 지금, 여태껏 단 한 번도 느껴 보지 못한, 어떤 종류의 결핍을 채우는 듯한 야릇한 만족감이 이아나에게 엄습했다.

이아나는 오갈 곳을 모르던 손으로 아르하드의 옷자락을 꼭 잡았다. 오싹오싹한 기분으로, 터질 것 같은 심장의 박동에 어찌할 바를 모르며. 아르하드는 제 감정에 미쳐 그런 이아나를 알아채지 못했다. 아르하드의 숨이 엇박자로 흘러나오고, 이아나의 숨이 흐트러졌다.

"난 너를 절대 놓지 않아. 그러니 날 떠난다는 상상은 하지도 마."

다투는 사이 왈츠는 끝나 있었다. 사람들이 웅성거리며 흩어지자 이아나를 끌어안고 있던 아르하드의 손이 풀렸다. 이아나는 그에게서 떨어져서, 피가 통하지 않아 얼얼한 팔을 몇 번 주물렀다.

아르하드는 입술을 꾹 깨물었다.

"미안하다고 말하지 않을 거다. 평소라면 사과했겠지만 방금 전

건 아냐. 나는 네가 이런 나를 조금은 알아줬으면 좋겠으니까."

이아나는 아무 말도 하지 않고 아르하드를 빤히 들여다보았다. 제 마음의 깊숙한 곳까지 도달할 것 같은 시선을, 아르하드는 고개를 돌려 피했다.

"나는 방금 전과 같은 모습, 네게 절대 보이고 싶지 않아. 하지만 네가 그런 말을 하면, 이성이 뚝 끊겨."

아르하드가 손을 말아 쥐었다가 폈다가를 반복하더니, 이번에는 셔츠의 앞자락을 답답한 듯 움켜쥐었다가 풀었다가를 반복한다. 이아나는 그의 모습들을 모두 눈에 담았다.

"나는 너를 보낸다거나, 필요 없다는 말 따위 농담으로도 입에 담을 수 없어. 정말로 나를 떠날까 봐."

"……."

"네가 아무리 좋은 말을 해 줘도 갑자기 훌쩍 떠나 버릴 것 같아서 불안해. 네가 옆에 있어 주는 시간이 길어지면 길어질수록 그런 마음은 더욱 심해져."

아르하드가 피곤한 듯 눈두덩을 꾹꾹 눌렀다.

"네가 실수해서 내게 폐를 끼치고 도움을 필요로 하는 게 즐겁다는 건 그래서다. 그럴수록 네가 나에게 의지하게 될 테니. 차라리 누군가의 도움 없이는 살 수 없을 정도로 나약해서 내게 의지했으면 좋겠다는 미친 생각이 자주 들어."

아르하드가 길게 한숨을 내쉬며 눈을 내리떴다.

"……어째서 너한테는 이리도 못난 모습만 보이는지."

이아나는 그를 묘한 눈초리로 아무 말도 않고 쳐다보았다. 그녀가 제 이상한 모습을 꺼림칙해하는 줄 알았던 아르하드의 얼굴이 어두워졌다.

"이런 내가 불쾌한가?"

그의 곧은 눈썹이 내려앉고 눈매가 일그러졌다. 울 것 같지는 않았지만 눈 밑이 살짝 붉었다. 그의 평정은 이미 깨져 호흡이 살짝 가빠진 상태였다.

"하지만 이게 나야."

전혀 꺼림칙하지 않다. 이아나는 제 자신에게 묘한 기분을 느끼고 있었다. 제가 이상해졌다고 생각했다. 미치광이처럼 보일 정도로 아르하드가 저에 대한 집착을 보일 때, 그가 꺼림칙하다기보다는…… 안심이 되고 기분이 좋았다.

어느새 불안함은 사라지고 이 남자가 저를 절대로 놓아주지 않고 그의 옆에 단단히 붙들어 놓을 거라는 생각이 머리를 차지해 버렸다.

"그런 게 아닙니다."

아르하드가 다소 처진 기색으로 입을 다물고 있자 이아나가 고개를 저으며 말했다. 의외의 말에 아르하드의 눈동자가 그녀를 흘끗 향했다.

악단이 다시 새로운 음악을 연주하기 시작했다. 이아나가 손을 내밀었다.

"한 곡 더 추실까요?"

"……."

아르하드는 잠시 망설이다가 그녀의 손을 붙잡았다. 이아나는 천천히 스텝을 밟으면서 말을 골랐다.

"당신이 그렇게 저를 곁에 두고 싶어 하신다니, 불쾌하기보다는 오히려 기분이 좋습니다."

이아나는 제 마음을 솔직하게 말했고, 아르하드의 시선이 묘하게 변했다. 그 시선을 정면에서 받아 내며 이아나의 입술이 열렸다.

"앞으로도 그렇게 계속 저를 바라 주세요. 저는 당신이 저를 바라는 한, 언제까지나 당신의 곁에 있을 테니까. 그리고……."

이아나는 말을 할까 말까 고민하다가 결심했다. 제 심정을 솔직하게 말하면 아르하드의 기분이 풀릴 것이다. 그녀는 신중한 태도로 입을 열었다.

"저는 당신을 좋아하고, 당신을 떠날 생각이 절대 없으니까 걱정 마십시오. 저는 허투루 맹세를 하지 않습니다. 당신이 저를 곁에 두고 싶어 하듯, 저도 당신의 곁에 있고 싶습니다."

'그리고…….'

저를 잔뜩 동요한 기색으로 내려다보고 있는 아르하드의 앞에서, 이아나도 동요해 버렸다.

'말해 버릴까.'

어느 샌가 제 마음 깊숙한 바닥에 똬리를 튼 그것을.

생각해 보면 아무것도 아닌 말이다. 그러니 아무렇지도 않게 말하면 그만인데, 어째서 그 한마디를 내뱉기 힘들어 이렇게 심장이 뛰어 댈까.

이아나는 여유로운 기색을 가장하려 애썼다. 하지만 손에는 힘이 들어가서, 아르하드의 팔을 꼭 쥐었다. 흔들, 흔들. 아르하드가 시야에서 흔들린다. 그가 흔들린 게 아니라 제 눈동자가 흔들린 것이지만 그것을 분간할 만한 여유가 이아나에게는 없었다.

'왜 그런 말들을 했냐고?'

필요로 하면 절대 버릴 수 없기 때문이다. 아르하드는 그녀의 안에서 커다란 사람이 되어 버렸고 이아나는 늘 자신을 위해 주는 그의 곁에 머무르고 싶었다.

여태껏 아르하드가 변심할 거라고는 생각해 본 적도 없다. 그런데 오늘, 그가 검을 도외시하고 그녀에게만 집중해서 '이아나'를 원한다고 말하는 순간 이아나는 왈칵 두려워졌다.

이아나의 속눈썹이 파르르 떨렸다. 그 이유를 알 것 같았지만 외면하고만 싶었다. 그것을 직시했을 때 제게 닥쳐올 파급을 감당할 자신이 없었다.

하지만 아르하드 앞에서는 조금은 솔직해져도 되지 않을까.

"당신이야말로."

늘 도도하게 올라가 있던 이아나의 눈매가 보호자를 찾는 아이처럼 처졌다. 단어 하나 놓치지 않을 기세로 귀를 세우고, 그녀를 주시하고 있던 금빛 동공이 이아나의 변화를 눈치채고 동그랗게 커졌다.

인정하고 싶지 않지만, 인정한다. 늘 저만 위하는 남자가 어느 순간 갑자기 돌변해 떠날지도 모른다는 두려움이 제 안에 생겨났다는 것을…….

그리고 제 속에는…… 죽여 없앴다고 생각했던 '뭔가'가 아직 살아 숨 쉬고 있을지도 모른다는 것을.

이아나는 알면서도 부정하고 싶은, 털어 내고 싶으면서도 외면하고 싶은 이중적인 마음으로, 속에서 들끓는 그것을 조금 뱉어 냈다.

"……저를 버리지 말아요."

절대로.

"……!"

아르하드가 흡, 하고 숨을 들이켜더니 고개를 옆으로 팩 돌렸다. 이아나는 그를 물끄러미 올려다보았다. 언제나 뺨 언저리만 붉히던 아르하드의 얼굴이 새빨갛게 달아올라 있었다. 심장이 미칠 듯이 두방망이질 치는 게 이아나에게까지 들렸다.

"당, 연한 소리를……. 내가 그럴 리가……."

거센 박동음과, 제어가 되질 않는지 손에 들어가는 강한 힘, 더듬더듬 튀어나왔지만 만족스러운 대답. 이아나는 조마조마하면서도 불안한 기분으로 내뱉었던 제 속내에 아르하드가 솔직하면서도 아주 만족스럽게 반응해 주자 붉은 꽃봉오리가 아침을 맞아 개화하듯 뺨을 살짝 붉힌 채 미소 지었다.

옆을 보며 어쩔 줄 몰라 하던 아르하드는 훔쳐보듯 이아나를 내려다봤다가, 예쁘게 웃고 있는 그녀에게 직격탄을 맞고 헛숨을 들이켜며 다시 시선을 옆으로 돌렸다.

아르하드의 호흡이 거칠어졌다. 입술이 바짝바짝 마르는 듯 깨물어 댔다. 입을 막고 싶은 듯 손을 움찔거렸지만 춤을 추느라 그녀와 손을 맞잡고 있었기 때문에 그럴 수는 없었다.

"그, 렇게 말해 주니 기쁜걸. 정말로. 아주."

내리려 노력해도, 그의 입꼬리는 의지를 반하고 삐질삐질 올라갔다. 얼굴에서는 붉은 기색이 가실 줄을 몰랐다. 아르하드가 어쩔 줄 몰라 하는 모습을 보며 안심한 이아나는 그 모습을 즐거운 기분으로 관찰했다.

그렇게 한참이나 표정을 관리하고 숨을 고르던 아르하드의 얼굴이 팽팽하게 당겨지던 실이 뚝 끊긴 것처럼 느슨하게 풀린다 싶었다.

"하핫."

입매가 호선을 그린다 싶더니, 아르하드는 어쩔 수 없다는 듯 짧게 소리 내어 웃었다.

"정말이지 넌……."

어느 정도 이성을 되찾고 평소대로 돌아온 아르하드는 아주 행복한 얼굴로 말했다.

"나는 네 검이 필요 없다는 말은 절대 하지 않았어. 대체 제 발로 들어온 너 같은 인재를 어느 멍청한 놈이 놓아준다는 거지? 특히 난 지금 인재를 찾느라 혈안이 되어 있는데. 맨발로 뛰쳐나가 너를 데리고 와도 모자랄 판이다."

"……."

"다만 내가 궁극적으로 바라는 건 너와 마음을 나눌 수 있는 정신적인 동반자가 되는 것이라는 뜻에서 그리 말한 거야. 너는 나를 이해해 줄 수 있는 유일한 사람이니까. 내가 네게 바라는 건 그게 전부야."

꽤 마음에 든다. 이아나의 뺨 언저리가 살짝 붉어졌다.

"상황이 왜 이렇게 되었는지…… 어쨌든, 네가 완벽을 추구하는 건 괜찮아. 실수하지 않으려 하는 것, 좋지. 하지만 나는 네가 그것 때문에 너무 무리하지 말았으면 한다. 힘들다면 나를 좀 더 믿어 주고, 의지해 줬으면 좋겠어. 너 혼자서 짊어지거나 해결하려 하지 말고. 실수를 하더라도 자책하지 말고."

"……."

"마음 같아서는 네가 실수를 연발해서 나에게 해결해 달라고 의지를 해 줬으면 좋겠는데……."

이아나가 인상을 찡그렸다.

"듣기만 해도 끔찍한 소리군요. 대체 저를 뭐로 보시는 겁니까.

당신은 다른 수하들에게도 이렇게 너그럽게 구십니까?"

"당연히 아니지."

아르하드가 딱 잘라 말했다.

"너에 한정된 얘기야. 다른 놈들은 실수를 해서 일을 그르치면 규율대로 처벌이다."

"저는 특혜는 바라지 않는데."

아르하드를 물끄러미 올려다보던 이아나는 눈을 내리떴다. 정신적인 동반자라…… 이렇게까지 말하는데, 아르하드에 한해서는 꽉 막힌 자신을 조금 느슨하게 풀어 놓는 것도 나쁘지 않을 듯했다.

이 남자는 춤조차 완벽하다. 중요한 일이 아닌 이상, 그러니까 춤 같은 사소한 행위에서는 잘 못하겠으면 조금 폐를 끼쳐도 될 것 같다. 이 남자가 좋아하는 것 같으니까.

"후우."

이아나는 아르하드의 리드에 몸을 맡기며 그의 품에서 춤에 집중하느라 딱딱하게 굳어 있던 몸을 나른하게 풀었다. 아르하드가 그것을 느끼고 손에 힘을 주었다.

"아주 좋은 태도야."

이것 봐. 좋아하는 거 보라지. 이상한 남자 같으니.

"쿡……"

유쾌한 기분을 느낀 이아나가 작게 웃었다.

아르하드의 리드에 몸을 내맡기자 한결 춤을 추기 편해졌다. 스텝을 따로 생각할 필요 없이 그가 이끄는 대로 발만 옮기면 되었다. 발을 밟지 않겠다는 강박관념에서 벗어나 슬슬 즐기듯 추니 춤에 점점 익숙해지기 시작했다. 왈츠의 선율도 귀를 부드럽게 감싸기 시작하고, 몸도 나긋나긋해졌다.

이쯤 되자 이아나는 아르하드의 발을 밟지 않게 되었다. 악단이 연주하는 두 번째 음악은 클라이맥스를 향해 달려갔다.

"당신은 이후 어떻게 하실 겁니까? 계속 홀에 있으실 생각입니까?"

"네가 있는 한. 왜?"

"저 때문에 오신 거라면, 춤을 췄으니 돌아가십시오."

아르하드는 대답하지 않았지만 그의 표정이 이유를 물었다. 이아나는 어깨 너머로 슈나이더가 착석해 있던 의자를 보았지만 슈나이더는 이미 그 자리에 없었다. 그도 사람들 사이에 섞여 춤을 추고 있는 모양이었다. 웬만하면 그와 마주치기 전에 정원으로 나가고 싶은데…… 이아나는 그리 생각하며 고개를 휘휘 저었다.

"슈나이더 왕자의 눈에 띄면 어쩔 겁니까? 50만 골드의 남자가 당신이라는 게 밝혀지면 골치 아픕니다."

슈나이더는 눈치가 아주 빨랐다. 하루 저녁을 함께 보내는 데 50만 골드를 쓴 남자와 꽃다발을 사는 데 89골드를 들인 남자. 충분히 그가 의심을 할 만한 공통분모가 있었다.

아르하드는 경매장에서 슈나이더와 척을 졌고, 그에게 정체를 들키면 무슨 일이 벌어질지 모른다. 물론 아르하드의 진짜 신분과 재력은 슈나이더에 뒤지지 않는다. 하지만 신분을 숨기고 있는 상태에서는 슈나이더의 압도적인 승리였다.

"……."

아르하드가 어딘가를 지긋이 응시하다가 제 품에서 자신을 올려다보는 이아나의 몸을 끌어안았다. 이아나의 몸이 그의 품에 잠기듯 바짝 붙었다. 그의 어깨가 이아나가 앞을 볼 수 없을 정도로 가까이 닿았다. 그가 툭 말했다.

"싫어."

이아나의 눈매가 부리부리해졌다. 요즘 들어 아르하드는 고집을 부리는 일이 많아졌다.

"괜찮아. 칼리스토 자작의 양아들은 꽤 괜찮은 신분이다. 그리고 그때 가면과 로브를 착용한 상태였기 때문에 내 생김새는 전혀 드러나지 않았어. 목소리도 변조했고."

"꽃다발."

이아나의 목소리가 냉랭했다.

"학술원에서 저와 친하게 지내는 남자가 아르하드 당신이고, 의상대회에서 89골드짜리 꽃다발을 제게 선물한 사람도 당신이라는 건 학술원의 소문들을 조금만 골라내도 쉽게 알 수 있습니다. 무려 꽃다발에 89골드를 낭비하는 사람이라니……. 반나절을 함께 보내는 데 50만 골드를 지불하는 남자와 비슷하지 않습니까? 게다가 그 사람이 자작의 양자가 된 지 얼마 되지 않은 평민이라니. 아주 수상합니다. 저라면 의심할 겁니다."

이아나가 날카롭게 허술함을 꼬집어 내자 아르하드가 피식 웃었다.

"글쎄. 최근에 벼락부자가 된 칼리스토 자작은 아들을 몹시 자랑스러워하고 뭐든 지원해 준다는 설정이다. 저부터가 돈을 아낌없이 펑펑 써 대는데 아들이 89골드 정도 쓰는 거엔 별로 신경 쓰지 않아."

"신분을 사셨지요? 칼리스토 자작, 문제없는 사람입니까? 나중에 뒤통수를 치는 건……."

"내 심복이야. 하지만 나는 활동할 때 가면을 착용하기 때문에 내 얼굴은 극소수만 알고 있고, 자작은 모르는 쪽이다. 그래서 자작은 주인에게 함께 움직일 것을 명받은 아르하드를 주인의 또 다른 심복으로 알고 있지."

이아나는 할 말을 잃었다. 정말 대단했다. 이것이 정말로 저와 춤을 추기 만들어 낸 설정들이란 말인가? 그나저나 아르하드가 너무 바짝 붙어서 숨이 막혔다.

"손에 힘 좀 푸세요."

"……다른 데 보지 말고 나만 봐야 해."

"이상한 소리 하지 마시고요."

아르하드가 천천히 힘을 풀자 바짝 끌어안겨 있던 이아나의 몸이 다시 그의 품에서 떨어져 나왔다.

이아나가 고개를 팩 들었다.

"묻고 싶은 게 있는데, 정말 데뷔식에서 저와 춤을 추기 위해서 그렇게까지 하신 겁니까?"

"물론 아냐."

"과연. 무엇을 계획하고 계신 거죠?"

이아나가 진지한 기색으로 물었다. 그녀는 과거에 아르하드가 어떻게 황제의 발판을 다져 나갔는지 알지 못했다. 슈나이더의 부하가 되는 스물두 살까지 검술에만 미쳐 있었기 때문에 그때까지의 로안느 역사는 결과만 알고 있었다.

스물세 살 이후의 폭풍 같은 사건들에 비하면 그전은 별문제가 없었던 걸로 알고 있다. 하지만 아르하드가 로안느 왕국에 머무르는 동안 왕실에 손을 쓰는 걸까?

아르하드도 진지한 얼굴로 화답했다.

"앞으로 네가 참가하는 파티에 같이 참가해서 누가 너에게 함부로 눈독 들이지 못하게 하는 계획이다."

순간 몸에 균형을 잃은 이아나가 아르하드의 발을 또다시 밟았다. 아르하드의 팔을 쥔 이아나의 손과 관자놀이에 빠직하고 핏줄이 돋았다.

"장난합니까?"

"장난 아닌데."

아르하드의 얼굴이 더없이 진지했다. 대체 이 남자는. 이아나는 민망함을 느끼고 고개를 푹 숙였다.

"저는 또 정세를 어지럽힐 계획이 있는 줄 알고……."

"정치 공작은 다른 놈들을 부려서 해도 돼. 내가 굳이 이렇게 직접 나서지 않아도 되는 일이지. 걱정 마. 나는 사적인 일 때문에 공적인 일을 망치진 않아. 물론…… 예외가 있을 수는 있겠지만."

이아나는 한숨을 한 번 내쉬고는 그의 이상한 대답에 주목했다. 부디 농담이었기를 바라며 말했다.

"다른 파티에도 참가하시겠다고요?"

"그래. 네 옆에 있으면서 죄다 방해할 거다. 나는 다른 자들이 너에게 관심을 가지는 게 싫어."

"하지만 제 옆에 있으면 슈나이더 왕자가 당신에게 관심을……."

"아까부터 계속 슈나이더의 이름을 입에 올리는데, 그만둬. 너랑 슈나이더를 연관 짓는 것도 그만하고."

아르하드가 살기가 묻어나는 목소리로 중얼거렸다. 슈나이더, 그 이름이 아르하드를 지나치게 예민하게 만들고 있다는 걸 이아나는 깨달았다. 혹시 그가 슈나이더 때문에 이 파티에 온 게 아닐까, 하는 생각이 들었다.

"저는 당신의 검입니다."

아르하드의 뺨이 붉어졌다. 그는 냉랭한 얼굴이다가도 이런 말을 해 주면 언제나 사르르 풀리면서 뺨이 슬쩍 붉어지곤 했다. 그의 이런 변화가 신기하기도 신기하고 재밌기도 해서 버릇이 될 것 같았다. 하지만 이건 이거고 그건 그거다.

"슈나이더 왕자가 관심을 바로 뗄 줄 알고 계획을 말했던 건 제 실수였습니다. 앞으로 왕자가 제게 계속 관심을 보일지도 모르죠. 왕자와 춤을 몇 번 출지도 모릅니다. 하지만 제 마음과 당신을 따라갈 것이라는 미래는 절대 변하지 않습니다."

이아나의 등에 얹은 아르하드의 손에 힘이 들어가고, 이아나는 이건 정말 아니라고 생각하며 고개를 절레절레 저었다. 자작의 양자 주제에 아르하드가 그의 앞에서 기분 나쁜 티를 내지 않으면 다행이었다.

"당신이 저 때문에 그를 경계할 이유가 전혀 없어요. 그러니 이쯤 해 두시죠. 왕자와 협력도 하고 있지 않습니까?

"그까짓 후원 없어도 돼. 나에게 필요한 건 후원이 아니라 방패막이니까. 다른 나라를 선택했어도 상관없지만 안 그래도 원수지간인 로안느를 더 싫어하게 만들려고 겸사겸사 로안느를 선택한 거지."

"아무튼 저는 절대 반대예요."

"……후우. 좋아. 일단 오늘, 내가 홀에 있는 게 마음에 안 들면 지금 내 발을 있는 대로 짓밟아서 퇴장시키는 건 어때?"

이아나가 미간을 좁혔다.

"그게 무슨 헛소리시죠."

"헛소리 아냐."

"진담이십니까?"

"물론."

이아나가 어이없다는 듯 쳐다보자 아르하드가 굳은 기색으로 말했다.

"하지만 나를 부축해 준다는 핑계로 여기서 너도 같이 나가야 해. 자, 지금 밟아."

이게 헛소리의 진짜 목적이었던 모양이다.

"그리고 나랑 왕궁 밖에 나가서 시간을 보내자. 비용은 내가 다 댈 테니까."

"오늘 데뷔를 하는 여자는 오늘 하루가 끝나는 자정에 홀에서 퇴장하는 관습이 있는데요?"

"그런 관습, 어기면 좀 어때서."

"저는 어렵지도 않은 일로 책잡히고 싶지 않습니다."

"알았다. 몰래 빠져나갔다가 자정 전까지 어떻게든 여기에 돌려 보내 주지. 자, 이제 다 해결됐나? 나를 정말 주군으로 생각한다 면, 이번만큼은 내 말을 들어줘."

이아나는 고민에 잠겼다. 생각해 보면 아르하드의 말을 들은 적이 거의 없었다. 대련을 하고 싶지 않다고 했는데 졸졸 따라다 녀 결국 대련 상대가 되었고, 노예상에서 거치적거린다고 집으로 돌아가라고 했는데 고집을 부려 남아서 첸델프를 구출하고 그의 부하가 되었다. 신력을 사용하지 말라고 했지만 신력을 사용해서 심하게 다쳤고, 정령을 더 이상 불러내지 말라고 했는데 여전히 정령을 불러낼 생각을 하고 있었다.

"으음……."

이아나는 제가 생각해도 너무해서 신음을 흘렸다. 대체 이런 고집불통의 옆에서 어떻게 버티고 있냐고 아르하드를 토닥여 주고 싶을 정도였다. 그는 매번 제게 져 주었고, 지금도 이번만 들어 달라며 부탁하고 있다.

'그냥 나와 함께 시간을 보내고 싶어 하는 것뿐인데,'

이아나는 조금 시무룩한 기색의 아르하드를 미안한 기분으로 쳐다보다가 결심했다.

"사실, 약속한 사람들과 춤을 다 추고 나면 정원에 나가 시간을 때울 생각이긴 했습니다. 제가 춤을 다 출 때까지 기다려 주실 수 있다면 그리하겠습니다."

"좋아."

아르하드는 이아나의 대답에 만족했다.

음악이 멎었다. 주변에서 춤을 추던 귀족들이 파트너에게 우아하게 인사를 했다. 이아나도 그러기 위해 잡힌 손을 빼내려 할 때였다.

아르하드가 그녀를 확 끌어안았다. 이아나의 얼굴이 그의 품에 파묻혔다. 몇 번 안겨 본 전적이 있어 이제는 익숙하지만, 익숙함과는 별개로 끌어안은 이유가 궁금해졌다.

쿵…… 쿵…….

그때, 귓가로 불규칙한 박동음이 들려왔다. 이아나는 그제야 아르하드의 이상을 눈치챘다.

'아르하드의 상태가 왜 이러지?'

제 말에 격하게 반응할 때를 제외하면 그의 심장 박동음은 흐트러짐이 없었다. 춤 따위로 호흡이 흐트러질 사람도 아니었다. 그녀의 뇌리로 아르하드의 심장병이 스쳐 지나갔다.

"당신, 심장이 좀 이상……."

"너를 믿는다."

"네?"

"절대 변하지 않는다고 했던 말, 잊지 마."

속삭임과 함께 아르하드가 이아나에게서 떨어져 나갔다. 그는 오른손은 심장에, 왼손은 허리춤으로 보내며 허리를 살짝 굽혀 예를 취했다. 이아나도 얼떨떨한 기분으로 드레스 자락을 들어올려 인사했다.

이아나는 혼란스러운 기분으로 아르하드를 보았다. 하지만 그의 시선은 그녀를 향하지 않았다. 냉정한 얼굴로 그녀의 뒤를 응시하고 있었다. 대체 뭘 보는가 싶어 몸을 돌리는 순간, 은빛이 그녀의 시야에 꽉 들어찼다.

"다음 춤은 나와 함께해 주겠나?"

슈나이더였다.

슈나이더와 아르하드의 중간에 낀 이아나는 당혹스러운 기분으로 둘을 번갈아 보았다. 음악이 멈추어 있는 동안, 귀족들의 관심이 흥미로운 상황을 연출하는 그들에게 집중되었다. 슈나이더의 은안이 뒤쪽의 아르하드를 탐색하듯 흘끗 훑었다.

"그쪽은?"

이아나에게 쏟아부었던 열정이 거짓이었던 것처럼 아르하드에게서는 얼음 바람이 쌩쌩 불었다. 아르하드가 천천히 고개를 숙였다. 그의 까만 머리카락이 아래로 내려앉고, 무뚝뚝한 목소리가 흘러나왔다.

"칼리스토 자작의 양아들, 아르하드 칼리스토입니다."

아르하드의 존대에 이아나의 표정이 뒤틀렸다. 왜일까. 언제나 꼿꼿하게 몸을 세우고 있는 탓에 앉아 있지 않은 이상 결코 볼 일이 없는 아르하드의 정수리를 보고 있자니 속이 배배 꼬였다. 슈나이더에게 사나운 태도를 보이지 않아서 다행이긴 한데…….

"레이디 이아나와는 무슨 관계인가?"

"학술원의 친한 선배입니다."

"친한 선배라기엔 지나치게 애틋해 보였는데 말이지……. 모든 이들이 두 사람을 연인으로 생각했을 거라네. 연인 관계가 아닌가?"

슈나이더의 말은 사실이다. 제가 품에 안은 여인이 이 세상에서 가장 귀중한 보석이라는 듯 소중히 다루는 손길과, 맹목적인 열정을 담은 두 눈동자.

중간에 한 번 싸우는 것 같긴 했지만 그도 잠시, 여자가 어떤 말을 조곤조곤 속삭이자 남자는 얼굴을 붉힌 채 행복해했다. 알게 모르게 그들을 훔쳐보고 있던 이들은 둘이 애틋한 관계라 확정 짓고 있었다.

그리고 다가오는 슈나이더와 눈이 마주치자마자 뜨뜻하던 아르하드의 표정이 차갑게 변했다. 제 소유의 천하진미를 탐내는 천적을 맞닥뜨린 배고픈 야수처럼 슈나이더를 경계했다. 제 품에 있는 여자에게 영역 표시를 하듯 만인의 앞에서 세게 부둥켜안았다. 제 영역을 탐해 침범하는 자는 가만두지 않겠다는 의사를 표하는 듯했다.

그리고 그녀에게서 천천히 떨어져 나간 그의 낯은 얼어붙었다. 지금의 냉랭한 낯을 보고 있으면 여자에게 열정적인 감정을 쏟아붓던 그 남자가 맞나 싶을 정도였다.

슈나이더는 자신을 경계하는 아르하드의 태도를 느꼈다.

'나를 경계하는 건가. 왜지?'

슈나이더는 이아나를 꼭 제 곁에 두고 싶었다. 어째서냐고? 그녀는 흙먼지가 잔뜩 묻어 있는 거대한 원석이었다. 깨끗하게 닦아 주고, 정성스레 갈아서 아름답게 세공하면 세상의 그 어떤 진귀한 것보다 가치 있을 보석. 검술대회 우승 같은 건 맛보기에 불과했다.

왕좌를 탐하는 왕자로서, 인재에 무척 욕심이 많았던 슈나이더의 심장이 제 손으로 그녀를 다듬어 주고 싶다는 욕망에 펄떡거렸다. 저 여자를 놓친다면 평생 후회할지도 모른다는 불편한 미래를 직감했다.

그래서 그런 것이리라. 둘의 끈끈한 유대 관계를 확인하는 순간 무척이나 기분이 나빴던 이유는. 남녀 간의 연애 감정은 아니리. 그에게는 정치적으로도 연애 상대로도 아주 훌륭한 약혼녀 레리트 타루이트가 있기 때문이다.

슈나이더의 뇌리로 의상대회에서 누구보다 아름답게 빛나던 이아나가 스쳐 지나갔다. 검술대회에서 검을 사납게 휘두르던 그녀는 아주 단단했다. 하지만 갑작스런 부친의 사죄에 숨기고 있던 상처가 드러나자 그 단단함이 흔들렸다. 흔들리던 눈동자는 금방이라도 눈물을 흥건히 쏟아 낼 것 같았는데도 메마른 듯 눈물 한 방울 흘리지 않았다. 마음을 다잡고 담담하게 감사 인사를 하며 꽃을 주웠다.

그 일련의 과정을 지켜보는 와중에 가슴을 찌릿하게 지나갔던 애틋함.

하지만 그런 건 인간 대 인간으로서 느낄 수 있는 감정일 뿐이지. 슈나이더는 고개를 내저었다.

그때 이아나가 발끈해서 나섰다.

"저하, 선배님과 저를 그런 관계로 엮지 말아 주십시오."

"응?"

"외람되오나 저희의 유대를 저해할 수 있는 그런 말씀은 삼가 주셨으면 합니다."

이아나는 딱 봐도 진심으로 기분 나빠 하고 있었다. 슈나이더는 알쏭달쏭한 기분으로 아르하드를 보았다. 이아나의 냉정한 말에도 그는 동요 없이 가만히 서 있었다. 뜻밖에도 사실인 모양이다. 하지만 남자는 남자가 더 잘 아는 법이다. 그는 분명 이아나를 열렬히 사랑하고 있었다.

이아나도 그런 줄 알았는데, 이리 불쾌해하는 걸 보면 연인 관계는 아닌 모양. 그렇다면 짝사랑하는 여자를 빼앗기고 싶지 않은 남자의 독점욕과 질투이던가. 슈나이더가 이를 슬쩍 드러내며 웃었다.

'이아나 영애를 그쪽으로 어찌해 볼 생각은 없지만, 싸움을 걸어온 것 같아서 속이 근질근질하군.'

그나저나 이자가 정말 일개 자작의 양아들에 불과하단 말인가? 머리를 숙이고 있는 주제에 전혀 굴복한 것 같지 않다.

"고개를 들어라."

아르하드가 천천히 고개를 들어 몸을 꼿꼿하게 세우자 슈나이더는 그를 꼼꼼히 훑어보았다. 멀리서 보고도 느꼈던 바이지만 아르하드의 육체는 완벽한 근육으로 짜여 있었다. 로열나이트 중에서도 찾기 힘든 훌륭한 밸런스였다.

"몸이 좋군. 수련을 열심히 했나 보지?"

"부족하지만 노력하고 있습니다."

슈나이더가 짓궂게 웃었다.

"어떤가? 이아나 영애와 함께 내 휘하의 기사가 되는 건?"

아르하드의 얼굴이 아주 잠시 어이없다는 낯빛과 함께 감히, 라는 섬뜩한 살기를 띠었다. 그걸 눈치챈 사람은 이아나뿐이었다.

"죄송하지만 저는 마나를 제어하지 못해서 저하의 기사가 되는 것은 무리라고 생각합니다. 좋게 봐 주셔서 감사합니다."

"제어는 배우면 될 것 아닌가?"

"마나를 느낄 수는 있지만 제어는 하지 못하는 선천적인 병이 있습니다."

"그거 안타깝군. 의술로는 고치지 못하나?"

"아쉽게도, 어떤 용한 치료사도 고치지 못했습니다. 현재 하인리히 님의 도움을 받고 있으니 차도가 있기를 바랄 뿐입니다."

만인을 오만하게 내려다보아야 할 아르하드가 사람들 앞에서 왕자에게 고개를 수그리고, 존대를 했다. 그리고 슈나이더가 아르하드를 동정하듯 쳐다보자 상황을 지켜보고 있던 이아나의 속이 부글부글 들끓었다.

"그래. 그건 그렇고 레이디 이아나, 나와 한 곡 함께해 주겠나? 나는 그대와 친하게 지내고 싶은데 말이야. 아, 그전에. 춤을 추고 싶다는 마음에 앞서 깜빡했군."

다시 한 번 이아나에게 춤을 청하던 슈나이더가 그의 주변을 서성거리던 시종을 향해 손짓을 까딱했다. 그러자 부리나케 어디론가 달려갔던 시종이 길쭉한 상자를 들고 돌아왔다. 슈나이더가 그것을 집어서 이아나에게 내밀었다.

이아나가 받아 들지 않고 상자를 멀뚱히 쳐다보고 있자 슈나이더가 상자의 개폐 장치를 풀어 그 안의 것을 보였다. 주변에서 그것을 보고 헛숨을 들이켜는 귀족들과 마찬가지로 이아나의 몸이 경직되었다.

"로안느 사교계의 데뷔를 축하하네, 레이디 이아나. 이건 순전히 그대와 좋은 관계를 쌓아 올리고 싶은 내 호의일세."

그것은 과거, 이아나가 공작이 되면서 왕자가 그녀에게 내렸던 그의 보물 중에서도 가장 귀한 보물이었다. 그가 가장 신뢰하는 기사에게 그것을 선사하리라고 오래전부터 공포한 바였기에 그의 기사들이 가장 탐을 냈던 물건이었다.

"이것, 드워프 중에서도 가장 뛰어난 장인이 만들었다는 왕실 최고의 검이다."

이아나도 공작이 되고 나서야 선물 받은 드워프의 검이었다. 그녀의 마지막까지 함께했던 검이기도 했다. 이아나의 표정이 딱딱하게 굳었다. 한낱 어린 계집에 불과한, 심지어 그의 것도 아닌 제게 이런 물건을 어찌하여 준단 말인가?

"이 검, 50만 골드 값어치는 하거든?"

"절대 받을 수 없습니다. 제게 대체 왜 이러시는 겁니까. 농이라면 심하십니다."

"진심인데?"

이아나가 엄청난 거부감을 보이며 여차하면 무례를 범해서라도 이 자리를 벗어날 듯하자 슈나이더가 쯧, 하고 혀를 걸어차더니 시종에게 손짓했다.

"알았다. 그렇게 부담스럽다면야 이건 나중으로 미루고."

시종이 검을 받아 간 후에, 쑥덕거리는 귀족들 사이로 다른 시종이 작은 상자를 하나 가지고 왔다. 슈나이더가 상자를 열자 찰랑거리는 연분홍빛 액체가 담긴 크리스털 병이 나왔다.

"데뷔식을 치르고 완전히 성인이 된 여인들은 향수를 하나씩 산다고 하지? 로안느 최고의 조향사, 베르사티가 제작한 향수다."

드워프의 검을 보고 흥분해 있던 귀족들이 이번에도 놀란 눈으로 그것을 보았다. 베르사티는 일 년에 딱 다섯 병의 향수를 만드는 것으로 유명했다. 베르사티의 향수는 가지고 싶어도 가질 수 있는 게 아니었다.

"대체⋯⋯. 저하, 거두어 주십시오. 저는 저하께 이런 귀중한 것들을 받을 주제가 못 됩니다."

"영애는 이것도 싫다 하고, 저것도 싫다 하고."

"전에 말씀드렸지 않습니까. 저는⋯⋯."

"듣지 않겠다. 좋아, 이걸로 만족하게."

시종이 향수를 다시 가져가고, 다른 시종이 커다란 장미 꽃다발을 들고 나왔다.

"이것저것 준비해 봤지만 장미만 한 게 없군. 로안느 왕실에서도 가장 깊숙한 정원에서만 피어나는 세상에서 가장 귀한 장미, 로열로즈다."

로안느 데 로안느 여왕을 상징하는 전설적인 장미였다. 어두운 밤에도 은가루를 뿌린 것처럼 은은하게 빛이 나는 붉은 장미는 절대 외부로 반출이 불가능했다.

살면서 로열로즈를 처음 본 여인들이 황홀한 표정을 지었다. 밝은 홀에서도 로열로즈는 빛의 마법을 받은 것처럼 은빛으로 반짝거렸다. 그 주변을 감싼 값비싼 레이스와 최고급 진주들 또한 헉 소리 날 정도로 비싸 보였다.

"이것도 거부한다면 내 자존심이 아주 상할 거야. 구애의 목적이 아니라 단순한 축하이니 받아 주게."

"……."

부담스럽지만 아까 전 그것들보다는 나았다. 그의 말대로 데뷔식이니 장미를 받아도 별 의미를 가지지 못할 터였다.

이아나는 아르하드를 흘끔 쳐다보았다. 그는 표정을 딱딱하게 굳히고 있었지만 살의를 풍기지는 않았다. 그저 얼어붙은 채 슈나이더가 그녀에게 건네는 물건들을 하나하나 주시하고 있었다.

왕자는 능글맞고 너그러우나 자존심이 아주 강하고, 그의 자존심에 상처 입힌 자를 가만두지 않는다. 그의 곁에서 십여 년을 보낸 이아나는 누구보다 그것을 잘 알았다.

이렇게 많은 귀족들 앞에서 이것마저 거절한다면 왕자는 아주 불쾌해할 테고, 어떤 불이익이 돌아올지 모른다. 엄청난 적을 두게 되는 것이나 마찬가지.

"너를 믿는다."

'나를 믿는다고 했으니 괜찮겠지.'

이아나는 어색한 얼굴로 슈나이더가 건넨 꽃다발을 받았다. 슈나이더가 진하게 웃었다.

그때, 그들에게 한 여인이 빠르게 다가왔다.

"슈나이더 오라버니!"

"오, 안젤리나."

"저와 춤을 춰 주시기로 하시곤 영애들과 이야기를 나누는 사
이 어디엘……."

안젤리나 왕녀가 슈나이더에게 달려오다가 아르하드를 보고 완
전히 몸을 멈췄다. 아르하드가 그녀를 슬쩍 쳐다보았다가 이내
관심 없다는 듯 이아나와 그녀의 품에 안겨 있는 장미를 바라보
았지만 안젤리나는 시선을 떼질 못했다.

"오라버니, 이분은?"

안젤리나가 아르하드를 집요하게 쳐다보며 슈나이더에게 물었
다. 그녀의 이변을 알아챈 슈나이더는 흥미로운 기분으로 소개를
해 주었다.

건국제의 주인공 안젤리나 뮤지니엘 로안느. 그녀는 아르하드의
소개를 듣고 난 이후에도 자리를 뜨지 않았다. 이아나는 이 자리
가 심각하게 부담스러워지기 시작했다. 춤을 약속한 사람들과 춤
만 추고 나갈 생각이었는데 왕자 때문에 판이 커지고 있었다.

"저하."

"아, 레리트."

심지어 레리트 타루이트까지 달콤한 미소를 지으며 다가왔다.

백금발과 맑은 녹안의 아름다운 여자는 명실상부한 사교계의 꽃
이다. 그녀를 추종하는 귀족 여인들은 수도 없이 많으며, 그녀가
파티에서 차려입은 드레스나 헤어스타일은 그 달의 유행이 된다.

타루이트 공작가는 슈나이더의 모친, 왕실의 성을 달기 전에는 레제 클라우드였던 여자의 가문 클라우드 후작가와 긴밀한 관계를 맺고 있으며 훗날 슈나이더를 왕위로 올리는 데 혁혁한 공을 세운다.

슈나이더와 스물두 살 동갑내기로, 내년에 그와 결혼할 예정인 약혼녀 레리트가 이아나가 안고 있는 최고급 로열로즈를 보면서 얄궂게 웃었다.

"벌써 어린 아가씨에게 관심을 두는 건가요?"

"그게 아니라 레이디 이아나는 대단한 인재다. 인재에게 환심을 사기 위해 수단과 방법을 가리지 않는 내 성격을 알지 않나?"

"인재에게 장미꽃을 이리 안겨 주지는 않지요. 그것도 로열로즈 를……."

레리트가 살짝 불쾌해하며 이아나를 훑었다.

레리트는 뜨거운 사랑은 아닐지라도, 태어날 때부터 슈나이더의 약혼자로 정해져 오랜 시간 동안 그와 깊은 신뢰를 나누었다. 슈나이더는 왕좌를 향한 야심으로 인재 욕심이 활화산의 용암처럼 들끓는 왕자인 만큼 여색을 밝히지 않았고 약혼식을 치른 이후부터는 여인에게 아예 관심을 딱 끊었다.

레리트는 슈나이더를 사랑하는 아름다운 여인이었다. 사교계에 나서면 그녀에게 뜨거운 시선을 보내는 청년들은 밤하늘의 별처럼 많았다. 그런 청년들을 뒤로하고 슈나이더만을 보아 왔다.

그녀는 자신에게 뜨거운 열정을 쏟아부어 주지 않는 왕자에게 다소 불만이었지만 훗날 왕비가 되어 왕을 보필해야 하는 입장이었으므로 왕자의 발을 붙잡는 태도를 가지지 않으려 노력했다.

그런데 그녀의 고귀한 약혼자가 검술학부의 우승자인 이아나

로베르슈타인을 낙찰받기 위해 50만 골드 가까이 쓰려 했다는 소문은 왕자가 이아나에게 반한 것이 아니냐는 추문을 만들어 냈다. 게다가 오늘은 예쁘장한 이아나에게 지대한 관심을 쏟는 모습을 제대로 목격했다. 앞에서는 여유롭게 '어머, 우리 저하께서 인재 욕심이 많으시긴 하죠.'라며 넘겨도 기분이 몹시 나빴다.

'나를 경계하는 건가?'

이아나는 레리트의 새초롬한 눈빛을 받으며 제 품에 안겨 있는 부담스러운 장미들을 되돌려 주고 싶다는 기분을 느꼈다. 지난 생에서 레리트의 히스테릭한 대우를 내내 받아 온 이아나는 곤혹스러웠던 적이 한두 번이 아니었다.

'예전에도 저랬었지. 그렇군. 이번에도 질투를 하는 건가. 슈나이더는 여인보다는 인재와 정치에만 관심이 많았던 왕자였으니. 인재 중에서도 각별히 아꼈던 기사이자 여자인 나를 경계했던 건 당연지사. 게다가 이렇게 많은 로열로즈라니······.'

이아나를 유심히 쳐다보던 레리트가 감탄사를 내뱉으며 짝 하고 박수를 쳤다.

"아, 그대, 거리에서······ 마차 앞에 뛰어들어 아이를 구한 그 아가씨, 맞지요?"

"예, 맞습니다."

"아아. 검술제의 우승을 차지할 정도로 대단한 실력을 지니고 계셨으니 마차 앞에 뛰어든 아이를 구하는 용기를 지닐 수 있었군요."

기억하지 못한다면 그냥 넘어갈 생각이었는데 기억해 낸 이상 인사를 해야 했다. 이아나는 한 손으로 드레스 자락을 들어 올리며 고개를 숙였다.

"정식으로 인사 올리겠습니다. 이아나 로베르슈타인이라고 합니다. 원하신다면 장미는 바로 돌려드리겠습니다."

그 말에서 이아나의 부담감과 거북함을 느낀 레리트의 얼굴이 살짝 풀어졌다.

"아니에요. 심술을 부린 거예요. 저하께서 내리신 장미를 제멋대로 돌려 달라 하기엔 염치가 없지요. 데뷔 축하해요, 레이디 로베르슈타인. 평민인 줄 알았는데 아니었군요. 그때의 결례는 넓은 마음으로 용서해 주시겠어요? 저는 레리트 타루이트랍니다."

레리트는 우아한 어조로 말했다. 예나 지금이나 흠잡을 데 없이 교양 있는 여인이었다.

이아나는 여기서 잠시 고민했다. 귀족의 화법은 간접적이고 은유적이다. 평민들이 주류였던 발젠타 학술원과는 달랐다. 거기서는 직설적이고 딱딱하게 말을 해도 누구 하나 그녀에게 뭐라 하는 사람이 없었다. 그들에게는 그게 당연했기 때문이다. 또 지금은 내키는 대로 말할 수 있는 공작의 직위도 아니었다. 그러면 말을 부드럽게 해야 할까?

아니다. 어차피 이곳에서 살아갈 생각이 없는데, 왜? 천박하게 보이든 말든 무슨 상관이란 말인가? 자신은 아르하드의 기사에 불과할진대.

불필요한 충돌을 피하기 위해 적당히 예의 있게, 적당히 솔직하게. 하지만 결코 양보는 하지 않고.

"물론입니다, 레이디 타루이트. 오히려 그때 바쁜 길을 가시던 레이디의 마차 앞에 뛰어든 저의 무례에 대한 용서를 구하고 싶습니다. 그날 약속에 차질을 빚으셨을까 우려되었습니다."

"괜찮아요. 약속에 늦지 않았으니까요. 그런데 그때는 바빠서 제대로 말을 하지 못했지만 스스로를 소중히 여기는 게 좋지 않을까요?"

'너나 잘하라는 뜻인가.'

이아나는 리키젠에게처럼 딱히 제 능력을 피력할 필요를 느끼지 못했다. 그래서 그저 고개를 끄덕였다.

"명심하겠습니다."

"아까부터 마치 든든한 기사님처럼 말씀하시네요. 다른 레이디가 들으면 멋진 신사이신 줄 알고 설렐지도."

레리트는 레이디답지 않은 말투를 질타했지만 이아나는 아무렇지도 않게 대답했다.

"사내들과 지내 온지라 익숙하지 않습니다. 앞으로 제가 드레스를 입고 티 테이블에 앉아서 차를 마실 일은 없을 것이기에 이 말투를 쓰고자 하니 너그러운 마음으로 이해해 주십시오."

레리트는 이제껏 보아 온 귀족 영애들과는 뿌리부터 다른 이아나에게 흥미를 느꼈다.

"티 테이블이 아니라면 어디 있으시겠다는 말씀인지요?"

"어디라고는 딱 집어 말할 수 없습니다. 저의 주군이 향할 모든 곳입니다."

"주군이라……. 저하께서 그대에게 바라는 호칭이로군요."

레리트가 조용히 중얼거렸지만 이아나는 못 들은 척 말을 돌렸다.

"따라서 익숙해진 말투를 고칠 필요를 느끼지 못합니다. 레이디 타루이트 앞에서도 이런 모습을 보일 수밖에 없음을 이해해 주시겠습니까?"

"그럼요. 그런데 혹시 한 가지 더 여쭈어도 될까요?"

"제가 대답할 수 있는 것이라면 당연히."

"여자의 몸으로 검을 수련하는 게 힘들지는 않으신가요? 그만두고 싶지 않으세요?"

"힘들지 않다고는 말할 수 없습니다만, 높은 성취감을 느끼기에 피로감 또한 즐거움 중 하나입니다. 여인들도 한번 제대로 흥미를 가지고 검의 매력을 즐겼으면 좋겠지만 사회 풍조상 어렵겠더군요."

레리트의 미소가 진해졌다.

"음, 각자 잘하는 역할을 맡는 것도 나쁘지 않다고 생각해요. 레이디에게는 레이디만의 할 일도 있으니까요. 사내들은 할 수 없는."

"동의합니다."

아이를 기르고, 아름다움을 가꾼다. 초대 국왕이 로안느 데 로안느 여왕인 만큼, 로안느 왕국은 남성우월주의에 빠지지 않았고 부인과 남편은 거의 동일한 권리를 가졌다.

하지만 사내는 바깥일을 하고 여자는 안일을 한다. 사내는 가정을 지킬 수 있는 강인함, 여인은 가정을 가꿀 수 있는 부드러움을. 이는 암묵적인 미덕이었다. 이아나는 그것도 중요하다 생각했다.

"레리트. 레이디 이아나에게 실례가 아닐까 싶은데."

슈나이더가 넌지시 말을 던지자 레리트가 어머, 하고 입을 막았다.

"절대 모욕할 의도가 아니었어요."

의도가 아니라기엔 조금 노골적이었다. 검을 든 너는 여자가 아니라 남자 취급당하는 것뿐이라는 말로 번역되어 들렸다. 이아나는 레리트의 가시를 부드럽게 넘겼다.

"결코 모욕이라 생각하지 않았습니다."

"레이디 로베르슈타인은 신사처럼 늠름하시지만 숙녀로서의 소양도 갖추고 있는걸요. 특히 영애의 드레스, 정말 아름다워요. 굉장히 솜씨 좋은 장인의 노고가 돋보이네요."

레리트는 이아나의 드레스를 유심히 살폈다. 멀리서 봤을 때도 눈여겨봤지만 가까이서 보니 더 감탄스럽다.

하얀 드레스에 들어간 섬세한 자수와 레이스는 고아한 맛이 있어 잘라서 팔아도 비싼 값을 받을 수 있을 듯했다. 드레스의 주름도 완벽히 잡혀 있고, 드레스를 장식한 큐빅도 보석보다는 값싸지만 사치를 위해 보석들을 주렁주렁 단 드레스보다 훨씬 보기 좋게 장식되어 있었다.

"어느 마담에게 옷을 맞추셨는지 여쭈어도 될까요?"

"곧 개인 의상실을 열 학술원의 의상학부 동료가 제게 호의로 지어 주셨습니다. 프리실라라는 유쾌한 분이시죠."

"자, 자."

레리트와 이아나의 대화를 잠자코 듣고 있던 사람들 중 슈나이더가 앞으로 나섰다. 연주해야 하나 말아야 하나 고민하고 있던 악단을 향해 그가 손짓을 했다.

"음악을 연주하라."

왕자의 명을 받들어 지휘자가 오른손에 쥔 길쭉한 지휘봉을 크게 휘둘렀다. 섬세한 선율이 흘러나오기 시작하자 귀족들도 다시 춤을 추기 시작했다.

"레이디 이아나, 춤을 한번 춰 주지 않겠나? 레리트, 오늘만큼은 용서해 줘."

"……그러세요."

레리트의 허락이 떨어지자 슈나이더가 이아나에게 손을 내밀었다. 시종이 이아나의 품에서 공손하게 꽃다발을 받아 갔고, 이아나는 아르하드를 흘끔 보았다. 찌푸려진 미간을 꾹꾹 짚고 있는 걸 보아하니 심기가 몹시 불편해 보였다. 안젤리나는 그런 아르하드를 멍하니 쳐다보고 있었다. 그녀의 마음을 완벽하게 헤아린 슈나이더가 손바닥을 주먹으로 통 튀겼다.

"그렇군. 자네, 우리 안젤리나와 춤 한번 춰 주지."

안젤리나가 화들짝 놀라 슈나이더를 보았다. 아르하드의 눈썹이 꿈틀거렸다.

"오, 오라버니."

"이아나 영애는 그동안 나와 춤을 추고 말야?"

"죄……."

아르하드가 딱 잘라서 거절을 하려 했지만 이아나가 그의 옆구리를 팔꿈치로 쿡 찔렀다. 여기서 거절을 하는 건 안 된다. 아르하드는 자작의 양자에 불과한데 왕녀의 춤을 거절한다는 건 말도 안 되는 일이었다. 의심을 사는 일은 절대로 안 된다.

"……."

아르하드의 관자놀이에 푸른 핏줄이 돋아났다. 그가 이아나를 아주 불만스레 쳐다보았다. 하지만 이아나가 눈을 치켜뜨자 짧게 한숨을 내쉬곤 무표정한 얼굴로 안젤리나에게 손을 내밀었다. 안젤리나는 손을 꼼지락거리다가 얼굴을 새빨갛게 붉힌 채 덜덜 떨리는 손을 그의 손 위에 얹었다.

이아나는 포개어진 두 손을 묘한 기분으로 바라보았다. 아르하드의 손 위에 다른 누군가의 손이 얹어져 있는 걸 처음 보아서 그런가, 그 모습이 무척 어색하게 느껴졌다.

하지만 어쩔 수 없는 일. 이아나는 묘한 기분은 접어 두고 슈나이더를 보았다. 레리트는 이미 친분이 있던 귀족 청년과 춤을 추러 가 버린 상태였고 이제 슈나이더와 이아나 둘밖에 남아 있지 않았다.

슈나이더가 손을 까딱하자 이아나는 어쩔 수 없이 그의 손 위에 손을 얹었다. 슈나이더가 이아나의 허리를 부드럽게 붙잡고 음악에 맞추어 발을 움직이기 시작했다.

왈츠는 자연스럽게 스킨십을 하는 춤이라 유희적인 이미지를 가지고 있다. 바짝 맞붙은 채로 사랑의 밀어를 속삭이고 유혹할 수 있으며, 여인의 등을 은근슬쩍 매만지거나 잘록한 허리를 끌어안을 수 있다. 사랑스러움을 이기지 못하고 얼굴에 입을 맞출 수도 있으니 이 얼마나 훌륭한 춤곡이란 말인가.

또, 왈츠는 은밀하면서도 훌륭한 소통의 창구이기도 했다. 반주에 맞춰 왈츠를 추는 동안 남녀는 둘만의 대화를 나눌 수 있었기 때문이다. 슈나이더가 난감한 얼굴로 웃었다.

"내가 원하면 다들 황송해하며 나를 따랐단 말이지. 이렇게까지 하는 건 정말 처음이야."

"저하. 저는."

"아, 됐어. 또 칼같이 사양하려거든 그만둬. 이참에 내 말이나 한번 들어 보게."

슈나이더가 이아나의 허리를 바짝 끌어당겼다. 곤란해하는 이아나의 표정을 훑고는 쓴웃음을 지었다.

"나도 충분히 영애가 원하는 걸 들어줄 수 있네. 놈이 영애에게

약속한 게 뭐지? 원한다면 나도 뭐든 들어주도록 하지. 독립시켜
줄까? 영지가 필요한가? 작위가 필요한가? 훌륭한 검이 필요한가?"

"……."

"드워프 장인의 검, 로안느 최고 조향사의 향수, 로열로즈…….
내가 모든 귀족들이 보는 앞에서 돈으로도 구할 수 없는 그것들
을 영애에게 다짜고짜 내민 것은 내 의지를 공증하기 위해서였네.
그대를 내 수하로 만들고 싶다는 마음이 그만큼 강하다는 뜻을
피력하기 위해서였어."

고양이의 발걸음처럼 살금살금 연주되던 음악의 기세가 점점
강하게 치닫기 시작했다. 이아나의 몸이 슈나이더의 리드를 따라
빙그르 돌았다.

"그 50만 골드 놈이 그대에게 해 줄 수 있는 것을 나도 해 줄 수
있네. 어쩌면 놈이 돈으로 해 줄 수 없는 것까지. 사실 진짜 선물은
장미였고, 영애의 성격에 결코 받지 않으리라는 것을 알았음에도
그것들을 들이민 이유는 그 때문이었어. 경매에서는 졌지만, 내가
그놈에게 전혀 뒤처지지 않는다는 뜻을 알아 달라는 뜻에서."

슈나이더의 눈이 그날 50만 골드로 이아나를 낙찰해 간 남자에
대한 굴욕감과 적대감으로 번뜩였다.

남자와 날 선 경쟁을 하면서 슈나이더는 점점 분노하기 시작했
고, 금액이 50만 골드에 이르러도 남자가 포기하지 않자 슈나이
더는 빌어먹을 자식이 이성을 잃고 막 부르는 게 분명하다고 생
각했다. 그래서 손을 놨다. 당연히 남자가 돈을 내지 못할 것이라
생각했고, 자신을 모욕한 남자를 처형하려 했다.

그런데 남자는 아주 만족스러운 기색으로 백지수표에 50만 골

드를 휘갈겨 쓰더니 쓰레기 던지듯 휙 내던지고는 이아나를 데리고 떠났다. 이아나의 손에 찢겨진 백지수표까지 합하면 50만 골드 두 장, 100만 골드를 아무렇지도 않게 쓴 것이다!

화가 난 슈나이더는 당장 백지수표의 진위 여부를 판별하라 일렀고, 은행 관계자는 머리를 조아리며 진품이라 아뢰었다.

로안느 왕실이 직영하는 스라나트 금고의 수표로, 여봐라는 듯 로안느 왕자인 제 앞에서 제가 원하던 것을 낙찰해 간 그 빌어먹을 남자.

두말할 것 없이 슈나이더의 패배였다.

그의 인생 처음으로 맛본 패배감. 슈나이더는 50만 골드의 5라는 숫자만 봐도 노이로제에 걸릴 것 같았다.

"다시 한 번 제안하겠네. 이아나 로베르슈타인 영애, 나를 따라주게. 나는 아까 그대에게 선보였던 모든 것을 줄 수 있어."

"저하는 저의 무엇을 보고 이러시는 겁니까? 저하께서 보신 저의 모습은 검술대회의 우승뿐입니다."

"거기서 확인한 그대의 재능과."

슈나이더가 진지한 기색으로 말했다.

"그대를 놓쳐서는 안 된다는 감일세."

이아나는 슈나이더의 얼굴을 정면에서 마주하면서, 회귀 전의 그를 떠올렸다.

지금으로부터 오 년 후, 스물두 살이었을 때 대륙 검술대회에서 처음 만난 슈나이더는 그녀가 필요하다고 지금처럼 아주 진중하게 말했었다. 그때는 이미 왕이 병상에 몸져누워 오늘내일하고 있었고 왕실에는 끔찍한 암투가 벌어지고 있었다.

그날, 우승에 대한 허무함과 삼 년이 지나도 코빼기도 비추지 않는 아르하드에 대한 분노, 그리고 스스로를 좀먹는 패배감을 이겨 내기 위해 이아나는 슈나이더의 제안을 기꺼이 승낙했다.

하지만 지금은 다르다. 이아나는 차분하게 말했다.

"저하, 저는 그분에게 이미 기사 맹세를 했습니다."

슈나이더가 인상을 찡그렸다.

"전에 말씀드렸듯, 저는 학술원 졸업 후 그분을 따라 로안느를 떠납니다. 포기해 주십시오."

담담하면서도 제 의지를 강력하게 피력하는 태도는 평소였다면 가산점을 줬을 요소이지만 지금은 아주 싫었다.

"저하께서는 모든 것을 갖추고 계십니다. 저에게 이리 욕심낼 이유가 없으십니다."

"……나는 갖고 싶은 건 죽어도 갖고 마는 고집불통인지라."

슈나이더가 감정을 한 차례 정리하고 빙긋 웃었다.

"열 번 찍어 안 넘어가는 나무가 없다 했으니 일단 내내 찍어 보도록 하지. 그러다 보면 영애가 마음이 바뀌어서 내게로 올 수도 있고, 내가 질려서 포기할 날도 오지 않겠나?"

이아나는 그 말만큼 저에게 어울리지 않는 말이 없다고 생각했다. 지난 생에서 죽을 때까지 아르하드를 거부한 사람이 바로 자신이었다.

아니지, 아르하드가 수백 번을 찍어 이번 생에서 넘어가긴 했으니 맞는 말인가…….

아르하드는 제 시야에 슈나이더를 두지 않기 위해 눈을 내리떴다. 이아나의 허리를 짚고 있는 손을 뼈째로 잘라 내고 싶은 충동. 이아나를 담은 저 눈을 뽑아 터트리고 싶다는 충동. 이아나에게 무언가 속닥거리는 턱을 붙잡아 부숴 놓고 싶다는 충동. 지금 당장 이 파티의 화려한 바닥을 저 남자의 피로 물들이고 싶다는 잔인한 충동들.

불특정 다수를 향한 악의와 생명에 대한 탐욕. 이것들에 충동질당한 살의는 이제 사라지고 없는데도…… 이아나에게 향하는 질척한 시선들은 그녀를 빼앗아 가려는 것처럼 여겨져 그를 살욕의 늪으로 밀어 넣는다.

이아나와의 원활한 관계 유지를 위하여 마음의 감옥 속에 쇠사슬을 묶어 가둬 둔 검은 악마가 아우성쳤다.

죽여, 죽여, 죽이라고.

하지만 이아나는 이런 저를 모르기 때문에 참아야 했다.

누구보다 이성적이고 귀족적인 얼굴을 한 주제에 머릿속으로는 미친 상상을 하던 아르하드가 감정을 억누르며 눈을 감았다. 품 안에 있는 아름다운 왕녀는 이미 그의 안중에 없었다. 몸은 그저 움직이고 있을 뿐, 정신은 온통 이아나에게 쏠려 있었다. 왕녀가 무례하다고 윽박질러도 할 말이 없는 태도였다.

"저기."

안젤리나가 조그맣게 아르하드를 부르자 금안이 흐르듯 그녀에게 내려왔다. 안젤리나의 얼굴이 새빨개졌다.

"부르셨습니까."

'아, 목소리도 좋다.'

무감정하지만 듣기 좋게 깔린 남자의 미성이다. 안젤리나는 푸르른 청안에 그의 얼굴을 담았다. 칠흑처럼 새까만 머리카락과 귀족적인 아름다움이 물씬 풍겨 나오는 조각상 같은 외모. 안젤리나는 제가 봐 온 사람들 중에서 눈앞의 남자가 제일 잘생긴 것 같다고 생각했다.

여자를 홀리는 남성적인 느낌도 물씬 풍겼다. 눈앞의 남자는 자신을 감싸고도 남을 정도로 커다랗고 단단했으며 맞잡은 손 또한 제 손이 폭 잠겨 들 정도로 컸다.

다른 사내들과는 달리 욕심 한 점 품지 않은 냉정한 눈. 인간의 손으로 붙잡을 수 없는 냉혹하고도 아름다운 맹수를 마주한 듯한 아찔한 기분.

평민이라 들었는데 거대한 왕국의 귀한 자손과 춤추고 있는 듯한 기분이 든다. 욕망을 죽인 신자처럼 절제된 표정들과 각진 태도는 그를 흔들어 보고 싶다는 충동을 만들어 낸다.

"이름이 아르하드라고 했지요?"

저와 자작의 양자인 아르하드 사이에는 뛰어넘을 수 없는 신분 차가 있음에도 안젤리나는 말을 놓기가 어려웠다.

"그렇습니다."

"나이가 어떻게 돼요?"

"……."

아르하드는 제게 관심을 보이는 안젤리나를 대답 없이 내려다보다 그녀의 얼굴이 민망함으로 점점 붉어지자 툭 내뱉었다.

"이제 스물두 살이 되었습니다."

"아, 그렇군요. 학술원에서는 이제 5학년이 되었다고 들었어요.

졸업 후에 뭘 할 생각이에요?”

“딱히 할 건…….”

할 게 수두룩했지만 왕녀에게 말해 줄 건 없었다. 말끝을 흐린 아르하드의 시선이 이아나 쪽으로 흘끗 향했다. 이아나는 슈나이더와 대화를 나누고 있었다.

‘어째서 내가 이 여자와 춤을 추고 있어야 하는 거지. 이럴 생각이 아니었는데.’

그는 지금의 상황이 몹시 불만스러워서 미간을 좁혔다. 열심히 뭔가를 생각하고 있던 안젤리나가 용기를 내어 말했다.

“아르하드 공자. 왕궁의 기사를 해 보는 건 어때요? 제가 추천해 줄 수 있어요. 왕궁 기사들은 모두 마나를 제어할 수 있으니까 머리를 맞대어 고민하다 보면 그대의 병을 해결할 수 있을지도 몰라요.”

아르하드는 눈을 반짝반짝 빛내는 안젤리나를 무표정하게 보았다. 그도 잠시, 눈매가 슬쩍 휘어지고 입꼬리가 점점 올라가 멋들어진 미소를 그려 냈다. 그를 올려다보는 안젤리나의 표정이 넋을 놓은 듯 멍해졌다.

아르하드는 웃으면서 그녀를 보았다. 제 품에서 얼굴을 붉히고 있는 건 세상물정 모르는 여린 공주렷다.

‘죽일까.’

스스로 이룬 게 하나도 없고, 타고난 것으로만 분에 넘치는 행복을 누리는 놈들을 보고 있자면 구역질이 난다. 아무것도 모르는 주제에 뭐든 해 줄 수 있다는 식으로 구는 온실 속의 화초는 손에 틀어쥐어 진물이 나올 정도로 완전히 짓뭉개고 싶은 비뚤어진 충동이 든다.

그가 영생에 가까운 세월을 보낸 감정의 바다는 깊고 검다. 부정적이고 강렬한 감정들이 집약되어 있던 판데모니엄. 짐승은 판데모니엄의 균열에서 미약하게 새어 나온 악기를 한 번만 쬐어도 몬스터로 변한다. 해일처럼 밀려드는 난폭한 감정은 아귀처럼 짐승의 영혼을 뜯어먹고, 완전히 미치게 만든다.

그런 어둠에 갇혀 긴긴 시간을 홀로 보낸 아르하드의 자아는 미스릴 갑옷보다 단단해서 과격한 감정들에 잡아먹히지 않는다. 오히려 제어하여 즐기는 수준이었다. 그래서 그에게 인간들의 감정들은 몹시 시시하게 여겨졌다. 덧없고, 부질없으며, 아주 성겁기만 한…… 육즙이 풍부한 고기를 통째로 뜯어먹다가 간이 안 된 야채를 씹어 먹는 기분이랄까.

아르하드가 매사에 무감정한 이유가 그 탓이었다. 인간들의 부질없고 시시한 감정들 따위로는 도무지 자극되지가 않았다.

범 무서운 줄 모르는 눈앞의 하룻강아지도 마찬가지다. 가느다란 뼈 가지는 세게 움켜쥐면 부러질 것이다. 어쩌면 살기 한 방에 파들파들 떨며 즉사할지도.

여린 꽃은 취향이 아니다. 어느 순간 너무 시시해져서 짓뭉개 버릴지도 모르니까.

그런 아르하드를 작은 행동만으로도 자극하는 유일한 존재가 바로 이아나. 자신을 설레는 양 바라보는 여자의 가녀린 목을 꺾어 버리고 싶다는 그의 비뚤어진 심성은 이아나 앞에서만 순한 양처럼 숨을 죽였다. 아르하드 안에서 살아 숨 쉬고 있는 괴물은, 이아나에게만 열렬히 반응했다.

'……나도 참 우습지.'

아르하드는 안젤리나에게서 시선을 떼고 앞을 보았다. 무채색의 생명들 사이에서 오롯이 빛나는 이아나기에 언제, 어디서든 찾을 수 있다.

이아나, 이아나.

읊으면 읊을수록 설레는 이름. 설레면서도 기묘한 울림을 자아내는 이름. 제 영혼을 사로잡고 놓아주지 않는 무자비한 여자.

돌아 버릴 것 같은 모든 감정이 이아나를 향해 쏟아진다. 그리고 이아나의 웃음 한 번에 사라지고, 사라지고, 또 사라진다. 남는 것은 오로지…… 더 이상 존재하지 않는다고 생각했던 순수하고도 맹목적인 열정뿐.

대체 네가 뭔데. 네가 뭔데 나를 이렇게…….

이아나를 바라보는 눈꺼풀 아래의 눈동자가 탁해졌다. 아르하드는 그러한 감정을 가라앉히려 눈을 감았다.

저를 보고 있지 않은 무례한 남자의 옆모습을 훔쳐보고 있던 안젤리나는 눈을 감기 전 일렁이던 광적인 감정을 우연히 목격하고 흠칫했다.

왈츠가 끝날 때가 되었다. 아르하드가 눈을 떴다. 하지만 안젤리나를 내려다보는 눈동자에는 아까 전처럼 내부를 꼭꼭 채워 숨을 턱턱 막히게 하는 무언가가 없었다. 아까와는 비교가 되지 않을 정도로 섬뜩할 만큼 시리고도 감정이 없는 눈이었다. 안젤리나의 눈동자가 흔들렸다.

"친절은 감사하지만……."

아르하드가 싸늘하게 속삭였다. 살기가 그녀를 기절시키지 않을 정도로만 슬금슬금 뻗어져 나와 목을 살짝 졸랐다. 숨이 막히지 않을 만큼, 그러나 숨을 쉬기 어려울 정도로만.

안젤리나의 얼굴이 새하얗게 질리고 몸이 오들오들 떨렸다. 아르하드의 얼굴은 분명 방금 전과 같은데, 가슴을 설레게 했던 그가 지금은 날카로운 송곳니에서 침을 뚝뚝 흘리는 괴물 같았다.

시야가 새까맣게 암전했다. 어둠 속에서 번들거리는 금안에 기기묘묘한 황금빛이 흘렀다. 안젤리나는 입을 뻐끔거렸다. 마주하고 있는 금안이 맹독을 가진 뱀의 것처럼 두렵게 다가온다. 금방이라도 살점을 찢어발길 듯한 거대한 괴물처럼 여겨졌다.

다리에 힘이 풀려 주저앉으려는 안젤리나를 다정하게 받쳐 준 아르하드가 속삭였다.

"바라지 않아서."

그러니, 죽고 싶지 않으면 더 이상 치근덕대지 마.

아르하드는 그리 말하지 않았는데도 안젤리나는 그 말을 귀로 들은 것 같았다. 아르하드는 부드럽게 손을 떼고는 예의 바르게 인사를 했다. 그리고 그대로 홀에서 나가 버렸다.

음악이 끝났다. 슈나이더는 얘기를 하자며 이아나를 붙잡으려 했지만 그녀가 약속이 있다며 거절하자 다음을 기약하며 순순히 보내 주었다. 다른 귀족들이 슈나이더와 대화를 나누기 위해 접근하고 있다는 점도 그의 결정에 한몫을 했다.

"그 공자님 어디 갔어?"

"어디 갔지?"

아르하드와 춤을 추고 싶어 하는 여인들이 그를 찾아 헤맸다. 이아나와 아르하드의 관계가 연인처럼 돈독해 보이긴 했지만 아르하드의 손길을 한번 받아 보고 싶었던 여인들은 굴하지 않았다.

왕실의 남자들은 모두 미남형이었지만 모두 임자가 있는 데다 접근하기 부담스러웠고 아르하드라는 미남은 그녀들의 안목을 대폭 상향시켰다. 들리는 말로는 양자라지만 요새 사업에 성공해서 승승장구하고 있는 칼리스토 자작이 듬뿍 신뢰하고 있다니, 아주 훌륭한 신랑감이었다.

이아나도 아르하드를 찾았다. 하지만 아무리 찾아도 머리카락 하나 보이지 않았다. 그와 함께 있을 줄 알았던 왕녀는 다른 청년 귀족들에게 둘러싸여 있었고, 다른 여인에게 붙잡혀 있나 싶어 무도회장을 휘저으며 휘휘 둘러보았지만 아르하드가 확실히 여기에 없다는 것만 알게 되었다. 다른 사람보다 키가 훌쩍 큰 데다 어딜 가나 주목받는 그 남자가 눈에 띄지 않을 리 없었다.

'짜증이 나서 가 버린 건가?'

하지만 나가서 시간을 보내자고, 이번만 제 말을 들어 달라고 끈질기게 굴던 남자가 저를 내버려 두고 돌아갔을 리 없었다.

'기분이 나빠 보였으니 기분 전환 겸 산책을 하고 있을지도. 그런데 말도 없이…….'

이아나는 살짝 당혹스러운 기분으로 아르하드와 떨어진 지 얼마 되지 않았을 안젤리나를 주시했다.

"저하, 어디가 불편하신지요?"

"궁의를 불러야 하는 것 아닙니까?"

"아니, 아니에요. 괜찮아요."

안젤리나는 새하얀 얼굴로 오들오들 떨고 있었다. 멀찍이서 그녀의 이상한 상태를 주시하던 이아나는 그녀가 공포에 질린 사람처럼 떨고 있자 아르하드가 이상한 짓을 한 건 아닌가 하는 의심이 생겼다.

일단 아르하드를 찾아야 할 것 같았다. 그 얼굴로 돌아다니다가 또 무슨 사고를 칠지……. 이아나가 등을 돌려 입구 쪽으로 발걸음을 옮기려던 그때, 안젤리나와 눈이 마주쳤다.

"저, 저기. 잠시만요. 레이디 로베르슈타인!"

청년들을 가려린 팔로 밀어내며 빠져나온 안젤리나가 이아나에게 다가와 앞에서 멈춰 섰다. 안젤리나는 두근두근 뛰어 대는 심장을 진정시키며 조심스레 말했다.

"물어볼 게 있는데."

하얗고 조그만 데다 가느다란 게 사랑스러운 흰 토끼 같은 느낌. 왕녀는 회귀 전에도 이런 분위기였었다. 사교계 파티에 등장할 때마다 청년들의 관심과 선망을 쓸어 모은 그녀는 이아나와 말 한번 섞어 본 적이 없었다.

고귀한 신분으로 태어나, 언제나 만인에게 사랑받았던 왕녀. 더러운 태생과 무지했던 어릴 적 저질렀던 잘못으로 평생 모욕과 손가락질을 받았던 이아나.

이아나는 그녀에게 상대적으로 심한 박탈감을 느꼈었다. 그녀를 감히 미워하지는 않았다. 부러웠을 뿐이고 비참했을 뿐이다. 뼛속까지 시렸던 사춘기였다.

'하지만 이렇게 보니 또 그냥 애송이로군.'

이아나는 자신을 부질없는 감정들에서 빨리 벗어나게 해 준 검에 감사했다. 하루라도 빨리 검을 잡았었다면, 타인의 애정을 바라며 노력하는 행위보다 스스로를 갈고닦아 빛내는 행위가 더 즐겁다는 것을 일찌감치 깨달았다면 그렇게 쓸데없이 감정을 소모하며 시간을 낭비하진 않았을 텐데…… 그 점이 조금 아쉬웠다.

그런데 회귀 전에는 말 한번 섞어 보지 못했던 안젤리나가 무엇을 물어보려고 말을 걸었을까?

"하문하십시오."

"그대, 아까 보니 아르하드 공자와 함께 있던데 혹시 그분이 어떤 사람인지 알려 주실 수 있나요?"

그녀의 질문에 이아나의 신경이 곤두섰다. 아르하드에게 해가 되는 건 절대 용납할 수 없다. 귀족들이 그에게 관심을 가지는 것도 꺼려지는데 안젤리나가 아르하드에 대해 묻는다? 이아나의 눈빛이 서늘하게 변했다.

"어떤 부분에 대해 여쭈시는 건지 헤아리기 어렵습니다."

"그냥, 성격이요. 평소에 아주 무섭다든가……."

아르하드가 안젤리나를 위협이라도 한 걸까. 그렇게 분별없는 사람이 아닌데 제게 아무 말도 없이 휙 나가 버린 것도 그렇고, 화가 단단히 났을지도 모르겠다는 생각이 퍼뜩 들었다.

"그분이 왕녀께 무슨 말이라도? 혹시 왕녀께 무례를 범한 것은 아닌지."

"아니, 아니에요. 그분은 친절하셨는데 그냥 느낌이……."

고개를 내젓는 왕녀의 태도를 보아하니 말보다는 분위기로 압박했던 모양이다. 닥치고 꺼지라거나 죽고 싶지 않다면 관심 가지지 말라는 등의 말을 했다면 이렇게 물어볼 리 없었다.

'아르하드가 어떤 사람이냐고…….'

이아나는 아르하드를 떠올렸다. 제 앞에서는 잘 웃는 데다 곧잘 허술한 모습과 불안에 잡아먹힌 모습을 보이지만, 다른 이를 대할 때는 냉철한 이성을 두른 채 한없이 여유로워 보였다.

"무서운 분은 아닙니다. 사고방식이 냉정해서 그렇지, 사람을 내치는 성향도 아니시고요. 학술원에 그분을 좋아하는 사람들이 많습니다."

"그래? 역시 제가 너무 긴장해서 잘못 느낀 거겠죠?"

"무엇을 잘못 느끼셨다는 건지 여쭈어도 되겠습니까?"

"음……. 그냥 춤을 추다가 오한을 느꼈는데, 아무것도 아니에요. 잘못 느꼈나 봐요. 그런데, 영애. 혹시 그분에 대해 알고 있는 게 있다면 나에게 들려주지 않겠어요?"

안젤리나가 수줍게 볼을 붉혔다. 두 손을 꼼지락거리면서 부끄러워하는 왕녀는 영락없이 사랑에 빠진 소녀였다. 이아나는 여자들의 저런 태도가 무엇을 의미하는지 알고 있었다. 특히나 왕녀는 노골적이었다.

'설마 아르하드에게 반한 건가.'

왕녀는 훗날 킬리코 왕의 열렬한 구애를 받아들여 킬리코 왕국의 왕비가 된다. 왕의 사랑을 받아먹고 살다가 자국에서 벌어진 대규모의 내전이 두려워 슈나이더 왕자에게 도움을 요청하던 심약한 모습의 그녀가 지금의 안젤리나와 겹쳐 보인다.

이 여자는 보호를 받아야 살 수 있는 사랑스러운 꽃이다. 전장의 악마라 불리던 아르하드와는 어울리지 않았다. 이런 여자가 그를 귀찮게 하며 대업을 방해하는 것은 용납할 수 없다.

아르하드가 나서서 안젤리나를 좋아한다면 모를까, 제가 먼저 그에게 엮어 주고 싶은 마음은 추호도 없었다.

이아나는 냉정하게 잘라 냈다.

"죄송합니다. 제 입으로 남의 이야기를 함부로 하기 어렵습니다. 하시고 싶은 말이 있으시거든 직접 말씀해 주시고, 알고 싶으신 게 있으시거든 직접 하문해 주십시오. 만족하실 만한 답변을 드리지 못해 송구합니다."

"아, 아니에요."

이아나가 예의는 바르지만 너무 딱 잘라서 거절하자 안젤리나가 민망함에 고개를 내저었다. 주변에서 그들의 대화를 훔쳐 듣고 있던 귀부인들이 부채를 펼친 채 '어머, 어머. 저런 당돌한.', '아름다운 왕녀 저하를 견제하는 거 아닐까요? 아까 보니까……' 와 같은 말들이 들려왔지만 이아나는 싹 무시했다.

"혹시 공자님이 어디 가셨는지 여쭈어도 되겠습니까?"

"아…… 그는 음악이 끝나자마자 밖으로 나가 버렸어요."

이로써 용건은 끝났다. 이아나는 고개를 숙여 인사를 한 후 안젤리나를 스쳐 지나갔다.

이아나는 제게 슬금슬금 접근하는 귀족들을 밀어내고 정원으로 나왔다.

한겨울의 하늘에 구름이 잔뜩 끼는 바람에 날이 벌써 어두워졌다. 이아나는 마법 아티팩트들이 은은하게 빛나는 정원에서 서성거렸지만, 차가운 밤바람이 머리카락과 드레스 자락을 매만지고 지나갈 뿐 아르하드는 나타나지 않았다. 정원을 벗어나 산책로도 가 보았지만 다른 귀족들의 치근덕거림만 받을 뿐 아르하드를 발견하지는 못했다.

결국 이아나는 어쩔 수 없이 홀 안으로 다시 돌아왔다. 와인으로 목을 축이며 아르하드가 파티장에 다시 나타나기를 기다렸지만 그는 돌아오지 않았다.

'대체 뭘 하는 거야. 이 정도면 산책을 끝낼 법도 한데.'

이 이상 시간을 낭비할 순 없었다. 이아나는 미리 약속이 되어 있던 겔로니언, 필리거, 예정에는 없었지만 마이마예, 하인리히와 춤을 추었다. 그들은 이아나의 데뷔를 진심으로 축하하며 그녀의 위상을 한없이 드높여 주었다.

체르노와 사라체, 하르첸은 이아나에 대해 묻는 귀족들에게 좋은 말만 해 주었다. 로베르슈타인 가문에 잘 보이려고 이아나를 은근슬쩍 욕보이면 그딴 소리 하지 말라며 화를 냈고, 가문을 비꼬는 이들에게는 정색을 했다.

로베르슈타인 가문이 이아나를 싸고돌고, 이아나의 특이하면서도 대단한 인맥이 밝혀지자 그녀는 귀족들 사이에서 함부로 욕하려야 욕할 수 없는 사람이 되었다.

"드레스를 입으시니까 달라 보여요."

이아나는 마지막으로 헤레이스와 춤을 추었다. 헤레이스는 칭찬을 아끼지 않았다.

"어떤 면에서?"

"멋있으신 건 여전하지만요. 여성스러워지셨어요."

"그런가?"

부딪친 힐과 바닥 사이에서 딱딱거리는 소리가 났다. 아르하드와 춤을 추면서 익숙해진 탓인지 이아나는 다른 사람들의 발을 밟지 않을 수 있었다.

"딱히 달라진 건 없다. 달라진 게 있다면 옷차림뿐이군."

"물론 평소에도 예쁘시지만 더 예뻐지셨어요. 특히 아르하드 선배님 옆에 계실 때는 더 그래요. 평소랑은 다르세요."

이아나의 얼굴이 묘한 빛을 띠었다.

"어떻게?"

"평소에는 나무 같지만, 선배님과 함께 계실 땐 장미꽃 같아요. 그리고 선배님은 정원사랄까? 말재주가 없어서 제대로 표현을 못 하겠지만요."

아르하드는 이아나에게 정성을 쏟는 것을 아끼지 않고, 이아나는 그의 정성을 거부하지 않고 물 마시듯 받아들인다.

굳게 닫힌 봉오리를 아름다운 꽃으로 가꾸는 정원사. 헤레이스는 아르하드와 이아나를 볼 때마다 그런 느낌을 받았다. 평소 검술학부에서 그들이 서로를 챙기는 모습을 볼 때마다 그런 느낌을 받긴 했지만 딱 그 이미지를 떠올린 건 의상대회였다.

오늘 아르하드와 춤을 출 때, 그녀는 개화하기 직전의 꽃처럼 보였다. 평소 사람들의 기분을 살피는 습관이 있어 눈치가 빠른 데다, 이아나를 우상으로 삼고 그녀를 관찰하며 일 년 넘게 친하게 지내 온 헤레이스는 그것을 누구보다 더 잘 알았다.

"아르하드 선배님이 이아나 양을 정말 아끼고 있다는 게 눈에 보여요. 그리고 이아나 양은 아르하드 선배님 앞에서 평소보다 훨씬 편하게 계시잖아요."

"딱히 모르겠는데."

아르하드 앞에서 조금 느슨해지는 건 맞지만 꽃으로 비견될 정도로 풀어지는 건 아닐 터였다. 머쓱해진 이아나가 말을 돌렸다.

"됐고, 다음 주부터 훈련을 시작할 테니 아침 여섯 시에 나와. 내 훈련량을 옆에서 같이 소화해."

"……이아나 양의 훈련량을요?"

헤레이스의 안색이 창백해졌다. 그는 이아나의 훈련이 얼마나 극악한지 알고 있었다. 이아나의 동선은 도서관, 수련장, 기숙사로 고정되어 있었고 그런 그녀의 스케줄은 훈련과 공부로 도배되어 있었다.

"그래. 이따금씩은 산에 몬스터도 잡으러 갈 테니 이제부터 죽었다고 복창해라."

"모, 몬스터도요?"

헤레이스가 침을 꿀꺽 삼켰다. 수도에서 벗어날 일이 없었던 그는 몬스터를 한 번도 본 적이 없었다. 약한 몸 때문에 혼자 수련하거나 아버지의 가르침을 받는 게 다였다. 몬스터는 둘째 치고 대련할 때를 제외하면 가벼운 살기조차 느껴 본 적이 없었다.

"전쟁이나 몬스터 토벌전을 겪어 본 적이 없지?"

"네."

"넌 너무 곱게 자랐어. 몸이 편하면 쓸데없는 생각이 많아지지. 대련과 실전은 차원이 달라. 실전을 몇 번 겪다 보면 네 자신이 달라지는 걸 느낄 거다."

"하, 하지만. 몬스터를 만나면…… 죽여야 하잖아요."

"살생이 두려운가? 검사란 근본적으로 살생을 하는 자다. 우리가 여태껏 배워 온 검술은 상대방을 죽이기 위해 존재한다. 검사가 하는 일은 대련이 아니다. 실전이고 살생이야."

그 말을 듣는 순간, 헤레이스는 뒤통수를 한 대 맞은 것 같았다. 검사의 근본. 검에 날이 서 있는 이유. 다 제쳐 두고 검이 만들어진 제1의 목적은 살생이다. 검을 수련하는 자들의 목적도 군더더기들을 다 떼고 그 본질만 보면 살생이었다.

이아나는 헤레이스와 눈을 마주했다.

"네가 마나를 다루고 싶어 하는 이유는 뭐지?"

"……진정한 검사가 되기 위해서예요. 마나를 제어하지 못하면, 마나를 두른 상대방의 검에 제 검이 부러져서 검을 휘둘러 볼 수도 없을 테니까. 지금은 쭉정이 검사에 불과해요."

"진정한 검사와 쭉정이 검사라……."

이아나가 웃었다.

"그럼 검을 쥐는 이유는?"

이아나의 질문에 헤레이스는 고민했다.

늘 검사가 되고 싶다고만 생각했지 검을 쥐는 이유까지는 생각하지 않았다. 벤덤 가문은 무가이며, 검을 수련하는 게 당연했다. 헤레이스는 어려서부터 검술 수련을 좋아했으며, 다른 무인들과 대련을 하는 것도 재밌었다. 무엇보다 검술이 제 인생이었고, 인정받는 유일한 수단이었다. 조금 부끄러운 기분이 들어서 헤레이스는 자신 없는 어투로 말했다.

"인정……받는 것일까요?"

"나쁘지 않지. 강함, 부귀, 명예, 출세, 인정, 수호, 생존…… 검을 잡는 이유는 몹시 다양하고 귀족 중엔 가문의 인정을 받고자 검을 수련하는 이가 많으니 아주 보편적인 이유다. 하지만. 인정받는다는 목표를 위해, 너는 살생을 얼마든지 저지를 수 있나?"

헤레이스는 대답하지 못했다.

"살생은 검사가 반드시 뛰어넘어야 할 단계다. 너는 마나 제어 가능의 여부로 검사를 분류했지만 나는 그렇게 생각하지 않아. 검을 쥔 이유가 살생의 업보를 견디지 못하고 사라지면, 그때 정말로 쭉정이 검사가 되는 거다. 목표를 잃고 그저 검을 휘두를 뿐인."

이아나는 침착하게 말을 이었다.

"그러나 업보를 뛰어넘어 너만의 길을 갈 수 있다면 살생은 단순한 수단이 된다. 검을 휘두르는 목표가 쌓이고 쌓여 검은 너만의 검이 되어 네 심장에서 날을 벼린다. 그렇게 할 수 있는 사람이 진정한 검사야."

헤레이스는 이아나의 말을 한마디 한마디 심장에 새겼다. 가볍게 춤을 추면서 들은 이아나의 검론은 아직은 아리송하고 어렵지만 검사로서 살아가다가 언젠가 장애물에 가로막혔을 때 돌파구가 되어 줄 것 같다는 예감이 들었다.

이아나가 싱긋 웃었다.

"너는 검사가 되고 싶다고는 말하지만 필사적인 마음이 부족해. 살생을 위한 악다구니와 독기가 부족하다는 말이다. 실전으로 쌓은 여러 경험은 그런 너에게 큰 도움이 될 거다. 네 자신과 검에 대해 진지하게 생각해 보고 마음을 정리할 수 있는 계기가 되어 줄 테지."

"……그렇군요. 알겠어요. 각오하겠습니다. 그런데 이아나 양은 왜 검을 쥐시나요?"

이아나는 침묵했다. 그녀의 성격에 곧바로 대답할 줄 알았던 헤레이스는 의아해서 고개를 갸웃했다. 그도 잠시, 망설임 없는 단호한 말이 그녀에게서 튀어나왔다.

"검을 좋아하기 때문이지. 그리고 검으로는 뭐든 할 수 있으니까."

사람을 버리고 검을 사랑했다. 살아 있다는 느낌이 들게 해 주는 검을 즐겼고, 저에게 주어진 재능이 검술임을 깨닫고 검에 몰두했다. 저를 모욕하는 사람들의 입을 닥치게 해 주는 검에 의지했으며, 모든 박해와 위협으로부터 저를 지켜 주는 검을 사랑했다.

검은 제 모든 것이었다.

"나는 살아 있는 기분을 느끼기 위해, 내 가치를 증명하기 위해, 나를 지키기 위해, 마지막으로 나의 적을 제거하기 위해서 검을 쥔다."

"……."

"그렇기 때문에 나는 내 검에 희생되는 자들에게 가치를 두지 않아. 죄책감 같은 쓸데없는 감상에 젖지 않지. 특히 적이라면 얼마든지 망설임 없이 벨 수 있어. 그게 뭐든 간에."

누군가를 죽이는 건 일도 아니라는 듯 감흥 없이 말하는 이아나의 말은 섬뜩했다.

"내가 진심으로 누군가를 죽이고자 검을 들 때는 학술원에서 대련할 때와는 각오부터가 달라."

헤레이스는 이아나가 무언가를 제대로 베는 모습을 본 적이 없다. 있다면 검술학부의 쓰레기 사인방을 망설임 없이 찔러 성불구로 만들었던 잔인한 모습뿐이었다. 그때도 무서웠는데, 진심으로 살의를 품은 그녀는 얼마나 무서울까?

헤레이스는 이아나가 저를 죽이기 위해 달려드는 모습을 상상했다. 그녀가 땅을 박찬 대지에는 균열이 일어나 부서지고, 휘두르는 검은 빛의 궤적처럼 떨어질 것이며, 태양을 뒤로한 그녀의 얼굴은 어두울 것이고, 죽기 직전 마주한 두 눈은 붉은 살기로 넘실거리겠지.

그게 또 이아나와 어울린다는 게 무섭다. 상상을 했을 뿐인데도 몸에 오한이 돌았다.

"……하지만 이젠 조금 다른 이유가……."

헤레이스가 떨고 있는 사이 이아나는 작은 목소리로 혼잣말을 중얼거리고는 헤레이스에게서 떨어졌다.

"어쨌든 일주일 후에 봐. 덧붙여 말하자면 마나 제어를 하기 위해서도 독기는 필수야."

"각오하고 있겠습니다!"

드레스를 살짝 들어 올려 인사를 한 이아나는 약속한 사람들과 모두 춤을 췄기에 완전히 홀을 떠나려고 했다. 하지만 그전에 불청객이 찾아왔다.

"레이디 로베르슈타인, 저와도 춤을 춰 주시겠습니까?"

이아나는 뜻밖의 방문자에 눈을 크게 떴다. 그리고 그의 앞에 머리를 조아렸다.

"시아이외 루리아 로안느 왕자 저하를 뵙습니다."

그는 3왕자, 시아이외 왕자였다. 이아나는 뜻밖의 요청에 조금 당황했다.

그는 모친인 루리아를 닮아 진한 초콜릿 빛의 머리카락과 자수정 같은 자안을 타고났다. 페르난도 루리아 로안느의 동생이며, 은발과 은안을 가지지 않은 왕녀들과 마찬가지로 왕권 다툼에서 밀려나 있는 듯 없는 듯 살아가다가 왕이 죽기 몇 년 전에 갑자기 실종된 왕자였다. 실종은 몇 년 후 사망으로 처리되어 국상을 치렀다. 그리고 그는 이아나와 전혀 접점이 없었다.

'그런 그가 나에게 왜?'

이아나는 뜬금없는 사람이 제게 춤을 청하자 의아했다. 하지만 이미 변하기 시작한 미래, 더 달라지는 게 뭐가 이상한가 싶어 수긍했다. 그녀는 시아이외가 내밀고 있는 손 위에 조심스레 손을 얹었다.

"저야말로 영광입니다."

이아나의 손을 붙잡은 시아이외가 그녀의 등에 손을 얹었다. 이아나 또한 그의 팔에 손을 얹고, 눈을 마주했다.

"저하께서 춤을 청해 주셔서 놀랐습니다."

이아나는 시아이외가 자신에게 접근한 정확한 이유를 알고 싶었다. 슈나이더 하나만으로도 골치 아픈데 다른 왕족과는 얽히고 싶은 마음이 없었다. 그가 고혹적으로 웃었다.

"슈나이더 형님이 관심을 가지는 분이기도 하고, 개인적으로도 흥미가 있어서 말이지요."

슈나이더는 페르난도와 사이가 무척 나빴지만 시아이외와는 사이가 나쁘지 않았다. 다만 루리아와 레제, 두 어미가 개와 고양이처럼 싸워 대는 마당인 데다 왕권 다툼을 위해 귀족들의 파벌이 갈라져 있기 때문에 대놓고 적대를 하지는 않더라도 서로 경계를 하는 처지였다.

전자의 경우 정적을 경계하기 위해서라면 말이 된다. 하지만 후자의 말이 마음에 걸렸다.

"개인적?"

"아, 오해하지 말아요. 레이디는 무척 아름답지만 여인으로서는 아닙니다. 저는 오래 살고 싶어서."

"제가 저하께 해라도 끼친답니까."

"하하. 그런 건 아니지만 제 취향은 온순한 여인이라서요."

"그러십니까. 그런데 어찌하여 말을 높이십니까? 말을 놓아 주십시오."

"존대는 제 습관이니 불편해하지 않으셔도 됩니다. 그보다 검을 수련하신다고요? 검술제 우승까지 하셨다지요."

"내세울 만한 것은 아닙니다만, 그렇습니다."

"대단하시군요. 실력 있는 여검객이 없는 건 아니지만 흔치도 않지요. 다른 남성들을 제치고 우승을 거머쥐시다니…… 감탄했습니다. 늦었지만 축하합니다."

검술제 우승이 그의 흥미를 불러일으킨 건가 싶었다. 하긴 여검사, 그중에서도 귀족 영애가 검을 쥐는 경우는 드물었다. 특이한 귀족 영애에게 관심을 가진 모양이다.

"검에 관심이 있으십니까?"

"아, 저는 검보다는 활입니다. 화살을 쏘아 도망가는 표적을 꿰뚫는 맛이 있거든요. 제 손에 피를 묻히는 걸 별로 좋아하지도 않고."

음악이 끝나고 시아이외가 인사를 하면서 어둑한 자안을 빛냈다.

"반가웠습니다, 레이디. 앞으로 잘 부탁합니다."

시아이외는 이아나에게 슬쩍 웃어 보이고는 그 자리를 떠났다.

'잘 부탁해? 사교계에서 잘 지내보자는 말인가?'

시아이외, 이상한 왕자다. 이아나는 고개를 갸웃하고는 커튼이 쳐져 있지 않은 테라스를 찾아 발걸음을 옮겼다.

"시아이외 저하께서는 파티에서 다른 여인들과 춤을 잘 추지 않는 분이신데 신기하네요."

"어쩜, 레이디 로베르슈타인은…… 이 정도면 여러모로 대단하다고 할 수밖에……."

길을 지나가면서 이아나의 뛰어난 청각에 속닥거리는 목소리들이 잡혔다. 청년들은 춤을 추자며 치근덕거렸지만 이아나는 몹시 피곤하다면서 정중하고도 냉정하게 쳐 냈다. 그들은 억지를 부리지 못했다. 그녀는 벌써 여덟 명과 춤을 추었으며, 춤 상대를 하나하나 꼽아 보면 피곤할 만했기 때문이다.

사실 이아나는 육체적으로는 전혀 피곤하지 않았다. 대신 여러 모로 신경을 많이 썼기 때문에 정신적으로 피로감이 몰려왔다. 그녀는 저를 흘끔흘끔 쳐다보는 시선들을 뒤로하고, 2층에 있는 테라스에 들어가 커튼을 세게 쳤다.

"하아아."

이아나는 테라스의 대리석제 난간 앞으로 걸어가 머리카락을 빡빡하게 잡아당기는 장식을 풀어내고는 난간에 추욱 몸을 걸쳤다. 차가운 겨울바람에 붉은 머리카락이 헝클어졌다. 파티에 오기 전에 관리를 받아 여전히 찰랑거렸지만, 서부 지역의 비단처럼 흘러내리던 결이 엉망으로 흐트러져 다시 빗어야 할 판이었다.

이 상태로 다시 홀로 돌아간다면 교양이 없다 흠이 잡힐 수 있음에도 이아나는 그냥 내버려 두었다. 아무 생각 없이 밤하늘을 보며 그렇게 기대 있었다.

얼마 지나지 않아 테라스의 문을 똑똑 두들기는 소리가 울렸다. 춤을 추지 못하니 대화라도 나눠 볼 심산인 귀족들이었다. 회귀 전에는 귀족들의 모욕에 지쳤었는데, 이제는 이렇게 치근덕거리는 게 더 귀찮고 지친다.

이아나는 문 쪽으로 향하는 청각을 차단하고 눈앞의 경치를 보았다. 새어 나오는 음악의 선율과 웃음소리, 사시사철 푸르른 나무와 여린 잔디. 장미꽃으로 아름답게 치장된 야외 정원과 어둠을 환하게 밝히는 크리스털 재질의 마법 아티팩트.

아름답지만 옛날에 많이 보아 왔던 모습이라 식상했다. 지겨운 경치는 밀어내고, 이아나는 난간에 몸을 늘어뜨린 채 조용히 생각에 잠겼다.

왕자에게 가시를 세우던 아르하드. 제게 아무 말도 없이 사라져 버린 걸 보면 화가 난 게 분명했다. ……잘못했다고 생각하지 않는다. 상황에 맞는 처치였고, 신념에 따라 행동했다. 하지만…….

"아르하드."

"불렀나."

아무 생각 없이 그의 이름을 중얼거렸던 이아나는 화들짝 놀라서 대답이 들려온 난간으로 고개를 내밀었다. 하지만 밑을 내려다보기도 전에 까만 날짐승처럼, 난간 위로 아르하드가 올라왔다. 빤히 바라보는 이아나 앞에서 그는 아무렇지도 않은 표정으로 바닥에 내려섰다.

"산책을 하고 왔어."

"하……하하."

여기는 2층에 있는 테라스인데 뻔뻔한 얼굴로 난간을 붙잡고 올라와 말을 거는 게 우스워서 이아나는 어쩔 수 없다는 듯 웃었다.

"어딜 갔다 오신 겁니까? 찾아도 없어서."

"찾았었나? 미안하다. 계속 거기 있다간 네게 못 볼 꼴을 보일 것 같아서."

아르하드가 그녀의 옆에 몸을 바로 하고 서자 이아나는 난간에 손을 짚은 채 그를 올려다보며 천천히 입을 열었다.

"화나셨나요."

"화난 게 아냐. 그냥 네게 왕자가 치근덕대서 짜증이 났던 거지. 왕자가 너와 춤을 추는 것도 짜증났고."

아르하드가 머쓱한 얼굴로 제 턱을 쓰다듬었다.

"유치한 심정이군……. 아무튼 네게 화난 건 절대 아니다."

그를 물끄러미 쳐다보던 이아나가 다시 몸을 돌려 난간에 팔을 괴고 먼 경치에 눈길을 주었다.

"파티에 참가한다고 해도 누구에게도 마음을 줄 생각이 없었습니다. 오늘도 그저 얼굴만 비추고 올 생각이었습니다. 일이 이렇게 될 줄은 몰랐지만."

"그래."

"왕자의 자존심을 건드린다면 당신의 계획에 차질이 생길지도 모릅니다."

"알아."

"하지만 당신을 위해 왕자를 싸늘하게 대했어야 맞는 겁니까?"

옷매무새를 정리하고 있던 아르하드가 고개를 들어 먼 경치를 내다보고 있는 이아나를 보았다.

"……왜? 물론 아냐. 그랬다면 내 기분은 좋았겠지만 네 입장이 아주 곤란해지지. 자국의 왕자에게 아랫사람이 불경한 태도를 보이는 게 말이 되나. 왕자가 죽은 시늉을 하라 하면 광대처럼 죽은 시늉까지 해야 하는 게 맞아. 그런 걸 알기 때문에 나도 왕녀와 춤을 춘 거고, 왕자가 네게 말을 걸기 전에 밖으로 데리고 나가려고 했던 거다. 웬만하면 파티 참가도 막고 싶지만……."

"저는 제가 했던 약속은 지키고 싶습니다. 그렇게 해야 이아나 로베르슈타인으로서의 제가 완전히 끝나는 기분이 들어요. 백작 부인과 약속할 때 파티 여섯 번을 끝내고 나면 끝이라고, 그렇게 제 자신에게 굳게 다짐했습니다. 그래서 그전에 끝내는 건 완전히 끝낸 것 같지 않아 찝찝합니다. 이런 제가 이상한 겁니까?"

"이상하지 않아. 그게 너잖아."

"한번 다짐한 건 피치 못할 사정이 있지 않은 한 반드시 지킨다, 그게 제 가치관입니다."

이아나는 그녀답지 않게 계속해서 변명을 늘어놓았다. 하지만 아르하드에게 그렇게 말하고 싶었다.

"그래, 그래서 내가 널 따라붙은 거잖아."

옆으로 다가온 아르하드가 이아나의 머리에 툭 손을 얹더니 슥슥 쓰다듬었다. 이아나는 눈동자만 옆으로 굴려 그를 흘끗 보았다. 아르하드는 무척 기쁜 낯을 하고 있었다.

"계속 그렇게 말을 해 주는 거 보니 내가 신경 쓰이게 한 건가. 괜찮아. 왕자에게 짜증이 났긴 하지만 네 행동은 다 이해해. 이렇게 내 기분을 풀어 주려고 하는 걸 보니 정말 기쁘다. 나쁜 기분이 다 사라졌어."

이아나는 아르하드의 손 아래에서 눈을 내리떴다. 아르하드는 저와 얽히지 않았을 때 순조롭게 황제가 되었다. 그는 로안느 왕국의 데뷔식은커녕 파티에 참석한 적도 없었을 것이다. 카마트로스의 주인으로서 왕자와의 협력 관계 또한 잘 유지했을 것이다.

그래서 더욱 신경이 쓰였고, 왕자에게 단호하게 대할 수가 없었다.

"그러면 다음부터는 파티에 오지 말아요."

아르하드가 그런 제 모습을 보며 기분이 상할 거라면, 파티에 오지 않는 게 맞았다. 또한 자신에게 집적대는 사람들을 막기 위해서라는 하찮은 이유 때문이라면 더더욱 따라오지 말아야 했다.

하지만 아르하드는 이아나의 머리에서 손을 떼며 고개를 내저었다.

"싫다니까."

"차라리…… 그만두겠습니다."

"무엇을?"

이아나는 경치를 조용히 내다보았다.

"당신이 저 때문에 계속 파티에 참가할 생각이라면, 제가 파티에 참가하는 걸 그만두겠다는 말입니다."

아르하드가 놀란 표정을 숨기지 않았다. 이아나가 제 뜻을 먼저 굽히겠다고 말한 건 처음이었다.

"왜? 네 가치관이라며. 그렇게 해야 완전히 끝난 기분이 들 것 같다며."

"거사를 위해 학술원에 숨어 있는 당신이 저 때문에 세상에 드러나는 게 싫습니다. 선택하세요. 당신이 아예 파티에 나오지 말든가, 제가 포기를 하든가."

"……둘 다 내키지 않는데. 네가 나를 위해 뜻을 굽히겠다고 말하는 건 무척 기쁘지만, 나는 네가 로안느에서의 생활을 스스로 완전히 끝냈으면 좋겠다. 내가 개입하는 걸 바라지 않아. 그러면 네가 나중에 찝찝한 기분을 느낄 수도 있잖아. 그리고 파티 참가는 내가 하고 싶어서 하는 거다. 정말 나를 위한다면 막지 마."

이아나가 난간에서 몸을 일으켜서 아르하드를 노려보았다.

"좋습니다. 당신의 정체는 당신이 알아서 하겠죠. 하지만 저는 무엇보다 당신의 마음이 상하지 않았으면 좋겠습니다. 당신, 제가 왕자와 춤을 춰서 화가 났잖아요? 제가 왕자에게 회유당할 일은 없지만, 왕자는 포기할 때까지 제게 접근할 겁니다. 당신은 그걸 보고 기분 나빠 하지 않을 수 있습니까? 그럴 수 없으면서 왜 그렇게 파티 참가에 집착하는 거죠?"

"······사실."

아르하드가 작은 커튼 틈 사이로 환한 불빛이 들어오는 홀을 향해 고갯짓을 했다.

"난 다른 사람들 앞에서, 밝은 곳에서 너와 춤추고 싶었던 것뿐이야."

"이상한 소리 하지 마세요."

여느 여자였다면 심장을 부여잡고 얼굴이 새빨갛게 달아올랐을 발언이었지만 이아나는 냉랭하게 쳐 냈다. 아르하드가 억울한 표정을 지었다.

"진짜인데."

"진짜라도 안 됩니다. 앞으로는 오지 마세요."

이아나가 강경하게 안 된다고 거부하자 아르하드가 은근히 축 처진 모습을 보였다. 다른 사람들 눈에는 여전히 꼿꼿해 보이겠지만 그를 오랫동안 봐 온 이아나는 현재 그가 실망하고 있다는 걸 알았다. 이아나는 더 이상 고집 부리지 않는 아르하드를 흘끔 쳐다보았다.

풀 죽어서 꼬리를 내린 늑대 한 마리가 연상되는 건 착각일까? 이 남자는 우아한 맹수인 주제에 왜 제 앞에서는 버림받은 개처럼 구는 걸까? 마치 학대한 기분이다.

이아나는 잠시 입을 닫고 고민했다. 제 속마음을 솔직하게 말했더니 좋아서 미처 날뛰던 프리실라와 좋아서 어쩔 줄을 모르던 아르하드를 떠올렸다. 이번에도 솔직하게 말해 볼까.

"나중에 바하무트의 황제가 되실 분이 로안느 왕국의 건국제에, 귀족들의 무도회장 따위에서 춤추면 안 됩니다."

이아나는 빛이 내리쬐어 은은하게 빛나는 난간을 쓰다듬었다.

"이런 데에서 당신을 드러내고, 푸대접을 받지 마십시오. 제 주인이 될 당신이 거짓일지언정 타인에게 머리를 숙이고 존대하는 것이 싫습니다. 당신은 그런 취급을 당할 사람이 아닙니다."

슈나이더에게 허리를 숙인 그를 눈에 담았을 때, 가슴에 꽉꽉 들어 찼던 불쾌감은 그가 파티장에 오는 것을 더욱 거북하게 만들었다.

"춤 같은 건 당신의 것이 될 나라의 무도회장에서도 출 수 있는 거니까. 그때 진짜 귀족으로서 데뷔할 때는 당신과 추면 되지 않습니까? 저는 그곳이 진짜 사교계라고 생각하고 있습니다."

하얀 뭔가가 난간에 톡 떨어졌다. 이아나는 하늘을 보았다. 하얀 꽃잎이 바람을 타고 춤을 추듯 순백의 눈송이가 살랑살랑 떨어지고 있었다. 새해의 첫날에 맞는 첫눈이었다. 잠시 말없이 하늘을 응시하던 이아나의 코끝에 눈송이 하나가 톡 떨어졌다. 이아나는 눈을 감으며 말을 이었다.

"그날 추는 첫 춤을 기대하고 있습니다. 그 상대는 당연히 아르하드 당신이겠죠. 오늘 춤, 즐거웠습니다. 그때도 즐거울 거라고 생각합니다."

"……."

"물론 이것도 황제가 되어야 가능한 일이지만 당신이 못 할 거라는 생각은 들지 않는군요."

내 주인이 최고다, 거짓이라도 남에게 하등한 취급당하는 게 싫다……. 어린애처럼 투정을 부렸음에도 아르하드가 대답이 없자 이아나는 민망해졌다. 얼굴은 티가 나지 않았지만 귓바퀴가 슬쩍 붉어졌다.

귓가를 만지작거리던 이아나는 옆을 흘끔 쳐다보았다가 자신을 빤히 쳐다보고 있는 아르하드와 눈이 마주치자 귓바퀴에서 손을 떼어 냈다.

"왜 그렇게 보는 거죠."

"너는⋯⋯."

똑똑.

그때 테라스의 문을 두들기는 소리가 정적을 깨고 크게 울렸다. 이아나가 눈을 가늘게 뜨고는 문 쪽을 흘겼다.

"귀찮게⋯⋯. 당신이 오기 전부터 아주 시끄럽습니다."

"괜찮다면 내가 쫓아내 줄까? 너만 괜찮다면 앞으로는 문도 못 두들기게 해 주지."

아르하드의 담담한 말에 이아나가 호기심을 보였다.

"어떻게 말이죠?"

"누구냐고 묻고, 저 사람이 대답하면 들어오라고 해."

"들어오라고 하란 말입니까?"

"일단 그렇게 해 봐."

이아나는 잠시 주춤거리다가 일단 아르하드가 시키는 대로 하기로 했다. 누구냐고 묻자 헛숨을 들이켜는 소리와 함께 문 밖의 남자가 슌 자작이라고 대답했다. 술에 취해 어눌한 어조로, 그녀가 대답할 것이라고는 상상조차 하지 못한 듯 혀가 꼬인 채 대답했다. 이아나는 상대하고 싶지 않은 기분에 인상을 찡그렸지만 이내 마지못해 들어오라고 말했다.

"⋯⋯!"

테라스의 문이 조금 열리는 순간 세게 잡아당겨졌다. 이아나는 예상치 못한 힘에 반응도 하지 못하고 아르하드의 품에 얼굴을 박았다. 문을 등진 아르하드가 한 팔로는 이아나의 허리를 옭아매고 테라스의 난간에 기대게 한 후, 다른 손으로는 테라스의 난간을 쥐었다. 그리고 이아나를 세상에서 가장 사랑하는 연인처럼 꽉 끌어안았다. 이아나의 눈이 커졌다.

문이 완전히 열려 환한 빛이 쏟아졌지만 이아나는 아르하드의 몸에 가로막혀 앞을 볼 수가 없었다. 아르하드의 턱이 그녀의 머리 위에 얹어져 있다가, 뒤에서 남자가 놀라서 헛숨을 들이켜는 소리가 들려오자 뒤로 돌아갔다.

"계속 문을 두들겨 대는데, 방해하지 마시오."

"시, 실례했소!"

남자는 테라스 문을 닫고 후다닥 사라졌다. 이아나는 아르하드의 품에 얼굴을 묻고 있다가, 빼꼼히 고개를 들었다. 하도 많이 안기다 보니 딱히 어색하다거나 밀어내고 싶다는 생각은 들지 않았다. 이게 익숙해지는 건가 싶었다.

"뭐 하신 겁니까."

"쫓아냈잖아. 이제 너한테 치근덕거리는 놈들이 기하급수적으로 줄어들 거야. 저놈이 소문을 낼 테니까."

"사람들이 오해를 할 텐데요."

"상관없잖아. 저들이 우리 관계를 정확하게 알 필요는 없으니."

아르하드는 피식 웃으면서 이아나에게서 손을 떼어 냈다. 그때였다.

"흐으읏."

야릇한 신음이 난간 밖에서 들렸다. 두 사람의 시선이 어둑한 정원 쪽을 향했다.

"아앙, 남작님, 안 돼요……."

"허허. 앙탈 부리긴."

사내가 여인의 드레스 자락을 걷어 올렸고, 여인의 목덜미가 달콤한 과즙이 새어 나오는 과일인 것처럼 잘근잘근 깨물었다. 여인은 자지러질 듯 앙앙거리며 신음을 내뱉다가 사내의 목을 끌어안았다. 둘은 어두운 풀숲 사이로 사라졌다.

"……."

하지만 시력이 아주 좋은 이아나와 아르하드의 눈을 피할 수는 없었다. 이아나는 난간에 팔꿈치를 괴고, 턱을 손바닥에 올린 채 그 생생한 광경을 관람했다.

"고상한 척은 있는 대로 다 해 놓고 야외에서 저런 짓을 하는 걸 보면 짐승 같다는 생각이 듭니다."

그녀가 심드렁하게 평가했다. 오히려 아르하드가 더 당황했다. 아르하드가 손을 들어 이아나의 눈을 가렸다.

"아직 저런 걸 보면 안 돼. 어려, 넌."

"무슨 소립니까? 결혼도 가능한 나이인데. 아까 전에 그런 짓까지 해 놓고는."

이아나는 아르하드의 손을 치워 냈다.

"예전부터 왜 자꾸 어리다고 하십니까? 바하무트 제국에서는 성인의 나이가 다릅니까?"

"그건 아니지만 아무튼, 어려. 내 눈엔 아직 애야."

아르하드가 자신을 계속 애 취급하자 이아나는 묘한 기분이 들었다. 아르하드는 귀엽다는 듯 큰 손바닥으로 그녀의 머리를 톡톡 두들겨 주었다.

열일곱 살과 스물두 살. 애 취급당해도 할 말 없는 나이 차지만 이아나는 여태껏 애 취급당해 본 적이 없는지라 이런 취급이 어색했다. 그녀는 아르하드가 쓰다듬었던 제 머리를 슥슥 매만졌다. 하지만 싫지는 않았다.

아르하드는 그런 이아나를 보며 입가에 옅은 미소를 띠었다.

"여기 있기 민망하니 이제 밖으로 나가 볼까."

"어떻게 나가실 겁니까?"

아르하드가 이아나에게 손을 쭉 내밀었다.

"마법을 쓸 테니 잡아. 텔레포트로 이동할 테니까."

"텔레포트요?"

대마법사도 사용하기 어렵다는 마법이다. 과거에 혼돈의 드래곤 칸데메이온에게서 도망쳐 나온 마법사가 미쳐 버린 이유로 손꼽히는 초고위급 마법이었다.

"그래. 장거리는 어렵지만 단거리 정도야."

이 남자, 마법도 쓸 수 있구나 싶었다. 이아나는 의심스러웠지만 그가 마나의 주인인 악마의 파편 소유자인 데다 정말 자신만만해 보이자 조심스레 손을 잡았다.

"왕궁에 마법 방해 배리어가 깔려 있을 텐데요."

"관계없다. 옆에 붙어. 잘못하면 몸의 절반만 이동될 수 있으니까."

이아나가 긴장한 얼굴로 아르하드의 옆에 바짝 붙자, 그때부터 발밑에서 마나의 파동이 일기 시작했다.

우우우우웅―

아르하드를 중심으로 테라스 전체에 검은빛의 마법진이 펼쳐졌다. 기하학적인 문양과 복잡한 수식, 글자들로 빼곡히 새겨진 마법진이 아주 천천히 회전했다. 마나의 바람이 불어 아르하드와 이아나의 머리카락을 어지럽혔다. 마법진 자체에서 뿜어져 나오는 빛에 눈이 부셔서 이아나가 눈을 찌푸렸다.

"곧 이동한다."

텔레포트는 처음 겪어 본다. 이아나는 긴장해서 아르하드의 팔을 꽉 붙잡은 채 더욱 바짝 붙었다.

슉!

마법진이 한 번에 수축하며 마나를 강하게 흡입함과 동시에 그들의 모습이 테라스에서 사라졌다.

"여긴?"

이아나는 감탄을 감추지 못한 채 주변을 휘휘 둘러보았다. 풍경이 완전히 바뀌었다. 물소 가죽 소파와 마호가니 재질의 원목 테이블, 따뜻한 벨벳 재질의 카펫이 깔끔하게 배치되어 있는 방이었다.

그곳에서 미리 대기하고 있던 늙은 여자 하나가 그들을 향해 깊숙이 고개를 숙였다.

"내가 소유한 저택 중 하나. 편한 옷을 준비해 뒀으니까 바로 갈아입고 나가자고."

아르하드가 문밖으로 나가면서 가리킨 소파 위에는 무릎 밑까지 내려오는 겨울 원피스 한 벌과 추위를 막아 줄 두꺼운 재킷이 정갈하게 개어져 있었다. 의자 밑에는 안에 털이 푹신하게 깔린 검은색 앵클부츠도 한 켤레 놓여 있었다.

"갈아입으신 드레스는 제게 건네주십시오."

여자는 이아나가 옷을 갈아입는 것을 도와준 후, 프리실라의 드레스를 받아 들며 아주 공손하게 허리를 숙였다.

이아나는 구석에 있는 거울로 가서 아르하드가 준비해 준 옷을 이리저리 살폈다. 평민들이 주로 입는 디자인의 옷이지만 재질은 비교가 되지 않을 정도로 고급스러웠다.

이아나가 문을 열고 나왔을 때는 아르하드가 이미 옷을 갈아입고 그녀를 기다리고 있었다. 그는 고급스러운 연미복에서 두꺼운 재질의 흰 셔츠와 검은 코트, 그리고 검은 바지로 단출하게 갈아입은 상태였다.

아르하드는 제가 준비한 것들로 머리부터 발끝까지 뒤덮인 이아나를 물끄러미 쳐다보고는 만족스러움에 입꼬리를 끌어 올렸다.

"갈까."

이아나는 아르하드를 뒤따라 저택의 대문에 이르기까지 주변을 관찰했다. 이곳은 수도 중앙 지역에서도 귀족들의 저택이 모여 있는 지구였다. 회귀 전 이아나도 이곳에 살았었다. 이 지역의 저택을 구매할 수 있는 자격은 귀족에게만 주어지며, 땅값이 아주 비싸서 귀족 중에서도 부유한 자만 거주했다. 대체 아르하드의 재력은 어디까지 뻗어 있는 걸까.

그보다, 텔레포트 마법을 직접 겪어 보았다는 흥분을 가라앉히자 흥분을 비집고 여러 가지 걱정이 떠오르기 시작했다.

"방의 그 여인은 누구지요? 텔레포트하는 모습을 그대로 목격했는데……."

"벨은 내게 철저하게 복종하는 시종이다. 걱정할 것 없어."

"마나의 파동을 왕궁 기사들이 느끼지 않았을까요?"

"내가 사용한 마나 외의 다른 마나들은 움직이지 못하게 동결했기 때문에 아무도 알아채지 못해."

이아나가 졌다는 듯 두 손을 들었다.

"정말이지 대단하시군요."

대부분 귀족들이 건국제 파티에 참석한 탓에 어둠과 침묵이 짙게 깔려 있는 귀족 거주 지구에서 나온 지 얼마나 되었을까. 밤인데도 환한 빛으로 가득한 경치와 왁자지껄한 분위기가 그들을 맞이했다. 파티장을 사치스럽게 밝히던 고급스러운 크리스털 아티팩트와는 달리 동물을 비롯한 자연물을 본떠 제작한 소박한 등불이 거리의 조형물마다 달려 있었다.

거리에는 꽃과 장신구, 기념품 등을 파는 노점상이 성행했다. 조금 더 걸어서 나온 큰 광장에 비치된 무대에서는 연극이 상연되고 있었으며, 한구석에서는 진정한 술고래를 가려내는 음주 행사도 진행되고 있었다.

술에 취해 노래를 흥얼거리는 취객들, 무리로 돌아다니며 여기저기 고개를 들이미는 구경꾼들, 딱 달라붙어서 오붓하게 걸어가는 연인들.

이아나는 이리저리 웃고 떠들며 돌아다니는 사람들을 신기하다는 눈으로 보았다. 같은 축제이지만 건국제는 학술제와는 또 달랐다. 묵은해를 보내고 새해를 맞이하는 특별한 날, 거리는 기쁨으로 가득 차 있었다.

이아나는 귀족들이 만들어 낸 가시 우리에 갇혀 세상을 제대로 보지 못했다. 귀족들의 사치와 허영 속에서 숨이 막혀 죽을 뻔하다가 곧장 검에 빠져들던 그녀에게는 주변을 둘러볼 만한 여유가 없었다. 수도에서 십수 년을 살았음에도 이런 풍경을 처음으로 본 이아나는 신기한 기분이 들었다.

거리는 몹시 흥미진진한 것들로 가득했다. 그리고, 하나같이 자유로웠다. 제가 우물 안을 고집하며 살아온 개구리였다는 사실을 뼈저리게 깨닫는 순간이었다. 이아나는 눈을 깜빡였다.

"무엇을 하실 거죠?"

"네가 해 보고 싶은 걸 하면 돼."

"……?"

이아나는 제게 결정을 미루는 아르하드를 이상한 표정으로 쳐다보았다.

"저는 딱히 없습니다. 그보다 당신이 데려오지 않았습니까. 당신이 하고 싶으신 걸 해야죠."

"그래? 그럼 돌아다니면서 가지고 싶은 물건이나, 먹고 싶은 음식이 있으면 뭐든 말해 주고. 해 보고 싶은 게 있으면 그것도 말해 줘."

아르하드는 학술제보다는 건국제가 판이 크고, 행사도 많고, 보는 눈도 없지 않느냐면서 즐겁게 말했다. 확실히 학술제에서는 학생들이 대부분이었기 때문에 어딜 가나 그들을 아는 사람들의 시선이 쏠렸었다. 지금도 눈에 띄는 그들을 흘끔흘끔 쳐다보는 눈이 없는 건 아니지만 학술제보다는 덜했다.

아르하드는 억지로 데리고 나왔는데 네가 하고 싶은 걸 해 주고 싶다고도 말했다. 이아나는 손을 내저었다.

"억지로가 아닙니다. 저도 그런 숨 막히는 파티장보다는 당신과 함께 어딘가를 돌아다니는 게 훨씬 좋습니다. 데리고 나와 주셔서 감사합니다. 덕분에 이런 축제엘 다 와 보는군요."

이아나는 호기심이 가득한 얼굴로 주변을 돌아보았다.

"제게 맞춰 주시는 것보단 당신이 하고 싶은 걸 하시는 게 좋겠습니다. 저는 당신을 따라다니며 주변을 구경하는 것만으로도 충분합니다. 지금도 무척 재밌어요."

"......"

"그러니 하고 싶은 걸 하세요. 평소 제 고집에 져 주시니, 오늘만큼은 말리지 않고 당신이 하자는 대로 할 테니까요."

이아나는 아르하드가 하고 싶은 대로 어울려 주기로 결심했다. 하루 정도는 고집을 피우지 않고 그가 하고 싶은 대로 해 주는 것도 나쁘지 않을 듯했다. 이아나가 두리번거리는 사이, 그녀를 물끄러미 내려다보는 아르하드의 얼굴이 옅은 열기를 띠었다.

"......기쁜걸. 그럼 가 볼까."

사람들의 흥을 꺼트리지 않을 정도로만 하늘하늘 내리는 눈송이는 그 흥취를 돋우었다. 따뜻하고 풍요로운 테오도르에서 눈은 잘 볼 수 없는 귀한 것이라서 놀러 나와 있던 아이들은 더욱 신이 나서 뛰어다녔다. 연인들은 더욱 바짝 붙어 서로의 체온을 나누었다.

이아나는 아르하드의 옆에서 걸으며 두리번거렸다. 광장에서는 각종 행사가 열리고 있었다. 흥겨운 음악에 맞추어 사람들이 잔뜩 모여 춤을 추는 곳도 있었고, 연인들의 날이니만큼 커플게임 같은 행사도 열리고 있었다. 얼어붙은 강가에서는 얼음낚시가 한창이었다. 로안느 최대의 연례행사로 불릴 만했다.

이아나의 시선이 사람이 많이 몰려 있는 다트 게임장에 잠시 머물렀다. 정확히는 다트 게임보다는 다트 게임의 경품으로 진열되어 있는 인형들이었다. 그중에서도 눈이 동글동글해서 정말 귀여운 강아지 인형을 보았다.

이아나는 평소 티를 내지는 않았지만 귀여운 것에 약한 데다, 무의식적으로 나름 좋아하고 있었다. 그녀가 사람이나 동물 할 것 없이 어리고 약한 것에게 약한 모습을 보이는 이유는 귀여운 것을 좋아하는 잠재적인 취향도 한몫했다. 필수적이지도 않은 데 돈을 쓰거나 방을 꾸미는 것을 별로 좋아하지 않기에 그런 것을 사 모으지는 않았지만 그녀의 시선을 잠시 끌 정도는 되었다.

이아나의 시선이 다른 곳보다 길게 향했던 곳을 주시하던 아르하드는 그곳으로 그녀를 데리고 갔다. 구경하느라 아르하드가 제 일거수일투족을 관찰하고 있었다는 사실을 몰랐던 이아나는 어리둥절한 표정으로 따라갔다.

"자."

이아나가 보았던 인형들은 하위 등수 경품이었다. 1등 경품은 무려 털에 윤기가 흐르는 고급 품종의 말이었다. 다른 사람들이 순하게 눈을 깜빡이는 말을 따내기 위해 눈에 불을 켜고 다트를 던지는 사이, 아르하드는 충분히 1등 경품을 따낼 수 있는데도 일부러 군데군데 과녁을 빗맞추었다.

의도한 등수를 따낸 아르하드는 이아나가 잠시 쳐다보았던 강아지 인형을 받아 와 이아나에게 안겨 주며 아주 뿌듯한 표정을 지었다. 사냥대회에서 잡은 사냥감을 레이디에게 바치는 듯한 태도였다.

다 커서 인형을 가져 보는 건 처음이다. 진짜로 애가 된 기분이라 끙, 하고 앓았지만 이아나는 고맙다는 말과 함께 베개 사이즈의 푹신푹신하고 부드러운 강아지 인형을 품에 안았다. 막상 품에 넣으니 또 기분이 좋았다.

아르하드는 빙긋 웃더니 다시 걷기 시작했고, 이아나는 그를 졸졸 따라갔다.

"와아아아!"

"죽여! 쑤셔!"

"해치워! 팔을 베어 내라고!"

건국제에는 이아나가 참가했던 청년검술제 같은 무술대회가 많이 개최된다. 하지만 공식적인 행사는 보통 낮에 열리기 때문에 어둑한 저녁인 지금은 모두 끝난 후였다. 하지만 콜로세움에서는 횃불로 어둠을 밝힌 채 무투회가 열리고 있었다.

콜로세움의 투사들은 관중들이 흥분한 만큼 돈을 벌기 때문에 상대를 죽인다는 기세로 전투에 임한다. 특히 오늘은 대목 중에서도 대목인지라 무기를 더 험악하게 휘둘렀고, 관중들은 전투의 광기에 흠뻑 젖어 소리를 질러 댔다.

전투광인 아르하드와 이아나는 콜로세움에서 아주 흥미진진하게 전투를 관람했다.

"저기 대검을 쓰는 남자, 실력이 대단하군요. 웬만한 왕궁기사들도 한 번에 베겠습니다."

"무투장의 에이스다. 투왕으로 불리는 실력파지. 귀족들의 영입 제안도 거절하고 여기서 피를 보면서 살고 있어."

대화를 나누고 있는데, 껄렁껄렁한 건달들이 접근했다.

"여, 아가씨. 예쁜데?"

이아나와 아르하드는 여러모로 불량한 건달들의 입맛에 맞는 상대들이었다. 파티 때문에 검을 챙겨 나오지도 않은 데다가 날선 눈매를 다소 누그러뜨리는 화장까지 한 상태라 그저 예쁘장하기만 이아나는 건달들의 군침을 돋웠다. 그녀가 안고 있는 깜찍한 강아지 인형은 방심을 돋우었다.

그녀의 옆에 붙어 있는 미끈하게 생긴 사내놈은 더욱 시비를 걸고 싶게 만들었다. 얼굴이 마음에 안 드는 건 둘째 치고 평민의 복장이지만 고급스러운 재질인 것을 보아 부유한 평민일 게 분명했다.

건달이 아르하드에게 속삭였다.

"다른 사람들 앞에서 망신당하기 전에 따라 나오지?"

남자가 아르하드에게 바짝 붙으면서 배 쪽으로 단검을 슥 내밀었다. 건달들을 흘끔 쳐다보는 아르하드의 눈길이 몹시 찼다. 알코올에 취해 판단력이 흐려진 상태에서, 얼어붙은 금안을 겁먹은 것이라 판단한 건달이 어디서 맞았는지 앞니가 하나 빠진 치아를 드러내며 히죽 웃었다.

이아나는 아르하드를 걱정스러운 눈으로 쳐다보았다. 그냥 몇 대 때리고 끝내면 될 텐데, 죽이는 건 아니겠지?

이아나의 시선 또한 공포로 판단한 건달들은 넘어서는 안 될 선까지 훌쩍 넘고 말았다.

"아아, 거기 아가씨. 두려워하지 말라고. 우리는 아주 상냥하니깐 말이야?"

"오늘 다리 사이로 아주 즐거운 경험을 하게 해 줄 테니까. 흐흐."

그 말까지 듣고 아르하드는 자리에서 일어나 건달들을 순순히 따라갔다. 이아나는 한숨을 내쉬곤 강아지 인형을 안은 채 건달들에게 둘러싸여 아르하드를 따랐다. 그리고 두 사람을 데리고 간 어두운 골목에서 건달들은 완전히 피떡이 되었다.

콰아앙!

"크학!"

손가락 사이사이에 지저분한 머리카락이 엉켰다. 아르하드의 손에 꽉 붙잡혀 있던 건달의 머리가 차가운 벽에 강제로 세게 부딪쳤다. 아르하드는 손에 힘을 주어 머리를 터뜨릴 기세로 벽에 짓누른 채 거친 벽에 갈다시피 밀었다.

지이이익—

건달은 살이 갈리는 엄청난 고통에 비명을 질렀다.

"사…… 살, 살려……."

벽에 얼굴이 갈리던 남자가 기절하자 손을 떼어 낸 아르하드가 발밑에서 바르작거리며 살려 달라는 남자의 배를 발로 걷어찼다. 남자가 위장에 있던 것들을 모조리 게웠다.

"히이익. 흐윽."

"웨에에엑."

지나가던 행인들이 신고한 덕택에 그들은 살아남았다. 무자비한 손속에 곤죽이 되어서는 죽었는지 살았는지 모를 상태로 실려 나갔다. 사건이 발생한 장소에는 붉은 피와 부러진 이빨이 널려 있었고, 이 때문에 이아나와 아르하드는 치안소에서 사건 경위를 상세히 설명하고 나서야 풀려날 수 있었다.

물로 깨끗하게 씻은 손을 손수건으로 닦는 아르하드를 보며 이아나는 한숨을 내쉬었다.

"심한 것 아닙니까?"

"죽이려다가 참은 거다. 놈들에게는 다행인 일이지."

치안소에서 나온 그들은 노점상에서 날을 번쩍번쩍 빛내는 무기들과 제련석, 검자루를 감는 천 같은 손질 도구들을 구경했다.

하지만 오늘은 즐거운 건국제. 무기보다는 장신구와 옷, 꽃과 기념품, 그리고 맛있는 음식과 음료를 파는 상점들이 더 많았다.

"세리, 이거 마음에 들어? 사 줄까?"

"정말? 자기 최고!"

수컷이 암컷에게 사냥해 온 먹이를 들이밀며 힘을 과시하듯, 사내들은 잘 보이고 싶은 여인들에게 선물을 하며 재력을 뽐냈다. 장신구는 외양을 가꾸길 좋아하는 여인들의 지대한 관심을 끌었지만 이아나의 흥미를 끌지는 못했다. 그보다는 소량의 알코올이 함유된 칵테일과 주류를 판매하는 상점이 더 관심을 끌었다.

귀족들의 파티장에서처럼 고급스러운 재료로 만든 건 아니지만 신선한 과일을 숙성시켜 제조한 새콤달콤한 과실주는 사람들의 입맛에 맞았고, 알싸한 알코올은 기분을 고조시키는 효과가 있어 성인 남녀에게 인기 만점이었다.

"우웨에에엑."

과하게 음주를 즐겨 못 볼 꼴을 보이는 사람도 있었지만 이아나와 아르하드에게 해당되는 일은 아니었다. 손에 잔을 하나씩 쥔 채 처음보다 더 들뜬 기분으로 구경하고 있는데 뜻밖의 사람들을 만나고 말았다.

"어머."

"어! 이아나 양 아니여?"

라랏슈아와 타로였다.

풍성한 털 재킷과 발목까지 오는 고급 드레스를 차려입은 라랏슈아는 발군의 외모로 주변의 시선을 끌어모으고 있었다. 타로는 이아나를 보고 반가운 기색을 숨기지 않았지만, 라랏슈아는 아르하드의 얼굴을 보자마자 인상을 일그러뜨리더니 빈정거렸다.

"웬일이에요? 매사 먼지인 양 텁텁하게 탑에 틀어박혀 있는 사람이?"

"왕녀야말로 약품 냄새를 풀풀 날리며 단정치 못하게 다니던 평소와는 다른 모습이군요. 거기다가 어울리지 않게 장미까지 들고?"

아르하드도 라랏슈아 못지않게 빈정거렸다. 둘 사이에서 적대감이 맞부딪쳐 불꽃이 튀었다. 라랏슈아는 호선을 그리는 입꼬리를 손으로 감추며 호호홋 하고 웃었다.

"타로가 제발 건국제에서 함께 시간을 보내 달라며 애걸복걸을 해서 말이에요. 아이참, 인기가 많은 것도 힘들어."

이아나는 과거에 라랏슈아와 아르하드의 관계가 어떠했는지 떠올려 보려 했다.

바하무트군, 연합군, 제3의 세력 세 파로 갈라졌던 대륙전쟁에서 라랏슈아는 제3의 세력에 속해 바하무트를 완전히 적대하지는 않았지만 연합군과 힘을 합쳐 바하무트를 막아 냈었다.

"미쳐 가는 아르하드와 이 전쟁, 그리고 대륙이 뒤집히는 것을 막을 수 있는 건 그대뿐이야."

"어여쁜 공작님. 그는 그대를 가지는 순간 모든 것을 그만두고 물러설 가능성이 높아."

"그대는 정말로 그에 대해 아는 게 하나도 없구나."

되도 않는 헛소리를 내뱉는 미친 여자라고 생각했었다. 하지만 지금 와서 생각해 보면 그녀의 말에 틀린 점이 하나도 없었다.

저는 회귀 전에 아르하드에 대해 아는 것이 하나도 없었다. 악마의 파편도, 그의 대인 관계도, 그의 마음도, 아무것도. 열패감에 사로잡혀 눈이 뒤집혀서는…… 이아나는 라랏슈아와 눈싸움을 하고 있는 아르하드를 흘깃 쳐다보았다.

라랏슈아는 어린 시절부터 하인리히의 마탑에서 생활한 제자. 그리고 하인리히는 방계를 용납하지 않는 바하무트 황실에서 아르하드가 태어날 수 있게 한 장본인.

회귀 전에는 두 사람의 관계에 대해 깊게 생각해 본 적이 없었는데, 의외로 꽤 깊은 관계였다. 유년 시절에 라랏슈아가 하인리히의 관심을 한 몸에 받는 아르하드를 질투해서 악질적으로 괴롭혔다고 했고, 지금도 딱히 사이가 좋아 보이지 않지만…… 어쨌든 그녀가 저보다 아르하드에 대해 더 잘 알고 있을 터였다. 지금도, 회귀 전에도.

'그럼 내가 허리를 굽히고 들어갔다면 아르하드가 정말로 전쟁을 그만뒀을 거란 소리인가?'

바하무트 제국의 정복전쟁. 전쟁이 발발한 지 수년, 연합군의 완벽한 패배가 모두의 눈앞에 그려졌고, 왕국들은 앞다투어 아르하드에게 항복의 의사를 내비쳤지만 아르하드는 피에 미친 광인처럼 그들을 잔혹하게 짓밟았다. 남부 대륙에 사는 사람의 씨를 말리기라도 할 것처럼 무자비하게 검을 휘둘렀다. 정복전쟁은 장기화되었고, 이아나가 죽었을 당시에는 전쟁의 끝 무렵이었다.

'그게 나 때문이라고?'

"어머……."

라랏슈아가 아르하드의 손을 보고, 그다음에는 타로의 손을 본 후 기분 좋게 탄성을 흘렸다. 타로는 양손에 쇼핑백을 잔뜩 들고

있었다. 라랏슈아는 타로에 비하면 비다시피 한 아르하드의 손을
바라보고는 흐응, 하고 그를 비웃었다.

"그대는 저렇게 예쁜 이아나 양에게 강아지 인형밖에 사 주지
못하는 남자야? 능력 없긴."

"……."

"타로는 내가 가지고 싶어 하는 것, 다 사 줬는데. 그대는 이아나
양에게 장미 한 송이 안겨 주지 않은 거야? 형편없는 남자 같으니."

라랏슈아는 이겼다는 얼굴로 턱을 슬쩍 들어 거만하게 아르하
드를 내려다보았다. 아르하드의 얼굴이 싸하게 굳자 그녀는 눈을
여우처럼 가느다랗게 접은 채 호호거리며 웃었다. 아르하드가 살
기를 조금씩 풍기기 시작하자 라랏슈아는 아주 즐겁다는 표정으
로 타로의 팔을 잡아끌었다. 그녀는 이아나에게 윙크를 했다.

"이아나 양, 건국제 즐겁게 보내도록 해. 가자, 타로."

아르하드의 신경을 있는 대로 긁어 놓은 라랏슈아와 타로가 눈앞
에서 사라지자 이아나는 약간 긴장한 기색으로 아르하드를 보았다.
저 말에 자극당하지 않았기를 바랐다. 그가 제대로 돈을 쓰기 시작
하면 제가 감당할 수가 없었다. 이아나는 조심스럽게 말했다.

"왕녀의 말을 들을 필요 없습니다. 저는 저런 것, 바라지 않습니다."

"가자."

분위기가 심상치 않았다. 라랏슈아는 아르하드의 이성에 불, 보
통 불도 아니고 산불을 질러 놓았다. 그때부터 아르하드는 이아
나에게 어울리는 것이라면 닥치는 대로 사기 시작했다.

이아나는 꾸미는 것을 좋아하지 않았다. 팔찌나 목걸이 같은 장신
구는 수련에 걸리적거리기만 했다. 옷에도 관심이 없었다. 어차피

땀에 젖을 것, 다 똑같았다. 하지만 이아나에게도 취향이라고 할 것은 있었고, 취향에 부합하는 물건들은 그녀의 시선을 잠시나마 끌었다. 그리고 아르하드는 이아나의 시선이 닿은 물건을 족족 사들였다. 물건이 잔뜩 쌓인 가방이 기하급수적으로 늘어나고 있었다.

"이제 그만……."

"안 돼."

처음에 아르하드에게 하고 싶은 대로 하라고 말했기에 그만두라고 말하기도 뭣하고, 무엇보다 그가 무척 즐거워 보이자 이아나는 말없이 강아지 인형을 툭툭 건드렸다. 그녀는 아르하드의 미친 돈 씀씀이에 그냥 생각하기를 포기했다.

학술제에서 제대로 못 쓴 돈을 여기서 쏟아붓겠다는 것처럼 돈을 펑펑 쓰던 아르하드는 제 손에 가방이 잔뜩 들린 이후에야 만족해서 무차별적인 구매를 중단했다. 이아나는 엄청난 양의 가방들을 흘끗 쳐다보았다.

"다 어쩌시려고요. 계속 들고 다니실 겁니까?"

"물론 아니지. 잠시만 기다려."

이아나를 홀로 두고 사람이 없는 골목으로 들어갔다 나온 아르하드의 손은 비어 있었다. 텔레포트 마법을 사용해 제 저택에 옮겨 놓은 것이다.

"필요한 게 있으면 가져가서 쓰도록 해."

"쓸데없는 돈 낭비였습니다. 저는 꾸미는 걸 별로 좋아하지 않아서."

"돈 낭비라는 건 나도 인정해……. 왕녀에게 발끈해서 잠시 정신이 나갔었다. 이왕 살 거라면 정말 비싼 걸 샀어야 하는데 말이지."

꾸미는 걸 별로 좋아하지 않는다는 말은 그대로 무시한 아르하드가 질보다 양을 추구한 행동은 반성하는 걸 보며 이아나는 허탈하게 웃었다. 이아나가 품에 안고 있던 강아지 인형을 들어 아르하드의 앞에서 흔들었다.

"저는 이 강아지 인형만으로도 충분합니다. 그런 것 사 봤자 공간만 차지할 겁니다. 하지만 정 저에게 뭔가를 사 주고 싶으시다면야."

"갖고 싶은 게 있나?"

처음으로 뭔가를 원하는 마음을 내비친 그녀에게 반색하는 아르하드를 끌고 이아나는 머리 장신구를 파는 곳으로 향했다.

"머리끈은 수련을 할 때 많이 쓰는 거니까요."

이아나는 거기서 제 취향에 맞는 검은 리본 끈 한 개를 골랐다. 아르하드는 한 개만으로 되는 거냐며 그녀에게 잘 어울리는 머리끈 몇 개를 더 골라서 계산했다.

"아가씨 애인 한번 잘 만났네!"

가게 주인이 머리끈을 넣은 가방을 건네며 호들갑을 떨었다. 이제 반박하기도 지치고, 앞으로 만날 일이 없는 사람의 착각까지 고쳐 줄 필요를 느끼지 못한 이아나는 그냥 말없이 가방을 받았다.

"감사합니다. 잘 쓰겠습니다."

이아나의 감사 인사에 아르하드는 몹시 만족했다.

그들은 또다시 길거리를 거닐었다. 주변을 관찰하며 걷던 이아나는 이상한 점을 하나 발견했다. 길거리를 다니는 여인들 중 붉은 장미를 손에 쥔 여인이 거의 없었다. 건국제는 붉은 장미의 날. 하지만 여인들은 붉은 장미가 아닌 다른 꽃을 손에 쥐고 있었다.

"실망이야! 당신 어떻게 이럴 수가 있어?"

한 연인이 투닥거리며 싸우는 게 보였다. 여자는 제가 받은 꽃이 붉은 장미가 아니라며 불평하고 있었다.

"장미가 완전 금값이야, 금값. 세상에, 겨울이라 장미를 키우기 어려우니까 비싼 거 이해해. 대목인 데다 안젤리나 왕녀님 데뷔식이라 비싼 것도 이해한다고. 하지만 장미 한 송이에 1골드가 뭐야? 100배로 뛰었네. 상인들 단체로 미친 거 아냐?"

"그 사람들도 완전 죽은 얼굴이던데. 1골드도 싼 거래. 이윤이 남으려면 1골드보다 훨씬 높게 팔아야 한다더군."

"듣기로는 왕궁 쪽으로 들어간 장미도 별로 없다는데? 왕궁 대신이 왕궁에 꽃을 납품하던 상인들을 달달 볶았다고 들었어."

"대체 뭐야? 장미에 전염병이라도 돌았나?"

이런 상황 탓에 붉은 장미를 손에 쥐고 있는 여인들은 콧노래를 부르며 가슴을 쭉 펴고 다녔고, 다른 여인들에게 질시의 대상이 되었다. 그리고 이아나는 이질감을 느꼈다.

'아르하드가 왜 장미를 주지 않지?'

돈 쓰는 행태를 보아하면 장미꽃을 품에 한 아름 안겨 주고도 남았는데 그는 꽃에 일절 관심을 두지 않고 있었다. 이아나는 그의 옆모습에 수상쩍음을 느꼈다.

'꽃은 흔하다는 건가? 이상한…… 아.'

이아나는 실소를 지었다. 아르하드가 제게 너무 잘해 주는 바람에 이런 배부른 생각을 하고 있었다. 주는 것만으로도 감사해야지, 왜 다른 건 주지 않는가, 라고 의문을 품는 건 옳지 않았다.

아르하드는 이미 제게 많은 것을 주었다. 호의는 권리가 아니고, 호의를 당연하게 여기는 건 도리가 아니었다. 이아나는 고개를 내젓고는 생각을 털어 냈다.

밤 아홉 시경에는 풍등 행사가 있다. 수많은 사람들이 올해 이루고 싶은 소원을 기원하며 빨갛고 노란 등불을 하늘 위로 날려 보낸다.

아르하드와 이아나가 도착했을 때는 이미 많은 사람들이 풍등을 사서 하늘 위로 날려 보내고 있었다. 풍등 행사를 축복하는 듯 바람이 적당히 불었다. 눈이 조금 내리고 있었지만 문제가 되진 않았다. 오히려 살랑살랑 내리는 눈과 하늘로 둥실둥실 떠오르는 풍등의 조화는 몹시 아름다운 절경을 만들어 냈다.

아르하드는 풍등 두 개를 사 와서는 이아나에게 하나를 건네었다. 이아나는 하늘을 올려다보았다. 수십, 수백 개의 풍등들이 별처럼 하늘을 환하게 수놓고 있었다.

풍등행사에 참가하는 사람들은 점점 늘어나 행사장이 바글거리기 시작했다. 여기 있는 모든 사람들이 풍등을 올리면 나중에는 수천, 아니 수만 개의 풍등이 하늘에 떠서 태양처럼 세상을 밝힐 듯했다.

이아나는 건국제를 즐기는 것도, 풍등행사에 참가하는 것도 처음이었다. 아름다운 하늘과 즐거워하는 사람들을 보고 있으니 정말 검만 보고 살아오느라 인생을 제대로 즐기지 못하고 살았구나, 싶었다.

이아나와 아르하드도 풍등을 위로 날렸다. 풍등은 다른 사람들 사이에 섞여 들어 머나먼 상공을 향해 둥실둥실 잘도 날아갔다. 사람들은 풍등을 올리며 소원을 빌었다.

이아나는 미신에 기대지 않고 스스로 노력해서 원하는 것을 성취한다는 주의였기에 빌고 싶은 소원이 딱히 없었다. 하지만 풍등을 응시하고 있는 아르하드를 쓱 처다보고는, 속으로 중얼거렸다.

'그의 소원이 이루어지길.'

사람은 점점 더 늘어났다. 북적이는 인파에 휩쓸려 떨어질까 봐 아르하드가 이아나의 손목을 붙잡았다.

"이제 여기서 할 건 다 했으니 가자."

"어디를요? 파티장에 돌아가는 겁니까?"

"아니, 이리 와."

아르하드는 이아나를 데리고 인적이 드문 곳으로 향했다. 파티장도, 축제도 아니라면 어디로 간다는 말일까? 이아나는 궁금했지만 캐묻지 않고 그냥 아르하드를 따라갔다. 기척이 아예 느껴지지 않는 곳에 도착하자 그가 이아나에게 손을 내밀었다.

"꽉 잡아."

또 텔레포트를 할 모양이었다. 맨 처음 텔레포트를 겪었을 때 별것 아니라는 느낌을 받았기에 이아나는 아르하드의 손을 설렁설렁 쥐었다. 하지만 이번에는 아르하드가 그녀의 손을 꽉 붙잡았다.

팡!

갑자기 얼굴 쪽에 마나의 파동이 강하게 일었다. 마법의 느낌은 받았지만 별로 달라진 게 없어서 이아나가 의아한 표정을 지었다.

"……저에게 마법을 걸었지요? 무슨 마법입니까?"

"지금 가려는 곳에서는 필수인 마법이지."

밑에서 마나의 파동이 인다. 마법진이 빙글빙글 돌기 시작했다. 마법진은 두 사람의 발을 쑥 빨아들였다. 다리도, 허리도, 상체도, 머리까지 집어삼켰다.

기이이잉!

어딘가에 검은 마법진이 생겨났다. 마법진의 중심에서 나타난 둘은 아까와는 전혀 다른 풍경을 보고 있었다.

"……!"

이아나는 시야에 담긴 풍경을 깨닫자마자 몸이 바짝 굳었다. 차가운 바람이 아래에서 쏟아졌다. 건물들이 손톱만큼 작게 보였다. 사람은 보이지도 않았다. 발을 디딜 땅이 없었다.

그들이 있는 곳은 하늘의 상공이었다. 로안느 왕성이 아주 조그마하게 보일 정도로 높은 하늘.

"이게 무슨……!"

이아나는 아르하드가 쥐지 않은 다른 손으로 바람을 막았다. 밑에서 올라오는 바람이 너무 강했다. 이러니 텔레포트를 하면 죽는 것이다. 마법 도중에 무엇 하나라도 잘못 계산하면 이상한 곳으로 떨어지니까.

아르하드가 계산 실수를 한 것인가? 계산 실수인 게 분명했다. 멀쩡한 땅을 내버려 두고 하늘에 텔레포트를 할 리가 없으니까. 차라리 하늘이라서 다행이다. 심해나 지저로 이동되었으면 영락없이 죽었을 것이다.

낙하하는 속도가 점점 빨라지자 이아나가 긴장했다. 착지할 타이밍을 잘 잡아야 한다. 이아나는 바람에 나부끼는 치마를 억지로 잡아 쥐었다.

'치마를 입고 있어서 균형 잡기가 힘들어.'

그때, 아르하드가 이아나의 손을 끌어당겼다.

"내가 붙잡아 줄 테니 긴장하지 마. 그냥 풍경을 봐."

그 말에 이아나는 그가 일부러 하늘에 텔레포트를 했다는 사실을 깨달았다.

구름이 아래에 보일 정도로 높은 하늘인데도 호흡이 편하고 눈을 쉽게 깜빡일 수 있어서 그가 텔레포트 전에 시전한 마법의 정체를 대충 알아챘다. 아마 얼굴에 가해지는 강한 충격을 막는 마법의 일종이리라.

"이런 건 미리 말을 좀 하고 하시지!"

핀잔을 준 이아나는 몰아치는 바람 사이로 아까 전에는 눈에 들어오지 않았던 경치를 보았다.

확실히 하늘에서 떨어져 내리며 보는 풍경은 색달랐다. 높은 언덕에서 보는 경치와는 또 다른 아름다움이 있었다. 도시에서 올라오는 조그마한 풍등들은 반딧불처럼 까만 하늘에 온통 번져 흘렀고, 온종일 돌아다녀도 다 돌아다닐 수 없었던 도시는 손바닥 하나로 가릴 수 있을 만큼 작아져서는, 온통 반짝반짝거렸다.

시간이 흐를수록 그 빛은 점점 커지고, 손톱만 하던 건물이 점점 구체적인 형태로 보이기 시작했다. 낙하하며 시야가 확장되는 느낌은 무척이나 신기한 경험이었다.

'그런데 어디로 떨어지는 거지?'

얼마나 떨어져 내렸을까, 지상이 보이기 시작했다. 의외로 지상은 순식간에 가까워졌다. 지상에서 바람과 함께 붉은 뭔가가 날아올라 왔지만 이아나는 그것의 정체를 파악하고 있을 겨를이 없었다.

이아나가 몸을 뻣뻣하게 굳히는데, 아르하드가 그녀를 세게 잡아당기더니 공주처럼 안아 들어 제 품에 고정시켰다. 그 바람에 착지자세조차 취할 수 없었던 이아나는 아르하드에게 착지를 맡길 수밖에 없었다. 그녀는 충격을 예상하고 눈을 질끈 감았다.

하지만 속도가 점점 느려졌다. 차가운 바람이 아래에서 위로 쏟아지는 것도 잠시, 아래에서 끌어당기는 무거운 느낌과 함께 위에 떠 있던 이아나의 머리카락이 가라앉았다.

"자."

조금의 충격도 주지 않고 사뿐하게 착지한 아르하드가 내려 주자 이아나는 어질어질한 기분으로 눈을 깜빡이며 일어났다. 머리가 띵하고 저혈압 환자가 자고 일어났을 때처럼 눈앞이 하얬다. 눈을 감은 채 산발이 된 머리카락을 정리하면서 이아나가 퉁명스럽게 말했다.

"보통 여자한테 이런 짓을 하면 뺨 맞을 겁니다. 아니면 여자가 심장마비로 죽거나."

"너니까 한 거야. 어때, 재밌지 않았나?"

"신기하긴 했습니다. 여러 의미로 놀라게 하시네요."

바람이 불어오며 이아나의 뺨을 연약한 무언가로 간지럽혔다. 하늘하늘한 그것은 뺨과 머리카락에 잠시 앉았다가 다시 가뿐하게 떨어져 나갔다.

'뭐지?'

대충 몸이 정상으로 돌아오자 이아나는 바람에 휘날려 시야를 가리는 머리카락을 정리하며 천천히 눈을 떴다. 눈이 아플 정도의 붉은빛이 그녀를 덮쳤다. 이아나는 너무 놀라서 머리를 정리하던 손을 아래로 툭 떨어뜨렸다.

허허벌판이었을 게 분명했을 이곳에, 붉은 장미꽃이 사방으로 끝도 없이 펼쳐져 있었다. 이아나를 간지럽혔던 것들은 바람에 휘말려 날아온 장미의 꽃잎이었다. 지금도 바람에 실린 장미 꽃잎이 이리저리 휘날리며 춤을 추었다. 장미꽃들이 바람에 흔들흔들거렸다.

"열일곱 살 데뷔, 축하한다."

이아나는 눈앞에 펼쳐진 붉은 장미의 향연에 눈을 크게 뜨고 있다가, 왜 아르하드가 여태껏 장미꽃을 주지 않는가—에 대한 해답을 얻고 너털웃음을 지었다.

"쓸데없는 데에 돈 낭비하지 말라니까 또 이러시는군요."

"몇 번이나 말하는 거지만 쓸데없지 않아."

"이번에 장미가 물량이 얼마 없다던데, 혹시 당신 때문입니까?"

"정원과 상단에서 웃돈을 주고 악착같이 모았으니 아마도 그럴걸."

차가운 공기에 얼어붙은 하얀 눈송이가 하늘하늘 떨어져 내렸다. 그렇게 많이 오는 건 아니지만 눈 때문인지 날이 차다. 이아나는 손을 내밀었다. 작은 눈송이가 손에 내려앉아 사르르 녹았다.

파티장에서 조금씩 내리고 있던 눈은 여기서도 내리고 있었다. 다만 오래전부터 내리고 있었는지 눈이 조금 쌓여 있었다. 붉은 장미에 닿은 하얀 눈은 붉은 꽃잎에 촉촉하게 젖어들기도 하고, 그 위에 몸을 싣기도 했다.

이아나는 무릎을 굽히고 앉아 장미꽃을 만져 보았다. 그리고 그 꽃에 가시가 없는 것을 깨달았다. 그리고…….

"장미는 나무에서 자라는 걸로 알고 있는데."

"전부 따서 가시를 제거하고 꽃과 잎사귀만 남겨 둔 걸 꽃밭처럼 심어 놓은 거다."

장미 값을 포함해 인건비가 얼마나 많이 들어갔을지 상상조차 하기 힘들다. 아니, 했다가는 머리가 아플 것 같으니 하고 싶지 않았다. 아르하드의 경제관념은 따라가기가 힘들었다. 그래서, 그냥 아르하드가 준비해 준 눈앞의 그림 같은 풍경에만 집중하기로 했다.

이아나는 주변을 둘러보았다. 이 남자의 스케일은 역시 장난이 아니었다. 팔을 벌려 다시 오므리자 품 안에 장미꽃들이 수북하게 안겼다. 품에 안은 장미를 위로 허공으로 높이 날려 보았다. 위로 두둥실 떠올랐던 붉은 장미꽃이 눈이 떨어져 내리는 밤하늘 아래에서 살랑살랑 떨어져 내렸다.

이아나는 눈을 내리뜬 채 숨을 내뱉었다. 차가운 공기 때문에 입김이 하얗게 공기 중에서 얼어붙었다. 아르하드는 잔뜩 기대하는 얼굴로 이아나에게 물었다.

"마음에 드나?"

"당신은 정말⋯⋯."

이아나는 어쩔 수 없다는 듯 웃다가 산더미처럼 쌓인 장미꽃 위에 풀썩 누웠다. 잎사귀만 남겨 두고 가시는 다 떼어 낸 데다 꽃이 너무 많아서 푹신푹신했다. 옷이 붉게 물들어 갔지만 이아나는 신경 쓰지 않았다.

장미꽃은 몸을 감싸고도 남아 온종일 굴러다녀도 모두 만지지 못할 정도로 많았다. 이렇게 많은 장미꽃을 준비한 남자의 성의를 온몸으로 누리지 않는다면 아깝지 않겠는가. 붉은 머리카락이 꽃 위에 흐드러졌다. 이아나는 눈을 감고 장미꽃 한 송이를 코끝에 가져다 댔다.

"진한 화장품 냄새보다 진짜 장미꽃 향기가 훨씬 낫습니다. 바람 냄새도 섞여 더 좋네요."

전생과 현생을 합쳐 평생 받을 꽃을 다 받은 기분이었다.

아르하드는 장미꽃에 파묻힌 채 편안하게 누워 있는 이아나를 일렁이는 눈으로 내려다보았다. 이아나는 누운 상태로 제 손가락에 엉켜드는 장미꽃을 만지작거리다가 아르하드를 올려다보았다.

"감사합니다. 당신과 함께 지내니 이런 것도 다 받아 보는군요. 그런데 아무리 생각해도 과합니다. 대체 몇 번을 말해야 하는 겁니까?"

"너는 가치 있는 사람이다. 절대 과하지 않아. 나는 이걸 대체 몇 번을 말해야 해?"

"……."

"난 이것도 모자라. 줘도, 또 줘도 모자라. 이 세상 모든 장미를 꺾어 와 네게 건네었어도 모자랐을 테지."

아르하드가 진심을 담아 말을 되받아치자 이아나는 시선을 돌려 숨을 고르게 내뱉었다. 언제나 과한 관심, 말, 행동. 심장이 꽉 막힌 것처럼 욱신거렸다.

"……저는."

이아나는 장미꽃을 끌어안으며 제 얼굴을 거기에 파묻었다.

"저를 이렇게 가치 있게 봐 주는 당신에게 대체 무엇을 해 주어야 하는 겁니까? 목숨을 바쳐야 하는 걸까요."

내가 없어도 황제가 되었던 당신에게, 내가 없어도, 아니 내가 적대해도 전 세계를 뒤집어엎었던 당신에게 내 힘은 쓸모없는 걸지도 모르는데. 내 목숨조차, 보잘것없는 것일지도 모르는데.

생각하면 할수록, 오만함과 자존심을 걷어 내면 걷어 낼수록 아르하드가 제게 과분한 사람이라는 생각이 들었다. 무엇이 아쉬워서 검 하나밖에 보지 않는 고집 센 여자에게 집착을 하고 가지지 못해 스스로를 망가뜨릴까. 이아나는 장미를 끌어안은 팔에 힘을 주었다.

남자는 거대한 제국의 고귀한 황제고, 여자는 백작가의 비천한 서녀이다. 남자는 헤아릴 수 없을 정도로 많은 황금을 손에 쥔 거부이며, 여자에게는 검 한 자루가 전부다. 남자는 수많은 사람이 따르고 있었으며, 여자는 수많은 사람에게 손가락질받았다. 남자는 여자를 매번 이길 정도로 강했고, 여자는 남자에게 단 한 번도 이기지 못했다.

아르하드는 그런 남자였다. 자신은 그런 여자였다. 그리고 아르하드는 처음 봤을 때부터 자신을 바라고 있었다. 아니, 어쩌면 자신이 알지 못하는 예전부터…….

왜?

이아나는 자신의 가치를 증명하기 위해 검을 쥔다. 검이 인생 그 자체이기 때문에 검을 쥔다. 그리고 아르하드는 그런 이아나에게 반했다고 말했다. 스스로 몸을 지킬 수 있는 것도 모자라 주변인까지 지키고도 남는 그는 검밖에 모르는 외골수인 자신을 바랐다.

그래서 이아나가 검을 쥐는 또 다른 이유가 생겼다. 그것은 바로 검을 쥐는 그녀를 바라 주는 아르하드의 곁에 있기 위해서, 그리고 혹시 있을지도 모를 그의 위험을 막아 내기 위해서. 그렇게 목표를 세웠다.

"목숨을 바친다는 헛소리는 됐고."

아르하드가 냉정하게 끊어 냈다.

"아까도 말했을 텐데. 아무 데도 가지 말고, 다른 곳에 시선을 돌리지도 말고, 네가 좋아하는 검을 들고 내 곁에서, 내가 보는 것을 함께 봐. 그거면 된다."

상냥하면서도 간절한 말. 이아나는 꽃을 끌어안은 팔에 힘을 주었다.

나를 나로 봐 주고, 나를 나로서 바라 주는 당신……. 나는 이런 당신이 변하는 걸 바라지 않는다. 절대로.

장미꽃의 붉은빛을 머금은 이아나의 눈동자가 탁해졌다.

나의 왕.

목숨을 바치는 한이 있더라도 나는 나를 바라 주는 당신의 곁에서 검을 쥔 채 영원히 함께하고 싶어. 지금 우리의 관계는 몹시 이상적이며 훌륭하고, 변화는 필요 없다. 그래, 당신은 나를 사랑할 리가 없고……

이아나는 숨을 고르게 내뱉었다.

사랑하지도 말아.

"그리고."

아르하드가 손을 내밀었다.

"지금 춤을 한 번 더 춰 주면 돼."

이아나가 꽃에서 고개를 살짝 들어 그의 손을 보았다.

"테라스에서의 네 말은, 보는 눈이 없는 여기서는 괜찮다는 말이겠지?"

"……."

"바하무트 정복은 멀었다. 네가 말한 그때가 언제가 될지 몰라. 오 년이 될지, 십 년이 될지 알 수 없어. 그때는 그때고, 지금은 지금이다. 나는 지금 너와 춤을 추고 싶어."

아르하드가 차분히 말을 이었다.

"너도 알다시피 나는 소유욕이 남다른 놈이야. 그래서 너의 시간을 단 한순간도 놓치고 싶지 않아. 그런데 네 열일곱의 데뷔식은 지금뿐이잖아?"

결론은 지금 춤을 미치도록 추고 싶다는 얘기인가? 이아나가 멍하니 쳐다보자 아르하드가 살짝 긴장한 기색으로 손을 내밀었다.

"한 곡 청해도 되겠습니까, 레이디? ……부디."

"……아하하!"

이아나가 이마를 짚은 채 웃음을 터뜨렸다.

"하핫! 하하!"

이아나가 웃고 있는 중에도 아르하드의 손은 거두어지지 않았다. 대신, 이아나가 웃음을 거두고는 손을 들어 올렸다. 설레는 표정으로 자신을 내려다보는 아르하드의 눈을 마주했다.

"기꺼이."

내밀어진 아르하드의 손을 기꺼이 붙잡았다. 승낙이 떨어짐과 동시에 이아나의 손 또한 제 손바닥 위로 떨어지자 아르하드가 몹시 즐거운 얼굴로 강하게 잡아당겼다. 이아나는 그 힘으로 자리에서 일어났다. 이아나의 손을 붙잡은 손에 힘을 한 번 준 아르하드가 웃었다.

화려한 불빛 아래의 격식 있는 왈츠보다, 먼 곳에서 들려오는 작은 음악 소리와 풀벌레 소리가 한데 어울린 춤곡 속에서, 그리고 은은한 달빛 아래에서 아르하드와 함께 추는 다소 흐트러진 춤이 더 흥겹다는 생각이 이아나를 들뜨게 했다.

아르하드와 검을 겨루는 것 외에도, 그와 함께하는 모든 것이 즐거울 듯하다는 예감이 그녀를 간지럽혔다.

그리고 이아나는 그런 느낌이 나쁘지 않다고 생각했다.

스물네 살, 학술원에서 졸업하고 북부 대륙으로 향하기 전, 아

르하드는 이아나가 건국제 기념 청년 검술대회에 참가했다는 사실을 보고받았다.

아르하드는 떠나기 전 그녀를 마지막으로 볼 겸 그녀의 검을 한번 직접 받아 보고 싶어 변덕스러운 기분으로 청년 검술대회에 참가했다.

"이아나 로베르슈타인 승!"

승리가 기록되면 기록될수록 입만 산 자들의 입술은 다물려 갔고 그녀의 온몸은 뜨거운 희열로 젖어 간다. 경기장 위에서 검을 휘두르며 즐거워하는 이아나를 보면 볼수록 마치 검을 처음에 쥐었을 때처럼 심장이 울렁거렸다.

참가자들은 당연하게도 아르하드의 상대가 되지 못했다. 설렁설렁 받아 주다가 맹격을 쏟아부으면 끝이었다. 그들은 실력의 격차를 실감하고 쉽사리 패배를 인정하며 물러났다. 과연 이아나는 어떠할 것인가?

마침내 결승전에서 이아나와 처음으로 검을 맞대었을 때, 아르하드는 깨달았다.

'눈앞의 짐승은 나와 동류다.'

다 떠나서 이아나는 저처럼 검에 환장해 있는, 넘치는 재능의 소유자였다. 둘의 시선이 곡선 하나 없는 직선을 그리며 마주쳤다. 이아나는 아르하드를 제 붉은 눈동자에 담았다.

'아.'

그 속에 들어간 순간, 아르하드는 잇새를 깨물었다. 마치 타들어 가는 듯하다. 뜨거운 불이 활활 타오르는 불지옥에 갇힌 것처럼 땀이 주르륵 흘러내렸다. 누군가 심장을 틀어쥔 것처럼 답답했다. 이아나의 희열. 이아나의 기쁨. 그것을 제대로 공유한 아르하드는 목이 가뭄이 덮친 땅처럼 갈라지는 느낌을 받았다.

더워. 목이 말라.

하지만 물로는 해결되지 않을 갈증이었다.

"후흐……."

이아나는 호수처럼 잔잔하고 방해물 하나 없이 순조롭게 살아온 아르하드에게 처음으로 불같은 감정을 심어 준 존재였다. 그는 눈앞의 붉은 여자가 정말로 미치도록 가지고 싶어졌다.

처음으로 느껴 보는 한 존재에 대한 강렬한 소유욕은 아르하드를 진심으로 웃게 만들었다. 그러나 그 웃음이 여자의 자존심에 깊은 상흔을 남겼을 줄 어찌 알았을까.

아르하드는 이아나를 그때부터 몰아붙이기 시작했다. 그는 애초에 이아나의 실력을 보기 위해 놀아 주고 있었을 뿐이었다. 아르하드와 이아나는 남자와 여자였고, 다섯 살이라는 나이 차가 있었으며, 검을 잡은 햇수가 실질적으로 15년과 4년으로 11년이 차이 났다. 그녀의 패배는 이미 정해져 있는 수순이었다.

승리 후에 아르하드는, 검을 줍기 위해 무릎을 꿇은 이아나에게 말했다.

"이아나 로베르슈타인이라고 했나? 아직은 다 다듬어지지 않은 원석이나, 후에는 정말 볼 만하겠어."

그는 진심이었다. 검을 쥔 지 얼마 안 된 천방지축의 천재는 갓 이빨이 난 새끼 호랑이나 다름없었다. 전장에 떨구어 놓으면 가장 먼저 죽을 애송이였다. 아직 많이 부족했고 열심히 수련을 해야 할 때였다. 이아나에게서 분노의 불길이 일었다.

"닥쳐라. 다음에 만날 때는 그 입을 함부로 놀리지 못하게 만들어 주마."

이아나는 경련하는 손으로 검을 꽉 쥔 채, 생사불구의 대적을 앞에 둔 것처럼 아르하드를 노려보았다. 아르하드는 그녀의 맹렬한 기세가 무척 마음에 들었다.

가녀린 소녀의 탈을 쓰고 있을 때보다, 누군가에게 괴롭힘을 당하며 눈물을 흘릴 때보다, 감정이 죽어 무표정할 때보다 이렇게 불타오를 때가 훨씬 멋졌다. 아르하드는 웃음을 터뜨리고 말았다.

"이런, 이런. 그날이 기대되는군. 나는 너와 좋은 관계를 유지하고 싶다만 너는 그게 아닌 모양이로구나."
"아르하드가 본명인가? 사는 곳은? 당신은 귀족인가?"

그는 분해서 씩씩거리고 있는 이아나를 일렁이는 눈으로 내려다보며 생각했다.
가지고 싶어.

어디에 숨겨져 있는지 알 수 없었던 소유욕이 고개를 내밀었다.

네가 옆에 있어 줬으면 좋겠다.

황폐한 불모지였던 심장에서 욕망이 불쑥 튀어나왔다.

너의 그 생동감이, 활기가, 웃음이 내 삶에 있었으면 좋겠다.

아르하드는 욕망을 이기지 못하고 손을 뻗었다.

그의 손가락이 조심스레 이아나의 뺨에 닿았다. 아르하드는 제 손가락을 통해 전해져 오는 온기에 짜릿함을 느꼈다. 더없이 벅찬 심장을 떨리게 하는 접촉이었다.

"지금은 때가 아니니 나를 그저 아르하드 로이긴으로 알아 두어라."

욕심은 점점 커져 닿아 있던 손끝이 손가락으로, 손가락이 손바닥으로 변해 이아나의 뺨을 덮었다.

"나는 너라는 인재가 탐이 난다. 직접 마주하고 나니 더해. 그래, 나를 다시 만나는 그날, 너는 내 검을 꺾어 보아라."

나를 꺾고 싶다는 생각으로 열심히 수련을 해. 목표를 나로 삼고 내가 다시 너를 찾아올 때까지 악착같이 수련을 하고 있어라. 나를 다시 만나는 날까지 네 불꽃을 더욱 크게 키우고 있어. 너를 패배시킨 이 나를 절대 잊어선 안 돼.

아르하드는 제 감정이 인재욕이라 생각했다. 단순한 인재욕이라기엔 격한 구석이 있었지만 감정에 몹시 무뎠던 그는 제 심장을 단숨에 사로잡은 그것의 정확한 정체를 알지 못했다. 그저 그녀를 옆에 두고 싶다는 원초적인 욕구만을 자각했다.

"나는 이 시선을 꺾어 보이마."

아르하드는 나중을 기약하면서 이아나에게 그리 말했다. 황제가 되고 난 이후, 정세가 안정되면 더욱 대단한 검사가 되어 있을 그녀를 제 곁에 두고자 마음먹었다.

이아나를 인재로 끌어들이고 싶다는 욕심까지 가슴에 자리 잡자 황좌는 반드시 앉아야 할 자리가 되었다.

북부 대륙으로 올라온 아르하드는 귀족들을 공략하고, 피폐한 삶을 살고 있던 북부 대륙 주민들의 민심을 얻었다. 그에게는 기묘한 매력이 존재하여 사람들은 꿀에 홀린 벌처럼 그에게 몰려들었다.

그는 북부 대륙을 바쁘게 돌아다니며 악마의 파편을 모았다. 파편을 가진 존재들을 하나하나 찾아내서 심장을 잔인하게 터뜨리고 파편을 빼앗았다.

이아나가 어떻게 살고 있는지 궁금했지만 애써 알아보지 않으려 했다. 그 환한 웃음이 그의 머리를 사로잡아 놓아주지 않았다. 어떻게 살고 있는지 알아봤다간 참지 못하고 찾아갈지도 몰랐다.

그 환한 웃음. 그의 모든 것을 빼앗아 가 버린 그 웃음이 시도 때도 없이 떠올랐지만 이아나를 위험에 노출시키고 싶지 않다는 생각에 묻었다. 모든 위험이 끝난 후에 찾아가는 게 그녀와의 진짜 인연의 시작이리라고 스스로를 몰아세우며 황위 쟁탈에 전념했다.

　아르하드는 판데모니엄의 균열을 찾아 헤맸다. 자궁에 있을 때부터 첫 번째 심장을 되찾고자 하는 욕망은 존재했었다. 지금도 살아가는 데에는 별문제가 없지만 그것만으로는 만족할 수 없었다. 결핍을 채우기 위해서는 심장이 반드시 필요했다.
　그리고 마침내 성인 남자 한 명이 누우면 가득 찰 만한 균열을 찾아냈다. 아직 용아병의 손길이 닿지 않은 판데모니엄의 균열에서는 검은 기운들이 스멀스멀 기어 나오고 있었다. 첫 번째 심장의 영향을 받아 그의 영혼— 파편의 기억이 흐물흐물하게 그의 뇌를 침투했다.
　그는 판데모니엄의 균열 안으로 몸을 날렸다.
　판데모니엄은 신성시대 말기가 되어 악마의 소굴이라는 뜻으로 변질되었지만 최초에는 대혼돈, 모든 존재의 발원지라는 뜻을 가지고 있었다. 현 시대에 판데모니엄은 라오스의 신력으로 보호를 받는 절대지역으로, 그 주변에서 함부로 텔레포트를 사용하면 계산이 뒤틀려 죽을 수도 있었다. 들어갈 수 있는 입구는 균열뿐으로, 마나로 몸을 보호한 채 뚫고 지나가야 했다.
　또한 한번 들어가면 세계수의 도움을 받거나 혼자 라오스의 영향에서 벗어나는 구역까지 벽을 타고 기어 올라와야 하는 무저갱, 시간이 교차하는 정지의 공간— 아르하드는 벽을 타고 오를 각오를 하고 균열로 들어간 것이다.
　지하로 한참을 떨어져 내리고, 떨어져 내리고, 떨어져 내려 시간이 아주 많이 지난 후에 그는 무중력의 공간에 도착했다.

쿠웅…… 쿠웅…….

그곳에서 아르하드는 주인의 영혼을 맞이하며 공동 전체에 거대한 박동을 만들어 내는 혼돈의 조각, 그의 심장이 둥둥 떠다니고 있는 것을 발견할 수 있었다. 하지만 심장에는 누군가의 검이었던 것의 파편이 깊숙하게 꽂혀 있어 회수할 수 없었다.

아르하드는 인상을 찡그린 채 그의 첫 번째 심장을 보았다. 마법적인 방법으로 공유는 할 수 있겠지만 완전한 회수는 무리다. 양자택일의 선택지가 주어졌다. 지금의 심장으로 만족하느냐, 위험하고 불완전해지나 악마로서의 기억을 각성시킬 수 있는 첫 번째 심장까지 가질 테냐.

당연히 후자다.

쿠웅…… 쿠웅…….

아르하드는 눈을 감았다. 공동의 새까만 어둠이 그의 심장에서부터 서서히 금빛으로 번져 갔다. 아르하드의 손이 맞닿은 부분부터 심장이 꿀렁거리기 시작하더니 손과 이어져 그의 몸 안에 있는 두 번째 심장과 공명을 일으켰다. 그렇게 첫 번째 심장과 두 번째 심장은 둘이되 하나가 되었다.

그리고 생생하게 떠오르는 신성시대의 기억들과 감정들…….

그는 순식간에 영혼에 새겨져 있던 살생의 기억들과 온갖 악감정에 노출되었다. 그가 가지고 있는 파편에 들어 있던 것들은 전부 다 판데모니엄 속에 혼자 있었을 때의 기억과, 신성시대 후반에 신들을 죽이고 생명을 갈취하는 기억이었다.

그리고 기억과 마찬가지로 영혼에 새겨져 있던 감정들은 생명에 대한 증오와, 갈구와, 배신감, 증오, 절망, 슬픔……

그도 모자라서 아르하드는 판데모니엄에 자욱하게 가득 차 있던 감정까지 흡수하고 말았다.

일이 끝난 후, 아르하드는 악착같이 벽을 기어올랐다. 손톱이 뜯겨져 나가 피가 고이고, 몇 번이나 떨어질 뻔했지만 악착같은 기세로 오랜 시간 벽을 기어오른 그는 라오스의 영향을 벗어나자마자 텔레포트를 이용해 간신히 지상으로 나왔다. 그는 탈출하자마자 심장을 움켜쥐고 쓰러져 거친 숨소리를 흘렸다.

안구에 실핏줄이 섰다. 금안이 번갯불처럼 번뜩거렸다. 왜일까. 피를 보고 싶다는 살욕이 온몸을 지배했다. 검을 휘둘러 적들의 목을 베고, 심장을 꿰뚫고, 뿜어져 나오는 뜨거운 피에 녹아 있는 생명을 맛보고 싶었다.

이는 악마의 심장을 취한 이상 심장을 유지하기 위해 감수해야 하는 본능이자 욕망이었다.

그때, 어떤 한 붉은 여자의 웃음이 떠올랐다.

모든 기억을 되찾은 건 아니었다. 그가 되찾지 못한 파편들이 여전히 세상에 뿔뿔이 흩어져 있었기 때문이다. 그의 기억은 퍼즐 조각처럼 단편적이었다. 하지만 그중에서도 가장 강렬한 인상의 붉은 여자가 하나 있었다. 그녀는 그를 향해 웃어 주었고, 그의 어깨에 머리를 기대 잠들었다.

그 여자는…… 누구?

여자를 떠올리는 순간, 아르하드는 엄청난 감정적 동요에 휩싸였다. 애틋함, 증오, 경의, 질투. 그가 아르하드로 지내는 내내 느껴 보지 못한 격한 감정들이 일시에 쏟아졌다. 상반되는 감정들이 그의 내부에서 포악하게 싸워 댔으며 그는 광인이 되기 직전까지 이르렀다.

아르하드는 덜덜 떨리는 손으로 땅을 짚으며 일어났다. 깨질 것 같은 이마를 짚고 숨을 몰아쉬었다.

그 순간, 이아나의 웃음을 떠올렸다.

그러자 놀랍게도 그를 괴롭히던 모든 감정들이 일시에 가라앉았다. 거친 풍랑이 되어 아르하드에게 몰아치던 감정들이 순식간에 잠잠해져 흐름이 없는 호수처럼 고요를 되찾았다.

아르하드는 악마의 파편을 하나하나 되찾았다.

한 여자…… '로'와의 추억도 조금씩, 아주 조금씩 하나하나 떠오르기 시작했다. 울컥해서 눈물이 날 정도로 애틋한 감정들이 그의 심장을 옭죄었다. 그러나 한편으로는 미치도록 밉고 증오스러워서 살의도 문득문득 들었다.

파편을 되찾고 기억을 되살리면서 그런 현상은 더 심해졌다. 희생과 더불어 점점 송곳니를 드러내기 시작한 잔인한 상상들과 욕구, 부정적인 감정들은 아르하드를 더욱 괴롭히기 시작했다.

모든 면에서 완벽하여 심복들에게 위대한 주인으로 칭송받았던 아르하드는 어마어마한 감정의 파도에 휩싸여 가끔 냉정한 모습을 잃을 때가 있었다. 그때마다 그의 손에는 적의 피가 묻어 있었다. 가끔은 마치 악마와도 같은 모습으로 돌변해 살육을 저지르는 아르하드를 가신들은 더없이 존경하면서도 두려워했다.

목이 말라. 더, 더, 더.

그런 아르하드는 단 한 사람의 웃음을 그릴 때마다 간신히 안정되었다. 하지만 돌변하는 횟수는 점점 늘어만 갔고, 바하무트 황실의 악마들보다 더한 악마로 변하는 아르하드를 보다 못한 최대의 조력자, 하인리히는 아르하드를 암살하려다가 그의 손에 악마의 파편을 빼앗기고 죽었다. 그 과정에서 마나를 다루는 것을 포기하고 평범하게 살아가던 그의 손자 헤레이스도 죽었다.

"죽여 버릴 거야아아!"

라랏슈아 엘 마르디알이 분노해서 눈에 핏줄을 세운 채 달려들었다. 그리고 그녀를 사랑하며 그녀의 곁을 지키던 타로가 라랏슈아의 목을 베려던 아르하드를 막아서다가 심장이 꿰뚫려 죽었다.

"타로……."

라랏슈아는 텅 빈 눈으로 죽은 타로의 시체를 보았다. 망연자실해 분노조차 흩어진 라랏슈아를 내려다보던 아르하드는 등을 돌려 떠났다. 이는 미래에 어차피 일어날 일이었다.

하인리히는 제 손에 죽을 운명이었고, 그의 손자인 헤레이스도 죽을 운명. 그리고 라랏슈아를 사랑한 타로가 분노해서 덤벼드는 그녀를 지키다가 제 손에 죽을 것도 운명이었다.

아르하드는 마침내 바하무트 황실의 일원들을 모조리 죽이고, 그들이 각각 소유하고 있던 파편까지 빼앗았다. 그리고 그의 두 번째 조력자, 에이지는 염원하던 바하무트 황실의 죽음을 눈에 담고 여한이 없다는 말과 함께 스스로 목숨을 끊었다.

스물아홉 살, 아르하드는 바하무트 제국의 황제가 되었다.

아르하드 로 라르소 바하무트.

'로'는 그가 악마일 적 미치도록 사랑하되 증오했던 여자의 이름이었지만, 악마로서의 제 이름, 로이긴의 애칭이기도 했다.

그는 아르하드이되 로이긴이었지만, 아르하드로서 살아가는 현재, 로이긴의 삶을 우선시하지는 않았다. 그리하여 그는 지나간 그 시절을 추억한다는 의미에서 '로'라는 미들네임을 제 이름에 붙였다.

그가 쟁취한 황제의 자리는 피와 뼈와 살점으로 이루어진 무덤이었으나, 희생은 영광에 묻혔다. 환호성을 지르며 발밑에 머리를 조아리는 제국민들을 내려다보는 아르하드의 머릿속에는 단 한 사람밖에 없었다.

아르하드는 부하들에게 업무를 할당한 뒤, 황제의 자리를 비우고 학술원을 졸업한 후 그에게 와 있던 리키젠을 데리고 로안느 왕국으로 내려가 이아나를 찾아갔다.

'아.'

이아나 로베르슈타인. 냉정한 표정의 그녀를 멀리서 발견한 순간 심장이 두근거렸다. 오 년 만에 봤는데도 그녀를 몰래 훔쳐보며 가졌던 순수한 감정이 새록새록 떠올랐다.

아르하드는 기억을 되찾으면서도 언제나 이아나의 웃음을 그리워했다. 그녀의 웃음이 그를 안정시킬 수 있는 유일한 수단이었다.

그녀의 웃음을 보고 싶다는 서투르면서도 순수한 감정이, 그녀에 대한 뜨뜻하면서도 알 수 없는 감정들이 다시 샘솟았다. 스스로는 정의할 수 없는 감정이었다. 하지만 악마의 파편 속에는 로에 대한 따스한 기억들이 있었다. 그리고 아르하드는 자신이 로에게 사랑이라는 단어를 속삭였던 것을 떠올렸다.

사랑.

아르하드는 숨어서 이아나를 보았다. 그 순간, 이아나의 냉막한 걸음걸이가 기억 속의 로와 겹쳐졌다.

너는 이상하다. 너는 혹시 그 붉은 여자와 관련이 있는 걸까? 로베르슈타인이라는 성도 그렇고. 하지만 로와는 달리 너를 생각하면 따뜻한 기분밖에 들지 않아. 관계가 있어도 상관없어. 옛날은 옛날이고 지금은 지금이다. 나는 로와 관계없이 네가 내 곁에 있어 주었으면 좋겠다.

나는 너의 검에, 웃음에, 아니…… 너에게 반했는걸…….

그래. 나는 너를 사랑하고 있는 거야.

너를.

자신이 품고 있는 감정이 사랑이라는 것을 깨닫자, 미쳐 가던 아르하드의 심장에서 따스한 감정이 몽글거리며 샘솟았다.

그때부터 아르하드는 일 년에 걸쳐 그녀를 제 모든 것을 바쳐 회유하려 했다. 관계가 안정된 후에는 이 넘치는 사랑을 고백하려 했다. 하지만 때는 이미 늦었다. 이아나는 오 년 사이에 로안느 왕국 왕자의 기사가 되어 있었으며 자신을 패배감과 질투와 자괴감 속에 내버려 둔 아르하드를 끔찍하게 증오하는 상태였다. 사람들에게 상처를 받아 웃음을 감춘 후였으며, 누구와도 깊은 인연을 맺으려 하지 않았다.

이아나는 아르하드의 말을 들으려 하지 않았으며, 그를 바라보는 눈은 오로지 적대감으로 얼룩져 있었다. 그와 검을 들고 싸울 때조차 그녀는 희열은커녕 마귀처럼 그와의 전투에 목숨을 걸고 달려들 뿐이었다.

그러자 그녀의 웃음만을 그리며 제 자신을 눌러 온 그의 여유도 점점 사라졌다. 거부하기만 하는 그녀에게 불안함을 느끼기 시작했다.

내가 무엇을 잘못했지? 나는 그저 너를 가지고 싶었을 뿐이며, 지켜 주고 싶었을 뿐이다. 너의 웃음과, 너의 검을 소중히 여겼을 뿐이야.

리키젠은 로안느 왕실의 암투에 끼어들어 오웬 후작가를 철저하게 부수어 과거에 대한 보복을 제대로 성공했지만, 아르하드는 염원하던 이아나의 회유에 번번이 실패했다. 늘 냉정하던 그의 주군이 이아나에게 매달리는 모습을 쭉 지켜본 리키젠은 그녀를 무척이나 싫어하게 되었다.

서른두 살, 삼 년을 투자했음에도 이아나의 회유에 실패한 아르하드는 슈나이더 왕자가 반란을 일으켜 왕이 되자 일단 제국으로 돌아가 예정대로 전쟁을 일으켰다.

바하무트 황실이 축적해 온 전쟁 물자와 무력은 폭발 직전이었으며, 한번 숨통을 틔워 줄 필요가 있었다. 또한 그는 전 세계를 짓밟으며 광기에 물들어 있는 악마의 파편들을 찾아야 했으며, 심장을 유지하기 위해 생명을 끌어모아야 했다. 필수불가결한 전쟁이었던 것이다.

아르하드가 동반한 전쟁에는 피가 강처럼 흘렀다. 그를 상대할 수 있는 건 로안느의 공작 이아나뿐이었다.

이아나는 눈에 띄게 성장하여 아르하드와 공방을 제대로 나눌 수 있게 되었다. 11년 차를 거의 따라잡았으니 정말 놀라운 재능이었다.

그래도 그녀는 언제나 그보다 한 수 아래였다.

아르하드는 날이 갈수록 악만 더해 가는 이아나를 다음을 기약하며 놔주고, 놔주고, 또 놔주었다. 하지만 점점 지쳐 가는 것도 사실이었다.

전 대륙을 짓밟고 유린하며 악마의 파편을 가진 자들을 죽였다. 영혼이 완성되어 가면서, 마나의 진정한 주인이자 드래곤의 시조나 다름없는 그의 힘은 현 시대의 드래곤까지 상회했고 아르하드는 심지어 동부의 샤우부 대우림까지 습격하여 엘프들이 숨기고 있던 거대한 악마의 파편마저 되찾았다.

되찾은 기억들 속에는 이제껏 기억 속에서 사랑을 속삭였던 로와 싸우는 그가 있었다. 로는 자신을 서릿발 같은 시선으로 보고 있었고 그는 분노하고 좌절하고 절망하고 있었다.

그리고, 카란켈 바위산맥의 오지에서 마지막 파편까지 모두 찾는 순간…… 최초이자 최후의 기억. 그의 심장을 찌르던 누군가의 얼굴이 그가 사랑했던 여자 로와 완벽하게 겹쳐졌다.

그 순간 치미는 역한 배신감과 분노. 그리고 슬픔.

로는 이아나와 겹쳐졌다. 파편이 모두 모여 온전한 악마가 된 아르하드는, 대체 어째서인지는 몰라도 이아나가 로베르슈타인, 그 여자라는 걸 깨달았다. 살아 있었던가?

병적인 소유욕과 사랑. 태양을 바라보며 가졌던 불순하고도 가장 명백하고 뜨겁고 순수했던 감정이었다. 하지만 태양은 그의 심장을 무자비하게 꿰뚫었다. 그리고 태양은 이아나로서 그의 앞에 서 있었다.

기억을 되찾으면 되찾을수록 아르하드는 제가 이아나에게 품고 있던 그 감정이 사랑인지, 동경인지, 아니면 또 다른 무언가인지 알 수 없어졌다. 이아나를 사랑한다고 생각했지만, 로와 섞이면서 그 이면에는 증오와 살의가 함께하기 시작했다.

그녀에 대한 감정이 악마의 파편 때문인지, 제 감정 때문인지 알 수가 없어졌다. 이게 대체 집착인지, 사랑인지, 증오인지 알 수 없었다.

다만 확실한 건 파편을 되찾을수록 소유욕은 점점 더 커져만 갔다는 것이다. 필요하다면 팔과 다리를 부러뜨려 쇠사슬로 목줄을 채워서라도 곁에 두고 싶었다.

내가 사랑하는 건 너야. 넌데, 나는 어째서.

아르하드는 후회했다. 이럴 거면 기억을 되찾지 말걸 그랬어. 심장도 되찾지 말걸 그랬어. 아르하드는 처음으로 스스로가 로이긴임을 부정하고 싶어졌다. 그러나 로이긴이었던 그는, 계속해서 이아나와 로를 동일시했다. 그는 감정의 회오리 속에서 스스로의 목을 졸라 버리고 싶을 정도의 강렬한 충동에 휩싸였다. 지긋지긋했다.

네가 대체 뭔데. 저번 생에도 사랑에 빠져들게 하더니, 이번 생에서도 여지없이 사랑에 목을 매게 하는가. 네가 대체 뭔데.

그는 자신을 거부하기만 하는 이아나에게 지쳤다. 그녀를 볼 때마다 치솟는 살심과, 그것을 미친 듯이 거부하는 스스로에게도 지쳤다. 채워지지 않는 결핍에 대한 갈증에 영혼이 마르는 것도 지쳤다. 그녀를 죽이라 읍소하는 가신들의 속삭임이 지쳐 가던 그를 정신없이 어지럽혔다.

아르하드는 미쳐 가고 있었다.

서른아홉 살, 아르하드는 문득 결심했다.

그래, 그저 황제로 살아가자. 아마 그녀를 죽이면 첫 번째 심장에 꽂혀 있는 검의 영향력이 사라질 것이고, 심장을 완전히 되찾을 수 있을 것이다. 영혼의 파편은 이미 다 모았다. 이제 심장만 되찾으면 그는 완전해질 수 있었다.

그러니 그녀를 죽이고 더 이상 눈에 뵈지 않도록 시신을 불태워 뼛가루를 바다로 던져 버리자. 더 이상 그녀를 원하지 말고, 아예 손에서 놓아 버리자. 그러면 그녀를 얻지 못해 생긴 결핍은 사라질 테고, 더 이상 갈구도 하지 않을 테지. 완전해지면 그녀를 필요로 하지도 않을 것이다.

마침내 완전히 포기하기로 결심한 아르하드는 제정신이 아닌 상태로 이아나를 죽여 버렸다.

그 여자, 그 여자, 그 여자, 그 여자, 그 여자!

라오스가 만들어 낸 이 세계를 뒤엎으며 찢어진 파편을 하나하나 되찾는다. 제 자신을 서서히, 서서히 되찾아 간다. 찾으면 찾을수록, 조각이 맞춰지면 맞춰질수록, 온전한 영혼이 완성되면 완성될수록!

뜨거운 사막의 열사 위에서 몸부림치는 갈증, 검게 타들어 가는 심장이 요구하는 갈급, 홧홧하게, 집요하게, 붉은 열기를 찾아 헤매는 소유욕! 갈퀴 같은 손을 뻗어 붉음을 움켜쥐고 싶어 아우성치는 심장 속의 미친 악마.

그리고 언제나처럼 냉정하게 거부하는 붉은 여자.

자신의 곁에 있는 것을 질색하는 빌어먹을 여자.

그래, 너는 나를 거부했다. 너를 광적으로 바라는 내 손길에 넘어가 나와 질펀하게 놀아난 주제에, 나를 버리지 않겠다는 말로 희망을 심어 준 주제에, 그런 너는 나를 끝끝내 거부했고, 나를 배신했고, 나를 떠났고, 나를 죽였다. 그리고 다시 만난 시간의 길 위에서 너는 당연하다는 듯 또다시 거부한다.

그래서 이것이 진실한 끝이고 마지막이었다.

모든 것을 포기하고 끝을 내기 위해 제 손으로 집착의 쇠사슬을 끊어 낸 남자의 시야가 뒤흔들렸다. 온 감각이 자극적으로 곤두선다. 이미 죽은 여자를 손가락질하며 비웃는 이들이 자아내는 웅웅거림. 흙바닥 위에 흩어져 갈색 먼지로 더럽혀진 붉은 머리카락.

"후우, 하아……."

숨이 턱 막혀 호흡이 어려움에도 발악하듯 숨을 몰아쉬는 남자의 흠뻑 젖은 이마에서 피와 땀이 섞인 붉은 액체가 뚜욱뚝 흘러내린다. 초점이 흐려진 두 눈동자는 여자의 심장을 찌를 때의 잔인함은 거짓이었던 것처럼 흐리멍덩하기만 했다. 광기가 정신을 어지럽히고 폐부를 조였다.

이미 숨이 끊겨, 영혼이 떠나, 끈 떨어진 인형처럼 땅에 널브러진 여자의 시신. 지저분한 흙이 묻어 빛을 잃은 붉은 여자.

너의 초라한 이 모습이 이제는 정말로 끝일 줄 알았다.

"손대는 자, 손이 잘려 나갈 줄 알라."

남자는 충성스런 부하들이 시신을 수습하려는 것을 역한 분노와 함께 뿌리치고 여자의 축 처진 육체를 꽉 끌어안았다. 당연하게도 품 안의 여자는 아직 따뜻했다. 그러나 순리를 따르듯 시간이 흐를수록 차갑게 식어 갈 것이다.

여자는 생명이 끊기고 나서야 전쟁 최고의 전리품으로서 제 소유가 되었다. 바라고 바랐던 숨결은 빠져나가고 쓸모없는 흙 인형이 되어 제 곁에 안겨 있다. 여자의 시신을 쥔 그의 손에 푸른 핏줄이 돋고, 힘이 가득 들어갔다.

"이번…… 생은 끝났다. 그러나……."

로베르슈타인…….

"다음 생에는 너의 적……이 아닌 너의 기사가 되……리……."

이아나……!

언제나 나를 베기만 했던 너의 검을, 나를 위해 들겠다고?

빌어먹을 여자가 심장이 꿰뚫렸음에도 마지막 의지로 내뱉은 말은 남자를 정말로 미치게 했다.

젠장맞을, 망할, 이 빌어먹을 여자!

언제나 기대를 심어 주고 언제나 배신한 주제에 또다시 희망을 주는 여자의 말을 들은 멍청한 남자는 언제나처럼 어울리지 않는 희망을 품을 수밖에 없다.

"······아르하드!"

익숙한 쨍한 목소리였다.

"당신이 진정으로 바라는 게 무엇이었지? 대체 뭐였냐고!"

그는 끌어안고 있던 여자의 시신을 제 품에 묻은 채 고개를 들었다. 멀리서 익숙한 보라색 머리카락이 허공에 휘날렸다. 아르하드는 바들바들 떨면서 소리를 지르는 그녀를 광망 어린 눈동자로 쳐다보았다.

"라랏슈아 엘 마르디알······."
"당신은······ 당······신은······."

라랏슈아의 눈에 눈물이 맺혔다.

"헤레이스를 죽이고, 스승님을 죽이고, 타로를 죽이고······! 전쟁을 핑계로 모조리 죽이고, 죽였어!"

라랏슈아의 옆에는 그녀가 만들어 낸 사상 최강이자 최고급 키메라, 타로가 무표정한 얼굴로 서 있었다. 죽어서 더 이상 사고를 하지 못하는 타로는 라랏슈아의 명령에만 반응하는 그녀의 키메라로 전락했다. 이따금 살아 있을 때처럼 라랏슈아를 향한 맹목적인 감정을 드러내긴 했지만 그래 봤자 사고를 하지 못하는 인형이었다.
마르디알 왕국, 하인리히, 헤레이스, 타로.

협소한 대인 관계를 아르하드에 의해 모조리 강제로 단절당한 라랏슈아는 마법에만 미친 매드매지션이 되었고, 다른 이종족들과 함께 바하무트 제국의 아르하드를 막는 제3세력에 속했다. 그리고 아르하드를 막던 이아나가 그의 손에 죽음으로써 연합군은 격파되었고 전쟁은 바하무트 제국군의 완승으로 끝났다.

라랏슈아는 파들파들 떨면서 미친 듯이 웃었다.

"당신은 학살을 저지르며 파편을 모조리 모았지. 그렇게 황제가 되었고, 당신 안의 악마는 완성되었지…… 그런데 그거, 그 여자 때문 아니었어?"

"……."

"그런데 이제는 그렇게 집착하던 그 여자까지 죽였어."

"당신은 미쳤어!"

"이제 어쩔 생각이야?"

"어쩔 거냐고! 만족해?"

"당신에게 남아 있는 건 뭐야?"

"그래, 아무것도 없지?"

"이 세상을 멸망시키기라도 할 거야?"

"진짜 악마라도 되어 버린 거야?"

"죽어 버려, 이 악마!"

"당신은 완전히 미쳤어!"

라랏슈아는 악에 받쳐 고함을 질렀다.

"마녀, 닥치지 못할까! 감히!"

그들의 황제가 미치도록 바랐던 여자의 시신을 개운하면서도 복잡한 마음으로 내려다보던 신하들은 불경하기 짝이 없는 마녀의 말에 언성을 높였다.

"저것이 미친 게 틀림없다. 폐하, 명을 내려 주십시오. 저것의 목을 가져오겠습니다. 더 이상 자비를 베풀어 줄 필요가 없습니다."
"됐다."
"왜? 나도 죽여 보지? 응? 다 죽였잖아? 죽였잖아아!"

악을 쓰는 라랏슈아는 언제나 하얗고 여유만만하던 얼굴을 붉게 물들이고 있었다. 아르하드는 그녀를 물끄러미 쳐다보다가 죽었으면서도 아직도 입에서 피를 왈칵왈칵 쏟아 내고 있는 이아나의 입술을 매만졌다.

화인처럼 심장에 남았다가, 온종일 노도처럼 밀려와 심경을 어지럽혔던 이 여자의 웃음.

스물두 살에 처음 만난 이후, 한시도 잊은 적이 없었다. 거울면처럼 매끈하던 마음에 돌을 던져 깨트리고 폭풍으로 그를 던져 넣은 뜨거운 열정과 애정…….

하지만 지금은 부정적인 감정들로 뒤덮여 그것이 아직도 존재하는지 알 수 없었던지라, 반 미친 상태였던 그는 결국 이아나를 죽였다.

파편을 모두 모은 아르하드는 현재 완전한 상태였다. 악마로서의 모든 기억과 감정을 되찾은 그는 마도시대의 신이나 다름없었으며, 그를 위협하는 적들을 모두 제거하고 황좌에 앉았다. 그리고 오늘로서 대륙전쟁까지 성공적으로 끝냈다. 모든 게 순조롭게 끝나 이제 그에게는 영광에 심취할 나날들만 남은 것이다.

하지만 이아나를 죽인 지금 그는 끔찍한 결핍을 느꼈다.

어째서일까? 영혼의 파편은 다 모았고, 이제 판데모니엄으로 가서 심장만 되찾으면 완전해질 수 있는데…… 오늘부로 영원히 결핍의 감각에 시달리게 될 것이라는 직감이 아르하드를 괴롭혔다. 피에 흠뻑 젖어 품에 축 늘어진 시신은 속을 울렁거리게 만들었다.

그렇구나.

아르하드는 그녀의 목숨을 완전히 끊어 내고서야 깨달았다. 이아나에 대한 자신의 감정이 뭐가 되었든 이아나는 살아서 제 곁에 있어야 하노라고. 그 감정이 증오든, 사랑이든, 뭐든.

마디 굵은 손이 차가운 시신을 어루만졌다. 부패를 시작하는 그녀는 흙 인형에 불과했다. 그가 사랑했던 열기는 이미 썩어 가는 살덩이에 지나지 않았다. 아르하드는 여자의 시신을 끌어안고 눈을 감았다.

……나는, 네가 없으면 완전해지지 않는다.

아르하드가 피 냄새가 물씬 풍기는 곳으로 느릿하게 고개를 내렸다. 거칠어진 차가운 입술이 이아나의 입술에 묻은 마지막 열기를 짙게 파고들었다.

그래, 내 마지막 파편은, 너였구나.

그렇게 남자는 차갑게 굳은 여자의 시신을 끌어안고 세상의 중심, 롯소산맥의 중앙으로 향했다…….

춤을 춘 후 아르하드와 이아나는 나무에 기대 앉아 장미꽃 밭을 쳐다보고 있었다. 이아나는 가물가물하게 감기는 눈을 깜빡거렸다.

"제 생활 패턴과 달라 피곤하군요. 아니, 신경 쓸 일이 많았던 데다가 음주를 해서일지도……."

이아나는 손바닥으로 눈을 비볐다.

"조금 잘래? 자정이 다 되어 가면 깨워 줄 테니."

이아나는 그렇게 말하는 아르하드를 올려다보았다가 나무에 등을 완전히 기댔다.

"당신이라면 믿을 수 있으니까 조금만……."

기사 주제에 남 앞에서 잠든다는 게 웃겼지만 아르하드 앞에서는 괜찮을 것 같았다. 이미 전적이 몇 번이나 있었다.

이아나는 작게 하품을 했다. 등이 딱딱한 게 그리 편하진 않았다. 하지만 꾸벅꾸벅 잠이 쏟아졌다. 손바닥으로 눈을 한 번 꾹꾹 눌렀다. 그녀는 타인이 있는 곳에서는 잠이 오는 사람이 아닌데. 아르하드의 앞에서만 무방비해졌다.

"오늘, 고맙습니다."

짧은 감사 한마디를 남긴 지 얼마 지나지 않아 이아나의 고개가 밑으로 서서히 떨어졌고, 이내 고른 숨소리가 들려왔다. 아르하드는 잠이 든 이아나를 말끄러미 쳐다보다 조심스럽게 그녀의 얼굴을 제 어깨에 가져다 대었다.

"후우……."

어깨에 이아나의 머리가 닿아 있자 무척 기분이 좋았다. 잠시 그렇게 앉아 눈을 감고 좋은 기분을 나른하게 만끽하고 있던 아르하드는 천천히 눈을 떴다. 그의 금안은 기기묘묘한 빛이 흐르고 있었다.

너는 어리디어린 소녀이며, 나의 손아귀에 있는 기사에 불과하다. ……하지만.

이아나가 깨지 않도록 조심스레 손을 대 보았다. 깨어나지 않았다. 욕심이 나자 이아나의 뺨을 덮었다. 이게 파렴치한 일이라는 건 알고 있었지만 참을 수가 없었다. 아르하드는 잠든 이아나의 매끈한 뺨을 제 손으로 받친 채 그녀를 열기 어린 두 눈으로 응시했다.

언제나 따뜻하고 의지하고 싶었던 너. 나를 지켜 주겠다던 너. 그리고 나를 받아들이지 못하고 배신했던 너…….

다시 태어나 모든 게 백지가 된 이후에도 사랑에 빠졌지만 나를 언제나 거부하던 너. 나를 증오하고 미워하던 너.

사랑은 애증으로 변하고, 애증은 증오로 변했지만, 죽이고 싶을 정도로 미웠던 감정과 끔찍한 살의는 그녀의 심장을 찌르는 순간 미칠 것 같은 후회로 탈피한다.

그리고 시간을 되돌린 이후 너를 처음으로 발견한 순간, 후회는 거대한 집착과 불안, 증오, 슬픔, 분노, 간절함…… 수많은 강박적인 감정들로 뒤바뀐다.

그러나 너의 웃음 한 번 한 번에 악한 감정들은 조금씩 모습을 감추고 너의 웃음 한 번 한 번에 나는 미치도록 설렌다.

머뭇거리던 아르하드는 이아나의 이마에 입술을 조심스레 맞대었다. 붉은 머리카락이 흘러내린 이마에 닿은 마른 입술이 서서히 열기를 머금는다.

깊은 잠에 빠져 있던 이아나는 깨어나지 않았고, 그녀의 숨소리가 흐트러지지 않자 입술은 더욱 대담해졌다. 이아나의 얼굴을 조금 들어 올린 아르하드는 고개를 점점 내렸다. 뒷발을 들어 올린 채 살금살금 걷는 도둑처럼, 이아나의 혈기 도는 입술에 제 입술을 묻으며 이아나의 옅은 숨을 삼켰다.

"……."

따뜻한 입술에서 느껴지는 온기와 코끝에서 맡을 수 있는 체향은 그의 심장을 천천히 간질였다. 심장이 옭죄고 눈시울이 뜨거워질 정도로 빠듯하게 차오르는 감정이 무엇인지 아르하드는 알고 있었다.

천천히 입술을 떼어 낸 그는 이아나를 제 품에 꽉 끌어안았다. 그녀의 머리카락에 얼굴을 파묻은 채 거칠어진 숨을 꾹 참았다.

사랑스러워. 너는…… 언제나 사랑스러워.

아니라고 부정하기에는 이미 늦었다.

아니다. 부정적인 감정에 묻혀 제 모습을 드러내지 않는지라 없어졌을지도 모른다고 생각했을 뿐, 이 감정은 언제나 그의 심장에서 조용히 살아 숨 쉬고 있었다.

나는…… 너를 사랑해.

아르하드는 숨을 고르며 눈을 감았다.

너무나 사랑해.

-데뷔식 편 終

18. 수련 편

18. 수련 편

데뷔식을 성황리에 치른 지 일주일, 이아나는 완벽하게 일상으로 돌아왔다. 그리고 마침내 신력 제어법을 배우기 시작했다.

"네가 해야 할 건 심장에 뭉쳐 있는 신력을 밖으로 꺼내 운용하고 다시 흡수해서 심장으로 보내는 순환에 익숙해지는 거다. 너는 이미 신력을 끌어당겨 꺼내는 방법을 알고 있으니 계속 수련한다면 금방 할 수 있을 거야. 그러나 신력을 제어하기 전에 필수적인 과제가 있다."

아르하드는 이아나에게 장기적인 과제를 내주었다.

"몸에 필수적인 양의 신력만 남겨 두면 나머지는 모두 활용해도 돼. 그러니 신력 수련 첫 번째, 시간이 날 때마다 네 몸을 살펴 신력이 네 몸을 어떻게 순환하는지 아주 정밀하게 분석하고 그 경로를 숙지해. 두 번째, 네 심장에 있는 신력의 양과 초당 소모되는 신력의 양을 파악해라."

누군가의 심장에 붙잡혀 있는 신력은 타인이 볼 수도, 느낄 수도 없다. 신력이 타인에게 보이는 순간은 심장에서 뜯겨져 나와 밖으로 배출되었을 때뿐이었다. 즉, 심장의 주인만이 제 신력을 느낄 수 있다. 이 부분은 아르하드가 도와줄 수 없었고 이아나 혼자서 해결해야 했다.

"과제를 해 오기 전까지는 절대로 신력 제어를 하지 마."

신력을 회수하는 방법을 모르는 상태에서 끊겨져 나간 신력은 사라져 버린다. 마나와는 달리 신력은 생명의 성질이 있으므로 이는 수명이 줄어든다는 말과 상통했다.

이아나는 호기심에 물었다. 그럴 생각은 전혀 없지만 신력을 잃는 다면 당신이 했던 것처럼 다른 생명체의 신력을 빼앗으면 되지 않느냐고. 그런 이아나를 가만히 쳐다보던 아르하드는 고개를 저었다.

신력 강탈을 당연하게 여기는 존재는 인간이라 할 수 없다. 모든 생명은 주어진 수명만큼만 사는 게 옳고, 그 안에서 이룰 수 있는 모든 걸 이루는 게 좋다.

또한 신력은 각 영혼의 색을 머금고 있기 때문에, 그 신력을 제 영혼의 색으로 완전히 물들이지 못하면 신력의 원주인에게 영향을 받을 수도 있어 되도록이면 신력을 빼앗지 않는 게 좋지 않다……고 아르하드는 말했다.

"영향을 받는다는 게 무슨 뜻이죠?"

"그 색의 주인처럼 행동할 수 있다는 거다. 오크의 신력을 빼앗으면 은근히 오크의 습성을 띨 수 있다는 거지. 물론 신력을 완전히 제 색으로 물들인다면 문제없어."

제가 오크처럼 행동하는 모습을 떠올린 이아나는 몸서리를 쳤다.

이아나는 제 신력의 흐름을 장기간에 걸쳐 꼼꼼하게 살피고 정확하게 숙지했다. 그러자 예전에는 존재하는지도 몰랐던 신력의 흐름을 항상 의식하며 생활한 결과 이제는 인체 해부도에 신력의 흐름을 눈 감고도 그릴 수 있을 정도로 익숙해졌다. 그다음에는 신력의 소모량을 살피기 시작했다.

붉은 피는 심장을 관통하며 통과할 때마다 심장에 뭉쳐 있는 붉은 신력을 소량 떼어 내 머금었다. 그 후 온몸을 순환하며 신력을 육체에 전달하고 활기를 부여했다. 이것이 육체 유지 신력이다. 심장의 신력은 육체에 전달되지 않아도 조금씩 소모된다. 이것은 영혼을 자각하고 있기 위해 필요한 신력이었다. 이아나는 이 두 가지를 심장 박동 한 번당 소모되는 양으로 계산했다.

마지막으로 평상시, 달릴 때, 검술 수련을 할 때, 검기를 만들어냈을 때 등등 상황별로 나누어 신력의 초당 소모량을 정밀하게 체크했다.

과제를 성실히 수행했지만, 아무리 노력해도 이아나는 과제 중 딱 한 가지를 해결할 수가 없었다. 심장에 모여 있는 신력의 정확한 양. 그것을 파악할 수가 없었다.

예전에 정령들은 그녀의 심장이 이상하다고 말했다. 심장을 자연스럽게 둘러싸고 있는 형태여야 하는 신력이 벽과 비슷한 장애물에 가로막혀 있고, 틈 사이로 질질 새어 나오고 있다고 했다. 그 의미를 이제야 알 것 같았다. 제 신력은 심장에 뭉쳐는 있는데 투명한 막과 같은 것에 가로막혀 잘 나오지 못하고 있었다. 마치 비눗방울의 야주 얇고 투명한 막 속에 갇힌 공기처럼.

아니, 막 같은 건 전혀 느껴지지 않았기 때문에 막이라고 할 수도 없었다. 마치 신력으로 이루어진 막이 신력을 가로막고 있는 느낌. 그러니까 자기가 자기를 막아섰다고 해야 할까.

이아나는 그 막 안에 밀집되어 있는 신력의 양을 가늠할 수 없었다. 신력은 묵직한 쇳공처럼 느껴질 뿐이었다. 막 곳곳에 균열이 간 부분에서는 신력이 흘러나왔고, 심장 주변에 충분한 양이 고이면 더 이상 흘러나오지 않았다.

초봄, 과제를 끝냈냐는 아르하드의 질문에 이아나는 신력의 양은 제대로 파악하지 못했다고 조심스레 말했다.

"일단 지금은 소모 신력만 알아냈으면 충분해. 네 몸을 유지할 수 있을 정도의 신력량을 가늠해서 남겨 두고 나머지는 모두 사용하면 되니까. 하지만 신력의 총량을 파악하는 건 네가 지닌 힘을 아는 중요한 일이니 계속 알아보도록 해라. 그리고 오늘부터는 신력을 제어하는 연습에 들어가자."

그리고 현재, 봄의 끝자락, 이아나는 아직까지도 신력을 제대로 제어하지 못하고 있었다.

아삭.

이아나의 입술에서 벌건 사과가 베여 나갔다. 수돗가에 서 있는 그녀의 얼굴에는 피로감이 역력했다. 체력보충용으로 준비해 온 사과 한 알을 빠르게 해치운 이아나는 멀찍이서 휘청거리며 뛰어오는 헤레이스가 보이자 심만 남은 사과를 옆으로 휙 던졌다.

시선도 주지 않았는데 쓰레기통 중심에 심이 깨끗하게 떨어졌다. 한 학생이 휘파람을 불며 박수쳤다.

따뜻하기만 했던 훈풍은 습기를 머금었다. 후덥지근한 바람이 숨구멍을 한 번 틀어막곤 도망쳤다. 바람의 꼬리에 휘말린 붉은 머리카락이 허공에서 춤을 췄다. 불꽃이 너울지는 듯한 머리카락에 불특정 다수의 시선이 향하는 사이, 혜레이스는 이아나의 앞에 당도했다.

"헉, 흐컥……."

"허리."

소나기가 내리듯 얼굴에서 땀을 줄줄 흘리는 혜레이스에게 가혹한 지시가 떨어졌다. 그는 숨을 컥컥 들이마시면서도 반사적으로 바닥에 뒤통수를 대고 드러눕더니 정수리와 발바닥만 땅에 붙인 채 허리를 들어 올려 몸을 아치형으로 만들었다. 이아나는 의자가 된 혜레이스의 배 위에 무게를 힘껏 실어 앉았다.

"끄응!"

혜레이스는 안간힘을 다해 배에 힘을 주었지만 달리기로 지친 몸은 이아나의 무게를 견디지 못하고 무너졌다. 이아나는 혜레이스를 쿠션으로 삼았기에 충격을 받지 않았지만 배가 세게 짓눌려 위가 조인 혜레이스는 위액을 토하기 전에 제 입을 틀어막았다.

이아나가 혀를 차며 일어서자 그는 민망함에 얼굴을 붉히더니 재빠르게 몸을 일으켰다. 이아나가 따로 말하지 않았지만, 늘 그래 왔던 것처럼 벌로 팔굽혀펴기 백 번을 하기 시작했다.

이아나도 옆에서 팔굽혀펴기를 했다. 혜레이스와 함께 훈련을 하기로 한 이아나는 그의 벌칙까지 함께하는 연좌제를 실시했다.

"흡!"

혼자 단련을 했다면 간간이 쉬어 가며 했을 것이다. 하지만 이 아나가 옆에서 함께 훈련을 하자 헤레이스는 때문에라도 더욱 이를 악물고 훈련을 했다. 육체의 한계, 그 이상으로 정신력까지 모조리 쏟아붓는, 말 그대로 지옥 훈련이었다.

"10분 휴식."

"후아!"

휴식이라는 달콤한 단어가 들리자마자 헤레이스가 귀족 자제의 품위는 내던지고 흙바닥이 최고급 침대라도 되는 것처럼 널브러졌다. 가쁘게 호흡하는 그에게 동기들이 측은하다는, 혹은 끔찍하다는 시선을 보냈다.

이아나의 수련량은 검술학부 전체를 통틀어서 다섯 손가락 안에 들 정도로 막대하다. 아니, 고학년의 체면을 세워 주기 위해 그리 말하지만 사실 부동의 첫 번째였다. 그런데 검술학부에서도 비실비실한 편에 속하는 헤레이스가 1월 중순부터 이아나와 함께 수련하기 시작했다.

처음에 헤레이스는 이아나의 수련량을 반도 따라가지 못하고 토하기 일쑤였다. 기본 훈련인 달리기도 다 못 하고 토하던 그가, 달리기를 간신히 소화하고 다음 수련으로 넘어갔을 때는 위액을 쏟아 내는 건 물론이요 흰자위를 드러내며 기절까지 했다. 헤레이스가 토하는 걸 못 본 사람이 드물어서 토쟁이라는 불명예스러운 별명이 붙을 정도였다.

하지만 인간은 적응의 동물이고, 목표가 높을수록 더 많은 것을 이루는 정신적 동물이다. 함께해 주는 사람이 있다면 더 긴 시간을 버틸 수 있는 사회적 동물이기도 하다.

헤레이스는 이아나라는 롤모델을 옆에 두고 낭떠러지에 선 사람처럼 간신히 수련을 이어 나갔다. 하루도 빼먹지 않고 그러기를 어언 4개월, 5월 말을 달려가는 현재, 오늘처럼 토하지 않는 날도 가끔 생겨났다.

촤아아악!

이아나가 정신을 차리지 못하는 헤레이스의 머리에 차가운 물을 쏟아붓더니 옆에 쪼그리고 앉아 그의 굳은 종아리 근육을 주물러서 풀어 주었다.

"감사합니다아……."

처음에는 아무리 이아나라지만 여자가 제 몸을 만진다는 부끄러움에 어쩔 줄을 몰라 했다. 하지만 끔찍한 수련 끝에 주어진 달콤한 휴식과 시원한 마사지는 헤레이스를 천국으로 보내 버렸고, 감히 거부하지 못하게 만들었다. 이제는 그저 고마울 뿐이었다.

"죽었다고 복창해라."

데뷔식에서 아주 아리따웠던 이아나는 그렇게 말했었다.

'죽었습니다…….'

헤레이스는 지금껏 속으로 수십 수백 번을 죽었다고 중얼거렸다. 그는 중간중간 죽을지도 모른다는 생각을 몇 번이나 했다. 포기하고 싶다는 생각도 몇 번이나 했다. 너무 힘들어서 저 죽어요, 하고 속에서 앓는 소리를 끄집어냈을 때도 있었다.

하지만 이아나는 '그럼 포기할래?'라는 무심한 말로 그의 작은 반항을 죽여 놓았다. 옆에서 함께해 주는 그녀의 호의와 믿음을 배신하고 싶지 않았다.

또, 이제 고통스럽기만 한 건 아니었다. 심장. 마나 때문에 폭주해서 날뛰어 대는 심장의 비명이 아닌, 한계까지 몰아붙인 심장의 활기찬 고동이 유쾌했다. 목구멍을 타고 헐떡거리며 뱉어지는 숨소리가 기분 좋았다.

헤레이스는 나날이 뜨거워지는 볕이 눈꺼풀 위로 내려앉자 손으로 눈을 가렸다. 손으로 가로막힌 어둠 속에서, 그는 앞으로 곧게 쭉 뻗은 길을 보았다. 귀신에 홀린 사람의 기분이 이러할까. 아무리 손을 휘둘러도 잡히지 않던 마나를 놓았더니 헤매고 헤매어도 보이지 않던 검을 향한 길이 어렴풋하게 보이는 듯했다.

"늘 고맙습니다."

"고마우면 더 열심히 해."

"네. 이아나 양의 도움을 헛되이 않게 할게요."

이아나가 옆에서 헤레이스를 꼼꼼히 챙겨 주자 사람들의 시선이 조금 부럽다는 눈초리로 변했다.

"커헉."

"흐어억."

헤레이스의 옆으로 몇 명이 목 졸리는 소리와 함께 엎어졌다. 쯧, 하고 혀를 걷어찬 이아나는 수돗가에 마련된 양동이에 찬물을 받아 그들에게 휙 뿌려 주었다. 얼굴에 촤악 하고 찬물이 쏟아지자 넘어져 있던 이들이 우렁차게 소리쳤다.

"감사합니다, 선배님!"

이아나에게도 이제 1학년 후배가 생겼다. 그중에 간혹 그녀에게 수련을 따라가도 되겠냐고 부탁하는 후배들이 있었다. 이아나의 전년도 업적을 보고 투쟁심을 품은 건방진 놈들이나 그녀를 선망하는 이들이다. 알아서 수련을 따라오겠다면 딱히 신경 쓸 게 없었기에 이아나는 그러라 했다.

며칠, 몇 주, 몇 개월……. 포기하는 자들이 속출하고 이제 남은 것은 여덟인가, 아홉인가. 중간중간 건방진 후배들은 흠씬 두드려 패 주고 수련은 평소대로 수행하는 일상 속에서, 후배들은 이아나 앞에서 온순한 짐승이 되었다.

열일곱, 달콤하고 폭신폭신한 솜사탕 같은 연애와 귀를 간질이는 흥미로운 가십거리에 관심을 두는 나이다. 하지만 이아나만큼은 거기서 제외해야 할 성싶다.

기상, 수련, 식사, 학업, 취침. 남들 보기에는 참 재미없는 인생이다. 사교활동은 극도로 제한하고 좁은 인간관계를 형성한 채 검만 보며 살아가는 이아나는 정말 재미없는 사람이었다.

재미없기에 대단한 사람이다. 보통 사람은 절대 그러지 못하니까. 이아나의 근본 모를 강함의 발상지가 이제는 확실하게 알려졌다. 눈부신 재능, 재능을 뒷받침하는 노력, 재능과 노력을 즐기는 열정. 갖가지 악기들이 모여 아름다운 곡을 연주하듯, 이아나의 강함은 그녀의 모든 요소가 협연하여 이루어 낸 결과물이었다.

일에 집중하는 남자는 멋있어 보인다는 얘기가 있는데, 이는 남자에만 해당되는 사항이 아니라는 걸 그녀의 동기들은 누구보다 잘 알게 되었다. 누구든지 한 가지 일에 집중하는 사람은 멋지다. 예쁘기까지 하니 말 다 했다.

안면이 붉게 물든 몇몇 사내놈들의 시선이 이아나의 행동 하나하나를 따랐다. 드러누워 있는 헤레이스를 내려다보는 눈매, 흘러내린 붉은 머리를 귀 뒤로 쓸어 넘기는 손짓, 달라붙은 옷이 만들어 낸 굴곡. 그녀가 성장할수록 농염해지는 자태는 뭇 남정네들의 마음을 뿌듯하게 했다.

'분명 훗날 크게 될 사람이다.'

'어떻게 친해질 방법이 없을까?'

매력적인 외양에 대한 찬사는 접어 두고, 지난해 그녀의 업적도 업적이거니와 이번 건국제에서 슈나이더 왕자에게 로얄로즈와 드워프의 검을 하사받은 일이 장안에 파다하게 퍼졌다. 대마법사 둘과 친분이 있고, 차이판 후작과 애슐턴트 전 백작인 필리거 교수님의 총애까지 받는다. 백작의 서녀지만 백작의 인정을 받은 그녀의 출세는 정해져 있었다.

출세에 뜻을 둔 자들은 이아나와 인연을 맺고 싶어 했다. 그녀가 졸업하고 난 후에는 말 붙여 볼 여지가 없었다. 하지만 도무지 비집고 들어갈 틈이 보이질 않았다. 이아나는 초기에 친해진 사람들과만 어울렸으며 새로운 사람들과의 친목 도모에는 티끌만큼도 관심이 없었다. 그녀는 동아리에 들지 않았고, 교양도 듣지 않는다. 모든 지식은 전공수업과 책으로 쌓았으며 이해하기 어려운 부분은 교수를 찾아가서 해결했다.

그녀는 수십 장의 러브레터를 한 줄의 답변조차 없이 소각장에 내다 버렸다. 그 후에도 연서는 전해지자마자 버려지고, 직접 고백하는 이들은 단호하게 거절당했다.

누군가는 사람 마음을 쓰레기 취급한다며 그녀를 욕했지만 이아나는 콧방귀도 뀌지 않았다. 타인에게 바라는 게 없는 이상, 그녀는 전혀 아쉬울 게 없는 절대갑이었다. 그러자 사람들도 욕하는 데 지쳤다.

'부러운 인간.'

이아나의 친구인 헤레이스에게 쏟아지는 동정의 시선 속에는 부러움 또한 변명할 여지 없이 섞여 있었다.

"자, 자, 잘 부탁해요."

휴식 후에는 이아나와의 검술 대련이었다. 최근 들어 검게 탄 헤레이스의 얼굴이 하얘졌다.

"아악!"

이아나의 검이 진검이었다면 헤레이스는 몇 번이나 죽었을 것이다. 퍽퍽. 헤레이스는 퍽퍽이라는 의성어가 맞는 소리를 얼마나 훌륭하게 표현해 냈는지 두들겨 맞으면서 뼈저리게 깨달았다. 쏟아지는 검격은 빈틈을 자비 없이 노리고 들어가 헤레이스가 으악, 악, 아악, 하는 비명을 지르게 만들었다. 그는 이때까지 살면서 지르지 못한 모든 비명을 이아나와의 수련에서 질러 댔다.

하지만 몇 개월이 지나면서 그의 빈틈은 서서히 메워지고 있었다. 헤레이스는 깨닫지 못했지만, 이아나에게 맞지 않으려고 발악에 가깝게 검을 휘두르다 보니 엉성함이 자연스럽게 보완되었다. 또한 상급자와의 대련과 이아나의 조언은 적지 않은 깨달음을 가져다주었다. 폭력을 수반하며 극한까지 몰아붙이는 훈련으로 헤레이스는 비약적으로 성장하고 있었다.

그래도 아직 멀었다. 머리, 목, 어깨, 배, 허리, 다리…… 체력단련으로 인한 후유증에서 겨우 회생한 헤레이스가 멍투성이가 되어 다시 바닥에 널브러졌다.

"우웨에엑."

결국 오늘도 토하고 말았다. 검을 거둔 이아나는 수고했어, 라는 말과 함께 웩웩거리는 헤레이스의 옆에 물통을 놓아 주고는 그 자리를 떠났다.

"히야, 저 아가씨는 날이 갈수록 예뻐지네."

"날이 갈수록 무서워지고."

"요즘에는 더 날카로워진 것 같지?"

주변에서 들려오는 감탄 속에서 헤레이스는 생각했다.

'요즘 기분이 나쁘신 걸까……'

최근 들어 목검에 실린 힘이 무거운 돌처럼 느껴진다. 두들겨 맞은 온몸이 욱신거렸다.

뚜두둑.

이아나는 스트레칭을 하며 몸을 풀어 주었다. 그리고 눈을 살짝 감았다. 온 정신을 가다듬어 심상 속에서 칼로 고기에서 뼈를 바르듯 제 피부를 벗겨 내고, 근육을 벗겨 내고, 지방층을 벗겨 내고, 내장을 끄집어내고, 뼈를 뜯어냈다. 그리하여 몸에 심장과 혈맥만 남자 심장이 박동할 때마다 뿜어져 나온 신력이 피에 녹아들어 혈맥으로 쏟아져 내리는 게 선명하게 느껴졌다.

이아나는 신력을 손끝으로 유도했다. 그러자 신력은 유유히 길을 따라 흐르다 자석에 끌려가듯 손끝에 모여들었고 손가락에서 피가 퐁 하고 솟듯 뿜어져 나왔다.

위이이이이잉.

그러자 몸에 있어야 할 신력의 양이 부족해졌고 심장에서는 신력량을 유지하기 위해 벽 사이에 가두고 있던 신력을 심장 밖으로 강하게 뿜어냈다. 심장이 꽤나 욱신거리는 과정이라 이아나는 눈을 감고 몸이 정상으로 돌아올 때까지 정신을 가다듬었다.

"후우우."

그녀는 낮게 한숨을 내쉬며 손가락 끝에 모인 붉은 구체를 보았다. 대체 언제쯤 이것을 검기로 만들어 쓸 수 있을까? 꾸준히 노력하면 해결될 문제겠지만, 생각보다 오래 걸려서 자꾸 조급증이 생긴다.

이게 전부 다 마나 때문이다.

신력을 심장에서 뜯어내는 일은 엄청난 집중력을 요하지만, 몇 개월 동안 수련한 끝에 신력을 뜯어내 체외로 꺼내는 과정까지는 이제 숨 쉬듯 자연스럽게 할 수 있게 되었다. 문제는 그다음이었다. 콩알만 한 양의 신력만 꺼내도 마나가 배고픈 아귀 떼처럼 몰려들어 신력에 합세했다. 마나까지 더해진 신력은 너무나 거대한 힘이라 제어하기가 쉽지 않았다. 또 조금만 집중력이 흐트러져도 신력은 마나에게 붙잡혀 허공으로 흩어지려 하기 일쑤였다.

이놈의 마나는 신력만 꺼내면 지지리도 말을 안 듣는다. 평소에는 별 노력 없이 이리 와, 저리 가 하는 단순한 생각만으로도 개처럼 말을 잘 들었는데 신력을 제어할 때는 이게 통하질 않았다. 들러붙고, 들러붙고, 또 들러붙는 마나는 오싹할 정도로 집요했으며 고집스러웠다. 강하게 떨어지라는 의지를 발산하면 발을 질질 끄는 절름발이처럼 끈적끈적하게 떨어져 나가긴 하지만 영 찜찜한 것이다.

마나가 실체가 있는 생물이었다면 흠씬 두들겨 팼으리라. 이로써 이아나는 헤레이스의 마나의 저주가 대충 어떤 건지 실감할 수 있었다.

「누구를 심판할 텐가?」

갑자기 시야가 암전했다. 신력을 제어할 때마다 심장에서 흘러나오는 기묘한 충동. 이번에도 예외는 아니다.

무지한 상태로 신력을 제어하다가 심하게 다쳤던 그날처럼, 충동은 강한 파동이 되어 온몸으로 퍼져 나간다. 심장에 매달린 거대한 종을 두드린 양 머리까지 쩡 하니 울렸다.

하지만 처음부터 경계하고 있으면 충동 속에서도 어느 정도 정신을 차리고 있는 게 가능했다. 이제는 그 경계가 익숙해졌고.

여유가 생기자 궁금해졌다. 이 충동의 정체는 무엇일까? 혹시 '심판자' 로베르슈타인과 관련이 있는 걸까?

어쨌든 별로 응하고 싶진 않다. 뭔지도 모르는데 호기심으로 응했다가 돌이킬 수 없는 끔찍한 사태가 벌어질 수도 있었다. 제 몸의 안위도 안위거니와, 심판이라는 행위의 뉘앙스는 위험한 냄새를 폴폴 풍겼다.

충동을 거부하자 시야가 다시 밝아졌다. 이아나는 손가락에 끝의 붉은 신력을 몸 안으로 거둬들였다.

"읍."

이아나가 토할 듯한 표정을 지었다. 이아나는 신력을 몸 밖으로 끄집어내 제어하면 제어할수록 심장에 고이는 신력량이 늘어난다는 사실을, 최근에 깨달았다.

아무리 신력을 뽑아내려 해도 제어할 수 있는 신력의 최대치는 심장에 고여 있던 신력량으로 고정되어 있다. 하지만 심장에 고여 있는 신력의 양에는 항상성이 있는지, 심장의 벽 틈에서는 육체 외부로 빼낸 신력량만큼 신력이 흘러나와 다시 고였다. 그런데 이 상황에서 외부에 있던 신력을 다시 회수할 경우 육체 내의 신력량은 제어한 양만큼 늘어난다. 신력이 껍질 같은 벽으로 다시 들어가지 못하기 때문에 생긴 현상이었다. 즉 빵집에서 빵 하나를 구웠는데, 팔려서 또 하나를 구웠더니 반품을 받아 두 개가 된 격이랄까. 만든 빵을 다시 밀가루로 만들 수는 없는 법이고.

어쨌든 신력의 양이 늘어나면 심장이 증가량을 감당하기 힘든지 쿵쾅대며 뛰어 댄다. 온몸에서 뜨겁게 열이 나면서 몸이 터질 것 같은 기분이 들고, 머리가 깨질 듯이 아파 온다. 하지만 충분한 휴식을 취해 주면서 자연스럽게 신력이 온몸 곳곳을 돌아다니도록 내버려 두면 차차 몸이 그 양에 적응하면서 새로운 기준으로 인식했다. 즉, 신력은 자주자주, 한계까지 끄집어내 써 줄수록 쓸 수 있는 양이 늘어난다는 뜻이다.

처음에는 늘어나는 양이 너무 미미해서 몰랐는데 최근 들어 다룰 수 있는 양이 확연하게 불어나고 있음을 느끼고 이 사실들을 깨달았다. 그러나 이런 일에도 한계는 있을 것이다. 심장 벽 안에 있는 신력이 벽 밖으로 모두 나올 경우 더 이상의 증진은 없을 것이기 때문에.

그녀는 시간이 날 때마다 이렇게 신력을 끄집어냈다가 회수하는 수련을 했다. 하지만 심장 안에 얼마나 많은 신력이 뭉쳐 있는 건지, 기쁘면서도 끝이 보이질 않아서 암담했다.

잠시 벽에 기댄 채 몸을 추스른 그녀는, 몸이 대충 정상으로 돌아오자 천천히 걸음을 옮겼다.

이아나의 일과는 이렇다. 아침 일찍 일어나 스트레칭 후 악착같이 수련을 하다가, 점심시간에 동기들과 식사를 한다. 식사 후 또다시 긴 수련 후에 막바지에 아르하드와 대련을 한다. 저녁 식사 후에는 도서관에서 동기들과 공부를 하거나 책을 읽고, 검술을 연구하거나 아르하드에게 신력 제어법을 배웠다.

아르하드가 수련을 하지 못할 정도로 바쁠 때면 이아나는 그의 옆에서 일을 거들었다. 아르하드는 언제나 바빴지만, 심지어는 수업에 불참하고 일을 할 때도 있었다. 바빠서 이아나를 봐 주지 못할 때도 많았다.

결석한 아르하드의 일과가 궁금했던 이아나가 그를 졸졸 따라붙은 적이 있었다. 가면을 쓴 아르하드는 상류층 평민들이 거주하는 한 저택에 들어가자마자 서류가 산더미처럼 쌓인 책상에 앉더니 서류에 빠르게 도장을 찍어 댔다. 그가 벌여 놓은 일이 많다는 건 알았지만 상상 이상이었다.

그 방에서 아르하드를 돕는 보좌관들의 숫자는 셋으로, 그들은 데뷔식 때 고급 귀족 저택에서 만났던 중년 여인처럼 아르하드에게 순종하고 있었다.

"북부 우드럽 왕국에서 공을 세워 세마스티어 지역의 백작 작위를 받았어. 이들은 세마스티어의 주민들이다."

우드럽 왕국의 남동부에 위치한 세마스티어는 아르하드의 본진이었다. 우드럽 왕국은 이종족과의 혼혈 비율이 높은 국가인데, 이종족이 오지로 모습을 감춘 지금이야 이종족의 피가 많이 흐려져 인간과 다를 바 없었다. 하지만 잔인하게 핍박당한 선조들의 증오를 물려받은 그들은 아직까지도 그들을 압박하는 바하무트를 혐오했다. 그중에서도 세마스티어의 주민들은 바하무트에 대한 반발심이 아주 컸으며 대다수가 아르하드의 조력자였다.

"우드럽의 국민들은 제국을 증오하지만 한편으로는 두려워하기 때문에 선뜻 나서서 행동하지 못한다. 그래서 선두에서 이끌어 주니 너 나 할 것 없이 따르더군. 여기 있는 사람들은 내 심복들이다. 아주 똑똑하지."

"어떻게 심복으로 만드셨습니까?"

"가족이 평생 안락한 삶을 보장받는 대가로 비밀 서약을 했다. 그리고 내 부하는 다른 곳에도 아주 많아."

아르하드의 전체적인 세력이 궁금해진 이아나가 '혹시 저에게 당신의 다른 신분들과 지닌 세력들을 일러주실 수 있습니까?'라고 묻자 그는 며칠 후 그녀가 궁금해하는 모든 것이 담긴 서류를 거리낌 없이 건네주었다.

일을 하는 아르하드의 옆에서 서류를 차분히 모두 읽어 본 이아나는 기가 질렸다. 세상에 존재하는 모든 국가에 제 대리자를 내세운 귀족 작위가 있는 건 물론이요, 각국의 귀족들과 공적인 사업 관계 혹은 우호적, 적대적 관계를 맺으며 그 국가의 정사에 개입하고 있었다.

아르하드가 소유한 영토를 다 합치면 그 넓이가 한 국가 못지 않았다. 그의 놀라운 사업수완과 투자계획 끝에 영토에서 쏟아져 나오는 식량과 자원은 그대로 다시 영지에 재투자되었고, 이는 영지민의 마음을 얻음과 동시에 인재를 키우는 데 소모되었다.

남부 대륙에서는 국가 간, 혹은 영주 간에 전쟁이 빈번하게 일어난다. 아르하드는 대리인에게 전쟁을 일으킬 것을 명하고, 대리인의 수하로 나서서는 공부한 병법서를 토대로 전쟁지역에서 전쟁 경험을 톡톡히 쌓았다. 그의 부유한 영토에 침을 흘린 다른 영주들이 침범하는 일도 많았지만 아르하드가 나서서 병사들을 지휘하면 아주 쉽게 끝났다.

영지민은 영지를 훌륭하게 다스리는 주인을 존경했으며 기꺼이 세금을 냈다. 튼튼한 치안으로 보호받자 영지민들은 피폐한 삶 대신 얻은 풍족한 삶 속에서 경애하는 영주에게 아름답게 꽃피운 문화를 바쳤다. 그리고 그 주인들은 아르하드에게 복종했다. 죄다 아르하드의 소유였다.

뿐만 아니라 유명한 상단은 물론, 블랙폭시의 정보상만큼은 못하지만 알짜배기로 소문난 정보길드까지 소유한 아르하드는 유령처럼 모든 곳에 존재하고 있었다.

"괜찮다면 방학이나 시간 나는 날에 내가 소유한 영지들을 구경시켜 주지."

아르하드를 지켜보면서, 이아나는 그가 정말 뛰어난 사람이라는 걸 알았다. 무표정한 얼굴을 한 채 빠른 손놀림으로 서류에 도장을 찍는 그의 머리구조가 어떻게 되어 있는지 들여다보고 싶을 정도였다. 이 많은 일을 하는 게 싫지 않느냐는 물음에 그는 이렇게 답했다.

"나는 심심한 게 싫어. 새로운 지식에 대한 욕망도 아주 크고. 그래서 지식과 경험을 쌓을 수 있는 일을 하고 있는 건 꽤 재밌다. 그리고 황제가 되겠다는 뚜렷한 목표도 있으니……."

아르하드는 어려서부터 차근차근 토대를 닦고 있었다. 자신을 노리는 바하무트 제국 황실을 제거하고 황좌에 앉기 위해, 그리고 세상을 뒤엎기 위해 안정적인 자금줄을 마련하고, 제 사람을 하나둘 만들었다.

"저희는 주인님을 존경합니다."

세마스티어의 보좌관들과 이야기를 나누어 본 결과, 가족을 위해 아르하드와 함께 일하던 그들은 뛰어난 능력을 보이는 그에게 감복하여 진실한 충성을 바치는 충복이 되어 있었으며, 그를 따르는 것에 보람을 느끼고 있었다.

그런 사람들은 저택의 보좌관뿐만 아니었다. 아르하드는 텔레포트를 이용해 자주 장소를 옮겨 다니며 업무를 보았는데, 모두 다른 보좌관들이었다. 하지만 그들은 앵무새처럼 저택의 보좌관들과 같은 말을 했다.

아르하드는 아랫것들에게 다정한 주군은 되지 못했다. 하지만 절대적인 충성을 바치는 이들에게는 부족함을 느낄 새도 없이 후하게 대해 줄 줄 알았다. 또한 제가 선택한 이들에게 믿음을 주며 일을 맡겼다. 탄복한 부하들은 기꺼이 그의 심복이 되었다.

이아나는 아르하드에 관한 서류를 읽으면 읽을수록, 그를 존경하는 사람들을 만나면 만날수록 딱 한 가지 생각밖에 들지 않았다.

'이 정도면 바하무트의 황좌를 찬탈할 게 아니라 새로운 국가를 세워도 문제없을 듯한데.'

바하무트와 블랙폭시는 선보다는 악에 가깝다. 바하무트는 타국가에 잔인했으며 죽지 않은 패배자들은 모조리 노예로 삼아서 부렸다. 세상에 바하무트를 증오하는 이들은 많았고 바하무트에 쌓인 문제는 많았다. 차라리 새로운 왕국을 세워 자신만의 새로운 나라를 건국하는 게 더 보람차지 않을까. 바하무트 귀족들을 귀찮게 포섭할 필요도 없었다. 서류만 대충 읽어 봐도 아르하드를 보좌할 관료들과 군사들은 충분해 보였다.

하지만 바하무트는 유일무이하게 다른 왕국의 압박을 무시하고 스스로를 제국이라 칭하는 국가다. 그 황좌는 차지할 만한 가치가 충분했다. 또한 세계를 정복하기 위해서는 바하무트의 막대한 군권을 손에 넣는 게 좋았다. 아직 바하무트 제국에 직접 가 보지 않은 상태에서 함부로 국가를 재단할 수도 없다.

어쨌든 아르하드는 아주 바쁜 사람이었다. 검술 수련부터 시작해 폭넓은 분야의 공부, 그리고 세계 곳곳에서 밀려드는 업무까지 보는 그가 남부 대륙 상행 때 제게 얼마나 편의를 봐주었는지 이아나는 알 것 같았다. 바빠서 먼저 가야 했는데도 절박하지도 않은 제 부탁 한마디에 모든 일을 뒤로하고 따라와 주었다. 그리고 요즘에도 제가 찾아오면 하고 있던 일을 바로 손에서 놓고 일부러 느긋한 티타임을 가졌다.

이아나는 아르하드가 일부러 제 일정을 망가트리면서 저와 시간을 가지려 한다는 사실에 심장이 조이는 기분을 느꼈다.

한편으로는 아르하드가 검술 수련에 제 모든 시간을 쏟아붓지 못하는데도 계속해서 무승부를 기록하고 있다는 사실에 오기가 생겼다. 이아나는 간단한 서류 정리에서부터 내용 정리까지 시간이 날 때마다 그를 돕겠다고 나섰다. 아르하드는 아주 기뻐했다.

이아나는 기사이므로 그의 무력만 되어 주면 그만이었다. 하지만 이아나는 아르하드를 더 알고 싶다는 생각에 자의적으로 나서서 그가 가진 모든 것에 대해 열심히 암기했다. 거기서 더 나아가 그가 보유한 지역의 특산물과 지형 등등을 공부하면서 개인 노트에 메모하는 열의까지 보였다. 아르하드는 그런 이아나를 흘깃 쳐다보면서 아주 만족스럽게 웃었다.

시간이 흐를수록 이아나는 아르하드에게 점점 더 가까워졌다. 그녀는 그의 생활 속에 녹아들고 있었다.

저벅저벅.

이아나는 하인리히의 마탑에 들어서서 지하로 끝없이 이어지는 돌계단을 한 걸음 한 걸음 내려갔다.

"왔나?"

마탑의 지하수련장에서는 아르하드가 그녀를 기다리고 있었다. 이아나가 오기 전까지 단련을 하고 있던 아르하드는 몸을 일으켰다. 옆쪽의 탁상 위에 놓여 있던 컵에 주전자에서 물을 따라 마셨다. 아르하드의 목울대가 위아래로 움직이는 걸 가만히 쳐다보고 있던 이아나는 피식 웃었다.

"당신이 스승인데 늘 먼저 와서 기다리고 계시네요. 반성하겠습니다."

"기다리는 것도 꽤 즐거우니 괜찮아."

아르하드가 흐트러진 옷매무새를 다듬은 후 다가왔다. 이아나는 입가에 옅은 미소를 띠고 있는 그를 물끄러미 쳐다보았다. 그는 언제나 기분이 좋아 보인다. 요즘 모든 일이 술술 잘 풀리는 모양이었다.

"오늘은 중간점검을 하고 본격적으로 신력 제어 수련에 들어가자. 아직도 심장에 있는 신력의 양이 파악 안 돼?"

"음…… 대충은 알겠지만 정확히는."

이아나는 이 문제 때문에 고민스러웠다. 제 심장의 문제는 신성시대의 신들과 관련 있는 게 확실했다. 그래서 아르하드에게 신에 대해 말해야 할지, 말아야 할지 갈피를 잡을 수 없었다. 한 번 말하기 시작하면 제 모든 것을 말해야 한다. 그녀의 어미 르보니와 얽힌 문제부터 어쩌면 머나먼 과거, 신성시대의 일까지.

이아나는 최근 들어서야 아르하드와 저와의 관계에 주종 외에 또 다른 관계가 하나 더 있다는 사실을 깨달았다. 고대 악마의 영혼을 가진 아르하드와, 악마를 죽인 신의 영혼을 가진 그녀는 기이한 인연으로 얽혀 있었다.

"사랑해."

"……하지만 난 너무 지쳤어."

아르하드가 오크의 생명을 갈취하는 장면을 보며 떠오른 이상한 기억.

"약속을 어겨서 미안해."

아릿했던 심장. 심장을 통째로 집어삼킨 죄책감과 자괴감. 물을 퍼 올리듯 눈물을 쏟아 냈던 기억.

"어째서……."

왜냐고 묻는 누군가의 슬픔이 지금도 눈에 선했다. 이아나는 그 누군가가 악마인 게 분명하다고 생각했다. 이 사실이 아르하드와 제게 어떤 영향을 미칠지 알 수 없었던 그녀는 말하기를 주저했다.

"알았다. 그 부분은 계속 연구하고, 제어 부분에선 어때?"

"신력을 외부로 내보내는 것까진 쉽습니다만, 그다음이 문제입니다. 마나가 신력에 딱 달라붙어서 떨어지려 하질 않아요. 제 통제를 벗어나서 신력을 허공으로 흩어 버리려고 합니다."

"……마나가 네 말을 안 듣는단 말이지?"

아르하드가 입에 손을 댄 채 잠시 고민하더니 이내 손을 떼고 멀뚱하니 저를 쳐다보고 있는 이아나를 마주 보았다. 그러더니 답을 찾아낸 듯 짧게 웃음을 터뜨렸다.

"악마가 가사 상태에 있기 때문에 마나는 본능만 남아 있는 무의식 상태로 떠돌아다닌다. 매혹적인 신력에 광적으로 집착하고 들러붙으려 하지. 하지만 마나가 네 말을 들어주지 않는 건 다른 이유 때문일 거다. 그것도 아주 단순한 이유."

"네? 무슨?"

이아나가 흥미를 보이며 눈을 빛냈지만 아르하드는 어쩔 수 없다는 듯 웃으며 어깨를 으쓱일 뿐이었다.

"글쎄. 네가 계속 답을 찾지 못하면 알려 주겠지만, 이건 직접 깨닫는 게 좋을 것 같다. 나중에 네가 어떤 마음가짐으로 대할 때 마나가 제일 말을 잘 듣는지 관찰해 봐. 기한이 없는 과제다."

이아나가 알쏭달쏭한 표정으로 고개를 끄덕이자 아르하드가 검지와 중지를 펼쳐 보였다.

"네가 신력과 함께 마나까지 제어할 수 있다고 가정할 때, 택할 수 있는 신력 제어법은 두 가지다. 마나를 떼어 내고 순수한 신력만을 제어하든가, 순도는 떨어지겠지만 마나까지 수용해서 거대해진 힘을 다루든가. 너는 이 두 가지를 모두 배워야 해."

"아직 제 실력이 마나까지 수용하는 건 무리입니다. 전자의 방법도 어렵긴 마찬가지고……."

"첫 번째 방법은 내가 도와줄 수 있다. 신력을 꺼내 봐."

이아나는 순순히 신력을 손가락 끝에 모아서 끄집어냈다. 불꽃처럼 활활 타오르는 신력을 중심으로 마나의 바람이 불기 시작했다. 이아나가 아르하드를 보았다.

바람에 검은 머리카락이 슬쩍 휘날리는가 싶었다. 금안에 기묘한 빛이 어림과 동시에 아르하드가 손을 들어 올렸다. 손가락을 까딱하자 마나가 신력에서 냉큼 떨어지더니 그의 주변을 휘감아 올렸다. 이제 이아나에게는 그녀의 신력밖에 남아 있지 않았다. 이아나는 그 모습에 허탈함과 약간의 배신감을 느꼈다.

"이제 마나가 방해하지 않을 거다. 네가 뽑아낼 수 있는 최대치의 신력을 뽑아내."

"아……."

최대치. 현재 신력의 반의반만 제어해도 후폭풍이 장난이 아닌데 죄다 꺼내면 어찌될까. 이아나는 뒷감당이 되지 않을 것 같아서 주저했다. 아르하드의 앞에서 고통에 허덕이는 모습을 보이고 싶지 않았다. 그렇다고 해서 신성시대의 이야기를 하고 안 된다고 말하는 것도 싫었다. 찝찝했고, 또 무능력해 보였다.

"왜 그러지? 무슨 문제 있나?"

갈피를 잡을 수 없었던 이아나는 아르하드가 걱정하는 모습을 보이자 눈 딱 감고 일을 저질러 버렸다. 맨 처음에 혼자 신력을 제어했을 때도 신력을 모조리 뽑아냈지만 죽지는 않았다. 물론 그때는 허공으로 날려 버려 몸 안의 신력량에는 변화가 없었지만…… 아무튼 죽지는 않을 거라고 이아나는 믿었다. 앞에서 고통을 내색하지 않으면 되리라.

화아아아악!

이아나의 온몸에서 붉은 신력이 타올랐다. 그녀가 여태껏 수련을 통해 심장 내부에서 꺼낸 신력의 양은 꽤 많았고 그녀의 몸 전체를 집어삼키고도 남았다. 아르하드도 놀랐다.

"……정령들이 천수를 누리고도 남는다더니. 정말 많군. 좋아. 이제 검기를 만들어 보자. 방법은 마나로 검기를 만들 때와 같다. 네가 원하는 만큼 응축시키고 길이를 조절하는 거다."

이아나는 대답할 수가 없었다. 심장에서 폭포수처럼 신력이 쏟아져 나왔기 때문이다. 그 기세가 너무 강해서 입을 벌렸다가는 피든, 위액이든, 장기든 모조리 토해 낼 것 같았다. 하지만 내색하지는 않고 간신히 정신을 가다듬은 후, 검을 뽑아 들어 검날에 신력을 흘려보냈다.

우우우우웅…….

온전히 제 힘이라 그런지 신력으로 검기를 만들어 내는 건 마나로 검기를 형성할 때와 똑같다 못해 더 쉬웠다. 게다가 신력으로 만들어 낸 검기에서는 마나보다 더 밀도 있고 강력한 느낌이 뿜어져 나왔다. 신력이 마나보다 강한 힘이라던 아르하드의 말을 이아나는 실감하고 있었다.

아르하드가 박수를 쳤다.

"마나만 방해하지 않으면 신력 제어 수련은 할 필요도 없겠어. 하지만 컨트롤이 아직은 어색할 테니 올해까지는 주기적으로 수련을 하도록 하자. 이제 집어넣어도 된다."

이아나가 긴장했다. 심장의 막을 경계로 한 신력의 흐름이 방금 전에 끝나 겨우 몸을 추스른 상태였다. 그리고 신력은 이미 외부에 있는 신력량만큼 심장을 채우고 있었다. 그리고 다시 회수해야 할 외부의 신력량은 엄청났기에 아무렇지도 않은 척할 수 있을 리가 없었다.

걱정하지 말았으면 좋겠지만, 걱정하지 않을 리가 없다.

'그냥 말할걸.'

왜 이제야 깨달았을까. 신성시대의 이야기와 심장에 대한 문제는 아르하드와의 진정한 미래를 생각한다면 언젠가는 반드시 말해야 하는 사항이다. 그런데 괜히 찜찜해서 미루다가……. 이아나는 스스로를 책망했다.

"아르하드."

"응?"

"문제가 있습니다. 제가 좀…… 생각 없이 일을 저지른 듯해서 놀라시기 전에 미리 말씀드리겠습니다."

문제라는 말에 훈기로 살짝 불그스름하던 아르하드의 표정이 순식간에 딱딱해졌다. 그는 망설이는 이아나의 팔을 붙잡았다.

"무슨 문제? 절대 숨기지 마."

"당신은 심장에 신력이 안개처럼 뭉쳐 있다고 말씀하셨죠."

"그래."

"혹시 그 안개 같은 신력이 밖으로 나가지 못하도록 어떤 벽 같은 것에 가로막혀 있습니까?"

"아니? 그냥 심장이 붙잡혀 있는 거다. 그래, 마치 기름 먹인 동그란 천 뭉치에 붙은 불처럼. 벽이라 할 건 없는데……."

"오래전부터 알고 있던 바지만…… 제 심장은 타인과 다릅니다."

"어떤 면에서?"

"제 신력은 심장에 뭉쳐 있다기보다는 막혀 있습니다."

"막혀 있다고?"

"예전에 정령에게도 들은 적 있습니다. 심장이 신력을 붙잡고 있다기보다는 심장 주변에 어떤 막이 있고, 그 막이 신력이 심장에서 벗어나지 못하도록 막고 있는 것 같다고. 그리고 그 막에서는 신력이 조금씩 새어 나오는데…… 그 신력은 그제야 심장에 붙잡히듯 심장 밖에 고이고, 제가 쓸 수 있는 신력은 그것뿐입니다. 막 안의 신력은 쓰지 못해요."

아르하드는 이아나의 말에 미간을 좁혔다.

"그런 게 있었나……? 이상한데……."

"뭐가 이상합니까?"

"……아니, 혼잣말이었어. 그래서?"

이아나는 일단 신성시대의 이야기는 빼고 현재 상황을 설명했다. 당연하게도 아르하드의 표정이 딱딱하게 굳었다.

"이아나. 잘못한 건 네가 더 잘 알고 있지. 내가 네 실수를 즐겁게 여긴다지만 실수도 실수 나름이다. 너의 안위와 관련되는 실수는 절대 용납 못 해."

"네, 잘못했습니다."

이아나가 그녀답지 않게 풀이 죽어 있자 아르하드가 딱딱해진 얼굴을 풀고 걱정스러운 표정을 지었다.

"이렇게 된 이상 어쩔 수 없다. 조금씩 회수하는 수밖에. 정신 똑바로 차리고 시작해."

"읍……."

신력을 회수하기 시작하자 심장도 터지기 직전의 폭탄처럼 난동을 부리기 시작했다. 심장이 이리저리 날뛰어 대며 온 장기를 건드리고 갈비뼈에 부딪혔다. 피가 거꾸로 솟는 것 같고, 누가 온몸의 피를 끓이고 있는 것 같았다. 손등을 이마에 대자 뜨거운 열기가 느껴졌다. 머리가 깨질 듯이 아팠다. 하지만 정신을 놓지 않고 몸이 증가한 신력의 양에 적응할 때마다 신력을 아주 천천히 심장으로 보냈다.

아르하드는 비틀거리는 이아나를 붙잡아 소파에 앉혀 주었다. 상태를 지켜보다가 그녀의 안색이 급격히 창백해지고 신력 회수 속도가 빨라진다 싶으면 마나를 움직여 신력의 움직임을 방해해 속도를 조절해 주었다. 그렇게 몇 시간이 지나고…… 이아나가 소파에 축 늘어졌다.

"하아아……."

독감에 걸린 병자처럼 얼굴은 새빨갰고, 땀은 몸을 흥건하게 적시고 있었다. 아주 지친 것처럼 보이지만 위기는 넘긴 듯했다. 아르하드는 소파 옆에 앉아 그녀의 얼굴에서 줄줄 흐르는 땀을 찬물에 적신 수건으로 닦아 내며 잔소리를 했다.

"바보야? 사정을 설명하고 안 하면 될 것을. 너 설마 평소에도 이런 짓을 한 거냐?"

"평상시에는 이런 짓을 한 적 없습니다. 감당할 수 있을 만큼만 제어해서 조금씩 늘리고 있었으니까. 그보다 말씀드려야 할 게 있는데, 제 심장에 이것 말고도 문제가 있습니다. 신력을 다룰 때마다 자꾸 이상한 충동이 듭니다."

이아나가 깨질 것 같은 머리를 꾹꾹 짓누르며 주절거렸다. 온몸이 아프고 피곤해서 바로 자고 싶었지만 이왕 입이 트인 김에 죄다 말해 버리는 게 마음이 편할 것 같았다.

"누구를 심판하겠냐는."

이아나는 신력을 다룰 때마다 심장 속에서 퍼져 나가던 단호한 울림을 떠올렸다. 누구를 심판하겠냐는 그 울림은 신력을 다루려 할 때마다 제 심장에서 잔파도처럼 잔잔히 퍼져 나왔다. 함부로 대답하거나 지목해서는 안 될 듯하여 늘 입을 다물었지만 그 울림은 항상 그녀를 충동질하곤 했다.

"과연."

아르하드가 탁자에 놓여 있던 컵에 물을 따랐다.

"그 목소리에 절대로 응하면 안 된다. 그건 어떤 종류의 '이능'이지만, 네 심장은 절대 버티지 못할 거고 일이 잘못되면 바로 즉사다. 절대로 관심을 가지지 마. 무시해."

"이게 뭐죠?"

아르하드는 대답하지 않았다. 하지만 이아나는 그가 대답하지 않아도 어느 순간부터 그것의 정체를, 정령들이 제게 해 주었던 이야기들 속에서 어렴풋이 찾아낼 수 있었다. 아르하드를 마주하고 있던 이아나의 붉은 입술이 열렸다.

"권능인가요?"

물을 마시려던 아르하드의 몸이 멈칫했다. 그의 반응에 이아나는 제 추측이 맞았음을 알았다.

"정령들이 말해 준 건가?"

"정령도 정령이지만……."

이아나는 머뭇거리다가 말했다.

"믿으실 수 있을지는 모르겠습니다만, 제 어머니가 자신이 신성 시대에서 라오스 외에 살아남은 신이라고 말하더군요. 그녀가 제 일 먼저 말해 주었습니다."

그 말을 하고 이아나는 아르하드의 눈치를 살폈다. 정신 나간 계집 취급하는 표정은 아니다. 그저 깊은 생각에 잠긴 듯, 입술을 컵에 댄 채 물을 홀짝거리고 있었다.

"그리고 아르하드. 아마도 제가, 먼 과거에 악마를 죽인 신과 관련이 있는 것 같습니다."

물을 들이키던 아르하드의 목울대가 정지했다.

"……악마를 죽인 신?"

이아나는 거기서부터 누구에게도 말하지 못했던 제 이야기들을 하나둘 풀어놓았다.

"어머니는 그 신의 신력을 보유한 채 봉인당해 있다가 약 이십 년 전쯤에 풀려났고, 오 년 후에 제 아버지를 만났습니다. 그녀는 로베르슈타인 일족의 피에서 그 신의 기운이 느껴졌다고 말했어 요. 그리고…… 둘의 피가 섞인 저는, 어떤 연결고리든 간에 그 신과 관련이 있습니다."

이아나는 말을 하면서도 아르하드의 눈치를 살폈다.

"그래서 저는 제 몸에 대해 알고 싶습니다. 그 신이 누구였는지 알 권리가 있으며, 이용할 권리가 있어요. 제 얘기가 믿기지 않으실지도 모르지만……."

"악마가 존재하는데 신이 존재할 수도 있지."

피곤에 찌든 데다 긴장해서 초췌하던 이아나의 얼굴이 조금 환해졌다. 저 혼자 끌어안고 있던 일을 누군가에게 말하자 짐이 덜어지는 기분이었다.

"하지만 이아나."

아르하드가 질질 끌리는 목소리로 말했다.

"악마를 죽인 신이라니? 그걸 어떻게 알아낸 거지? 네 어머니가 말씀하셨나?"

"그건 아닙니다. 당신이니까 말씀드리는 겁니다만, 남부 대륙으로 상행을 갔을 때, 그러니까 당신이 이상한 모습을 보이며 몬스터의 심장을 터뜨렸을 때, 저는 환상을 보았습니다."

이아나는 아직도 생생하기만 한 기억을 더듬었다.

"누군가가 제 앞에 있고 그 사람은…… 손에 쿵쿵 뛰는 무언가를 손에 쥐고 있고, 저는 그 사람에게 소리를 지르고 있었습니다. 아주 생생한 환상, 아니 기억이었습니다."

이아나는 유물을 마주했을 때의 환상 또한 말할지 말지 고민했다. 하지만 이왕 이렇게 된 것, 결국 말했다.

"그리고 드워프들의 성지에는 그 신의 유물이 있었습니다. 그리고 저는 거기서 또다시 환상을 보았습니다. 저는 누군가를 죽이고 있었습니다. 누군가의 심장을, 검으로 찌르고 있었……."

파창!

아르하드의 손에서 잔이 깨져 나갔다. 잠이 확 깬 이아나가 놀라서 아르하드의 손을 보았다.

"무슨⋯⋯."

아르하드가 상처가 난 손을 내려다보았다.

"잔에 금이 가 있었나 보다."

붉은 선혈이 손의 굴곡을 타고 흘러내렸다. 이아나가 누워 있을 때가 아니다 싶어 몸을 일으키려는데 아르하드가 다치지 않은 다른 손으로 그녀의 어깨를 눌러 다시 눕혔다. 이아나의 얼굴을 닦아 주던 수건으로 상처를 지혈하면서 천천히 말했다.

"나는 악마의 파편 덕분에 신성시대의 전말을 조금 알아."

이아나가 무어라 말하려 했지만 아르하드가 그녀의 입을 틀어막듯 먼저 침잠한 목소리로 말했다.

"하지만 그 시대는 알아서 좋을 게 하나 없어."

그의 얼굴이 어쩐지 슬퍼 보여서 이아나는 듣고만 있었다.

"나는 네가 신력 그 이상으로 신성시대의 일들에는 관심을 가질 필요가 없다고 생각한다. 우리에게 필요한 신성시대의 지식은 악마의 파편 회수, 신력 제어법, 그게 다잖아."

"하지만 저는 듣고 싶습니다."

"⋯⋯신성시대를 알게 되면 너는 분명."

아르하드는 머뭇거리다가 말했다.

"나를 혐오하게 될 거야."

"제가 당신을요?"

이아나가 바로 부정했다.

"그럴 리가 없습니다. 그저 옛날이야기가 아닙니까? 그게 어떻게 지금의 우리에게 영향을 줄 수 있습니까?"

"세계의 흐름은 연속적이다. 반드시 평형을 이루고 있고, 어떤 일이든 반드시 인과관계가 있어. 즉 네가 신성시대의 지식을 얻은 일이 원인이 되어 어떤 결과를 가져올 거라는 거다."

이아나는 말문이 막혔다. 그저 먼 과거의, 이제는 현세에 어떤 영향도 미칠 수 없는 머나먼 옛날이야기가 뭐라고? 하지만 농담으로 치부하기엔 그가 너무 진지했다.

"보편적인 원인이면 결과를 예측할 수도 있지만, 선례가 없던 신과 관련된 일이니 우리는 예측하는 게 불가능해. 하지만 나는 부정적인 결과를 예상한다. 너에게 악마를 죽인 신이 있다면, 나에게는…… 그 신을 증오하는 악마가 있으니까."

증오. 이아나는 그 두 음절의 단어에 모든 말을 잊었다.

"난 네가 지금의 우리와, 우리의 일에만 집중했으면 좋겠어."

마주하고 있는 아르하드의 표정이 기이할 정도로 절박해 보였다. 아르하드가 손을 천천히 내렸다. 그녀의 얼굴 위로 헝클어져 있는 붉은 머리카락을 조심스레 쓸어 넘겼다. 그는 조금만 충격을 줘도 깨지는 세공품을 앞둔 사람 같았다. 그러나 한순간에, 틀어 쥐었다.

"나는 지금의 네가 마음에 든다."

이아나의 시선이 제 머리카락을 붙잡은 아르하드의 손으로 향했다. 그의 손은 머리카락을 미끄러지듯 매만지며 들어 올렸다. 이아나의 시선 또한 그 손을 따라갔다. 손가락은 끝에 닿자 천천히 그 끝을 들어 올렸다. 머리카락 끝을 메마른 입가에 가져갔다.

"……아주, 정말 마음에 들어."

아르하드의 입술이 이아나의 머리카락에 닿았다. 눈을 감고 있던 그가 눈꺼풀을 들어 올려 눈을 마주쳤다. 이아나를 품은 금안이 붉게 물든 채로 어둑하게 빛났다.

그 순간 이아나의 목이 뻣뻣하게 굳었다. 뭔가 이상하다. 뭔지는 모르겠지만 지금까지와는 다른 뭔가가 아르하드에게 있었다. 입술의 열기는 시선이 담은 기이한 광기에 감염되고, 감염된 열기는 찌릿하게 온몸을 뒤덮는다. 이질적인 감정과의 직접적인 마주침에 심장박동이 본래의 박자를 잃었다.

"그래서 네가 여기서 변하지 않았으면 좋겠다."

아르하드가 천천히 머리카락을 놓았다. 이아나는 의문스러운 괴리감을 외면하며 옆으로 뒤척여 그의 시선을 피했다.

로베르슈타인을 증오하는 악마. 갑자기 그 점이 숨 막히게 다가왔다. 그래서 아르하드에게 신성시대의 이야기를 하지 않을 거라고 다짐했다. 자신은 신성시대의 비밀을 알아도 절대 이 마음이 변하지 않을 거라고 확신하지만, 그가 말한 인과율의 법칙이 정말로 존재한다면.

'아르하드가 변할지도 몰라.'

이아나는 입술을 앙다물었다. 잇새로 씹힌 입술이 파르르 떨렸다. 꼴불견이다. 이아나는 손등으로 제 눈을 가렸다. 이렇게 누군가의 언행 하나하나에 기분이 왔다 갔다 하는 건 제가 아니었다. 누군가에게 버림받기 싫어하는 것도 분명 제가 아니었다. 그럼, 이곳에 있는 자신은 누구인가?

부정할 수 없게도, 현실은 이곳에 있다.

구질구질하게 구는 지금보다 과거에 독불장군처럼 굴 때가 더 편했다. 하지만 그 시절로 돌아가고 싶진 않았다.

아르하드의 큰 손이 그녀의 머리에 툭 놓였다. 그가 쓰다듬어주는 손에서 전해지는 온기에 급격히 피로가 몰려왔다.

"저는 변하지 않아요. 그런 옛날이야기 때문에 제가 변할 리가 없습니다. 당신은 변할까요?"

"절대."

아르하드의 단호한 대답에 이아나는 마음이 조금 놓였다.

"저도 마찬가지입니다. 그러니 우리와 상관없는 그런 이야기 때문에 겁먹을 필요가 없다고 생각합니다……라고 말하며 평소의 저라면 당신을 몰아붙였겠지만, 앞으로 당신과 이 주제로 대화를 나누지 않으려 합니다. 저는 당신 때문에…… 변해 버렸어요."

머리를 다정하게 쓰다듬어 주던 손길이 멎었다.

"오늘 바보 같은 짓을 저지른 건, 당신이 걱정하는 모습을 보기 싫었기 때문입니다. 걱정할 게 뻔해서 괜찮은 척 가장할 생각이었어요. 또 당신은 제가 무능해도 된다고 했지만 저는 당신 앞에서는 누구보다 유능해지고 싶습니다. 왜냐면, 잘 보이고 싶으니까."

"……."

"누구에게도 하지 않은 이야기를 한 것도 당신이기 때문입니다. 하지만 당신과의 관계가 흐트러질지도 모르는 주제라면 더 이상은…… 아…… 해야 할 얘기가 더 있는데……."

이아나의 말이 두서없이 주절주절, 끊어질 듯 이어졌다. 이 상태로는 정상적인 대화를 이어 갈 수 없었다. 아르하드가 이아나의 눈두덩을 한 손으로 덮었다.

"일단 한숨 자."

아르하드의 손을 통해 온기가 전해졌다. 이아나는 맥없이 잠에 빠졌다. 숨소리가 일정해지자 그는 이아나의 눈 위에 얹은 손을 천천히 떼어 냈다. 이아나의 얼굴이 한눈에 들어왔다. 호선으로 뻗은 속눈썹과 날렵한 선의 코. 살짝 벌려진 달뜬 입술. 그리고 더운 숨과 함께 흘러나오던 어여쁜 말들.

아르하드는 흔들어도 깨어나지 않을 듯 깊은 잠에 든 이아나를 물끄러미 쳐다보았다.

무방비하구나.

잔인하게도.

손을 들어 그녀의 뺨을 감싸고, 붉은 입술을 엄지로 매만지던 아르하드가 온기에 놀라 손을 떼었다. 그는 애써 시선을 돌렸다. 한 발자국만 더 내딛었다간, 이 이상 더 욕심을 냈다간 돌이킬 수 없을 것 같아서 그는 얇은 담요를 가져와 그녀의 몸 위에 덮어 준 후 옆에 앉아 눈을 감았다.

황금의 악마 로이긴은 붉은 신 로베르슈타인을 절절하게 사랑했다. 모든 것을 잊은 아르하드는 모든 것을 잊은 이아나를 운명처럼 또다시 미치도록 사랑했다.

그래서 이아나가, 정확히 말하자면 로베르슈타인의 영혼인 이아나가 악마를 혐오하고 죽인 기억을 되찾는 걸 바라지 않았다. 이아나는 이아나로 충분했다.

이제 로베르슈타인은 필요 없다.

이아나가 사랑을 혐오한다면 사랑받지 않아도 된다. 그는 지금으로도 만족할 수 있었다. 이대로 시간이 멈췄으면 좋겠다, 싶을 정도로 좋았다.

그래서 그의 안에 도사린 시계는 멈춰 있었다.

—수련 편 終

19. 블랙폭시 편(1)

19. 블랙폭시 편(1)

블랙폭시는 세상천지에 둘도 없는 악의 조직이다.

그들의 역사는 로안느 왕국의 서부에 위치하여 중앙 대륙과 남부 대륙까지 이어지는 시디얀 왕국에서부터 시작된다. 시디얀 왕국은 도적들의 우두머리였던 시디얀이 스스로를 왕으로 칭하며 세운 나라로, 말만 왕국이지 무법지대에 가까웠다. 마약, 도박, 노예, 성매매, 강탈, 암살…… 이 모든 범죄가 허용되어 범법자들에게는 천국에 가까운 지역이었다.

시디얀 왕국에서 먼 옛날 조용히 출범한 블랙폭시는 서서히 세를 불리기 시작해 시디얀 왕국을 통째로 먹어치웠다. 시디얀 왕실은 필사적으로 저항했지만, 땅에서 솟아났는지 하늘에서 떨어졌는지 연고지 없이 갑자기 출현한 블랙폭시의 강력한 조직원들은 어른이 아이 치우듯 왕족들을 잔인하게 베어 죽였다.

그 결과, 시디얀 왕국의 왕좌는 블랙폭시의 간부들이 대대로 물려받았으며 시디얀 왕국은 그들의 손 위에서 놀아났다. 하지만 블랙폭시는 시디얀에 만족하지 못하고 타 왕국에도 손을 뻗기 시작했고 왕국들은 블랙폭시의 침투를 막지 못했다.

블랙폭시가 물 만난 고기처럼 퍼덕거릴 수 있었던 이유는 그들이 나타난 시기가 전 대륙적으로 피바람이 몰아치는 전쟁의 시대였기 때문이다. 왕국은 조금이라도 넓은 영토를 차지하고자 날붙이를 서로에게 겨누었고, 사람들은 피폐한 삶을 견디지 못하고 퇴폐적인 오락거리를 찾았다. 이러한 시류를 탄 블랙폭시는 온갖 범죄에 손을 대서 천문학적인 돈을 끌어모았다. 그에 따라 조직원도 기하급수적으로 늘어났다. 각 왕국에서 블랙폭시의 존재를 알아차렸을 때는 이미 전 국가에 고기에 양념이 배듯 아주 자연스럽게 스며든 이후였다.

로안느 왕국은 블랙폭시가 잡초처럼 번지는 것을 막기 위해 시디얀 왕국과 대륙이 연결되는 지역을 침탈하여 시디얀을 고립시켰다. 하지만 시디얀은 블랙폭시의 출범지, 그 이상도 그 이하도 아니었으며 남부 대륙의 왕국 중 하나는 비밀리에 블랙폭시의 수중에 떨어져 그들의 근거지가 된 지 오래였다. 대륙에 퍼진 블랙폭시는 이미 무시할 수 있는 세력이 아니었다.

블랙폭시는 공개적으로 손대기는 꺼려지나 짭짤한 수익을 얻는 사업을 취급하여 지하경제를 지배했고 암묵적으로 그들과 결탁한 귀족들은 그들의 배를 불려 주었다. 권력까지 등에 업은 블랙폭시의 악행은 날이 갈수록 심해졌다. 피해자들은 보복에 또다시 잔인한 복수가 이어져 함부로 보복할 생각을 하지 못했으며, 귀족들은 보이기 식으로만 대충 단속할 뿐 근본적으로 해결하지 않았다. 사람들은 똥이 더러워서 피하지 무서워서 피하냐며 애써 고개를 수그리고 체념했다.

증오와 공포가 공존하는 악의 조직.

1510년, 그런 블랙폭시를 적대하며 들고 일어난 조직이 카마트로스였다.

카마트로스는 블랙폭시에 비해 소수정예라고는 하나 조직원 수가 몇 백에 이른다. 카마트로스는 무인, 마법사, 상인, 귀족 등 여러 방면에서 블랙폭시에 타격을 줄 수 있는 자들을 영입했으며, 전 조직원이 블랙폭시를 혐오하여 블랙폭시 한정으로 한없이 과격한 폭력 조직이었다.

그들은 블랙폭시 아지트를 습격하여 남자고 여자고 할 것 없이 벌레 죽이듯 무자비하게 도륙하였다. 블랙폭시 조직원 입장에서는 무척 두려운 단체였다. 특히 카마트로스의 주인. 최종 보스인 그가 앞에 서 있을 때면 블랙폭시는 솔개의 발톱에 채인 여린 새끼 짐승처럼 옴짝달싹하지 못했다. 아무것도 그려지지 않은 허연 가면 구멍 안에서 번갯불처럼 번뜩이는 노오란 눈알은 블랙폭시 조직원에게 공포를 심었다. 아무리 대단해도 같은 사람일진대 독이 섞인 침을 뚝뚝 흘리는 거대 몬스터를 마주한 것처럼 오금이 저려 오는 이유가 무엇인지 알 수 없었다.

그의 신분은 전 국가에 귀족부터 천민까지 수십 개가 넘으며, 누구도 카마트로스 보스가 어떤 사람인지 알지 못한다. 전 대륙에 그의 자금이 닿지 않은 곳이 없지만, 그 자금줄이 모두 그에게 귀결된다는 것을 아는 사람도 없다. 그는 카마트로스 외에도 수십 개의 무력단체를 보유하고 있으며, 독자적인 정보상을 꾸려 정보를 틀어쥐고 있다. 유령처럼 존재하며 전 세계를 움켜쥐고 있는 그는, 학술원에서만 진짜 이름으로 활동했다. 장차 이아나의 왕이 될 아르하드가 바로 그 카마트로스의 주인이었다.

"사, 살려 주세."

목숨 구걸이 끝나기도 전에 이아나는 검으로 적의 목을 단숨에 날렸다. 일직선으로 그어진 상흔에서 튀어 오른 뜨거운 피가 하얀 가면에 비바람처럼 점점이 묻었다.

검날이 몰캉한 살점에 파묻히고 단단한 뼈를 긁는 감각은 전장에서의 몹시 익숙한 감각이다. 상대에게 상해를 입히면 안 되는 연습 대련은 무기에 익숙해지기 위한 연습일 뿐이다. 무기가 가장 빛을 발하는 곳은 실전이었다. 적을 베어 가르는 잔혹함이 검을 포함한 무기의 본질이었다.

검을 들고 적을 마주하고 있는 이상, 이곳은 자비심을 가져서는 안 될 전장이다. 살해는 남발하면 안 될 잔악한 지배의 도구이나, 전장에서는 승리를 위한 필수적인 악이다. 오히려 어설픈 자비와 동정이 불필요한 미덕이었다. 하물며 블랙폭시를 처리하는 데에 망설임은 멍청한 감정이다.

철컹!

주변에 검은 로브에 하얀 가면을 쓴 카마트로스들만이 서 있자 이아나는 검집에 검을 집어넣었다. 낮에도 빛이 들어오지 않는 음습한 골목은 밤이라서 그런지 더욱 어둡다. 검은 로브가 사신의 것처럼 스륵스륵 끌리는 땅바닥에는 블랙폭시 폭도들의 시신들이 즐비했다.

전 대륙에 세력을 넓히는 과정에서 숫자만 기하급수적으로 늘어나다 보니 블랙폭시의 폭력배들은 질적으로 떨어졌다. 몇 번 상대해 본 결과 검기를 쓸 필요도 없었다. 케이거스 드미트리의 키메라들이 종종 보였지만, 아르하드가 그를 죽이고 악마의 파편을 탈취한 이후 케이거스의 피로 강화된 키메라들은 마법에 속수무책이었다.

카마트로스가 쇠 비린내에 익숙해질수록 블랙폭시의 세력은 빠르게 줄어 갔다.

"해산!"

일이 끝나자 카마트로스들은 유령처럼 해산했고, 기다리고 있던 카마트로스의 시체처리반이 나서서 시체들을 수습했다. 시신들은 야산에 묻히거나 불태워질 예정이었다.

이아나도 어둠 속에 녹아든 후 빠르게 가면과 로브를 벗어 메고 있던 가방에 집어넣었다. 그리고 먼저 자리를 뜬 후 약속장소에서 그녀를 기다리고 있던 아르하드와 합류했다. 그들은 방금 전 해도 피바람을 만들어 냈던 장본인들답지 않게 밤공기가 묵직하게 내려앉은 거리를 여유롭게 걸었다. 아르하드는 대견하다는 듯 이아나의 어깨를 두들겼다.

"실력이 늘었어."

이아나가 픽 웃었다.

"하루 종일 수련을 하는 데다 매주 실전을 겪는데 실력이 늘지 않을 리가 없죠. 당신도 마찬가지잖습니까?"

이아나의 실력이 향상되면 아르하드의 실력도 향상된다. 그래서 두 사람의 대련은 1학년 2학기 이후 매일매일 한 시간씩 이루어졌지만 여전히 승패를 가리지 못하고 있었다. 그들의 승패는 한 시간 안에 목에 검을 겨누는 것으로 가리기로 했는데 이아나도, 아르하드도 절대 그것을 허용하지 않았다.

끝나지 않는 승부에 지긋지긋할 만도 한데 이아나도, 아르하드도 즐겁기만 했다. 대련은 그들에게 유쾌함을 선사함과 동시에 더욱 높은 경지로 그들을 이끌어 가고 있었다.

"그런데 션은?"

"중요한 일이 있어서 오늘은 불참."

아르하드의 파트너로 언제나 그와 붙어 다녔던 션이 오늘은 없었다.

"아마 오늘 이후, 싸움이 힘들어질 거다. 희생자가 많을 텐데 네 실력이 빠르게 느는 건 아주 좋은 현상이야. 조직에 도움을 많이 주길 바라."

"싸움이 힘들어진다는 건 션의 중요한 일과 관련이 있습니까?"

"그래. 블랙폭시는 바하무트 황실 산하의 비밀조직. 오늘 황실이 블랙폭시의 간부들을 소환했다."

범국가적 범죄조직, 우는 아이도 그 이름만 들으면 울음을 그친다는 블랙폭시. 그 뒤에는 누구도 상상하지 못할 배후가 도사리고 있었다.

1514년, 따뜻한 봄을 지나 여름을 향해 달려가는 무렵이었다. 마침내, 대륙에서 가장 고귀하고도 드높은 자리를 차지한 바하무트 황실이 비천한 블랙폭시의 세 수장을 제국으로 소환했다.

회색빛 벽돌이 넓은 바닥과 높은 천장으로 펼쳐진다. 죄다 직

선으로 건축된 검은 공간에서 일직선으로 깔리는 레드 카펫은 압도적이었다. 입구에서부터 펼쳐진 레드 카펫은 층층이 쌓아 올린 높은 단 위에 위치한 거대한 권좌에서 끝이 났다. 권좌의 양옆으로는 뱀이 꼬여 만들어진 듯 사이한 형태의 횃대에서 시뻘건 불이 활활 불타올랐다.

권좌에는 한 여자가 앉아 있었다. 많이 쳐줘 봐야 30대 초반인 여자에게서 감히 범접할 수 없는 지배자의 기세가 풍겼다.

"공물의 양이 지속적으로 줄어들고 있다."

검은색과 붉은색의 실크 소재로 제작된 엠파이어 드레스는 여자의 마르되 풍만한 몸매를 온전히 드러냈다. 흑색의 공단처럼 길고 매끄러운 머리카락을 틀어 올린 블루다이아몬드 핀이 여자의 성정처럼 차갑게 빛났다. 여자가 오만한 눈초리로 아래를 쏘아보았다.

"어찌 된 일인지 하나도 빠짐없이 고하라."

서릿발 같은 음성이 그녀의 발아래에 머리를 조아리고 있는 세 사람에게 비수처럼 들이닥쳤다. 텔레포트로 로안느에서 단숨에 바하무트로 날아온 그들은 상태가 좋지 않았지만 눈앞의 여인에게 감히 그런 상태를 내색할 수 없었다.

샤일린스 바하무트.

바하무트 황가의 위압적인 황후는 이제 마흔을 넘어 쉰을 바라보는 나이임에도 언제나 고고하고 아름다웠으며, 외모에 적절한 세월이 더해져 보기 좋게 영근 꽃 같았다. 바하무트 황실의 일원들은 잘 늙지 않았다. 주름이 생기더라도 도자기의 흠에 흙을 다시 채워 넣듯 쉽사리 메워졌다. 평범한 사람들과 다르게 죽을 때까지 젊기만 한 외양은 미지의 공포를 불러일으킨다.

쉬이익…….

샤일린스의 하얀 피부를 타고 거대한 뱀이 스멀스멀 기어오르더니 그녀의 발밑에 조아리고 있는 세 사람을 내려다보며 세모난 머리를 뻣뻣하게 굳혔다. 제 독니로 깨물어 꿀떡 삼키고 싶다는 듯 맹독을 뚝뚝 흘리자 바닥에서 연기가 피어올랐다. 가장 오른쪽에 있던 브루스가 창백한 안색으로 이마를 딱딱한 바닥에 있는 힘을 다해 찧었다.

"주인님께 보고할 사항이 아니라 여겼습니다. 죽여 주십시오."

"내가 겨우 네놈들의 목숨을 거두고자 이곳으로 불렀겠느냐? 내가 원하는 건 목숨을 바치겠다는 쓸데없는 소리가 아니다. 에이지, 네가 말해 보아라."

샤일린스의 노기 어린 명령에 에이지가 잠기는 목을 가다듬고는 침착하게 말했다.

"근 육 년, 어떤 낌새도 없이 창단된 카마트로스라는 단체가 저희와 대립하고 있습니다. 저희를 상대할 정도의 자금과 인력이 어디서 나오는지 추적한 결과 요 근래 최고의 부를 이룬 로안느 왕실, 그중에서도 슈나이더 레제 로안느 왕자가 카마트로스를 지원하고 있었습니다. 왕자의 목적은 블랙폭시를 몰아내고 민심을 얻기 위함으로 판단됩니다. 현재 바하무트에서 파견된 무력은 전 대륙에 퍼져 있어 송구스럽게도 조직원들만으로는 카마트로스를 상대하기 어렵습니다."

"그 꼴 보기 싫은 은색 놈들이 목줄을 풀어 주었더니 아주 기고만장하는군. 그 끝이 멸망의 길인지도 모르고. 루리아로 통하는 자금은 여전히 우리가 모조리 틀어쥐고 있겠지, 페인?"

브루스와 에이지의 중간에서 무릎을 꿇고 머리를 조아리고 있던 페인이 샤일린스의 질문에 확고한 목소리로 대답했다.

"예. 그 여자는 저희가 후원을 끊으면 끈 떨어진 연 신세나 다름없는 처지입니다. 더불어 제가 따로 로안느 귀족들을 압박할 수 있는 약점을 모두 확보해 놓았습니다."

샤일린스가 냉소를 입가에 머금으며 불특정 다수를 비웃었다.

"멍청한 놈들. 블랙폭시가 바하무트의 것인지도 모르고 천둥벌거숭이처럼 치부를 드러내는 꼴이라니."

블랙폭시는 바하무트의 건국과 함께 탄생한 조직이다. 초대 황제의 애완 생물이었던 까만 여우 수인족이 블랙폭시의 초대 보스로, 충성스러운 여우는 황제에게 남부 대륙에서 세력을 만들라는 명령을 받고 남하했다.

황제는 충성스러운 여우가 활동하는 데 부족함이 없도록 막대한 무력과 재정을 지원했다. 꾀가 많은 책사 타입의 여우는 황제의 전폭적인 지원을 기반으로 시디얀 왕국에서 단숨에 세력을 키웠다. 그 후, 남부 대륙의 모든 범죄를 통합하여 금과 식량을 쓸어 모았고, 받았던 지원의 곱절만큼을 바하무트로 보냈다. 그것이 블랙폭시의 시초였다.

"루리아의 아들이 왕이 된다면 볼 만하겠군. 그런데 저번 해에 케이거스가 너희에게 갔다고 들었다. 케이거스는 무얼 하고 있지? 그가 그곳으로 갔는데도 해결이 되지 않는다는 말이냐?"

페인이 곤란한 표정을 지었다.

"그것이…… 연락이 닿지 않습니다. 그분이 워낙 연락이 끊긴 적이 많았고 키메라가 멀쩡해서 대수롭지 않게 여겼으나, 마지막으로 연락이 닿은 지 몇 개월, 이제는 좌시하면 안 될 듯하여 말씀드립니다. 주인님, 그분이 약을 마셔야 할 시기가 지났으며, 그분의 변종 키메라에 마법이 통합니다."

"그 말인즉……"

샤일린스의 눈썹이 비탈을 그리며 올라갔다.

"죽었다고 판단됩니다."

그녀의 가느다란 손가락이 의자의 팔걸이를 톡, 톡 두들겼다.

"파편을 가진 케이거스가 죽었다? 게다가 골방에 틀어박혀 키메라를 부릴 뿐 밖으로 잘 나오지도 않는 놈이? 믿기질 않는군."

샤일린스가 팔걸이에 받치고 있던 손을 들어 올렸다. 그녀의 블루다이아몬드 반지에 마나를 주입하자 다이아몬드가 서서히 붉은빛으로 변하더니 걸걸한 노인의 목소리가 반지에서 튀어나왔다.

[전하, 부르셨습니까.]

반지는 통신 마법이 걸린 아티팩트였다. 샤일린스는 반지에 대고 불쾌하게 말했다.

"위프헤이머. 최근에도 케이거스와 연락을 하느냐?"

[놈이 독자적인 연구를 한답시고 뛰쳐나간 이후로 연락을 해 본 적이 거의 없습니다만, 지금 바로 시도해 보겠습니다.]

잠시 후, 위프헤이머가 반지 너머로 말했다.

[응답이 없습니다.]

"놈이 배신을 할 수 있는 여지가 있느냐."

[얼마든지 있지요. 힘에 취한 자들은 제 위에 누군가가 있는 걸 싫어하니까요. 또, 바하무트는 마법 연구에 최적의 환경을 제공합니다만, 언제 파편을 빼앗길지 모른다는 공포도 줍니다. 하지만 케이거스가 배신했을 리는

없습니다. 약도 약이고, 그렇게 간이 크지 않으니까요.]

"케이거스의 키메라의 마나 방해 능력이 사라졌다는 보고가 올라왔다."

[죽었군요.]

위프헤이머가 껄껄 웃는 소리가 반지로 울려 퍼졌다. 샤일린스가 미간을 좁혔다.

"이상한 일이군. 대마법사의 반열에 들어간 케이거스가 죽는다? 혹 주변에 파편 수혜자가 있는 게 아니냐? 카마트로스라든가."

"판단이 어렵습니다. 카마트로스가 습격한 곳에서 살아남은 조직원이 전무하며, 놈들에게 접근하기 불가능합니다. 하지만 정확한 정보를 모아 보고를 올리도록 노력해 보겠습니다."

"바쁜 시기에 귀찮은 놈들이군. 그룬데왈스 기사단을 보내겠다."

셋의 몸이 움찔했다. 그룬데왈스. 무려 황궁 20기사단 중 중상위권에 드는 기사단이었다. 말이 중상위권이지 다른 왕국의 근위 기사단만큼 강했으며, 실력과는 별개로 그들을 파견하는 것은 이례적일 정도로 파격적인 지원이었다.

왜인가 하니, 그룬데왈스는 황실의 명령만 받으며, 더러운 일의 뒤처리를 도맡아 해서 바하무트의 청소부라고 불리는 기사단이었다. 즉, 어떤 더러운 명령도 망설임 없이 수행하는 고급 인력이라는 소리다.

"흑마녀 마르가리타도 보내겠다. 이들로 로안느의 수도를 뒤집어 놔도 좋다. 루리아와 그 아들을 이용하는 것도 허락하겠다. 다만, 더 이상 카마트로스라는 잡것들에 휘둘려서는 안 될 것이다."

"명심하겠습니다."

"내 세대는 준비하는 세대다."

샤일린스의 단호한 목소리가 그들의 귀를 천둥처럼 울렸다.

"내 사랑하는 자식들의 세대에서 세상을 뒤엎는다. 테일런과 이사벨라를 지원하는 데 한 치의 부족함도 없어야 한다."

"여부가 있겠습니까."

"좋다. 케이거스 또한 당했을지도 모르는 이상, 너희들을 책하지 않겠다. 돌아가서 대기하라."

"자비로우신 전하를 경배하나이다."

페인과 브루스가 먼저 돌아가고, 에이지는 샤일린스가 따로 말하지 않았지만 순종적인 시종처럼 그녀를 따라갔다. 샤일린스는 제 방의 문을 벌컥 열었다. 방금 전 그들이 있었던 장소의 흑암과는 상반되는 하얀 대리석으로 건축된 방이었다.

부드러운 곡선의 아르누보 문양이 새겨진 벽과 천장, 그리고 최고의 전문가가 인테리어를 도맡은 방은 방 전체가 예술품이라 해도 과언이 아니었다. 하지만 에이지의 눈길이 닿은 곳은 그런 것들이 아니었다.

창밖에서 지는 태양이 만들어 낸 태양이 방 안을 붉게 물들였다. 창문 너머로 보이는 벌건 태양을 눈에 담은 에이지의 눈동자가 잠시 흔들렸다. 하지만 이내 회피하듯 그의 눈동자는 샤일린스의 뒷모습을 향했다. 샤일린스는 진한 웃음을 지으며 소파에 털썩 앉아 다리를 꼬았다.

"오랜만이구나, 에이지."

"예, 주인님."

에이지의 푸른 청안이 열기를 머금었다.

"언제나 주인님이 그리웠습니다."

"그래? 자아, 상을 주마. 에이지, 핥아라."

샤일린스가 그에게 제 발을 내밀었다. 그녀의 발밑에 네 발 짐 승처럼 엎드려 뾰족한 구두코에 제 입술을 한 번 마주 댄 에이지 는 그녀의 구두를 조심스레 벗겨 냈다. 드러난 하얀 발을 세상에 서 가장 비싼 보석이라도 된다는 양 소중하게 감싸 쥐었다. 그녀 의 발등이 연인의 입술보다 더 달콤하다는 것처럼 황홀한 표정으 로 핥았다. 사랑스럽다는 듯 빨고 입을 맞추었다.

샤일린스는 짜릿한 쾌감에 에이지의 정수리를 내려다보다가 허 리를 숙여 그의 머리카락을 휘어잡아 올렸다. 맑게 빛나는 푸른 눈동자에 저만을 담는 에이지를 거만하게 내려다보며 입꼬리를 끌어 올렸다.

"에이지, 네가 살아남은 게 내 덕이라는 걸 잊지 않았겠지?"

"물론입니다, 주인님. 반역자들의 피 웅덩이에서 전하의 아름다 운 손으로 손수 건져 살려 주신 은혜, 뼈에 새기고 있습니다. 저 의 목숨은 주인님의 것입니다."

"그래. 자아, 나를 즐겁게 해 주렴."

"영광입니다."

그 말에 몸을 일으킨 에이지는 웃으며 샤일린스의 얼굴을 받친 채 목덜미에 입을 맞추었다. 그녀의 옷을 벗기며 천천히 입술을 아래로 가져갔다. 풍만한 가슴을 베어 물고, 신음을 흘리는 그녀 의 등을 천천히 쓰다듬었다.

샤일린스의 드레스 자락을 밀어 올리며 고개를 든 에이지가 그 녀의 머리카락을 움켜쥐어 뒤로 젖히며 거칠게 입을 맞추었다.

가슴을 틀어쥐고 그녀의 허리를 휘게 만들었다.

샤일린스의 가느다란 손이 에이지의 옷자락을 들추었다. 옷으로 감추어진 그의 등은 늘씬하면서도 잔근육의 실루엣이 비추어 몹시 보기 좋은 청년의 몸이었다. 하지만 드러난 표면은 그렇지 않았다. 그의 등은 온통 채찍으로 갈겨진 흉터와 화상 자국으로 가득했다.

"……."

몇 시간 후, 샤일린스의 방에서 나온 에이지는 제 입술을 손등으로 닦아 냈다. 에이지는 발걸음을 빠르게 옮겼다. 황궁에서도 가장 먼 곳에 위치한 화장실로 간 그는 거울에 비친 제 얼굴을 보았다. 몇 번이나 입을 헹구다 구역질을 이기지 못하고 창백한 얼굴로 토해 냈다.

"후우우……."

그의 표정에서 참을 수 없는 분노와 증오, 자괴감이 덕지덕지하게 묻어났다.

"안녕, 이아나 양!"

에이지는 며칠간 병으로 결석하더니, 다시 학술원에 오자마자 손을 힘차게 들어 올려 이아나에게 인사했다. 이아나는 그의 얼굴을 살폈다. 에이지가 왜 그렇게 보냐는 듯 싱글벙글 웃었다.

"안색이 창백한데."

"응? 연약한 미소년이라고?"

"개소리를 하는 것 보니 정상인 것 같기도 하고."

"우하핫!"

에이지가 신나게 웃음을 터뜨렸다. 방금 전까지만 해도 시체처럼 죽은 낯으로 인사하던 인간이 아주 즐겁게 웃자 이아나가 어리둥절한 얼굴을 했다. 곧, 에이지가 조울증 환자처럼 웃음을 입에서 지우더니 땅이 꺼져라 한숨을 푸욱 내쉬었다.

"역시 이아나 양이야. 별로 들키고 싶지 않았는데. 나 힘들어 보이지? 아아…… 지친다, 정말. 진짜 짜증나."

"무엇이?"

"그냥 전부 다 짜증나! 다 때려치우고 여행이나 떠나고 싶어! 아니다, 콱 세상이 다 뭉개졌으면 좋겠다! 세계 멸망!"

다시 발랄하게 웃으며 내뱉는 말은 신랄했다. 이아나가 쳐다보고 있자 에이지의 어깨가 또다시 축 늘어졌다. 걸음을 멈춰 선 그는 벽에 머리를 쿵 하고 박았다.

"내 인생은 왜 이따위지? 그아아아!"

"……."

"미안."

에이지는 이아나에게 투정을 부리고 있는 저를 깨닫고 사과했다. 사정을 말해 주지도 못하는 주제에 나 힘들다고, 힘든 것 좀 알아 달라고 징징대고 있었다.

대체 이아나가 뭐라고. 아무리 어른스러워도 아직 열일곱 살밖에 되지 않은 조그마한 여자애인데.

이게 다 귀신같이 기분을 알아채는 이아나 때문이라고 에이지가 속으로 투덜거렸다.

"코가 삐뚤어질 때까지 술이나 마실까?"

"응?"

투덜거리고 있는 와중에 귀에 꽂힌 말에 에이지가 반문했다.

"만취하면 이깟 세상 뭉개져 보일지도 모르지."

에이지는 그녀의 말에 담긴 배려를 느꼈다. 예전에도 그랬듯, 무슨 사정인지도 모르고 해결해 주지도 못하지만 그냥 옆에 있어 주겠다는 뜻이었다. 궁금하지만 스스로 말할 때까지 얌전히 기다리겠다는.

"꽤 마음에 드는 누군가가 숨기고 싶어 하는 건 모르는 척해 주는 것도 하나의 미덕이라 생각한다. 나중에 그 사람의 비밀을 알더라도 그게 내게 해를 끼치지만 않는다면 별 상관없겠지. 그리고 비밀이 내게 위험이 된다 하더라도, 그 순간의 그 사람이 나의 완전한 아군이라면 나는 그 위험을 받아들인다."

에이지는 현재 양옆이 낭떠러지인 외길을 걷고 있다. 조금이라도 잘못하면 굴러떨어질. 하지만 그 길을 모두 걷더라도 제게 무엇이 남는지 모를. 그리고 그 길은 오로지 그만이 걸을 수 있었고 떨어진다 해도 죽는 사람은 그 혼자였다.

에이지는 헤퍼 보이지만 날카롭게 벼려진 이성과 휘몰아치는 감정 사이에서 줄다리기를 하고 있었으며, 모든 사람을 경계하고 있었다. 첩자는 보통 정신머리로 할 수 있는 일이 아니고, 복수를 꿈꾸는 에이지는 더더욱 그랬다.

에이지는 자신의 끝이 어떨지 예상되지 않았다.

복수를 빼고 나면 내게 무엇이 남지? 너무 지쳐서, 맥이 풀려서 스스로 낭떠러지에 굴러 버릴지도 모르지.

"이아나 양, 나 이아나 양이랑 친한 걸까?"

"새삼스러운 말을 하는군."

"이아나 양한테 아군인 걸까?"

"……아군이고 적군이고 언제까지 그 말을 우려먹을 거지?"

"나 그때 감동 받았단 말이야. 이아나 양, 나 막 절벽 낭떠러지에서 떨어지려 하면 좀 붙잡아 줄래?"

"당연히 붙잡는다. 그런데 그게 장난이면 끌어 올린 후에 패 버릴 거야."

"내가 똥통에 처박혀 있어도 건져 줄래?"

이아나가 떨떠름한 표정을 지었다.

"……그건 좀 고민해 볼 문제지만…… 위험하면 구해 줘야지."

"나 이아나 양 부하 할까? 그럼 이아나 양 아군이겠지?"

"헛소리 좀 그만하시지. 당신이 부하라고 생각하니 징그럽다. 그리고 그놈의 아군 소리 좀 그만해."

"이아나 양이 먼저 말했으면서. 왜, 이제 와서 좀 민망해? 하긴 좀 심하게 멋이 들어간 말이긴 했지?"

"조용히 해. 자꾸 뻔한 소리도 하지 말고."

"뻔한 소리?"

"내가 싫어하는 인간 말을 이렇게 계속 받아 줄 것 같나? 난 당신을 친한 친구로 여기고 있으니까 더 이상 말하지 마."

그렇게 말하는 이아나의 귓가가 조금 빨갰다.

"당신이 날 배신하지만 않는다면, 난 당신이 무슨 짓을 하든 당신 편이다."

에이지는 콧등이 시큰했다. 이아나는 이해해 줄지도 몰랐다. 자신이 어떤 인생을 살아왔는지 전부 다 알고도 계속.

그는 언제나 거짓된 가벼움으로 위장한다. 제 비밀을 누구한테 털어놓는단 말인가? 제 비밀을 감당할 수 있을까? 꺼림칙해하며 멀리할 게 분명한데. 아니, 그전에 제 엄청난 비밀들을 털어놓을 수도 없었다. 아르하드가 그나마 모든 이야기를 할 수 있는 유일한 사람이었지만, 그는 대체 무슨 생각을 하는지 알 수 없고, 타인에게는 관심도 없는 무신경한 인간이었다.

그런데 이제는 이아나가 있었다. 그녀는 이제 뜻을 함께하는 동료였으며 웬만한 일에는 눈도 꿈쩍 안 하는 여자였다. 이아나가 제 비밀을 듣고도 지금의 태도와 전혀 변함이 없으리라는 건 이때까지의 그녀를 지켜봐 본 에이지가 제일 잘 알았다.

에이지는 이아나에게 사제에게 고해성사를 하는 죄인처럼 모든 걸 털어놓고 싶은 충동이 들었다. 자신을 그대로 받아들여 주는 사람이 있다면 구원을 받은 기분일 것 같았다.

기회가 있으면 말해 버려야지. 뭐 어떤가, 그 대단한 아르하드도 들켜서 이 여자에게 질질 끌려다니는 마당에. 기분이 좋아진 에이지가 실실 웃었다.

"이아나 양, 한 번만 안겨 봐도 돼?"

"마시지도 않았는데 취했나? 당신 좋다는 계집애들 가슴에나 머리 박아."

"너무해잉."

에이지는 축 처진 시늉을 한 번 했지만 이내 이아나가 손을 들어 등을 툭툭 두들겨 주자 낄낄거리며 웃었다. 이아나는 우습다. 말로는 쳐 내는 주제에 이 상냥한 손은 뭐냔 말이다. 이런 귀여운 여자가 제 편이라고 생각하니 든든했다. 그녀의 강함과는 관계없이 심적으로 그랬다. 이아나는 흔들림 없이 단단해서 기대고 싶은 사람이었다.

에이지는 이아나에게 무슨 일이 있으면 제가 무슨 짓을 저질러서라도 막아 주기로 결심했다. 물론 그전에 그녀에게 미치다 못해 환장해 있는 아르하드가 해결하겠지만 그도 잘할 수 없는 일들이 있었다. 정보 조작이라든가, 정보 차단이라든가. 그것은 어렸을 적부터 정보를 다루며 살아온 '블랙폭시 정보상의 보스'인 자신의 특기였다.

"흐흐."

에이지가 장난스럽게 주먹으로 이아나의 머리 위를 통통 튀겼다. 이아나가 인상을 찌푸렸다.

"오늘 정말 이상한데……."

조금 뾰로통한 표정으로 손을 치워 내는 이아나를 보며 에이지는 히죽거리며 웃었다. 이 빛만큼은 지키고 싶다. 이아나는 늘 살얼음판을 걷고 있는 에이지에게 있어 솔직하게 마음을 내보일 수 있는, 곁에만 있어도 든든해지는 유일한 사람이었다.

이아나는 오늘따라 정말 이상해 보이는 에이지를 흘기고는 앞을 보며 걸었다.

여름은 다가오고 날은 무더워져만 간다. 태양은 따가운 빛을 장대비처럼 지상에 퍼부어 열기를 뿌려 댔다. 하루 일과를 마친 후, 책을 보존하기 위해 냉방 마법으로 늘 서늘한 온도를 유지하는 도서관에 들어서서야 숨통이 트였다. 이아나는 늘 같은 자리에 앉았고, 이제 암묵적으로 그녀의 자리로 정해진 도서관의

한 모퉁이로 향했다. 그곳에서는 언제나처럼 미래 바하무트의 재상, 리키젠이 책과 종이뭉치에 코를 박고 있었다.

이아나는 한결 편안해진 숨을 내뱉고는 그의 옆자리에 털썩 앉았다. 한창 종이에 쓰인 숫자와 글에 집중하고 있던 리키젠은 이아나가 온 줄도 모르고 펜을 날래게 놀렸다.

이아나는 의자 등받이에 팔을 하나 걸친 채 멀찍이서 종이의 내용을 보았다. 리키젠은 언제나 '소니야, 잘바테스, 모리안, 티르켈, 베고이샤 왕국의 관계를 정치적, 경제적인 측면에서 1000자 이내로 서술하고 베고이샤 왕국이 각 왕국에 취해야 할 외교적 태도를 한 줄로 요약하되 세 가지 근거를 들어 설명하시오' 따위의 정치적 주제의 과제를 하고 있었다.

그런데 특이하게도 지금 리키젠이 보고 있는 종이에는 화폐단위가 빼곡하게 들어찬 표와 한 지역의 특산물 목록이 쓰여 있었다. 아무리 봐도 그녀가 최근 아르하드의 옆에서 정리하고 있는 상단의 서류와 비슷했다.

"음? 언제 오셨어요?"

기지개를 켜다가 그제야 이아나를 발견한 리키젠이 안경을 올리며 인사했다.

"방금. 과제인가?"

"아니요. 빈니스터 상단 아르바이트 중이에요. 아르하드 님께서 일하지 않는 자는 먹지도 말라고 하셔서 소개해 주신 곳이죠. 아주 어려서부터 여기서 아르바이트를 했어요. 어릴 때는 잔심부름을 많이 했고, 지금은 이렇게 서류를 정리하거나 계산이 맞지 않는 부분을 찾아내 보고서를 올려요. 각 지역의 특성과 특산품 목록을 이용해 기획서를 쓰기도 하고요. 상단주님이 중요한 협상을 하러 갈 때도 따라가서 일을 배우죠."

빈니스터 상단은 아르하드가 아주 초기부터 관리해서 키운, 완벽하게 그의 소유인 상단이었다.

"열심히 해서 반드시 아르하드 님의 수하가 될 겁니다."

"아르하드가 그렇게 좋나?"

이아나가 신기하다는 듯 묻자 리키젠이 망설임 없이 고개를 끄덕였다.

"당연합니다. 제게 은인이시니까요."

"오웬 후작가의 마수에서 구해 줘서?"

"그건 그저 첫 만남일 뿐이죠. 제가 그분께 은혜를 입은 건 그 이후입니다. 제가 하는 아르바이트들, 고아인 데다 아직 학생에 불과한 제게 맡겨질 일들은 아닙니다. 아직 부족한 제가 봐도 꽤 대단한 서류들이 많죠."

리키젠은 서류를 붙잡아 팔락거렸다.

"그분이 암흑가에서 대단한 위치에 계시다는 걸 알고 있습니다. 그분이 하고 계신 일들도 어렴풋이 알고 있어요. 이 일이 제게 맡겨지는 이유는 그분이 힘을 써 주셨기 때문이겠지요."

이아나는 리키젠이 열심히 살피고 있는 서류를 잡아 읽어 보았다. 과연 아르하드가 소유한 상단에서 급이 높은 관리자들만 읽을 수 있는 회계 서류였다.

리키젠은 이아나의 행동을 저지하지 않았다. 아르하드가 그녀를 몹시 아끼고 있다는 사실을 알고, 또 이아나가 저와 같은 길을 갈 것을 알기 때문이다.

"사실…… 저는 그분께 후원을 받고 있습니다. 오웬 후작가가 저의 존재를 잊을 때까지 그들의 눈을 가려 주셨고, 생계까지 챙겨 주시는 건 아니지만 괜찮은 아르바이트를 맡겨 주시고, 책과 필기구만큼은 아낌없이 지원해 주십니다."

"학술원에서는 아는 척을 하지 않던데."

"외부의 신분으로 맺어진 인연이 학술원에서 드러나는 걸 꺼려 하시거든요. 밖에서 만나면 곧잘 대화를 나눕니다. 그분의 일을 도울 때도 있고요."

"전에 갔던 빵집, 찔찔 짜는 너를 데리고 왔다던 잘생긴 형이 아르하드지?"

"기억하고 계셨습니까? 부끄럽지만 어렸을 때 철없던 제가 숨어 지내야 하는 처지인데도 그 집 빵을 먹고 싶다고 울면 아르하드 님이 몇 번이나 데려가 주셨습니다. 사실 아저씨와 아줌마가 보고 싶었던 거지만 모른 척해 주신 거겠죠."

'방치하는 듯해도 착실하게 수하로 키우고 있는 건가…….'

아르하드는 리키젠에게 무심해 보였지만 뒤에서 살뜰하게 챙겨 주고 있었다. 리키젠도 그런 아르하드를 알고 있었다. 과거 끈끈했던 주종관계는 지금 이 순간에도 흙에서 뻗어 나온 덩굴이 서로를 얽는 것처럼 단단해져 가고 있었다.

"저는 아무런 비전도 없었던, 평범한 꽃집에서 태어난, 하지만 무뢰배들에게 죽기 직전이던 볼품없는 평민이었습니다. 그런 제가 여기까지 올 수 있게 키워 주신 분이 아르하드 님입니다. 제가 이분을 따르지 않으면 누굴 따를까요?"

리키젠은 아르하드를 늘 선망으로 가득한 눈으로 보았다. 리키젠은 부모와 형제를 모두 잃고 제 목숨마저 무뢰배들에게 앗기기 직전 그 길을 우연히 지나가고 있던 아르하드에게 구해졌다. 제 가족을 무자비하게 도륙하던 권력자의 앞잡이들을 서슴없이 베어 버리는 모습을 본 이후, 그의 손을 잡고 피 웅덩이에서 빠져나온 이후, 은연중에 그의 보호를 받아 온 이후…… 리키젠은 아르하드를 형, 미래의 주인, 아니 그 이상의 존재로서 자신의 모든 것을 바칠 대상으로 여기고 있었다.

이아나는 어쩐지 그런 리키젠이 신기하게 여겨졌다. 회귀 전에도 리키젠은 아르하드의 최고 심복으로서 그를 보필하는 데 생을 바쳤다. 한 사람에게 제 모든 생애를 바치며 얻는 삶의 기쁨이란, 전생에 주군을 모시면서도 저밖에 몰랐던 이아나로서는 알 수 없는 감각이었다. 그녀는 언제나 스스로가 제일 중요했으므로 누군가를 위할 때야 얻을 수 있는 환희를 알 수 있을 리가 없었다.

그러나 현재, 아르하드를 마음에 새긴 이아나는 한 번쯤 그런 기분을 느껴 보고 싶다는 생각이 들었다.

이아나는 서류를 돌려주고는 제 할 일을 찾기 위해 자리에서 일어났다. 이아나가 서고를 몇 번 갔다 온 이후 그녀의 팔에는 책이 한 아름 안겨 있었다. 모두 검술 서적과 육체 단련에 관한 서적이었다.

이아나는 자리에 앉은 이후 노트에 그림을 그리고 메모를 해 가면서 검술을 연구했다. 확실하게 머리에 입력한 후에는 눈을 감고 상상에서 적을 만들어 내 가상전투를 벌였다.

새로 알게 된 검술은 그날 오후 수련장에 가서 몸에 익혔다. 어색한 부분이나 실용적이지 않은 부분은 조금씩 고쳐 가며 발전시켰다. 그 결과 본능과 육체적 능력에만 의존하던 검술은 더욱 체계적이면서도 변칙적으로 변했다. 자유로운 검에 빽빽한 밀도까지 더한 검은 점점 더 상대하기 까다로워졌다. 지금 그녀의 검술 실력은 마나를 쓰지 않아도 로안느에서 최고로 손꼽히는 근위기사를 순식간에 떡으로 만들 수 있을 정도였다.

검을 휘두르는 건 언제나 즐겁고 재밌다. 무용수가 춤을 추듯, 음악가가 음악을 연주하듯, 화가가 그림을 그리듯, 이아나에게 검술은 그러한 의미였다. 강해지는 느낌은 그녀를 더욱 몰아붙였다. 검은 언제나 이아나에게 뚜렷한 인생의 노선을 제시했다.

강하게, 더 강하게, 더욱더 강하게.

강해지는 기분은 쾌감이다. 이 느낌을 이길 감각은 없었다.

아니, 있던가. 그리고 남자와의 승부에서 얻는 짜릿함. 이 강함을 가지고 싶어 했던 그 남자의 욕심. 그리고 저를 얻기 위해서라면 무엇이든 해 주겠다는 절박함.

"아참, 여름방학이 다 되어 가는데 계획이 따로 있으세요?"

"서부로 가 볼 생각이다."

리키젠의 질문에 이아나는 바로 답했다. 세계는 무척 넓어서 두 달 만에 오지까지 왕복해서 다녀온다고 하면 미친놈 취급당하기 십상이지만 이아나는 첸델프, 무르시와 함께 남부 대륙도 다녀왔다. 마나를 불어넣어 달리면 말보다도 빨랐기 때문에 스스로를 채찍질하면 충분히 다녀올 수 있었다. 그래서 여름에는 기로하이 사막으로 가 보기로 결심했다.

꼭 한번 찾아오라던 압실롯은 수도를 떠나는 그날까지 이아나를 꼬드겼다. 마지막 날에는 꼭 와서 용병길드에 내보이라며 반들반들한 나무패까지 내주었다.

정령들의 비밀을 알고 있던 압실롯…… 어쩌면 신성시대의 일도 조금은 알고 있을지도 모른다는 생각이 들었다. 사막에는 그를 만나기 위해 가는 것이다.

이아나는 머리를 쓸어 넘기며 책상에 엎드렸다. 제 몸에 대해 알고 싶었다. 어째서 신력이 심장에서 끌려나오지 않는지, 신력을 가로막고 있는 벽은 대체 무엇인지, 제 몸에 깃들어 있다는 로베르슈타인의 영혼은 무엇인지, 이아나는 알고 싶었다. 또한 강해지고 싶었다. 아르하드를 이기기 위해서는 제 몸에 있는 모든 힘을 이끌어 낼 필요가 있었다.

아르하드가 말한 인과율의 법칙이 마음에 걸려서 그날 이후 한동안 축 처져 있었지만, 곧 한 가지 결심을 하고 모든 불안을 털어 냈다. 설령 로베르슈타인이 전생이고, 제게 영향을 준다고 해도 아르하드에게 했던 맹세와 이번 생을 그와 함께 보내며 단단해진 마음이 변할 리가 없다.

아르하드도 마찬가지일 것이다. 그의 욕심은 깊디깊어 저를 바라지 않을 리가 없었다. 만일 인과율의 법칙이 작용한다면 그녀와 그의 관계가 아닌 다른 곳에 발휘되거나 오히려 관계에 좋은 영향을 미칠 것이라고 확신했다.

먼저 아르하드 몰래 지식을 얻고, 그들의 관계에는 아무 문제가 없다는 것을 증명한 후에 제 행동을 고백하리라. 처음에는 제멋대로 군 제게 화가 난 그에게 타박을 듣겠지만, 신성시대의 잔재물인 찝찝한 관계를 완전히 청산하고 나면 더 깊고 단단한 인연을 맺을 수 있을 것이다.

아르하드에게 방학 때 여행을 가고 싶다고 조만간 말해야 했다. 별로 좋아하지 않을 테니 신성시대의 비밀을 캐러 간다는 사실은 숨기고.

그렇게 시일은 카마트로스의 간부 소집일로 다가왔다.

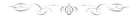

"호호호!"

따사로운 노란 햇볕 아래 한 무리의 여자들이 빚어내는 웃음소리가 짙은 향수 냄새와 함께 섞여 날아올랐다. 부드러운 생크림을 듬뿍 끼워 넣은 슈, 달콤한 벌꿀 과자와 풍미 깊은 진한 홍차. 휘황찬란하게 빛나는 보석함과 그 안에서 번쩍거리는 것들로 향하는 탐욕스러운 하얀 손들.

"마마. 이것, 혹시 키리셔 해협에서 해마다 다섯 개밖에 나지 않는다는 최상급 진주 아닌가요?"

입술에 새빨간 립스틱을 요염하게 바른 아름다운 여자를 중심으로 다른 여자들이 새처럼 조잘댔다. 화려한 여자 주변의 여인들은 하나같이 수수한 옷차림으로 그녀를 돋보이게 만들고 있었다. 그녀만이 주인공처럼 보였다. 여자들은 보석함을 헤집으며 제 손에 닿는 장신구 하나하나에 감탄을 숨기지 못했다.

"맞아요. 선물한 이의 말로는 역대 진주 중 가장 고운 빛을 지닌, 최상급 중에서도 최상급이라고 하더군요."

"아아아, 빛깔이 예사롭지 않았어요. 이런 귀한 진주는 처음 봐요. 역시 이런 진귀한 것은 마마께서 가지셔야지요."

마마라 불린 여자가 제 풍만한 가슴을 내밀었다. 화려하면서도 몸매를 살리는 금빛 드레스에 뭔가 묻기라도 한 것처럼 툭툭 털고 드레스 자락을 정리하는 둥 부산을 떨었다. 그러자 여자의 행동을 눈치챈 이들의 시선이 그녀의 드레스로 향했다.

"아, 마마. 혹여 그 드레스를 누가 제작한 것인지 감히 여쭈어도 될까요? 마마의 아름다움을 더욱 살리는 드레스라니."

"엘리시어 부인이 솜씨가 좋더군요."

"엘리시어 남작 부인 말씀이신가요? 부인의 솜씨도 솜씨지만…… 그녀는 운이 좋네요. 루리아 마마께서 입어 주시다니, 올해 유행은 이 드레스가 휩쓸 거예요."

초콜릿 빛의 머리칼을 매혹적으로 쓸어 넘긴 여자, 루리아가 제 손가락을 은근히 과시하는 행동을 그녀들은 놓치지 않았다. 손가락 두 개를 가릴 정도로 거대한 보석알은 예사롭지 않았다.

"마마, 그 반지는……."

"아름답지 않습니까? 전하께서 제게 선물해 주신 반지랍니다."

장인이 섬세하게 손질한 매끈한 표면에서 찬란한 햇살이 여러 각도로 튕겨졌다. 산산이 부서지며 오색으로 쏟아지는 광휘는 봐도 봐도 황홀했다. 평민은 제 시선에 감히 닿을까 두려워 쳐다볼 수조차 없는 고가의 장신구였다. 루리아가 늙은 왕에게 환상적인 하룻밤을 선사하고 얻어 낸 대가였다.

"마마를 향한 전하의 사랑은 감동스러울 정도예요."

"당연히 마마께서 전하께 쏟으시는 사랑을 아시기 때문이 아니겠어요? 전하께서 마마에게 껌뻑 죽으실 수밖에요. 호호."

"정말 아름다워요. 마치 무지개를 보석에 가둬 둔 것 같아요."

"이 반지는 마마만을 위한 반지예요. 마마의 손가락이 아니면 어울릴 곳이 있을까요? 저같이 형편없는 여자는 손을 내밀면 반지가 거부할 것 같네요."

"어머, 그런 말 마세요. 헨리 부인도 아름다운걸요. 자아. 부인에게는 이 반지가 참 어울릴 것 같은데……. 한번 껴 보겠어요? 내가 선물할게요."

침이 튀도록 루리아에게 아부하던 부인의 입이 내밀어진 반지를 보고 한입에 집어삼킬 것처럼 헤벌어졌다. 아까 전부터 탐내던 반지였다. 스스로를 깎아내린 보람이 있었다.

"아아, 루리아 마마. 감히 받아도 되는 것이온지……."

"이 반지가 헨리 부인의 손가락에서 더욱 가치 있을 것 같으니 선물하지 않을 수가 없네요. 자아, 껴 봐요."

"마마께서는 어찌 이리 마음이 넓으신지요."

간드러지는 달콤한 아첨에 티파티의 주인공, 로안느 왕국의 현왕 하리오스 맥시멈 로안느의 첫 번째 측실, 루리아는 알이 굵은 다이아몬드 반지를 제 가느다란 흰 손가락에 꼈다가 뺐다가 하면서 극도의 사치에 심취했다.

사치란 형태가 없는 행위이지만, 만일 형태가 있다면 극상위 계층에게 내린 신의 선물임에 틀림없다. 그 주변의 여인들도 루리아처럼 사치를 찬양하는 구석이 있어 루리아의 장신구들을 먹이를 앞둔 살찐 고양이들처럼 바라보았다.

사치를 영원히 누리기 위하여 루리아는 무엇이든 할 수 있었다. 그녀의 고국이 그녀에게 바랐던 희망 따위는 이제는 잊었다. 그녀는 대 로안느 왕국의 왕이 될 왕세자, 페르난도의 어미였다.

그래서 사사건건 훼방을 놓는 2왕자 슈나이더와 그 어미 레제는 손톱 아래에 박힌 가시 같은 존재들이었다.

"슈나이더…… 레제."

사치에 젖어 행복하다가도 그들의 생각만 하면 뇌가 바늘로 쿡쿡 쑤셔지는 것 같았다. 루리아가 웅얼거린 말을 들은 여자들이 입을 꿰맨 것처럼 다물었다. 루리아에게 있어 그 두 이름은 역린이었다. 변덕스러운 산 날씨처럼 기분이 좋다가도 돌변하여 히스테리를 부리게 만드는 금기어였다.

현 로안느 왕궁의 세력의 구도는 다음과 같다.

뮤지니엘과 라이너스 파, 루리아와 페르난도 파, 레제와 슈나이더 파. 그리고 중립.

왕비인 뮤지니엘은 워니프리드 공작가의 금지옥엽이었다. 머나먼 과거 왕의 열렬한 구애를 받아들여 그와 결혼한 뮤지니엘은 극상의 미라고는 할 수 없지만 한 떨기 백합처럼 청초한 여자였다. 그런 그녀의 피와, 대대로 아름다움이 유전되는 로안느 왕가의 피가 섞여 태어난 릭실리야 왕녀와 안젤리나 왕녀는 극치의 미를 뽐냈다.

뮤지니엘은 무척 아름다웠지만 섬약했다. 루리아에게 왕의 총애를 빼앗기면서도 왕에게 싫은 소리 한번 못 했다. 왕과 수많은 밤을 보냈음에도, 왕이 그녀에게서 눈을 떼고 나서야 왕위계승권을 가질 수 있는 은빛을 잉태한 그녀는 이미 루리아의 상대가 아니었다. 무엇보다 그녀는 막대한 세력의 외가를 배경으로 두고도 야욕이 없었다.

중요한 건 로안느의 성을 가지기 전에는 클라우드 후작가의 금지옥엽이었던 여자, 루리아가 끔찍하게 싫어하는 두 번째 측실, 야심으로 가득 찬 레제였다.

사실상 공작가와 후작가의 세력 차이는 없다. 특히 변방을 맡길 자처해 권력다툼에서 빠진 로베르슈타인 백작가를 빼고는 오대 공신가문인 타루이트, 워니프리드, 오웬, 클라우드는 용호상박을 그려 내고 있었다.

뮤지니엘은 워니프리드 공작가, 레제는 클라우드 후작가 출신, 그리고 루리아는 힘없는 약소국에서 현왕에게 바쳐진 공녀였다.

외모 말고 믿을 게 없었던 자신이 여기까지 오는 데 어떤 노력이 있었던가. 그 와중에 받은 박해와 모욕이 얼마였던가. 루리아는 쥐고 있던 찻잔의 손잡이를 으스러뜨릴 기세로 꽉 쥐었다.

약소국의 공녀 신분으로 루리아가 세력을 만드는 건 불가능에 가까웠다. 하지만 이를 가능하게 한 건 모든 방중술을 써서 얻은 늙은 왕의 총애와 아들 페르난도였다.

특히 은발과 은안을 지닌 페르난도를 낳는 순간부터 그녀의 인생은 백팔십도 변했다. 값비싼 선물은 물밀 듯이 밀려왔고 그녀에게 달콤한 말을 속삭이는 자들이 늘어났다. 어느 날 갑자기 찾아온 '그들' 또한 그런 자들이었다.

그런데 훗날 등장한 레제와 슈나이더가 그녀의 목을 옭죄었다.

슈나이더는 아주 골치 아픈 존재였다. 슈나이더의 뒤에는 외가인 클라우드 후작가가 위풍당당하게 존재하고, 레리트 타루이트와 결혼을 약속해 명실상부하게 슈나이더의 편이 된 타루이트 공작가도 있었다. 그의 스승인 신가드라 솔사비어가 이끄는 솔사비어 공작가도 명실상부한 그의 편이었다.

수많은 귀족들이 슈나이더를 지지하고, 백성들 또한 슈나이더를 사랑했다. 제가 낳은 페르난도가 아니라 슈나이더를.

그 빌어먹을 슈나이더를 낳은 레제. 사치보다는 권력에 야욕을 보이는 계집. 언제나 저를 끔찍하다는 듯, 매춘부를 보는 양 쳐다보는 레제 로안느!

"어머, 그 여자가 마마께 상대가 되나요? 전하의 총애를 받지 못하는 석녀에 불과한 것을."

루리아의 측근인 하트네키 백작 부인을 필두로 여자들이 하나둘 입을 열기 시작했다.

"어찌나 잘난 척을 하는지. 책 좀 읽을 줄 안다고 다른 사람을 무식한 취급하는데, 대단한 학자 나셨어요. 할 수 있는 건 전하께 시를 읊어 드리는 것뿐인 주제에, 쯧."

"오늘 입은 드레스 보셨어요? 보고 웃겨서 뒤집어지는 줄 알았잖아요. 어찌나 수수하고 촌스러운지. 장신구는 또 어떻고요? 오늘 낀 반지, 호호. 너무 투박해서 시골 아낙의 것 같더라고요. 괜히 검소한 척하는데 사실 전하께 받은 게 없어서겠죠."

"검소한 게 아니라 촌스러운 거예요."

"……레제 마마가 입은 드레스, 로안느 최고의 디자이너가 자기 역작이라면서 바친 걸로 알고 있는데 아닌가 봐요?"

"네?"

"잘 보면 그 드레스, 작은 보석들이 달려 있는데 그것 하나하나가 한 영지의 일 년 예산이라던데요. 그리고 그 반지, 드워프가 제작한 거라던……."

한 여자가 눈치 없이 제가 알고 있는 사실들을 전하자 루리아의 눈이 표독스레 빛났다.

"오늘도 루리아 그 머리 빈 계집이 다른 부인들과 어울리면서 내 욕을 하였다고?"

"네, 마마. 그런데 한 부인이 말을 잘못해서 찻물을 얼굴에 맞아 화상을 입었다고 해요."

"루리아의 티타임에 처음 초대된 부인인가? 쯧쯧."

단아하지만 한 줄기 냉혹함을 품은 레제가 머리를 조아리고 있는 시녀의 보고를 들었다.

루리아는 왕국을 좀먹는 혐오스런 계집이었다. 타국에서 성노예처럼 바쳐진 공녀 주제에 왕국의 안주인 행세를 하려 드는 머리 빈 계집. 사치밖에 몰라 국고를 보석과 드레스로 탕진하는 바퀴벌레 같은 년. 레제는 루리아를 벌레 보듯 보았다.

왕비는 섬약해 루리아를 상대할 수 없었고, 레제는 왕국이 빌어먹을 루리아에게 집어삼켜질 공산이 크다고 판단했다. 야심으로 똘똘 뭉쳐 클라우드 후작의 지지를 받아 정계로 나설 계획이었던 똑똑한 레제는 루리아의 독주를 막고자 왕의 측실이 되었고 슈나이더를 낳았다. 그러자 정치를 하고 싶었던 그녀의 야심은 그의 아들을 세계 최고로 손꼽히는 로안느 왕국의 왕으로 즉위시키는 것으로 바뀌었다.

레제는 슈나이더를 볼 때마다 뿌듯했다. 그녀가 낳은 아들은 왕의 재목이었다. 그는 소년일 적부터 왕이 되어 왕국을 지금보다 더 부흥시키고 싶어 했고 그를 위해 노력을 아끼지 않았다.

왕국을 사랑하는 귀족들과 백성들은 저도 모르게 태양을 향해 손을 뻗는 것처럼 총명함으로 빛나는 그를 따랐다.

그럼에도 루리아의 아들 페르난도를 왕세자 자리에서 끌어내리지 못하는 이유는 이해할 수 없을 정도로 거대한 루리아의 자금력과 그녀에게 꺼림칙한 충성을 바치는 한 무리의 귀족들이었다.

켕기는 게 있는 자들은 슈나이더가 왕이 되면 제가 누리고 있는 권세가 바닥으로 떨어질 것을 알기에 루리아에게 갔음을 이해했다. 하지만 레제가 꽤 괜찮게 보고 있던 귀족들 중 몇몇도 페르난도에게 충성을 맹세했다.

'뭘까? 그 막대한 자본의 원천은? 그리고 그 귀족들은 어째서 루리아에게 그토록 충성을 바치는가?'

레제는 손가락으로 테이블을 툭, 툭 두들기며 해결되지 않는 의문에 빠졌다.

"그룬데왈스 기사단은 바하무트의 황실 직속 12기사단 중 서열 다섯 번째의 중상위권 기사단입니다."

션이 카마트로스의 간부들 앞에서 브리핑을 시작했다. 그가 지시봉으로 가리키고 있는 천에는 십이 층으로 된 계단 그림이 그려져 있었다. 카마트로스가 바하무트 제국의 황위를 도모하는 단체임을 이아나가 알게 되자 간부 모임에서 바하무트를 언급하는 것이 거리낌 없어졌다.

션은 블랙폭시의 약화를 인식한 바하무트 제국이 드디어 행동을 개시했다고 말했다. 그 선봉이 그룬데왈스 기사단과 마녀 마르가리타였다. 카마트로스의 씨를 말리기 위해 파견한 고급 무력 집단이었다.

"다만, 실력은 하위권에 속합니다. 바하무트 제국 내에서 무력 서열은 실력이 아니라 실적과 황실의 총애에 따라 나뉩니다. 그룬데왈스는 실력은 다소 뒤떨어지지만 성향이 아주 포악하고 공에 물불을 가리지 않습니다."

바하무트 내에는 불순분자들이 많다. 대부분이 바하무트에 속하기 전 북부에 터전을 두고 살아가던 소수민족들이지만, 황실의 잔혹한 통치에 적게든 많게든 피해를 입어 복수심을 불태우고 있는 자들도 있었다.

"그룬데왈스 기사단이 목표로 한 곳은 반드시 폐허가 됩니다. 여자들은 처녀든 유부녀든 강제로 범해지고, 마을은 불태워지죠. 생존자들은 모두 노예로 끌려갑니다. 바하무트에 복종하지 않으면 대부분 그런 꼴을 당하는 겁니다. 그리고."

션이 계단 옆의 동그라미를 가리켰다.

"마법사 집단은 하나로 통합됩니다. 황실 마법사장인 위프헤이머 포테스타스를 필두로 대단한 마법사들이 모여 있죠. 마녀 마르가리타는 위프헤이머의 세 번째 제자로, 북부에서 악명 높은 마법사입니다. 그녀의 특기는 저주 계열. 전염병쯤은 문제도 아니죠. 그룬데왈스를 뒤에서 지원해 주는 역할을 맡을 겁니다."

"우리의 계획은 앞으로 일 년 육 개월 동안 로안느 왕자의 이름을 빌려 블랙폭시가 분노해서 스스로 정체를 드러낼 정도로 괴롭히는 거다."

션이 말을 끝맺자 이번에는 아르하드가 천천히 입을 열었다.

"바하무트 제국의 재정을 흔들어 놓는 게 첫 번째 목적, 바하무트 제국이 우리 대신 로안느 왕국에 이를 갈도록 만드는 게 두 번째 목적. 최종적으로 로안느가 블랙폭시의 배후가 바하무트라는 걸 알게 되면서 국가 간의 대립을 최악으로 몰고 가는 게 세 번째 목적이다. 그리고 우리는 그 기간 안에 모든 준비를 끝마치고 우드럽 왕국으로 간다. 지금부터 조금씩 정리할 거야."

아르하드가 학술원을 졸업하는 날은 23세. 그리고 그다음 해 가 되면 그는 24세가 된다. 이아나와 만나는 나이가 되는 것이다. 청년 검술제 이후 아르하드의 종적이 묘연했던 이유는 황위를 쟁탈하느라 어린 계집에게 신경 써 줄 시간이 없었기 때문이리라. 이아나는 아르하드가 찾아오지 않는다고 분노하고 방황했던 과거의 자신이 철없게 여겨져 겸연쩍게 얼굴을 붉혔다. 그때, 반이 손을 들었다.

"로안느의 정치에 개입합니까?"

"직접적인 개입은 하지 않을 테지만 페르난도와 슈나이더의 알력다툼에 영향을 미치게 될 거다. 블랙폭시가 루리아 측에 카마트로스를 처리해 달라고 청탁을 넣을 테니 당연히 슈나이더 왕자와 충돌할 거다. 그러나 우리는 제삼자로서 블랙폭시를 상대하는 데에만 집중한다. 로안느 왕국은, 우리의 국가가 아니니까."

냉정한 아르하드의 말에 모두가 수긍했다. 아르하드의 시선이 흘끔, 스치듯이 저를 향한 것도 모르고 이아나도 천천히 고개를 끄덕거렸다.

"앞으로 일 년 육 개월이다."

"일 년 육 개월……."

길지만 짧은 시간. 모두가 속으로 그 기간을 읊으며 의욕을 불태우기 시작했다.

"여기서 블랙폭시의 세력을 최대한 줄이고, 그 이후 우드럽 왕국에서 바하무트와 전면전을 준비한다. 내가 바로 바하무트 황자니 명분은 충분하다. 그리고 바하무트는 힘으로 모든 게 결정되는 국가이니 힘 앞에 수그리지 않을 자는 없다."

아르하드가 바하무트의 서열 구도가 그려진 천에 마법으로 불을 질렀다. 붉게 타오르는 불은 검은 먹으로 쓰인 바하무트를 세상에서 지워 냈다. 느릿하게 그을음을 남기는 불의 뒤꽁무니에서 재가 투두둑 떨어졌다.

"일단은 블랙폭시다. 그룬데왈스와 마르가리타가 시작이야."

그룬데왈스 기사단 백 명은 마녀 마르가리타와 함께 남부 대륙에서 블랙폭시를 방해하는 카마트로스를 제거하라는 장기 임무를 받고, 텔레포트를 통해 단번에 남부로 이동했다.

"로안느라……."

그룬데왈스 기사단의 단장, 포르미도는 고개를 들어 태양이 선사하는 빛의 따뜻함을 얼굴로 만끽했다. 건물 벽과 벽 사이로 내리쬐는 태양빛은 아름다웠다.

슬럼이라지만 로안느 수도 전체에 감도는 따스한 공기는 북부의 황량하고 냉랭한 공기와는 질적으로 달랐다. 생명이 살아가기에 가장 적합한 날씨를 남부의 식충이들은 축복받은 줄도 모르고 당연하게 누리고 있다. 배를 두드리며 사소한 것에 불평을 했고,

생존을 위한 처절함을 몰랐다.

"빌어먹을."

주변을 보니 다른 놈들도 비슷한 심경인 모양이다.

그룬데왈스 기사단은 대다수가 삼십 대의 남성들이다. 로안느 왕국과의 전쟁이 멈춘 지 22년, 전시에는 전쟁에 참여할 수 없는 굶주린 소년이었고, 성장해서는 황실의 명을 받아 살쾡이 떼처럼 북부를 떠도느라 남부 대륙으로 내려와 본 적이 없다.

북부 대륙에서 산 자의 고기를 뜯어먹는다는 악명까지 얻을 정도로 잔인한 행동을 즐겼던 놈들은 처음으로 느껴 보는 자연의 온화함에, 풍요로움에, 더위에 녹아들어 현기증을 느끼고 거칠게 숨을 몰아쉬었다.

하지만 이제 사십 대 중반으로 들어선 포르미도는 열다섯 살부터 소년병의 신분으로 약 삼 년간 전쟁에 참여했다. 살아남기 위해, 가족을 부양하기 위해 무기를 손에 쥐었다. 악착같이 적을 죽였다. 바하무트로 귀환한 이후에도 승승장구하여 이제 한 기사단의 단장이 된 그는 늘 남부의 날씨를 그리워했다. 전시에 병사였던 이들은 항상 절어 있던 피 냄새보다 남부 대륙의 따스함을 현재까지 기억하고 있었다.

"환영하네."

블랙폭시의 삼대 보스 중 마약상을 책임지는, 그러나 블랙폭시의 모든 것을 총괄하는 실질적 보스이자 대대로 블랙폭시 보스의 핏줄을 이어받은 검은 여우, 페인이 인사했다.

"오랜만이오."

포르미도도 고개를 숙였다. 포르미도는 페인과 일과 관련해서 몇 번 만난 적이 있었다. 블랙폭시는 바하무트의 핵심 세력 중 하나로, 다른 조직들과 완전히 분리된 황실 직속의 특수 기관이라 서열 구분이 애매했지만 나름대로 예를 갖추어야 했다. 페인의 눈이 이번에는 그 옆에 선 삐쩍 마른 여자를 향했다.

"마르가리타 양도 오랜만일세."

마르가리타는 히죽 웃으며 주변을 둘러보았다.

"그래요. 그런데 우리 귀여운 에이지는 어디에?"

"놈은 요새 학술원에 다니네. 모임이 있을 때나 일이 있을 때만 모습을 드러내지."

그 순간 마르가리타의 입가에서 웃음이 사라지고 유쾌함은 짜증으로 돌변했다.

"건방진. 내가 오는 걸 알면서도 오지 않았다는 말이지? 너무 오래 떨어져 있었나? 오랜만에 옛날처럼 놀아 줘야 하나."

"이제 놈도 번듯한 보스라 그런 짓은 무리일 듯한데."

"흥."

포르미도는 페인의 안내를 따라 기사들을 이끌고 건물 한 채로 들어가며 이를 드러냈다.

"술과 고기를 준비해 주시오. 예쁜 여자들도 데려오고. 잘 먹고 잘 잔 남부 계집들이 깡마른 북부 여자들보다 얼마나 죽여주는지 당장 맛보고 싶군."

"여부가 있겠나. 이미 준비해 두었네. 여자들은 꽃단장 중이니 허기부터 채우게나."

페인이 기사들을 데리고 간 곳은 예전에 꽤 큰 여관이었던 건물이었다. 숙박시설이 잘 갖춰져 있기 때문에 페인은 그룬데왈스를 위해 이 건물을 통째로 사들였다.

홀에 들어서자마자 페인이 박수를 두 번 쳤다. 주방에서 나온 요리사들이 기름진 고기를 비롯한 맛깔 나는 음식들을 테이블 다리가 휘어질 정도로 차리기 시작했다. 기사들은 너 나 할 것 없이 테이블에 앉아 차려지는 음식들을 침을 흘리며 쳐다보았다.

"먹어라."

허기를 느낀 기사들은 단장의 명령이 떨어지자마자 한 손으로는 술통을, 한 손으로는 거대한 고기 뼈다귀를 쥐었다. 입을 쩍 벌려 기름이 번들거리는 고기를 게걸스레 뜯었다.

"죽이네. 남부 대륙 요리사는 전부 다 이런 맛을 내나?"

"여자 말고도 살려서 끌고 가야 할 놈들이 생겼군."

포르미도가 테이블 하나에 자리를 잡자 그의 심복인 밀루우테가 오른쪽에, 마르가리타가 왼쪽에 착석하고, 페인이 포르미도를 마주 보는 의자에 앉았다. 포르미도는 맥주가 찰랑거리는 거대한 나무잔을 입 위에서 거꾸로 세웠다. 맥주가 시원하게 목구멍을 타고 넘어갔다. 남부는 술맛도 죽여줬다.

"우리가 여기서 해야 할 일은 뭐요?"

"주인님께 이야기는 대충 들었겠지만, 최종 목표는 카마트로스를 전멸시키는 거네. 놈들의 예상 인원은 약 삼백 명 정도. 실력도 상당해. 하지만 그룬데왈스에 비할 정도는 아닐 테지. 실력도, 무모함도, 잔인함도."

"그래서. 놈들의 아지트로 쳐들어가서 다 부수면 되는 건가?"

"그건 불가능해. 정보상에서 카마트로스의 종적을 전혀 잡아내지 못하고 있다네. 가끔 꽤 쓸 만한 정보가 있어 기습을 감행해도 놈들의 실력이 대단해서 피해는 우리 쪽이 더 커."

"정보상이 일을 제대로 안 하는 것 아닌가?"

"내 쪽의 정보라인으로도 따로 조사를 해 봤지만 마찬가질세. 아주 철저한 놈들이야."

"흐음. 그러면?"

"정보상이 말하길, 카마트로스는 2왕자가 우리를 상대하기 위해 옛날부터 후원한 단체라더군. 그래서 세 가지 목표를 정했네. 첫 번째는 2왕자가 카마트로스에 후원을 끊게 하는 것. 두 번째는 후원이 끊긴 카마트로스 벌레들을 전멸시키는 것. 세 번째는 우리가 후원하는 측실을 위해 2왕자를 파멸시키는 거네. 감히 우리를 건드린 주제에 왕위에 오르게 할 순 없지. 로안느를 입맛대로 조종하기 위해선 그 측실의 아들이 왕이 될 필요도 있고⋯⋯."

"아아. 말이 길어지는군. 결론은 자네가 시키는 대로 다 때려 부수면 된단 말 아니오?"

"그렇지. 앞으로 할 일들은 자네들이 적격일세. 누구보다 잔인하고 악랄하니."

"칭찬 고맙군."

그룬데왈스 기사단에게는 그 말이 곧 칭찬이었다. 그들은 명성보다는 악명을 좋아하는 악당 중에서도 악당들이었다. 한 마을을 불태우는 일. 아이와 여자, 노인까지 남김없이 해치우는 일. 땅을 파서 사람을 생매장하는 일⋯⋯. 황실이 명령하면 아무리 잔인한 일이라도 완벽하게 처리했으며, 그들이 지나간 곳에는 망자의 귀곡성이 구슬프게 울려 퍼졌다.

"일단 카마트로스는 보이는 족족 죽여 주고, 로안느의 왕국민은 괴롭혀 주시게. 배부른 평화에 안주한 인간은 아주 이기적이라서 피해를 입더라도 나만 아니면 된다는 고약한 심보를 가지고 있지. 사람을 잡아먹는 얌전한 괴물보다는, 그 괴물을 처리하기 위해 굳이 나서서 괴물을 건드리는 이들을 원망하길 마련이네."

"알았으니 여자나 데려오시오."

포르미도가 귀찮다는 듯 손을 휘 내젓자 페인이 피식 웃고는 박수를 세 번 쳤다.

"꺄, 멋진 오빠들!"

"어디서 왔어요? 이렇게 잘생긴 분들은 처음 봐."

"기분 좋게 해 줄게요."

문을 열고 뛰쳐나온 여자들이 남자들에게 엉겨들었다.

"여자가 여기 있긴 뭐할 텐데, 자네도 올라가서 쉬게."

페인은 마르가리타에게 잘생긴 남창 하나를 안겨 주며 위쪽으로 손짓했다. 마르가리타는 새침한 눈으로 남자를 위아래로 훑어보고는 그를 끌고 위층의 방으로 들어가 버렸다.

남자들은 블랙폭시 특제 미약과 마약에 취해 있다가 여자들이 엉덩이와 가슴을 흔들며 달려들자 참지 못하고 난잡하게 여자를 희롱했다. 참을 이유도 없었다. 그들은 기껏 꽃단장한 여자들의 옷을 잡아 뜯고, 커다란 가슴을 주물럭거렸다. 성질 급한 몇몇은 벌써 여자 안에 제 것을 넣고 흔들어 댔다.

"아, 최고야!"

"아앙!"

여자들은 이미 페인에게 선금을 두둑하게 받은 최고급 접대부들이다. 남자들에게 최고의 대우를 해 주어야 했다. 하지만 돈이 아니라 하더라도 이미 굴러먹을 대로 굴러먹은 여자들은 앞의 남자들이 거물이라는 걸 본능적으로 알아챘다. 그리고 아주 위험하다는 것도. 그래서 제게 몸을 겹치고 있는 남자가 이 세상 최고라는 것처럼 야한 신음을 내질렀다. 정신이 몽롱한 상태에서 남자들은 여기저기서 하의를 까 내리고 여자들을 탐했다.

페인은 살색이 난무하고 비릿한 냄새가 차오르는 홀의 중앙에서 끌끌 웃으며 술을 들이켰다.

"계획은 이 밤이 끝난 후에."

밤은 길었다. 밤은 두말할 것 없이 살색이 질척거리는 난교의 장이었다. 술과 고기, 여자 그리고 피 냄새. 손버릇이 나쁜 이들은 몸을 섞으면서도 여자를 구타했다. 단련된 그들의 손찌검에 비명을 지르며 기절한 몇몇도 있었다. 하지만 여자가 기절한 것도 상관하지 않고 남자는 제 몸을 여자의 안에 거칠게 묻었다. 그리고 마르가리타의 방에서는, 그녀의 고약한 취미에 보잘 것 없는 남창 하나가 비명조차 지르지 못하고 죽어 가고 있었다.

"신다, 더 늦기 전에 일찍 집에 들어가렴."

지도교수가 요리 실습 후 남은 재료로 열심히 요리하고 있는 제자를 보면서 걱정스런 눈초리를 보냈다.

"네, 교수님. 곧 들어갈게요."

"벌써 아홉 시야. 요즘 흉흉한 사건이 많이 벌어지던데 빨리빨리 들어가."

"네에."

지도교수는 왜인지 발걸음이 떨어지지 않아 몇 번이나 신다를 쳐다보다가 이내 몸을 돌려 제 숙소로 향했다.

신다는 학술원 조리학부의 학생이었다. 아버지는 돌아가셨고, 굶주린 어린 쌍둥이 동생들과 몸이 안 좋아 집안일만 간간이 하는 어머니. 가정형편이 좋지 않아서 과도한 아르바이트에 시달리는 신다가 안쓰러웠던 교수는 내버려 두면 썩을 식자재를 그냥 주곤 했다. 교수의 배려에 하루하루 감사함을 느끼면서, 실습실에서 조리를 한 후 요리를 집으로 가지고 가는 게 신다의 일상이었다.

"웃차."

신다는 완성한 요리를 보자기에 싼 후 뿌듯한 표정으로 내려다보았다. 오늘은 친구들에게 특제 고기파이까지 얻었다. 고기파이를 좋아하는 동생들이 신나서 방방 뛸 게 눈에 선했다.

신다는 창밖을 보았다가 황급히 보자기를 들고 실습실에서 뛰쳐나왔다. 여름이라서 날이 늦게 저물지만 그래도 어두웠다. 마나석의 에너지가 다 떨어졌는지 마법가로등이 어수선하게 깜빡거렸다.

신다는 제가 걸어온 길을 돌아보았다. 한 갈래로 묶어 올린 포니테일이 달랑거리는 제 그림자만 길게 늘어져 있을 뿐 거리에는 사람 한 명 없었다. 치안이 귀족지구에 비해 허술한 평민지구에 사는 사람들은 일찍 귀가해 문단속을 하곤 했다. 최근 들어 흉흉한 일들이 많이 일어나서 그런지 귀가하는 시간은 더 앞당겨졌다.

신다는 보자기를 꼭 끌어안은 채 애써 침착하게 걸었다. 너무 조용하니 별별 생각이 다 들다가 교수의 걱정이 떠올랐다.

"요즘 흉흉한 사건이 많이 벌어지던데 빨리빨리 들어가."

"야오옹."
"꺄아악!"
길고양이의 울음소리에도 그녀는 깜짝 놀라 움츠러들었다.

신다는 빨리 걸어서 집에 도착했다. 숨을 헉헉 몰아쉬며 문손 잡이를 잡았다. 그런데 이상했다. 집이 이렇게 조용했던가?

신다네 집은 형편이 좋지 않았지만 늘 활기가 넘치고 시끄러웠다. 그런데 이상하리만치 조용했다. 그녀는 귀를 문에 살짝 대 보았다. 철벅거리는 소리가 났다. 불길한 예감. 신다는 파르르 떨고는 문에서 주춤주춤 떨어졌다. 그때, 문이 벌컥 열렸다. 얼굴만 희고 몸뚱이는 검은 귀신의 갑작스런 등장에 신다는 굳어 버렸다.

"오, 귀여운 계집애네."

집에서 나온 검은 귀신은 피투성이였다. 귀신의 뒤를 본 신다의 몸이 경련했다. 집이 온통 피투성이였다. 어머니는 바닥에 널브러져 있었는데, 옷가지가 없는 알몸이었다. 그리고 알몸은 기이하게 꺾여 피를 줄줄 쏟아 내고 있었다.

신다는 눈을 떼구루루 굴려 검은 귀신을 올려다보았다. 귀신이 아니라, 검은 로브를 입고 흰 가면을 쓴 남자. 남자는 커다란 꾸러미를 둘러매고 있는데, 신다는 그것이 무엇인지 생각하고 싶지 않았다. 남자가 가면 속에서 생긋 웃었다.

"여자 쌍둥이는 매춘부로 인기가 좋거든."

남자의 어투는 살짝 어눌했다. 하지만 신다는 그런 것에 신경 쓸 틈이 없었다.

"으…… 아……."

"아, 그런데 너도 꽤……."

신다는 뒷걸음질 치다가 보자기를 내팽개치고 뒤로 뛰어갔다. 지금 상황을 이해할 수가 없었다. 하지만 일단 도망쳐야 했다.

"도와…… 도와주……!"

그러나 정신없는 달음박질이 무색하게도 단숨에 뻗어 온 커다란 손은 그녀의 포니테일을 거세게 잡아당겼다.

"들었어? 조리학부의 신다, 행방불명됐대."

"어머니는 돌아가시고…… 쌍둥이 동생도 종적이……."

"어떡해."

신다의 안타까운 소식은 학술원 전체를 술렁이게 했다. 강간, 강도, 납치, 방화, 살인……. 최근 테오도르에 흉악범죄가 급증했다는 소식은 며칠 전부터 들려왔고 신문에도 밤에 외출하는 걸 자제하라는 문구가 적혀 있었지만, 학술원 안에서 딱히 위협을 느끼지 못하던 학생들은 어제만 해도 멀쩡하던 동기가 그렇게 됐다는 현실에 겁을 먹었다. 신다와 같은 지구에 사는 가족들이 있는 학생들은 가족이 걱정되어 발을 동동 굴렀다.

"범인은 못 잡았다며. 죄질이 나빠서 왕궁의 추적 전문 마법사들까지 나섰는데도 못 잡을 정도면 진짜 위험한 범죄자 아냐?"

"아, 요즘 왜 이래? 외출하기 무서워. 술 마시러도 못 가겠다. 치안대에서 야간순찰 인력을 늘렸다는데도 이런 일이 일어나니."

상황이 이렇게 되자 바깥일에 신경 끄고 공부나 하라던 꼬장꼬장한 교수들도 혼자 다니지 말고 몰려다니라고 걱정스런 말을 한 마디씩 던지기 시작했다. 이쯤 되자 학생들, 아니 왕국민 전체가 조직범죄를 떠올렸고, 당연하게도 블랙폭시를 의심하기 시작했다.

"블랙폭시 아냐? 이때까지 그런 짓 조직적으로 저지른 놈들은 걔네밖에 없었잖아."

"갑자기 왜 그러는 건데? 미치기라도 했나?"

얼마 지나지 않아, 방화 사건이 발생했다. 투숙객들이 잠들어 있는 여관을 한순간에 불태워 잿더미로 만든 사건에서는 목격자가 있었다.

"범인이 하얀 가면에 검은 로브를 뒤집어썼다더라."

"그게 뭐야. 밤에 보면 진짜 무섭겠다."

"그런데 그런 복색을 한 사람이 한둘이 아니더래."

며칠 지나지 않아 세 놈이 잡혀 심문을 당했다는 소식과 함께 심문결과가 모든 신문의 1면에 실려 퍼져 나갔다. 세 놈은 처음에는 입을 다물다가 끔찍한 고문이 이어지자 하나같이 침을 질질 흘리다 결국 입을 열었다. 이때까지 그들이 저질렀던, 그리고 앞으로 저지를 범죄들을 토설했다. 그리고 만세를 부르며 그들의 조직명을 우렁차게 발설하고는 자결했다.

발설한 이름은 카마트로스였다.

"카마트로스라고?"

"그게 뭐야? 반체제 조직이야? 신흥 종교?"

"신문에는 신흥 폭력 조직이라고 되어 있는데……."

"나쁜 놈들."

"난 카마트로스 알아. 몇 년 전부터 블랙폭시랑 한 판 붙고 있는 조직인데 나쁜 소문도 없고, 블랙폭시를 적대한다고 해서 좋게 봤더니 거기서 거기였네. 아니, 요즘 하는 짓 보면 블랙폭시보다 더 죄질이 나빠."

여기서도 저기서도 온통 카마트로스 얘기뿐이었다. 흰 가면에 검은 로브. 암흑가에 관심이 있는 사람은 다 알고 있는 카마트로스 고유의 복장이었다.

카마트로스가 범인이 아니냐는 소문은 그들 사이에서 알음알음 퍼지다가 이번 심문으로 인해 터져 나갔다. 알 만한 사람만 알던 소수정예 조직 카마트로스가 순식간에 안 좋은 쪽으로 유명해진 것이다. 카마트로스가 무엇을 위한 조직인지 알려지지 않은 상태에서 사람들에게 처음으로 박힌 인식의 영향은 더욱 컸다.

블랙폭시는 아주 오래된 거대 폭력 조직이다. 함부로 손댔다가 평민이든 귀족이든 왕국이든 패가망신한 사례가 적지 않았다. 그래서 사람들은 블랙폭시를 손댈 수 없는 괴물로 인식하고, 더러워서 피한다는 식으로 스스로를 세뇌한 채 상대하길 포기했다. 그에 비하면 카마트로스는 아직 손을 쓸 수 있는 신흥 조직이라는 인식이 강했다. 사람들은 카마트로스를 성토하며 놈들이 블랙폭시처럼 되기 전에 잡아야 한다며 팔을 걷어붙였다.

'블랙폭시…… 과연, 이렇게 나오는군.'

복도를 지나가던 이아나는 여기저기서 카마트로스를 주제로 한 대화를 주워들으며 그룬데왈스와 마르가리타가 본격적으로 활동을 시작했음을 알았다. 제일 먼저 카마트로스에 누명을 뒤집어씌워 그들이 사는 진흙탕으로 끌어내릴 속셈일 터였다. 슈나이더가 카마트로스에서 손을 떼면 더 좋을 테고.

하지만 놈들의 뜻대로 될까? 이 계략은 이미 예상한 바다. 아르하드 휘하의 정보 집단은 벌써부터 물밑 작업에 들어갔다. 카마트로스의 본격적인 활동 날짜도 오늘부터였다. 블랙폭시에 순순히 당해 주지 않으리라는 것만큼은 확실했다.

"이쯤 되면 한 집단의 소행이라 볼 수 있겠군. 블랙폭시인가."

슈나이더가 심기 불편한 표정으로 보고서를 팔락거렸다. 자색 로브의 중년 사내는 자신이 찾아오자마자 제 생각을 늘어놓기 시작한 슈나이더의 옆에서 고개를 끄덕거리고 있었다.

"내가 사람을 완전히 잘못 본 게 아닌 이상, 이건 블랙폭시 소행이네. 카마트로스의 주인은 이런 짓을 저지르는 집단을 이끌 인물이 아니야. 계속 못살게 구는 카마트로스를 음해하려는 블랙폭시의 계략이지."

"그렇지요."

"하지만 이 일이 계속된다면 내게도 타격이 올 거야. 카마트로스가 활약을 하기 시작하면 내가 그들을 후원하고 있음을 공표할 생각이었네만, 이런 식으로 이름을 알리면 곤란해. 만일 소문이 해결되지 않은 상태에서 내가 카마트로스를 후원하고 있다는 사실이 밝혀진다면?"

"지지율이 떨어질 터."

"맞아. 나는 블랙폭시 문제를 해결함으로써 국민들의 마음을 얻고 싶었던 것이지, 잃고 싶었던 게 아닐세. 블랙폭시 놈들, 정말 거슬리는군. 솔사비어 공, 카마트로스로부터 무슨 연락이 온 건 없나?"

대대로 우수한 마법사들을 배출해 온 솔사비어 공작가. 솔사비어는 뼛속까지 마법사 가문으로, 영지 관리는 영 체질에 맞지 않아 왕가에 충성하는 대신 마법에 필요한 모든 것을 지원 받았다.

그리고 노예상 사건에서 아르하드를 직접 만났던 자색 로브의 중년 사내는 신가드라 솔사비어. 슈나이더가 어렸을 때부터 쭉 그의 마법 스승이었고, 현재 슈나이더에게 충성을 바치는 솔사비어가의 공작이었다.

"그렇잖아도 방금 저하를 만나 뵙고 싶다며 연락이 왔습니다. 저는 그걸 알려 드리려고 저하께 온 거고요."

"뭐? 지금? 아니, 그럼 당장 부르도록 하게. 뭣 하고 있나?"

신가드라는 품에서 스크롤을 하나 꺼내 들었다. 그리고 그 스크롤을 찢자 강대한 마나가 스크롤을 중심으로 요동치고, 스크롤에 그려져 있던 마법진이 허공으로 두둥실 떠오르며 점점 크기를 부풀렸다. 그리고 마법진의 지름이 약 2미터 정도 되었을 때, 거기서 한 사람이 툭 튀어나왔다.

신가드라는 감탄했다. 자신과 바로 연결되는 포털 스크롤이라며 카마트로스의 주인이 몇 장 건네었을 때, 신가드라는 초고위급 공간 마법이라 부르는 게 값이라는 포털 스크롤을 이렇게 뿌리고 다니는 그에게 놀랐다. 그가 엄청난 자본가이거나, 카마트로스 측에 대단한 마법사가 가담하고 있든가 둘 중 하나일 텐데 양쪽 다 무시할 수 없는 사항이었다.

포털에서 나온 사내, 카마트로스의 보스 로는 슈나이더에게 살짝 목례를 하고 몸을 꼿꼿하게 폈다. 가면 사이로 이지적인 금안이 돋보였다.

"지금 블랙폭시가 벌이고 있는 일은 쉽게 처리할 수 있습니다."

첫 만남부터 뻣뻣했던 로는 지금도 뻣뻣했다. 슈나이더는 그런 그가 마음에 들지 않아 한쪽 눈썹을 쓱 올렸다. 존대를 하고 있지만 반말을 하는 것보다 더욱 오만해 보인다.

"좋은 소문보다는 나쁜 소문이 더 잘 퍼져 나가는 법이니, 카마트로스가 별 힘들이지 않고도 이름을 알릴 수 있는 기회입니다. 소문은 한 번에 뒤집어 놓겠습니다. 하지만 저하의 협력이 필요합니다."

"쯧, 이 정도도 스스로 해결 못 해서야. 다시 한 번 말하지만 나는 페르난도와 팽팽하게 왕위쟁탈전을 벌이고 있는 현 상황에서 내 평판을 떨어뜨리는 일은 할 수 없어."

슈나이더가 못마땅하다는 듯 혀를 차며 거절의 의사를 보이자 로는 무뚝뚝하게 말을 이었다.

"제가 말씀드릴 방법이 더 빠르고 왕자님께 이득이니 협력을 구하는 겁니다. 굳이 발을 빼고 싶으시다면 카마트로스 측에서 알아서 해결하도록 하지요."

말에는 가시가 박혀 있었다. 슈나이더는 입가를 씰룩였다. 요리를 해다 바치면 누워서 처먹기나 하라는, 한심한 놈에게 말하는 듯한 어투가 마음에 들지 않았다.

"내가 협력해야 할 일이 뭐지? 이득이라니 들어나 보겠네."

"한 달 안에 저희를 사칭하는 자들 약 스무 명 정도를 붙잡아서 넘기겠습니다. 그들을 처형하면서 저희와의 관계를 알리며 블랙폭시를 향해 칼을 뽑으십시오. 그 순간이 국민들의 정서상으로나, 저희가 가장 화제인 지금의 상황으로나 최적의 순간입니다. 다른 때는 그 순간만큼의 효과를 볼 수 없을 겁니다."

“흠.”

“또, 그렇게 저하께서 정식으로 발표한 후에는 카마트로스와 저하의 관계가 공인된 것이나 마찬가지니 약속드렸던 대로 왕위 계승에 파격적으로 도움이 될 솔깃할 정보를 드리겠습니다.”

“좋네. 그렇게 하지. 그런데……”

슈나이더가 두 손으로 깍지를 긴 채 몸을 의자 등받이에 쭉 기대었다. 그리고 눈을 내리뜨며 자세의 차이로 그를 내려다보고 있는 로를 오만하게 바라보았다.

“자네들이 블랙폭시처럼 국민의 피고름을 빨아먹지 않는다는 건 확실하겠지? 제2의 블랙폭시가 되려는 계략은 아닌가?”

“군이 일반인을 건드리며 더럽게 피고름을 빨지 않아도 충분히 앞가림은 합니다. 필요도 없는데 괴롭힐 생각은 더더욱 없고.”

“그렇다면 일반인을 건든 카마트로스는, 내 기사가 그 자리에서 목을 베어도 아무 불평 없겠지.”

“마음대로 하십시오. 만일 그리했다면 제 명령을 어긴 것이니 그전에 제 손에 시체가 되어 있겠지만 죽지 않았다면 넘겨드리겠습니다. 하지만 사정이 있을 때도 있으니 그럴 때는 융통성을 발휘해 주시길 바랍니다.”

“흐음……”

“드릴 말씀은 이게 답니다. 활동하다가 적절한 시기에 놈들을 잡아 다시 찾아오겠습니다. 그럼.”

슈나이더가 물러가라고 말도 하지 않았는데 제 할 말을 끝낸 로는 포털로 쓱 사라져 버렸다. 포털 마법진은 로를 빨아들이자마자 그를 따라 빨려 들어가며 사라져 버렸다. 슈나이더의 눈이 가늘어졌다.

'건방진 놈.'

슈나이더는 저 뻣뻣함이 싫었다. 외양도 마음에 안 들었다. 가면과 로브. 처음으로 그에게 패배를 맛보게 한 학술제에서의 50만 골드의 남자가 떠올랐기 때문이다.

"공, 저자에 대해서 이야기를 나눠 보세. 마법사로서 느껴지는 뭔가가 없는가? 있으면 당장 애기하시게."

"흰 가면에 검은 로브를 뒤집어쓴 상태라 알 순 없지만 목소리를 듣고 추정컨대 약 삼십 대 후반……. 하지만 그때 들었던 목소리와 다른 걸 보아하니 또 다른 목소리 변조 반지를 착용한 듯해 이것도 확신할 수는 없겠군요. 하지만 가장 중요한 건 전하도 느끼셨겠지만, 대단한 강자라는 것입니다. 마법사로서의 직감이라면 저하도 만만치 않지요."

"아직 스승인 공보다는 못하네. 그런데 저자를 내 휘하로 완전히 흡수할 방법은 없겠는가?"

"글쎄요. 저 뻣뻣한 태도를 보면 절대 불가능합니다."

신가드라는 설핏 웃었다. 슈나이더가 은빛의 매라면, 저자는 금빛의 독수리였다. 서로를 노려보면 노려보았지 결코 누군가의 밑에는 들어가지 않는 맹금류과의 포식자들. 방금 슈나이더와 대치하는 로를 보며 신가드라는 그리 느꼈다.

"카마트로스의 자금줄을 전혀 파악할 수 없습니다. 그러나 저자의 세력이 블랙폭시 못지않은 걸 보면, 카마트로스가 아닌 어떤 공인된 단체의 수장인 것은 분명합니다. 솔직히 말해 블랙폭시를 없애고 싶다는 이유만으로 저하와 협력한다는 저자의 말을 믿기 어렵습니다. 협력관계를 구축함으로써 그가 얻는 다른 무언가가 있겠지요."

"건방지게 구는 걸 보면 블랙폭시를 처리하고 난 후 나와 인연을 이어 갈 것 같진 않아. 그 말인즉 훗날의 내게 바라는 게 없다는 말이고, 일시적인 아군일 뿐이라는 거다. 훗날 저자와의 관계는 아예 단절되거나, 적대적으로 변할 공산이 크다. 그렇다면 현재 이 슈나이더를 감히 이용하는 것일 수도 있겠군."

"저도 그리 봤습니다."

"블랙폭시를 없앰으로써 얻는 이득이라……. 상단인가? 하지만 상단이라면 나와 연을 끊는 것보다 이으려는 게 정상이 아닌가."

"가정입니다만, 블랙폭시에게 휘둘리는 왕국의 왕자일 가능성도 있지 않겠습니까? 로안느 왕국을 전쟁터로 삼고, 저하의 뒤에 숨어 블랙폭시를 제거한 후에 제 나라로 돌아가려는 왕자……. 그런 거라면 저 자존심과 뻣뻣함도 말이 되고."

"설득력 있군. 일단 염두에 두도록 하지. 상상만 해도 건방진 놈일세. 그리고 오늘 회의에서의 안건 말인데."

오늘 회의에서 범죄 문제도 화두로 떠올랐지만 국방비 문제로 페르난도 측의 대신들과 한 차례의 충돌이 있었다. 슈나이더는 머리를 벅벅 긁었다.

"나는 바하무트가 저렇게 침묵하고 있는 게 몹시 이상하다는 말이지. 마음에는 안 들지만 냉정하게 말해 수백 년간 로안느를 침공해 온 대륙 최고 강국이 이십이 년이나, 너무 조용해! 아무리 생각해도 전쟁을 포기했거나 무슨 문제가 생겼다기보다는 큰 한 방을 준비하고 있다고 보네. 내 감이 위험하다고 말하고 있단 말이네. 국방비에 들어가는 돈이 너무 많다 지껄이는 멍청이들은 대체 무슨 생각을 하는 거야? 바하무트가 수상하지도 않은가?

공, 내가 너무 걱정이 앞서는 건가?"

"아닙니다. 신도 그리 생각합니다. 바하무트 측에 정보통이 없어 저들이 무슨 일을 꾸미고 있는지 알 수 없는데, 테일런 바하무트 황자는 이제 서른이 넘어가는 나이, 열정에 앞만 보고 달려가는 이십 대를 거쳐 침착함까지 갖추었을 그를 감당하기엔 라이너스 왕자는 너무 어리고 페르난도 왕세자는 너무 무능합니다."

신가드라는 단호하게 말했다.

"저하께서 로안느 왕국을 지키실 수밖에 없습니다."

"나도 그렇게 생각하네. 이 슈나이더 말고 왕이 될 자가 어디에 있단 말인가? 시아이외는 안타깝게 됐어. 형과는 달리 꽤 괜찮은 성정에 능력을 갖췄는데 저 혼자 어미를 쏙 빼닮아서는……. 쯧. 아무튼 여러 문제가 산재해서 골치 아파. 아바마마가 살아 계신 동안에는 내 행동이 너무나 제약되고. 지금 할 수 있는 것이라곤 미래를 위해 백성들의 지지와 인재를 얻는 것뿐이다."

인재. 슈나이더의 뇌리로 이아나가 스쳐 지나갔다. 그는 입술을 꾹 깨물었다. 아무리 선물과 편지를 보내도 거부만 하는 이아나가 계속 눈에 밟힌다.

슈나이더는 누군가가 완강한 거부를 보이면 순순히 놓아주곤 했다. 제 것이 될 기회를 잡지 못하는 자가 바보라고 생각했기 때문이다. 하지만 왜 이아나에게서는 눈을 뗄 수가 없는 걸까? 매년 검술대회 우승자는 나오고, 그녀는 고작 로베르슈타인가의 미움받는 서녀에, 누군가의 말대로 언제 여자의 한계가 찾아올지도 모르는 불안한 검사일 뿐인데.

왕궁에 여기사가 없진 않다. 하지만 그녀들이 남녀 간의 차이에 절감하는 꼴을 봐 왔다. 그러니 이아나에게서 어느 정도 기대를 거두는 게 맞는데, 어째서 그 어떤 인재보다 그녀에게 이끌리는 걸까. 슈나이더는 깍지를 낀 손에 머리를 기댔다. 휘날리는 붉은 머리카락, 깨끗하게 빛나는 붉은 눈동자.

'포기하기 싫어.'

하지만 방법이 없다. 이아나는 필요로 하는 게 없었다. 재물에도, 권력에도 욕심이 없어 보였다. 어린 시절에 심한 괴롭힘을 당해 로안느 왕국에 정도 없어 보였다. 그리고 어떤 정체 모를 남자에게 콩깍지가 쓰여서는 주변 한번 둘러보지 않고 다른 선택지는 없다는 것처럼 그를 따라가겠다고만 외치는 젊은 피였다.

이아나는 카마트로스의 주인과 닮았다. 슈나이더에게 바라는 게 없다. 그녀의 미래에 슈나이더는 없다는 뜻이었다.

필요로 하는 게 없다는 말은 슈나이더가 그녀를 잡을 구실이 없다는 말과 같다. 만남을 가져 보려고 여러 번 시도했었지만 그녀는 그가 초대한 티파티에 한 번도 오지 않았다. 그 이후 벌어진 세 차례의 왕실 일원들의 생일 파티에도 참가하지 않았다. 마치 데뷔식이 제 마지막 파티기라도 했던 것처럼 아무리 초대장을 보내도 소용이 없었다.

안 되겠다 싶어서 수도에 와 있던 로베르슈타인 백작에게 도움을 청하자 그는 어느 때보다 딱딱한 얼굴로 요청을 거절했다.

"저하, 저에게 그 애를 강제해 달라고 말씀하지 말아 주십시오. 저에게는 자격이 없습니다."

로베르슈타인 백작 가문은 변경백이지만 애초에 변경으로 간 것도 자청했기 때문이며, 5대 공신가문인 데다 중앙에 닿아 있는 연도 많아 중앙에서는 무시할 수 없는 가문이다. 왕위 계승에 미치는 영향력도 만만찮다. 우수한 무구를 제작하여 수출하기 때문에 부유한 가문으로 손꼽히기도 한다. 또한 건국 초기부터 언제나 같은 모습으로 왕실의 명을 충실히 이행해 온 로베르슈타인 가문을, 슈나이더는 제 편으로 끌어들이고 싶었다. 게다가 로베르슈타인 가문에는 이아나가 있었다.

"저하께서도 부디 제 여식을 강제하지 말아 주십시오."

그런데 로베르슈타인 백작 체르노는 이아나가 슈나이더의 수하가 되는 것을 반대하고 있었다.

"그게 여식에게 할 소리인가? 나의 수하가 되는 건 무한한 영광이다. 그게 강제라고?"
"하고 싶지 않아 하는 것을 웃전에서 계속 요구하는 것이 강제가 아니면 무엇이겠습니까. 저는 그 아이가 하고 싶은 대로 내버려 두고 싶습니다."
"흥, 자네의 이기심은 아닌가? 어서 자네의 가문에서 그녀를 쫓아내고 싶다는?"
"제가 정말 못났다는 것을 압니다. 그 아이에게 큰 잘못을 저질렀다는 것도 알고, 그럼에도 아직 껄끄럽다는 걸 부정할 수도 없습니다. 그렇기에 그 아이에게 제 가문과 제 뜻을 강요할 수 없습니다."
"……."

"저하, 신은 그 아이를 강제할 수 없습니다. 그 아이가 떠난다면 조용히 보내 줄 것이고, 백작저에 남는다면 최선을 다해 그 아이를 지원할 겁니다."

"후회할 것이다. 왕자인 내게 관심을 거두어 달라? 내가 원한다는 것이 얼마나 영예로운 일인지 알기나 하는 소리인가? 부귀영화를 내팽개치고 낯선 이를 따라가 고생을 자처하겠다는 걸 보고만 있겠다는 소리인가?"

"송구합니다. 그 아이의 결정입니다."

꽉 막혀서 고지식한 데다 고집이 센 체르노는 아무리 들들 볶고 회유를 해도 뜻을 굽히지 않았다. 더군다나 건방지게 이런 협박성 가득한 말까지 남겼다.

"그 아이를 함부로 대하신다면, 저는 저하께서 저희 가문을 아주 가벼이 여기시는 거라고밖에 볼 수 없습니다."

하지만, 체르노는 이런 말도 남겼다.

"그러나 제 아이의 뜻을 존중해 주신다면, 저는 슈나이더 저하에게 감복할 것입니다. 모든 것을 가졌고 무소불위의 권력을 휘두를 수 있음에도 타인의 의견을 존중하는 왕…… 한번 모셔 봐도 괜찮겠지요."

그 순간 이마에서 땀이 한 방울 또르르 흘러내렸음을 슈나이더는 부정할 수 없다. 여식을 내버려 두는 대가로 로베르슈타인 가문이 자의적으로 그의 휘하로 들어오겠다니. 슈나이더는 체르노가 그런 식으로 나오자 더 강요할 수가 없었다.

"하아."

이것도 안 되고, 저것도 안 되고. 슈나이더는 한숨을 내쉬었다. 관자놀이에 푸른 핏줄이 뿌득하고 튀어나왔다.

'그때 백만 골드를 불렀어야 했는데.'

놈보다 더 큰 인상을 남기지 못한 것이 두고두고 후회가 되었다.

그날 밤, 이아나는 가방에 로브와 가변을 주섬주섬 챙겼다. 방을 나가기 전, 침대에서 꾸물대는 프리실라를 돌아보았다. 늦은 밤에 기어 나가 술을 마시는 그녀의 버릇을 떠올린 탓이다.

"술 마시러 나가지 마세요."

"힝, 안 그래도 자제하고 있어요. 학술원은 하인리히 님의 결계가 지켜 주는 곳이고, 또 무술원 교수님들도 많이 상주하고 계셔서 안심이 되는걸요……. 그리고 학술원에서 제일 안전한 곳은 내 침대야. 난 지금 최고로 안전해요."

프리실라는 이불을 코끝까지 뒤집어쓴 채 웅얼거렸다. 이아나는 침대 안에서 평생 살아갈 기세인 프리실라에게 그래도 창문이나 문은 꼭 닫고 자라고 말을 하곤 문을 벌컥 열었다.

"이아나 양은 저에겐 그렇게 말하고선 밖에 나가시는 거예요?"

어느새 벌떡 일어나 앉은 프리실라가 뒤돌아보는 이아나에게 걱정을 잔뜩 늘어놓았다.

"물론 이아나 양은 강하지만…… 사람 일은 알 수 없는 거예요. 최근에 순찰을 도시던 강한 기사님들도 당했다고 들었어요. 그놈들 보통 놈들이 아니래요. 그, 카마트로스라고 했나? 자기도 알고 있죠? 급한 일 아니면 나가지 말아요."

"약속이 있습니다."

이아나가 고개를 절레절레 젓자 프리실라는 흘끗 창밖을 보았다. 날이 어두웠다. 그녀는 끝까지 걱정을 내려놓지 못했다.

"그래요? 왜 이런 밤에……. 아무튼 흰 가면과 검은 로브를 조심해요."

"프리실라. 카마트로스는 그런 단체가 아닙니다."

"네?"

프리실라는 눈을 깜빡였다.

"제가 카마트로스에 대해 좀 아는데, 지금 일을 저지르는 놈들은 블랙폭시입니다. 당신도 차차 알게 될 겁니다."

"그랬어요?"

"그래요."

"블랙폭시 이 나쁜 놈들. 걔네는 지옥에 떨어질 놈들이야."

이아나의 말이라면 해가 서쪽에서 뜬다고 해도 철석같이 믿는 프리실라는 이제 블랙폭시를 욕하기 시작했다. 이아나는 그녀에게 다시 한 번 주의를 주고는 방을 나섰다. 학술원 입구에서는 경비들에게 또 한 번 걱정 어린 잔소리를 듣고 나왔다.

나오자마자 눈에 띄는 어두운 골목에 잠시 들어갔다 나온 이아나는 어느새 카마트로스의 복장을 하고 있었다.

탁!

그녀는 도둑고양이처럼 재빠르게 벽을 타고 올라가 지붕에 올라섰다. 굴뚝에서는 저녁밥을 짓느라 연기가 모락모락 피어올랐다. 이아나는 지붕과 지붕을 빠르게 뛰어넘으며 아래를 살폈다.

제게는 범죄가 일어나지 않을 거라 믿는 안전 불감증 사람들은 여전히 존재했다. 범죄를 당해도 상관없다고 생각하는 절망적인 사람들도 있었다. 범죄가 무섭지만 일이 늦게 끝나 어쩔 수 없이 늦게 귀가하는 사람들도 있었다. 밤이 영업시간이라 어둑해진 지금에서야 가게 문을 여는 사람들도 있었다. 범죄자들을 잡겠다며 눈을 희번덕거리는 사람들도 있었고, 범죄와 상관없이 오늘을 즐기는 사람들도 많았다.

그러나 누군가는 집에 귀가하여 가족들과 평온한 하루를 보내고 있을 터다. 배고픈 누군가는 따뜻한 식사를 하고 있을 것이고, 누군가는 벌써 푹신한 침대에서 곯아떨어져 있을지도 모른다.

여러 가지 군상이 모인 어지러운 세상. 그리고 그 모두를 관계없이 노리는 범죄자들…….

범죄는 누구에게나 일어날 수 있다. 범죄자는 통에 담긴 수많은 제비 중 하나를 뽑는 것처럼 희생자를 정하고 죄악의 발톱을 드러낸다. 그리고 지금도 어디 한구석에서는 범죄가 일어나고 있을 것이다. 백 명이나 되는 잔인한 기사들과 천방지축으로 날뛰어 대는 블랙폭시에 의하여, 일반인은 도저히 막을 수 없는 재앙 같은 범죄가.

탁!

이아나는 건물들 중 가장 높은 건물 지붕의 꼭대기에서 뛰어내려 뒷골목의 어둠으로 녹아들었다. 발을 어깨 넓이만큼 벌리고 집중하기 위해 눈을 감고 숨을 길게 들이마셨다. 주변에 둥실둥실 떠다니는 마나를 일깨웠다. 이아나를 중심으로 그녀의 영향을 받은 마나가 약하게 진동하기 시작했다. 그 진동은 주변의 다른 마나를 깨우고, 깨어난 마나는 또다시 가늘게 울었다.

사람들의 기척이 뭉쳐 있는 게 느껴진다. 거리를 활보하는 사람들의 기척은 무시했다. 찾아내려는 건 슬럼에서 뭉쳐 있는 자들의 기척이다. 얼마 지나지 않아 한 무리를 찾아낸 이아나가 빠르게 달렸다.

"이, 이러지 마시오!"

도착한 곳에서는 검은 로브를 입은 두 괴한이 한 남자를 걷어차며 남자가 안은 주머니를 빼앗고 있었다. 이아나는 눈을 가늘게 떠 그들의 얼굴을 보았다. 어둠 속에서도 유독 희다. 볼품없는 흰 가면이었다. 벌써 두 명을 찾아내다니 운이 좋다.

"나리들, 제발, 가족들을 먹여 살려야 할 돈입니다. 제발 자비를 베풀어 주십시오."

"닥쳐. 그러니까 뺏으려는 거지."

"흐허헝."

남자가 울음을 터뜨렸다. 그리고 빼앗은 주머니를 품에 넣던 괴한이 허리에서 검을 뽑아내 남자에게 겨누었다.

"죽고 싶나? 목숨이 아깝지 않으면 그 시끄러운 입을 닥치는 게 좋을 거야."

"흐흑."

그제야 울음을 그친 남자가 부들부들 떨자 그는 헤죽 웃었다.

"하지만 늦었어. 몸 안에 있는 장기를 모조리 꺼내 팔아 주마."

"잠깐, 누구냐!"

그 옆에서 괴한의 동료가 날카롭게 소리쳤다.

'존재감을 조금 내비쳤을 뿐인데 알아챘어.'

바하무트의 기사들다웠다. 그럼 과연 실력은 어떨까? 이아나가 어둠 속에서 그들 앞에 모습을 드러냈다.

남자들은 긴장했다. 이렇게 가까이 올 때까지 기척을 알아차리지 못했다. 그리고 지금도 눈앞의 수상한 놈은 귀신처럼 존재감이 흐릿했다. 놈이 쓴 흰 가면은 그들이 배급받은 조잡한 흰 가면과는 달리 매끈했다. 스슥, 스슥 끌리는 걸음걸이는 거침없는 그들의 분위기와는 다른 스산한 느낌이 있었다. 긴장한 기색으로 놈을 보는 그들에게 허스키한 목소리가 들려왔다.

"밤에 우는 꾀꼬리는?"

"죽여!"

이아나의 질문에 돈주머니를 내팽개친 그들이 검을 두 손으로 꽉 쥐고 달려들었다. 상대는 카마트로스의 조직원인 게 분명했다.

진짜 카마트로스를 대면할 시, 행동 지침은 두 가지다. 생포 혹은 사살. 하지만 수많은 전장을 승냥이 떼처럼 전전하며 전문 싸움꾼이 된 그들은 상대를 생포할 수 없음을 본능적으로 알아챘다. 눈앞에 있는 놈과 비슷한 이들이 블랙폭시를 괴롭혀 왔다면 이제껏 남부에서 별다른 문제가 없었던 블랙폭시가 황실에 지원을 요청할 만했다.

한 괴한이 검에 제가 만들어 낼 수 있는 최대의 검기를 만들어 냈다. 가만히 서 있는 상대를 반으로 쪼개려고 검을 벼락처럼 내리쳤다. 상대를 단숨에 죽이기 위한 살수를 쓰면서도 망설임이 전혀 없었다. 이아나는 그 검로를 지긋이 노려보았다.

이아나가 집중하면 집중할수록 그녀의 세계는 느려진다. 건물 위로 길게 늘어진 빨랫줄에 맺혀 있던 물방울이 또옥 하고 떨어지는데 납작하게 땅에 퍼지며 스며들 듯하다가 땅에게 거부당해 튕겨 나온다. 시궁창 쥐가 나무늘보처럼 발을 질질 끌며 걷는다.

불어온 바람이 낡은 종이 한 장을 싣고 유람을 하듯 천천히 지나간다. 검을 내리치는 눈앞의 남자 또한 장난이라도 치듯 느렸다.

이아나의 검기가 뱀의 혀처럼 날름거리며 검신의 길이를 넘어서 뻗어 나왔다. 검기는 뱀의 몸처럼 꿈틀거리며 남실거렸다.

콰아아앙!

남자의 검에서 튀어나온 검기는 방금 전까지만 해도 이아나가 서 있었던 빈 공간을 가르며 벽에 내리꽂혔고, 건물에는 긴 상흔이 새겨졌다.

후욱—

괴한들이 상대에게 접근하는 데 걸릴 거라 예상했던 소요 시간은 강제로 짧아졌다. 머리를 꼿꼿하게 세운 채 먹잇감을 노려보고 있던 뱀이 한순간에 달려들었다. 먹잇감의 시야에 뱀의 얼굴이 순식간에 커진다. 이아나는 그렇게 한 남자에게 다가섰다. 동시에, 남자가 생각지도 못한 방향으로 검이 파고들었다.

푸슉!

남자는 급히 검을 세로로 세워 습격과도 같은 공격을 막아 냈지만, 이아나의 일검은 막아 낸 게 무색하게 검을 부러뜨리고 남자의 두 손목까지 도끼로 나무둥치를 찍은 것처럼 베어 냈다.

"으아아악!"

검에 실린 강한 힘에 회전을 하며 허공으로 치달았다가 땅에서 튕겨 나와 꿈틀거리는 제 두 손목을 보며 남자는 비명을 질렀다. 잘린 혈맥에서는 폭발한 화산에서 튀어나오는 용암처럼 피가 쏟아졌다. 쏟아진 용암에 덴 양 타들어 가는 듯한 고통에 남자는 어찌할 바를 몰라 하며 악을 썼다. 두 손이 동시에 잘려 나가 아픈 손을 움켜쥘 수도 없었다. 아직 신경이 살아 있어 바닥에서 잉어처럼 퍼덕이는 두 손을 흘끗 본 이아나가 피식 웃었다.

"과연, 변조 반지도 없고……."

슉!

동료가 한순간에 두 손을 잃은 비극은 아랑곳 않고 다른 남자가 이아나의 등 뒤에서 검을 찔러 넣었다. 이아나는 발을 옆으로 튕겨 가볍게 피했다. 기습을 피할 거라곤 상상도 하지 못한 남자가 눈을 부릅떴다. 남자가 강하게 찔러 넣은 힘을 주체 못 하는 사이 이아나가 팔을 들어 올려 남자의 뒷목을 붙잡아 당김과 동시에 무릎으로 명치를 세게 쳐올렸다.

"커헉!"

얼마나 세게 쳐올렸는지 남자의 입에서 위에서 역류한 신물이 튀어나왔다. 동시에 이아나는 발을 채찍처럼 휘둘러 균형을 잃고 쓰러지려는 남자의 얼굴을 세게 걷어찼다.

퍼어어억!

단단한 부츠의 코가 입속 깊이 틀어박히자 나무 재질의 가면에 금이 가고, 하얀 가면 파편과 함께 하얀 이가 섞여 튀어나왔다.

콰아아앙!

발로 차여 벽까지 날아간 남자가 벽에 등을 박았다. 단단한 벽돌이 힘을 이기지 못해 거미줄처럼 쩌적— 하고 금이 갔다. 남자는 끈 떨어진 인형처럼 건물 부스러기와 함께 스르륵 떨어져 내렸다. 그가 충격을 이기지 못하고 게거품을 문 채 꿈틀거리는 사이 이아나는 몸을 돌려 가볍게 검을 휘둘렀다. 그녀의 검이 휘둘러진 곳에는 등을 보이며 도망치고 있는 팔 잘린 남자가 있었다.

"아악!"

검기에 등이 길게 베이고 핏방울이 상공으로 튀어 오른다. 남자가 넘어지자 이아나는 남자의 로브 자락을 붙잡아 질질 끌고 와 기절한 남자 위로 집어 던졌다. 시간을 질질 끌며 유희를 즐길 필요가 없다. 검무는 이미 아르하드와 충분히 즐기고 있고, 지금은 임무 수행 중이었다.

"으⋯⋯어어어⋯⋯."

피해자는 차마 도망가지도 못하고, 가족을 먹여 살릴 봉급이 든 돈주머니를 주울 생각도 하지 못한 채 덜덜 떨고만 있었다. 그의 가랑이 사이와 바닥이 축축하게 젖어 지린 냄새가 나기 시작했다.

이아나는 그를 아랑곳 않고 품에서 스크롤 하나를 꺼내 찢었다. 찢자마자 스크롤을 중심으로 마법진이 하나 튀어나왔고, 이아나는 두 남자의 머리카락을 잡아채 짐짝처럼 그 안으로 던져 넣었다. 마법진은 먹이를 받아먹는 짐승처럼 두 남자를 흡수하고는 조금 후에 사라졌다.

이아나는 손목을 털며 관절을 풀었다. 황실 직속 서열 5위 기사단. 특유의 잔인성으로 올랐다지만, 무를 숭상하는 바하무트 제국에서 그 정도의 위치에 든다는 것은 대단한 실력자 집단이라는 소리다. 하지만 상대하기 어렵지 않았다. 오히려 쉽다고 생각할 정도였다. 제 실력이 진보한 것일까.

아무튼 지금은 할 만하다지만 언제 저와 비등한 적이 찾아올지 모른다. 케이거스 드미트리 때 방심했다가 당한 것을 교훈으로 삼았기 때문에 어떤 적이 찾아오든 최선을 다할 생각이었다.

또한 이아나는 제 실력을 알고 싶었다. 현재 제 실력이 어디까지 통하는지 알 수 없었다. 현 17세, 봄에서 여름으로 바뀌는 환절기의— 소녀와 여인 사이에 낀 나이. 과거 173센티미터까지 자랐던 키는 아직 170센티미터 아래에서 간신히 꿈틀거리며 자라고 있고 혹사당하는 근육은 완전히 무르익지 않았다.

몸도 다 성장하지 못했거니와, 회귀 전보다는 엄청난 속도로 실력이 늘고 있다지만 아직 대륙에서 아르하드 말고는 무서울 게 없었던 이인자 시절의 실력에 도달했다고는 확신할 수 없었다. 다른 사람과의 실전이 부족해서 제 위치가 어디쯤인지 알 수 없었기 때문이다.

대련 상대인 검술학부 학생들은 아직 애송이니 제외하고, 가끔 학생들을 상대해 주는 교수 상대로는 모든 실력을 드러내기가 껄끄러웠다. 그런 면에서 앞으로 찾아올 바하무트의 무인들은 서열까지 나눠져 있으니 정말 좋은 실력 측정기다.

'일단은 바하무트의 다섯 번째라는 건가…….'

"카, 카, 카마."

이아나의 냉랭한 눈길이 제게 향하자 남자가 구렁이 앞의 개구리처럼 바짝 굳었다.

"카마, 트로스, 님. 사, 사, 살, 살려…….

입이 얼어붙어 말을 제대로 하지 못하는 남자 앞에서, 이아나는 생각을 끝내고는 피 묻은 검을 검집에 집어넣었다.

"우린 일반인에게 손대지 않아."

이아나의 말에 안심한 남자의 눈에 눈물이 홍건히 고였다. 남자는 살았다는 생각에 눈물을 후드득후드득 흘리며 끅끅거렸다.

"그, 끄윽, 그, 그럼 당신은 카마트로스가 아닌……?"

"카마트로스가 맞다. 하지만 우리는 블랙폭시만 상대한다. 속지 마라. 현재 범죄를 저지르는 놈들은 우리가 아닌 블랙폭시다."

주저앉아서 우는 남자를 쓱 쳐다본 이아나가 밤이 깊어 더욱 까매진 어둠에 녹아들며 자리에서 벗어났다. 그녀는 지붕을 뛰어다니며 또 다른 먹잇감을 찾아 헤맸다. 이제 이런 일을 일주일 동안 해야 했다.

블랙폭시가 카마트로스의 이름을 더럽게 팔아 사람들의 분노를 일으키는 계략으로 나온다면, 그 계략을 역으로 이용한다. 카마트로스의 이름이 알려진 지금, 소문 속의 평판을 손바닥 뒤집듯 바꾸는 것이다.

이아나가 방금 전 한 일을 다른 카마트로스 조직원들도 똑같이 하고 있었다. 입과 입으로 전해지는 말의 속도는 초원을 가로지르는 표범만큼 빠르다. 이렇게 구해 주면서 진실을 알려 주면 피해자들은 그 진실을 친한 이들에게 침을 튀기며 알린다. 직접 당한 일이다 보니 무엇보다 진실하고, 이야기를 들은 지인들은 또 다른 이들에게 제 지인이 겪은 일이라며 떠들어 댄다.

사람 셋이면 호랑이도 만들어 낸다고 했다. 경험한 이가 많으면 많을수록 소문이 서로 겹치고 겹쳐 신빙성은 곱절이 된다. 여기에 아르하드의 정보원들이 힘을 더하면 순식간에 소문을 뒤엎을 수 있었다. 일주일 정도만 투자하면 충분했다.

카마트로스를 사칭하는 블랙폭시로부터 피해자를 구출하고 진실을 말한다. 그리고 범죄자들을 한꺼번에 공개처형하는 계획을 위해 포털 스크롤을 통해 어떤 공간에 구겨 넣어 놓는다.

물론 이는 카마트로스가 그룬데왈스 기사단보다 강해야만 가능한 일이다. 이아나는 의구심이 들었다. 자신은 손쉽게 해결했지만, 다른 카마트로스들은 어떨까?

조직원들은 팀을 짜서 행동했다. 간부들도 정령을 부리는 지젤에게는 체술의 달인인 시저가, 궁수인 반에게는 무기술의 달인인 러스트가 붙어 함께 다녔다. 골드는 카마트로스긴 하지만 전투직이라기보다는 자금 관리와 마법도구와 무기를 연구하는 후방 지원자였고 션은 정보 관리를 하는 참모라 전투에서 빠졌다.

그리고 이아나는 지젤과 시저의 팀에 속했다. 그녀는 아르하드의 직속이라 그와 함께 행동해야 하지만 아르하드는 모든 활동을 중지한 상태였다. 바하무트에서 악마의 파편 수혜자가 파견되면 정체가 발각될 위험이 있기 때문이었다.

그는 이아나가 위험한 일에 끼는 걸 원치 않았지만, 언제까지 꽁꽁 싸매고 있을 수만은 없었다. 바하무트 제국을 제대로 상대하기 전에 실전 경험을 쌓아야 했다. 아르하드는 아끼답시고 곁에 두어 주체적인 이아나의 심기를 거스르는 선택지가 아닌, 이아나의 능력을 제대로 활용하는 선택지를 택했다. 그는 너의 실력을 신뢰한다는 말과 함께 카마트로스로서 활동할 것을 이아나에게 부탁했다. 이아나가 무척 기뻐했던 것은 두말하면 잔소리다.

"어서 와요, 안."

만나기로 한 장소에서 지젤이 이아나를 반겼다. 벙어리인 시저도 고개를 숙여 인사했다.

내색하지는 않았지만 이아나는 시저와 지젤의 팀에 합류하게 된 걸 몹시 반기고 있었다. 두 사람은 정령을 부릴 수 있는 정령술사들. 정보를 얻기가 하늘의 별 따기에 가까운 정령에 대해 물을 수 있는 아주 좋은 기회렸다.

아르하드를 생각하면 심장이 조금 따끔하긴 하지만 어쩔 수 없는 일이다. 이아나는 정령들이 필요했다. 그녀를 위해서도, 그와의 진정한 주군 관계를 위해서도. 하지만 아직은 어색한 동료들과 대화를 나누며 친근감을 다지고, 주어진 임무에 집중할 때였다.

카마트로스가 활동을 개시한 지 사 일, 효과가 드러났다. 소문이 수도 전역으로 퍼져 나가고 있었다.

"카마트로스가 아니라 블랙폭시라며?"

"블랙폭시를 상대하려고 만들어진 집단이래."

"조직원 대부분이 블랙폭시에 원한을 가지고 있다던데?"

"하긴, 블랙폭시가 이때까지 저지른 나쁜 짓이 얼마나 많은데, 원한 가진 사람도 많을 거야. 그런 단체가 있을 법해."

"세상에, 멋지다. 잘됐으면 좋겠어."

"블랙폭시 그 나쁜 자식들."

근래를 제외하면 카마트로스는 창단 이후 단 한 번도 일반인에게 피해를 끼친 적이 없었다. 오히려 의도한 바는 아니지만 블랙폭시와 치고받는 과정에서 블랙폭시로부터 핍박받는 사람들을 구해 준 경우가 많았다.

이전에 블랙폭시의 노예상에서 카마트로스에 의해 구출된 적 있는 사람들이나, 작게라도 도움을 받은 적 있는 사람들은 카마트로스의 이상한 행태에 이상하게 생각하면서도 나빠지는 여론에 입을 다물고 있었다. 하지만 최근 소문이 카마트로스에 호의적으로 돌아서자 그들이 겪은 이야기를 세간에 풀어냈다. 그러자 카마트로스의 이미지는 단숨에 긍정적으로 변했다.

부정적으로 보는 사람들도 여전히 있었다. 최근 범죄가 급증한 이유가 블랙폭시와 카마트로스의 알력다툼 때문이라면, 괜히 고래 싸움에 새우등 터진 격이 아니냐 말이다.

현실에 안주하는 사람들은 블랙폭시를 굳이 건드려 난리를 피우는 카마트로스를 싫어했다. 아주 먼 옛날부터, 지금 골골거리는 노인들이 아이일 적에도, 아이였던 그들의 조부가 아이였을 적에도 블랙폭시는 악명을 떨치고 있었다. 그런 블랙폭시에 대한 공포는 아주 커서 그들을 화나게 만드는 일은 만들고 싶지 않았다.

또, 블랙폭시를 통해 사업을 하거나 유흥을 즐기는 자들도 카마트로스를 고깝게 봤다.

"우리의 타깃은 카마트로스의 존재를 반기지 않는 그들일세."

동그란 고급 잔에서 모락모락 김이 피어올랐다.

"평민들이야 지금은 저렇게 우리를 욕하고 금방이라도 우리를 제거하기 위해 무기를 들 것같이 굴지만 겁을 상실한 몇을 제외하면 보복이 두려워 나서지 않을 걸세. 또, 우리가 카마트로스 때문에 활동 강도를 높이면 우리보다는 굳이 벌통을 건드린 카마트로스를 원망하겠지. 아무리 원망해도 카마트로스는 그들을 괴롭히지 않으리라는 걸 알거든. 그리고 카마트로스를 제거하면 또다시 모두 다 입을 닥치고 우리의 영향력에 고개를 조아릴 것이네. 이미 그렇게 긴 시간 동안 길들여 놨으니."

포르미도는 페인이 마시고 있는 차에서 풍기는 지독한 냄새에 미간을 좁혔지만 페인은 아랑곳 않고 뜨끈한 독차를 후루룩 들이켰다.

"부패한 귀족들은 하나같이 카마트로스를 반대하고 나설 걸세. 찔리는 것도 많고, 우리를 통해 얻는 이득도 많거든. 또 우리가 필요악이라고 생각하는 놈들도 있어. 우리가 있기 때문에 다른 폭력 조직이 발생하지 않으므로, 우리 하나만 잘 구슬리면 된다고 생각하니 말일세."

"흠."

"그러니 앞으로도 하던 대로 계속하게. 이제 우리가 카마트로스를 사칭하고 있다는 게 들통 났으니 자네들의 본모습으로 활동해도 상관없네. 기사단의 피해를 줄이도록 하게나."

"수도를 난장판으로 만들어도 상관없다는 건가? 왕실 측에서 군사를 움직이면?"

"왕실 쪽에 연이 닿아 있어 그럴 일은 없어. 2왕자 슈나이더가 개별적으로 움직이는 경우는 있을 수도 있겠지만. 어쨌든 지금의 사태는 별것 아니야. 하지만…… 이건 내 계획이 아니었어."

페인은 눈을 가늘게 뜨고는 잔을 테이블 위의 잔 받침에 달그락 소리가 날 정도로 세게 놓았다.

"의외일세. 나는 카마트로스를 우리와 같은 급으로 끌어내려 슈나이더가 손을 떼게 하려 했네만 며칠도 안 되어 소문이 이리 뒤집히는군. 생각보다 카마트로스가 강했나? 나는 자네들이 카마트로스와 비등 혹은 그 이상이라 생각하고 계획을 세운 건데."

페인이 입꼬리에 비릿한 웃음을 매달자 포르미도는 인상을 찌푸렸다. 자존심은 상했지만 할 말은 해야 했다.

"애초에 우리는 일대일로 적을 상대하는 데 특화되어 있지 않소. 기습이나 습격, 혹은 뒤통수를 친 후에 몰려가서 단번에 죽여 놓지. 당신도 그걸 알지 않소?"

"하나 제국에서 수많은 기사단들 중에서도 상위권에 속하는 기사단이 당할 정도일 줄은."

"직접 상대해 본바 보통 놈들이 아니더군. 블랙폭시가 고전하는 이유를 알겠소. 놈들의 실력은 우리보다 한 수 위요. 실력상 네 번째 서열인 시리나나이 기사단의 기사들과 비슷할 것 같소."

겨우 며칠 사이에 돌아오지 않는 부하의 수가 벌써 20명이 넘었다. 어쩌면 그룬데왈스가 당할 수도 있었다.

"아아아악!"

포르미도는 테이블을 툭툭 두들기다가 비명이 들려오는 문 쪽으로 고갯짓했다.

"하지만 수확이 없었던 것도 아니지. 내가 저렇게 몇 명 생포해 오지 않았나?"

"그렇지. 역시 제국에서 손꼽히는 실력일세. 이때까지 생포한 카마트로스는 전무했는데 경이 나서니 이렇게 잡혀 오는군."

"블랙폭시가 뿔뿔이 흩어져서 다니니 카마트로스도 흩어져서 딱히 어렵진 않더군."

벌컥.

비명소리가 그친 지 얼마 지나지 않아 마르가리타가 그 문을 열고 나왔다. 그녀가 나오는 방에서는 비릿한 쇳내가 풍겼다. 마르가리타는 붉게 물든 장갑을 신경질적으로 벗더니 바닥에 내팽개쳤다. 그리고 페인과 포르미도가 앉아 있는 곳으로 쿵쿵거리며 걸어와 의자에 털썩 앉았다.

"세 명 중에 한 명은 죽었어요."

"귀한 놈들을 그렇게 죽이면 어찌해."

"어쩔 수 없었다고요. 고문은 소용이 없고, 이것저것 건드려도 보는데 어찌나 금제를 많이 걸어 뒀는지……. 일단 알아낸 건 좀 있어요. 첫째로, 가면이 무슨 수를 써도 벗겨지지 않아요. 가면을 벗기려면 피부까지 다 벗겨 내야 해요."

"마법이 부여된 가면인가? 파훼하면 되지 않나?"

"초고위급 마법사가 걸어 놓은 마법 같네요. 짜증나지만 내가 파훼할 수 없을 것 같아."

페인이 믿기 힘든 사실에 눈썹을 꿈틀거렸다.

"마르가리타 자네가 파훼할 수 없다고?"

"놈이 자발적으로 가면을 벗질 않아서 억지로 파훼하려 했더니 제게 마나 역류 현상을 일으켰어요. 그뿐만이 아니에요. 놈에게 자백 마법을 시전했는데 엄청난 반발력이 느껴지더군요. 뇌 전체에 정신 계열 마법이 걸려 있는데, 억지로 건드리면 그 마법이 뇌를 보호하며 반발하다가, 한계치를 넘어서면 놈의 대뇌피질 부분이 모조리 파괴되도록 되어 있었어요. 그래서 죽은 거예요. 아아, 자존심 상해."

"카마트로스에 가담한 마법사가 누군지는 모르겠지만 대단한 놈이군."

마르가리타는 제국에서도 손꼽히는 마법사다. 그런 그녀가 지금 어떤 한 마법사의 마법을 파훼하는 데 실패했다고 말하고 있었다. 마르가리타는 어깨를 으쓱거렸다.

"그래요. 악마의 파편 수혜자일 가능성도 염두에 둬야 해요."

"보고를 올려야 할 사안인가?"

"일단 기다려요. 확실하지도 않은 정보를 주인님들께 보고했다
간 당신부터 죽지 않을까요? 일단은 나도 소유자는 아니지만 공
유자니까…… 방법을 찾아볼게요. 연구대상인걸. 하지만 실험체를
많이 가져와 주길 바라요. 그런데 말이죠."

마르가리타의 눈이 기이한 빛으로 반짝였다.

"에이지는 잘하고 있는 건가요? 정보상인 주제에 카마트로스의
정보를 거의 잡지 못하다니, 징계감 아닌가?"

"전에도 말했지만 놈을 탓하기만은 어려워. 놈이 정보를 몇 개
물어 온 덕분에 피해를 몇 번 면한 적도 있고."

"흐음. 마음에 들지 않는데."

마르가리타는 다리를 꼬고 눈을 가늘게 떴다.

"내가 왔다는 소식을 들어 놓고도 아직까지 한 번도 찾아오지
않는다? 내 인내심이 바닥나고 있는데 말야."

페인이 피식 웃으며 식어 가는 차를 다시 한 번 들이켰다.

"나라도 자네를 다시 보고 싶진 않을 것 같네만."

육 일 차, 일주일도 채 되지 않아 카마트로스를 사칭하는 자의 씨가
말랐다. 지금까지 잡아들인 놈이 약 30명 정도 되었다. 그쯤 되자
놈들은 무슨 꿍꿍이속인지 카마트로스를 사칭하는 것을 그만두었다.

그리고 이아나는 며칠 새 지젤, 시저와 조금 친근해진 상태였다.
특히 지젤과 대화를 많이 나누었는데, 지젤은 한마디로 아주 맑은 사
람이었다. 잔디언덕에 누워 별을 보는 걸 아주 좋아한다는 지젤의 곁

에서는 새벽 공기처럼 청아한 향기가 났고, 함께 걸으면 마치 푸른 숲에서 산책하는 듯한 기분이 들었다. 아주 산뜻한 기분이었다.

"지젤, 괜찮다면 정령에 대해 좀 여쭤어도 되겠습니까? 질문이 실례라면 거절하셔도 됩니다."

그룬데왈스 기사단이 난동을 부리지 않자 한가해진 이아나는 지젤에게 조심스레 물었다. 지젤은 진지한 분위기의 이아나를 물끄러미 보았다. 나쁜 의도는 없어 보였다. 그녀가 봤을 때, 안은 나쁜 의도를 가질 만한 사람이 아니기도 했다.

지젤은 이아나의 곁에서 이상한 기분을 느낀다. 말하는 투를 보아 인간인 게 분명한데도 곁에 있으면 어쩐지 그리운 기분이 들고 어머니의 품에 안긴 양 푸근한 느낌을 받는다. 동료가 강해서 안심되는 기분과는 달랐다.

이상한 사람. 지젤은 고개를 끄덕였다.

"제가 아는 한에서 말씀 드릴게요. 무엇이 궁금한가요?"

"인간도 정령을 소환할 수 있습니까?"

"음……."

지젤이 미간을 좁혔다. 이아나는 그 모습에 살짝 실망했다. 지젤의 태도를 봤을 때 인간은 정령을 불러내는 게 불가능한 것 같았다. 하지만 지젤은 뜻밖의 대답을 내놓았다.

"혹시 당신은 신력이라는 것에 대해 알고 있나요? 인간이 정령을 소환하는 것…… 가능하긴 한데, 신력에 대해 모르면 설명하기가 좀. 모른다면 미안하지만, 말해 줄 수 없어요."

"아뇨. 알고 있습니다."

지젤은 스스로를 인간과 분리시키고 있었다. 즉 지젤은 이종족이라는 뜻. 하지만 카마트로스 간에 서로의 정체를 캐는 것은 금기였으므로 이아나는 그녀의 정체에 대한 호기심을 접어 두고 손가락으로 신력을 길게 빨아올렸다.

이아나의 검지에서 성냥불처럼 밝은 신력이 피어올랐다. 지젤은 깜짝 놀라 신력을 쳐다보았다. 그리고 단숨에 홀렸다. 검은 바다를 헤매다 쏟아진 등대의 빛 같은 안도감, 추위에 얼어 죽기 직전 발견한 모닥불 같은 따스함, 사랑하는 가족들과 함께 빙 둘러앉아 누리는 난로 같은 평온함.

"제어할 줄도 압니다."

이아나의 말에 지젤은 정신을 차리고 고개를 푸르르 저었다. 자신이 왜 이러는 건지 알 수 없었다.

"정말 대단해요. 그럼 말씀드릴게요. 결론만 말하자면 인간들도 정령을 소환할 수 있어요. 인간의 심장은 신력을 잡아당기는 힘이 몹시 세기 때문에 인간은 신력을 제어하기가 어려워요. 그리고 인간의 신력은 아주 적어서 자기 지배력이 아주 강한 사람이 아닌 이상 신력의 존재조차 모르는 게 보통이에요. 그래도, 신력을 제어할 수 있고, 자연을 느낄 수만 있다면 누구든 정령을 부를 수 있어요."

"자연을 느낀다는 건 무슨 말씀이죠?"

"말 그대로예요. 지금 우리의 앞에서 불어오는 선선한 바람이 느껴지나요?"

지젤이 손을 들어 바람의 결을 느끼는 것처럼 천천히 흔들자 이아나도 손을 들어 보았다. 바람이 정면에서 불어와 손가락에 감기고 있었다. 이아나는 고개를 끄덕였다.

"그게 바로 느낀다는 거예요. 잘 봐요. 선선한 바람의 느낌을 상상하며, 구름 형태의 정령을 불러내 볼게요."

지젤의 손끝에서 신력이 뻗어져 나왔다. 신력은 공기 중으로 퍼져 나가더니 공기를 뭉글뭉글하게 뭉치기 시작했다. 지젤의 앞에 나타난 것은 몽실몽실한 구름 모양의 정령이었다.

"저는 우리가 느꼈던 선선한 느낌을 상상하며 정령을 불렀어요. 바람이 불지 않는 장소에서 선선한 바람의 흐름을 만들어 내는 작고 귀여운 바람의 정령이죠."

구름 모양의 정령은 지젤의 주변을 빙글빙글 돌며 바람으로 그녀의 로브자락을 흔들어 댔다.

"하지만 자연은 아주 여러 가지 느낌을 가지고 있어요. 나무의 뿌리까지 뽑아내는 강력한 폭풍의 느낌을 상상하며 부르면 폭풍을 만들어 낼 수 있는 바람의 정령을 부를 수 있을 거예요. 농경지의 비옥한 토양의 느낌을 상상하며 부르면 땅을 비옥하게 만드는 흙의 정령을 부를 수 있을 테죠."

이아나가 이해했다는 듯 고개를 끄덕이자 지젤이 가면 속에서 미소 지었다.

"자연의 느낌을 이해했으면, 부르고 싶은 정령의 형태를 떠올리며 자연에 생명을 불어넣는다는 느낌으로 신력을 몸 밖으로 꺼내요. 그러면 당신이 원하는 정령이 나타난답니다."

이아나는 지젤의 말을 몇 번이나 되뇌며 뇌에 구겨 넣었다.

"원하는 정령이라……?"

이아나는 난처한 표정을 지었다.

"저는 아는 정령이 거의 없는데, 정령들의 정보는 어디에서 얻을 수 있을까요?"

"정보요?"

"제가 아는 분께서 타마탄이라는 두더지 형태의 흙의 정령과 헬게티라는 불씨 형태의 불의 정령을 부르시더군요. 저는 그 두 종류의 정령밖에 모릅니다."

지젤이 웃음을 터뜨렸다.

"당신은 착각하고 있네요. 정령은 당신이 부르는 순간 탄생하는 거예요."

"네?"

"이 세상의 진짜 정령은 딱 네 존재뿐이에요. 정령왕 이니스, 토우, 카고마인, 시웨아. 이분들의 부분이 우리가 말하는 정령이죠. 아까 말했던 것처럼 자연의 느낌을 떠올리며 정령을 소환한 후, 이름을 지어 주면 그 정령은 자신의 형태와 이름을 기억해요. 새로운 존재로 탄생하는 거죠. 정령왕의 부분이면서도, 새로운 정령이 되어 정령왕의 아이가 되는 거예요. 그래서 다음부터는 당신이 이름을 부르면 그 정령이 튀어나와요."

"아……."

"헬게티와 타마탄은 지인분께서 탄생시킨 정령인 것 같네요. 저는 들어 본 적이 없어요."

지젤의 곁을 빙빙 돌던 구름 형태의 정령이 지젤이 부여한 신력을 모두 소모했는지 흐릿해졌다. 지젤은 정령을 향해 손을 흔들며 인사했다. 정령은 그녀의 손 주변을 빙글, 한 번 돌더니 마침내 사라졌다.

"이름을 지어 주지 않으면 정령은 역소환된 후에 사라져요. 일회성인 거죠. 나중에 다시 똑같은 형태의 정령을 불러낸다고 해도 당신을 기억하지 못해요. 만약 정령과 친분을 쌓고 싶다면 이름을 붙여 주는 게 좋아요."

"다른 사람이 이름을 붙여 준 정령을 소환할 수도 있나요?"

"그럼요. 이미지 수련이 힘든 이들은 이미 선대가 만들어 두고 기록한 정령을 부르기도 해요. 어쨌든, 정령을 이런 식으로 부르기 때문에 이 세상에는 엄청난 종류의 정령이 존재해요."

"신기하네요."

지젤은 정령의 이야기를 하는 게 즐겁다는 듯 맑게 웃었다.

"아, 정령과 대화를 할 수도 있어요. 신력을 많이 제공하면 정령의 지능이 높아지기 때문에 대화를 나눠 보고 싶다면 신력을 배부르게 주는 게 좋아요."

"음……. 혹시 정령을 부르는 소환어 같은 게 있나요?"

"아까 제가 구름 모양의 정령을 부를 때 무슨 말을 하던가요? 필요한 건 내가 널 원한다는 의지예요. 무언으로도 소환할 수는 있지만 입 밖으로 내면 그 의지가 더 강력하게 표현되기 때문에 어떤 이들은 '나와라!', '이리 와!' 식으로 부르기도 해요. 그런데 안, 당신이 인간이라면 정령 소환은 시도하지 않는 게 좋겠어요."

지젤은 웃음을 그치고 이아나를 진지하게 쳐다보았다.

"안, 제가 무슨 종족인지 대충은 짐작하시죠?"

"……네."

"인간은 보통 수명이 백 년도 되지 않아요. 하지만 전 그 열 배인 천 년을 살아가요. 수명이라고 할 수 있는 신력이 그만큼 많아요. 이종족의 심장은 인간과는 달리 신력을 느슨히 풀어 놓기 때문에 신력을 제가 원하는 대로 부리기 쉽죠. 그래서 이종족이 정령들과 함께 살아갈 수 있는 거예요. 아까 안이 보여 준 신력…… 그 정도면 삼 일 치 생명이에요."

이아나의 머리가 쭈뼛하게 섰다. 구체적인 숫자를 들으니 기분이 조금 스산했다. 지젤이 충고했다.

"호기심이 생기는 건 알겠어요. 안은 신력을 쓸 수 있으니 한 번쯤은 귀여운 정령을 불러 보는 것도 괜찮을 거예요. 하지만 인간은 정령과 함께 살아갈 수 없어요. 안, 명심해요."

이미 각오하고 있는 바였다.

이아나는 지젤과 헤어진 이후 숲으로 향했다. 요즘 세상이 흉흉한지라 밤 산책을 즐기는 이는 드물었다. 풀벌레들이 울어 대다가 이아나가 지나갈 때마다 울음을 뚝 그쳤다. 달이 그녀를 따라가며 나뭇잎 사이로 길을 밝혀 주었다.

이아나는 생물의 기척이 전혀 느껴지지 않는 으슥한 장소에 도착했다. 무릎을 굽혀 쪼그리고 앉아 흙에 손을 가져다 댔다. 조금 막막해졌다. 토우는 흙의 모든 것이나 마찬가지인 정령왕인데 어찌 불러야 할까.

'정말로 될까?'

이아나는 손가락으로 흙을 살살 비비며 흙의 느낌을 느끼려 애썼다. 손끝에 흙의 부드러운 느낌이 전해졌다. 이아나는 늘 봐 왔던 흙 인형 토우의 모습을 떠올리며 흙에게 생명을 선물한다는 느낌으로 신력을 흙으로 살살 보냈다.

'토우. 내 앞에 와 줘.'

이아나가 의지를 발현하자 흙이 그녀의 신력을 물 흡수하듯 빨아들였다. 그러자 핀의 정령을 만졌을 때와 비슷한 현상이 벌어졌다. 다른 점이라면 정령이 그녀의 몸 안으로 들어와 심장에서 신력을 뜯어먹지 않았다는 점이다.

[이아나!]

토우는 소환되자마자 이아나에게 달려들어 그녀의 무릎을 꼬옥 감쌌다. 헤어졌던 연인을 다시 만난 양 애틋한 태도였다.

[오랜만에 불러 주었구나. 그런데 소환될 때 네가 나를 원한다는 느낌을 강하게 받았는데…… 혹시?]

"내가 너흴 부를 수 있게 됐어."

[신력을 사용할 수 있게 된 거구나!]

토우가 짧은 팔을 허우적거리고 펄쩍펄쩍 뛰다가 기쁨을 이기지 못하고 흙더미로 변해 폭삭 무너져 내렸다. 하지만 이내 다시 흙 인형 모습으로 돌아와 이아나의 손가락을 두 팔로 꼭 쥐었다.

[이때까지는 우리가 너를 너무 보고 싶어 신력을 억지로 빼앗는 느낌이라 늘 마음이 좋지 않았다. 네가 이렇게 나에게 신력을 주면서 불러 주니 기분이 정말 좋아.]

토우가 심하게 기뻐하자 이아나는 자신을 이토록 좋아해 주는 이가 있다는 사실에 뭉클해졌다. 그리고 이렇게 애정을 표현하는 정령들이 보는 자신이 어떤 모습일지 궁금해졌다. 이아나는 토우의 머리를 톡톡 두들겼다.

"사정이 있어 너흴 부르지 못해 미안하다."

[괜찮다. 생명은 소중한 거니까. 우리는 네가 불러 주지 않으면 거의 잠들어 있으니 신경 쓰지 말고 필요할 때 우리를 불러 줘도 돼. 다만 시웨아가 자기는 왜 안 불러 주느냐고 난리를 치더군. 정령을 부르는 법을 배웠다면 바람을 주관하는 시웨아도 한번 불러 줬으면 한다.]

"알았어. 나중에 꼭 한번 부를게."

[그런데 오늘은 왜?]

"아, 정령 소환법을 배워서 네 얼굴도 볼 겸 불렀는데……. 솔직히 말해 한 번에 될 줄은. 오늘은 딱히 용건이랄 게 없어."

[기쁘다!]

토우가 이아나의 허벅지 위에 철퍼덕 엎어졌다. 이아나는 토우의 부슬부슬한 머리통을 손으로 슬슬 어루만졌다.

"그리고 내가 전에 신성시대의 이야기를 해 달라고 했었지?"

[그랬지. 하지만 얘기를 해 줄 시간이 별로 없더군.]

"이제 너희를 부르는 법도 배웠으니 한 달 후…… 그러니까 보름달이 두 번 뜬 후에, 가능할 때마다 너희를 계속 부를 생각이야. 그때 그 이야기를 들었으면 해."

지금은 6월 초. 곧 학술원 정규 학기가 끝나고 계절학기가 시작된다. 압실롯을 만나러 가는 여행이었지만, 가는 도중에 정령들에게도 이야기를 듣고 싶었다.

그날 이후 이아나의 안에서는 이때까지 전생 그 이상의 의미는 없다고 생각했던 로베르슈타인의 존재가 크게 부각되었다. 그러나 부속물에 불과한 전생이 인생을 멋대로 휘두르게 둘 수는 없었다.

[그대를 계속 볼 수 있다는 건가? 정말 기쁜 일이다. 다른 녀석들에게도 그리 말해 두지.]

그녀의 손을 쥔 채 고개를 귀엽게 주억거리는 토우를 이아나는 물끄러미 바라보았다. 토우는 흙의 정령답게 마치 만물을 이 세상으로 피워 내고, 생명을 다해 지는 것들을 끌어안는 대지와 같이 차분하고 이해심 많은 성격이었다. 또 인간들의 복잡한 세상과는 구별되는 거대한 존재였다. 그들은 육안이 아닌 특별한 눈으로 보며, 존재의 가치를 색다르게 평가한다. 그런데 이들이 이렇게 저를 좋아해 주는 이유가 로베르슈타인의 영향을 받았기 때문이라면 조금 서글플 것 같았다.

"토우. 네가 보는 나는 어때?"

[음?]

토우가 쥔 손으로 포근함이 전해져 왔다. 이아나는 자신을 조용히 응시하는 토우를 내려다보며 천천히 말했다.

"나는 나야. 다른 누구도 아니야."

[그래.]

"나는 원하지도 않은 외부적 요소에 휘둘리고 싶지 않아. 내 인생의 모든 걸 내 스스로 선택하면서 살아가고 싶어. 그런데 로베르슈타인…… 그 신이 계속 나를 모호하게 만들어."

르보니가 자신을 그다지도 미워하고 증오했던 이유가 그 신의 신력을 빼앗아 갔기 때문이라고 했다. 르보니에게 미움 받은 건 제 뜻이 아니었다. 신력을 제어하려 했더니 다른 사람과는 달리 심장에 무슨 벽이 있어 신력을 평범하게 제어할 수 없다. 이것도 제 뜻이 아니다. 이런 문제들을 해결하고자 로베르슈타인에 대해 알아보려 했더니 아르하드가 관계에 영향을 줄 수도 있다며 반대했다. 이 또한 제 뜻이 아니다. 지금의 삶을 만든 회귀 또한 제 뜻이 아니었다.

그러나 잡아먹히지 않았다. 오히려 로베르슈타인을 완전히 집어삼켜 주겠다, 그리 호쾌하게 결심했다. 그리하였음에도…… 현재, 누군가가 자신을 좋아해 주는 게 이아나이기 때문이 아닌 로베르슈타인의 영향을 받은 거라면 아닌 척해도 조금 섭섭할 것 같았다. 주객전도를 당한 기분인 것이다.

"토우, 나를 어떻게 보고 있는지 말해 줘."

토우는 이아나를 말없이 물끄러미 쳐다보다, 입을 열었다.

[그대는 스스로가 로베르슈타인이 전생일지도 모른다고 말했다. 그래, 그대는 먼 과거에 로베르슈타인이었을지도 몰라.]

"그래서?"

[처음에 그대가 로베르슈타인과 비슷한 신력을 가지고 있어 놀랐고, 기뻤다. 하지만 지금 그대와 마주하고 있는 지금, 우리가 좋아하는 건 그대의 과거였을지도 모르는 로베르슈타인이 아닌, 로베르슈타인이 과거였을 뿐 이아나 그 자체인 그대다.]

토우는 이아나의 손을 툭툭 두들겼다.

[정령은 생명의 본질을 꿰뚫어 봐. 선함과 악함, 깨끗함과 더러움, 강인함과 나약함……. 오로지 그 사람의 본질만을 보고 맹목적으로 상대를 대하지. 그대는 우리가 아주 좋아하는 상이기 때문에 좋아하는 거야. 만일 그대가 악하거나 나약했다면 별로 좋아하지 않았겠지. 로베르슈타인과는 관계없이.]

이아나가 말이 없자 토우는 폴짝 뛰어올라 그녀를 꼭 안았다.

[현재 로베르슈타인은 그대의 부속일 뿐이다. 우린 이아나, 너를 좋아해. 정말 좋아한다.]

이아나는 계속해서 말없이 가만히 있었다. 토우는 이아나의 심정을 위로해 주듯 가만히, 부드럽게 조그마한 몸으로 그녀를 안아 주었다. 아직 몇 번 만나지는 않았지만, 정령들은 모두 맑고 솔직했다. 너무 솔직해서 속이 빤히 보였다. 그리고 자신이 굳이 마음을 얻으려 노력하지 않았는데도 그들은 순수하게 좋아해 주었다. 단순히 이아나라는 사람을 보고.

그래서 이아나는 정말 기뻤다. 진심 어린 환한 미소가 그녀의 입가에 그려졌다.

소문이 일파만파로 퍼져 사칭하는 게 불가능해지자 블랙폭시는 대놓고 범죄를 저지르기 시작했다. 갑자기 우르르 뛰어나와서 가게 하나를 난장판으로 만들어 놓거나, 그냥 지나가던 사람을 끌고 가 곤죽으로 만들어 놓거나, 아무 낌새도 없이 불특정 다수를 납치해서 끌고 가는 등 묻지마범죄를 저질렀다. 그리고 밤에는 평소 하던 짓과 똑같은 짓을 저질렀다. 다만, 스스로를 블랙폭시라 칭하지 않았다.

그래서 카마트로스를 사칭할 때보다 사태가 더 심각했다. 그냥 범죄를 저지르니 블랙폭시는 아니지만 평소에 나쁜 마음을 먹고 있던 범죄자들도 범죄를 마구잡이로 저지르기 시작한 것이다.

상황이 그렇게 되니 무작정 블랙폭시를 욕하기 어려웠다. 물론 대다수가 블랙폭시가 저지른 일이겠지만, 만일 지목했다가 블랙폭시가 아니면 그건 또 곤란했다.

한 번은 한 기사가 범죄의 용의자로 블랙폭시 조직원을 지목해서 강제로 치안소로 끌고 갔던 적이 있다. 치안소 지하에 있는 감옥에 가둬 둔 지 하루 만에 창살이 박살났고, 범죄자들은 도망쳤다. 조직원을 끌고 갔던 기사의 집안은 순식간에 망했다.

"무고한 조직원을 범죄자로 만든 놈들은 응징한다!"

블랙폭시의 조직원들은 그리 말하고 다녔다.

이런 현실에 국민들은 점점 더 불안해졌고 왕국에서 나서서 이 사태를 해결해 주기를 바랐지만 이상하게도 로안느의 군대는 미적거리고만 있었다.

"놈들을 이번 기회에 모조리 제거해야 합니다!"

"이는 로안느를 우습게 보는 행동이 아닌가!"

국무회의에서는 며칠째 블랙폭시를 성토하며 그들을 토벌해야 한다는 주장이 제기되고 있었다. 평소 블랙폭시를 몹시 싫어하던 귀족들은 범죄가 급증하자 증거가 있든 없든 범인을 블랙폭시로 몰아가며 놈들을 싹 쓸어버리자는 입장을 고수했다.

'블랙폭시 이놈들이 미쳤나.'

'대체 무슨 짓이야.'

음지에서 활동하다가 약이라도 먹은 것처럼 양지에서도 활발하게 활동하는 블랙폭시 때문에 그들과 결탁하고 있던 귀족들은 불편한 심기를 감추지 못했다. 블랙폭시는 그들의 은밀한 자금줄이고, 더러운 일을 해결해 주는 유용한 체스 말이었다. 유흥용으로도 훌륭했다. 계집도, 마약도, 도박도.

루리아도 마찬가지였다.

"요즘 대체 무슨 짓을 꾸미는 게냐?"

루리아는 앞에 푸른 로브를 머리까지 뒤집어쓴 뚱뚱한 남자를 앞에 두고 불편한 기색을 숨기지 못했다.

루리아는 베고이샤 왕국의 세 번째 왕녀였다. 베고이샤 왕국은 남동부 대륙에 위치한 국가로, 티르켈, 소니야, 잘바테스, 모리안이라는 네 강국에 둘러싸여 완충역할을 하는 작은 국가였다. 왕국이라고는 하지만 사 국에 늘 공물을 바쳐야 했으므로 사 국의 공통 식민지나 다름없었다. 약소국의 세 번째 왕녀라는 보잘 것 없는 위치에 있었던 루리아는 사 국의 왕족들과 귀족들에게 치욕스러운 대접을 받으며 살아왔다.

'두고 봐!'

루리아는 그녀에게 수치심을 안긴 자들에게 복수를 하고 싶었다. 하지만 혼자서 할 수 있는 일은 전무했다. 그녀에게는 똑똑한 머리도, 사람을 끌어당기는 성품도 없었다. 딱 한 가지 있다면 매혹적인 외양이었다. 그리고 베고이샤 왕은 로안느의 늙은 왕이 루리아에게 관심을 보이자 그녀를 날름 바쳤다.

나이 든 왕비가 아닌 다른 젊은 여자들에게 관심을 가지기 시작한 왕에게 있어 루리아는 노리개 중 하나에 불과했다. 루리아는 우울증에 걸릴 뻔했지만 곧 정신을 차렸다. 그녀는 탐욕적이었고 이기적이었으며 독했다. 그리고 그런 그녀를 알아보고 접근한 조직, 블랙폭시.

블랙폭시는 그녀에게 왕을 홀리는 방중술을 가르쳐 주었고, 외모를 더욱 아름답게 가꾸어 주었으며, 지지 세력과 자금 등등 그녀에게 부족한 모든 것을 채워 주었다. 그녀는 왕의 애첩이 되어 왕세자를 생산했으며, 왕으로부터 가슴 떨리도록 비싼 선물들을 받았다.

블랙폭시가 있었기에 루리아는 지금의 위치에 올랐다. 그녀는 블랙폭시에 전적으로 의지하고 있었으며 그들이 저를 떠날까 봐 늘 두려워했다. 그리고 지금처럼 블랙폭시가 이상한 행태를 보이면 불안해서 어찌할 바를 몰라 했다. 이는 아들 페르난도가 국왕이 될 때까지 지속될 터였다. 그래서 루리아는 하루빨리 페르난도를 국왕으로 즉위시키고 싶어 했다.

"저하. 일단 약소하지만 저희의 선물을 받아 주십시오."

뚱뚱한 남자가 보석함을 내밀었다. 루리아의 시선이 보석함으로 쏠렸다. 남자의 두툼한 손이 보석함의 문을 열어젖히자 안에 있던 보석의 매끄러운 면에 반사된 빛들이 유성우처럼 뿜어졌다.

"핑크다이아몬드를 메인으로 한 다이아몬드 목걸이입니다. 드워프가 세공했습죠."

루리아는 반짝거리는 보석에 탐욕적인 시선을 보내다 정신을 차리고 남자를 노려보았다.

"지금 내가 보석에 관심을 가질 처지냐? 지금 내가 군사를 차출해서 범죄를 뿌리 뽑아야 한다는 슈나이더와 그 패거리들을 막느라 얼마나 힘든지 알기나 해?"

"훌륭하십니다. 계속 그렇게 힘써 주십시오."

"지금 이렇게 난리를 치는 이유를 말하라는 소리야! 그리고 막을 명분도 내놓아!"

루리아가 테이블을 탕탕 내리쳤다.

"이유를 모르니 불안해. 너희들이 이렇게 나오는데 내 쪽이 군사 차출을 반대하면 국민들의 지지도가 하락할 게 아니냐?"

"버러지들은 신경 쓰지 마십시오. 카마트로스 문제를 해결하면 다시 원래대로 돌아갈 겁니다."

루리아가 미간을 찌푸렸다.

"대체 카마트로스가 뭔데?"

"카마트로스 때문에 저희가 입은 손해가 막심합니다. 수입이 거의 오분의 일은 줄었죠."

"오분의 일?"

루리아가 생각하기에 오분의 일은 별로 많지 않은 것 같았다. 겨우 그것 때문에 이렇게 난리를 친단 말인가? 루리아가 아무 말도 하지 않고 입술을 앙다물고 있자 혀를 한 번 쯧 하고 걷어찬 남자가 말을 이었다.

"블랙폭시의 연 수익이 어떻게 되는지 아십니까? 로안느 왕국의 삼 년 예산을 웃돕니다. 거기에서 오분의 일이란 소리입니다."

루리아는 너무 놀라서 입을 쩍 벌렸다. 로안느의 삼 년 예산이라니, 눈앞의 남자는 어이없는 말을 하고 있었다. 남자는 멍청한 그녀를 살짝 비웃고는 허리를 깊이 숙였다.

"저하께서는 저희의 사업 규모가 얼마나 큰지 아십니까? 음지 사업을 주로 하지만, 무기매매와 같은 알짜 사업도 하고 있습니다. 전 세계적으로요."

"······."

"그런데 몇 년 전부터 놈들이 우리를 방해하기 시작했습니다. 놈들이 나타난 아지트와 거래소는 파괴되었고, 간부들이 죽자 일개미들은 겁을 먹고 빠져나갔죠. 업무가 마비된 틈을 타 다른 놈들이 망설임도 없이 바로 그 사업 쪽을 치고 들어왔습니다. 무슨 뜻인지 아십니까? 카마트로스가 계획적으로 저지른 일이고, 우리의 사업체를 빼앗은 놈들은 카마트로스의 후원자거나 카마트로스 그 자체란 말입니다."

남자가 이를 뿌득 갈았다.

"로안느에서 얻는 수익은 다른 곳보다 훨씬 많습니다. 절대 빼앗기면 안 되는 노다지지요. 그런데 놈들이 이곳을 본거지로 삼고 활동하니 골치가 아픕니다. 정보 라인이 얼마나 뛰어난지 아지트를 모조리 부수고 다녀 일개미들이 제대로 일을 못 합니다."

"너희 측에서 해결이 안 되는 거냐?"

"쥐새끼처럼 치고 빠지는 데 능숙한 놈들이라서…… 저하와 휘하의 귀족들, 그리고 여론의 힘을 빌릴 수밖에 없게 되었습니다."

"……."

아무리 악독한 루리아라지만 블랙폭시가 곁에 두기 이로운 집단이 아니라는 사실만큼은 잘 알고 있었다. 로안느에는 블랙폭시를 혐오하는 귀족들이 많았는데, 언행을 잘못했다가는 그들이 모두 루리아에게서 등을 돌릴 수도 있었다.

"루리아 저하께서 나설 수밖에 없는 이유를 알려 드리지요."

루리아가 인상을 찌푸린 채 말이 없자 남자는 쐐기를 박았다.

"카마트로스, 슈나이더 왕자가 후원하는 단체입니다."

루리아의 손이 파르르 떨렸다.

"제 말이 무슨 뜻인지 아시겠습니까?"

"놈이 설마 나와 당신들이 결탁한 걸 알아챘단 소리냐? 내 세력을 줄이려고 카마트로스를 후원하는 것이냐고!"

"그것까지는 알 수 없지요. 다만 우리가 계속해서 피해를 입으면 루리아 저하께도 영향이 갈 수밖에 없습니다."

"그러면 내가 어찌해야 하느냐?"

이제야 말이 통할 것 같다. 남자는 로브 아래에서 씨익 웃었다.

"우리가 오랜 세월간 쌓아 온 악명은 허튼 것이 아닙니다. 그것을 이용하십시오. 그리고 저희와 결탁한 다른 귀족들의 도움을 받으십시오."

"지금 무슨 소리를 하는 겁니까. 저하, 제정신입니까? 카마트로스를 제거하겠다니요?"

슈나이더는 회의용 테이블을 두 손바닥으로 세게 내리치며 자리에서 일어났다. 슈나이더의 서슬 퍼런 기색에 그 옆에 앉아 있던 여덟 살배기 라이너스 왕자가 겁을 먹었다. 라이너스와는 달리 국왕의 바로 옆자리에 앉아 있던 페르난도는 그런 슈나이더를 아랑곳 않고 시큰둥하게 말했다.

"너야말로 말을 함부로 하지 마라. 애초에 카마트로스를 사칭한 게 블랙폭시라는 증거도, 지금의 상황을 블랙폭시가 만들어 냈다는 증거도 없다. 증거도 없이 거대 조직을 함부로 들쑤시는 게 얼마나 대책 없는 행동인지 모르겠느냐?"

"블랙폭시가 한 짓이 아니라고 말씀하고 싶으신 겁니까?"

"아닐 수도 있다는 가정을 놓아서는 안 되지."

슈나이더는 신경질적으로 제 앞에 놓여 있던 서류를 뒤에서 대기하고 있던 시종에게 주었다. 시종은 서류를 받아 들어 페르난도에게 전했다. 페르난도는 서류 내용을 보고 인상을 찌푸렸다.

"확실한 범죄자 열댓 명을 체포해 몸을 수색했습니다. 모두 검은 여우 문신을 새긴 블랙폭시 조직원이더군요. 전부 다 다른 사건에서 체포했는데 말이죠. 이 정도면 블랙폭시가 이 사태를 주도하고 있다는 증거로 충분하지 않습니까?"

페르난도가 끙, 하고 앓는 소리를 냈다.

"만일 블랙폭시라면, 놈들이 최근 난리를 치는 이유가 무엇이겠느냐. 조용히 지내면서 평민들 몇만 쥐치던 블랙폭시를 카마트로스가 들쑤셨기 때문이 아니겠느냐? 카마트로스가 나타나기 전에는 보복을 일삼는 걸로 유명한 블랙폭시임에도 치안대 기사들에게만큼은 손대지 않았다. 왕국과 척지고 싶지 않았기 때문이지."

"그래서?

"그런데 이번에는 놈들을 잡아들였던 치안대 기사들까지 비명횡사를 당했어."

"그래서요?"

슈나이더가 알아듣지 못한 것처럼 계속해서 반문하자 페르난도가 짜증이 나서 쏘아붙였다.

"카마트로스를 제거하면 블랙폭시도 다시 조용해질 거란 말이다. 블랙폭시는 수백 년 동안 존재해 왔지만 이때까지 다른 국가들과 잘 공존해 왔어."

"그럼 지금 저하께서는 범죄 조직의 범죄 행위를 보고만 있겠단 말입니까? 그들과 손을 잡겠단 소리냔 말입니다."

페르난도가 헛기침을 했다.

"손을 잡는 게 아니라 현실과의 타협인 거지. 블랙폭시는 언제어디서나 존재해 왔다. 저력의 끝이 어딘지 짐작할 수 없어. 그런폭탄 같은 놈들은 그냥 가만히 내버려 두는 게 나아. 그러면 놈들도 얌전히 있을 테니."

"말이 되는 소리를 좀 하시지요. 얌전히 있다니요."

슈나이더는 페르난도를 찌릿하게 노려보았다.

"놈들이 이제껏 밀수로 로안느로 들어와야 할 자금을 얼마나빼먹었는지 모르고 하는 소립니까? 마약매매와 인신매매 등의 범죄로 국민들의 생활을 얼마나 어지럽혔는지 모르고 하는 소리냔말입니다. 국민들을 얼마나 처참하게 짓밟아 놨는지, 놈들을 원망하는 국민들이 얼마나 많은지 진정 모르신단 말입니까?"

"……"

"카마트로스는 이런 상황에서 블랙폭시에 대항하는 유일한 반블랙폭시 단체입니다. 그런데 겨우 자라난 희망의 싹을 돕지는 못할망정 짓밟겠다는 겁니까? 블랙폭시를 내버려 두어 놈들이 제멋대로 활동하게 내버려 두는 상황이 정상이고, 카마트로스가 블랙폭시를 상대하는 지금의 상황이 비정상이냔 말입니다. 카마트로스 때문에 블랙폭시의 활동이 얼마나 위축되었는지 모르니 하시는 말씀이겠지요."

"위축? 지금 이 상황이 위축이라고 보는 거냐?"

"고양이 앞의 쥐도 목숨을 위협당하면 발을 무는 법입니다. 평소였다면 카마트로스와 정면에서 붙어 자기네들끼리 해결했을 블랙폭시가 여론까지 이용하는 이유가 무엇이겠습니까? 카마트로스가 그만큼 위협적이라는 소립니다."

"그래서 너는 어쩌자는 소리냐? 카마트로스와 블랙폭시의 싸움을 가만 내버려 두겠다는 거냐? 현재 평민들이 얼마나 고통 받고 있는지 알고 하는 말이야?"

"당연히 왕실에서 군사를 차출해서 블랙폭시를 제거해야지요. 놈들을 로안느에서 몰아낼 수 있는 최고의 기회입니다."

"네 말은 블랙폭시와 완전히 척을 지겠다는 소리구나. 이렇게 세상물정을 몰라서야, 쯧쯧."

슈나이더와 논쟁을 벌이는 게 피곤해진 페르난도가 의자의 등받이에 몸을 기댔다. 슈나이더는 진보고 페르난도는 보수였다. 슈나이더는 도전을 원했으며 페르난도는 현상유지를 원했다. 슈나이더는 큰 위험을 감수하고 높은 수익을 원했고 페르난도는 낮은 수익을 원하는 대신 위험을 적게 부담하는 편을 택했다. 둘은 충돌할 수밖에 없는 불과 물이었다.

게다가 페르난도 입장에서는 블랙폭시와 척을 져서도, 블랙폭시에 피해를 줘서도 안 되었다. 블랙폭시는 페르난도가 태어나기 전부터 루리아와 손을 잡았다. 현재의 모든 것을 이뤄 준, 이를테면 몸속의 뼈와 같은 존재였다.

"블랙폭시가 암흑가의 우두머리로 군림하고 있었을 때는 다른 조직의 조직범죄가 일어나지 않았어. 놈들이 영 쓸모없기만 한 건 아니지."

"즉 블랙폭시는 필요악이니 내버려 두시겠다? 암적 존재인 블랙폭시를 제거하려는 카마트로스를 오히려 제거해야 한다? 말이 되는 소립니까? 오늘의 안건은 절대로 통과시킬 수 없습니다."

길쭉한 상아 테이블 두 개가 양쪽으로 놓여 있고, 그 두 테이블을 내려다보는 왕좌에 국왕이 앉아 있다. 오른쪽 테이블 가장 상석에는 왕세자인 페르난도가, 왼쪽 테이블의 상석에는 왕자 신분의 슈나이더와 라이너스가 앉아 있었다. 그리고 양쪽으로는 삼 공작이, 수도권 귀족인 클라우드 후작과 오웬 후작이, 거대 백작가문의 수장 열 명이, 정례회의에 참가할 만큼 영향력 있는 자작들이 앉아 있었다.

둘의 싸움을 가만히 지켜보고 있던 국왕, 하리오스가 마침내 입을 열었다.

"슈나이더 네 말에도 일리가 있지만 페르난도의 말도 허튼 것은 아니구나. 이때까지 블랙폭시가 큰 문제를 일으킨 적이 없었으니까. 또, 그들은 폭력 조직이지만 하나의 사업체이기도 하다.

무기 쪽에서는 놈들이 독보적이니 함부로 척을 질 수는 없어."

슈나이더의 눈매에 날이 섰다. 병을 핑계로 루리아와 침실에 누워 정례회의에 참여하지 않은 지 오래된 왕.

슈나이더는 아주 실망했다. 왕은 예전의 모습을 완전히 잃었다. 바하무트와의 전쟁을 수년간 이끌다가 22년간의 휴전이라는 업적을 이뤄 낸 아비는 천박한 여자의 품에서 놀아나고 있었다.

슈나이더의 가라앉은 눈빛이 병색이 완연한 얼굴로 향했다가 점점 내려가 허리띠 때문에 튀어나온 두툼한 살집에서 멈췄다. 과거 용맹한 은빛 사자라 불리던 사내는 어디로 갔을까? 늙으면 다 저렇게 되는 걸까?

"그러나 놈들이 무뢰배로 변해 나라를 어지럽히고 있는데 가만히 있을 수는 없는 노릇. 로안느의 국격이 떨어지는 일이다. 대신들은 어떻게 생각하나?"

슈나이더는 꿀 먹은 벙어리처럼 입을 다물고 있던 귀족들을 시퍼런 눈길로 쏘아보았다.

"2왕자 저하, 한 말씀 올리겠습니다. 현실적으로 생각시지요."

오웬 후작이 슈나이더에게 머리를 조아렸다. 오웬 후작은 대표적인 루리아 측 귀족이었다.

"무엇이 현실적이란 말인가?"

"블랙폭시의 세력이 하나의 거대 국가로 봐도 모자람이 없다는 것은 저하께서도 아주 잘 알고 계시겠지요. 설령 우리 로안느에서 쫓겨난다 해도 다른 국가에서 살아남을 겁니다. 그리되면 로안느에 앙심을 품고 일을 꾸밀지도 모르죠. 전 대륙에서 뿌리를 뽑을 수 없다면, 함부로 건드려서는 안 된다고 생각합니다."

"동의합니다. 우리 왕국의 훌륭한 기사들이 나서면 이 사태를 바로 해결할 수 있겠지만, 이후 블랙폭시의 보복을 염두에 둬야 합니다. 블랙폭시는 그들을 박대한 이들에게 보복을 하지 않은 전례가 없습니다."

"또, 국가에서 직접 나설 이유가 뭐가 있습니까? 소 잡는 칼을 닭 잡는 데 쓰는 격입니다. 이 사태는 카마트로스 때문에 벌어진 일이니 카마트로스가 책임져야 할 일이지요."

"어떤 나라도 블랙폭시에 직접적인 제재를 가하지 않습니다. 물론 그런 나라가 과거에는 있었습니다만, 지금은 다 망했지요."

여러 귀족들이 페르난도와 오웬 후작의 의견을 옹호하고 나섰다. 그들을 보며 평화에 안주해 있는, 혹은 블랙폭시에 뭔가를 받아먹고 있는 부패한 귀족들이 생각보다 많다는 사실을 슈나이더는 깨달았다. 블랙폭시가 아주 깊숙이 침투해 있다는 사실도.

슈나이더는 블랙폭시를 옹호하는 의견을 개진한 귀족들을 머리에 입력했다.

"보십시오. 다들 그리 생각하지 않습니까? 카마트로스 해체건, 재고해 주십시오."

오웬 후작이 보란 듯이 어깨를 펴자 그를 마주 보고 있던 클라우드 후작이 눈을 가늘게 떴다.

"오웬 후작. 어째 블랙폭시를 옹호하고 있는 것 같소이다?"

"그럴 리가."

"듣기로는 후작이 금덩어리처럼 아끼는 둘째 아드님이 정신을 빼놓고 다닌다던데."

클라우드 후작이 빈정거리자 오웬 후작이 눈썹을 꿈틀거렸다.

"회의에서 아들 얘기는 왜 나오오?"

"공자가 나쁜 것에만 이리저리 손대는 것 같아서. 소문으로는 블랙폭시와도 아주 잘 어울린다던데? 아들 관리를 똑바로 좀 하셔야겠소? 아들이 그런 식으로 행동하는데 후작이 블랙폭시를 옹호하지 않는다는 말에 신빙성이 있을 리가 있소?"

"지금 클라우드 후작은 남의 아들 사생활, 아니 소문으로 들은 것을 회의에 끌고 와 이야기하는 것이오?"

"후작의 말에 신빙성이 없음을 입증하기 위해 말한 것뿐이오."

클라우드 가문과 오웬 가문은 원수지간이었다. 평소에도 사사건건 부딪히던 두 가문은 이번에 슈나이더 진영과 페르난도 진영으로 나뉘며 제대로 한 판 붙었다. 슈나이더가 으르렁대는 둘을 중재했다.

"두 사람 다 그만하도록. 오웬 후작."

"예, 저하."

"설령 블랙폭시가 후작이 말한 것처럼 외부에서 우리를 압박하더라도 막으면 그만이다. 로안느가 그 정도는 할 수 있는 국가 아닌가?"

오웬 후작의 얼굴에 낭패의 감정이 서렸다. 여기서 불가능하다고 말하는 건 불가했다.

"저하, 저는 쓸모없는 희생은 줄이자는 것이……."

"도전이 없다면 미래도 없다. 후작의 의견은 기각한다."

"저는 슈나이더 저하의 말씀에 전적으로 동의합니다."

성질이 급한 백작 하나가 벌떡 일어나더니 제가 생각하고 있던 바를 강력하게 피력했다.

"놈들이 지금 뭘 하자는 겁니까? 가만 내버려 뒀더니 우리 로안느를 아주 우습게 보고 있습니다. 혹시 놈들이 국가 전복을 노리는 게 아닙니까?"

"말조심하시게. 뭐 이런 일로 국가 전복이라는 말까지 나오나? 그게 폐하 앞에서 할 말인가?"

"국가 전복까지는 심한 것 같고, 로안느를 뒤집어 놓으려고 작정한 것 같긴 합니다. 놈들이 더 일을 벌이기 전에 로안느에서 내쫓아야 합니다."

상석에서 조용히 입을 다물고 있던 삼 공작은 슈나이더의 편을 들어 주었다.

"솔직히 말해 블랙폭시가 괘씸한 건 사실이지요."

"국민들이 고통 받고 있습니다. 왕국은 무엇을 하고 있느냐는 국민들의 불만이 커지고 있는 걸로 알고 있습니다."

"군사 차출은 불가피합니다."

왕은 침침한 눈으로 삼 공작을 노려보고 있는 페르난도와 콧방귀를 뀌는 슈나이더를 번갈아 보다가 고개를 끄덕였다.

"으음. 삼 공작까지 그렇게 말한다면야. 어쩔 수 없군."

"아바마마, 저는 반대입니다."

페르난도가 미간을 잔뜩 찌푸린 채 불평을 토로했다. 슈나이더가 초를 치려는 그를 향해 눈알을 부라렸다.

"저하, 회의에서 전하께서는 부친이 아닌 군주시라는 원칙을 잊으신 겁니까? 게다가 지금 전하께서 말씀하시려는데 감히 막아서는 것입니까?"

슈나이더의 말에 왕이 슬쩍 불쾌해하는 기색을 내비치자 페르난도는 입술을 꾹 깨물었다.

"······송구합니다."

"다음부터 주의하거라. 그리고 슈나이더."

"예, 전하."

"군사 차출을 허락하겠다. 다만 이 일의 총책임자는 너다."

"그 말씀은?"

"차출하는 군사는 네 휘하의 군사들로 한정하겠다. 다른 귀족들이 사병으로 너를 지원하는 것도 허락한다. 하여 모든 공이 너의 것이나, 나중에 블랙폭시가 문제를 일으켜 왕국에 손해를 입힌다면 그것 또한 네 책임이다. 그래도 블랙폭시를 토벌하겠느냐?"

슈나이더의 표정이 미묘해지고 페르난도의 안색은 펴졌다. 슈나이더는 잠시 머리를 굴렸다. 설마 루리아가 이런 선택지를 내밀라고 왕을 꼬드긴 것일까? 아니면 왕 본인의 생각일까?

회피는 불가능하다. 왕이 시험이라도 하듯 내던진 선택지에 슈나이더는 망설임 없이 앞으로 나섰다.

공을 독식할 수 있는 기회다. 이로써 국민들의 큰 지지를 얻을 것이며, 블랙폭시를 몰아내고 그들이 양지에서 벌인 사업을 흡수해 엄청난 이득을 얻을 수도 있었다. 왕좌로 향하는 큰 한 걸음. 슈나이더는 자신 있게 고개를 끄덕였다. 이는 왕국의 밝은 미래를 도모하기 위함이며, 국민을 구제하기 위해서다.

"그러겠습니다."

"하지만 나의 생일이 이달 말이라는 것, 알고 있느냐?"

"물론입니다."

"나는 기쁜 생일을 맞이하고 싶다. 한 달, 이 일을 마무리 지을 수 있겠느냐?"

"그 짧은 기간 동안 블랙폭시를 완전히 토벌하는 건 무립니다. 하지만 지금 산발적으로 일어나는 범죄 행각들만큼은 반드시 막아 국민들이 로안느의 위대함을 찬양하게 만들겠습니다."

"좋다. 그럼 그리하거라."

"무슨 일이지?"

처형식이 광장 한복판에서 벌어지고 있었다. 갑작스런 처형식에 호기심을 가진 사람들이 많이 몰려들었다. 스물여섯 명이나 되는 대인원이 비틀거리며 처형대로 올랐다. 죄인들의 주변에는 차가운 빛을 발하는 합금 갑옷을 착용한 기사들이 흉흉한 모습으로 도열해 있었다.

얼마나 대단한 죄인이기에? 웅성거리는 와중에 멀찍이서 정복을 차려입은 슈나이더가 나타났다. 사람들이 깜짝 놀랐다.

"2왕자 저하다!"

"세상에, 왕자님께서 직접 오실 일이야? 반역 죄인인가?"

단상에 선 슈나이더는 시종에게서 마법 아티팩트를 건네받아 입가에 가져다 댔다.

"이 죄인들의 정체가 궁금한가?"

사람들이 슈나이더의 입만 바라보며 다음 말을 기다렸다. 슈나이더는 말을 한 번 고르고는 단호하게 말했다.

"이들은 블랙폭시다. 이들을 처형함으로써 오늘부로 앞뒤 분간 못 하고 범죄를 저지르는 악한들을 비롯해, 블랙폭시를 집중적으로 처리하기 시작한다."

여기저기서 헉하고 헛숨 들이키는 소리가 들렸다.

"다만 로안느 왕국군 전체가 아닌 나의 군사들과 내 휘하의 귀족들이 나설 것이며, 책임은 모두 내가 진다. 오늘부터 약 한 달 동안 범죄를 근절하는 데 집중하며, 강력 범죄일 경우 적발될 시 이유를 불문하고 사형에 처한다. 나 슈나이더가 공언하는 바이니 신분의 고하에 예외는 없다."

슈나이더 왕자가 악과의 전면전을 선포했다. 사람들은 흥분해서 이리저리 떠들어 댔다. 요새 범죄자들이 난리를 치는가 싶더니 결국 왕실에서 나섰다. 그것도 국민들이 왕의 재목으로 가장 기대하는, 가장 사랑하는 슈나이더 왕자가 나섰다.

슈나이더는 그의 발아래에 모인 군중을 천천히 둘러보았다.

"한 달 후에도 단속을 계속해서 블랙폭시를 비롯한 범죄의 뿌리를 아예 뽑아 놓겠다. 그대들은 대로안느의 국민들이다. 언제까지 블랙폭시에 두려움을 떨며 그들의 폭거를 보지 못한 척 비겁하게 굴 텐가? 로안느 왕국민으로서 용기를 가지고 대적하라. 내가 힘이 되어 주겠다."

슈나이더의 힘 있는 목소리는 사람들의 마음을 흔들었다. 그의 말에 여태껏 위풍당당하게 길거리를 활보하던 블랙폭시의 꼴 보기 싫은 모습과 놈들을 피하기만 했던 자신들의 모습이 겹쳐지며, 국민들은 슈나이더의 선포에 동조하기 시작했다.

그래, 그 나쁜 자식들. 이번 기회에 끝장내 버리자, 왕자님이 나서 주신다잖아, 그놈들에게 당하게 얼만데 갚아 줄 때도 됐지. 혼자서는 불가능하지만 모두가 함께한다면……. 너 나 할 것 없이 가벼운 흥분감과 정의감에 사로잡혔다. 그들은 스스로가 대단한 용사라도 된 기분을 느끼고 있었다.

하지만 그런 군중 속에는 가지각색의 걱정으로 얼굴이 흙빛이 된 채 군중에 어울리지 못하는 사람들이 있었다. 소심한 사람들은 앞으로 더 날뛰어 댈 블랙폭시에 대한 걱정을, 슈나이더의 지지자들은 혹시라도 이 건이 잘못되어 슈나이더가 왕이 되지 못할까 봐 걱정을, 블랙폭시의 관련자들은 자신의 미래를 걱정했다.

"또한, 최근 화제가 되었던 카마트로스는 블랙폭시를 대적하기 위해 창단된 조직으로, 내가 직접 후원하기로 결정했으니 더 이상의 헛소문은 없길 바란다."

와, 하는 감탄성이 곳곳에서 터져 나왔다. 슈나이더는 흥분한 군중에게서 등을 돌려 무릎 꿇고 있는 자들을 싸늘하게 내려다보았다. 그들의 입에는 침으로 흠뻑 젖은 흰 재갈이 물려 있었다. 그들은 하나같이 눈에 핏발이 선 채로 몸을 비틀어 대며 읍읍거렸다.

"이자들은 본보기다."

슈나이더가 싸늘하게 명했다.

"처형하라."

슈나이더의 말과 동시에 기사들이 검을 빼 들었고, 곧 죄인들에게서는 비명과 함께 벌건 피가 분수처럼 튀어 올랐다.

이아나는 아르하드와 함께 그 장면을 보고 있었다. 슈나이더는 카마트로스가 차곡차곡 모아 둔 그룬데왈스의 기사들을 넘겨 달라고 했고, 넘긴 즉시 사형에 처해 버렸다.

"블랙폭시가 머리를 잘못 썼군요. 슈나이더 왕자는 로안느를 좀 먹는 것들에 분노했으면 분노했지 굽힐 자가 아닌데."

이아나는 무심결에 중얼거렸다. 회귀 전, 슈나이더 왕자는 정치적으로 노련했고, 애국심이 넘쳐났으며, 블랙폭시를 극도로 혐오했다. 지금으로부터 5년 후의 이야기지만 현재도 비슷한 모습을 보이고 있었다.

그룬데왈스 기사단의 처형식을 응시하고 있던 아르하드는 천천히 고개를 돌려 어느새 그룬데왈스가 아닌 슈나이더를 보고 있는 이아나를 보았다. 아르하드의 눈빛이 가라앉았다.

"마치 슈나이더를 잘 아는 것처럼 말하는군."

이아나는 순간 아차 했지만 내색하지 않으며 대충 둘러댔다.

"다들 그렇게 얘기하지 않습니까. 정의롭고 능력 있는 왕자라고. 현 왕세자는 페르난도지만, 사실상 국왕이 될 왕자는 슈나이더라고들 말합니다."

"이변이 없는 한 그렇게 되겠지. 별로 칭찬해 주고 싶진 않지만 슈나이더는 두말할 것 없이 훌륭한 왕재다. 인재를 보는 눈도 있고, 정치 활동도 주체적으로 잘 하고 있고, 여론도 그에게 호의적이다. 따르고 있는 세력도 페르난도와는 질적인 면에서 차원이 달라. 왕족으로서의 자존심과 로안느에 대한 자긍심도 아주 높아. 강국의 왕으로서 아주 훌륭한 자질이지. 단점이 있다면, 아직 젊은 나이라 정치적 능수능란함이 부족하고 깨끗한 욕심이 너무 많다는 점일까."

아르하드가 슈나이더를 칭찬하자 이아나는 새삼스러운 기분이 들었다. 아르하드는 슈나이더를 무척 싫어했다. 이번 생에도, 저번 생에도. 하지만 상대를 높게 평가하고 있긴 했던 모양이었다.

"페르난도와 루리아는 블랙폭시의 꼭두각시일 뿐이고, 블랙폭시는 철저하게 바하무트의 수족. 사실상 슈나이더의 상대는 바하무트니…… 왕이 되는 과정에서 피를 많이 볼 거다."

"만일 블랙폭시의 뒤에 바하무트가 있다는 게 밝혀지면 어찌 될까요?"

"바하무트는 로안느의 철천지원수니 루리아와 페르난도는 아주 간단하게 몰락의 수순을 밟을 테지만……. 그렇게 둘 순 없지. 엉망진창이 될 때까지 서로를 물어뜯게 만든다."

계획대로라면 그녀가 열아홉 살이 될 때 카마트로스는 로안느를 개판으로 만들어 놓고 남부에서 모든 것을 청산한 후 북부로 떠난다. 아마 회귀 전에도 그랬을 것이다. 그 후 역사가 어찌 되었더라. 이아나는 생각에 잠겼다. 다시 태어난 지 17년. 회귀 전의 기억은 아주 뚜렷한 기억들 말고는 점점 사라지고 있었다. 그럼에도 애써 떠올린 기억이 시사하는 진실에 이아나의 몸에 소름이 돋았다. 약 10년에 걸친 왕자들의 왕위 쟁탈전 때문에 로안느 왕국 전체가 진이 빠져 있는 사이 바하무트를 제패한 아르하드는, 대륙을 향해 검을 겨누었다.

'모든 게 아르하드의 계략이었던 거야.'

이아나가 생각에 빠져 있는 사이, 아르하드가 그녀의 머리 위에 손을 얹었다. 이아나가 정신을 차리고 슬쩍 올려다보자 아르하드는 진지한 얼굴로 그녀에게 세뇌를 하듯 되뇌었다.

"그러니 슈나이더에게 가면 안 돼. 어차피 망할 거니까."

아르하드는 손을 움직여 이아나의 머리를 쓱쓱 쓰다듬었다.

"안 간다니까요."

이아나의 입가가 씰룩였다. 이 남자, 로안느 국민 입장에서 보면 진짜 나쁜 놈이다. 블랙폭시가 바하무트의 것인 이상 언젠가는 탈이 났겠지만, 실컷 이간질해서 둘이 싸우도록 두고 뒤로 빠져 있다가 뒤통수를 치다니. 어떻게 보면 야비했지만 이제는 같은 편이니 똑똑한 걸로 쳐주기로 했다.

"……."

문질문질 하는 손길에 이아나는 눈을 깜빡이며 멍하니 있다가 나른해져서 저도 모르게 눈을 감았다. 그리고 얼마 지나지 않아 퍼뜩 정신을 차렸다. 요새 하도 쓰다듬어져서 이젠 익숙해졌는지 쓰다듬고 있다고 의식도 못 할 지경이었다.

눈을 뜨고 올려다보니 아르하드가 귀엽다는 듯 쳐다보고 있었다. 이아나는 그런 그의 태도가 묘하게 느껴졌다. 이 남자는 요즘 자꾸 자신을 애 취급한다. 물론 다섯 살이나 어리므로 애 취급당해도 할 말이 없지만…… 안 그래도 되는데 악착같이 애 취급하는 듯해서 이상하고 수상했다.

쳐 낼까, 생각하던 이아나는 그냥 아르하드가 만족해서 스스로 손을 뗄 때까지 가만히 있기로 했다. 우습게도 그런 취급이 싫지는 않았다. 나름 괜찮달까. 아르하드는 푹신한 소파 같은 느낌이다. 의지를 해도 될 것 같은 상대라는 뜻이다. 그런 사람이 필요하다고 생각한 적은 없지만 생기고 나니 나름 마음에 든다. 상상만으로도 우습고, 그럴 일도 없겠지만 답지 않게 어리광을 피워도 될 것 같은 기분.

언제부터 아르하드가 편하게 여겨지기 시작했을까? 학술제 날 안겨서 펑펑 운 날 이후부터이던가? 아니면 실수를 해서 케이거스 드미트리 때문에 그를 피하다가 잔소리를 들은 날? 아니면 늘 입에 달고 살던, 제게 의지해 달라는 말 때문에 어느새?

모르겠다. 아무튼 처음에는 분명 마뜩잖았던 그의 보호자 노릇이 이제는 꽤 좋았다. 물에 떨어뜨린 잉크 한 방울이 느릿하게 퍼져 가는 것처럼, 아르하드는 이아나에게 있어 휴식처 같은 존재가 되어 가고 있었다. 이 사람의 옆에 있으면 안심해도 되겠구나, 싶은 것이다.

"……."

이아나는 평소 감정이 극도로 없어서 감정을 가지기만 하면 얼굴에서 확 드러나곤 했다. 그 감정이 보통은 황당함, 불쾌감, 살의와 같은 나쁜 기분이었지만 가끔은 좋은 기분일 때도 있었다. 그럴 때면 이아나는, 스스로는 알아채지 못했지만 항상 날카로이 서 있는 눈썹과 눈매를 살짝 아래로 늘어뜨리곤 했다. 지금처럼 말이다.

길들여진 고양이처럼 기분 좋은 티를 내는 이아나를 담은 아르하드의 동공 안에서 잠시 열렬한 무언가가 욱하고 일었다가 단숨에 모습을 감추었다. 처형장의 슈나이더를 잠시 흘끗 쳐다본 아르하드는 이아나의 머리를 쓱쓱 쓰다듬으며 심각하게 말했다.

"내가 제일 잘났다는 것, 너를 곁에 두기 위해 너에게 뭐든 해 줄 각오가 되어 있는 사람은 나밖에 없다는 것, 똑똑히 기억하고 있어야 해. 이런 주인은 나 말고 없다."

"……."

이아나는 어이가 없어 뻔뻔한 표정의 아르하드를 흘겼지만 속으로는 그가 짐짓 부리는 여유가 무척 마음에 들었다. 불안해하는 모습보다는 훨씬 보기 좋았다. 불안해할 때마다 걱정 말라고, 나는 당신이 좋다고, 내가 당신을 떠나기 싫다고 윽박지르듯 말해 준 효과가 있는 모양이었다.

"그리고 명심해. 슈나이더가 너에게 집적대거나 네가 그를 잘 아는 것처럼 굴면 나는 기분이 아주 나빠져."

혹시 슈나이더를 그토록 미워하는 이유가 적대국 왕이어서가 아니라 저 때문일까—라고 생각하던 이아나는 살짝 민망한 기분이 들었다. 이 남자 때문에 자의식 과잉이 도를 넘었다.

"사실 방금도 기분이 좀 나빴지만 넌 지금 나와 함께 있으니까 참았어. 이제 네가 놈에게 가지 않을 거라 믿을 거니까."

믿으니까가 아니라 믿을 거니까라는 말에서 의지가 느껴졌다. 여유를 가져 보겠다는 뜻일까? 꽤 마음에 드는 변화다. 이아나는 흥미롭다는 눈빛을 했다.

"마음에 드는군요. 그런데 참지 않으면 어찌 됩니까?"

"다 엎고 슈나이더를 죽일 거다."

무서운 발언이다. 이아나는 들은 사람이 있을까 봐 주변을 두리번거렸지만 다들 처형 건으로 옆의 사람들과 대화를 나누느라 정신이 없었다. 아주 시끄러워서 그들의 대화를 들었을 가능성도 없었다. 이아나는 다시 아르하드에게 시선을 돌렸다가 흠칫했다.

"생각만 해도…… 화가 나."

중얼거리면서 무슨 상상을 하는지, 이아나의 얼굴에서 살짝 초점이 비껴나간 아르하드의 내리뜬 눈은 엄청난 살의로 범벅이 되어 있었다. 이아나는 저도 모르게 제 머리에 여전히 올라와 있는 아르하드의 손에 손을 올렸다. 그러자 정신을 차렸는지 눈빛이 다시 맑게 돌아왔다. 아르하드가 씩 웃었다.

"이런. 잠시 다른 생각을."

아르하드는 이아나의 머리에서 손을 떼며 속삭였다.

살의는 슈나이더를 향한 것이 분명했다. 여유로운 척하려 애쓰는 건가. 그렇다면 이 남자는 아직 멀었구나. 이아나는 아르하드를 가라앉은 눈으로 보았다. 그는 언제쯤 완전히 안심하게 될까. 그런 날이 오기는 할까?

꿰뚫어 보는 듯한 이아나의 시선에 아르하드는 뜨끔한 표정으로 말을 돌렸다.

"건국제, 국왕탄신일, 추수감사제가 왕궁으로 가는 날이던가. 국왕탄신일이면 곧이군. 그때 가더라도 슈나이더와 깊은 얘기는 나누지 마."

"말 잘 꺼내셨습니다. 이번엔 정말 절대로 오지 마십시오."

아르하드는 대답이 없었다.

"오지 마세요. 데뷔식 때 말씀드렸습니다."

이아나는 다시 한 번 강조했다. 아르하드는 한숨을 쉬었다.

"넌 정말 못됐어. 알았다."

아르하드가 한 수 접어주자 이아나는 이때다 싶어 말했다.

"그리고…… 저, 말씀드릴 게 있는데 한 달 후에, 여행을 좀 다녀올까 합니다."

"여행?"

"슈나이더 왕자가 아까 국왕탄신일 전에 이 사태를 마무리 짓겠다고 하던데, 그쯤부터 계절학기가 시작되죠. 그러면 딱 두 달 동안만 혼자 여행을 하고 싶습니다. 허락해 주시겠습니까?"

"어디로?"

"어디로든요. 경치 좋은 곳이나……."

이아나는 마음이 불편했다. 그녀 인생 처음으로 누군가를 속이고 있었다. 이아나는 표정관리를 하려고 애썼다. 그러나 아르하드는 눈치채지 못하고 의심하기보다는 무언가를 골똘히 생각하다 입을 열었다.

"같이 가고 싶……."

"안 됩니다."

"……지만 나도 안 돼. 그 두 달 동안 무슨 일이 일어날지 모르거든. 남부 대륙에 갈 때는 일이 벌어지기 전이라 가능했지만 말야. 그런데 너무 냉정하게 끊어 내는걸."

아르하드의 사정이 그렇다니 천만다행이었다. 아르하드는 이아나를 물끄러미 쳐다보았다.

"마음을 정리하는 데 필요한 시간인가?"

그 말에는 많은 의미가 함축되어 있었다. 이아나는 대답하지 않았다.

"좋아. 내게서 벗어나 있을 수 있는 마지막 시간을 주지."

아르하드가 흔쾌히 말했다.

"허락해 주시는 겁니까?"

"그래. 하지만 돌아온 후부터는."

아르하드가 이아나의 뺨에 손바닥을 대더니 귀엽다는 듯 문질거렸다. 이아나가 문질러진 뺨 쪽의 눈을 찡그리는데, 아르하드가 웃었다.

"……넌 절대로 나를 벗어날 수 없을 거야."

－블랙폭시 편(1) 終

20. 블랙폭시 편(2)

20. 블랙폭시 편(2)

에이지는 문 앞에 서서 숨을 고르다가 태연한 표정으로 문을 벌컥 열었다.

"여."

에이지가 들어서자 거기에 있던 페인과 브루스, 포르미도와 밀루우테의 시선이 그에게 쏠렸다. 페인이 삐딱한 표정을 지었다.

"불러도 불러도 오질 않더니 오늘은 웬일이냐?"

"상황이 이렇게 돌아가는데 안 오면 어쩌라고? 상황이 아주 엿같이 돌아가는데, 댁들이 무슨 생각을 하고 있는지 알아야 할 거 아냐?"

벌컥.

한쪽 구석에서 마르가리타가 고문실의 문을 열고 나오다가 에이지를 발견하고 눈을 동그랗게 떴다. 그녀의 움푹 파인 볼이 더욱 파지면서 입술이 환한 웃음을 그려 냈다.

"어머! 에이지!"

그녀에게서는 피냄새가 지독하게 났다. 마르가리타의 등 뒤로
망신창이가 된 채 정신을 잃은 사내들을 본 에이지의 눈이 살짝
흐려졌지만 금세 무심하게 돌아왔다. 그는 눈을 굴려 싱글벙글
웃고 있는 마르가리타를 보았다.

"……오랜만이네요, 마르가리타."

"어머, 친근감도 없게 마르가리타라니. 예전처럼 마리라고 불러.
내가 그렇게 부르라고 하질 않았니. 다 컸다고 쑥스러워서 그래? 그
런데 너는 내가 보고 싶지도 않았니? 어쩜 그리 얼굴을 보이질 않니."

입을 가린 채 호호거리며 웃는 마르가리타를 에이지는 물끄러
미 내려다보았다. 이 여자는 지금 이걸 말이라고 하는 걸까. 그는
무심하게 툭 내뱉었다.

"바빴어요."

마르가리타의 미간이 살짝 좁아져 이맛살이 접혔다가, 다시 매
끈하게 펴졌다.

"그래? 그럼 오늘 온 건 시간이 나서겠지? 남아."

남으라고……. 오랜만에 보는 마녀는 여전했다. 또 무슨 짓을 하
려고 남으라고 하는 걸까. 앞에 서 있다는 사실 자체만으로도 좋
지 않은 기억을 떠올리게 하는, 악몽 같은 사람들 중 하나. 에이
지의 새파란 눈이 태연해 보이는 마르가리타를 담았다.

그녀는 무슨 짓을 했는지 8년 만에 보는 건데도 생김새가 전혀
변하지 않았다. 아니, 처음 그녀를 봤을 때부터 그녀는 불변의 존
재기라도 한 것처럼 변하지 않았다.

에이지는 이중적인 기분을 느꼈다. 전혀 변하지 않았기에 성장한 자신의 손으로 죽일 수 있을 것 같은데, 전혀 변하지 않았기에 또다시 저 손에 망가질까 두렵다.

그녀는 말라비틀어진 가시나무 같다. 그래서 그때는 뾰족한 가시에 찔려 아파 죽을 것 같았는데, 지금은 금방이라도 목을 움켜쥐어 비틀어 버릴 수 있을 것 같을 정도로 작고 볼품없다. 하지만 두렵다.

꼴사납게 덜덜 떨리려는 몸을, 에이지는 겨우 추스르며 무덤덤한 기색을 가장한 채 바로 섰다.

"글쎄요. 그러고 싶지 않은데요."

마르가리타의 입가가 일자로 굳어지고 표정 전체에 싸늘함이 감돌았다.

"많이 컸네, 새끼고양이. 내 말에 토를 달고?"

"이제 당신들이 날 강제할 권리는 없지 않나요? 난 이제 주인님들 말고는 명령을 받지 않아도 되는데요. 아직도 그 시절이라고 착각하는 건 아니겠죠. 똑똑한 마리?"

짜악!

마르가리타가 예고도 없이 에이지의 뺨을 세게 쳤다. 얼마나 세게 맞았는지 하얗던 뺨은 금세 붉어졌다. 뾰족한 손톱이 뺨을 긁어 붉은 생채기까지 생겼다. 에이지의 뺨 상태에 살짝 만족한 마르가리타는 입술 끝을 비웃듯 말아 올렸다.

"건방지게. 아무리 신분상승을 했다고 해도 네 천한 신분이 바뀔 것 같아?"

"천한 신분……."

에이지는 피식 웃고는 입안이 찢어져 잔뜩 고인 피를 바닥에

뱉었다. 그는 삐딱하게 서서 이제 저보다 한참이나 작은 마르가리타를 내려다보았다.

"어쨌든 당신도 내 신분이 상승했다고 생각했으니 이렇게 뺨만 치고 마는 거겠지."

마르가리타가 눈을 가늘게 떴다. 그 즈음에서 페인이 중재를 했다.

"그만두게. 에이지의 말이 사실이긴 하니."

"맞습니다, 마르가리타 님. 저 새끼, 저한테도 아주 건방지게 군단 말입니다. 주인님의 총애가 없었다면 제가 저 빌어 처먹을 새끼 그냥 내버려 두겠습니까?"

페인의 옆에 앉아 있던 브루스가 불퉁하게 말했다.

에이지는 노예 출신이다. 그것도 바하무트의 피를 훔쳐 간 사생아와 같은 피가 흐르는, 로이긴 일족의 마지막 후예였다. 그래서 에이지는 태어나자마자 노예 중에서도 가장 비천한 노예가 되었고, 모든 이들에게 모욕과 멸시를 받으며 비참하게 자라났다.

하지만 그는 머리가 태생적으로 아주 좋았고 악마의 파편을 공유 받는 탓인지 마나 제어 재능도 출중했다. 결국 그는 모든 역경을 이겨 내고 블랙폭시라는 독립된 기관의 세 명의 보스 중 하나가 되었다. 정보를 다루는 능력이 아주 뛰어나 블랙폭시 역사상 가장 훌륭하게 정보를 휘어잡았다. 그의 손아귀에서 모든 정보가 통제당하고 있다고 말해도 과언이 아니었다. 게다가 바하무트의 네 주인 중 두 번째 주인의 각별한 총애까지 받고 있다.

"쳇. 노예 새끼가……."

현재 노예상을 맡고 있는 브루스는 과거에 죄수 수용소의 고문관으로, 에이지를 악질적으로 괴롭히던 사람 중 하나였다. 그래서 브루스는 에이지가 이제 자신과 같은 위치가 되어 사사건건 시비를 거는 상황이 아주 싫었다.

에이지는 뻔뻔한 표정으로 브루스에게 가운뎃손가락을 올렸다.

"꼬우면 나가 뒈져. 그런데 지금 이러려고 나를 부른 거?"

"앉아."

페인이 짧게 말하자 에이지는 어기적어기적 걸어가 원탁의 한자리에 앉았다. 그런 에이지의 뒤통수를 뒤에서 쳐다보던 마르가리타도 흐응, 하고 비웃음을 한 번 흘리고는 원탁에 자리를 잡았다. 페인이 손에 깍지를 끼고 에이지에게 말했다.

"슈나이더가 카마트로스를 후원한다는 네 정보가 맞았다."

"그래서?"

"원래는 슈나이더가 카마트로스에서 손만 떼게 할 생각이었지만 아직 혈기가 넘치는 나이라 세상의 무서움을 모르더군. 그래서 차선책을 택했지."

"내가 가서 루리아에게 군사 차출을 막을 수 없다면 슈나이더를 책임자로 세우라고 했어. 루리아 그년이 밤일이 죽여주긴 죽여주는 모양이야. 국왕이 우리 말대로 행동하는 걸 보면."

브루스가 천박한 소리를 하는 사이 페인은 술을 벌컥벌컥 들이켜고 있는 포르미도를 쳐다보았다. 포르미도는 술잔을 원탁에 탕 내려놓았다.

"그래서, 어찌하라는 거요? 평민들을 괴롭히는 건 어렵게 되지 않았소?"

"슈나이더 측에서 저렇게 나오는 이상 이제 치고 빠지는 단순한 방식만으로는 안 되네. 지금 쪽으로 압박을 주고 계략을 짜야

해. 슈나이더에게 책임을 모두 지웠으니 문제를 일으켜 그를 나락으로 떨어뜨릴 예정이네."

브루스는 흠, 하고 팔짱을 꼈다.

"그냥 독살하는 건 어때? 제일 쉬운 방법이잖아."

"독은 예전부터 루리아 측을 통해 밀어 넣고 있어. 하지만 왕자 쪽에 붙은 실력 있는 의사 놈이 슈나이더가 독을 먹기 전에 전부 눈치채고 버리더군. 무향무취의 독도 소용없긴 마찬가지다."

"으음. 독에 대해서라면 대륙 최고로 손꼽히는 네가 그렇게 말할 정도라니……."

"사실, 하라면 못 할 것도 없지만 지금 슈나이더를 독살할 생각은 추호도 없다. 우리의 궁극적인 목표는 테일런 전하께서 즉위하시기 전에 로안느 왕국을 완전히 엉망으로 만들어 놓는 것. 카마트로스 때문에 계획이 좀 어그러졌지만, 슈나이더의 존재는 필수야. 그나저나 카마트로스에 대한 정보가 없어도 너무 없어서 낭패인데. 에이지, 카마트로스에 대해 네가 알고 있는 정보를 정리해 봐라."

에이지는 그들 앞에서 생각을 쥐어짜 내는 척했다. 그의 머릿속은 블랙폭시 정보상 보스로서의 신뢰를 유지하기 위해 발설해도 될 정보와, 카마트로스의 간첩으로서 절대 발설하지 말아야 할 정보로 구분되고 있었다.

"카마트로스 조직원은 스스로 벗지 않으면 벗겨지지 않는 가면을 쓰고 다니고, 정보를 발설하려 할 시 죽는 마법이 뇌에 걸려 있어. 최근에 운 좋게 카마트로스를 잡아서 이 사실을 확인했는데, 오늘 보고하려 했어."

"마르가리타가 실험을 통해 밝혀낸 바도 그와 같다. 정확히 말하

362 **APOXIS**
아도니스

자면 죽는 게 아니라 대뇌피질이 파괴된다고 한다. 그 마법은 두뇌를 다른 마법으로부터 방해하는 역할도 해. 마법사가 누군지는 모르겠지만 마르가리타도 파훼가 불가능할 만큼 아주 강력한 마법이다."

"그래? 그럼 다음. 놈들에 대해 추측할 수 있는 건 마법 가면에 그려진 문양으로 서로를 구분한다는 점이다. 그리고 최근에는 우리가 사칭하는 것에 대항해 암호를 만들어 냈어. 또…… 우리에 대한 대응이 아주 빠르고, 얼마나 많은 정보를 가지고 있을지 모른다는 점이다. 아니, 다 가지고 있을걸?"

페인의 얼굴이 굳어졌다.

"왜?"

"거의 일 년 전에……."

에이지는 브루스를 힐끔 보았다. 브루스가 말하지 말라고 눈알을 부라리고 있었지만 에이지는 무시했다. 이제 바하무트 황실이 직접적으로 개입하기 시작한 이상, 말해도 상관없는 사실이었다.

"우리 측에 카마트로스의 간첩이 있었다. 브루스 휘하의 간부 맥. 놈은 로안느에서 브루스 다음으로 높은 노예상 간부였지, 아마?"

"야!"

콰아앙!

분노한 브루스가 에이지를 향해 소리침과 동시에 페인이 테이블을 주먹으로 내리쳤다. 에이지는 태연하게 귀를 후볐고 브루스는 움찔했다. 페인은 늘 냉정하던 모습과는 다르게 눈에서 불을 뿜어내고 있었다.

"너희들 제정신이냐? 설마 숨긴 거냐? 에이지 너는 그 사실을 왜 이제 말하는 거냐."

"알아채고 추궁하기 위해 찾았을 땐 이미 어디로 내뺀 이후였어. 아무리 찾아도 종적이 묘연하더라고. 아주 작정하고 숨은 모양이더라. 카마트로스만 없애면 상관없을 문제 같아서 우리 브루스 씨를 위해 입을 좀 다물어 줬는데, 상황이 이렇게까지 된 이상 책임을 회피하는 건 더 이상 불가능할 것 같아서 말한 거야. 아닌가요, 브루스 씨잉?"

"이…… 이……."

에이지의 빈정거림에 반박하지 못한 브루스의 얼굴이 벌게졌다.

"브루스, 이 건은 주인님들께 보고하겠다. 처벌을 면할 생각은 꿈도 꾸지 마라."

브루스가 처참한 얼굴로 고개를 푹 숙였다. 페인은 머리가 아파 와서 이마를 짚은 채 심각한 표정을 지었다.

"그런 거라면 이때까지 그놈들이 보인 행보가 이해가 가. 이해하기 힘들 정도로 정확하게 움직이던 놈들이었는데, 정보제공자가 있어서 가능했던 것이군. 그나저나 맥은 바하무트 제국에서 온 놈이라 나도 알고 있는 놈인데. 그놈이 간첩이었다면 블랙폭시 내에 간첩이 얼마나 더 있을지 알 수 없겠어. 게다가 카마트로스가 블랙폭시가 바하무트 소유라는 것까지 알게 된다면…… 아니, 이미 알고 있겠군."

페인이 이를 으득거리며 말했다.

"카마트로스, 반드시 없애야 한다."

"난리 났군. 아주 개판 오 분 전이오. 블랙폭시가 이런 곳이었소?"

옆에서 포르미도가 비웃자 페인이 미간을 찌푸렸다가 한숨을 쉬었다.

"어쨌든, 이제 카마트로스와 정면에서 붙는 수밖에 없어. 포르미도, 자네의 판단에 맡기겠네."

"……."

"사실상 카마트로스는 자네들보다 실력이 높고 숫자도 많을 거라 예상 중이네. 쪽수로 치자면 우리가 더 많지만…… 어찌할까. 상부에 지원을 더 요청할까?"

포르미도는 카마트로스를 그룬데왈스의 우위에 두는 페인의 말에 자존심이 상했다. 아직 제대로 붙어 보지도, 숨겨 둔 무기를 쓰지도 못했거늘. 포르미도는 고개를 저었다.

"아니, 일단 우리들끼리 해 보겠소. 정보상, 카마트로스가 약 삼백 정도 된단 말이지?"

"생존자들을 통해 가면에 그려진 문양의 수를 세어 판별해 봤을 때 예상 수치가 그렇습니다. 생존자 없이 몰살당한 경우도 없잖아 있으니 그보다 더 많을 수도 있겠고, 놈들이 가면에 그려진 문양을 바꾼다면 더 적을 수도 있습니다."

포르미도는 흠, 하고 잠시 고민에 빠져 있다가 고개를 끄덕였다.

"일단은 알아서 해 보겠소. 이것저것 해 보고도 안 되겠으면 지원을 요청하지."

"무슨 좋은 방도라도 있는 건가?"

"좋은 걸 가지고 있거든."

포르미도가 품에서 동그란 쇠공을 하나 꺼내 들었다.

"그건……?"

"폭탄 제조의 일인자에게 주문한 특제 폭탄이요. 북부에서 우리 기사단이 아주 요긴하게 쓰고 있는 물건이지."

에이지는 그것을 뚫어져라 쳐다봤다. 이는 다른 이들도 마찬가지라, 뿌듯해진 포르미도는 아주 배부른 표정을 지었다.

"이걸로 아주 박살을 내 주도록 하겠소."

거리를 순찰하는 기사들이 대폭 늘었다. 전시 체제라도 되는 것처럼 번쩍거리는 갑옷을 차려입은 기사들이 수도 전체, 아니 수도를 넘어서서 로안느 전체의 거리를 활보했다. 일반 기사가 아니라 무려 왕자 직속 기사단과, 그를 지지하는 귀족들의 최정예 기사들이었다. 사람들은 평소에는 보기 힘든 그들이 눈에 힘을 주고 지나갈 때마다 눈 호강을 한다며 호들갑을 떨었다.

왕자가 범죄와의 전쟁을 선포하자 군중들 사이에서도 정체를 숨긴 채 블랙폭시를 처리하는 실력자들이 생겨났다. 왕국에서 블랙폭시를 포함한 범죄자들에 현상금을 건지라 현상금사냥꾼들도 눈에 불을 켜고 나섰다. 블랙폭시의 난동 이후 모처럼 로안느 왕국에 불어온 기분 좋은 바람이었다.

왕실에서 그렇게 나오자 블랙폭시는 완전히 잠적했다. 그들뿐만 아니라 일반 범죄자들까지 숨을 죽였다. 범죄를 벌였다 하면 기사들의 손에 끌려갔고, 강력 범죄를 저지른 이들은 끌려간 곳에서 다시는 돌아오지 않았다. 기사들은 범죄자들을 개돼지보다 못한 버러지로 취급했다. 갱생 불가라는 낙인을 찍고 범죄자들의 씨를 말릴 기세였다.

치안의 대폭적인 강화는 축제 기간 전부터 축제가 끝날 때까지 늘 행해지던 일이었다. 그런데 이번에는 블랙폭시 건까지 겹쳐 로안느의 치안은 아주 훌륭해졌다.

"난 이제 슈나이더 왕자님만 믿고 따를 테다!"

"왕가의 어느 높은 분이 이렇게까지 해 가며 민생을 돌보실까?"

일견 너무한다는 의견도 있었지만 최근 블랙폭시에 당한 게 많았던 대부분의 사람들은 슈나이더의 대담한 행보에 환호하며 광기에 가까운 정의에 동행했다.

"듣자 하니 어떤 귀족들은 블랙폭시를 그냥 내버려 두고 카마트로스를 제거하자고 했다며?"

"어디서 들은 거야?"

"귀족 저택에서 일하는 내 친구가 말해 줬어. 주인이 나라를 갉아먹는 기생충이라며 그 귀족들을 욕하는 걸 들었대."

국무 회의에서 있었던 의견 충돌의 내용도 어느 순간부터 슬금슬금 퍼졌다. 슈나이더 측에서 사람을 풀어 은근히 퍼뜨린 소문이었다.

"이 썩을 놈들……."

"믿을 수 있는 분은 슈나이더 님뿐이야."

페르난도의 지지도도 원래부터 낮았지만, 슈나이더의 지지도가 하늘을 뚫을 듯 상승함으로써 격차가 더 심각하게 벌어졌다. 슈나이더가 후원하는 카마트로스에 대한 호감도 또한 상승세를 그린 건 당연한 일이었다.

"나, 난 블랙폭……!"

퍼어어억!

이아나는 닥치라는 말 대신 남자의 뺨을 후려갈기고, 기절한 남자의 멱살을 잡아 질질 끌었다. 옷이 다 찢겨진 채 울고 있는 여성 피해자에게 가지고 있던 여벌의 로브를 씌워 준 후 수도 치안대로 향했다. 그녀는 치안소에 들어가 기절한 남자를 바닥에 내팽개치고 눈을 끔뻑거리고 있는 기사 앞에서 말했다.

"성폭행범입니다."

기사는 이아나가 쓰고 있는 흰 가면을 보고 호오, 하고 감탄사를 흘렸다.

"카마트로스분들이 최근 범죄자들을 많이 잡아오시는군요. 치안을 위해 힘써 주셔서 감사합니다."

최근 들어 범죄자를 붙잡아 치안소로 오는 흰 가면들이 많아졌다. 그중에는 진짜 카마트로스도 있고 카마트로스 행세를 하는 실력자들도 있었다.

예전처럼 카마트로스 행색으로 나쁜 짓을 하려는 사람들도 있었지만 그랬다가는 카마트로스든 뭐든 끌려갔기 때문에 상관없었다. 또 왕자가 선포한 이후 카마트로스의 이미지는 몹시 깨끗해져서 카마트로스가 범죄를 저질렀다고 하면 누군가 그들을 사칭했다고 생각하며 분개했다.

"으, 음."

그때 땅바닥에 널브러져 있던 남자가 정신을 차렸다. 이아나의 옆에서 살짝 안심한 기색을 보이던 여자가 흠칫하며 이아나의 뒤에 숨자 남자는 아직 정신이 왔다 갔다 하는지 상황파악을 못 하고 여자를 향해 침을 탁 뱉었다.

"이년, 반반해서 즐겁게 해 주려 했더니……. 내가 얼굴 기억하고 있……."

무슨 말을 하려나 싶어 듣고 있던 이아나가 발을 뒤로 슬쩍 들었다가 공을 걸어차듯 앞으로 세게 뻗었다.

퍼어어어어어억!

우드드드득.

부츠 코가 남자의 입에 틀어박히고, 남자는 이빨이 모조리 부러지고 턱뼈가 나가는 고통에 또다시 벌러덩 넘어가며 거품을 물었다. 경련을 일으키는 남자의 입에서 신발을 빼낸 이아나는 남자의 옷에다 침을 닦았다. 그리고 남자의 하반신 쪽으로 걸어가더니 바퀴벌레를 잡듯 부츠 굽으로 급소를 세게 내리밟았다.

"헉!"

기절했던 남자가 꺽, 하는 숨넘어가는 소리를 내며 상반신을 일으켰다가 다시 쓰러졌다.

"……."

터졌다. 터졌을 게 분명했다. 카마트로스의 잔인한 손속에 시끌시끌했던 치안소 안이 조용해졌다. 남자의 납작해진 급소를 쳐다보는 사람들의 얼굴이 창백했다. 이아나가 기사를 보고 꾸벅 인사를 했다.

"그럼. 처벌 부탁합니다."

카마트로스는 아르하드에게 공개적으로 활동하는 것을 허락받아 예전과는 달리 적극적으로 행동할 수 있었다. 그래서 길을 거닐다 보면 가끔 카마트로스가 눈에 띄었다. 그리고 주변 사람들은 대부분 그들을 호의적인 시선으로 보았다.

오늘은 카마트로스 간부들의 소집이 있었다. 션이 중요한 공지가 있다고 했기에 이때까지처럼 자유롭게 범죄자들을 잡는 시간은 끝이고, 특별한 임무가 주어질 듯했다. 이아나는 빠르게 걸어 소집 장소인 아지트에 도착했다.

"요즘 블랙폭시는 암거래만 지속하고 개인 대상의 강력 범죄에서는 거의 손을 뗐습니다."

션은 종이 뭉치를 팔락거리며 심각한 표정으로 말했다.

"하지만 그게 우리를 상대하는 걸 포기했다는 뜻은 아닙니다. 놈들이 조용히 있는 건 그룬데왈스 기사단이 모종의 일을 하는 동안 우리와 왕자를 방심시키기 위해서인데……."

션이 테이블의 밑에서 어떤 상자를 하나 꺼내 들어 테이블 위에 조심스레 놓았다. 모두가 관심을 가지고 보는데 션이 상자의 문을 열었다. 그 안에 있는 물건은 동그란 쇠공이었다.

"놈들이 최근 하고 있는 건 폭탄 설치입니다."

"그게 폭탄입니까?"

쇠공을 뚫어져라 처다보던 골드가 반문했다.

"그렇습니다. 하지만 바로 터지는 폭탄이 아니라 무한대로 폭파 시간 설정이 가능한 대단한 폭탄이지요. 그리고 특징이 하나 더 있습니다. 시간제한을 뒀더라도 원격조종기를 조작해 즉시 폭파가 가능합니다."

"하, 세상 많이 좋아졌군요. 그런 폭탄도 나오다니. 심지의 길이로 시간 조절을 하는 것도 아니고……."

션이 끙, 하고 신음을 흘렸다.

"놈들은 이걸 로안느 왕국 곳곳을 돌아다니며 설치하고 있습니다. 놈들의 실력이 보통은 넘는지라 미행이 어려워서 정확한 설치 장소들은 알지 못합니다. 하지만 제가 따라가서 하나를 습득하는 데 성공했습니다. 바로 이겁니다."

션이 장갑을 낀 손으로 쇠공을 들어 올렸다. 그것은 앞만 매끈한 쇠공 형태였고, 윗부분에는 버튼이, 뒤에는 지네의 다리처럼 수많은 쇠줄이 튀어나와 식물의 뿌리처럼 엉켜 있었다. 그리고 그 뿌리는 벽돌이었던 것으로 보이는 돌 부스러기들을 달고 있었다.

"초기 형태는 평범한 쇠공입니다. 하지만 여기, 위에 버튼을 누르면 이런 식으로 물체에 뿌리를 박는 폭탄이에요. 설치된 지형물을 부수지 않는 이상 제거는 불가능합니다. 만일 폭탄을 억지로 제거하려고 하면 폭파해요. 저도 벽에 박혀 있던 걸 벽을 부수고 떼어 온 겁니다. 그리고 이 폭탄, 아직 발동 해제된 상태도 아니에요. 갑자기 폭발할 수도 있는 상태죠."

션의 설명을 가만히 듣고 있던 반이 되물었다.

"놈들이 이런 폭탄들을 설치한 의도가 뭘까요?"

"우리를 상대할 때 이용하거나, 한꺼번에 터뜨려 테오도르를 혼란에 빠뜨리려는 거겠죠."

"극단적으로 행동하는군요. 만일 국왕탄신일에 폭파를 하면 슈나이더가 왕의 눈 밖에 날 겁니다."

"그게 목적인 것 같은데요. 어찌할까요?"

"일단 폭탄 제거를 해야지. 국왕탄신일이 목적이 아니더라도, 저런 걸 곳곳에 설치해 두고 함정을 파면 곤란해. 폭탄이 있는 곳에 모르고 갔다가 갑자기 폭파를 해 버리면……."

"일반 폭탄 정도는 대비만 단단히 하고 있다면 얼마든지 막을 수 있을 텐데요."

"보통 폭탄이 아닌 것 같다는 게 문제지."

"폭탄들을 몇 개 수거해서 위력이 어떤지 한번 실험을 해 보는 건 어떨까요?"

간부들이 의견을 나누는 사이, 어느새 션에게 폭탄을 건네받아 진지한 얼굴로 폭탄을 살피던 골드의 손가락이 한곳에서 멈췄다.

"S.S……."

그 부분을 천천히 쓰다듬던 골드는 몸을 부르르 떨었다. 그의 이상한 태도에 간부들의 시선이 향했다.

"왜 그러시죠?"

골드는 폭탄을 가만히 내려놓았다. 잠시 주저하던 그는 결심을 하고 입을 열었다.

"카마트로스에서 과거를 말하는 건 자제하도록 되어 있지만, 이 폭탄이 제 사정과 관련이 있으니 말씀드려야겠습니다. 로, 가능합니까?"

허락을 구하는 말에 아르하드가 고개를 끄덕였다. 폭탄을 쓰다듬던 골드는 평소의 껄렁한 기색은 전혀 풍기지 않으며 진지하게 말했다.

"폭탄에 이니셜 S.S가 새겨져 있습니다. S.S……. 일명 시온 사벨릭스. 제가 찾고 있는 사람입니다."

러스트가 고개를 갸웃했다.

"사벨릭스? 어디서 들어 본 것 같은데."

"사벨릭스 가문은 대대로 폭탄을 연구하고 제조하는 폭탄 제조 명가입니다."

"아아. 기억났다. 몇 년 전까지만 해도 폭탄 쓰는 놈들에게 선풍적으로 유행했던 폭탄 제조사가 사벨릭스였어."

"네. 그리고 지금은 존재하지 않습니다. 몇 년 전에 완전히 망했기 때문이죠."

골드는 한숨을 한 번 내쉬고는 그의 이야기를 시작했다.

"그리고 저는 사벨릭스 가문의 남매 중 동생입니다."

골드는 폭탄 제조보다는 장사에 흥미를 느꼈기 때문에 상단을 꾸려 독립했고, 그의 위로 하나 있던 천재 누이, 시온이 부모님이 노환으로 돌아가신 후 가문을 이어받았다.

남매의 사이는 아주 돈독했고, 서로에게 필수적인 존재였다. 시온은 폭탄을 연구하거나 제조했고, 골드는 사벨릭스 가문의 총무를 봄과 동시에 놀라운 수완을 발휘해 사벨릭스제 폭탄을 세계 곳곳에 유통하면서 천문학적인 돈을 벌어들였다.

상인이었던 골드는 발품을 팔아야 할 일이 많았기 때문에 시온과는 주로 편지로 소식을 주고받았었다. 그런데 골드가 멀리 나가 있는 사이, 일주일에 한 번은 날아오던 편지가 갑자기 뚝 끊겼다. 그가 보낸 서신에도 시온은 답이 없었다.

골드는 처음에는 대수롭지 않게 여겼다. 하지만 그 기간이 한 달이 넘어가자 의아해졌다. 그리고 골드가 가문을 찾아갔을 때, 사벨릭스 가문은 완전히 풍비박산이 났고 시온은 행방불명이 된 이후였다.

"저는 누님의 행방을 비밀리에 수소문했지만, 전혀 찾을 수 없었습니다."

골드는 폭탄을 검지 위에서 빙그르르 돌리다가 탁 잡아챘다. 간부들이 폭탄을 거칠게 다루는 행동에 놀라 의자를 덜컹거렸지만 골드는 태연했다.

"전 세계의 폭탄을 닥치는 대로 사들이며 누님의 흔적을 찾았습니다. 하지만 누님은 어디에도 없더군요. 몇 년을 찾아 헤맸지만 종적이 묘연했습니다."

골드는 목이 타는 듯 침을 꿀꺽 한 번 삼키고는 계속해서 말을 이었다.

"그런데 제가 누님의 죽음을 기정사실화할 때쯤, 누님의 흔적을 발견했습니다. 바하무트 제국 군사들이 휩쓸고 지나가 주민들이 전멸당한 마을에서 엄청난 폭발의 흔적이 발견되었다는 말을 듣고 찾아가 조사를 하던 도중 S.S라는 이니셜이 새겨진 불발탄을 입수했습니다."

"누님이 살아 계실 가능성이 높았군요."

반이 조심스레 꺼낸 말에 골드가 고개를 세게 끄덕였다.

"저는 다시 희망을 얻어 폭탄을 사용한 제국의 군사들을 찾으려 했지만 살아남은 목격자가 없어 불가능했습니다. 그 후 북부에서 바하무트 군사들이 다녀갔다는 폭파 현장을 찾아다녔는데, S.S가 새겨진 불발탄이 꼭 한 개씩은 발견되더군요. 저는 그것을 누님이 제게 보내는 구조요청이라고 생각했습니다."

간부들이 흥미진진하게 이야기를 들었다.

"그러나 저 혼자만의 힘으로 바하무트 제국을 조사하는 것은 불가했습니다. 그런데 어느 날 션 님이 찾아와 카마트로스의 가입을 권유하더군요. 폭탄 사용자와 누님의 위치를 찾아 주겠다는 조건으로요."

"그런데 불가능했습니다."

션이 한숨을 내쉬며 말했다.

"사실 제가 남부 대륙의 정보는 꽉 잡고 있습니다만 북부 사정은 잘 모릅니다. 물론 돌아가는 사정에 무지하진 않고 정보를 얻으려고 하면 대부분 얻을 수 있습니다만, 제가 정보를 고의적으로 접근해서 캘 수 없는 상대가 딱 두 부류 있습니다. 황실, 그리고 황실에 직접 보고를 올리는 황실의 직속 조직이죠."

션은 골드가 카마트로스에 들어온 이후 사벨릭스 가문을 파괴한 자들이나 골드가 말한 마을들을 황폐화시킨 기사단의 정보를 얻으려 했다. 보고서를 처리하는 사무국을 찾아가 기사 단장들이 제출한 서류를 쭉 훑어보았지만 사벨릭스 가문이나 그 마을과 관련된 보고서는 서고에 존재하지 않았다. 즉, 마을을 파괴한 자들은 황실에 직접 보고를 올리는 황실 직속 12기사단 중 하나라는 것. 션이 얻은 정보는 그게 다였다.

그런데 오늘, 또다시 시온의 흔적이 발견되었다. 골드가 침을 꿀꺽 삼켰다.

"이 긴 이야기를 한 이유는…… 누님이 이놈들에게 억류되어 강제로 폭탄을 제조하고 있을 거라는 확신이 들었기 때문입니다. 이 폭탄…… 누님이 만든 게 분명합니다. 이니셜 하나로 설레발을 치는 건 절대 아닙니다. 여기, 이 폭탄 밑 부분에 가문의 인장이 음각으로 새겨져 있습니다. 이니셜을 둘러싼 삼중 동그라미 문양이죠. 살펴보십시오."

골드가 폭탄을 넘겨주자 간부들은 그것을 유심히 살폈다. 골드가 말한 것과 같은 인장이 폭탄 밑쪽에 조그맣게 새겨져 있었다.

"사벨릭스 가문이 비밀문서에 사용하는 고유 인장입니다. 누님은 분명 제가 찾아 주길 바라며 이 인장을 쓰고 있는 겁니다."

그룬데왈스 기사단이 지니고 있는 폭탄에 시온의 인장이 새겨져 있다. 그리고 그룬데왈스 기사단은 황궁 12기사단 중 하나다. 앞뒤가 들어맞았다. 골드가 이를 갈았다. 간부들이 모두 본 이후, 골드가 다시 폭탄을 돌려받았다.

"비록 폭탄 제조 쪽으로 흥미를 접었다지만 저 또한 사벨릭스의 일원. 시간을 주시면 이 폭탄의 해체 방법을 연구해 보겠습니다. 그리고 여러분께 따로 부탁을 드리고 싶은 게 있는데……."

"무엇입니까?"

"그룬데왈스의 단장 포르미도나 부단장인 밀루우테를 만나면 생포를 부탁드립니다. 그들은 누님을 찾을 수 있는 유일한 단서입니다. 물론 위험하다면 어쩔 수 없지만……."

간부들의 시선이 아르하드에게 향했다. 결정권은 그에게 있었다. 아르하드는 골드의 부탁을 기꺼이 수락했다.

"위험하더라도 포르미도를 생포해야 한다. 폭탄 제조장인 시온은 장차 우리에게 많은 도움이 될 터."

아르하드가 구출을 약속하자 간부들이 고개를 끄덕이고 골드는 허리를 깊이 숙이며 감사를 표했다. 골드의 옆에 앉아 있던 러스트가 껄껄 웃으며 그의 등을 툭툭 쳤다.

"골드 님, 돈을 좋아해서 가면에 원을 그려 넣은 줄 알았더니 이런 사연이 있었군요."

"그냥 수전노인 줄만 알았더니."

원탁에 둘러앉은 간부들의 분위기가 이전보다 한결 친밀한 느낌을 풍겼다. 이전에는 서로의 사정을 알지 못해 살짝 겉도는 느낌이었다면, 지금은 골드의 사정을 이해함으로써 공감대가 형성되어 더 단단히 결속된 것이다.

골드는 경직되어 있던 몸을 느슨하게 풀며 피식 웃었다.

"물론 돈도 좋아합니다. 저는 상인이니까요. 사랑하는 가문의 상징도 원, 제 인생과 같은 폭탄도 원, 사랑하는 돈도 원, 제가 원을 좋아할 수밖에 없죠. 참고로 말씀드리자면 제 상단의 상징은 세 개의 원입니다. 사벨릭스 출신이라는 걸 숨기고 동부에서 꽤 활약을 하고 있지요."

"……원이요? 설마."

세상일에 어둡지 않다면 모르려야 모를 수가 없는 아주 유명한 상단 중 하나, 세 개의 원을 삼분의 일씩 겹쳐지게 이은 문양을 상징으로 사용하는 대상단이 간부들의 머리를 스쳐 지나갔다. 간부들이 대단하다는 눈으로 골드를 쳐다보았다. 지젤과 시저만이 눈을 끔뻑일 뿐이었다. 골드가 웃었다.

"더 이상은 노코멘트. 만일 우리 중 누군가 붙잡힌다면 여러분에게 정체가 까발려진 제가 일착으로 죽겠군요."

"핫하, 그건 걱정 마시죠. 붙잡힐 리가 없으니까. 그리고 골드 님이 그렇게 돈이 많은 분이셨을 줄이야? 놈을 찾으면 두들겨 패서 골드 님의 앞에 던져 줄 테니 수고료나 두둑하게 주십쇼."

"얼마든지요."

션이 박수를 짝짝 치며 분위기를 환기했다.

"좋습니다. 이제는 행동지침을 정하겠습니다."

간부들이 집중하자 션은 둘둘 말려 있던 종이를 품에서 꺼내 테이블 위에 펼쳤다. 그것은 수도의 시가지가 아주 자세히 그려진 군사용 지도였다. 이아나는 혀를 걷어찼다. 이렇게 쉽게 유출되다니, 로안느의 보안이 아주 개판인 모양이었다.

"구역을 나누겠습니다. 몇 개가 설치되었는지는 알 수 없지만 최대한 세밀하게 수색해 폭탄을 제거하도록 합시다. 또, 이 작업이 그룬데왈스 놈들에게 발각되지 않도록 주의해야 합니다. 이번 일은 그룬데왈스와 마르가리타, 그리고 블랙폭시의 극상위층 간부들밖에 모르는 일이라 제가 의심을 살 수도 있습니다. 제가 변명거리를 만들어서 둘러대는 것에도 한계가 있어요."

션의 말에 모두가 수긍했다.

"그런데 무작정 발품을 팔아 찾아내는 수밖에 없습니까? 또, 제거 방법은 폭탄이 설치된 지형물을 통째로 뜯어내는 방법뿐인가요? 폭탄이 갑자기 폭발하면 곤란한데."

생각만 해도 막막했다. 수도가 얼마나 넓은데 어디 박혀 있는지도 모를 폭탄들을 어찌 찾아낸단 말인가. 골드가 폭탄을 조심스레 살피더니 말했다.

"폭탄의 종류는 마법 폭탄과 일반 폭탄으로 나뉘는데, 이 폭탄은 심지가 없는 것으로 보아 폭발 마법이 걸려 있는 폭탄이군요. 마법 폭탄은 마나가 주입된 마법 아티팩트나 마찬가지라 수색이 일반 폭탄보다 쉽습니다."

"호오오."

"지금 이 폭탄에 드리워진 마나의 배열을 느끼고 기억해 주십시오. 이 기운의 느낌을 찾으면 그나마 쉽게 발견할 수 있을 겁니다. 그리고 제거 방법은 아주 단순하지만, 어느 마법 폭탄이라도 통용되는 세 방법이 있습니다."

골드가 말하는 방법은 다음과 같았다. 발견 즉시 하늘 높이 던져 올린 후 공격해서 공중에서 폭파시키는 방법, 일반 마법을 캔슬시킬 때처럼 폭탄에 걸린 마나 배열을 파괴해 폭발 마법을 캔슬시키는 방법, 세 번째는 주변에 있던 마나로 폭탄을 감싼 후 폭발 마법을 발동시켜서 폭발의 여파를 마나 속으로 흡수시키는 방법이었다.

"다만, 두 번째와 세 번째 방법에는 마나 제어력이 아주 강해야한다는 단점이 있습니다. 여러분의 능력을 믿지 못하는 건 아니지만 혹시 모르니 첫 번째 방법을 추천합니다. 저는 폭발시키지 않고 제거할 수 있는 방법을 찾아보겠습니다."

'흠…….'

이아나는 두 번째와 세 번째 방법에 흥미를 느꼈다. 신력을 수련하는 좋은 수단이 될 것 같았다. 마나와 신력이 어떻게 다르고, 또 신력이 얼마나 대단한 힘인지 실전에서 직접 느껴 볼 기회였다.

"마지막으로, 아주 중요한 계획이 있습니다. 놈들이 우리를 방심시키고 폭탄을 설치하고 있을 때, 역으로 그룬데왈스와 마르가리타를 한 번에 제거합니다."

"한 번에요?"

"아지트 습격입니다."

션이 탁자를 내리치며 강한 어조로 말했다.

"우리가 그룬데왈스로부터 얻어 내야 할 건 다 얻어 냈습니다. 블랙폭시를 향한 슈나이더의 선전포고와, 바하무트 황실이 우리가 아닌 슈나이더를 진정한 적으로 인식한 것, 국민들에게 우리의 이름을 알리는 것, 블랙폭시에 대한 엄청난 반감을 만들어 내는 것. 우리는 이제 슈나이더의 이름으로 블랙폭시의 세력을 적극적으로 줄입니다. 그리고 로안느와 바하무트의 양패구상을 지켜보면 됩니다."

지젤이 손을 들어 질문했다.

"그러면 그룬데왈스가 로안느에서 횡포를 부리도록 내버려 두는 게 낫지 않나요?"

"그룬데왈스는 첫 번째 적에 불과하고, 상대해야 할 적은 넘칩니다. 시간을 끌면 우리의 손해예요. 그리고 하루빨리 시온 사벨릭스를 구출해 후방을 보충해야 합니다."

션이 눈을 싸늘하게 빛냈다.

"결행일은 국왕탄신일 이틀 전, 놈들이 폭탄 설치를 마치는 날입니다. 놈들은 그날 술에 잔뜩 취해 정신이 없을 테니 그날 그 룬데왈스를 단숨에 몰살한 후 다음 적을 기다립니다."

날이 갈수록 날씨는 푹푹 쪘다. 쩽하니 빛을 쏟아 내는 태양의 위치는 점점 높아졌고 구름이 없는 맑은 하늘이 이어졌다.

"야, 조심해서 옮겨!"

"어어어, 거기 조심하게!"

덜걱거리는 짐수레가 도로를 지나가면서 바퀴자국을 하나 그었다. 잘 정비된 도로는 그런 수레와 마차가 지나가면서 그은 자국들로 가득했다. 건국제 때의 장미대란이 지나간 후 다시 풍성하게 피어난 붉은 장미꽃이 길거리를 장식했다. 끝에는 은색 술이 흔들거리고 천에는 로안느 왕실의 문장이 그려진 깃발이 각 주택의 창문마다 꽂혀 더운 바람에 나부꼈다.

광장 한가운데에 위풍당당한 기세로 서 있는 국왕 하리오스 맥시엄 로안느의 동상 앞에는 작은 무지개를 빚어내는 분수가 있었다. 그곳에 자리를 잡은 음유시인은 어린아이들을 주변에 앉혀 놓고 아름다운 선율의 노래 속에 현 국왕의 업적을 하나하나 담아 정성껏 불렀다. 아이들은 귀를 쫑긋거리며 노래에 집중했고, 영웅담과 같은 국왕의 이야기에 스스로를 대입시켜 몽롱한 표정을 지었다.

테오도르는 블랙폭시 때문에 칙칙한 분위기를 띠었던 게 언제였냐는 듯 축제 준비로 활기가 넘쳤다. 6월 말은 로안느 삼대 연휴 중 하나인 국왕탄신일이었다. 하지만 이런 시기에도 어둠 속에서 발 빠르게 돌아다니는 사람들이 있었다.

'찾았다.'

이아나는 어둡게 그늘진 벽에 손잡이처럼 동그란 모습으로 박혀 있는 폭탄을 발견했다. 폭탄 수색을 시작한 이후 여섯 번째로 발견한 폭탄이었다.

이아나는 그동안 폭탄을 상대로 신력의 위력 실험을 해 봤다. 신력으로 만든 검기로 폭발 마법의 마나 배열을 강제로 끊어 내는 실험이었다. 그런데 아르하드의 말대로, 마나는 신력의 상대가 되질 않았다.

처음에는 너무 간단하게 끊어져서 어안이 벙벙했다. 하지만 긴장해서 검에 과도한 신력을 주입했기 때문일 수도 있다고 생각했다. 그러나 신력을 점점 줄여서 다섯 번째에는 위험을 무릅쓰고 아주 약한 검기로 휘둘렀는데도 마나의 배열은 단숨에 끊어졌다. 비록 마법사가 직접 시전하는 마법이 아닌 폭탄에 실려 있는 폭탄 마법일 뿐이지만 신력의 파괴력은 굉장했다. 그래서 오늘은 이 실험을 접고 폭탄을 폭발시켜 신력의 위력을 확인해 볼 생각이었다.

휘이이이이이……

손을 중심으로 모여든 마나의 바람이 거센 소용돌이를 만들어 낸다. 로브자락이 펄럭거리고, 주변의 흙먼지가 들썩거리며 일어나 휘날렸다.

이아나는 천천히 눈을 떴다. 오른팔 전체에 태양의 홍염보다 선명하고, 지옥 불처럼 파괴적인 신력이 활활 타올랐다. 그 크기는 성체가 된 호랑이만큼 컸다.

이아나는 다른 손으로 허벅지에 묶어 둔 혁대에서 비도를 뽑아 폭탄을 향해 날렸다.

타아아아앙!

폭탄의 재질이 금속임에도 비도는 단숨에 폭탄의 정중앙을 꿰뚫었다. 그 즉시 폭탄 주변에서 마나들이 몰려들더니 서로서로를 얽어매며 배열을 만드는 모습이 보였다. 이아나는 눈을 가늘게 떴다. 고도로 집중하자 순식간에 일어나야 마땅했을 폭발은 여름철 포장도로에서 피어오르는 아지랑이처럼 느리게 일어났다.

병사들에게 적을 중앙에 가두고 포위하라 명령할 때처럼, 이아나는 신력이 폭발을 에워싸도록 제어했다. 그러자 먹잇감을 찾은 호랑이가 발을 굴러 앞으로 뛰쳐나가듯 그녀의 팔에서 튕겨 나온 신력이 폭탄을 완전히 둘러쌌다.

그 안에서 폭발은 무력했다. 붉은 신력의 발톱에 폭발은 연약한 짐승처럼 짓눌렸고, 건물 두어 개는 날려 버렸을 폭발의 힘은 무력하게 신력에 흡수되었다. 거력을 품은 신력은 미동도 없었다. 그 다음. 두 손바닥 안에 잡아 가둔 나비 한 마리를 잔인하게 찌부러뜨릴 때처럼, 이아나는 신력이 폭탄에 압력을 가하도록 제어했다.

우드드드드득.

손바닥만 했던 폭탄이 이아나의 신력 안에서 완전히 비틀리고 구겨지다가 마침내 아이들이 구슬치기를 하고 노는 유리구슬만 한 크기로 변했다. 신력의 어마어마한 위력에 이아나는 살짝 미간을 좁혔다.

'건물 두 개를 날린다는 폭탄의 폭발로도 상대가 안 되는군. 실험 상대가 부족해.'

폭탄 제거가 싱겁게 끝나자 이아나는 신력을 제 몸 안으로 불러들였다. 그러자 구슬 주변에서 노닐던 신력이 주인 만난 개처럼 단숨에 달려와 그녀의 품에 안겼다. 이아나는 쿨럭, 하고 기침했다. 엄청난 힘이 심장으로 귀환하자 토할 것 같은 기분이 들었다.

퍼억.

신력을 회수하자 아주 작아진 쇠공은 바닥에 떨어져 내렸고, 흙을 파헤치며 땅바닥에 박혀들었다. 이아나는 걸어가서 그것을 집어 들었다. 크기만 줄였기 때문에 밀도가 커졌을 뿐 무게는 그대로라서 집어든 쇠공은 크기에 비해 아주 무거웠다.

'꽤 쓸 만한 암기야.'

이런 무게의 쇠공을 튕긴다면 사람의 몸쯤은 단숨에 꿰뚫을 터. 이아나는 그것을 로브 안에 집어넣었다.

'그나저나 아르하드가 말한 마음가짐은 대체 뭐야?'

신력에서 마나를 떼어 낼 때 가져야 할 마음가짐. 이아나는 아직도 해답을 찾지 못하고 있었다. 살살 구슬려도 보고 화를 내 보기도 했지만 마나는 요지부동이었다.

이번에는 아르하드가 틀린 게 아닐까. 마나는 단순히 신력을 탐하는 것이고, 마나가 제 말을 듣지 않는 건 자신의 제어력 수준이 마나를 강제로 신력에서 떼어 낼 만큼 높지 않기 때문이라는 생각이 자꾸 들었다. 이아나는 한숨을 푹 내쉬었다.

"카마트로스가 폭탄 설치를 눈치챈 것 같소."

포르미도가 심기 불편한 기색을 감추지 않으며 으르렁거렸다.

"우리가 폭탄 설치를 시작한 지 얼마 지나지 않아서."

포르미도는 사나운 눈빛으로 원탁에 둘러앉은 자들을 둘러보았다.

"정보가 새어 나간 것 아니오?"

"그럴 리가 있나."

페인이 어깨를 으쓱이며 부정하는데 포르미도의 반응은 심상치 않았다.

"폭탄 설치를 아는 건 나, 그룬데왈스, 마르가리타, 그리고 당신들, 블랙폭시의 세 수장들밖에 없는데. 아무리 생각해도 수상하오."

포르미도는 수상하다는 말을 하며 에이지를 곁눈질했다. 페인은 블랙폭시의 실질적인 보스로서 블랙폭시를 망가뜨릴 이유가 없다. 탐욕적인 브루스는 블랙폭시로부터 얻어먹는 게 많아 카마트로스를 증오하는 데 앞장서고 있다. 자신과 함께 카마트로스를 파괴하라는 명령을 받고 내려온 마르가리타는 의심할 필요도 없다. 남은 것은 노예 출신의 에이지였다.

모두가 포르미도의 적나라한 태도를 눈치챘을 즈음, 에이지는 어처구니없다는 듯 피식 웃었다.

"설마 지금, 나를 지목하는 거요?"

"나는 당신이라고 말한 적 없는데, 찔리는 건가?"

"지금 계속 기분 나쁘게 곁눈질하고 있잖아."

"바하무트와 블랙폭시에 당한 게 많은 당신이라면 그럴 수도 있겠지? 처음 만난 그날부터 모든 이들에게 적대적인 대우를 받은 사람은 당신 밖에 없잖소."

"이런 어처구니없는 취급은 정보상의 보스를 맡은 이후 처음 받아 보는걸. 당신은 이제껏 내게 일을 맡긴 페인과 브루스가 바보로 보이나?"

페인은 피식 웃었다.

"저놈은 살고 싶다는 의지가 극에 달한 놈이라…… 배신했을 가능성은 없다고 보네."

"맞아."

"흐음……."

페인과 브루스가 부정했음에도 미심쩍은 시선은 끝나지 않았다.

"내가 배신할 생각이었으면, 지금쯤 블랙폭시는 사라지고도 남았소."

에이지는 깍지를 낀 채 몸을 의자 등받이에 기댔다. 그의 얼굴에 달라붙은 포르미도의 의심스러운 시선은 떨어지지 않았다.

"물론 여기 있는 사람들을 싫어하는 건 사실이지. 왜냐하면 내가 태어났을 적부터 블랙폭시의 정보상을 맡을 때까지 여기 있는 이들에게 이제는 생각하기도 싫은 일을 줄곧 당해 왔으니까. 하지만 그건 여기 있는 놈들 한정이지 공과 사를 구분 못 할 정도로 미치진 않았어."

"……."

"나는 자유의 몸이 된 후, 내게 유일하게 주어진 것인 블랙폭시의 정보상을 필사적으로 키워 왔소. 그 공을 인정받아 포상도 몇 번 받았고. 그런 내가 인생 그 자체나 마찬가지인 블랙폭시를 망가트리려고 정보를 흘렸다고?"

에이지가 포르미도를 노려보았다. 시퍼렇게 타오르는 두 눈이 자신을 향하자 포르미도는 저도 모르게 헛기침을 했다.

"내가 황실에 헌신적이라는 건 여기 있는 두 자식도 알고, 황실도 알고 있는바. 나는 이때까지 성실하게 주인님을 모셔 왔고, 배신을 하지 못하게 하는 페인의 약을 몇 년 동안 복용해 왔소. 또, 주인님들은 피를 훔쳐 간 놈을 찾아오면 그놈만 죽이고 나는 살려 주겠다고 하셨소. 나는 그분들의 자비에 감복해 바하무트의 부흥에 평생을 바치겠다고 맹세했소. 그런데 그런 내가 배신을 해? 더구나, 노예로 지내면서, 바하무트 황실의 두려움을 뼈에 새긴 내가?"

"……아니면 아닌 거지."

포르미도의 기세가 조금 밀리자 에이지가 주먹으로 테이블을 치며 이목을 집중시켰다.

"남 걱정은 그만두고 당신의 입 싼 기사들이나 단속시키시지."

에이지가 포르미도를 비웃었다.

"돌아오지 않는 그룬데왈스가 몇 된다고 들었는데, 그들이 고문을 당해 발설했을 가능성은 생각하지 않는 거요? 그룬데왈스가 하는 짓을 보고 있자면 폭탄 설치 계획에 대해 입을 털었을 가능성이 아주 높은 것 같은데."

"뭐라?"

"술에 취해 있는 상태에서는 내가 조금만 찔러도 정보를 주더군. 고문을 당하면 얼마나 술술 불지……. 카마트로스가 존경스러울 정도야. 마르가리타에게 끔찍하게 고문당하는데도 절대로 입을 열지 않잖나."

"말 다 했소?"

"그만! 그만들 하게."

본인의 성격도 만만치 않지만 어느새 성격 괄괄한 이들 사이에서 중재담당이 된 페인이 분위기를 환기시켰다.

"여기서 우리끼리 이러는 건 무의미해. 어쨌든 카마트로스 놈들에게 폭탄 설치가 발각된 건 기정사실이로군."

"그럼 어찌하나?"

"폭탄 설치는 일정대로 마치고, 그 후에는 아지트에 대기하고 있다가 슈나이더가 제일 방심했을 국왕탄신일부터 본격적으로 활동을 시작하지."

계획대로다. 에이지는 그리 생각하며 숨을 천천히 들이마시고 내쉬었다. 아무리 강심장에 첩자질에 익숙해졌다지만 이따금씩 불안으로 심장이 미친 듯이 뛰어 댈 때가 있다. 에이지는 무심함을 가장하며 숨을 골랐다. 그래, 그렇게 방심하고 있도록 해. 한꺼번에 처리해 줄 테니까.

"흐으응……."

그리고 에이지는 몰랐지만, 이제껏 일언반구도 없었던 마르가리타의 가느다란 시선은 언제나 그에게 꽂혀 있었다.

로안느의 왕궁에 존재하는 수많은 궁 중 자그마하면서도 가장 아름다운 궁의 정원. 대리석으로 조각된 분수에서는 뿜어져 나온 물줄기가 사방으로 얇게 퍼져 장미 조각들에 물을 주었다. 궁의 주인을 아낀 왕이 돈을 아끼지 않았기 때문에 이곳에는 세상에서 가장 값비싸고 아름다운 꽃들, 정원사들의 정성을 듬뿍 받는 정원수들이 조화롭게 어우러져 있었다.

그리고 이 정원의 가장 깊은 곳에는 달콤한 과자와 케이크들을 잔뜩 끼얹은 삼단 트레이, 귀한 자기 찻주전자와 찻잔을 앞에 두고 멍하니 앉아 있는 은빛의 소녀가 있었다. 가느다란 팔과 다리, 자그마한 얼굴과 손, 그럼에도 여인으로서 나오고 들어가야 할 곳은 제대로 갖추어진 매혹적인 소녀였다.

그녀는 시녀가 부채로 부쳐 주는 선선한 바람을 맞으며 멍하니 화원에서 살랑살랑 춤을 추는 꽃들을 바라보았다.

'어쩜 이렇게 고우실까.'

부채를 부쳐 주던 시녀가 소녀를 보면서 침을 꼴깍 삼켰다. 살짝 웨이브 진 은색 머리카락은 허리 아래까지 곱게 쏟아져 노란 햇볕 아래에서 빛이 났다. 아름다운 이목구비가 다 들어 있는 갸름한 얼굴은 가히 기적과도 같았다. 인간을 보석으로 비유한다면 소녀는 가짜 보석들 사이에서 홀로 빛나는 다이아몬드였다. 이 소녀가 사랑을 원하는데 사랑해 주지 않을 남자가 과연 있을까? 우수에 젖은 푸른 눈동자는 시녀마저 가슴 아프게 했다. 이 소녀를 마다하는 남자에게는 성적으로 문제가 있을 게 분명했다.

'다시 만나고 싶어.'

시녀가 무슨 생각을 하든 간에 소녀, 안젤리나 뮤지니엘 로안느는 데뷔식 이후 아무리 잊으려도 잊히지 않는 한 남자를 떠올리고 있었다.

향수 냄새인지 체취인지 모를 시원하면서도 남성적인 향기는 다른 남자들이 흩뿌리는 수컷의 냄새와는 달랐다. 단단하고 커다란 몸은 그녀를 품에 가두고도 남을 것 같았고, 오만한 얼굴은 선이 굵어 누구보다 사내다웠지만 귀족적인 아름다움으로 무장했다. 머리칼은 제 은빛을 그대로 집어삼킬 듯 칠흑처럼 어두웠고, 나른한 빛을 띠면서도 위로 솟아 어쩐지 위험해 보이는 눈매는 어쩐지 야릇하게 느껴졌다.

물론, 무섭다고 생각했던 순간도 있었다. 그녀의 궁에 들어오지 않겠냐는 제안에 바라지 않는다고 말할 때의 눈빛. 그 눈빛에 겁에 질려 질식사할 것 같았던 순간. 하지만 공포는 날이 갈수록 온몸을 오싹오싹하게 만드는 위험한 매력으로 변해 갔다.

'어쩜 좋아.'

그를 떠올릴 때마다 얼굴이 발갛게 달아오르고 몸이 떨렸다. 몸한구석이 뜨거워지는 것 같기도 했다. 남자는 한마디로, 섹시했다.

'아르하드 칼리스토.'

6개월이 지났는데도 그날 딱 한 번 춤을 춘 남자의 얼굴과 이름은 그녀의 안에서 생생하기만 했다.

데뷔식 날, 안젤리나는 아르하드와 이야기를 나누고 싶었지만 그는 그녀와 춤을 추고 밖으로 나가 버린 이후 다시 파티장으로 돌아오지 않았다. 3월에 있었던 제 생일에 거의 모든 수도 귀족들이 참석했음에도 그는 오지 않았다. 그 후에 있었던 다른 파티에도…….

'그는 어째서 다른 남자처럼 나를 보지 않는 걸까?'

그녀와 춤을 춘 미혼의 사내들은 꿀을 노리며 꽃을 뱅뱅 도는 꿀벌처럼 주변을 맴돌며 그녀의 마음을 사려고 노력했다. 매일같이 꽃을 보내고, 보석을 보내고, 장신구를 보냈다. 하지만 그녀가 마음에 두었던 아르하드는 전혀 그러지 않았다.

상심한 안젤리나는 아르하드를 잊으려 했다.

그래, 그는 보잘 것 없는 평민이었고, 벼락부자가 된 일개 자작의 양아들일 뿐이지. 능력이 특출한 것도 아니야. 마나도 제어하지 못해. 얼굴만 잘났을 뿐이야. 아바마마에게 사랑받는, 모든 걸 가진 나에겐 어울리지 않아.

그렇게 생각하며 애써 그를 잊으려 하는데도 안젤리나가 방심

할 때면 그의 얼굴은 시시때때로 떠올라 그녀의 머리를 지배하곤
했다. 지금도.

'설마, 사정이 없는 한 전 귀족이 참석해야 하는 아바마마의 생
신 파티에는 오겠지.'

그녀에게 관심이 없는 아르하드를 포기하겠다고 생각하면서도,
안젤리나는 그를 다시 볼 수 있을지도 모르는 국왕탄신일만을 손
꼽아 기다리고 있었다. 안젤리나는 테이블 위에 놓아두었던 소설
을 수줍게 펼쳤다.

릭은 셀레나스의 손등에 입을 맞추었다. 습하면서도 뜨거운 입술이
제 흰 손등에 진득하게 달라붙자 셀레나스는 긴 속눈썹을 설렘으로 파
르르 떨었다. 손등에서 입술을 떼어 낸 릭은 재촉하듯 그녀의 손을 살
짝 잡아당겼다.

"사랑하는 셀레나스, 부디 제게 그대의 곁에 있을 수 있는 권리를."

"그 말을 기다렸어요."

셀레나스의 바다처럼 깊은 눈동자가 파도처럼 찰랑거렸다.

"얼마나 기다렸는지 몰라요. 사랑해요, 릭."

셀레나스가 속절없이 끌려가 릭의 품에 갇혔다. 둘의 시선이 뜨겁게
맞부딪혔다. 그렇게 얼마나 서로를 보고 있었을까, 사내의 욕망은 가녀
린 여인을 뒤덮었다. 릭의 입술이 그녀의 입술을 강탈하고, 마디 굵은
손은 치맛자락을⋯⋯.

안젤리나는 얼굴을 홍당무처럼 붉히고는 책을 덮었다.

로맨스 소설에는 차갑기만 하고 다른 이들에게 관심이 없던 귀

족 사내가, 여주인공에게 처음에는 싸늘하게 굴다가 점점 빠져들어 그녀에게만 상냥하게 구는 류가 많았다. 아마 남자들을 독점하길 원하는 여자들의 상상이 녹아 들어갔기 때문이리라. 그건 안젤리나 또한 마찬가지였다. 아르하드가 그렇게 행동하는 걸 상상만 해도 달콤했다.

언제부턴가 재미로 읽던 로맨스 소설은 상상으로 빚어지기 시작했다. 완벽한 외모로 묘사되는 로맨스 소설 속의 남자 주인공 같은 남자. 그녀의 환상을 채워 주기에 완벽한 사내. 학술원을 다니고 있다고 들었는데 어찌 찾아가 볼 수는 없을는지. 하지만 부끄러웠다. 일부러 찾아가서 무슨 이야기를 나누어야 할지도 알 수 없었다.

"저하, 릭실리야 저하께서 오셨습니다."

"언니가? 들어오시라고 해."

시녀가 친언니인 릭실리야의 방문을 알리자 안젤리나는 퍼뜩 정신을 차렸다.

"안녕, 안젤리나."

"어서 와."

시녀가 안젤리나의 맞은편 의자를 빼 주자 릭실리야는 그곳에 천천히 앉았다. 푹신한 의자에 앉으면서도 허리를 곧게 편 채 드레스 자락을 모으는 그녀의 행동에서는 우아함이 절로 묻어났다.

1왕녀, 릭실리야 뮤지니엘 로안느는 왕비를 쏙 빼닮은 금발에 푸른 눈을 가진 미녀였다. 안젤리나보다 여섯 살이 많은 그녀는 메네스트리에 후작가의 정식 후계자의 약혼녀였다. 타국의 왕에게도, 왕자에게도 무수히 많은 청혼을 받았지만 그들이 로안느의 고위 귀족보다 모자라 보이는 현실은 릭실리야가 메네스트리에를 선택하도록 종용했다. 그리고 왕권 다툼으로 목숨의 위협을 받는 여린 어머니와 어린 동생인 안젤리나, 라이너스가 남아 있는 상황에서 릭실리야는 도저히 로안느를 뒤로하고 다른 왕국으로 갈 수 없었다. 그리고 메네스트리에 후계자는 좋은 남자였으며 그들에게 강력한 힘이 되어 줄 수 있었다.

"언니, 좋은 차를 구했는데 한 잔 줄까?"

"네 입맛이라면 믿을 만하지. 아, 그런데 이번 아바마마의 파티에 입고 갈 드레스는 정했니? 쉐리 부인과 쿼터 부인의 눈치싸움이 아주 대단하더라."

"베이비블루 색이 끌려서 쿼터 부인의 드레스로 정했어."

"역시. 둘 다 예쁘긴 한데 사실 너한테는 그 드레스가 더 잘 어울린다고 생각했어."

"그치?"

안젤리나와 릭실리야는 친밀하게 담소를 나누었다. 둘의 사이는 아주 좋았기 때문에 대화는 시종일관 부드럽게 이어졌다. 하지만 아무리 절친한 사이라도 서로에게 마음에 안 드는 부분이 하나쯤은 반드시 있기 마련이다.

"아참, 안젤리나. 네 남편감으로 아주 좋은 신사분을 소개하고 싶은데 말야. 로베르슈타인 가문의 하르첸 공자가 어떠니?"

"로베르슈타인의……?"

"로베르슈타인 가문은 아직 중립이거든. 라이너스의 힘이 되어 줄 수 있어."

안젤리나는 대답하지 않고 드레스 자락을 만지작거렸다. 대답을 기다리고 있던 릭실리야는 한숨을 내쉬다가, 안젤리나가 치우는 걸 까먹고 테이블에 올려 둔 로맨스 소설을 발견했다. 안젤리나는 얼굴이 새빨개져서는 로맨스 소설을 잡아채 뒤로 숨겼다.

"왜 숨기니? 로맨스 소설 읽는 취미, 안 말려. 하지만 너 설마 로맨스 소설 속의 사랑 이야기가 현실에도 있을 거라고 생각하는 건 아니지? 소설과 현실을 분간 못 하는 거 아니냐고."

"……"

릭실리야는 고개를 숙이고 있는 안젤리나를 빤히 바라보았다.

"아직도 그 남자 잊지 못하는 건 아니지?"

안젤리나는 그녀의 질문에 계속해서 대답하지 못했다. 그런 안젤리나가 아주 철없게 여겨진 릭실리야는 미간을 곱게 찌푸린 채 그녀를 나무랐다.

"그 남자가 아주 잘생긴 건 알아. 나도 그때 멀찍이서 보고 놀랐으니까. 하지만 얼굴만 멀끔하지 마나는 제어하지 못하는 쭉정이라며."

"언니."

"안젤리나. 너의 위치를 생각하렴. 너의 어머니는 워니프리드 공작가의 금지옥엽이고 아버지는 로안느에서 가장 고귀하신 국왕 전하셔. 그런데 네 상대가 벼락출세한 자작가의 양자? 말이 되는 소리야? 네가 정신이 나갔구나."

"……"

"잊지 마, 안젤리나. 우린 라이너스와 로안느 왕국을 위한 삶을 살아야 해. 그나저나 그 남자, 너와 춤을 춘 후에도 연락이 없다지? 아주 기특한걸. 상을 내려야겠어. 너에게 관심이 없다니, 제 주제는 아주 잘 아는 모양이야."

"언니!"

안젤리나의 뾰족한 외침과 함께 의자 다리가 바닥에 드르륵 긁히며 뒤로 밀려났다. 자리에서 벌떡 일어난 안젤리나는 울먹거리는 눈동자로 차가운 얼굴의 릭실리야를 내려다보았다.

"언니, 내 신분으로 함부로 행동해서는 안 된다는 건 알지만 난 그런 건 싫어. 난 진짜 사랑을 하고 싶어."

"너 정말……."

"그리고 내가 그 사람이랑 결혼하겠다는 건 아니잖아. 그냥 너무 잘생겨서 신경 쓰이는 거일 수도 있잖아? 나, 그렇게 잘생긴 사람은 처음 봤는걸."

아르하드 칼리스토라는 남자는 귀족들 사이에서 어두운 빛으로 반짝반짝 빛났다. 화려한 백색 속에 뚝 떨어진 단조로운 검은 점. 하얀 비둘기 떼 사이에서 홀로 존재감을 발하는 검은 용이었다. 어두운 밤, 수많은 별들 사이에서 홀로 휘영청 떠 있는 보름달. 그녀를 무심하게 내려다보던 금안은 안젤리나의 심장을 거세게 뒤흔들었다. 잘생겼다는 이유보다는, 알 수 없는 거대한 존재감이 그녀를 떨리게 했다.

하지만 그건 착각이고, 너무 잘생겨서 떨렸던 걸지도 모른다. 그는 정말로 잘생겼었다. 그리고 그리 단호하게 구는 남자는 처음이었다. 남자들은 언제나 살가웠고 지겨울 정도로 주변을 맴돌며 치근덕댔기 때문이다.

"네가…… 하아. 어린 네게 더 말해서 뭐 하겠니. 반항심만 더 키우겠지. 네 멋대로 해."

의외의 말에 안젤리나가 눈을 동그랗게 뜨자 릭실리야는 아주 재밌다는 듯 입꼬리를 끌어 올려 웃었다.

"하지만 그 남자, 네가 애정공세를 퍼부어도 눈 깜빡 안 할 목석처럼 보이던걸. 네 외모에 흔들리지 않는 남자가 있을 줄이야. 애인이 있어도 미녀에게 흔들리는 게 사내들인데 신기하더라. 제 주제를 아는 걸까, 아니면 이미 푹 빠져 있는 여자가 있는 걸까?"

"……푹 빠져?"

"내가 따로 조사를 해 봤는데."

조사를 하다니. 얌전히 앉아서 그를 떠올리고 그가 파티에 나타나기만을 기다리며 끙끙대기만 하던 순진한 안젤리나는 깜짝 놀랐다.

"뭘 놀라? 내 동생이 정신을 못 차리는 상대라면 뒷조사는 기본이지. 아무튼."

곧 이어질 아르하드의 얘기에 안젤리나는 귀를 기울였다.

"그 남자, 이아나 로베르슈타인 영애와 아주 친해. 작년에 학술원에 한바탕 핑크빛 소문도 돌았다더군."

이아나 로베르슈타인.

안젤리나는 데뷔식에서 함께 데뷔했던 이아나를 떠올렸다. 언제나 수많은 사람들이 안젤리나의 주변에 얼쩡거렸기에 얼굴이 헷갈리는 건 일상다반사였지만 이아나의 첫인상은 강렬해서 기억하고 있었다. 안젤리나가 은빛 머리카락과 푸른 눈으로 청순미를 뽐내는 대신 색이 흐리다면, 이아나의 붉은 머리카락과 붉은 눈은 어디에서나 아주 뚜렷했다.

'나보다는 아니지만, 꽤 미인이었지.'

예쁘장한 이아나를 떠올린 안젤리나는 이어서 아르하드가 언제나 이아나의 옆에 있었음을 깨달았다. 아르하드를 처음으로 만났을 때도 그는 이아나의 곁에 있었고, 잘 생각해 보면 춤을 추기 전에도, 춤을 추는 중에도, 춤을 춘 이후에도 그의 시선에는 언제나 붉은빛이 맺혀 있었던 것 같기도 했다.

안젤리나의 심장이 욱신거렸다.

'어라.'

처음 겪어 보는 아픔에 가슴에 얌전히 손을 올렸다. 심장이 꽉 조였다가 풀어지기를 반복해서 숨이 막혔다. 릭실리야는 그런 안젤리나를 아랑곳 않고 여유롭게 차를 들이켰다.

"실망스럽게도 연인이 아닌 친한 선후배 관계로 판명 났지만."

그 말에 심장의 조임이 느슨해졌다. 안젤리나는 후우우, 하고 덜덜 떨리는 숨을 내뱉었다.

"아무튼 잘해 봐, 안젤리나. 네 현실은 네 스스로 깨달아야지. 옆에서 충고한다고 들을 것 같진 않네."

릭실리야는 시큰둥하게 말하며 안젤리나를 흘끔 살폈다. 안젤리나는 로맨스 소설을 손에 꼭 쥐고 있었다.

무책임하게 손 놓고 보고 있겠다는 의미는 아니다. 다만, 그 남자의 태도로 봤을 때 굳이 제가 안젤리나에게 쓴소리를 해서 자매간의 우애를 상하게 할 필요는 없을 것 같았다.

'그 남자는 이아나 로베르슈타인을 짝사랑하고 있어.'

뒷조사 결과, 노련한 릭실리야는 그 남자가 이아나를 절절히 사랑하고 있다고 판단했다. 안젤리나를 대하는 태도를 보면 미모에 현혹되는 타입이 아닌 듯했고, 제 분수도 아주 잘 알고 있는 듯했다. 알아서 쳐 내 줄 터. 릭실리야는 여유롭게 차를 마셨다.

"저하……."

안젤리나는 검지를 분홍빛 입술 위에 올리며 쉬— 하고 바람소리를 냈다.

"저하라는 말은 하지 마요. 공주님도, 왕녀님도 안 돼요."

안젤리나는 로브를 뒤집어쓴 채 직속 호위인 로열나이트 중 한 명을 대동하고 학술원에 들어왔다.

궁 밖으로 몰래 외출한 적은 몇 번 있다. 하지만 그건 궁 안에 갇혀 있는 듯한 기분에서 비롯된 답답함 때문이었지 누군가를 만나기 위해서는 아니었다. 안젤리나는 뒷조사를 했다는 릭실리야의 말에 스스로를 반성했다. 무릇 상대에게 관심이 있다면 먼저 알아볼 생각을 해야지, 다가와 주기만을 기다리고 있으면 안 된다.

"끙."

기사는 불안한 얼굴로 동동대다가도 결국 귀여운 공주님인 안젤리나의 뒤를 얌전히 따를 수밖에 없었다. 물론 주변을 극도로 경계하면서.

안젤리나는 고개를 돌려 가며 사람을 찾다가 착한 인상의 소녀를 발견하고 천천히 다가갔다.

"저기."

"네?"

"혹시 아르하드라는 분을 아시나요? 검을 잘 쓴다고 들었는데."

물방울이 잎사귀 위로 또르르 굴러가듯 맑고 예쁜 목소리에 소녀는 단번에 로브를 쓴 안젤리나에게 경계심을 풀었다.

"검술학부의 아르하드 님이요? 모르는 사람이 거의 없죠. 학술원 최고 미남인데."

안젤리나의 심장이 쿵쾅대며 뛰기 시작했다.

"그분한테 볼일이 있는데…… 검술학부 건물이 어딘가요?"

"여러 갠데……. 말로 설명하긴 어렵고, 또 지금 제가 바빠서. 본관에 가서 지도를 받아 찾아보시는 건 어때요?"

소녀의 말대로 본관에서 지도를 받은 안젤리나는 그길로 아르하드를 찾아 헤맸다. 그를 아는 사람들에게 물어 가며 그의 동선을 힘겹게 따라가고 있는데, 가는 길에 땅에서 솟아나듯 갑자기 앞에 나타난 사람이 있었다.

"꺄악!"

안젤리나가 비명을 지르자 로열나이트가 즉시 그녀를 뒤로 물리며 칼을 뽑았다. 괴한이라 여긴 기사가 눈을 부릅떴지만 앞에 선 사람의 느슨함에 금세 기가 빠졌다.

"안녕, 아가씨?"

녹색 머리카락의 청년이 손을 흔들며 싱긋 웃었다.

"있지. 아르하드 선배님을 왜 그렇게 애타게 찾고 있는지 물어도 될까? 학술원 학생도 아닌 것 같은데 말야."

"네놈은 누구냐."

"질문은 내가 먼저 했는데? 수상한 쪽은 댁들이야. 왜 남의 학과 꽃미남 정보를 캐고 다녀? 스토커냐?"

"이놈!"

"경!"

스토커냐며 주군을 폄하하는 상스러운 말에 노발대발하던 기사를 말리던 안젤리나의 푸른 눈동자와 청년의 짓푸른 눈동자가 똑바로 마주쳤다. 청년의 눈동자가 순식간에 로브 안의 얼굴을 훑었다.

"아, 그, 저."

난처해진 안젤리나가 우물쭈물하는데, 청년이 미묘하게 웃었다.

"흐응……. 아아, 알겠다. 아르하드 선배님에게 반한 귀족…… 영애인가요? 그래서 따라다니는 거예요? 졸졸졸졸?"

로브 아래에서 안젤리나의 얼굴이 홍당무처럼 새빨갛게 달아올랐다. 기사는 학술원에 다니는 하급 귀족에게 반해서 쫓아다니는 거냐고 공주를 놀리는 평민 청년의 무례함을 참을 수 없었다.

"감히 저하……."

"경, 그만해요!"

"아아, 죄송, 죄송. 아르하드 선배님을 찾고 있다는 거죠? 따라와요. 사죄의 의미로 안내해 줄 테니까."

"무슨 꿍꿍이냐."

"저도 검술학부고, 아르하드 선배님과는 안면이 있어서요. 딱히 나쁜 의도 같지는 않아서 안내해 주려는 건데…… 싫음 말고?"

청년은 요상한 웃음을 한 번 짓고는 손짓을 하며 그녀를 안내했다. 거짓으로 안내할 것 같진 않았다. 안젤리나는 기사의 옷깃을 잡아끌고 청년을 조심스럽게 따라갔다.

도착한 공터에서는 뜨거운 열기가 뿜어져 나오고 있었다. 귀가 아플 정도로 시끄럽게 맞부딪치는 둔탁한 나무 소리에 안젤리나는 움츠러들었다. 하늘을 소음으로 찢어발길 생각인 걸까.

"저기, 아르하드 군은 어디에……."

아르하드의 행방을 물으려고 했지만 청년은 어느새 사라져 있었다. 안젤리나는 침을 꼴깍 삼키고는 직립한 로열나이트 뒤에서 고개를 내밀었다.

안젤리나는 공터에 있는 수많은 대련장들을 시야에 담았다. 웃통을 벗거나 얇은 셔츠 하나만 입은 남학생들이 서로를 노려보며 싸우고 있었다. 목검을 겨누고, 부딪치고, 떨어지고, 달려들고, 피하고, 베고, 찌르고, 막고. 어떤 곳에서는 학생들이 불구대천의 원수를 상대하는 양 나무 허수아비를 힘차게 때리고 있었다.

안젤리나는 저도 모르게 로브자락으로 코를 막았다. 거칠고 야만적이다. 더운 열기가 숨 막힐 정도로 강하게 뿜어져 나오고 공기는 흙냄새와 땀 냄새로 흥건하게 젖어 있었다.

안젤리나는 궁 안에서 보석과 드레스, 과자와 차, 책과 꽃만 봐온지라 이렇게 거친 현장이 처음이었다. 대련이라지만 상대를 죽일 것처럼 눈을 치켜뜬 채 목검을 부딪치는 이들의 모습은 그녀에게 아주 무서운 광경이었다.

"으와아아아!"

"긴장돼서 눈 뜨고 못 보겠네."

"허억, 허억! 보는 내가 숨차다."

"야 이 새끼들아, 시끄러우니까 좀 닥쳐. 집중이 안 되잖아!"

그중에서도 아주 시끄러운 대련장이 하나 있었다. 구름처럼 몰린 사람들이 환호성을 지르며 구경하고 있는 곳이었다. 안젤리나는 눈을 조금 찌푸린 채 조금 높은 곳에 있는 그 대련장을 보았다. 학생들이 허공을 보며 환호하고 있는 것도 아닐 테고, 자꾸 같은 방향으로 고개가 휙휙 돌리는 걸 보면 뭔가가 있는 것 같긴 한데 그녀의 눈에는 전혀 보이지 않았다. 시끄러운 타격음만이 들려올 뿐이다.

그때 안젤리나와 같은 곳을 보고 있던 로열나이트가 감탄하며 박수를 쳤다.

"대단하군요. 학생의 실력이 아닙니다."

"경은 저 경기장에 뭐가 있는지 보여?"

"저도 방심하면 놓칠 정도로 빠르게 움직이고 있습니다. 세상에, 저 둘이 정말 학생이랍니까? 교수가 아니고요?"

"난 안 보여."

따아아아아아아악!

안젤리나가 투덜거리는 사이, 강하게 충돌하는 타격음이 공기를 가르고 사방으로 퍼졌다. 대련장 위에 있던 두 사람이 대치 상태로 들어가 서로에게 목검을 겨눈 채 그대로 멈추었다.

"아."

그리고 거기에서, 안젤리나는 그녀가 꿈에서 그리듯 찾아 헤매던 사내를 발견했다. 어깨에서부터 앞으로 길게 뻗어지는 굵은 팔, 땀에 젖는 바람에 옷이 몸에 달라붙어 그대로 드러난 남성스러운 굴곡, 미끈한 턱 선을 따라 흘러내리는 뜨거운 땀…….

축축한 검은 머리카락이 바람에 우수수 흩어졌다. 입술은 일자로 다물려 있고, 내리뜬 시선은 잡아먹을 듯 상대를 향하고 있었다. 안젤리나는 파르르 떨었다.

"시간 종료. 오늘도 무승부!"

"오늘도 무승부냐? 대체 몇 번째야?"

"대단하다, 정말."

"나가 죽자. 쟤들이 우리보다 더 어려."

"아르하드 선배님!"

그녀를 안내했던 녹색 머리칼의 청년은 어느새 그 현장에 있었다. 청년이 부르자 아르하드는 그를 내려다보았다. 청년이 가까이

오라는 듯 손을 까딱하자 아르하드는 인상을 찌푸리고는 천천히 허리를 숙여 귀를 내주었다. 청년이 안젤리나 쪽을 손짓하며 몇 마디 속삭이자 그의 시선이 그대로 그녀에게 향했다.

'아.'

꿰뚫리는 듯한 시선. 안젤리나의 숨결이 거칠어졌다. 얼굴이 장미꽃처럼 화르르 달아올랐다.

'확실해. 나는 저 남자에게 반한 거야.'

안젤리나는 제 감정을 확실하게 깨달았다. 수없이 많은 로맨스 소설을 읽었지만 사실 첫눈에 반하는 일은 현실에서 일어나기 어렵다 여겼다. 감성에 젖어 소설을 읽으면서도 안젤리나는 그 소설 속의 주인공과 자신을 애써 유리시키곤 했다. 동생 라이너스를 위해 시집을 가야 하고, 라이너스에게 든든한 지원자가 되어야 하는 현실에서 살아가고 있었기에…….

그런데 정말로 반해 버렸다. 저 남자의 시선을 제게 붙들어 놓고 싶었다. 저 남자가 부르는 제 이름이 듣고 싶었다. 저 남자와 즐겁게 대화를 나누고 싶었고, 파티에 참석할 때는 저 남자의 에스코트를 받고 싶었다.

평범한 귀족 소녀들이 누군가에게 첫눈에 반했다며 재잘거리던 말들을 이제야 완전히 이해할 것 같았다. 외모를 좋아하는 속물이라고 해도 좋다. 하지만 누군가에게 첫눈에 반하는 데 외모에 영향을 받지 않는 사람이 과연 얼마나 될까? 여자는 본능적으로 보다 힘세고 멋진 남자에게 끌리기 마련이었다.

"왜 그러십니까?"

그때 아르하드에게 말을 거는 사람이 있었다. 그와 대련장 위에서 맞붙었던 상대였다. 그의 시선을 한 몸에 받던 이였다. 그리고 그 사람을 본 안젤리나는 화들짝 놀랐다.

'이아나 로베르슈타인……'

릭실리야의 말 때문에 신경이 쓰인 안젤리나는 여기 오기 전에 이아나에 대해 많이 알아보았다. 안젤리나는 릭실리야에게 말을 듣기 전까지만 해도 이아나에게 관심이 없었다. 데뷔식 때 처음 봤을 때도 그저 로베르슈타인 가문의 영애구나 싶었다. 아무리 로베르슈타인 가문이더라도 쟁쟁한 수도 귀족이 넘쳐나는 수도에서 가장 고귀한 사람 중 하나인 안젤리나가 지방 귀족인 이아나에게까지 관심을 가질 이유는 없었다. 또, 좋은 이야기만 해 주는 사람들만 곁에 있는지라, 나쁜 소문으로 범벅이 되어 있는 이아나에 대한 얘기를 안젤리나는 살면서 한 번도 들어보지 못했다.

그래서 이번에 처음 알았다. 사기를 쳐서 첩으로 들어간 천박한 평민의 딸이라던가, 영지민들에게 천대받는다던가, 외조부를 살해했다던가…….

여기까지만 했으면 신경 쓸 가치도 없다 여겼겠지만, 학술원의 검술제에서 우승했다던가, 특이하지만 대단한 사람들과 친하다던가, 오라버니인 슈나이더의 관심을 한 몸에 받고 있다던가, 그에게 아주 비싼 꽃다발을 받았다던가— 하는 소문들은 안젤리나를 무척 신경 쓰이게 했다.

"죄송합니다. 제 입으로 남의 이야기를 함부로 하기 어렵습니다."

아르하드에 대해 알려 달라는 부탁에 직접 가서 물으라고 말하던 단호한 행동. 그때는 그저 남의 사정을 입에 올리고 싶지 않다는 의도로 이해했던 행동이 이제 와서 새삼스레 다르게 다가왔다.

"아니, 아무것도 아냐."

이아나가 말을 걸자마자 아르하드는 언제 안젤리나를 보았냐는 듯 감정 없는 시선을 떼어 내고 이아나를 살갑게 맞이했다.

"실력이 정말 빨리 느는걸."

아르하드의 칭찬에 기분이 좋아진 이아나가 예쁘게 웃었다.

"그렇습니까? 기쁘네요. 하지만 절 칭찬하는 건 당신 얼굴에 금칠을 하는 겁니다."

"난 좀 뻔뻔해서 그래도 칭찬을 해 주고 싶은데."

친근한 농담. 낮은 웃음소리. 호선을 그리는 입술. 안젤리나는 그 모든 것에 집중했다. 아르하드는 이아나가 장하다는 듯 그녀의 흐트러진 머리를 헤집었다. 그리고 이아나는 애정 어린 손길을 얌전히 받고 있었다.

'부럽다.'

공포는 착각이었다고 여기기로 했지만, 그래도 제게는 그렇게 무섭게 굴었던 남자가 이아나는 아주 상냥하게 대하고 있었다. 데뷔식에서 보았던 그는 다정한 표정을 짓지 못하는 사람처럼 딱딱하기만 했는데.

'부러워.'

선후배 사이라서 저런 행동이 자연스러운 걸까? 저 소녀는 아무렇지도 않게, 당연하다는 듯 그의 호의를 받아들이고 있었다. 그것이 못마땅하면서도 심하게 부러워서 심장이 따끔거렸다.

안젤리나는 이해할 수 없었다. 그는 어째서 다른 남자들처럼 제게 호감을 보이지 않는 걸까? 정말로 신분 차 때문에 다가올 생각조차 하지 않는 걸까? 그렇게 생각하면 또 이해가 가질 않는 게, 다른 하급 귀족 영윤들은 백이면 백 자신을 호감 가득한 눈으로 쳐다보곤 했다. 하지만 아르하드는 그렇지 않았다. 다른 남성들이 안젤리나를 보는 눈과 같은 눈으로, 이아나를 보고 있을 뿐이었다.

안젤리나는 드레스 자락을 움켜쥐었다. 그녀는 시선 집중을 받는 게 일상이었다. 그랬기 때문에 당연함에서의 이탈이 그녀로 하여금 박탈감을 느끼게 했다.

'내가 저 애보다 못한 게 뭐지?'

예쁘장하지만 왕국에서 가장 아름답다는 말을 듣는 저보다는 못하다. 재력이나 권력으로도 두말할 것 없이 압승이다. 또 저는 노래도 잘 부르고 춤도 잘 추었다. 괜히 많은 자식들 중에서 아버지, 국왕의 사랑을 독차지한 게 아니었다. 꽃 형상의 수를 놓으면 나비가 그 위에 앉을 정도로 수 솜씨도 으뜸이었다.

물론 검 같은 건 쥐어 본 적도 없으니 당연히 이아나가 잘 다루겠지만 그건 여성미에 포함되지 않는다. 이아나는 이단아였다.

'함께 보냈던 시간?'

이아나도 아르하드와 알고 지낸 지 겨우 일 년밖에 되질 않는다고 들었다. 게다가 다른 학년이라 수업도 거의 겹치지 않아 수련 시간에만 잠시 본다고 들었다.

그래도 이아나가 저보다 앞서 있는 건 시간밖에 없었다. 일 년 정도 만나면 그는 저런 표정으로 봐 주는 걸까?

반드시 그러하리라. 어딜 봐도 자신이 이아나보다 우월했다. 질투로 화르르 타올랐던 마음이 우월감으로 안정되자 안젤리나는 릭실리야가 했던 말을 떠올렸다.

"실망스럽게도 연인이 아니라 친한 선후배 관계로 판명 났지만."

릭실리야는 빈말을 하는 사람이 아니다. 그러니 이아나는 질투의 대상이 아니다. 아르하드와 친하니 오히려 자신을 도와줄 친구가 될 수도 있었다.

왕녀가 먼저 나서서 친해지고 싶다고 손을 내미는데 마다할 로안느의 귀족 영애가 어디에 있을까? 감격할지도. 그제야 안젤리나는 예쁜 미소를 지을 수 있었다.

안젤리나는 진심으로 가지고 싶은 게 생겼다. 소녀의 푸른 눈동자는 묵빛을 머금은 채 반짝반짝 빛이 났다. 연인이든, 기사든, 시종이든…… 어떤 모습이라도 상관없었다. 그를 곁에 두고 싶었다.

국왕탄신일 3일 전, 어두운 밤. 그룬데왈스가 머무는 건물에서는 질펀한 정사가 곳곳에서 벌어지고 있었다. 며칠 전 폭탄 설치를 끝내고 국왕탄신일까지 대기령이 떨어진 터라 건물에 틀어박혀 있던 참, 그들은 평소처럼 쾌락이라는 바다에 빠져 허우적거렸다. 피에 취하고, 술에 취하고, 약에 취하고, 여자에 취한다. 현실은 뒤로하고 쾌락에 빠진 그들은 짐승이나 다름없었다.

처음 이곳에 왔을 때보다 단원의 수가 줄었지만, 이는 늘 있어왔던 일이다. 제국의 수도로 돌아가면 견습 기사들 중 욕심 많고 본능에 충실한 놈들로 빈자리는 금세 채워지곤 했다. 그래서 그 룬데왈스 기사들 사이에 동료 의식 따위는 없었다. 자기 목숨은 자기가 챙겨야 한다. 죽으면 개죽음일 뿐. 그리고 단장인 포르미 도는 그런 분위기를 형성한 일등공신이었다.

포르미도. 그는 기사가 되기 전 아주 가난한 평민이었다. 그와 가족들은 배만 툭 튀어나오고 다른 곳은 말라비틀어진 기묘한 꼴 을 하고 다녔다. 이는 포르미도뿐만 아니라 북부의 가난한 주민 들에게 통용되는 모습이었다. 특히 겨울에 혹한이 닥쳐 모든 작 물이 얼어붙었을 때는 모두가 배를 부여잡고 굶주렸다.

포르미도는 죽고 싶지 않았다. 그런데 체력이 떨어질 대로 떨 어진 가족들이 기어코 아사하는 꼴을 지켜보며 그는 절대 그들처 럼 비참한 죽음을 맞지 않을 것이라고 이를 갈며 맹세했다.

마른 풀을 뜯어먹으면서 겨우 생존해 슬럼가에 입성한 그는 온 갖 못된 짓을 배우다가 검에 재능을 보이고, 바하무트 군대에 입 대했다. 그리고 차근차근 실력을 높여서 황궁 제1 기사단, 파칼 라투아 기사단까지 올라갔다.

그는 황실에 충성을 한다기보다는 실적을 올리는 데 혈안이 된 인물이었다. 실적이 높아야 받는 식량이 많아지기 때문이다. 그리 고 마침내 그에게 성질이 고약한 놈들만 모인 그룬데왈스 기사단 의 단장 자리가 떨어졌다. 뒤처리와 잔인한 짓을 전담하는 그룬 데왈스. 명예를 중시하는 다른 이들 입장에서는 좌천이겠지만 포 르미도에게는 최고의 신분 상승이었다. 모종의 이유로 파칼라투아 기사단에 적응도 잘 못 했을뿐더러, 그룬데왈스가 도맡는 일들이 실적을 올리기에는 최고였다.

포르미도가 기사단을 데리고 황실에 불복하는 이들에게 잔인한 무력시위를 하면 할수록 그는 황족에게 주목을 받았고 값진 포상을 받았다. 그렇게 포르미도는 과거는 잊은 채 단장으로서 승승장구했다.

'그런데…….'

포르미도는 창밖을 내다보며 술을 마셨다.

"엿 같은 날씨야."

포르미도가 뜬금없이 중얼거리자 한 남자가 헐떡거리는 여자에게서 몸을 일으키며 창밖을 보았다.

"무슨 소립니까? 죽이게 좋은데? 북부의 쓰레기 같은 날씨보다 훨씬 좋잖아요."

포르미도에게 있어 인생의 전환점은 가족의 아사였다. 그래서 로안느의 날씨가 아주 싫었다. 이런 따뜻한 날씨에서는 밀과 같은 작물이 풍성하게 자라나고 과실은 탐스럽게 주렁주렁 열릴 테니까. 그러다 보니 자연스럽게 태생적으로 가진 자에 대한 분노로 들끓다가 이내 과거까지 떠올리고 마는 것이다.

포르미도는 피식 웃었다. 여태껏 잊고 있다가 왜 갑작스레 감상에 젖었을까. 로안느에 도착할 때부터 계속 거지같은 기분이 들었다. 자꾸 배곯던 과거를 떠올리게 하는 로안느의 따뜻한 날씨는 정말 한마디로 개 같았다.

"그런데 마르가리타 님은?"

"그분은 방에 계속 틀어박혀 계시잖습니까."

"요즘 들어 안 보이던데, 설마 며칠 내내 방에서 예의 취미활동을 하고 계신 건가?"

포르미도는 쯧, 하고 혀를 걷어차고는 속으로 마르가리타를 욕했다. 그들이 열심히 활동하는 동안 그녀는 뭐 하나 도와준 게 없었다. 그녀가 하는 일이 있다면 잡아 온 카마트로스를 쓸데없이 고문하며 빈둥거리는 게 전부였다.

하지만 그녀를 함부로 대할 수는 없다. 그녀는 궁극에 이른 마법사 위프헤이머의 제자. 심지어 여자의 몸으로 후작 작위까지 받은 대단한 실력자였다. 그러니 그녀의 요구에 귀한 폭탄을 열 개 정도 건네준 것도 어쩔 수 없는 일이다.

그나저나 몇 년 전에 잡아 온 폭탄 만드는 계집은 정말 쓸 만했다. 초기에 여자는 쉴 새 없이 반항하고 폭탄을 터뜨려 대며 주변을 황폐화시켰지만, 말을 듣지 않으면 동생을 죽이겠다고 협박하자 그제야 말을 듣기 시작했다. 최고의 폭탄 제조 장인이 제조한 폭탄들은 아주 유용했고 실적은 기하급수적으로 상승했다.

그러니 이번에도 마찬가지일 것이다. 카마트로스가 폭탄 설치를 눈치채고 폭탄 제거에 나섰다지만 테오도르에 투하될 혼란은 기정사실이다. 설치한 폭탄은 수십 개를 넘어서 수백 개에 달하고, 또 입을 떡 벌릴 정도로 독특한 기능의 폭탄들이 여러 가지 섞여 있었기 때문이다.

"폭탄의 위치들은 숙지했겠지, 밀루우테?"

"그럼요."

포르미도가 말을 걸자 맞은편에 앉아 있던 부단장 밀루우테는 입가를 끌어 올려 야비한 표정을 그려 냈다. 포르미도는 그의 얼굴을 빤히 쳐다보았다.

밀루우테와는 오랜 시간을 함께 보냈다. 머리가 아주 좋아 무릎을 탁 칠 만한 계획을 세워 실적을 올리는 데 혁혁한 공을 세우기도 했고, 명령이라면 내용이 무엇이라도 충실히 수행했으며, 생존을 위해 동료를 버리는 야비한 짓도 마다하지 않았다. 폭탄 만드는 계집을 납치해 와 폭탄을 제조하자고 제안한 것도 그였다. 실적으로 따지자면 밀루우테는 포르미도와 막상막하고, 또 그룬데 왈스 내에서 포르미도와 비슷한 영향력을 가진다. 밀루우테는 전형적인 책사 타입으로, 단지 전투 능력이 그보다 좋다는 이유로 포르미도가 단장 자리를 맡고 있었다.

'음?'

이것저것 생각하고 있던 포르미도는 이상한 기척을 느끼고 입가로 가져가려던 술잔을 테이블 위에 내려놓았다.

'하나…… 둘……? 아냐. 그보다 더 많은…….'

술에 취해 집중력이 흐트러져 있었던 데다가 아주 미세해서 눈치채지 못한 기척들이 있었다. 한번 신경 쓰이기 시작하자 기척들은 기하급수적으로 늘어났다. 포르미도는 양동이에 한가득 담겨 있던 모래를 뒤집어써서 모래 범벅이 된 기분이 되었다.

사각…….

이번에는 예민한 청각에 바깥에서 신발 밑창이 바닥을 긁는 소리가 잡혔다. 그리고…….

"……!"

온몸에 순식간에 소름이 쫙 돋았다.

"전부 테이블 밑에 엎드려!"

포르미도는 고함을 쩌렁하니 지르며 멀뚱하게 있는 밀루우테의 멱살을 잡아 테이블 밑으로 박아 넣었다.

쐐애애액!

허리 높이로 반월형의 붉은 검기가 아지트를 덮치더니 반대 벽을 통해 빠져나갔다. 순식간에 벌어진 일이었다.

"뭐지?"

엎드리지 못한 사람들은 처음에 제 몸 한구석이 갑자기 따끔거린다고 여길 뿐 이상을 느끼지는 못했다.

쿠구구구구……

지진이 난 것처럼 건물이 덜덜 떨리더니, 검기가 베고 지나간 면 위의 건물이 미끄럼틀을 타듯 대각선으로 미끄러져 내리기 시작했다.

쿠구궁.

건물이 무너지는 동안 사람들도 무너져 내렸다. 건물 안에서는 갑작스레 발생한 대참사로 남자 여자 할 것 없이 비명을 지르고 있었다.

"꺄아아악!"

"악! 내 팔!"

"아아아아악!"

술과 약에 취해 있던지라 단장의 명령을 따르지 못한 이들의 상반신이 하반신과 분리되어 널브러진 경우가 제일 많았다. 황급히 피했지만 다 피하지 못해 몸 한 군데가 잘려 나간 이도 허다했다. 살아남은 이들은 황급히 건물의 잔해를 치우며 건물을 탈출하려 했다.

"이런 씨! 뭐……!"

욕을 하며 건물 밖으로 나가던 이의 목이 깨끗하게 베여 뒤쪽으로 튕겨 나갔다. 날아오는 머리를 뒤에서 주먹으로 쳐 낸 포르미도가 눈앞에 펼쳐진 광경에 상황을 인식하고 얼어붙었다. 분무기로 흩뿌린 듯 휘날리는 피보라 사이로 카마트로스가 건물 전체를 포위하고 있는 게 보였다.

"이 개새끼들!"

포르미도의 바로 뒤에서 한 부하가 욕지거리를 하며 검을 빼 들고 앞으로 튀어 나가려고 했다. 하지만 그 즉시 카마트로스의 무리 중 하나가 땅을 세게 박차고 나와 순식간에 발검했다. 검에서 뿜어져 나온 빛은 낫처럼 날렵한 호선을 그렸다.

촤악!

남자가 상황을 인지하고 검으로 궤적을 막으려 했지만 소용없었다. 질주를 막으려는 방해물을 피해 번개 모양으로 움직인 검날이 남자의 울대뼈를 눌렀다.

꾸욱 하고 짓눌린 피부는 도살당하는 돼지의 살점처럼 벌건 살을 드러내며 서서히 갈라졌다. 드러난 하얀 뼈는 검의 진입을 막아 내려 발악했지만 소용없었다. 뚜둑거리며 끊어지는 뼈는 그 뒤의 연약한 근육까지 침입을 허용했다. 바닥에서 튀어 오르는 빗물처럼 붉은 핏방울이 점점이 흩어졌다.

터엉!

이 과정은 눈 깜빡할 사이에 일어났다. 뼈째로 목이 날았다. 피가 분수처럼 솟아오르며 남자의 몸이 무너졌다. 결벽증처럼 그 피를 튕기듯 피한 로브는 그대로 그 앞쪽에 얼떨떨하게 서 있던 남자의 목을 다시 날렸다. 그 엄청난 속도에 그룬데왈스는 반응하기도 전에 당하고 있었다.

포르미도는 존재감을 미약하게 감추며 적을 노려보았다.

'엄청난 실력자다. 저놈이 검기를 날려 보낸 놈인가!'

첫 번째 로브가 학살을 시작하자 포위하고 있던 다른 놈들도 달려들었다. 자석을 만난 철가루처럼 빠르게 거리를 좁혀 오는 모습에 약과 술에 취해 무방비했던 그룬데왈스는 기겁했다.

"으아아아아아악!"

한 남자가 고함을 지르며 품에서 폭탄 하나를 꺼내 들었다. 그런데 이상한 노릇이다. 남자의 시야가 뒤집혔다. 팔과 다리도 마음대로 움직이지 않았다.

"어라……?"

어둠을 가르며 그어지는 검은 남자가 막아 낼 수 없다. 이미 목이 베여 시야가 뒤집힌 남자가 마지막으로 볼 수 있었던 건 가면 속에서 빛나는 잔인한 살의였다. 남자의 안구에 피가 차올랐다가 이내 암전했다.

화르르륵!

그를 거대한 불꽃이 감싸더니 그대로 태워 버렸다. 몇 초도 지나지 않아 그가 서 있던 자리에는 재와 오싹한 뼛가루만 남았다. 그걸 보고 있던 포르미도의 온몸에 소름이 쭈뼛 돋았다.

'젠장…….'

포르미도는 주변에서 기하급수적으로 죽어 나가는 부하들의 죽음을 눈에 담으면서도 애써 침착해지려 노력하면서 제 몸을 마나로 보호했다. 마법과 강기로부터 몸을 보호할 수 있는 가장 효과적인 방법은 맞불작전으로 마나로 제 몸을 감싸는 것뿐이었기 때문이다.

"단장님, 어찌합니까?"

"여기서 이렇게 어이없이 죽는 겁니까? 어떻게 빠져나갈 방법이 없습니까?"

그룬데왈스는 궁지에 몰린 쥐였다. 주변을 에워싼 카마트로스의 벽에 부하들은 절망하고 있었다. 살아 있는 이는 사오십 명쯤 될까.

불려 왔던 여자들은 거의 다 죽었고. 위층에 있던 마르가리타는? 이때까지 나오지 않은 걸 보면 도망쳤거나 죽었거나 둘 중 하나다.

'젠장, 끝까지 도움이 되질 않는군.'

부하들의 절망적인 목소리에 포르미도는 수단을 강구해 보려고 머리를 쥐어짜 내다가 말했다.

"너희, 시간을 벌고 있어라!"

포르미도는 건물 안으로 뛰어 들어갔다. 건물 내부는 참혹했다. 건물의 잔해와 시신들과 팔다리, 그리고 검붉은 내장들이 토사물처럼 즐비하게 늘어져 있었다.

포르미도는 발밑에서 뭔가가 펄떡 뛰어오르자 저도 모르게 밑을 내려다보았다. 몇 분 전만 해도 히죽거리며 술을 들이켰을 부하의 손이 아직도 술잔을 쥔 채 꿈틀거리고 있었다.

"욱."

자주 봐 왔던 잔인한 현장이지만 그 현장의 피해자가 제 부하들이라는 사실에 포르미도는 이기적인 구역질이 났다. 겨우 살아남은 자들이 살려 달라고 비명을 지르고 있었지만 포르미도는 그들을 짓밟으며 어떤 곳으로 향했다.

'너희들의 복수는 내가 해 주마!'

페인이 가르쳐 준 비상탈출구가 있었다. 부하들이 놈들을 상대하며 시선을 빼앗아 놓는 동안 포르미도는 혼자 탈출하기 위해 탈출구의 문 앞에 섰다. 하지만.

"어떤 새끼야!"

포르미도가 분노에 찬 목소리로 고함을 질렀다. 탈출구는 기사단에서도 서열 높은 놈들밖에 모르는데 열린 흔적이 있는 데다

문을 열어 보니 통로가 완전히 무너져 있었다. 심지어는 불까지 질러져 있었다. 포르미도는 검에 검기를 덧씌워 잔해를 파괴해 치워 보려고 했지만 한번 무너진 통로는 계속해서 잔해를 쏟아 내며 붕괴를 가속할 뿐이었다. 바깥에서는 비명소리와 쇠붙이가 부딪치는 소리가 점점 더 커져만 갔다.

범인은 쉽게 알 수 있었다. 테이블 밑에 던져두었던 부단장 밀루우테가 없었다. 만약 놈이 여기에 있었다면 제 뒤에 찰싹 달라붙어 있었을 텐데 오늘은 그러지 않았다. 놈은 위험을 감지하는 촉이 아주 좋아서 상황을 지켜보다가 비밀통로로 빠져나갔을 게 분명했다.

'밀루우테, 이 씹…….'

포르미도는 밀루우테를 욕했다. 그때 뒤에서 아주 뜨거운 기운이 느껴져 뒤를 돌아본 포르미도는 얼음장처럼 굳었다. 어느새 건물 내부가 불길로 가득했다. 그는 빠르게 달려서 건물을 빠져나와 건물을 절망적인 표정으로 보았다. 부하를 통째로 태웠던 마법사가 아예 살인멸구를 하려 했는지 건물이 불타고 있었다.

그런데 이상했다. 그룬데왈스 소속의 마법사가 물 마법으로 불을 끄려고 안간힘을 쓰고 있는 게 보였지만 불은 꺼질 기미가 보이지 않았다. 불꽃은 마치 한 마리의 새처럼 보였다. 건물을 빙글빙글 도는 새는 건물이 한 줌의 재가 될 때까지 이곳을 떠나지 않겠다는 듯 제 깃털을 뜨겁게 불태우고 있었다.

건물을 통째로 날려 버린 검사와, 이상한 마법을 부리는 마법사. 여태껏 납치해 온 카마트로스는 실력이 훌륭하긴 했어도 저만큼은 아니었다. 그들이 카마트로스에서 어떤 지위를 차지하는지는 모르겠지만 저런 놈들이 서넛 더 있을 최악의 경우를 가정해야 했다.

또, 카마트로스의 숫자가 대충 봐도 백 명은 넘는다. 첫 번째 기습에서 엄청난 사상자가 발생했다. 그들의 기습은 아주 최적의 때에 최고의 효과를 거두며 행해졌고 그룬데왈스는 완전히 당했다. 포르미도는 상황을 조금 더 지켜보다가 소리를 질렀다.

"니들, 알아서 살아남아! 그 방법밖에 없다. 돌파해서 도망치고, 살아남아라!"

그 말밖에 해 줄 수 있는 말이 없었다. 이런 상황에서 남 목숨 챙기다간 둘 다 죽기 십상이다. 포르미도는 제 목숨 챙기는 것만으로도 바빴다.

포르미도는 주춤거리며 뒤로 빠지는 듯하다가 아까부터 눈여겨보고 있던 장소, 카마트로스가 가장 적게 모여 있는 포위망을 향해 쇄도했다. 그를 따르는 게 생존확률이 가장 높다는 것을 경험으로 알고 있던 부하들은 적을 뒤로하고 포르미도를 필사적으로 쫓아갔다.

"폭탄 있는 놈들은 있는 대로 집어 던져! 이렇게 된 이상 죽음을 각오하고 앞을 가로막는 놈들을 치워!"

위이잉—

포르미도가 뽑아 든 대검에 검기를 둘렀다. 그룬데왈스가 쇄도한 곳에 있던 카마트로스들이 검을 치켜들었다. 하지만 포르미도가 검을 휘둘러 검기를 날려 보내자 적들은 저 멀리 튕겨 나가 벽에 등을 박거나 땅을 굴렀다.

황실 직속 기사단 중 제1 기사단 파칼라투아는 바하무트 제국에서 가장 실력 좋은 자들만 모인 기사단이다. 그리고 포르미도는 파칼라투아에 있던 기사다. 그의 손에 카마트로스가 열 명 가까이 잡혀 와 고문을 당할 정도로 그의 실력은 막강했다.

지금은 그가 생에 대한 집착으로 힘을 최대로 발휘하는 위급 상황이었다. 포르미도는 닥치는 대로 눈앞의 적을 베었고, 부하들은 그의 뒤를 따르며 사방으로 폭탄을 던져 댔다.

"네놈이군."

겨우 돌파하려던 와중에 포르미도의 귀에 천둥처럼 울려 퍼진 목소리가 있었다. 소름 끼치는 기운과 함께 순식간에 가까워지는 목소리는, 쇠붙이가 사방에서 부딪치는 소음에도 고막을 바늘로 찌르듯 선명하게 들려왔다. 적이 아주 빠른 속도로 엄습하는 걸 느낀 포르미도는 기겁해서 뒤로 돌며 검을 쳐 냈다.

채애앵!

검이 튕겨 나갔다. 손부터 시작해 팔까지 저릿저릿했다. 포르미도는 이를 악물었다. 검기를 날려 보낸 놈이었다.

문양이 없는 백색의 가면.

'카마트로스의 보스였던가.'

가면 사이에서 무감정한 금색 눈이 포르미도를 훑었다.

"네가 포르미도?"

"이 새끼, 죽어라!"

포르미도와 로브가 대치한 사이, 포르미도의 옆에 있던 부하가 검을 치켜들어 로브를 죽이려 했다.

쐐애애액— 퍽!

하지만 어디에선가 날아온 화살이 부하의 관자놀이를 꿰뚫었다. 화살은 벽에 박히고 절명한 부하는 꿰뚫린 사과처럼 머리가 화살에 걸렸다. 대롱대롱 매달린 몸이 축 늘어졌다. 그걸 보고 죽은 녀석과 함께 덤벼들려던 놈이 주춤거리는데, 또다시 화살이 날아왔다. 이번에는 주춤거린 놈이 목표였다.

포르미도는 화살을 쏘아보았다. 궁기가 실린 화살이었다. 포르미도는 화살이 부하에게 닿기 전에 검으로 세게 쳐 냈다. 손이 얼얼한 것이 궁수 놈 또한 보통이 아니었다.

그 이후 날아오는 화살은 없었다. 어딘가에 매복해 있는 궁수는 로브가 하는 행동을 방해한다면 화살로 모조리 꿰뚫어 버릴 모양이었다.

부하들은 어쩔 줄을 몰라 하며 허둥댔다. 포르미도가 긴장해서 잔뜩 곤두선 채 눈앞의 적을 노려보았다. 결국, 내키지 않지만 마지막 수단을 써야 하는 모양이었다.

신력 제어.

파칼라투아를 비롯해 정점에 위치한 세 기사단에게만 전수되는, 절대 유출 불가인 황실의 비기! 아주 위험한 힘이지만 마나보다 수배는 강했고, 신력의 제어 여부는 인간과 초월자를 나누는 경계선이었다. 생에 통달하고, 스스로를 누구보다 잘 알고 있어야 하며, 실력에 대한 절대적인 자신감이 있어야만 다룰 수 있는 신력. 바하무트의 최상급 기사들은 모두 그 단계를 넘어선 초인들이었다. 겨우 수십 년을 사는 인간으로서의 한계, 부족한 신력의 보유량은 신력을 증강하는 약물을 복용하거나 타인의 신력을 빼앗음으로써 늘렸다.

카마트로스의 보스는 대단한 놈이다. 태산을 무너뜨릴 듯한 거대한 힘과 무엇이든 벨 듯한 예리함이 깃든 검기를, 신력 제어를 익혔음에도 막아 낼 자신이 없었다. 그러니 신력이라도 제어하지 않으면 십 중 십으로 당할 게 분명했다.

포르미도의 손에서 신력이 스멀스멀 기어 나오기 시작했다. 그의 신력은 원색에 가까운 이아나의 신력과는 달리 이것저것 뒤섞인 색처럼 시궁창 색이었다.

"호?"

눈을 동그랗게 뜬 흰 가면, 이아나는 뜻밖의 전개에 감탄을 내뱉었다. 신력 제어를 스스로 깨우친 걸까? 이아나가 입술을 살짝 축였다. 포르미도는 잘 관리된 검 끝처럼 벼려져 있었다. 이제껏 아주 손쉽게 처리해 온 블랙폭시 잔챙이들이나 그의 수하들과는 질적으로 다르다.

'그렇구나. 제대로 한 판 붙어 볼 상대인가.'

이아나는 아르하드 대신 그의 흰 가면과 반지를 착용하고 나왔다. 황실과 대적하는 만큼, 악마의 파편 수혜자가 적으로 올 가능성이 높다. 악마의 파편을 황실에 발각당하는 사태를 방지하기 위해서 앞으로 아르하드는 최전선에서 이탈하기로 했다. 황실은 자신들을 거슬리게 하는 적이 악마의 파편 소유자라는 사실을 알게 되면 다 제쳐 두고 악마의 파편을 뺏으러 올 터였다.

이아나는 아르하드의 대역을 맡았다. 카마트로스의 보스에 대해 황실에 보고당하더라도, 보스가 악마의 파편 수혜자가 아님을 위장하기 위해서였다.

목적은 그랬지만 대역 생활은 목적과 관계없이 그녀를 무척 즐겁게 해 줬다. 암흑가 최강의 남자 행세를 하면서 학술원에서는 겪을 수 없었던 실전들을 제대로 겪을 수 있었고, 검을 마음껏 휘두를 수 있었다. 그런데 또 이런 재밌는 상황이 발생하다니…….

'정말 좋아…….'

이아나의 몸에서 서서히 야수가 깨어나기 시작했다. 이제껏 평화에 묻혀 잠들어 있었지만, 블랙폭시를 상대로 살행을 일삼으면서 과거, 오랜 시간 전쟁터를 전전하며 얻은 전장의 귀기는 금방 되살아났다. 후유증은 깊어서 베고, 또 베고, 죽이고, 또 죽였던 감각은 여전히 손에 남아 사람을 베는 걸 아무렇지도 않게 만들었고, 전장에서 적을 벤다는 당연한 생각은 같은 인간을 베면 안 된다는 도덕적 의무감을 잊게 했다.

이곳은 죽이지 않으면 죽는 전장이다.

화르르륵—

이아나의 검에 붉은 기운이 뒤덮였다. 찌릿한 살기가 공간을 잠식했다. 수백 개의 검에 겨눠지는 듯한 기분에 그곳에 있는 모든 이들의 숨이 턱턱 막혔다.

공기 중을 떠도는 마나가 검을 감싸는 게 아니라 손에서부터 스멀스멀 기어 나와 검을 감싸는 기운을 보는 순간, 포르미도의 눈이 튀어나올 듯 커졌다.

"포르미도 님께 그런 잔재주가 통할 것 같나!"

부하들은 그것을 화염 마법으로 착각하고 소리를 질러 댔다. 언제나처럼 포르미도를 앞으로 내세웠다.

포르미도는 부하들에게 닥치라고 말하고 싶었다. 저것은 단순한 마법이 아닌, 검기의 최종형이다.

포르미도는 파칼라투아의 말단이었다. 실력은 대단했지만 생에 집착이 강했던 그는 제 목숨이나 마찬가지인 신력을 불안해서 잘 다룰 수 없었기 때문에 파칼라투아에서 좋은 대우를 받지 못했었다. 그래서 그룬데왈스의 단장이 되어 신력 제어의 압박에서 벗어난 게 좋았다. 부담 없이 마음껏 쓸 수 있는 마나의 힘에 기대도 충분했다.

'으으으……'

그는 과거 파칼라투아 기사들의 신력을 아주 잘 봐 왔다. 그래서 결론을 내리건대, 카마트로스의 보스는 그들을 상회했다. 포르미도의 몸이 식은땀으로 흠뻑 젖어 들었다.

"이야아아악!"

포르미도는 압박감을 이기지 못하고 이아나에게 달려들었다. 이아나는 냉정을 잃고 제게 쇄도하는 포르미도에게서 시선을 떼어 놓지 않았다. 그리고 천천히 찌르기 자세를 취하며 무릎을 살짝 굽혔다. 포르미도가 땅을 박차며 검을 위에서 아래로 내리쳤다. 상단 공격이었다.

찌르기는 속임수였다는 듯 이아나는 포르미도의 좌측면을 겨냥해 아래에서 위로 검을 휘둘렀다. 포르미도가 이아나의 공격에 반응해 검을 뒤로 빼자 이아나는 재빨리 한 걸음 파고들면서 검을 받아쳤다.

콰아아아아아아아아앙!

신력이 담긴 검날이 맞부딪치면서 강대한 충격파가 발생했다. 충격파는 두 사람에게도 영향을 주었다. 포르미도는 신력이 흩어질 것 같은 아찔한 감각을 느꼈고, 이아나는 멀쩡했지만 얼굴에 쏟아지는 파괴적인 바람과 신력의 진동을 느끼며, 살의를 품은 신력끼리 부딪치면 강대한 파동을 낳는다는 것을 학습했다.

이아나는 충격파에 아랑곳 않고 오른손 엄지만 그립에 남겨 둔 채 나머지 손가락으로는 날밑을 덮어 잡았다. 그리고 검을 포르미도의 팔 위에서 회전시켰다. 회전시킨 검으로 포르미도의 팔을 내리누르며 오른발을 내딛어 그의 오른발을 걸었다. 그리고 팔을 누르고 있던 손을 들어 그의 목에 힘껏 가져다 댔다. 포르미도가 옴짝달싹 못 하는 사이, 이아나는 그대로 그를 넘어뜨렸다.

"흐응…… 과연, 이 아지트까지 발견해 습격을 감행할 줄이야?"

아주 높은 상공에서 빗자루 하나가 동동 떠다녔다. 빗자루에 비스듬히 누운 마르가리타가 야릇한 미소를 지었다.

그녀는 눈을 가늘게 뜨고 붉은 물감 폭탄을 터뜨린 것처럼 피범벅이 된 현장을 내려다보았다. 그날 에이지의 낌새가 이상해서 한동안 몸을 피하면서 아지트를 주시하고 있었더니 과연 이런 사태가 벌어졌다.

"왜 배신을 한 게 아니냐는 말에 심장 박동이 빨라진 걸까? 그냥 의심받았다는 것에 대한 흥분? 내 착각인 거야, 고양이?"

마르가리타는 저주 계통의 고문을 하며 사람의 마음을 멋대로 조종해서 상대의 표정 변화와 감정을 관찰하는 악취미가 있었다. 저주와 통찰 계통에서 마르가리타는 최고의 전문가였고, 과거에 에이지의 고문관이었다.

"아, 아파……."

"그만해 주세요. 제발 그만해 주세요."

"제발, 뭐든 할 테니 제발. 제발요."

채찍을 내리칠 때마다, 길쭉한 장침을 혈도에 쑤셔 박을 때마다 에이지는 울었다. 아기 때부터 고문 받고 치료 받는 것을 반복하던 에이지.

마르가리타가 빗자루 위에서 생긋 웃었다. 고문당한 이들 사이에서 유일하게 살아남은 아이는 애정을 독차지했다. 에이지, 너는 아직 우리를 벗어나지 못해. 네가 반항하더라도 말야.

"일단 지켜나 볼까."

마르가리타는 높은 상공에서 한곳을 보았다. 무지막지하게 적을 베어 가르는 카마트로스 한 명이 있는 곳이었다.

'아주 강하네. 저게 카마트로스의 보스인가? 하지만 악마의 파편 수혜자는 아냐. 마나를 다루고 있는데도 악마의 파편이 느껴지지 않아. 그렇다는 말은 그냥 강자란 말⋯⋯. 주인님들이 직접 나서지는 않으시겠는걸.'

"이 심장의 울렁거림은 강자를 봐서 그런 걸까. 울렁울렁."

마르가리타의 시야에 고전하는 포르미도가 들어왔다.

'구해 줘야 할 의리는 없지. 저기 갔다간 나도 죽을 것 같은데.'

어쨌든 뜻밖의 수확은 있었다. 수상한 에이지와 카마트로스 보스의 강함. 하지만 의외로 악마의 파편 수혜자는 아니라는 점? 마르가리타는 깔깔 웃으며 빗자루를 타고 어디론가 사라졌다.

'괴물이다⋯⋯. 괴물이야. 이건, 대체 어디서 나온⋯⋯!'

포르미도는 검기의 충돌에서 터져 나오는 바람에 눈이 따가워 눈을 좁혔다. 카마트로스의 보스는 두말할 것 없이 괴물이었다. 저보다 몸집이 작은데도 거인처럼 여겨졌다. 포르미도는 요 몇 년 검술 수련에 소홀했던 스스로를 책망했다.

빈틈을 노려 공격하면 번번이 가로막히지만 그가 먼저 제게 치명적인 일격을 가하려 한 적은 없다. 신력의 양을 늘려 단숨에 승부를 보려 하면 그는 느긋하게 그 양만큼 늘려 전투를 팽팽하게 만들었다. 실력을 제게 맞춰 주고 있는 듯한 기분이 들었다.

단숨에 으스러뜨려 죽일 수 있음에도 툭툭 건드리며 놀아 주는 듯한, 가지고 노는 듯한, 저를 실험용 쥐로 삼고 이것저것 시험해 보는 듯한, 그리고 죽일 생각은 없는 듯한…….

'설마 생포할 생각인가.'

대체 무슨 짓을 하려고? 이제껏 납치해 온 카마트로스에게 해 온 짓을 떠올린 포르미도의 몸에 소름이 돋았다. 그가 공포에 질려 가는 사이 이아나는 흡족하게 웃었다.

'신력으로 만든 검기는 마나로 만든 것보다 훨씬 강력하다.'

이대로 계속 신력 제어력을 향상시키면 아르하드에게 검기로 질 일은 없을 터였다. 신력은 온전히 제 소유였으므로 제 말을 전적으로 따라 주었고 아르하드는 신력에 간섭할 수 없었다. 핸디캡은 없어져서 그와 자신의 위치는 동등해졌다.

동등, 그 말이 주는 짜릿함이 이아나에게 희열을 선사했다. 이제 오로지 재능을 믿고 검술에 정진할 뿐이다.

점점 초조해져서 검격이 이리저리 흐트러지는 포르미도를 이아나는 흥미롭다는 눈으로 보았다. 바하무트에 신력 제어자들이 있을 줄이야. 그렇다면 신력 제어는 앞으로의 싸움에 더더욱 도움이 될 터다. 이아나는 포르미도를 통해 바하무트의 신력 제어자의 실력을 더 알아보고 싶었지만 포기했다. 개인적인 호기심을 임무보다 앞세울 수는 없는 법이니. 상대를 탐색하는 것은 이쯤에서 그만두기로 하고 상황을 끝내기로 했다.

포르미도가 이아나의 검기에 정신이 팔려 있는 사이 이아나는 허리춤에서 빛살처럼 빠르게 검집을 풀어냈다.

빠아악!

엄청난 충격에 포르미도의 머리가 멍해졌다. 이아나의 검집이 그의 관자놀이를 강타하면서 뇌를 흔들어 놓은 탓이었다.

퍼어어어억! 빠드드득.

포르미도가 휘청거리는 순간 내질러진 이아나의 주먹은 단단한 늑골을 부숴 버렸다. 늑골이 접히고 뼛조각이 안에서 온 근육을 찌르며 튀어 댔다. 상상하지도 못한 엄청난 충격에 포르미도의 입에서 신물이 튀어나왔다. 그의 검을 감싸고 있던 신력이 집중력을 잃고 이리저리 일렁거렸다.

빠각!

이아나는 머리로 포르미도의 얼굴을 받아 버렸다. 코가 부러지고 이빨이 튀어 나가는 고통을 느끼며 포르미도의 얼굴이 뒤로 튕겨 나갔다. 간신히 기절하지 않은 그는 코피를 질질 흘리며 필사적으로 얼굴을 바로 해 주변을 돌아보았다. 고통으로 눈앞이 가물가물한 점을 차치하고도, 놈은 어디에도 없었다.

'어디서 공격을 하는 거지? 앞쪽? 뒤쪽? 왼쪽? 오른쪽? 어디서? 대체 어디서?'

"아래쪽……!"

저 멀리서 흐릿하게 들려오는 부하들의 목소리에 포르미도는 밑을 보았다. 길쭉한 다리 하나가 옆 목으로 쇄도하며 포르미도의 관자놀이 중앙을 발뒤꿈치로 걷어찼다. 쩡하는 느낌에 일순 시야가 하얘져서 휘청거렸다.

걷어참과 동시에 몸을 일으키며 주먹만 한 건물의 잔해를 하나 주워 든 이아나는 그것을 포르미도의 입에 세게 쑤셔 박았다.

와자자작!

"크븝!"

이가 모조리 부러지고 숨통이 틀어막혔다. 포르미도는 더 이상 견딜 수 없었다. 피 섞인 침을 질질 흘려 낸 그가 눈을 까뒤집으면서 쓰러졌다.

"으아아아아……."

아무리 강한 적이라도 뒤통수를 쳐 가면서 제거하고, 약한 자들은 학살하며 자신들을 이끌던 단장이 손 한번 제대로 써 보지 못하고 기절하자 남아 있던 그룬데왈스 기사단은 약에 취해 환상을 보고 있는 게 아닐까 하는 현실도피까지 했다.

그들이 망연자실해서 멈춰 서 있는 사이 카마트로스들이 그들의 주변을 둘러쌌다.

"크아아악!"

미쳐 버린 한 놈이 고함을 지르며 검을 들고 돌파하려 해 봤지만 소용없었다. 놈은 검, 창, 화살 등 각종 무구의 꼬챙이가 되어 바닥에 널브러졌다. 그 꼴을 보고 있던 남은 놈들은 발버둥 쳐 볼 엄두도 내지 못하고 겁먹었다. 털썩털썩 무릎을 꿇었다.

"살려 줘!"

그들은 카마트로스에게 인간적인 자비를 바랐다. 이아나는 주변에 있던 지젤과 시저, 반과 러스트에게 물었다.

"어찌할까요?"

"다 죽여야 합니다."

"이유도 없는데 살려 둘 필요가 있겠습니까."

"유사시를 대비해 다섯 정도는 살려서 가죠."

사형선고를 내리는 목소리들은 아주 담담했다. 그들은 모두가 둥글게 살 수 있다고 믿는 평화주의자가 아니었다. 원수가 목숨을 구걸한다고 해서 용서하는 자비로운 자들도 아니었다. 바하무트에 소중한 것을 잃고, 바하무트라는 거대한 적과 맞서 보고 싶다는 비틀린 야망에 젖은…… 오로지 바하무트를 상대하기 위해 모인 사람들이었다.

카마트로스가 뒷수습을 하도록 내버려 두고 이아나는 품에서 워프 스크롤 하나를 꺼내서 찢어 기절한 포르미도 위에 뿌렸다. 포르미도가 눈앞에서 사라졌다. 그의 처분은 이제 아지트에 남아 있을 이들이 알아서 할 것이다.

"마르가리타의 시신이 없어요."

지젤이 다급하게 이아나를 찾았다.

"정령에게 적의 머리는 태우지 말고 몸만 태워 달라고 부탁했는데 마르가리타의 시체가 없었어요. 설마 도망을 간 걸까요?"

"비밀통로는 미리 잠입해서 폐쇄해 뒀지 않습니까? 계획은 그대로 진행되었습니다."

"그리고 우리들이 건물의 사방에서 마나망을 펼쳐 도망자들을 모조리 죽였지 않습니까. 도망갔을 리가 없습니다."

지젤에게 바람의 정령들이 날아왔다. 바람의 정령들은 지젤의 귓가에 속닥거리더니 이내 사라져 버렸다. 지젤은 기다리고 있는 일행에게 굳은 목소리로 말했다.

"정령들도 도망간 자들이 없다고 말해요."

"텔레포트를 한 것도 아닙니다. 텔레포트를 할 때 발생하는 거대한 마나의 파동은 전혀 느껴지지 않았어요."

이아나는 잠시 그들의 말을 듣고 있다가 입을 열었다.

"도망가는 기척은 잡히지 않았습니다. 그 말인즉 건물 안에 없었다는 말인데…… 하필이면 오늘. 골치 아픈 계집이군요."

"돌아올 때까지 주변에 매복하고 있을까요?"

"피 냄새가 심할뿐더러 불까지 나서 눈치채고 도망갔을 가능성이 높지만…… 일단 몇몇을 매복시킵시다. 그런데 지젤, 붙잡혔던 카마트로스들은 충격에서 보호했습니까?"

"네. 정령들에게 부탁해 놨어요."

폐허가 된 건물 내부에서 사망자의 시신을 수습하고 있던 카마트로스 몇몇이 붙잡혔던 동료들을 하나둘 데리고 나왔다. 붙잡혔던 이들의 몸에는 고문당한 흔적이 적나라하게 남아 있었다. 지젤이 다가가서 희생자들을 어루만져 보더니 고개를 저었다.

"모두 죽었어요."

마찬가지로 워프 스크롤을 찢어 희생자들을 아지트에 보내면서 지젤이 조용히 중얼거렸다.

"그대들의 영혼이 부디 라오스 신의 곁에서 안온을 되찾기를."

마르가리타가 없어 다소 찝찝한 결말을 맺으며 임무가 끝이 났다. 각 간부들은 해산하기 전 인원 체크를 했다. 이번 임무에 동원된 카마트로스들 중 다행히 사망자는 없었다. 포르미도에게 당한 중상자는 있지만 소수였다. 간부들은 회의를 하러 아지트로 가고, 시체의 머리를 모두 수습해서 아지트에 보낸 다른 카마트로스들은 해산했다.

"후우우……."

한 카마트로스가 혼자 골목을 걸어가다 말고 길게 숨을 내쉬었다. 그의 심장은 쿵덕쿵덕 날뛰고 있었다.

"와, 이게 뭐냐. 진짜 망했네."

그는 허탈하게 중얼거렸다.

탈출 성공률을 높이기 위해 다른 이들까지 오는 걸 막기 위하여 비밀통로의 입구를 무너뜨리고 갔지만 그는 얼마 달리지 못하고 멈춰 서야만 했다. 통로가 완전히 폐쇄되어 있었기 때문이다. 그리고 질식사하기 전에 겨우 땅을 파서 나온 그가 마주한 것은 운 좋게도 무너진 건물을 수색하고 있던 카마트로스 대원의 뒤통수였다.

"내가 어떻게 여기까지 왔는데. 역시 하늘은 날 돕는다니까."

그는 피냄새가 물씬 나는 가면을 벗었다. 그룬데왈스의 부단장 밀루우테였다. 그가 벗은 가면에는 벗겨 낸 살가죽이 덕지덕지 묻어 있었다.

포르미도의 몸은 어두운 방, 하나밖에 없는 의자에 앉혀진 채 꽁꽁 묶여 있다.

촤아아악!

만신창이가 되어 축 늘어져 있던 포르미도는 갑작스런 물세례에 정신을 차렸다.

"……!"

깨자마자 엄청난 고통이 엄습해 왔다. 온몸이 욱신거리는 건

물론이요 머리가 깨질 것 같았다.

그의 입에는 여전히 건물의 잔해가 박혀 있었다. 꿀꺽하고 침을 삼키자 부러진 채 입에 들어 있던 이빨이 목젖을 넘어가며 목구멍을 긁었다. 포르미도는 고통으로 정신이 나갈 것 같았다.

"끄으윽……."

물을 뿌렸던 골드가 고통스러워하는 포르미도를 보며 웃었다. 골드는 양손에 장갑을 꼈다. 포르미도의 입안에 손을 쑤욱 넣어 잔해를 빼냈다.

"끄으으으으."

단단한 잔해와 벌건 피와 찐득한 침, 그리고 이빨들이 우수수 섞여 나왔다. 잔해가 빠져나오면서 턱뼈를 뒤틀었다. 차라리 죽고 싶은 고통이다. 자결하고 싶어도 혀를 씹을 이가 없었던 포르미도가 흐흐거리며 중얼거렸다.

"……씨팔……. 로안느에 도착했을 때부터 엿 같았던 기분이 이거 때문일까? 자꾸 옛날 생각이 나고……. 퉤."

이가 다 부러져서 그런지 발음이 전부 새어 말이 어눌했다. 골드는 손목을 돌리면서 말했다.

"시온 사벨릭스."

익숙한 이름에 포르미도가 눈을 크게 떴다. 골드는 가면 안에서 입꼬리를 길게 끌어 올려 웃었다.

"누님의 행방을 말해라."

"그…… 그렇군……. 너, 나일 사벨릭스구나!"

포르미도가 이를 악물려고 했지만 힘이 들어간 잇몸에서는 핏물이 찌익 흐를 뿐이었다.

나일 사벨릭스. 사벨릭스 가문의 둘째. 동그란 원 세 개를 상단의 상징으로 사용하는 무구 전문 대상단, 서클시타 상단을 총괄하는 상단주. 시온 사벨릭스를 납치한 이후로, 그녀가 폭탄을 만들도록 협박하는 데 써먹기에 아주 유용한 놈이었다.

만약 놈이 보복하려 하면 죽이려 했지만, 증거를 모두 지웠기 때문인지 이상한 데를 들쑤시며 허탕만 치고 다녀서 내버려 두고 잊은 지 오래였다. 그런데 카마트로스에 들어와 있었을 줄은.

포르미도는 제가 여기서 살아나갈 수 없음을 깨닫고는 실성하기 직전의 심정으로 실실 쪼갰다.

"말할 것 같아······? 말하면 나를 죽일 텐데 말이야! 뭐, 나를 살려 주겠다고 약속하면 말해 줄 수도 있어. 그럴 수 있겠나?"

"······."

"죽일 테지? 이 개새끼. 크크, 시온 그년, 곧 죽을 거다. 그년한테 밥 주는 놈한테 내 연락이 끊기면 죽이라고 했거······."

퍼어어어억!

말을 끝내기도 전에 포르미도의 얼굴이 옆으로 세게 돌아갔다. 골드의 장갑에 피가 흥건하게 묻었다.

퍼억, 퍼억, 퍼억!

포르미도를 죽일 기세로 때리는 골드의 눈에는 초점이 없었다. 하나밖에 없는 피붙이, 일찍이 부모를 여읜 이후 어머니와 같은 누님을 납치한 놈이 눈앞에 뵈자 결국 이성을 잃고 말았다. 손가락 마디뼈를 세운 골드는 포르미도를 아예 피떡으로 만들 작정인지 무자비하게 팼다.

"이보게, 심정은 이해하겠지만 적당히 하게. 죽을 것 같으이."

뒤에 있던 동료가 하는 말에 정신을 차린 골드가 욱신거리는 제 주먹을 한번 들여다보고는 이를 악물며 물러났다.

"내가 상인이 되어서 딱 하나 후회하는 게 있다면 무술을 익히지 못해 지금 이 순간, 네놈을 요령껏 죽기 직전까지 패지 못한다는 거다."

"킥, 킥킥……. 나는 절대로 애기 안 해 줄 거다……."

퍼어어어억!

골드가 포르미도의 뺨을 거세게 갈겼다.

"네놈은 닥치고 있어도 돼. 힐 님, 부탁드립니다."

뒤에 있던 힐이 앞으로 천천히 걸어 나왔다. 포르미도는 통통 부은 눈으로 가면의 눈구멍 사이로 인자하게 웃고 있는 힐을 보았다. 그가 손을 뻗었다.

"자아, 자네가 아는 모든 걸 말하시게."

우우웅.

힐이 뻗은 손 앞으로 복잡한 마법진이 나타났다. 동그란 마나의 틀 안에는 수식으로 계산된 마나가 아름답게 배열되었다. 힐이 포르미도를 가리키자 마법진이 빙글빙글 돌기 시작했다. 그 즉시 포르미도의 눈알이 뒤집혀 흰자를 드러냈다.

"끄윽……. 끅……."

"시온 사벨릭스는 어디에 있지?"

"부, 북……쪽…… 톨시케숲 옆……."

자백 마법이었다.

누님의 행방을 알아낸 골드는 포르미도를 직접 불태운 후 당장에 누님을 찾으러 간다며 자리를 비웠다.

그 후로 3일이 지났다. 결국 마르가리타는 잡지 못했다.

마르가리타는 그동안 종적이 묘연했다. 시신의 머릿수는 예상하고 있던 수와 일치했으므로 그룬데왈스는 이제 신경을 꺼도 될 터. 결국 마르가리타만 잡으면 끝이었는데, 짜증나는 상황이었다.

그리고 오늘, 국왕탄신일. 션은 블랙폭시의 실질적인 보스인 페인이 마르가리타를 전적으로 보호하고 있다고 말했다. 그룬데왈스가 어이없게 전멸하자 황실에 어찌 보고를 올려야 할지 감이 잡히지 않았던 페인은 화가 머리꼭대기까지 났고, 카마트로스를 정말로 가만두지 않겠다고 했단다. 페인이 직접 계획을 짜고, 마르가리타와 함께 독자적으로 행동하겠다고 했기 때문에 션은 그 계획을 알아내지 못했다고 했다.

솔직히 말해 이아나는 블랙폭시의 계획보다는 션이 블랙폭시에서 무슨 위치에 있는지 궁금했다. 얼마나 높은 간부면 엄청난 고급 정보를 그렇게 쏙쏙 잘 빼내 올까. 그리고 그런 높은 자리에 있으면서도 어째서 블랙폭시를 배반한 걸까. 첩자는 보통 간 크기로 할 수 있는 일이 아니다. 바람이 부는 절벽에서 외줄타기를 하는 것이나 마찬가지인 것이다.

션과…… 에이지. 션에게 장난스러운 에이지의 실루엣이 자꾸만 겹쳐져서 이아나는 션의 상태가 더욱 신경 쓰였다. 남이 숨기려 하는 비밀은 관심을 가지지 않고 묻어 두는 편이었지만, 정황이 겹쳐지고 겹쳐져 사정을 알게 된 순간 비밀은 더 이상 비밀이 아니게 되었다. 친한 동료가 조금만 잘못해도 목이 뎅겅 베여 나갈 사지에서 싸우고 있다는 걸 알게 되자 신경이 쓰이지 않을 수가 없었다. 그전에 에이지가 션이 맞는지도 모르겠지만…….

"어머어머, 그 사람이네요."

"저런……."

이아나는 국왕탄신일 파티에 참가했다. 그녀는 국왕이 등장해서 파티의 시작을 선언하는 것만 보고 슬쩍 빠져나갈 예정이었다. 파트너 없이 와인을 홀짝이며 국왕의 등장만을 기다리는 이아나를 사람들은 못마땅한 눈초리로 흘끗흘끗 쳐다보았다.

그동안 이아나에게는 수십 통의 파티 초대장이 보내졌다. 로베르슈타인 가문에 보내는 초대장은 이아나에게 직접 보내길 바란다는 정중한 거절과 함께 반송되었기에 이아나와 대화를 나누어 보고 싶었던 귀족들은 학술원에 있는 그녀에게 초대장을 보냈다. 하지만 이아나는 모두 답장 없이 무시했다. 그도 모자라 편지를 모아 뒀다가 소각일 날 모조리 버려 불태워 버렸다. 아주 무례하고 괘씸한 행동이었다.

체르노가 이아나에 대해 함부로 입을 놀려 대면 가만있지 않겠다며 으름장을 놓았기에 출신으로 욕하는 사람은 없었지만 건방지고 콧대가 높다는 욕은 많이 했다. 초대장이 답장도 없이 씹힌 것에 치욕을 느끼고 그녀를 아예 없는 사람 취급하는 귀족도 있었다. 이아나는 그런 태도가 차라리 마음이 편했다.

"같이 올 줄 알았는데……."

"혹시 결별한 걸까요?"

속닥거리는 목소리가 이아나의 뛰어난 청각을 자극했다. 잔을 쥐고 있던 손에 힘이 세게 들어갔다.

이아나가 칼리스토 가문의 아르하드와 아주 밀접한 관계라는 소문이 은밀하게 났다. 데뷔식 날 아르하드와 함께 발코니에 있을 때 방문했던 자작이 그가 목격했던 장면을 지인들에게 말하고 다녔기 때문이다. 자작의 지인들 위주로 알음알음 알려져 있던 그 사건은 이아나가 파티에 나타나자마자 물 만난 물고기처럼 소문을 떠벌리기 시작한 자작의 지인들에 의해 물밑에서 드러났다.

남의 연애사에 관심이 많은 무리들은 엄청난 외모를 자랑했던 아르하드와 이아나를 놓고 이러쿵저러쿵 입방아를 찧어 댔다. 그날 이아나를 껴안고 대체 무엇을 했을까……와 같은.

'아르하드와 연인 관계…….'

전혀 아닌데. 귀찮은 남자들을 쫓아내기 위해 오해 살 만한 행동을 하긴 했지만 정말로, 그와는, 절대로 그런 관계가 아니었다.

아르하드가 있었다면 조금 민망해질 뻔했다. 오겠다는 걸 막은 보람이 있었다. 아니다, 아르하드는 아무렇지도 않았을지도 모른다. 그는 그날, 귀찮게 구는 놈들을 모조리 떼어 내 주겠다며 나서서 그런 행동을 했었다. 오해해도 상관없다며 기분 좋게 웃었었다. 이곳에 있었다면 민망해하기는커녕 뻔뻔한 얼굴로 이런 소란마저 즐겼을 것 같다는 생각이 드는 이유는 왜일까…….

"저, 로베르슈타인 영애."

눈을 감고 와인을 음미하고 있던 이아나에게 말을 거는 사람이 있었다. 이아나는 눈을 뜨고 목소리가 들려온 쪽을 보았다. 그리고 거기에 서 있는 사람을 보고 흠칫 놀랐다.

안젤리나 왕녀였다. 안젤리나는 바들거리는 손으로 드레스 자락을 꼭 쥔 채 이아나에게 말했다.

"아르하드 공자와, 정확히 무슨 관계인지 물어봐도 될까요?"

안젤리나는 금방이라도 울 것 같은 얼굴을 한 채 바들바들 떨었다. 이아나는 그녀를 말없이 쳐다보았고 귀족들은 귀를 쫑긋 세운 채 이아나의 대답을 기다렸다.

왕녀가 아르하드 칼리스토 공자를 좋아한다는 건 그녀가 아닌 척해도 다 소문이 난 상태다. 아르하드의 정보를 캐묻고 다니는 이유가 그것 말고 뭐가 있겠는가?

보통 왕족의 결혼은 다른 세력과의 결합 때문에 성사되지만 로안느 왕국은 최강국이고 왕실의 권위는 다른 귀족의 눈치를 볼 필요가 없을 정도로 강하다. 그래서 로안느 왕족의 결혼은 비교적 자유로웠다. 신분 차가 너무 심하게 나지만 확률이 아예 없는 것도 아니었기 때문에 귀족들은 열여섯 살 어린 숙녀의 첫사랑을 재미 삼아 응원하고 있었다.

아르하드는 아주 근사한 외모로, 로맨스 소설에 나오는 남자 주인공 같았다. 즉 지금 일어나는 해프닝은 현실에서 펼쳐지는 로맨스 소설이었다. 라이벌까지 있으니 금상첨화다. 선후배 관계에서 시작해 발코니 사건으로 이미 핑크빛 소문을 풍기고 있는 남녀와, 뒤늦게 남자에게 폭 빠진 아름다운 왕녀……. 하지만 남녀는 스스로 연인이라고 공언한 적 없다. 과연 이아나의 대답은 어떨까?

"……."

이아나는 와인잔을 테이블 위에 올려 두었다.

'무슨 관계냐고? 왕녀가 그걸 묻는 이유는…….'

이아나는 바로 알아챘다. 데뷔식 때부터 심상찮더니 아르하드에게 홀딱 빠진 모양이다. 이아나가 미간을 좁혔다.

아르하드에게 여자가 생긴다고 해도 상관없었다. 그는 대제국의 황제가 될 남자였고 자손을 남기는 건 한 국가를 이끄는 지도자들의 의무다. 여자는 몇이고 있어도 상관없다. 다만 그에게 어울리지 않는 여자는 이아나가 용납할 수 없었다. 그리고 안젤리나에 대한 그녀의 평가는 가혹했다.

그저 어린아이 같은 계집……. 타국으로 시집가 끝까지 철없기만 했던 계집. 아르하드가 통치하는 바하무트 제국의 침공에 겁에 질려 슈나이더에게 달려와 살려 달라, 도와 달라 새된 비명만 지르던 얼굴만 반반한 온실 속의 꽃.

그랬던 안젤리나가 아르하드가 좋다고 매달리는 꼴을 보고 있자니 아이러니했다. 설마 회귀 전에도 이랬을까…….

"왜 대답하지 않아요?"

'어쩔까.'

이아나는 고민했다. 제가 안젤리나를 마음에 들어 하지 않는 것과는 별개로 귀족들이 지금 안젤리나와 저의 대화에 집중하고 있다는 걸 알고 있다. 질문에 대한 대답이 앞으로의 파티에도 중요한 영향을 미칠 것이다.

'대체 내가 왜 이딴 걸로 고민을 해야 하는 거야.'

이아나는 속으로 한숨을 쉬었다. 그녀는 이제 지쳤다. 이때까지 이런 질문을 한두 번 받아 본 게 아니다. 아니라고 수백 번을 말해도 사람들은 자기들이 생각하고 싶은 대로 생각했고, 이아나는 그런 사람들의 습성을 일찌감치 알고 있었다. 어차피 다 착각하고 있는데 제가 부정한다고 해 봤자 믿는 사람이 얼마나 있을까.

"……."

이아나는 두 가지 선택지 중에서 고민했다.

귀찮은 부정, 혹은 거짓된 긍정.

부정하면 이런 질문은 계속 받을 테고, 남자들은 계속해서 치근덕댈 테고. 안젤리나는 아르하드에게 집적댈 터다. 거짓으로 긍정한다면 이런 질문을 하는 사람은 더 이상 없을 터다. 제게 집적대는 놈들도 확연히 줄어들 터. 이아나는 신분상승을 노렸든, 정말로 흥미를 가졌든 고백 편지를 받는 것에도 지쳐 있었고 남자들의 접근도 매우 귀찮았다.

'그리고 안젤리나도 아르하드에게서 관심을 떼겠지.'

안젤리나가 아르하드의 옆에 붙어 있는 건 상상도 되지 않았다. 안젤리나 같은 여자들이 주변에서 얼쩡대며 그를 귀찮게 하는 꼴을 상상한 이아나의 인내심이 뚝 끊겼다. 이아나가 더 깊게 생각하지 않고 곧장 말했다.

"서로를 알아 가는 단계지만."

긴장하고 있던 안젤리나가 흠칫했다.

"좋은 감정으로 교제하고 있습니다."

여러 가지를 생각해 봤을 때 긍정하는 게 최선이다. 겉은 어떻든 아르하드와 저만 아니면 될 게 아닌가?

이아나는 아르하드에게 속으로 사죄했다. 하지만 자신을 멋대로 껴안아 사태를 이 지경으로 만든 건 아르하드니 이 정도 귀찮음은 그가 감수해야 했다. 아니, 아르하드라면 재밌어하면 재밌어했지 이 사태에 당황할 것 같지는 않았다.

언제 있을지 모를 아르하드의 연애 사업을 방해하는 게 미안해졌지만 나중에 그에게 사랑하는 연인이 생기면 그녀에게 사실 전부 다 거짓부렁이었다고 고백하면 될 것이다.

그렇다. 그에게 누구보다 최우선이 될 사람에게.

"……!"

순간 심장이 욱신거렸다. 꽉 하고 누가 손으로 심장을 쥐어짠 느낌이었다. 숨이 턱 하고 막혔다. 물밀듯이 들어와 먹먹하게 들어차는 수상한 감정에 이아나는 입술을 깨물었다.

'……뭐지.'

이아나는 순식간에 휘몰아친 이상한 동요와 함께, 복잡한 심정으로 우두커니 서 있었다.

'내가 왜 이런 기분을 느끼고 있는 거지?'

이해할 수 없다. 이런 기분을 느끼는 제가 싫었다. 느껴서도 안 되었다. 답답해진 이아나는 등을 돌려 정원으로 나가려 했다.

"흐, 흑."

그때 돌발 상황이 발생했다. 안젤리나가 눈물을 뚝뚝 흘리기 시작한 것이다.

"어머!"

"왕녀님!"

왕녀의 주변으로 귀족 여인들이 몰려들었다. 그녀들은 안젤리나를 위로하고 나섰다. 이제 안젤리나는 손으로 얼굴을 감싼 채 엉엉 울어 대고 있었다. 이아나는 처음에는 살짝 당황해서 멍하니 있다가 이내 미간을 좁혔다.

"당신 너무하네요."

"맞아. 비겁해."

한 여자가 이아나를 비난했다. 다른 여자들도 긍정하고 나섰다.

이 계집애들은 또 무슨 소리를 하는 건지. 이아나는 이해할 수 없어서 되물었다.

"제가 무슨 잘못이라도?"

"왕녀님이 데뷔식 때 만난 칼리스토 공자를 좋아하신다는 건 대부분이 아는 사실이에요. 당신이 공자와의 관계를 이때까지 부정해 왔다는 사실도 유명하고요. 그런데 이제껏 아무 관계도 아닌 척 단순한 선후배 관계처럼 굴다가 왕녀님이 하문하시자마자 교제하고 있다고 자랑하듯 말하다니……. 당신은 왕녀님을 기만한 거예요. 비겁하게."

"으스대고 싶었던 거겠죠."

이아나는 닥치라고 하고 싶었지만 참았다. 여기는 신분과 법도, 예의가 중요한 사교계였다. 아르하드와 제 관계가 어떻든 간에 제깟 것들이 뭔데 이러쿵저러쿵 간섭한단 말인가. 제가 왜 비난을 받아야 한단 말인가. 순식간에 심사가 꼬인 이아나는 안젤리나에게 물었다.

"제가 어찌하면 되겠습니까?"

안젤리나는 이아나의 질문에 얼굴에서 손을 떼었다. 그녀의 얼굴은 눈물범벅이 되어 있었지만 젖은 눈동자는 고집으로 빛나고 있었다. 마음은 정해져 있었다. 제가 가지고 싶었던 것을 가지지 못한 적이 없었다. 안젤리나가 말했다.

"헤어져 주세요. 아직 깊은 관계는 아니라고 했잖아요?"

이걸로 됐다. 이아나는 시큰둥하게 말했다.

"제가 왜요?"

"네?"

"제가 왜 공자와 헤어져야 합니까?"

"그건."

"왕녀님께서 공자를 좋아하시니까?"

안젤리나는 얼굴을 붉힌 채 아무 말도 하지 못했다.

"왜 안젤리나 왕녀님의 마음을 대부분이 안다고 단정하죠? 저는 몰랐습니다. 그런 쓸모없는 가십거리에 별로 관심 없거든요. 잘 알지도 못하는 남의 이야기에 시간을 낭비할 필요를 못 느낍니다. 그리고 왕녀님의 마음을 알았다고 해서 달라질 것도 없었습니다."

이아나의 직설적인 말에 가십거리에 시간 낭비하는 사람이 된 여자들이 발끈했다.

"이봐요, 당신! 건방지잖아요!"

이아나가 소리 지른 여자를 직시했다. 여자가 움찔했다.

"사실을 말한 것뿐인데 제가 뭐가 건방지죠? 제가 교제 사실을 언제 밝히든 당신들이 무슨 상관입니까? 그리고 이미 교제하고 있는데, 다른 이가 좋아한다는 사실을 알고 헤어져 줘야 합니까? 왜? 법으로 제정이라도 하시죠. 제삼자가 연인 중 한 사람을 좋아하면 연인은 그 즉시 헤어져야 한다는."

"이분은 왕녀님이세요!"

현재 신분상으로는 걸리는 게 많지만, 따지고 보면 이아나는 꿀리는 게 전혀 없었다. 왕국은 떠나면 그만이고, 로베르슈타인 가문도 때려치우면 그만. 학술원은 로안느 왕국 소속이긴 했지만 위대한 마법사들이 맡아 오면서 사실상 국가에서 독립된 기관이었기 때문에 왕국민 신분이 아니더라도 계속 다닐 수 있었다. 안젤리나는 심약해서 그러지 못하겠지만 암살자가 찾아오면 다 죽이면 그만이고 암살자를 보낸 놈들도 도륙하면 그만이었다.

다 떠나서 어떤 사람을 좋아한다면 그 좋아하는 사람에게 저를 어필해서 마음을 얻어 내야지, 왜 그 사람과 교제하고 있는 사람에게 와서 헤어져 달라는 둥 협박을 한단 말인가. 직접 그 사람의 마음을 잡아야지, 그 연인에게 압박을 넣는 것은 정말 추한 행동이었다.

그리고 잘 지내고 있는 연인 사이에 끼어들어 분탕치는 행위를 이아나는 아주 혐오했다. 르보니 때문에 힘들었던 사람이 대체 몇이고, 제게는 얼마나 깊은 흉터를 남겼냐는 말이다.

이아나는 구역질이 나는 기분으로 안젤리나를 보았다. 안젤리나가 저도 모르게 고개를 살짝 끄덕이는 게 눈에 들어왔다.

왕녀라서 못 가져 본 게 없을 테지. 그래서 원하는 것이라면 가지는 게 당연할 테지. 이아나는 눈을 휘어 상냥하게 웃었다.

"아, 그렇습니까. 당신들을 대동한 왕녀님의 압박에 무조건 알겠다고 대답하면서 머리를 조아려야 했던 겁니까?"

여자들이 이아나의 말에 경악해서 입을 손으로 가렸다.

"이 사람 비꼬는 것 좀 봐."

"성격 정말 나쁘네!"

"왕녀님께서 말씀해 주십시오. 제가 잘못한 건가요?"

이아나는 여자들에게 관심을 두지 않았다. 냉정한 눈동자가 안젤리나만을 비추었다. 그 시선은 안젤리나가 추하다고 말하고 있었다. 안젤리나의 눈에서 눈물이 왈칵 쏟아졌다.

"저, 저, 갈래요."

"왕녀님!"

안젤리나가 도망치듯 파티장을 나갔다. 이아나를 한 번 찌릿하게 째려본 여자들 또한 흩어졌다. 싱긋 웃은 이아나는 등을 돌려 어디론가 걸어갔다. 왕녀를 포함한 여자들 여럿을 앞을 두고도 전혀 밀리지 않는 기세에 구경하고 있던 귀족들은 이아나에 대한 정보에 성격이 보통이 아니라는 한 줄을 새겨 넣었다.

"하."

이아나는 구석에 있는 소파에 성큼성큼 걸어가서 털썩 앉았다. 탈력감이 몰려왔다. 그녀의 얼굴은 완전히 찌푸려져 있었다. 계집 애들이 보기엔 제가 완전히 악당일 것이다. 하지만 그런 건 아무 래도 상관없었다. 지금 무엇보다 중요한 건…….

'내 기분.'

아르하드에게 저보다 더 중요하게 여기는 사람이 생긴다고 생 각했을 때 순간적으로 느꼈던 그 감정을 이아나는 이미 알고 있 었다. 바로 서운함이었다.

이아나는 고민에 빠졌다. 왜 서운함을 느꼈지? 만일 결혼한다 면 아르하드는 아내에게 집중해야 한다. 그건 당연한 일이다. 아 무리 자신이 기사라고 해도 여자는 남편의 곁에 있는 여자가 신 경 쓰일 수밖에 없다. 아르하드가 자신을 바라지 않을 리 없으니 자신이 알아서 아르하드에게서 멀찍이 떨어져 줘야 한다.

속이 울렁거렸다.

아르하드에게 여자가 있어도 상관없다고 생각했다. 있어도 그의 일 순위는 자신일 테니까. 순간 이아나는 그런 자신의 생각이 어딘 가 잘못되었다고 생각했다. 머리가 빠르게 돌아갔다. 아니다. 아르 하드도 싫은 건 죽어도 안 하는 성격이니 결혼까지 할 여자라면 몹 시 사랑하는 여인이라는 뜻일 터였다. 아르하드는 자신을 바라지 않을 리가 없다. 하지만 그에게 더 이상 일 순위가 아닐 것이다.

욱신…….

또다시 서운함이 몰려왔다.

"……."

이아나는 제 상태에 심각함을 느끼고 표정을 굳혔다. 저만을 바라는 아르하드에게 지나치게 익숙해져 있었던 걸까. 이렇게나 집착하고 있었던 걸까.

이아나는 제 마음 속으로 풍덩 빠져들었다.

회귀 전에 아르하드는 어땠지? 아무리 생각해 봐도 그의 곁에서 있는 여인이 떠오르지 않았다. 제가 살해당하는 그 순간까지, 아르하드에게는 황후가 없었다. 황후는커녕 측실도 없었고, 사랑하는 여인도 없었다.

제 사후에는 결혼했을까. 제 시신을 불태운다고 했으니 불태우고 난 후 다른 여자와 결혼했을까. 여자에 한정되는 일은 아니다. 다른 부하를 아끼면서 자신은 잊었을까. 그 후에 관심을 둘 다른 대상을 찾았을까.

저를 바라보지 않는 아르하드가 상상이 되질 않았다. 다른 이에게 시선을 주는 그가. 상상이 되질 않았다.

상상할 필요도 없었다. 그는 그럴 리가 없었으니까.

아무리 그를 흠모하는 소녀가 많아도 상관없었다. 그가 써 주길 바라는 부하들이 아무리 많아도 상관없었다. 그는 언제나 자신을 바라보고 있었으므로.

"……."

하지만 이제는 생각해 봐야지. 그의 미래를 옆에서 지켜볼 테니까. 이아나는 소파의 등받이에 기대 멍하니 생각해 보았다.

누군가와 결혼한 아르하드…….

……싫다.

'내가 대체 무슨 생각을 하는 걸까. 와인 몇 잔에 취하고 만 걸까. 이러면 안 돼.'

이아나는 침착하게 냉정을 되찾으려 했다. 아르하드는 좋은 여자와 맺어지고, 자신은 아르하드의 뒤에 한발 물러선 채 있으면 된다. 둘의 애정과, 둘의 아이를 지켜보며 아르하드와 주군 관계를 계속 유지하면 된다.

싫다.

그러나 한번 벼락처럼 내리친 현실은 이아나를 자꾸 이상한 방향으로 몰아갔다. 모순된 생각들이 충돌했다. 이아나는 빠르게 결론을 도출해 냈다.

그냥, 아르하드가 결혼을 하지 말았으면.

그저 지금처럼, 지냈으면.

"……."

이기적이고 자기중심적인 생각들이 그녀를 집어삼켰다. 이아나는 그런 자신이 지독하게 이기적으로 여겨져 눈을 손으로 가렸다. 마치 엄마를 빼앗기기 싫어 고집을 부리는 꼬마가 된 것 같았다. 엄마의 시선을 독점하고 싶어 우는 어린아이가 된 것 같다. 애정을 바라며 졸졸 따라다니고 계속 엉겨 붙으려 하는 아이가 된 기분이다. 마치, 후회스러운 그 시절처럼…….

혐오감이 몰아쳤다. 이아나는 누군가에게 집착하는 스스로의 모습이 정말 못나게 여겨져 입술을 깨물었다.

"피곤하십니까?"

누군가가 말을 걸었지만 이아나는 무시했다.

'지금은 귀찮게 하지 말아 줬으면 좋겠는데.'

이아나는 두 번째 파티를 이걸로 끝내고 돌아가서 머리를 식히기로 했다. 안젤리나 때문에 제정신이 아니게 된 게 분명하다고 생각했다.

하지만 말을 건 사람은 그녀의 옆자리에 앉았다. 이아나는 소파 옆이 아래로 꺼지자 눈에서 손을 떼고 옆을 보았다가 놀라서 몸을 바로 했다. 시아이외 루리아 로안느. 3왕자가 바로 옆에 앉아 있었다.

"시아이외 저하."

"편하게 있어도 돼요."

이아나는 빙글빙글 웃고 있는 시아이외를 아리송한 표정으로 쳐다보았다.

'이 사람은 왜 자꾸 내게 말을 걸고 관심을 가지는 걸까.'

알 바 아니다. 시아이외의 등장에 순간적으로 긴장했지만 피곤하기도 피곤하거니와, 관심 없는 왕자를 상대하고 싶지도 않았던 이아나는 대충 대화를 끝내고 이 자리를 벗어나기로 했다. 그래서 예, 하고 성의 없이 대답하곤 피곤한 티를 내며 소파에 몸을 기댔다.

이아나의 무례한 태도에도 아랑곳 않고 시아이외는 와인잔을 한 바퀴 빙글 돌리고는 입가에 가져다 댔다.

"파티를 싫어하십니까? 데뷔식 이후 처음 뵙는군요."

"싫어하는 건 아니지만 좋아하는 것도 아닙니다."

"저도 그렇습니다. 그래서 다른 파티들은 전부 피했는데, 국왕탄신일 파티까지 빠지면 싫은 소리를 들을 테니 어쩔 수 없었네요. 하지만 오늘은 영애를 만날 수 있었으니 잘 참석했다고 생각합니다."

시아이외가 이렇게까지 말하자 이아나는 왕자가 이러는 이유가 뭔지 정말로 궁금해졌다. 질질 끄는 게 딱 싫었던 그녀는 단도직입적으로 물었다.

"제게 무엇을 바라십니까?"

"예?"

"저와 무엇을 하길 바라시는 건지 궁금합니다. 시아이외 저하와 저는 건국일 이전에 접점이 한 번도 없었습니다. 제 검술에 관심이 있다고 하셨지요. 정말로 그 이유 때문에 저와 친해지길 바라시는 겁니까? 솔직히 말해 저하께서 제게 관심을 보이시는 것이 당황스럽고 부담스럽습니다."

더없이 무례했다. 호의적인 대상도 단숨에 떨쳐 낼 법한 무례한 태도였지만 이아나는 일부러 그리했다. 왕자가 속셈이 있어 접근했다면 불쾌하니 앞으로는 다가오지 말았으면 했고, 순수하게 친해지고 싶은 의도였더라도 왕실과는 관계되고 싶지 않으니 이대로 왕자가 떨어져 나가 준다면 더 잘된 일이라고 생각했다.

"하하. 글쎄, 접점이 한 번도 없다고는 할 수 없는데요. 전 그 접점에서 영애에게 호감을 가졌으니……. 영애도 그 접점이 뭔지 깨닫게 되면 저를 다시 보게 될 겁니다."

접점? 어디서? 언제? 다시 보는 계기가 된다고? 이아나는 머리를 맹렬히 굴렸다. 이아나가 입을 다물고 고민에 빠져 있는 사이 시아이외가 빙긋 웃으며 말했다.

"힌트가 필요합니까?"

"제 기억으론 저하를 뵌 적이 한 번도 없는데요."

"후후. 분명 마주쳤지만 저만 일방적으로 봤으니 모를 수밖에. 아무튼 저는 영애랑 친해지고 싶습니다. 쳐 내지 말아 줘요."

마주친 적은 있지만 일방적으로 봤다? 제가 그에게 관심을 두지 않았다는 뜻인가? 알쏭달쏭했다. 시아이외가 고개를 살짝 옆쪽으로 기울이며 고민에 빠져 있는 이아나의 얼굴을 보았다.

"아르하드 공자와 연인 관계시라고요."

이아나가 퍼뜩 정신을 차렸다.

"사랑하는 사람이 있다는 건 좋은 일입니다. 저는 영애의 사랑을 응원해요."

사랑. 아, 그랬다. 사람들 앞에서 교제하고 있다고 공언해 버렸으니 앞으로는 이런 말을 줄기차게 들어야 했다. 이아나의 표정이 심각해졌다.

"아르하드 공자가 많이 사랑해 주지요?"

너무 단순하게 생각한 걸지도 모른다. 귀찮음이 극에 달하는 바람에 홧김에 저질러 버렸지만 앞으로 이런 주제로 대화할 때마다 아르하드와 제가 연인 관계라고 전제해야 했고 계속 거짓말을 해야 했다. 긍정하면 이제 입들을 전부 닥칠 줄 알았는데 그게 아니었다. 인간은 한 호기심이 충족되면 다른 호기심이 생겨 계속 상대를 귀찮게 하는 생물이었다.

"……아직, 그 정도는 아닙니다."

말을 내뱉으려 할 때마다 양심이 콕콕 찔렸다. 제 성정을 너무 간과했다. 양심도 양심이지만…….

사랑.

소름이 돋았다. 실수했다는 생각이 머리를 후려쳤다. 제 무덤을 팠다. 거짓일지언정 스스로 아르하드와 저를 사랑이라는 감정에 밀어 넣었다. 대체 무슨 생각으로 저지른 걸까? 왜 저지를 때는 거부감을 느끼지 못한 걸까? 한번 인식하고 나자 거부감은 담쟁이덩굴처럼 자라나 그녀를 휘감았다. 이아나는 착잡한 마음으로 말했다.

"서로에게 호의를 가지고 있는 정도입니다. 열렬한 사이가 된 듯해서 껄끄럽군요."

"그렇습니까? 하긴 느린 게 좋을지도. 불타는 정염은 몇 년 못 간다고 하니까요. 아주 쉽게 변하는 감정이기도 하고."

시아이외는 응원을 한다더니 악담을 하고 있었다.

"조금의 계기만 있어도 마음이 틀어지는 건 순식간이지요. 돈과 권력과 결부될 때면 더더욱 빨라요."

그는 아주 지겨워 보였다.

"이 어찌나 가볍고, 유리처럼 깨지기 쉬운 감정인지요."

시아이외가 내비치는 사랑관은 이아나와는 다른 의미에서 염세적이었다. 이아나는 흥미를 보였다. 의외로 시아이외와 대화가 잘 통할 것 같았다.

"그렇게 생각하시는 이유라도?"

이아나의 질문에 시아이외는 낮게 웃었다. 찰랑이는 자수정 색의 와인을 보는 눈빛이 깊어졌다.

"그대는 이 왕실에 대해 얼마나 알고 있습니까?"

어느 정도는 안다. 아무렴 회귀 전 평생을 바쳤던 대상이 아닌가. 슈나이더는 이아나가 궁금해하는 것에 대해선 무슨 비밀이든 공유해 주었다. 만일 물어봤다면 이아나를 더없이 신뢰하고 있던 슈나이더는 모든 비밀을 말해 주었을 것이다. 다만 별로 관심이 없어 그에게 던진 질문의 개수가 손에 꼽히는지라 현재 이아나는 왕실에 대해 아는 것이 많지 않았다.

"혹시 저, 시아이외 루리아 로안느에 대해 알고 있는 게 있습니까? 뭐라도 좋으니 솔직하게 말해 봐요."

이아나는 이왕 이렇게 된 것, 그와 대화를 나눠 보기로 했다.

"베고이샤 왕국의 세 번째 왕녀였던 루리아 로안느 마마의 둘째 아들. 아주 조용한 분으로 알고 있습니다. 권력에 관심이 없고 평소 독서와 궁술을 즐기시며 시간을 보내신다지요."

"정확하군요. 하지만 저는 사실 권력에 욕심을 조금 가지고 있답니다. 취미생활도 그냥 즐기고 있는 게 아닙니다. 머리를 수그린 채 미래를 위해 많은 것들을 공부하고 익히는 겁니다."

왕자라면 왕을 한번 꿈꿔 볼 만하다. 금수저를 물고 태어난 그들은 날 때부터 모든 권력의 정점에 선다. 타인을 내려다보는 게 당연하며 정점에서도 정점에 위치한 일국의 왕좌에 앉을 수 있는 기회를 얻는다. 그런데 그런 것 치곤 시아이외는 활동이 전무했다. 귀족들과의 접선도 없었고 무엇보다 그의 머리카락과 눈은 은색이 아니었다.

"저는 제 스스로에게 자긍심을 가지고 있습니다. 하지만 그 자긍심을 완전히 뭉개는 것들 세 가지가 있어요."

시아이외는 손바닥에 턱을 괸 채 검지로 제 뺨을 툭, 투욱 두들겼다.

"제 자긍심의 뿌리부터 완전히 무너뜨리는. 그런데도 제거할 수가 없는 그런…… 지긋지긋한."

이아나는 침착하게 말을 이어 가는 시아이외를 빤히 쳐다보았다. 그건 그의 머리카락과 눈 색깔일까? 시아이외가 빙긋 웃었다.

"그래서 아예 버리려고 합니다. 화살을 쏘듯, 저 멀리."

3왕자의 개인 사정까지 알고 있을 리가 없다. 다만 이아나는 훗날 그의 실종이 우연한 것이 아님을 어렴풋이 느꼈다. 시아이외의 실종. 실종자인 그가 적극적으로 관여했을 것이다.

"자세히 묻는 건 실례 같군요. 위험할 것 같기도 하고."

"영애는 똑똑해서 좋습니다. 그래서 누구에게도 하지 않은 이런 이야기를 할 수 있었던 겁니다."

"하지만 저하의 이야기가 사랑이 빠르게 변한다는 말씀과 무슨 관계가 있습니까?"

"사랑."

시아이외가 탄식했다.

"그게 제 비극의 시작이기 때문이죠. 사랑의 변질……. 권력, 부, 사치에 맛을 본 사랑의 말로……."

수수께끼 같았다. 스무고개 문답 같은 대화 방식 때문일까, 아니면 부정적인 사랑관 때문일까, 이아나는 시아이외에게 호기심이 조금 생겼다. 이아나가 처음의 무성의한 태도와는 달리 제 말을 기다리고 있는 걸 보고 시아이외가 씩 웃었다.

"이아나 양의 인생은 재밌습니다."

"네? 갑자기 무슨……."

잘 나가다가 뜬금없이 제게 화살이 돌아오자 이아나가 반문했다. 시아이외는 마이페이스가 강한 왕자였다.

"스스로의 능력으로 태생적인 결함을 눌러 버린 것. 보통 일이

아니니까요. 본받고 싶어요."

"그리 말씀하실 정도는 아닙니다."

"그러니 그런 그대의 사랑도 안젤리나와 같은 권력층의 외파에 꺾이지 않기를 바랍니다. 부디 제게 사랑의 위대함을 증명해 주세요."

골이 아파진 이아나가 끙, 하고 앓는 소리를 내는 순간이었다.

콰아아아아아앙!

공기를 터뜨리며 전해져 온 거대한 굉음에 이아나가 고개를 번쩍 들었다.

"꺄아아악!"

"뭐, 뭐야! 으악!"

파티장 바닥에 진동이 퍼지기 시작했다. 한번 시작된 진동은 점점 더 커졌고 마침내 파티장 전체가 거세게 흔들리기 시작했다.

콰아앙!

너무 익숙해진 폭발음이었다.

"폭탄……."

이아나가 중얼거리는데 옆에서 똑같은 말을 하는 사람이 있었다. 이아나가 고개를 돌렸다. 이아나와 시아이외의 눈이 마주쳤다.

콰아아아아아앙!

"으아아악!"

연쇄적으로 터지는 폭발 소리가 점점 가까워지는가 싶더니, 파티장의 지하에서 크게 한 번 터졌다. 땅이 흔들리자 사람들은 비명을 지르며 벽에 바짝 붙었다. 테이블 위에 놓여 있던 맛깔스런 음식들은 바닥에 떨어져 내려 빛을 잃었고 와인을 담고 있던 매끈한 유리잔은 깨져 사방으로 튀었다.

마법을 사용할 수 있거나 아티팩트를 가지고 있는 귀족들은 스스로를 보호하고 싶은 마음이 굴뚝같았지만 왕성이 마법을 무효화하는 강력한 마법 방해장으로 뒤덮여 있어 불가능했다.

마법은 일상에서 아주 유용하게 쓰이는 이능이지만 아주 위험한 무기이기도 하다. 마법의 잠재력은 무궁무진하고 세계 각지에서 창의적인 마법들이 연구되고 있다. 그러니 가장 높은 위치에 있되 누구보다 적이 많은 왕족은 언제나 마법을 경계해야 했다. 하루아침에 기이한 마법에 당해서 암살당할 수도 있기 때문이다. 따라서 로안느 왕족들이 기거하는 왕성에는 마법 방해장이 걸려 있었다. 그 안에서는 왕족만이 마법을 사용할 수 있었다.

로안느는 군사 왕국. 그중에서도 왕성을 수호하는 왕실 기사들은 엘리트 중에서도 엘리트들이다. 그들은 왕성의 모든 곳에 배치되어 왕성을 삼엄하게 수호하고 있었다. 마법을 사용하지 못하는 곳에서 기사들에게 철저하게 수호 받으므로 왕성은 로안느에서 가장 안전한 곳이라고 해도 과언이 아니다. 특히 오늘은 국왕 탄신일이라 보안이 더더욱 강화되어서 문제가 발생할 여지는 더더욱 없었다. 그런데 철옹성이라 불리는 왕성의 심처, 중앙홀이 폭발음과 함께 뒤흔들리자 귀족들은 아연실색했다.

"우와앗!"

벽 쪽에 바짝 붙어 커튼이나 틈새 등 고정된 물체를 꽉 붙잡은 귀족들은 베일 뒤, 옥좌에 앉아 있는 왕이 조치를 취해 주기를 바랐다. 파티 내내 왕의 곁에서 담소를 나누고 있던 슈나이더는 어느새 뛰쳐나와 서서 심각한 표정을 짓고 있었다. 파티장으로 뛰어 들어와 제 앞에 도열한 기사들에게 슈나이더는 사태를 파악하라고 명했다.

기사들이 급히 뛰쳐나가고, 진동은 서서히 멎어 갔다. 불안해하던 귀족들은 상황이 정리되는 느낌이 들자 슈나이더가 나섰으니 잘 해결될 것이라는 믿음 하에 안도의 한숨을 내쉬었다. 하지만 폭발음은 멀리서도 계속해서 들려오고 있었다.

이아나와 시아이외는 멀쩡하게 소파에 앉아 있었다.

"……."

시아이외와 눈이 마주친 순간 기이한 느낌을 받은 이아나는 소파 뒤의 창을 통해 밖을 내다보고 있는 그에게서 시선을 떼지 않았다.

"소리가 들리는 곳으로 가 보시겠습니까? 무뢰배들이 왕궁에 침입한 듯합니다. 영애의 도움을 받고 싶군요."

시아이외가 약진은 괘념치 않고 느긋하게 일어나더니 손을 앞으로 뻗었다.

피이이잉—

그의 손가락에 끼워져 있던 반지들 중 두 개가 따가운 빛을 뿜어냈다. 그러더니 앞의 공간을 찢어 냈다. 시아이외는 찢어진 공간 속으로 손을 집어넣더니 활과 화살을 꺼내 들었다. 반지 한 쌍에 새겨져 있던 마법들은 방해장 무효화 마법과 공간 마법이었다.

"활……."

이아나는 시아이외가 활을 잡는 품새를 보자마자 온몸을 간질이던 기시감이 무엇인지 깨달을 수 있었다. 그녀가 아는 활잡이는 한 명밖에 없었다. 이아나는 입을 꾹 다물었다가 시아이외에게 물었다.

"밤에 우는 꾀꼬리는?"

정말로 제가 생각하고 있는 그가 맞다면 제가 지금 무슨 말을 하는지 알아들을 테고, 아니라면 갑자기 무슨 엉뚱한 소리냐며 비웃을 테다.

"사랑을 구원한다."

정답이었다. 낯빛을 가라앉힌 이아나는 그의 조직명을 불렀다.

"반."

"아, 이제야 알아채 주신 건가요. 안?"

확인사살이었다. 반, 그가 쏘아 버려야 할 세 개의 화살, 선분 세 개를 가면에 그린 카마트로스의 간부. 이아나는 그제야 그가 엄청난 힌트들을 던져 주고 있었다는 사실을 깨달았다. 또, 이미 그가 제 정체를 알고 있었다는 사실까지.

'이래도 되는 건가? 카마트로스는 조직원들 간에 신상 공개는 금물인데.'

이아나는 심란했다.

"저를 어떻게 알아보셨습니까? 일단, 제 정체를 알아채신 날이 건국제, 맞습니까?"

"그래요. 그대를 처음 보자마자 알았지요. 어떻게냐면……."

시아이외가 싱긋 웃었다.

"몸?"

"……."

"아, 그렇게 저질스러운 것을 보는 듯한 눈은 삼가 줘요. 일단 파티장에서 나갈까요?"

시아이외가 창문을 활짝 열어젖혔다. 순식간에 그의 모습이 사라졌다. 모두가 정신없는 와중에 파티장의 한구석, 관심 받지 못하는 왕자 시아이외가 바람이 불어오는 창으로 뛰어내렸다는 사실을 누구도 알지 못했다.

이아나도 주위를 흘끔 돌아보고는 드레스 자락을 한 손으로 움켜쥐고 시아이외를 따라 창문에서 뛰어내렸다. 밑에서 그녀를 기다리고 있던 시아이외는 또다시 공간을 열어 편한 옷 한 벌과 검 한 자루를 꺼냈다. 그는 그것들을 이아나에게 내밀었다.

시아이외의 것이기 때문일까, 옷은 컸고 검은 아주 고급스러웠다. 일단 거절할 만한 처지가 아니었기 때문에 이아나는 호의를 거절하지 않고 파티장 뒤를 푸르게 감싸고 있던 숲의 한구석에서 옷을 갈아입었다.

"키메라 사건 때, 그대는 키메라의 피가 튀어서 로브를 벗었었지요."

옷을 갈아입는 와중에 느긋하게 들려온 시아이외의 말에 이아나가 멈칫했다.

"그날 영애의 외양이 한눈에 들어왔습니다. 여검사는 흔치 않고, 또 그대의 골격과 체형은 아무 여자나 가질 수 있는 게 아니니까."

이아나는 땅이 꺼져라 한숨을 쉬었다. 머리가 아팠다. 대체 그 키메라 사건은 언제까지 제게 영향을 미칠까? 정말로 지긋지긋했다. 이아나가 옷을 다 갈아입고 나오자 시아이외가 이번에는 로브를 던져 주며 말했다.

"다른 건 자동으로 알게 되더군요."

"무엇을요."

시아이외는 잠시 뜸을 들이더니 이때까지의 여유로운 표정을 버렸다. 그리고 비밀스럽게 입을 열었다.

"슈나이더를 완전히 짓누른 50만 골드 남자. 89골드 꽃다발을 바친 사내."

이아나의 몸이 경직되었다.

"그대를 끔찍이도 아끼던 카마트로스의 로. 금안. 그대의 연인……."

이아나의 얼굴이 무표정해졌다.

"저에게 그 말을 하시는 의도가 뭡니까?"

아니라고 둘러댈 수도 있을 것이다. 몰랐다는 듯 눈을 크게 뜰 수도 있었다. 하지만 의심을 한번 하기 시작하면 상대방이 부정하더라도 마음 한구석에 의심의 흔적이 생겨 버린다. 그 의심은 칼집 안에 잠들어 있는 단도였다. 언제 칼집에서 튕겨 나와 상대의 심장을 찌를지 알 수 없는……. 무엇보다 시아이외는 이미 확신하고 있었다.

'이번에도 실수한 건가.'

심장으로 밀물처럼 밀려들려는 역한 감정이 눈앞의 사람을 시선에 담은 순간 썰물처럼 다시 빠져나갔다. 이아나의 눈동자가 빛을 잃었다. 실수의 흔적이 바로 눈앞에 있었다. 이아나는 검을 살짝 빼 들었다.

"죽여 달라는 건가요."

"이런, 왕족을 시해할 생각인지?"

"못 할 것도 없죠. 그에게 위협이 될 요소는 없앱니다."

시아이외는 오, 하고 탄성을 뱉으며 팔짱을 꼈다.

"왕족의 신분을 차치하더라도, 저는 카마트로스의 간부입니다. 그런데도 죽이겠다고요?"

"카마트로스의 간부인 당신이 죽는 것보다 당신이 그 사실을 알고 있는 게 더 큰 문제라고 판단했습니다. 지금 제 행동을 가벼이 여기시는 겁니까? 저는 진심입니다. 판단은 로에게 맡길 생각이니, 이 길로 바로 로에게 가지요.”

이아나는 머리가 지끈거려서 미간을 찌푸렸다. 블랙폭시와 바하무트, 혹은 슈나이더가 눈치챌까 봐 전전긍긍했는데 엉뚱한 사람이 눈치채 버렸다.

시아이외가 어떤 변수가 될지 예상하기 어려웠다. 그리고 카마트로스의 간부를 함부로 죽이는 건 꺼려졌다. 아르하드가 무슨 일이 있으면 반드시 혼자 끙끙 앓지 말고 말해 달라고 했기 때문에 이아나는 일단 시아이외를 그에게 데려가기로 했다.

“이런, 로는 아주 무서운 사람인데. 후후. 정말로 죽을지도.”

“그전까지 제 눈을 벗어날 생각은 하지 마세요.”

“그렇게 하죠. 하지만 그전에 그대와 대화를 하면서 제 목숨을 보장받았으면 합니다. 그대가 로에게서 저를 좀 지켜 줬으면 해요.”

“이해할 수 없는 말이군요. 제 머릿속은 지금 당신을 죽여야겠다는 생각밖에 없는데요.”

시아이외가 갑자기 푸핫, 하고 웃음을 터뜨리더니 입을 막고 큭큭 웃었다. 이아나는 왕자가 정신이 나갔나 싶었다. 죽이겠다고 말하는 사람 앞에서 웃다니? 이아나가 떨떠름하게 쳐다보자 시아이외는 고개를 절레절레 저었다.

“후후. 죄송합니다. 정말 거침없다 싶어서. 그대, 아주 마음에 듭니다.”

“제가 지금 정신이 나간 사람과 대화하고 있는 건가요?”

“이런, 저는 미치지 않았습니다. 그리고 안, 전 그렇게 멍청한 사람이 아닙니다. 자살희망자도 아니고요.”

“본론만 말씀하세요. 당신이 하는 말을 들어 보고 제 행동을 결정할 거니까."

"멀쩡한 제가 그대에게 검을 건네주고, 그대의 공격 범위 내에서, 이런 비밀들을 겁도 없이 마음껏 지껄이고 있는 이유가 궁금하지 않습니까?"

"……."

"궁금하겠지요? 가면서 얘기해 드리죠. 자, 갑시다."

시아이외가 피식 웃더니 몸을 돌려 여유롭게 걷기 시작했다. 궁금하긴 했다. 이 능구렁이 같은 왕자가 대체 무슨 생각으로 이런 행동을 하는지. 이아나는 시아이외의 뒷모습을 노려보며 그를 단숨에 죽일 수 있도록 검손잡이 위에 손을 얹은 채로 뒤따랐다.

"카마트로스를 이렇게 얼굴을 드러낸 채 만난 건 처음입니다."

시아이외는 천천히 걸으면서 말했다.

"사실 전 언제나 불안했습니다. 로의 신분만 알지, 다른 건 모두 비밀에 싸여 있었으니까. 그래서 그대의 정체를 알고 난 이후로는 안정감이 남달랐어요. 그런데 저만 당신 정체를 알고 있는 게 좀 그랬습니다. 저의 존재를 눈치채 주길 바랐지요. 그리고."

시아이외가 갑자기 멈춰 서더니 빙글 돌아보았다.

"제가 당신에게 검을 준 건 나를 믿어 달라는 의미에섭니다. 그러니까 검을 검집에 좀 집어넣는 게 어떨까? 살기가 지나쳐서 머리가 아파요. 굳이 그렇게 날을 내밀고 있지 않아도 저를 얼마든지 죽일 수 있지 않습니까?"

"방심은 제 사전에 없습니다. 그러니까 계속 얘기하세요."

시아이외는 경계를 누그러뜨리지 않는 이아나에게 성큼 다가갔다. 그의 꿍꿍이를 파헤치기 위해 사납게 노려보는 이아나의 앞에 섰다.

"걱정 말아요, 안. 저는 로가 필요합니다. 아주아주, 많이. 제 미래를 위해선 로가 반드시 있어야 해요."

시아이외가 이아나가 쥐고 있는 검의 힐트 위에 손을 얹었다.

"그리고 그의 강함을 존경하고 있습니다. 그리 어린 사람일 줄은 정말 꿈에도 몰랐지만 더 좋습니다. 그가 만들어 나갈 황금의 시대가 기나길 것이란 말이나 마찬가지니까."

허튼짓을 하면 바로 죽일 생각으로 관찰하는 이아나의 시선을 시아이외는 피하지 않았다. 비스듬히 내려다보며 그의 진심을 적나라하게 내비쳤다. 자수정빛 눈이 들끓는 야망으로 빛났다.

"......"

이아나의 살기가 애매해졌다. 그녀가 봤을 때, 시아이외는 진심이었다. 이런 눈을 하고 읊는 말들이 거짓일 리 없었다. 그리고 잠시 후 아르하드를 만나면 바로 들통날 거짓말을 할 이유가 없었다.

"이래봬도 제가 아주 유능한 사람이라, 로에게 많은 것을 약속받았답니다."

"......무엇을?"

"저는 그를 따라가 바하무트의 귀족이 됩니다. 거기서 더 나아가 제가 공을 많이 쌓으면 한 국가의 왕이 될 수 있도록 지원해주겠다는 제안도 받았지만, 그럴 생각은 없습니다. 왕족이라는 신분이 지긋지긋하기도 하고, 이미 말씀드렸듯 저는 그의 능력을 존경하고 있거든요."

철컹.

이아나가 보이고 있던 날이 결국 검집으로 모습을 감췄다. 시아이외는 눈을 곱상하게 휘고는 이아나의 검에서 손을 뗐다.

다시 등을 돌려 걷기 시작하는 시아이외를, 이아나는 묘한 기분으로 쳐다보았다.

바하무트의 귀족…… 죽어 가던 저를 손가락질하던 귀족들 중에 시아이외도 있었을지도 모르겠다는 생각이 들었다. 그런데 로안느의 왕자가 왜 군이 바하무트의 황자를 따라가 귀족이 되겠다는 걸까? 로안느에 살면서 더없는 부와 사치를 누렸을 왕자가.

이아나는 이번엔 시아이외의 뒤가 아닌 옆에서 걸으며 물었다.

"로안느에서 지내다가 대공이 되는 게 더 낫지 않습니까?"

왕위를 잇지 못한 왕자는 자동으로 대공이 된다. 대공은 왕보다는 못해도 왕족을 제외한 모두가 머리를 조아려야 하는 어마어마한 신분이었다. 대공의 지위가 이미 약속된 시아이외가 군이 위험을 자초할 필요가 없는 것이다.

시아이외가 바로 대답했다.

"저는 로안느를 아주 싫어합니다."

시아이외의 말에 이아나는 카마트로스의 첫 회의 때 그가 보였던 태도를 떠올려 냈다. 그때도 시아이외, 반은 로안느에 대한 강한 혐오를 내비쳤었다.

"떠나고 싶습니다. 이곳에 있으면 숨이 턱 막히고 제 몸이 썩어들어가는 것 같습니다. 저는 누구도 저를 알지 못하는 곳으로 떠나 제 능력으로 우뚝 서고 싶습니다. 왕족이니 당연하게 얻을 수 있는 대공의 자리가 아니라, 오로지 제 힘으로요. 그러기 위해선 로를 따라가는 게 최선이지요."

몸이 썩어 들어가는 것 같다니…… 로안느 왕실을 이렇게 싫어하는 이유가 무엇일까? 왕위 계승 조건에 대한 반발? 왕족이 아니기 때문에 잘 모르겠지만, 그럴 수도 있겠다고 이아나는 생각했다. 아무렴, 태생적인 이유 때문에 인생이 이리저리 휘둘리고 원하는 미래로 향하는 길이 끊어진다면 정말 울분이 터질 것이다. 이아나가 고개를 끄덕거리고 있자 시아이외가 싱긋 웃었다.

"그러니 그의 여인인 당신에게 무례하게 굴 수 없습니다. 알겠습니까? 당신에게 잘 보여야 한다고요."

"……."

"안젤리나가 로에게 관심을 보이는 것 같던데, 아주 싫습니다. 저의 미래에 로안느 왕실이 끼어들길 원하지 않아요. 로안느의 왕녀인 안젤리나가 내 국가에서 가장 높은 여자가 된다는 것을 참을 수 없습니다."

이아나는 이마를 짚었다. 아무리 생각해도 실수했다. 카마트로스의 간부라니? 일이 완전히 꼬여 버렸다. 그러나 이 상황에서 사실대로 말하자니 또 우스웠다.

이아나는 스스로를 반성했다. 아르하드를 만나면 바로 상황을 설명한 다음 공식적으로 자신을 차 달라고 해야겠다고 결심했다. 그리고…… 그에 대한 이상한 집착도 털어 내 버리기로 했다.

"그런 식으로 저를 대하면 곤란합니다. 가벼운…… 아주 가벼운 감정으로 교제하고 있으니까요. 사실 최근에 싸워서 곧 헤어질지도 모릅니다."

"하하!"

시아이외가 갑자기 웃음을 터뜨렸다.

"아까는 그냥 넘겼지만…… 진지하게 묻겠습니다. 정말 그리 생각하시는 겁니까?"

"그게 아니면요."

"훗. 로의 마음은 둘째 치고, 그대가 안젤리나에게 발끈했다는 걸 알고 있습니다. 관찰하고 있었거든요. 로를 좋아하는 안젤리나가 싫었던 거잖아요? 애정이 있다는 말입니다."

"그런……"

이아나가 반발하려 했지만 사실 발끈한 건 맞기 때문에 부정을 하지 못하고 입술을 깨물었다.

"당신이 생각하는 의미에서 발끈한 게 아닙니다."

"그렇습니까?"

"그래요."

"확신하지요. 결혼까지 갈 겁니다."

"……그만하시죠."

"네, 네."

시아이외가 웃으면서 두 손을 들었다. 이아나는 그를 쏘아보았다. 아주 능구렁이 같은 남자였다.

콰아아앙! 콰앙!

그들이 걷는 내내 잠잠하던 폭탄들이 또다시 터졌는지 폭발음이 고막을 연달아 울렸다. 이아나가 인상을 찌푸리며 멍해진 귀를 문질렀다.

"익숙한 폭발음인데, 블랙폭시겠지요?"

"당연히 놈들입니다. 왕성에는 놈들의 앞잡이들이 많으니까요."

"놈들이 폭탄을 얼마나 설치해 둔 걸까요. 무슨 조치를 취해야 하는 게 아닌지."

"로안느는 당해도 쌉니다. 블랙폭시에 먹혀 가는 것도 모르고 왕위 다툼질이라니⋯⋯."

시아이외가 냉소적으로 말했다.

"아무리 놈들이라 한들 왕성에 폭탄을 무한정 설치할 순 없었을 테니 곧 멈출 겁니다. 신경 쓰지 말고 로를 만나러 가죠."

"왕은 슈나이더에게 기쁜 생일을 맞이하고 싶다고 했었지. 슈나이더가 우리를 토벌할 것을 주장하자 생일 전까지 범죄를 마무리짓는 것을 명했고."

그들은 왕궁에서 멀리 떨어진 건물의 옥상에서 여기저기서 연기가 피어오르고 있는 왕궁을 즐거운 마음으로 구경하고 있었다.

"그 결과가 이러하니 왕의 진노는 당연하다. 밀루우테 경, 폭탄 설치를 아주 유용하게 잘 해 놨구려."

"어련하겠습니까."

밀루우테는 꺼끌한 턱을 쓰다듬었다.

"장기전을 예상하고 설치해 댔는데 왕궁에 설치한 폭탄을 벌써부터 써먹을 줄은 몰랐습니다. 뭐, 다 쓴 것도 아니지만."

"잘 살아남았소. 그룬데왈스 기사단은 이제 그대밖에 남지 않았지만, 내가 따로 그대의 공에 대해서 주인님들께 보고를 올리도록 하지. 포상이 있을 거요."

"그래 주신다면야 감사하지요. 멍청한 놈 하나를 잡고 살아남은 게 천운이었군요."

"이봐요, 페인."

페인과 밀루우테의 옆에서 빗자루를 타고 둥둥 떠다니던 마르가리타가 불통하게 말했다.

"저 아무리 생각해도 에이지가 수상하다니까요?"

"자네는 왜 자꾸 에이지를 걸고넘어지나?"

"포르미도도 에이지를 의심했었잖아요. 전 에이지가 정보를 빼낸 것 같다니까요?"

"마르가리타, 에이지는 이제 블랙폭시의 세 수장 중 한 명이라는 걸 명심하게. 황실 직속 독립기관의 수장들을 함부로 모함하는 건 주인님들에 대한 불복이라는 것, 알고 있나?"

"아이참, 그렇게 말씀하시면 제가 곤란해지죠. 에이, 정말."

마르가리타가 빗자루 위에 몸을 나른하게 누이면서 말했다.

"우후후……. 짜증도 나고, 이왕 이렇게 된 것, 저주 마법도 한 방 쏴 줄까나? 아주 독한 걸로……."

마르가리타가 하늘로 날아올랐다. 바람이 몰아치는 상공에서 우뚝 멈춘 그녀는 나른한 눈빛으로 왕성을 주시했다.

후우우웅…….

마르가리타의 주변에서 시궁창의 썩은 물처럼 까만 녹빛의 마나가 맴돌기 시작했다. 마나는 그녀의 몸을 회오리바람처럼 한 번 휘감았다가 터진 폭탄이 만들어 내는 먼지바람처럼 넓게 퍼져 나갔다. 녹색의 독연은 그녀의 빗자루 아래에서 거대한 마법진으로 펼쳐졌다. 빼곡한 기하학적 배열을 이루며 서로를 꼬고, 얽으며, 마침내 완벽한 진으로 탄생했다.

페인과 밀루우테는 독한 기운이 느껴지자 눈을 찌푸리며 그녀에게서 멀어졌다. 페인이 소리쳤다.

"무슨 저주를 걸려 그러나? 왕국에서 우리를 아예 토벌하겠다고 나설 정도로 심한 걸 쓰면 곤란해. 우린 정면에서 대적하길 원하는 게 아니라고."

저주의 종류는 천차만별이다. 인간이 증오하는 누군가를 저주하고 싶어 하는 욕구는 오랜 옛날부터 있어 왔고, 마법이라는 이능은 그것을 가능케 했다. 저주는 마법의 독립적인 학문으로 발전했다. 비록 탄압받고 각광받지 못하는 흑마법의 분야였지만 그 위력은 무시할 만한 것이 못 되었다.

"흐흥. 정신적으로 고통을 받을 뿐이랍니다. 스스로가 만들어 낸 환상으로."

완성된 마법진에서 강한 빛이 뿜어져 나오며 마법이 발현되었다. 그리고 마법진은 허상이었던 것처럼 흔적도 없이 사라졌다.

왕성에서는 아무런 변화도 없었다. 마법을 잘 모르는 밀루우테와 페인은 고개를 갸웃했지만 그들이 보지 못하는 왕성의 곳곳에서는 기이한 변화가 일어나고 있었다.

"……."

이아나는 갑자기 이해할 수 없는 상황에 처했다. 분명 시아이외와 함께 걷고 있었는데 어느 순간 그가 사라지고 공간이 이상하게 왜곡되고 있었다. 졸음이 쏟아질 때처럼 몽롱해지려 했다. 뺨을 때려 정신을 차려 보려고 했지만 몸이 원하는 대로 움직여 주지 않았다. 머리가 지끈거렸다. 이아나는 눈을 꾹 감고 고개를 흔들었다.

'……내가 뭘 하고 있었던 거지?'

눈을 뜬 순간, 이아나는 제가 무엇을 하고 있었는지 잊었다.

"……."

새가 쩍쩍 울면서 이아나를 스쳐 지나갔다. 청량한 바람이 불어오고, 나뭇가지에 매달린 푸른 나뭇잎들이 살랑거렸다. 따스하게 내리쬐는 햇볕에 이아나가 살짝 눈을 좁혔다가 시선을 내렸다.

손을 보았다. 손이 아주 작았다. 다시 고개를 들었다. 저 멀리서 나부끼는 깃발에 그려진 가문의 문장이 지나치게 익숙했다. 그리고 저 멀리서, 어떤 붉은빛이 아롱거리는 게 눈에 보였다. 이아나는 무의식중에 붉은빛, 아주 화려하게 치장을 한 여자를 쫓아갔다. 이아나의 걸음소리를 들은 여자가 소리쳤다.

"따라오지 마!"

하지만 이아나는 그녀를 계속 따라갔다. 이아나가 종종걸음으로 근처까지 다가가자 여자가 몸을 홱 돌려 이아나를 노려보았다.

"이 귀찮은 년!"

이아나는 눈을 깜빡였다.

"너 같은 건 낳는 게 아니었어. 이 쓸모없는 징그러운 계집. 난 널 볼 때마다 짜증이 나. 혐오스러워. 역겨워! 쓸데없이 눈앞에 얼쩡거리지 말고 방으로 돌아가!"

이아나는 멈칫했다. 저런 말을 들었는데도 아프지 않았다. 그것보다…….

"분명 당신은 죽었는데. 내 손에."

르보니. 이아나가 이질감을 느끼고 고개를 갸웃하는 순간 공간이 붕괴되었다. 모든 감각이 환상이었던 것처럼 무너져 내렸다가 다시 어떤 공간으로 재구성되었다.

그곳은 아까 전과 마찬가지로 기시감을 주는 공간이었다. 책이 벽에 잔뜩 꼽혀 있는 서재, 커다란 창문 앞에 배치된 책상과 그 위에 놓인 촛대와 잉크와 깃펜, 그리고 학구적인 그것들과 어울리지 않게 사방에서 뒹굴고 있는 술병과 깨진 잔. 그리고 이 방의 주인.

창을 등지고 책상 앞에 앉아 있는 남자가 지나치게 익숙했다. 창문에서 쏟아지는 역광이 남자의 얼굴을 가렸다. 남자의 뒤에서 번져 눈으로 쏟아진 빛에 이아나가 눈을 찌푸리는 순간, 그녀의 이마로 두꺼운 책 하나가 날아왔다. 책에 맞은 이아나가 이마를 감싸는 순간 남자가 고래고래 소리를 질렀다.

"너 때문에 사라체가 죽었어! 너, 이, 너 때문에…… 너 같은 계집이 뭐라고, 네가 뭐라고, 그리 친절하게 굴다가……."

남자가 성큼성큼 다가와 이아나의 머리카락을 휘어잡았다. 이아나가 의구심을 가지고 중얼거렸다.

"이미 없는 일인데."

회귀함으로써, 사라체는 살아 있고 체르노 당신은 이렇게 내게 폭력을 가할 이유가 없는데. 내가 이것을 용납할 리도 없는데. 또 다시 공간이 붕괴되었다.

어둠이 찾아왔다. 공간의 붕괴와 재생, 그 간극, 거기서 이아나는 정신을 차렸다.

'마법이다.'

언제 마법에 걸렸던 거지? 정신 계열 마법인가? 어떻게 마법에서 빠져나오지? 마법은 계속해서 이아나의 정신을 공격해 댔다. 사고를 방해하고 환상 속에 가두려고 했다. 이아나는 정신을 차려 보려고 계속해서 고개를 휙휙 내저었다.

설마 시아이외는 아니겠지. 긴장한 이아나가 애쓰고 있는데, 저 멀리서 익숙하면서도 아주 반가운 모습이 보였다. 아르하드의 뒷모습이었다. 이아나는 그 순간 엄청나게 안심해 버렸다. 그의 존재는 위급상황에서 정말 든든했다. 그는 그녀에게 넘치는 신뢰를 선사했다. 이아나는 한달음에 달려가 아르하드의 뒤에 섰다.

"아르하드. 지금……."

이아나가 그를 붙잡으려 했다. 하지만 아르하드가 뒤를 돈 순간, 이아나의 몸이 굳었다. 그녀를 볼 때마다 늘 해사하게 풀려 있던 아르하드의 표정이 다른 사람들을 볼 때처럼, 아니 그보다 더더욱 서늘했다.

그는 그녀에게만큼은 언제나 제 감정을 대놓고 내보였었다. 화가 난 걸까? 그러나 그는 화가 났을 때도 화난 티를 폴폴 냈었다. 하지만 지금은 아무런 감정도 보이지 않았다.

"……."

이아나는 그에게서 한 걸음 물러섰다. 온몸에 싸한 감각이 몰려들었다. 지금이 무슨 상황이었더라. 생각이 송두리째 사라졌다. 지금 무슨 말을 하려 했더라. 이아나는 그저, 아르하드의 이상한 상태에 당황할 뿐이었다.

"너를 완전히 놓으려 한다."

이아나는 그의 말을 이해하지 못했다. 아르하드를 쳐다보는 눈동자에 멍한 빛이 감돌았다.

"이제 네 겁은 내게 아무런 가치도 가지지 못하고."

그리고 그의 말이 이아나의 심장을 찔렀다.

"나는 이제 너를 바라지 않아."

이아나의 동공이 흔들렸다.

"끝이다."

언제나 그녀를 바라 주었던, 그녀가 밀어내도 밀어내도 다가오던 그 남자가 이런 말들을 할 리가 없었다. 하지만 하고 있었다. 그 말도 할 것 같았다. 이아나는 이 남자에게서만큼은 그 말을 듣고 싶지 않았다.

"너는 이제 필요 없어."

아아, 그 허무함.

잊고 싶었던 상처의, 감각.

이아나의 손이 아래로 툭, 떨어졌다.

싸늘한 분위기를 풍기는 아르하드가 이아나를 잠시 내려다보는가 싶더니 뒤도 돌아보지 않고 가 버렸다. 이아나는 우두커니 서 있었다. 그의 뒷모습을 쳐다보던 이아나는 천천히 고개를 내렸다. 눈을 내리뜨고, 바닥을 물끄러미 바라보았다.

'방금…… 무슨 일이 일어난 걸까.'

아르하드는 저 앞으로 멀리 가 버린 지 오랜데 발은 조금도 움직이지 않았다. 밑에서 꾸물거리는 어둠이 발을 잡고 있는 것 같았다. 반대 방향으로 가라고, 아르하드를 향해 있는 발끝을 반대쪽으로 돌리려고 하는 것 같았다.

'당신이 그리 생각한다면, 나도.'

아르하드가 저를 포기하겠다고 말했으니 저도 쓸모없는 감정 소비를 그만두면 될 것이다. 아르하드와 반대 방향으로 걸어가 버리면 그만이었다.

이아나의 마음에서 언제나처럼 방어기제가 작용했다. 그래서 뒤를 돌았다. 어둠이 잘했다며 그녀를 앞으로 떠밀었다. 하지만.

'왜 이러는 거지. 내가 왜 이렇게…….'

싫었다.

정말 싫었다. 아르하드에게 그 말을 듣는 순간 가슴이 아팠다. 지금도 가슴이 턱 하니 막혀 숨이 잘 쉬어지지 않았다. 이아나는 결국 걸음을 멈추었다.

머나먼 옛날 어린 시절처럼 약한 자신을 죽인 후 사람과의 정에 그리 연연하지 않게 되었다고 생각했는데, 강해졌다고 생각했는데 아니었던 걸까? 전혀 성장하지 않았던 걸까?

아니다. 그건 아닌데, 분명 그건 아닌데……. 서글퍼…….

아파…….

이아나는 숨을 거칠게 몰아쉬었다. 입술을 깨물었다. 사람인 이상 싫은 게 당연한 게 아닌가? 제게 끊임없이 호감을 선사해 준 아르하드를 이미 이아나도 좋아하고 있었다. 호감을 넘치도록 품고 있었다. 자신의 왕. 무조건적으로 제 편을 들어 주는 사람. 그런 사람을 잃는 것이 싫은 게 당연했다.

일방적인 감정의 통행. 그것을 지겹도록 겪었던 이아나는 다시는 그런 끔찍한 상황에 처하고 싶지 않았다. 이래서 시작하지 않으려 했던 거다. 이런 기분, 다시는 느끼고 싶지 않았다.

그래서 이아나는 부정했다. 아르하드가 이러면 안 되는 것이다. 이럴 리가 없었다.

그 순간 방해당하고 있던 사고의 틈 사이를 비집고 마법의 존재가 의식의 표면으로 다시 떠올랐다. 이아나는 뒤를 홱 돌아보았다. 몸까지 완전히 돌려서 아르하드를 향해 달려갔다. 단숨에 뛰어가서 그의 팔을 붙잡았다. 팔이 당겨져 뒤를 돌아본 아르하드는 정말로, 무표정했다.

다른 사람들이 말하던 아르하드의 무심함이 바로 이런 거였나 보다. 하지만 이아나는 이런 그를 처음 보았다. 언제나 존재하던 호감의 부재에 이아나는 엄청난 상실감을 느꼈다.

"당신이 제게 이럴 리 없습니다."

이아나를 가만히 들여다보던 아르하드가 피식 웃었다.

"내가 왜 이럴 리 없다는 건데? 확신하는 게 우습다."

"이건 마법입니다."

"왜 마법이라고 생각하나? 우스운 소리 하지 마라. 내가 마법에 당해야만 너에게 이런 태도를 보일 수 있다는 건가? 오만한데."

이아나는 입을 벙긋거릴 뿐 대답하지 못했다. 그가 마법을 부정하는 순간, 그를 중심으로 다시 현실이 그려지기 시작했다.

차가운 바람이 불어오고, 머리카락이 이리저리 휘날렸다. 까만 하늘 위로 별이 총총거리며 떠올랐다. 발밑으로는 잔디가 푸릇푸릇하게 돋아나 바람에 흔들렸다. 아르하드와 자주 산책을 하며 이야기를 나누는 언덕이었다. 이아나가 최근 가장 좋아하는 장소였다. 너무 똑같아서, 너무 현실적이어서 또다시 현실 감각이 이리저리 흩어졌다. 여기는 현실이었다.

"갑자기 왜 이러시는 거죠?"

"사람 마음에 갑자기가 왜 있어."

"그래도 이유가 있을 거예요."

"듣고 싶다면 말해 주지. 이기적이고 너밖에 모르는 네가 부담스럽고, 또 싫어졌다. 나는 지쳤어."

아르하드가 이아나의 손을 제 팔에서 뿌리치듯 떼어 냈다. 이아나는 떨쳐진 손을 꾹 쥐었다.

"……제 검이 필요하지 않습니까?"

"너 말고도 내가 휘두를 수 있는 검은 많아."

그랬다. 그는 회귀 전 저를 적으로 두고도 대륙을 정복했었다.

"그저 저라는 사람을 곁에 두고 싶다고 하셨잖습니까."

"지겨워졌어."

그랬다. 저와 아르하드의 관계는 그가 저를 지겹게 여기는 순간 이렇게 끝나는 것이었다. 아르하드가 쏟아부어 준 감정으로 시작된 관계는, 그가 그만두면 끊어져 버리고 만다. 이미 깊어져 버린 제 감정과는 관계없이.

'이렇게 쉽게 끝나 버리나?'

이아나는 제 감정이 일방적으로 변하는 게 싫었다. 아니, 아니다. 이아나가 고개를 세게 내저었다. 일방적인 감정의 흐름에서 받는 고통보다는 아르하드가 저를 바라 주지 않는 게 싫었다.

입술이 덜덜 떨렸다. 자존심과 두려움, 혐오감이 걷어지고 마음의 가장 깊숙한 곳, 그녀의 밑바닥까지 긁어 낸 말이 입술에서 튀어나왔다.

"하지만…… 저는 당신의 곁에 있고 싶어요."

"나는 원하지 않아."

아르하드가 얼굴색 한번 변하지 않고 말했다. 이아나는 이전에 불안해하는 아르하드에게 해 주었던 민망한 말들을, 그 한마디에 한마디에 행복해하며 얼굴을 붉히던 그를 떠올렸다. 그런 당신은 어디로 갔지? 이아나가 다시 한 번 아르하드의 옷깃을 붙잡았다.

"구질구질하게 굴지 마."

"……."

"이렇게 구차한 너, 정말 꼴불견이다. 나."

이아나도 그렇게 생각했다. 이런 스스로가 혐오스러웠다. 하지만 접착제로 붙인 양 손이 떨어지지 않았다.

"너, 이렇지 않잖아. 이제 네 인생, 네 멋대로 살면 된다. 이제 내게 얽매이지 않아도 돼. 지금까지처럼 지내면 돼. 너밖에 몰라도 된다고. 편하지?"

지금까지처럼이 뭔데? 나는 지금껏 당신에게 얽매이지 않은 적이 없어. 당신을 이기고 싶어서 저번 인생을 통째로 바쳤고, 나를 바라 주는 당신의 기사가 되고자 이번 인생을 달리고 있다. 그런 내게 지금까지처럼 살라는 건, 어떻게 살라는 건데?

이아나가 중얼거렸다.

"당신은 이럴 리 없어. 당신은 언제나 나를 원해야 해."

"왜? 언제까지고 네가 내 첫 번째일 줄 알았어? 왜 그런 확신을 한 거지? 인간의 감정은 아주 변화무쌍한데……."

악마가 속삭이는 것 같았다. 느릿하게 내려오는 아르하드의 얼굴이 이아나의 코끝에서 멈춰 섰다. 그가 입꼬리를 끌어 올려 웃었다.

"이럴 리 없는 게 아니라, 이러지 말라는 게 맞겠지. 네 솔직한 심정…… 안 그래?"

이아나의 입술이 파르르 떨렸다.

"그래요. 싫습니다."

눈앞이 흐려졌다. 이아나는 아르하드의 옷깃을 꼭 붙잡았다. 그가 갈 수 없도록.

"싫어요. 이러지 마세요."

눈물이 뚝뚝 떨어졌다.

"싫어……."

"정신 차려!"

온 천지를 울리는 외침과 함께 공간이 유리처럼 깨져 나간다. 세상이 하얘졌다. 아르하드의 서늘한 얼굴이 흐릿해졌다.

이아나는 멍하니 앞을 보았다.

"괜찮아?"

이아나의 앞에 여전히 아르하드가 있었다. 방금 전까지만 해도 손 놓으라고 아주 매몰차게 굴던 아르하드가 그녀의 어깨를 세게 붙잡고 있었다. 정말 걱정스럽다는 눈빛을 하고 그녀를 보고 있었다.

"왜 울어. 뭐가 그렇게 두려워. 마법을 해제했는데도 한참이나 정신을 못 차리다니……."

"이게 무슨……."

"마법이다. 네가 이때까지 본 건 아무것도 아니야. 네가 만들어 낸 환상일 뿐이다."

아르하드는 이아나의 얼굴을 두 손으로 감싸고 뚝뚝 떨어지는 눈물을 닦아 주었다. 그가 지나치게 상냥해서, 혼란이 왔다.

"과거를 환상으로 본 건가? 이제 다 극복한 줄 알았는데 그건 또 아니었나."

"무슨 마법이었던 거죠?"

아르하드는 한숨을 내쉬었다.

"현재 가장 두려워하고 있는 걸 환상으로 구현하는 정신 계열 마법이다. 정신을 파헤쳐서 그 사람이 부정적으로 여기고 있는 기억들을 헤집고, 영혼의 밑바닥까지 긁어내서 상대가 가장 두려워하는 걸 찾아내지. 그리고 그걸 환상으로 만들어 낸다. 현실이 아니라고 확신하면 깨어나되, 환상에 조금의 의심이라도 가지고 있으면 깨어날 수 없어."

"……."

"마법에서 깨어나더라도 그 환상은 또다시 뚜렷한 기억으로 남아 계속 그를 뒤따라 다니는, 일종의 저주지. 최상급에 속하는 마법이다. 흑마녀 마르가리타는 저주 계열에서는 타의 추종을 불허하니까."

이아나는 할 말을 잃었다. 고개를 떨어뜨렸다. 그리고 아르하드의 말을 완전히 이해하는 순간…… 얼굴이 무표정해지고, 바닥을 짚고 있던 손이 오므라지며 손톱이 흙을 긁었다. 주먹이 꽉 쥐어졌다.

'내가…… 이 내가…….'

분노로 부들부들 떠는 이아나를 잠자코 지켜보고 있던 아르하드는 떨림의 이유를 오해했다. 주저앉은 이아나가 바닥에 손을 짚은 채 아이처럼 울고 있던 걸 목격했던 그는 그녀가 무척 걱정스러웠다. 아르하드가 이아나의 머리카락을 부드럽게 쓸어 넘겨 주며 조심스럽게 말했다.

"무엇을 봤지? 괜찮아. 두려워할 필요 없어. 현실이 아닌 허상이었을 뿐이다. 마법이 사람의 마음을 들추고 두려움을 왜곡해서 환상으로 만든 거야. 이아나, 현실과 환상을 구분해라."

아르하드의 말은 전혀 위로가 되지 않았다. 오히려 심장에 비수를 꽂는 것 같았다. 두려움. 그 두려움의 존재를, 알고는 있었지만 이렇게 심각할 줄은 몰랐다.

'내가 이렇게 나약했던가……?'

정신을 차린 지금, 이아나는 스스로에게 격렬하게 분노했다. 오늘 파티장에서 자각한 그 감정, 아르하드가 자신 말고 다른 사람을 바라지 않았으면 좋겠다는 그 치기 어린, 집착스러운, 저답지 않은 어린 감정에 더해서 이런 상황에까지 처하자 이아나는 정말로 스스로가 어릴 적 부모를 쫓아다니며 애정을 갈구하던 나약한 계집이 다시 되어 버린 듯한 끔찍한 느낌을 받았다.

울며 매달려 버렸다. 어린 시절처럼.

아르하드를 좋아하는 것과는 별개로, 이런 스스로가 싫었다. 머리가 아팠다. 혐오스러웠다. 역함이 몰려왔다. 얼굴에 닿아 있는 아르하드의 손이 자신을 약하게 만드는 것 같아 엄청난 거부감이 머리끝까지 치솟았다. 이때까지 쌓아올린 자신이 와장창 깨져서 무너져 내리는 것 같았다. 그리고 그 안에서 뛰어 대는 심장, 그 안에는 무언가가, 죽었다고 생각했던 소녀가.

탁!

이아나는 아르하드의 손을 세게 쳐 냈다.

"……이아나?"

"건들지 마세요."

성장했던 것이 아니었나. 그렇게 아파하는 자신은 완전히 훌훌 털어 낸 것이 아니었나. 아르하드의 품에 안겨 눈물과 함께 흘려보낸 것이 아니었나. 아니면, 아니면…… 아니라면 그 소녀는 또다시 어딘가에 살아, 살아서, 무조건적인 애정을 갈구하고 있나, 아르하드에게.

"왜 또…… 이래."

아르하드의 표정이 흐려졌다. 이러면 안 되는데, 이러면 안 되는 것 아는데 이아나는 스스로가 너무 못나게 느껴져 분노로 몸을 떨었다.

"윽."

손으로 입을 막았다. 토하고 싶을 정도로 스스로가 역겹게 느껴졌다.

"저는…… 이런 제 자신이 정말로 싫습니다. 너무 싫습니다. 제가 왜 이런 환상을 봐야 하는 겁니까? 제가 왜 이런 기분을 느껴야 합니까?"

"너……."

아르하드의 손이 다시 그녀를 잡으려 했지만 이아나가 다시 쳐 내며 소리를 질렀다.

"손대지 마!"

"이아나!"

쳐 냄과 동시에 거칠게 잡아당겨졌다. 이아나는 흐트러진 머리카락 사이로 그를 보았다. 아르하드가 무서운 표정을 짓고 있었다.

"쳐 내지만 말고 말을 해. 그렇게 쳐 내기만 하면 나는 몰라. 그렇게 행동하는 거, 정말 나쁜 습관이라는 거 알아 둬!"

금안이 어둑한 곳에서 잔인한 색으로 빛났다.

"환상에서 너를 괴롭힌 게 뭐야. 너를 두렵게 만드는 것이 뭐지? 가족? 말해. 당장 가서 사지를 찢고 목을 잘라 올 테니까! 일방적으로 이런 식으로 굴지 말란 말이야! 이유도 모르고 이렇게 일방적으로 거부당하는 게 얼마나 비참한 줄 알아!"

거부를 당하자 언제나처럼 불같이 화를 내는 아르하드의 모습에 이아나는 조금 정신을 차렸다. 우습게도, 그가 화내는 모습에 기분이 좋아졌다. 안심해 버렸다. 언제나의 그였다.

"네가 본 건 죄다 환상이다. 현실이 아닌 허상이야. 너, 그런 것도 구분할 줄 몰라!"

"당신 때문에."

"뭐?"

이아나는 입술을 깨물었다.

"전부 당신 때문에…… 내가…….."

이아나는 말을 다 잇지 못했다. 스스로가 지나치게 철없게 여겨졌기 때문이다. 이아나는 환상에서 그가 일방적으로 거부하는 순간의 참담한 심정을 떠올렸다. 어린 시절 이후 까맣게 잊고 있던 감각이었다.

"내가 환상에서 네게 무슨 짓이라도 했어?"

이아나는 당황한 기색이 역력한 아르하드를 물끄러미 쳐다보았다. 이 남자는 과거에, 현실에서 언제나 그런 기분을 느꼈던 걸까……. 회귀 전의 아르하드에게 또 한 번 미안해졌다. 당신은 어떻게 십수 년을 버티고도 포기하지 않고 또다시 나를…….

정신 차려. 과거의 그는 없는 존재야.

"……."

이아나는 주먹을 꼭 쥐었다. 정말로 완전히 정신을 차렸다. 아르하드의 앞에서 난리를 친 게 부끄러웠다. 환상 속에서도 몇 번이나 마법이라고 생각은 했었는데, 언제나 제 편이라고 생각했던 아르하드의 거부가 충격적이어서 환상에서 빠져나오지 못했다. 이아나는 천천히 고개를 떨어뜨렸다.

'이렇게 사람을 몰아가다니…… 정말 최악의 마법이군.'

이아나는 두 뺨을 한 번 찰싹 때리고는 눈물을 옷깃으로 닦아 냈다. 그녀의 빨개진 눈을 쳐다보며 대답을 기다리고 있던 아르 하드는 무언을 긍정으로 받아들이고 한숨을 푸욱 내쉬었다.

"하……."

아르하드가 지끈거리는 이마를 짚으며 일어났다.

"네가 본 환상에서 내가 무슨 짓을 했어. 무슨 짓을 했기에 이 렇게 화를 내는 건지 말해 봐."

"들어서 어찌하시려고요."

"당연한 걸 묻는군. 절대 안 해야지."

이아나는 질문에 대답하진 않고 아르하드를 그저 물끄러미 쳐 다보았다. 어설픈 표정을 한 아르하드는 이마에서 손을 떼고 일 어서면서 이상한 상태의 이아나에게 조심스럽게 물었다.

"설마 내가 널 이기기라도 했나? 그건 조절하기가 좀 힘든데."

전혀 웃긴 상황이 아닌데도 이아나는 풋, 하고 웃고 말았다. 우 울해 보이다가 갑자기 웃음을 내비친 그녀를 아르하드는 의아하 게 쳐다보았다. 이아나는 눈을 감았다.

……그런 건 추억이되 더 이상 악몽이 될 수 없지.

이아나는 다시 눈을 떴다. 걱정스런 표정의 아르하드를 똑바로 올려다보았다.

"그런 게 아닙니다. 당연히 제가 이길 테니 그런 걸 환상으로 봤다면 그건 그냥 개꿈이겠죠."

"당연히라니. 감히 그런 생각을 하고 있었어?"

이아나가 아까 전보다 기분이 훨씬 나아 보이자 아르하드도 조금 안심했다. 그래서 농담을 던지며 이아나를 자리에서 일으켜 주었다.

"그게 아니라면 걱정 마. 네 환상에서 나타난 내가 네게 무슨 짓을 했든, 현실에서의 내가 네게 그럴 일은 절대 없을 테니."

"후!"

이아나가 삐딱하게 웃었다. 아르하드가 담담한 표정으로 내뱉은 말이 우스웠다.

"당신이 제게 무슨 짓을 한 줄 알고 확언하시는 겁니까?"

"그러니까 말하고 있잖아. 그게 무슨 짓이었든, 절대 하지 않겠다고."

아르하드와 눈을 마주하고 있던 이아나가 흠칫했다.

이제는 알았다. 아르하드가 이런 표정으로, 이런 눈으로, 이런 목소리로 하는 말들은 가슴이 아릿할 정도로 깊은 진심을 담고 있다고. 이아나의 입술이 벙긋거리다가 다물렸다. 언제나처럼, 이제는 진심으로밖에 받아들여지지 않는 예의 그 진중한 표정으로 아르하드가 말했다.

"약속할게."

약속, 그 짧은 두 음절의 단어가 아주 선명하게 들려왔다. 단순한 소리에 불과했을 단어가 진심을 담은 순간 선선한 바람이 되었다. 그리고 그 바람은 심장의 문을 열어젖히고 들어와 마음을 어지럽힌다. 마음속에 잔재하던 어둠을 몰아내고 선명한 빛깔로 그 안에 자리 잡았다.

아르하드가 천천히 손을 들었다. 그 손이 느릿하게 다가왔다. 뭘 하려나 싶어 쳐다보고 있는데, 손이 이아나의 머리 위로 올라갔다.

콩!

그리고 정수리를 콩 때렸다. 이아나는 생각지도 못한 공격에 눈을 깜빡거렸다. 아프진 않았는데 뜻밖의 접촉에 복잡한 생각들이 모두 날아가 버렸다.

"그러니 네가 본 환상은 잊어버려라. 알겠지? 정말 쓸데없는 감정 소비다. 나 참, 대체 왜 그런 쓸데없는 걸로 우는 거야. 울보가 다 되어 버렸구나."

아르하드가 손을 물리며 어쩔 수 없다는 듯 웃었다. 이아나는 가만히 있다가 말없이 머리에 손을 올렸다. 터질 것 같던 머리고 마음이고 완전히 깨끗해져 버렸다. 이아나는 아르하드의 몇 마디, 몇 가지 행동에 이런 기분을 느끼고 있는 스스로가 신기했다.

그나저나 울보라니. 이아나는 반박을 하려다가 할 말이 없어서 입을 다물었다. 일생에 딱 다섯 번만 감정적 동요로 울었다. 어릴 때 회귀를 이해할 수 없어서 운 게 한 번, 르보니 때문에 눈물 한 방울 흘린 게 두 번, 케이거스 사건 때 세 번, 학술제 때 네 번, 이것으로 다섯 번이었다.

아르하드의 앞에서 운 게 세 번이나 된다. 왜 이 남자 앞에서는 눈물이 많아지는 걸까…….

이아나가 생각에 잠겨 있자 또다시 우울해진 줄 알았던 아르하드가 기분을 풀어 주려고 마법에 대해 한 번 더 강조했다.

"이 마법은 사람의 부정적인 감정을 심하게 끌어내. 한번 제대로 당하면 아무리 정신력이 강하고 성향이 긍정적인 사람이라도 속수무책이지. 마르가리타가 괜히 북부에서 최악으로 손꼽히는 게 아니다. 뭘 보고 뭘 느꼈든 네가 스스로가 싫다며 자책할 필요가 없다는 소리야."

이아나는 그 말에 수긍하지 못했다. 아무리 마법이 두려움을 과장한다고 해도, 그 두려움이 마음의 기저에 깔려 있는 것을 전제로 한다. 즉, 제 마음속에는 어떠한 형태로든 두려움이 존재한다는 말이다. 선천적으로 공포를 느낄 수도 있지만 기본적으로 공포는 경험에서 비롯된다고 한다. 예를 들어 물에 공포를 느끼는 사람은 익사할 뻔한 경험이 있는 경우가 많았다.

마르가리타의 마법은 이러한 심리적 현상을 바탕으로 한다. 부정적으로 여기고 있던 기억과 경험, 생각들을 헤집음으로써 대상이 가장 두려워하는 것을 찾아내 환상으로 구축하는 것이다.

이아나는 아팠던 어린 시절을 보았다. 르보니, 체르노…… 부모에게 거부당하고, 학대당하고, 쓸모없는 것 취급당했던 기억들 후에, 아르하드의 환상이 나타났다. 환상은 뇌리를 파고들어 잔상으로 남는다.

이아나는 환상에서 벗어난 지금도 아르하드가 다른 누군가를 저보다 더 바라는 상황은 생각하기도 싫었다. 그가 저를 거부하는 것도 싫었다.

'이 혐오를 두려움이라고 일컬을 수도 있겠지.'

부정적인 기억과 감정, 두려움을 상기시키고 마음에 새겨 넣는 이 마법은 분명 사람을 궁지에 모는 최악의 마법이었다.

'하지만 이제 확실하게 알았어.'

이아나는 오늘, 제 안에 숨어 있던 두려움과 상처를 완전히 자각했다.

그녀의 심장에는 어린 소녀가 살고 있다. 사랑받고 싶어 하고, 사람으로서의 제게 자신이 없고, 버림받는 것을 끔찍하게 두려워하는 과거의 이아나가. 데뷔식에서 아르하드가 그녀 자체를 원한다고 했을 때 두려움을 느낀 이유도 이 때문일 터였다.

이아나는 스스로를 돌아보았다.

누구나 이아나의 '검'을 원하는 건 당연했다. 그녀의 검은 최고였다. 누구라도 함부로 버릴 수도, 무시할 수도 없는 절대적인 가치를 가지고 빛이 났다. 아르하드는 '이아나라는 검'을 원한다고 했었다. 그것은 그녀에게 최고의 칭찬이었다. 또한, 검과 함께 이아나라는 사람이 원해지는 기분은 최고였다. 너무나 기뻤다.

그러나 그는 '이아나'를 원한다고 말했다. 검을 도외시하고 그녀에게만 집중해서. '이아나'를 바라 주는 사람은 처음이기에 오히려 불안감을 느꼈다. 유능해서 아끼는 거라면 늘 유능할 자신이 있으니 버려질 리가 없는데 검이 아닌, 이아나라는 사람을 바라는 거라면 버림받지 않을 자신이 없었다. 아무리 노력해도 늘 거부당하기만 했던 제게 인간으로서의 가치를 찾지 못했기 때문이다.

"후우."

이아나는 한숨을 푹 내쉬며 머리를 헤집었다. 무의식중에 외면하여 상처받지 않는 대신 성장을 포기하려 했었다. 이 상태는 일종의 정체였으며 뭐든 멧돼지처럼 밀고 나가는 그녀의 스타일이 아니었다. 그러니 완전히 극복해야 했다.

있는 것을 없다고 계속 우길 수는 없다. 어린 계집이 부모에게 가질 법한 감정을 아르하드에게 품은 스스로가 기분 나쁘다. 또한, 불안한 남자를 지탱하며 신뢰를 주어야 할 자신이 불안해한다는 것은 정말로 어불성설이다.

외면하고자 했던 것의 자각과 수용은 파멸로 이끌 수도, 성장의 발판이 될 수도 있다. 솔직하게 인정한 지금은 기분이 나름 괜찮았다. 막연해서 피하기만 하다가 완전히 형체를 이룬 두려움의 존재를 결국 인정하자 우습게도 속이 시원해졌다. 머리끝까지 치솟았던 혐오감도 어느새 엷어져 있었다. 좋은 징조였다.

이아나는 상처를 극복하고 싶었고, 오늘의 자각을 성장의 계기로 만들고 싶었다. 그 방법은 뭘까? 그녀는 고민에 빠졌다.

"그래서 뭐야? 네가 나 때문에 울다니……. 뭘 본 건데?"

이아나는 상념에서 깨어났다. 현실로 돌아오자 이제는 현재 상황이 걱정되기 시작했다. 이아나는 주변을 둘러보았다. 저와 함께 걷고 있었던 시아이외는 사라져 있었다. 팔에 소름이 돋았다.

"상황 파악부터 하고 싶습니다. 제 얘기는 나중에."

"내게는 이 상황의 해결보다 네가 환상에서 뭘 봤는지 아는 게 더 중요해."

"나중에 한다니까요. 저는 마법에 정말 아무 저항도 하지 못하고 당했습니다. 제가 그랬으면 다른 사람도 그랬을 텐데, 혹시 왕성 전체에 마법이 펼쳐졌습니까?"

"맞아. 그래서 뭘 본 거지?"

정말로 심각한 상황이다. 사람들이 환상 속에서 허우적대고 있을 광경이 눈이 선했다. 하지만 아르하드는 집요했다. 이아나의 눈에 그는 정말로 상황의 정리보다 제 호기심의 충족을 우선시하는 것처럼 보였다.

이아나는 입술을 일자로 다문 채 잠시 고민을 했다. 오래전부터, 언제부턴가 생겨난 이 두려움과 괴이하면서도 집착스러운 이 감정을 그에게 대놓고 내보여도 되는 건지 고민하고 있는 사이, 아르하드가 입꼬리를 끌어 올려 웃었다.

"처음엔 당황했지만 사실 기분이 좋아."

"무슨 뜻입니까?"

"네 최악의 두려움에 내가 관련이 되어 있다는 게 좋다는 거야. 그만큼 내가 네게 중요한 사람이라는 거겠지. 그래서 대체 네 환상 속에서 내가 뭘 했는지 궁금하다. 그래, 듣고 싶지만…… 상황이 상황이니."

괴이한 감정은 몽글몽글하게 변했다.

"손 줘 봐."

"……."

아르하드가 내민 손에 이아나는 얌전히 손을 얹었다.

"좋아, 안심했어. 시간을 주지. 이 사태가 정리되면 꼭 말해 줘야 한다."

이아나의 손을 꽉 쥐며 아르하드가 빙긋 웃었다. 이아나는 그런 아르하드를 물끄러미 바라보았다. 말은 저렇게 하면서도 쳐 낸 게 신경 쓰였던 거다. 아까 혼란스러운 기분에 쳐 내긴 했지만, 이아나는 이 손이 싫지 않았다. 이 손에 익숙해져 버렸다. 버려진 고양이가 경계하며 털을 곤두세우다가 쏟아지는 애정을 먹고 나긋해지듯, 익숙해져 버린 거다.

이아나는 생각했다. 극복의 시초는 어쩌면 솔직한 고백에 있을지도 모른다. 스스로의 모자람을 완전히 인정하고 외부로 드러내는 것이다. 속으로 삭여 두면 썩어 들어갈 뿐이라는 것을 이미 경험으로 알고 있었다. 그래서 이아나는 저도 모르게 물어보았다.

"당신은."

"응?"

"제가 결혼한다고 하면 기분이 어떨 것 같습니까?"

"……."

아르하드의 입술이 일자로 다물렸다. 유쾌해 보이던 그의 얼굴이 놀라울 정도로 순식간에 무표정해졌다. 그의 분위기가 서늘해지자 공기도 싸늘하게 식어 버렸다. 이아나가 으슬거리는 팔을 문질렀다.

"······누구와, 그런 생각을 했는데?"

"특정 대상을 두고 말씀드린 건 아닙니다.

"그래도 말하면서 떠오른 대상이 있을 거 아니야."

"없다니까요. 아무튼 그게 중요한 게 아닙니다. 어떠실 것 같습니까?"

아르하드는 이아나를 집요하게 들여다보았다. 이아나는 아르하드가 무슨 생각을 하는지 알 수 없는 얼굴을 한 채 말이 없자 다시 한 번 물으려 했다. 그때 그가 팔짱을 끼며 웃었다.

"당연히 축하해 줘야지. 행복하길 빌어 줄 거다."

"기분은요?"

"기쁘지. 그런 당연한 걸 왜 물어."

"네, 당연한 겁니다. 당신은 정상이시네요."

이아나가 고개를 끄덕거리고 있는데, 아르하드의 입매는 점점 비틀어지고 있었다.

"글쎄, 놈의 장례식에서 죽음을 축하하고 저세상에서 놈이 행복하길 바라는 게 정상적인 거였나. 그렇게 생각해 준다면 기쁘지."

이아나는 아연한 표정을 지었다.

"왜 결혼식이 아니라 장례식입니까?"

"당연히 내가 죽였을 테니까."

아르하드가 너무 당연하게 말해서, 농담하지 말라고 타박하지 못했다. 결혼하면 어떨 것 같으냐고 묻는데 그냥 싫은 것도 아니고 남편 될 이를 죽일 거라고 대놓고 말하는 이 남자는 지금 제

정신인가. 이아나가 할 말을 찾지 못해 입을 뻐끔거리고 있는데 아르하드가 고개를 비스듬하게 기울였다.

"혹시 내가 환상에서 네 결혼 상대를 죽인 건가? 미안한데, 그건 환상이 아니라 예지몽이야. 결혼은 꿈도 꾸지 마."

이아나는 조금 당황했다. 긍정적인 대답을 바란 건 아니지만 이렇게까지 부정적인 대답이 튀어나올 거라곤 생각도 못했다. 평소에는 아주 이성적인 주제에 저와 관련만 되면 감정적으로 변하는 남자라는 건 이미 알고 있었지만, 이런 문제에서도 그럴 줄은 몰랐다.

감정의 방향은 같은 것 같았지만 아르하드는 훨씬 심했다. 저는 그에게 언제나 우선이었으면 좋겠다는 수동적인 감정뿐이었다면 아르하드는 거기서 무서운 방향으로 한발 더 앞서나가 있었다.

하지만 왜일까, 애초에 결혼할 생각이 없었기 때문일까? 딱히 반발심이 들지 않았다. 기이한 의문이 하나 생겼을 뿐이다. 아르하드는 그 답을 가지고 있을까. 이아나는 물었다.

"왜요? 왜 죽인다는 거지요? 당신은 이미 제 검을 가졌지 않습니까? 꼭 그렇게까지 해야만 하는 겁니까?"

"누누이 말했지. 나는 독점욕이 아주 심해. 뭘 하나 가지고 싶으면 그것에 관련된 전부를 다 가져야 성에 차. 대상이 사람이라면, 그 사람의 인생을 통째로 틀어쥐어야 한다. 오로지 나에게만 집중할 수 있도록. 무슨 수를 써서라도."

아르하드의 말은 아주 파괴적으로 들리기도 했고, 지극히 이기적으로 들리기도 했으며 무척 집착적으로 들리기도 했다. 만들어 놓은 덫에 걸린 나비를 실로 칭칭 얽어매 절대로 놓아주지 않는 거미처럼 그 인생을 아예 제 팔 안에 가두는 것이다…… 이아나가 고개를 갸웃했다.

"그래서 결혼도 못 하게 막는다고요? 다른 부하들에게도 이러십니까?"

"아직도 모르는 건가……."

아르하드가 소리 없이 웃었다.

"내 욕심을 불러일으키는 사람은 네가 유일하다. 다른 이들은 있어도 좋고 없어도 좋은 여분의 퍼즐 같은 거지. 언제든지 교체할 수 있는."

아르하드가 손을 뻗어 저를 빤히 올려다보는 이아나의 흐트러진 로브를 정리해 주었다. 아르하드가 목 부근의 끈을 매어 주자 이아나가 고개를 살짝 숙여 그의 손을 보았다. 붉은 머리카락이 아르하드의 손 위로 몇 가닥 흘러내리고 따스한 숨결이 손의 피부에 닿았다. 아르하드의 두 손에 힘이 들어갔다. 이아나가 그의 손에 정신이 팔린 순간, 아르하드의 시선 아주 깊숙한 곳에서 아주 까맣고, 아주 뜨거운 열망이 언뜻 나타났다.

"난 너와 네 검을 가장 가까운 곳에서 내내 지켜보고 싶어."

붉은 시선이 다시 그를 향하자 열망은 순식간에 모습을 감췄다. 아르하드가 부드럽게 웃었다.

"내가 네게 바라는 건 그뿐이다. 그 이상의 것은 바라지 않아."

아르하드가 손을 떼며 물러났다. 이아나는 아르하드가 매 준 끈을 만지작거렸다.

"쉽게 말해 현상유지를 바란다는 거야. 너를 뒤흔들 수 있는 요소들은 모조리 제거한다. 남편이란 놈은 지금의 널 변화시키겠지. 아마 결혼 얘기까지도 못 가고 나한테 죽을 거다."

아르하드가 뒤를 돌아 걷기 시작하자 이아나도 그를 따라 걸었다.

"미친놈 같아?"

"……."

"아예 몰랐다고는 말하지 않겠지. 신중한 너는 나에 대한 여러 면을 보고 내게 맹세했을 테니까. 내가 다른 사람과 뭔가 다르다는 건 네가 제일 잘 알 거야."

이아나는 아르하드의 뒷모습을 눈에 담았다.

"내 검이 되겠다고 했던 네 맹세, 후회해도 절대 안 물러 줘. 이런 내게 먼저 다가온 건 너다. 그리고 나는 널 절대 놓아줄 생각이 없어. 그게 다른 주인으로의 이적이든, 누군가와의 결혼이든……."

그 뒤로 한동안 말이 없었다. 왜일까? 아르하드가 이렇게 심하게 말하는데도 거부감이 전혀 들지 않는다. 거부감은커녕, 그가 저를 절대로 놓아주지 않을 거라는 사실을 다시 한 번 확인받자 놀랍도록 안심했다. 이대로 제 마음의 문제도 해결하고 싶다는 마음이 불쑥 들었다. 그래서 이아나는 또다시 물었다.

"그럼 당신은 결혼할 생각이 있습니까?"

"나?"

"이런."

갑자기 그들의 앞에 어떤 그림자가 내려앉더니 익숙한 목소리로 말했다. 이아나의 시선이 앞으로 쏠렸다.

"끼어들기 어려운 분위기인데 정말, 정말로 죄송하지만. 상황이 급해서."

그림자가 모자를 뒤로 젖혔다. 아까 전부터 보이지 않던 시아 이외가 정말 미안하다는 표정으로 서 있었다. 이아나는 아르하드의 앞으로 성큼 걸어가 그를 경계했다. 시아이외가 이아나를 향해 싱긋 웃어 주고는 진지한 얼굴로 말했다.

"로, 무슨 수를 쓰긴 써야 할 것 같습니다. 자결을 시도했는지 혀를 깨문 사람도 여럿 있더군요."

시아이외가 아르하드를 로라고 불렀다. 이아나가 잔뜩 긴장해서 아르하드를 곁눈질하자 그가 그녀의 어깨를 토닥거렸다.

"자세한 건 네가 깨어나면 듣기로 했지만, 일단 너와 내 정체를 반이 알아챘다는 말은 직접 들었다. 좋다고는 할 순 없지만 나쁜 상황은 아니니 신경 쓰지 마라. 반은 여러 가지 이해관계가 나와 꼬여 있어서 배신 못 해."

아르하드가 그리 말하자 경계심이 와르르 풀리며 안심되었다.

"당신이 그렇게 말한다면 정말 괜찮은 거겠죠. 전 반이 보이지 않아서 도망쳤거나 이 일을 꾸몄을지도 모른다고 생각했습니다."

"섭섭한데요. 저는 일찌감치 깨어나서 로의 명령을 받고 상황 파악을 하러 갔다 온 겁니다. 여전히 신뢰를 못 드리는군요."

시아이외가 어깨를 으쓱거리면서 그리 말했지만 불쾌해 보이진 않는다. 이아나는 이번엔 아르하드를 보았다.

"그런데 당신은 또 왜 여기에 있습니까?"

"나야 탑에 머물다가 마나의 파동을 느끼고 온 거지. 마르가리타가 건 광역 저주의 여파가 장난 아니더군."

"왕성에는 마법 방해장이 쳐져 있습니다. 그런데 어찌 외부에서 마법이 도달할 수 있었던 거지요?"

"마르가리타는 공유자다. 도르시아니, 알지?"

물론 들어 본 이름이다. 열 명의 대마법사 중 가장 어리고 아름답다고 소문난 여자 마법사였다.

"도르시아니의 사촌 동생이 마르가리타다. 도르시아니는 악마의 파편 소유자고 마르가리타는 그 여자에게 파편을 공유 받아. 파편 수혜자에게는 마나가 복종해. 배리어 따위는 얼마든지 뚫을 수 있다는 소리다."

마이마예의 실드를 꿰뚫었던 케이거스의 피처럼 마르가리타도 얼마든지 그럴 수 있었을 것이다.

"일단 왕성으로 가자. 반, 로브와 가면을."

반은 순순히 허공에서 공간을 열어 화려한 축제 반가면과 로브를 꺼냈다. 그는 한쪽 무릎을 꿇으며 아르하드를 올려다보았다.

"정식으로 인사드리겠습니다, 로…… 아르하드. 앞으로 잘 부탁드리겠습니다."

아르하드가 반에게서 그것들을 건네받으며 냉랭하게 말했다.

"반, 네가 상황을 이렇게 만든 이유는 나를 절대 배신할 생각이 없기 때문이겠지. 정체가 발각된 순간 죽이는 게 원칙이지만 너는 꽤 쓸 만하니 살려 두겠다. 앞으로 내게 더욱 긴밀하게 협조해야 할 거야."

시아이외의 얼굴이 해사해졌다.

"물론입니다."

"하지만 이런 식으로 이아나를 곤란하게 만들고 상황에 끼워넣은 건 아주 불쾌해."

아르하드가 시아이외를 싸늘하게 내려다보았다. 그의 주변에서 마나가 뭉글뭉글하게 뭉치더니 칼날 같은 살의로 변했다.

"이번은 처음이라 넘어가겠지만, 차후 이아나를 이용해 이득을 취하려 한다면 그 즉시 네 목을 베겠다."

살기에 반응해 몸이 따끔거리자 시아이외는 더욱 진지해졌다. 로는 역시 놀랍도록 강한 사람이었다. 저도 대단한 마나 제어력과 무술 실력을 자부하는데도 이 남자에겐 절대 이길 수 없을 것 같았다. 시아이외는 오싹오싹한 기분을 느끼며 고개를 숙였다.

"명심해 두죠. 제가 도움이 되면 되었지 폐를 끼치진 않을 겁니다. 하지만 로, 생각이 있다면 당신의 연인에게 어찌 감히……."

"……연인?"

시아이외를 압박하고 있던 아르하드의 살의가 순간 흐트러졌다. 뒤에서 대기하고 있던 이아나의 몸이 경직되었다. 올 것이 왔구나 하는 생각에 머리가 아파 왔다. 아르하드가 흘끗 돌아보더니 이아나의 굳은 표정을 보고 시아이외에게 경고했다.

"쓸데없는 소리 하지 마라. 그런 관계가 아니다. 그런 말을 함부로 했다간……."

"영애, 아니 안이 당신과 교제 중이라고 파티에서 직접 공언했습니다만. 아닙니까?"

"……."

아르하드가 말이 없었다. 이아나가 긴장하고 있는데, 다시 한번 눈이 마주쳤다.

"이아나."

이아나를 빤히 쳐다보던 아르하드가 이름을 불렀다.

'이 사태를 설명하라는 거겠지.'

이아나는 입을 벌렸다가 다물다가를 반복하며 고민했다. 아르하드와 둘만 있었으면 처음부터 끝까지 무슨 일이 있었는지, 무슨 기분으로 그랬는지 제대로 설명했겠지만 이 자리에는 시아이외도 있었다. 그는 이 상황을 즐기고 있는 듯한 능글맞은 표정으로 서 있었다. 이아나의 눈꼬리가 점점 올라갔다. 시아이외, 갈수록 왕자고 뭐고 얼굴을 한 대 쳐 버리고 싶은 놈이 되어 간다.

안 되겠다, 시아이외 입장에서는 거짓말을 하는 이상한 여자가 되는 한이 있더라도 사정을 바로 설명하고 사람들 앞에서 공개적으로 차 달라고 해야겠다. 그리 결심하고 입을 열었다.

"사실은 거……."

사실대로 고백하려던 이아나의 입이 바로 틀어막혔다. 생각지도 못한 방해에 이아나가 눈을 깜빡거렸다. 얼마나 빠른지 정신을 차리고 보니 아르하드의 손에 얼굴이 붙잡혀 있었다. 이아나가 불만스러운 표정으로 노려보았지만, 아르하드는 이제 이아나 대신 시아이외를 보았다.

"반, 상황이 어찌 된 건지 네가 말해 봐."

"음……. 안젤리나가 안에게 당신과 무슨 관계냐고 물었고, 안젤리나가 당신을 좋아하는 기색을 폴폴 풍기자 안이 발끈해서 교제 사실을 모든 귀족들 앞에서 공언했습니다."

저 작자가. 이아나의 뾰족한 눈초리가 시아이외에게 향했다. 너무 요약해서 진실이 왜곡되고 있었다. 그의 말만 들으면 제가 무슨 질투를 해서 없는 소리를 지껄인 어린 계집이 된 것 같았다

저를 노려보는 이아나를 흘끔 본 시아이외가 능글맞게 웃었다.

"좋은 감정으로 교제 중이라면서요?"

이아나가 사실대로 말하려고, 시아이외를 한 대 패려고 아르하드의 손을 풀어내려고 했지만 손이 풀리지 않았다. 풀려고 하면

할수록 손아귀의 힘도 세져서 얼굴이 아플 정도였다.

'대체 무슨 생각이지.'

아르하드는 놓아줄 생각이 없어 보였다. 입을 일자로 다문 채 무표정한 얼굴로 있는 그는 뭔가를 아주 골똘하게 생각하는 것처럼 보였다.

……화가 난 건 아니겠지. 이아나는 일단 아르하드가 이 손을 치워 낼 때까지 얌전히 있어 보기로 했다. 그러자 손에서 힘이 살짝 풀렸다. 하지만 여전히 말을 할 수 없게 얼굴이 붙잡혀 있어서 이아나는 불만스러운 표정을 지었다.

둘을 지켜보던 시아이외가 입을 열었다.

"분위기를 보아하니…… 설마 아니었습니까?"

시아이외의 말에 이아나가 고개를 세게 끄덕이려고 했지만 그러지 못했다. 아르하드의 손에 힘이 꽉 들어갔기 때문이다. 그의 손은 말뿐만 아니라 이아나의 모든 의사표현을 막고 있었다.

아르하드가 시아이외의 말에 대답하지 않고 고개를 돌려 이아나를 보았다. 갑자기 눈이 마주치자 이아나가 흠칫했다. 그리고 그의 뜻 모를 시선을 받고 차오른 민망함이 얼굴과 귓가를 점점 붉히기 시작했다.

황당할 것이다. 아르하드가 제 거짓말을 별로 신경 쓰지 않을 거라는 건 대체 무슨 자신감이었나. 기분이 나빴을지도 모른다. 하지만 도대체가, 무슨 말이라도 하게 해 줘야 이 상황을 해결할 텐데.

수치심을 느낀 이아나가 아르하드의 손을 잡고 입에서 떼어 내려고 했지만 떨어지지 않았다. 그녀는 그가 이럴 때마다 성별 차에서 오는 선천적인 결함을 느끼곤 했다. 아르하드가 한번 힘으로 고집을 부리기 시작하면 이아나는 속수무책이었다. 그렇다고 검으로 찔러 버릴 수도 없는 노릇이다.

"......."

낑낑대며 제 손을 풀어내려고 안간힘을 다 쓰고 있는 이아나를, 아르하드는 잠자코 바라보았다. 제 손에 붙잡혀 있는 이아나를, 아주 집요하게 쳐다보았다.

'대체 뭐 하자는 거야.'

이제는 화가 나기 시작했다. 정강이를 발로 걷어차 버릴까 고민하던 이아나가 분을 못 이기고 입을 벌려 손바닥을 세게 콱 깨물어 버렸다. 아르하드의 손이 움찔했다. 아주 세게 깨물었기 때문에 아플 텐데도 그의 손은 그녀의 얼굴을 놓지 않았다. 하지만 깨물려서 정신을 차린 건지, 다물려 있던 입술이 천천히 열렸다.

"아니, 맞아."

이아나의 눈이 커졌다.

"갑자기 상황이 이렇게 돼서 당황했을 뿐."

아르하드가 손을 떼어 내더니 이아나가 뭐라고 말하기도 전에 그녀의 허리를 휘감아 제게로 끌어당겨 붙였다. 이아나가 정말 생각지도 못한 접촉에 놀라서 얼어붙었다. 아르하드가 진지한 표정으로 고개를 내렸다. 당연한 건데 뭘 당황하느냐는 듯한 표정으로 물었다.

"왜 말한 거지?"

남자에게 이렇게 허리를 휘감겨 밀착해 본 적이 없던 이아나가 완전히 얼어붙었다. 아르하드에게도 그냥 품에 몇 번 안겨 봤을 뿐이지 이렇게 여자 대해지듯 허리가 끌어당겨진 적은 없었다.

"......그게."

아르하드는 결국 제 거짓말에 맞춰 주려는 것으로 보인다. 상황이 이렇게 되자 이아나는 화가 났던 것도 잊고 당황해서 갈팡질팡했다. 아르하드는 그녀의 반응을 관찰했다. 평소였다면 뭐 하는 거냐며 쳐 냈을 이아나가 당황은 했지만 가만히 있자 입가에 슬슬 미소가 생겨났다.

"이거 정말 좋은데."

"……무엇이요."

"이제 대놓고 이래도 된다는 거잖아. 네가 숨기고 싶어 해서 참고 있었는데 우리 관계를 네 입으로 말했다는 건…… 공식화해도 된다는 뜻이겠지? 그런데 정말 갑자기 왜 말한 거야?"

화났나 싶었지만, 처음에 예상했던 대로 아르하드는 이 상황을 즐기면 즐겼지 꺼려하지는 않는 것 같았다. 다행인 건가, 불행인 건가. 사실대로 말하려고 했는데 여기서 사실을 밝히면 상황이 이상해진다. 아르하드가 제게 맞춰 주고 있는데 바로 거짓말이라고 하면 그가 뭐가 되겠는가. 아르하드까지 거짓말을 한 게 되어 버린다. 수하 앞에서 체면이 영 아닌 것이다. 이아나는 복잡한 마음으로 머뭇거리다가 그도 잠시, 뻔뻔스런 낯을 하고 말했다.

"당신이 책임지겠다며 저를 발코니에서 끌어안은 그날, 발코니에 들어왔던 숀 자작이 모조리 폭로했습니다. 소문이 나 있는 데다 사람들이 계속 귀찮게 굴고, 아니라고 부정하는 게 귀찮아서 어쩔 수 없었습니다. 그리고 안젤리나를 가만히 내버려 두면 당신 주변을 얼쩡거리면서 당신의 일을 방해할까 봐……."

"호오."

시아이외가 감탄성을 흘렸다. 이아나가 그를 노려보았다. 언젠가는 패 버리고 말리라. 오늘 저 작자에게 당한 걸 생각하면 치가 떨렸다.

이아나가 시아이외에게 분노하고 있는데, 아르하드가 그녀를 제 품으로 더욱 세게 끌어당겼다. 이아나는 화들짝 놀랐다. 평소였다면 밀어냈겠지만 연인이라는 거짓 관계에 사로잡혀 행동의 방향을 잃은 그녀는 뭐라고 하지도 못하고 얼어 있었다.

"그래? 상황이 아주 재밌게 됐는걸."

정신을 차린 이아나가 아르하드를 노려보려고 고개를 들었다가 어색한 기분을 느꼈다. 이렇게 가까이서, 이런 구도로 그를 쳐다보는 건 처음이었다. 아르하드는 그녀를 내려다보고 있었기 때문에 바로 눈이 마주쳤다.

"왜?"

아르하드는 어딘가 즐거워 보인다. 아니, 심각하게 즐거워 보였다. 아까 무표정하게 있을 때는 언제고 정말, 정말로 아주아주 기분이 좋아 보였다. 심지어는 어린 소년처럼 신이 나 보이기까지 했다. 이아나는 그의 그런 표정을 처음 보았다. 그렇게 재밌나, 이 사태가. 뭐가 저렇게 재밌는 건지는 모르겠지만 이아나는 점점 더 머리가 아파 왔다.

'정말 제대로 연인 연기를 할 셈인가.'

"항상 물러서기만 하더니. 결심해 줘서 고마워."

뭘 물러서? 무슨 결심? 아르하드가 술술 내뱉는 거짓말에 이아나는 당황했다. 그가 적극적으로 나서자 잘못되어도 한참이나 잘못되었다는 느낌이 머리를 강타했다. 거짓말 몇 마디가 현재의 좋은 관계를 이상하게 흐트러트린 것 같다는 불안한 느낌이었다.

이아나는 시간을 되돌리고 싶다는 생각을 할 정도로 이 상황이 심히 거북해지기 시작했다. 아니, 지금이라도 냉큼 물리고 싶었다. 이쯤 되자 스스로가 멍청하게 느껴지기 시작했다. 일을 매번 단순하게 생각하다가 뒤통수를 맞은 적이 한두 번이 아닌데 이번에도 그랬다. 역시 거짓말 같은 걸 하면 안 되는데, 그때의 자신은 돌았었나 보다.

"흐음……."

그런 둘을 보면서 시아이외는 고개를 기울였다.

역시, 교제가 진짜든 가짜든 감정의 크기 차는 확실하다. 가벼운 관계? 이아나 쪽은 그럴지 몰라도 남자 쪽은 아니다. 시아이외가 판단했을 때 아르하드가 이아나에게 쏟아붓는 감정의 양은 정상이 아니었다. 그도 그럴 게 몇 년간 알아 온 카마트로스의 로는 정말 코빼기도 감정을 내비친 적이 없었다.

'아무튼 점수는 따 둔 건가.'

시아이외가 쯧, 하고 혀를 걷어찼다.

"서로가 좋아 죽는 건 알겠지만 애정행각은 미뤄 두시고 사태부터 해결하셔야 할 것 같습니다만. 저야 왕궁 안에 있는 놈들이 어찌 되든 상관없지만 아직 슈나이더 측이 망하면 안 되는 것 아니었습니까?"

정신을 차린 이아나가 아르하드를 밀어냈다. 아르하드는 순순히 밀려나 주었다.

"가자."

이 일만 끝나면 당장에 차 달라고 해야겠다. 이아나는 입술을 깨물면서 그리 생각했다.

"흑, 흑…… 저리 가, 저리 가……."

"아아아아아악!"

파티장은 극도의 혼란 속에 있었다. 깨어난 사람도 몇 있었지만 대부분이 울고, 소리를 지르고, 괴로워하고 있었다. 혀를 깨물어 입에서 피를 철철 흘리고 있는 사람도 있었고 온몸에 자해를 하는 사람도 적지 않았다.

"……."

슈나이더는 깨어 있는 사람 중 한 명이었다. 그는 환상에서 스스로의 힘으로 금방 풀려날 수 있었다. 하지만 대부분의 사람은 아니었다. 그들은 환상에서 헤어 나오지 못하고 고통 받고 있었다. 슈나이더의 옆에 서 있던 모노빈카 백작이 초조하게 말했다.

"저하, 이게 대체 무슨 일입니까?"

"모르겠다."

슈나이더는 그렇게 말할 수밖에 없었다. 그의 명석한 머리로도 이해할 수 없는 현상이 눈앞에 펼쳐지고 있었다.

"왕성에는 마법 방해 배리어가 쳐져 있지 않습니까? 혹시 독이 아니온지."

"아니, 이건 마법이다. 확실해."

"배리어가 파훼된 겁니까?"

"그럴 리가 없다. 배리어에는 여왕을 아꼈던 자카라 발젠타의 정수가 들어가 있어. 현재 누구도 자카라 발젠타의 마법을 따라갈 수 없어. 또, 배리어는 아직 왕성을 감싸고 있어."

"아니 그럼 대체 왕족이 아닌 이가 여기서 어찌 마법을 쓸 수 있단 말입니까? 혹시······."

"백작, 말을 삼켜라. 왕족 중에 이런 마법을 쓸 수 있는 이는 없다. 왕족의 반지를 도용당했을 가능성도 없다. 반지는 왕족의 피가 흐르는 주인의 명령만 듣기 때문이지. 그리고 심각한 건 이 내가 마법을 파훼하려고 해도 피해자의 머리를 장악하고 있는 마나가 미동도 없다는 거다."

슈나이더는 아주 강한 마법사다. 로안느 데 로안느 여왕의 피를 짙게 이어받은 데다 신가드라 솔사비어 공작, 대마법사 중 한 명인 그의 가르침을 받은 수제자였다. 그래서 슈나이더는 지금 일어나는 상황을 정말로 이해할 수 없었다. 마나가 자신의 제어에 반응조차 없다니, 이는 마나를 제어하기 시작한 이후 한 번도 있어 본 적 없는 일이었다.

이 사건이 의미하는 바는 확실하다. 자카라 발젠타보다 더 대단한 마법사가 출현해 배리어를 무시하고 왕궁 전체에 저주 마법을 뿌렸다.

"초유의 사태군요. 솔사비어 공작께서는 어디에 계십니까."

"사태의 심각성을 깨닫고 하인리히 마법사에게 도움을 요청하러 갔지."

더욱 심각한 건, 마나가 대마법사인 신가드라의 말도 듣지 않았다는 거다. 얼마나 대단한 마법사기에? 슈나이더가 미간을 좁혔다. 그는 착잡한 마음으로 엉망이 된 파티장을 내려다보았다. 파티장은 통제가 불가능했다. 다들 환상에 허우적거리며 빠져나오지 못하고 있었다.

슈나이더가 본 환상의 경우, 페르난도가 왕이 되어 제가 교수대 앞에 서 있는 것이었다. 슈나이더는 바로 환상을 부정했고, 그 즉시 환상에서 빠져나올 수 있었다. 하지만 환상은 너무나 생생해서 아직도 그의 뇌리 한구석에서 그를 찝찝하게 만들었다. 슈나이더가 심각한 표정을 지었다.

'이 마법이 한 사람에게 일어날 수 있는 가장 최악의 상황을 환상으로 만들어 내 보여 주는 거라면, 사태가 해결된 후에도 문제다.'

지금 저의 경우처럼, 환상은 사라지고도 머릿속에 생생하게 남아 그 사람을 괴롭혀 댈 테니.

슈나이더는 주변을 둘러보았다. 깨어 있는 사람은 거의 없었다. 휘장 뒤에서 왕족과 고위 귀족이 모여 비상회의를 하고 있었는데, 그들은 지금 죄다 환상에서 허우적거리고 있었다. 휘장 밖으로 나와 보니 다른 귀족들은 물론이고 여인들이 모여서 쓰러져 있는 곳에 그의 약혼녀인 레리트와 여동생 안젤리나도 쓰러져 있었다. 슈나이더의 은안은 한 사람을 찾아서 계속해서 주변을 훑었다.

'……레이디 이아나는?'

파티에 참가한 걸로 알고 있는데 없었다. 왕자인 제 영입 제안을 칼같이 거절한 맹랑한 아가씨라면 마법을 극복했을 가능성이 높다. 그럼 어디로 간 걸까? 혹시 정신을 차리고 다른 몇몇 귀족들처럼 집으로 돌아간 걸까?

산책을 하다가 봉변을 당해 어딘가에 쓰러져 있을 수도 있지만 슈나이더는 그 가정을 부정했다. 이아나가 극복해서 무사히 집에 돌아갔기만을 바랐다. 이 마법은 아주 끔찍했기 때문이다.

슈나이더가 해결책을 찾지 못하고 가만히 서 있는데, 파티장 입구에서 세 사람이 걸어 들어왔다. 한 사람은 그에게 몹시 익숙한 사람이었고, 두 사람은 로브에 반가면을 쓰고 있었다.

"시아이외!"

두 사람과 이야기를 하며 들어오던 시아이외가 슈나이더의 부름에 그를 보았다. 시아이외는 어깨를 으쓱이며 두 사람을 뒤로 하고 슈나이더에게 걸어갔다.

슈나이더는 두 사람을 곁눈질했다. 대화를 나누고 있는 두 사람은 로브를 깊게 눌러쓰고 반가면까지 쓰고 있어 카마트로스를 연상시켰지만 카마트로스와는 달리 행색이 화려했다. 시아이외가 앞에 서자 슈나이더가 그의 어깨를 두들겨 주었다.

"다행이다. 너는 무사했구나. 그런데 이런 사태에 어딜 갔다 온 거냐. 저 수상한 두 사람은 누구고?"

"저 나름대로 해결책을 찾아보고 있었습니다. 이 문제는 저 두 분이 해결해 줄 예정이고요."

"뭐?"

슈나이더가 뜬금없는 시아이외의 말에 눈을 크게 떴다가 불신의 빛을 내비쳤다.

"나는 물론이고 스승님조차 이 사태를 해결하지 못했다. 그런데 어찌 저 두 사람이 문제를 해결한다는 소리냐."

"형님을 납득시키지 못하면 이 일 이후에도 저를 귀찮게 하실 테니 간단하게 말씀드리죠. 저 두 분은 이종족이고, 저와 친분이 있습니다."

이종족……. 슈나이더는 묘한 기분으로 둘을 쳐다보았다. 슈나이더는 이종족을 몇 번 본 적 있었다. 귀족의 저택에 있는 수인족 노예 혹은 식객이라든가, 마이마예가 데리고 있는 드워프라든가.

수인족은 용병왕 압실롯에게 그들의 권리를 대부분 보호받고 있었으므로 다른 이종족들에 비하면 비교적 활동이 활발했다. 하지만 그렇다 한들, 다른 이종족은 물론이고 수인족조차 대부분의 정보가 비밀에 휩싸여 있었다.

"축제라서 놀러 오셨습니다만, 이런 사태가 발생한 것을 안타까이 여긴다며 저를 돕겠다 하셨습니다. 정체를 밝히지 않는 조건으로요. 형님께서도 두 분을 이해하시리라 믿겠습니다."

이종족이라면 정체를 밝히기를 꺼려하는 게 당연하다. 이종족과 인간은 골이 깊은 데다, 희귀한 이종족을 탐내는 인간들이 무척 많기 때문이다. 게다가 대마법사와 저조차 해결하지 못한 문제를 해결하겠다니? 슈나이더 자신부터가 욕심이 생겼다.

"너는 저 둘과 어떻게 친해진 거냐?"

"글쎄요. 제가 말씀드릴 이유가 있습니까? 이유가 있어도 별로 말씀드리고 싶지 않네요."

시아이외가 어깨를 으쓱하며 답하기를 거절했다. 슈나이더는 그런 동생을 신기한 기분으로 바라보았다. 그가 어렸을 때는 그래도 형님, 형님 하면서 자신을 잘 따랐던 것 같은데 언제부턴가 데면데면해져 버렸다. 사이가 어색해지는 동안, 시아이외는 속을 전혀 알 수 없는 놈으로 변했다.

루리아를 닮은 짙은 갈색 머리카락과 자수정색의 눈으로 인해 어차피 왕위에는 오르지 못하지만 그로 인한 불만이나 열등감은 일절 없었다. 선대 왕족들이 보여 왔던 열등감을 생각하면 시아이외는 성자 수준이었다.

왕은 기본적으로 자식들에 무심했으며, 그의 어미인 루리아는 페르난도를 챙기느라 바빴고, 귀족들은 딸 가진 귀족들을 제외하면 세 파로 갈라져 싸우느라 권력의 중심에서 벗어나 한참이나 먼 곳에 있는 시아이외에게는 별 관심이 없었다.

시아이외가 조용한 성격이고 취미가 독서와 궁술이라는 것은 잘 알려져 있는 바지만, 사실 그가 어떻게 지내는지는 아무도 몰랐다. 시종들 말에 의하면 거의 모든 시간을 방에 틀어박혀 있다지만, 어찌 지내나 궁금해서 찾아가 보면 없는 경우가 대다수였다. 하지만 도서관에 갔거나 외출했나 싶어서 대수롭지 않게 넘겼다. 그런데 이종족과 친분이 있다니?

슈나이더는 시아이외가 평소에 무엇을 하는지 궁금해졌다. 하지만 지금은 이 호기심을 해결할 때가 아니다. 슈나이더는 그에게서 시선을 떼고 두 이종족이 이 사태를 어떻게 해결할지 호기심을 가지고 지켜보았다.

"어찌 해결하지요?"

이아나는 목소리를 낮춰서 물었다. 지금 제게는 목소리 변조 반지도, 외양 변화 반지도 없었다. 그건 이아나를 걱정해 냉큼 달려온 아르하드도 마찬가지였다. 시아이외와 계획을 짜서 그 계획대로 가기로 했지만 변수가 생겨 정체가 발각될 수도 있었다.

"마법을 파훼해야지."

아르하드가 별것 아니라는 듯이 대답했다.

"그러니까 어떻게요? 마르가리타가 공유자라면 마나가 평범한 사람의 말을 듣진 않을 텐데요. 물론 당신은 가능하겠지만 마나를 움직일 때 당신의 존재를 눈치챌 테니 안 됩니다."

"네가 해."

"……제가요?"

이아나가 조금 머뭇거렸다.

"저는 마법은 기본적인 것밖에 할 줄 모릅니다. 더구나 정신 계열 마법을 파훼하는 방법은 전혀 모릅니다. 그리고 파편 공유자라면 마나가 제 말을 듣지 않을 텐데요. 케이거스 때도 제 말을 듣지 않았습니다."

"글쎄. 이아나, 내가 내준 과제의 답은 찾았나?"

지금 진행 중인 과제라면, 마나가 그녀의 말을 들어주지 않는 이유를 찾는 것밖에 없었다. 뜬금없었지만 이아나는 의문을 표하지 않고 조금 시무룩하게 대답했다.

"아직……."

"어렵나 보군. 하긴, 이게 적용되는 경우는 네가 유일하니 생각하기도 어렵겠지. 네 도움이 필요한 위급상황이니 지금 같이 해결하도록 하자."

이아나의 눈이 반짝거렸다.

"네 말대로 마르가리타의 영향력이 대단하기 때문에 마나가 보통 사람의 말은 듣지 않을 거다. 하지만 너는 달라. 마나는 네가 원하면 너의 말을 들어줄 수밖에 없어."

아르하드가 담담하게 말을 이어 갔다. 이해할 수 없었던 이아나가 되물었다.

"어째서?"

"마나는……."

아르하드는 소리 없이 웃었다.

"……너를 사랑하니까."

……사랑? 이아나가 그 단어를 중얼거렸다. 그 말만큼 제게 어울리지 않는 단어도 없었다. 그런 것, 받아 본 적도 없고 받을 생각도 없었기 때문이다. 그래서 물었다.

"무슨 이유로 그렇게 말씀하시는 겁니까?"

"평소에 마나가 네게 하는 걸 보면 알잖아. 그게 사랑이 아니면 뭐야."

평소라. 하긴 마나가 유달리 제게 달라붙긴 했다. 보통 사람들에겐 도도하고 거만하게 구는 주제에 제게는 개가 된 것처럼 안달복달하는 것 같다는 느낌을 한두 번 받은 게 아니지 않은가.

그런가. 마나에게 사랑받고 있었던 건가. 이아나는 조금 납득해 버렸다. 알지 못하는 사이 어떤 존재에게 내내 사랑을 받고 있었다는 사실에 기분이 미묘해졌다.

"너에 대한 마나의 광적인 애정을 과소평가하면 곤란해. 평소 마나가 네 신력에 악착같이 붙어 있는 것도 다 떨어지기 싫어서야. 하지만 결핍된 마나는, 네가 다정하게 대해 주면 스스로를 버리고 네게 간이고 쓸개고 다 바칠 거다. 물건 대하듯 강압적으로 제어하지 말고 애정으로 한번 부려 봐."

아르하드가 무엇을 알고 그리 말하는 건지는 모르겠지만 이아나는 어렴풋이 이유를 생각해 보았다. 마나는 어째서 자신을 그토록 좋아해 주는 걸까. 마나는 악마의 힘. 악마는 신성시대의 존재. 그렇다면 로베르슈타인의 영혼과 관련이 있는 걸까?

"그리고 현 상황에서는 마법의 배열에 사용된 마나를 직접 움직이는 것보다는 신력을 적절하게 이용하는 게 더 효과적이다."

"신력 말입니까? 어떻게요?"

"내가 네게 걸려 있던 마법을 어떻게 파훼했다고 생각해?"

"……그러고 보니 설마, 제 마법을 풀어 주실 때 마나를 사용하신 건 아니겠죠."

"당연히 아니지. 엘프에게서 받은 정화 스크롤이 몇 장 있었는데 그걸 썼어."

"엘프의 정화 스크롤?"

생소한 단어였다. 이아나가 되묻자 아르하드가 대답했다.

"엘프의 깨끗한 신력이 담겨 있는 스크롤이지. 스크롤에 새겨진 이능은 마법을 파훼한다."

"당신은 그걸 어떻게 얻은 거죠?"

아르하드가 삐딱하게 웃었다.

"하이 엘프들의 장로와 조금 인연이 있어서. 길게 설명해 주기엔 상황이 좋지 않으니 나중에. 어쨌든 신력으로도 마법 파훼가 가능하다. 그리고 너는 아주 특이케이스야. 가볍게만 신력을 제어해도 가능해. 그러니까 해 봐."

이아나는 한번 해 보기로 했다. 그녀는 아르하드를 전적으로 신뢰하고 있었다.

"어떻게요?"

"마법은 마나의 배열로 발현되는 것. 마법을 파훼하는 법은 그 배열을 푸는 거다. 지금 배열된 마나들이 피해자들의 머리를 조이고 있을 텐데 그걸 풀면 돼. 신력으로 마나의 배열을 감싸고, 마나를 흩어 놓겠다는 의지를 가진 후, 손가락을 튕기거나 박수를 치는 등의 행동 등으로 의지의 충격을 줘서 붕괴시키면 된다. 신력 회수하는 것 잊지 말고."

아르하드의 말을 숙지한 이아나가 천천히 신력을 이끌어 냈다.

우─우─우─웅…….

붉은 신력이 세상 밖으로 드러나자 언제나처럼 마나가 움찔하는 게 느껴졌다. 파티장에 존재하는 모든 마나가 신력을, 이아나를 주시했다. 금방이라도 파도가 되어 몰려올 것 같았다.

여태껏 제 뛰어난 마나 제어력이 그저 축복이라고만 생각했다. 마나가 제 뜻을 거역하지 않는 것을 재능으로 받아들였다.

'마나의 사랑이라…….'

어떤 비인간적 존재의 절대적인 사랑을, 이아나는 아무런 거부감 없이 받아들였다. 이아나의 마음에 자신을 아껴 주는 마나에 대한 애정이 살짝 돋아났다.

이아나가 그런 생각을 하는 순간, 걸귀처럼 신력에 달려들려던 마나가 그녀의 심리 변화를 깨달았는지 멈칫, 멈칫거리더니 다소곳하게 정지했다. 이아나는 그런 마나의 행동을 신기한 기분으로 느끼고 있었다. 정말 아르하드의 말대로였다.

붉은 신력이 마나의 방해 없이 뭉글뭉글하게 파티장 전체에 퍼져 나갔다. 신력은 다소곳해진 마나와 한데 뒤섞이며 마나 사이로 끼어 들어갔다. 그리고 신력이 파티장 전체를 장악한 순간.

'흩어져.'

타오르는 붉은 신력에 휩싸인 이아나가 딱! 하고 손가락을 튕겼다. 그 작은 행동 한 번에 파티장 안을 괴롭히고 있던 모든 마나의 배열이 산란하는 빛처럼 깨져 나갔다.

"컥!"

"마르가리타?"

마르가리타가 갑자기 왈칵 피를 토하며 빗자루에서 굴러떨어졌다. 밀루우테와 페인은 멀쩡하던 그녀가 갑자기 이상행동을 하자 당황했다.

"이…… 이……."

마르가리타가 땅에 엎드린 채 주먹을 꽉 움켜쥐었다. 페인이 손을 뻗었지만 세게 쳐 냈다. 또 한 번 피를 토하더니 부들부들 떨었다. 아팠다. 미치도록 아팠다. 심장이고 머리고 찢어지는 것 같았다.

"마법, 이 파훼당, 했어……."

"자네의 마법이? 설마 악마의 파편인가?"

"아, 니, 그건 아닌, 데……."

분명 악마는 아니다. 다른 파편 수혜자를 만났을 때처럼 심장이 뛰지 않았을뿐더러, 파편 수혜자라 해도 이렇게 다른 파편 수혜자의 마법을 일방적으로 풀어 버릴 수 있을 리가 없었다. 게다가 짜증나지만 사촌 도르시아니의 파편은 꽤 대단한 것이었다. 그녀만 한 파편을 가진 자는 황실과 스승인 위프헤이머를 제외하고는 없을 것이었다. 그런데도 감히 자신의 마법을 풀다니. 마르가리타의 눈에 핏발이 섰다.

"어떤 새끼야……."

풀리는 순간, 심장이 울렁거렸다. 그런 기분을 어디선가 느껴 본 적 있었다. 마르가리타가 이를 악문 채 중얼거렸다.

"……카마트로스의, 보스."

이아나의 의지에 말 잘 듣는 개처럼 마나가 우르르 흩어져 나오는 모습을, 마나가 제 말을 듣자 은근히 기뻐하는 이아나의 옆모습을…… 아르하드는 멀찍이서 벽에 기댄 채 지켜보았다.

'연인……'

제대로 된 이야기를 들어 보기 전까지는 이아나가 무슨 생각으로 그랬는지 알 길이 없다. 아까 말한 대로 귀찮았기 때문일 수도 있다. 하지만 그 이아나가, 아무리 귀찮았고 안젤리나가 제 주변을 얼쩡거리며 일을 그르칠까 염려했다지만 혐오하는 거짓말을 하면서까지 혐오하는 연인이라는 관계를 그들의 관계 위에 덧씌웠다. 파티 중에 대체 그녀의 마음 안에서 무슨 변화가 있었던 걸까? 아르하드가 엄지로 입술을 훑었다.

'어찌할까……'

양자택일의 선택지는 갑자기 찾아왔다. 솔직히 말해서 아르하드는 조금이라도 이아나가 그의 마음을 용납한다면 스스로를 억제할 자신이 없었다. 이아나는 겁이 없는 걸까? 무슨 자신감으로 그런 걸까? 모르기 때문일 것이다. 괴물인 스스로를 언제나 꼭꼭 감춰 왔으니 이아나가 알 턱이 없었다.

시작하면 멈출 수 없으니 멈춰 서야 한다면 시작하지 말아야 한다. 이것은 최고의 기회가 될 수 있지만 파멸로 향하는 최악의 낭떠러지가 될 수도 있었다.

아르하드는 지금도 만족하고 있었다.

……아니, 정말로 만족하고 있는가?

이 현실에 안주하면 좋은 관계를 유지할 수 있을 것이다. 아슬아슬하지만 제 감정만 감추면 가능했다.

……하지만 그것만으로 만족할 텐가?

아니면 앞으로 나아가 쟁취하고자 검을 휘둘러 볼 텐가.

멈춰 있던 시계가 하나 있었다. 그가 자의적으로 흐름을 막아 놓았던 마음의 시계였다.

째깍.

끼긱, 끼긱, 날카로운 마찰음만 내고 멈춰 서 있던 시계의 초침이 째깍, 하고 순식간에 넘어가 버렸다. 초침은 계속해서 호선을 그렸다. 시간이 흐를수록 두 눈동자에 광포한 감정이 스멀스멀 차올랐다. 아르하드가 입술을 천천히 벌렸다.

"이아나."

아르하드가 나지막하게 부르자 곳곳에서 깨어나는 사람들이 만들어 내는 소음 속에서도 그의 목소리를 듣고 귀를 살짝 쫑긋거린 이아나가 그를 돌아보았다.

'저 빛을, 영원히 품 안에 가두어 볼 텐가?'

아르하드가 누르고 눌러 왔던 열망이 기어올라 힐끔, 이아나를 보았다. 열망이 말을 걸었다.

'솔직해져 봐.'

아름다운 예술작품을, 손을 댈 수 없는 전시회의 작품을 감상하듯 그녀를 지켜보는 것만으로도 만족할 수 있단 말인가?

그는 그녀에 대한 감정을 드러낼 생각이 전혀 없었다. 이아나가 그런 관계를 바라지 않는다는 걸 알고 있었고 그도 여기서 만족하기로 했기 때문이다. 만족한 게 아니라 만족하기로 했다……. 그녀에게 손을 대지 않으려 했다. 대지 않으려 했지만…….

넌 이미 그녀에게 키스를 해 버렸지.

통제할 수 없는 미친 사랑을 담아서 누구보다 절실하게 입을 맞춰 버렸지.

그 밤. 장미 수백만 송이보다 더 많은 애정을 실어서.

아르하드는 이아나가 깨물었던 제 손바닥을 보았다. 아직도 깨물린 자국이 핏방울이 맺힌 채 선명하게 남아 있었다.

네 손아귀에 붙잡혀 있던 그녀의 얼굴에 키스를 흩뿌리고 싶지 않았어? 손바닥을 깨물어 버린 말랑한 입술과 고른 치아에 짜릿함을 느껴 버렸잖아.

질투를 했을지도 모른다는 가정만으로도 극도의 사랑스러움을 느끼고, 소유욕이 들끓는 그녀를 상상하는 것만으로도 쾌감에 몸서리 친 주제에, 그녀를 냉큼 끌어안아 키스하고 싶은 걸 겨우 참아 냈으면서…….

네가 평생 견딜 수 있을까? 이 욕망을.

아르하드는 이아나에게서 시선을 떼지 않은 채 손바닥을 천천히 입가에 가져갔다. 저를 쳐다보고 있는 이아나를 빤히 바라보면서, 그 자국에 짙게 입을 맞췄다.

고민할 것도 없다. 사실을 고백하려는 이아나의 입을 틀어막고 그녀의 거짓말에 가담한 순간부터 억눌러 놓았던 마음은 폭주하고 있었다. 거짓일지라도 이 관계를 시작한 이상 제 마음은 돌이킬 수 없었다.

'너는 정말 저 여자를 그냥 지켜보는 것만으로 만족하는 건가?'

이아나가 아르하드의 앞으로 쪼르르 와서 웃었다.

"보셨습니까? 정말로 됐습니다. 마나가 제 말을 들었어요."

'넌, 이 여자를, 사랑하면서.'

아르하드는 대답하지 않았다. 의아한 표정으로 변하는 이아나를 물끄러미 내려다보았다.

아르하드가 말했다.

"당연한 일이야."

나는, 너를, 사랑하니까…….

흘러가는 시간을 누가 멈출 수 있을 텐가?

그 말을 하고 아르하드는 말이 없다. 멀뚱히 서 있던 이아나가 그의 상태가 이상해 보여 괜찮으냐고 물으려 할 때, 아르하드가 손을 뻗어 그녀의 팔을 붙잡았다. 잡아당겨 제 옆에 그녀를 세운 아르하드가 살짝 잠긴 목소리로 말했다.

"앞을 봐."

아르하드를 쳐다보던 이아나는 고개를 돌렸다.

"이, 이게……."

"흑, 흑, 흑."

사람들은 완전히 엉망이 되어서 하나둘 깨어나고 있었다. 눈물 범벅은 기본이요, 젖은 뺨은 새파랬다. 자해를 하거나 심한 경우 피를 질질 흘리고 있는 사람도 있었다. 그들은 어떤 환상을 본 걸까, 이아나는 엉망이 된 파티를 가만히 지켜보았다.

"어떤 사람이든 마음의 가장 밑바닥에는 어떤 상황에 대한 공포가 깔려 있다. 그리고 그 공포에서 완전히 해방되는 건 불가능에 가까워. 그 공포가 실현되지 않을 거라고 확신하는 것만이 극복하는 방법이다. 하지만 사람은 공포의 존재를 깨닫지도 못한 경우가 많지……. 꺼림칙함을 느끼고 피할 뿐이다. 그리고 마르가리타의 마법은 그 점을 노린다."

마르가리타의 마법은 불특정 다수에게 아주 심각한 영향을 미쳤다. 그들은 스스로의 밑바닥과 거기에 도사린 공포를 확실하게 깨달았다. 깨달음은 누군가에게는 공포를 극복할 수 있는 계기가 되었고, 누군가에게는 평생을 시달릴 끔찍한 저주가 되었다.

"의식하지 못하는 밑바닥까지 긁어내 생생하게 각인시키는 악질적인 마법. 이 사태가 저들의 인생에 어떤 영향을 줄지."

멀리서 슈나이더가 그들 쪽으로 빠르게 걸어오는 게 보였다. 아르하드가 이아나를 쭉 잡아당겼다.

"가자. 다른 쪽은 해결할 필요도 없겠어. 마르가리타가 스스로 마법을 해제했거든. 정신계 마법은 지속적인 만큼, 파훼되면 시전자에게 큰 충격을 주는지라…… 위기감을 느꼈겠지."

슈나이더를 한 번 쳐다본 이아나는 아르하드가 먼저 가라고 손짓하자 등을 돌려 빠르게 파티장을 빠져나갔다. 아르하드는 흘끗 뒤를 돌아보곤, 이아나를 따라갔다. 그녀의 빛을 자기만 볼 수 있도록, 누구도 보지 못하게 제 어둠으로 감춘 채 뒤따랐다.

그들은 순식간에 파티장에서 사라져 버렸다.

"……."

그들을 잡으려던 슈나이더의 발이 목적지를 잃고 방황하다가 멈춰 섰다. 그는 넋을 잃은 상태였다.

몸이 타 버릴 듯 뜨거우면서도 포근한 안정감을 주던 붉은빛.

파티장 전체를 감싸 안고 저주를 파괴하던 강력한 기운.

무생물에 가까운 마나는 아니다. 색을 덧입은 마나도 아니다. 그보다 더 묵직한, 더 눈물이 나는, 어딘가 근원에 가까운…….

그러나 이상하게도 그 특별한 기운을 어디선가 느껴 본 적이 있는 것 같았다.

머리가 좋은 슈나이더는 곰곰이 기억을 되짚어 보다가 금방 기억해 냈다. 어렸을 적, 라오스의 대신전의 지하에서 비석을 보았을 때와 같은 기분이 들었다. 또한 왕실의 보물, 왕궁의 가장 깊숙한 곳, 가장 은밀한 곳에 봉인되어 있는, 로안느를 수호하는 귀물이라고 불리는, 로안느 데 로안느 여왕이 라오스 신에게 선물 받았다는 금속 조각을 처음 보았을 때 느꼈던 그 아릿한 기분을 그 기운을 마주하자마자 또다시 느꼈다.

사실 마음 한구석으로는 스승님조차 해결하지 못한 문제를 바로 해결하겠다는 이종족들이 혹시 일을 저지른 범인이 아닌가 하는 의심도 품었었지만 그 기운을 눈에 담는 순간, 온몸으로 느끼는 순간 의심은 증발하듯 사라져 버렸다. 그런 이능을 쓸 줄 아는 존재가 사람들에게 저주를 걸 리 없었다.

'저것이 이종족? 대체 이종족의 능력이 무엇이란 말인가?'

슈나이더가 입구 쪽으로 저벅저벅 걸어 나가고 있는 시아이외를 발견하고 황급히 그를 붙잡았다.

"시아이외!"

"아무것도 묻지 않는 게 조건이었습니다. 놓으세요."

"하지만."

"저는 도움 주신 분들의 정체를 형님에게만 말씀드렸습니다. 형님이 그나마 왕실에서 제일 나은 사람이라서요. 이 사실을 아무도 모르게 해 주실 수 있을 거라고 믿었기 때문입니다.”

시아이외가 슈나이더의 손을 치워 내며 싸늘하게 말했다.

“하지만 저를 계속 귀찮게 하면 저도 가만있지 않을 겁니다. 절 귀찮게 하는 사람을 제일 싫어합니다. 제 사생활을 침해하고 제 사람을 건드리는 사람도 혐오합니다. 그러니 형님이 계속 이렇게 나오시면…… 어머니의 편을 들지도 모르죠.”

시아이외가 아주 완강한 태도로 거부하자 슈나이더는 더 이상 그들에 대해 물을 수 없었다. 시아이외는 슈나이더가 붙잡았던 부분을 더러운 것이 묻은 듯 털어 내면서 말했다.

“가만히 있는 저를 건들지 말아 주십시오. 이번은 사태가 보통이 아니라 도와드렸지만 두 번은 아닙니다.”

그 말을 하고 시아이외는 파티장을 나가 버렸다. 슈나이더는 우두커니 서 있다가 입술을 깨물고 뒤를 돌았다. 모든 이들이 그의 지휘를 기다리고 있었다.

일단 오늘은 날이 아니다. 슈나이더는 엉망이 된 파티장을 정리하기 시작했다.

“…….”

누구도 따라오지 못할 정도로 빠르게 걷던 시아이외는 파티장에서 멀어질수록 속도를 점점 늦추었다. 그러다가 멈춰 섰다. 뒤를 돌아 속은 엉망이라도 여전히 화려하게 빛나는 왕성을 가라앉은 눈으로 바라보았다.

시아이외는 제가 보았던 환상을 떠올렸다.

그는 자신의 과거를 환상으로 보았다. 한 남자의 죽음과 모든 사실의 고백. 그리고 숨겨져 있던 남자의 일기장.

시아이외는 드높은 자존심과 자긍심, 명예와 자부심을 가진 반짝거리는 소년이었다. 하지만 소년의 명예는 그날 이후 똥통에 처박히고 오물을 맞았다. 절망스러웠던 나날들이 주마등 지나가듯 환상 속에서 한꺼번에 지나갔다. 그리고 그 시절에는 두려워했던 끔찍한 상상들이 비현실적인 미래로 그려졌다.

그는 모든 이들에게 돌을 맞았다. 손가락질을 당하고 욕을 먹었다. 더러운 입들이 침을 튀기며 떠들어 댔다. 너 따위가 어떻게 존귀한 왕실에 있을 수 있느냐고, 약소국에서 바쳐진 창녀의 사생아 주제에 감히 우리의 존경을 받아 왔느냐고. 권력과 돈에 미친 여자가 난잡한 생활로 만들어 낸 결과물인 주제에 이제껏 우리가 바친 세금으로 사치스러운 생활을 누린 거냐고.

시아이외는 환상 속에서 돌을 맞았던 이마 위에 손을 올렸다. 욱신거리는 듯한 착각이 일었다.

"정말 기분 나쁜 환상이로군."

그가 비틀린 웃음을 지었다.

왕성의 배리어 지역에서 완전히 벗어난 이아나와 아르하드는 로브와 가면을 모두 벗어 던졌다. 시가지에 들어서자 축제를 즐기는 사람들이 시야에 들어왔다.

이아나는 주변을 둘러보았다. 난리가 나서 분위기가 초상집인 왕궁과는 달리 시가지는 즐거운 분위기로 들썩이고 있었다. 아무렴, 오늘은 로안느 왕국의 대축제 중 하나인 국왕탄신일인 것이다. 왕궁 안에 있던 사람들은 이제야 정신을 차리고 수습에 들어갔을 거라, 거리에 나온 사람들은 아무것도 모르고 현왕의 치세를 찬양하며 노래를 부르고 춤을 췄다.

이아나가 로브를 벗고 빛이 그녀를 비추고 나서야 이아나의 차림새가 눈에 들어온 아르하드는 미간을 좁혔다.

"그러고 보니 그 옷은…… 시아이외의 옷인가?"

"네. 드레스는 움직이기 불편해서 빌려 입었습니다."

그리 말하며 이아나는 아르하드를 곁눈질했다. 기분이 별로 좋지 않아 보였다.

"꺼억, 취한다."

그때 옆을 비틀거리면서 지나가던 취객이 발이 꼬여 이아나를 치려 하자 아르하드는 그녀의 어깨를 붙잡아 당겼다. 취객이 바닥에 쿠당탕 하고 쓰러져 끙끙 앓았다. 일으켜 줄 법도 한데 그를 무생물 취급한 아르하드는 이아나를 끌고 어디론가 향했다.

"어서 오세요."

도착한 곳은 비싸 보이는 고급 옷가게였다. 대목이라 그런지 옷가게도 아직 문을 닫지 않고 있었다. 그는 성큼성큼 걸려 있는 옷들을 뒤적거리더니 고급스러우면서도 심플한 원피스 한 벌을 꺼내 들었다. 가격도 묻지 않고 직원이 부르는 대로 바로 계산한 그는 이아나에게 옷을 내밀었다.

이아나는 고분고분하게 옷을 들고 탈의실로 들어갔다. 시아이외의 큰 옷을 계속 입고 있는 것도 영 보기 좋지 않았고 무엇보다 아르하드의 기분을 나쁘게 하고 싶지 않았다. 그가 왜 기분이 나쁜 건지, 정확히는 아니지만 어렴풋하게는 이유를 알 것 같았다.

아르하드가 제게 보이는 소유욕과 집착은 정상을 넘어서 있었다.

"나는 독점욕이 아주 심해. 뭘 하나 가지고 싶으면 그것에 관련된 전부를 다 가져야 성에 차. 대상이 사람이라면, 그 사람의 인생을 통째로 틀어쥐어야 한다. 오로지 나에게만 집중할 수 있도록. 무슨 수를 써서라도."

뭘 상상하든 그 이상이다. 그건 검을 잘 쓰는 무인도, 여인도 아닌 한 존재로서의 독점을 바라는 말이었다. 그러니 시아이외의 옷을 입고 있는 게 싫었던 걸지도 모른다.

이런 아르하드에게 답답해할 법도 한데 이아나는 전혀 그런 기분을 느끼지 못했다. 그녀의 인생을 그에게 바치기로 했기 때문일까, 아니면 아르하드가 인간 대 인간으로 정말로 좋아졌기 때문일까.

그의 욕심에 오히려 심장이 꽉 조이는 기분과 안정감을 느꼈다. 살짝 나른해지는 기분. 나쁘지는 않은데, 아니…… 좋은 기분인데 이아나는 그냥 그런 기분을 느끼는 스스로가 어색하고 이상하게 느껴졌다. 그런 스스로가 조금, 꺼려졌다. 그러면서도 아르하드를 밀어내고 싶지는 않았다. 오히려 계속 그래 줬으면 했다.

'중증이야.'

이아나는 옷을 다 갈아입고 흘러내린 머리카락을 쓸어 넘기면서 앞에 있는 거울을 봤다. 거울을 보고 나서야 깨달았다.

'화장이…….'

울어서 엉망이었다. 어쩐지 민망한 기분이 든 이아나는 얼굴을 가리면서 밖으로 나왔다. 이아나가 제가 골라 사 준 옷을 입고 나오자 아르하드는 그제야 기분이 풀렸다. 하지만 이아나가 계속 얼굴을 가리고 있자 의아해져 물었다.

"얼굴은 왜 가려?"

"꼴이 좀."

"……."

아르하드는 조금 부끄러워 보이는 기색의 이아나를 가만히 바라보았다. 손으로 가리지 못한 귓가가 조금 빨갰다. 그녀가 얼굴을 씻고 올 때까지 기다리고 있던 아르하드는 이아나가 깨끗한 얼굴로 촉촉해져서 나오자 아주 잠시 물끄러미 쳐다보다가 빙긋 웃었다.

"기숙사에 바로 들어갈래, 아니면 기분 전환 겸 한번 둘러보다 갈래?"

이아나는 고민했다. 솔직히 말하자면 정신이 없었다. 아직 기분이 뒤숭숭하기도 하고, 사건이 너무 연달아 터지는 바람에 스스로를 뒤돌아보며 생각을 정리할 틈도 없었다. 아르하드가 없는 동안 저지른 일이 많은데 그와 제대로 대화를 할 시간이 부족해서 뭔가 전부 다 허겁지겁 끝낸 기분이다.

이럴 때는 그게 있다. 뇌리 속에서 불쑥 튀어나온 어떤 한 존재가 그녀를 강렬하게 유혹하기 시작했다. 갈증이 났다. 이아나는 고개를 끄덕였다.

"술이나 한잔할까요. 비싼 덴 말고."

"좋지."

아르하드는 바로 승낙했다. 그길로 그들은 수도에서 유명한 야외 술집으로 향했다. 도착한 술집은 사람이 정말로 많았다.

"죄송합니다. 대기시간이 한 시간은 넘습니다."

곤란한 표정을 짓는 점원에게 아르하드가 어떤 패를 보여 주자 점원의 표정이 획 바뀌었다. 그는 바로 구십 도로 허리를 숙이더니 삼 층으로 그들을 안내했다. 도착한 자리는 풍경 전체가 보이는 발코니에 테이블 하나만 놓여 있었다. 이아나가 조용히 물었다.

"뭡니까?"

"내 소유의 술집이야. 보여 준 건 귀빈패고."

"……."

앉자마자 바로 아주 비싼 술 여러 병이 테이블 위에 놓이고 화려한 안주가 둘 사이에 펼쳐졌다. 아르하드가 메뉴판을 이아나의 옆에 두며 말했다.

"이것 말고도 먹고 싶은 게 있으면 얼마든지 말해."

이아나는 메뉴판을 펼쳐 테이블에 있는 술과 안주의 가격을 보았다.

탁.

가격을 잠시 들여다보다가, 가만히 덮었다. 역시나 금전감각이 이상해지는 것 같았다. 이아나는 말없이 예쁜 과일을 하나 집어먹었다.

평소였다면 가격에 토를 달아 댔을 텐데 이제는 돈바람에 익숙해졌는지 얌전히 과일을 먹는 이아나를 쳐다보면서, 아르하드는 웃었다. 그는 술병을 따더니 이아나의 잔에 술을 따라 주곤 제 잔에도 술을 따랐다. 아르하드가 잔을 들었다. 잔을 든 손을 까딱하자 이아나도 잔을 들었다.

쨍—

잔을 부딪친 이후, 한동안 이아나는 말을 하지 않고 마시기만 했다. 술을 한 잔 한 잔 들이킬 때마다 고양이가 장난을 쳐 놓은 실타래처럼 생각들이 엉켜 있던 머리가 풀리는 것 같았다. 잔이 빌 때마다 아르하드는 술을 채워 주었다.

그렇게 한 병 비우고, 두 병 비우고. 아르하드는 이아나를 지켜보며 술을 마시다가, 그녀의 얼굴이 살짝 발그스름하게 풀려 있을 때쯤 물었다.

　"그러고 보니 네가 아까 뭘 물었었지?"

　이아나는 술을 들이키던 손을 멈칫했다. 뜬금없는 질문이 무엇을 의미하는지 바로 알았다. 하지만 이제는 딱히 대답을 듣고 싶지 않았다. 선명했던 색이 시간이 지나면 바래는 것처럼, 샘솟았던 용기가 옅어져 버려서 조금 민망해졌다. 불편한 마음을 다시 감추고픈, 그런 기피감이 그녀를 꾸역꾸역 집어삼켰다. 이아나는 고개를 저었다.

　"별것 아니었습니다. 넘어가죠."

　"나보고 결혼할 생각이 있냐고 물었었나."

　"……."

　뭘 물었냐고 물어볼 땐 언제고 제가 알아서 다 대답하고 있었다. 기억하고는 있지만 질문의 내용을 다시 한 번 확인하고 싶었던 모양이다. 다 기억하고 있는데 내뺄 수도 없어서 이아나는 할 수 없이 긍정했다.

　"그래요."

　이아나는 하늘을 올려다보았다. 이미 해는 지평선을 넘어 사라진 지 오래고 어둠 속에서 빛나는 별과 달만이 하늘을 장식하고 있었다. 하지만 지상은 아직 사람들이 밝히는 빛으로 밝았다.

　술기운 때문일까, 욱하는 기분이 들었다. 속에 있는 말들을 모두 뱉어 내고 싶었다. 차라리 이참에 이 밤이 끝나기 전에 다 풀어 버리자. 이아나는 테이블 위에 술잔을 내려놓으며 말했다.

"나중에 결혼하실 겁니까?"

"생각 없어."

즉답에 이아나는 회귀 전을 떠올렸다. 이 생각이 이십 년이 지나도 지속되는 걸까. 아르하드는 제가 죽는 그 순간까지 결혼하지 않았었다. 그럼 그가 결혼하지 않은 이유는 뭘까?

"왜요?"

"귀찮으니까."

"귀찮더라도 당신은 황제가 됩니다. 자손을 남길 의무가 있습니다. 그런데 왜 그리 말씀하십니까?"

"자손이라…… 필요 없어. 황제 자리는 제일 일 잘하는 놈에게 넘겨주면 그만이야. 원하지도 않는 여자와 몸을 섞어 내 피를 이은 아이를 낳는다니…… 최악이군. 차라리 내 대에서 끝내는 게 나아."

이상한 남자다. 하긴 아이를 싫어하는 남자도 있다고 들었다. 아르하드는 그런 경우랑 조금 다른 것 같긴 하지만 이아나는 일단 넘어가기로 했다.

"그럼 결혼은 둘째 치고 여자가 필요하진 않습니까?"

아르하드가 입을 일자로 다물더니 이아나의 얼굴을 빤히 들여다보았다. 이아나는 전혀 부끄럽지 않은 표정으로 그를 마주 보았다. 또렷한 눈빛에는 조금의 열망도 보이지 않았다. 아르하드는 한숨을 내쉬었다.

"그런 걸 왜 물어?"

"그냥 궁금해서요. 여자와 몸을 섞고 싶은 건 남자의 당연한 본능이라고 했습니다."

아르하드가 결혼을 하지 않았던 것을 알고 있다. 하지만 그에게 연인이 있었는지 없었는지는 기억이 나지 않았다. 관심을 두었던 건 오로지 그와의 전쟁, 그리고 그의 검뿐이었기 때문이다.

"별로."

남자로서 문제가 있는 건 아닐까. 이아나는 팔꿈치를 테이블에 얹고 손바닥에 얼굴을 괴면서 아르하드를 빤히 쳐다보았다.

이아나는 그에게 병이 있을지도 모른다는 점에 대해서 진지하게 고려했다. 심장이든, 정신이든, 이상하지 않은 곳이 없는 남자니 문제가 없을 거라고 꼬집어 말할 수는 없었다. 아르하드가 입술을 비틀었다.

"상당히 무례한 생각을 하고 있는 얼굴인데."

"안 했습니다. 그냥 혹시…… 병이라도 있는 건가 싶어서."

"그게 무례한 생각이잖아."

아르하드는 술잔을 입가에 가져다 대며 말했다.

"사랑한다면 당연히 안고 싶겠지. 하지만 그 외 여자의 나체는 내게 아무런 감흥도 주지 못해. 여자를 원한다면 얼마든지 취할 수 있어. 손만 뻗으면 품에 안겨 올 여자들이 넘치니까……. 하지만 그러지 않는 건 별로 동하지 않기 때문이다."

하긴, 이런 술집이 자기 소유라고 아무렇지도 않게 말하는 재력에, 누구와 견주어도 부족하지 않은 대단한 능력에, 바하무트 제국의 황자라는 엄청난 신분에, 왕국 최고의 미녀로 추앙받는 안젤리나까지 홀린 잘생긴 외모니 그가 작정하고 유혹한다면 이 세상에 못 안을 여자가 없을 것이다.

"신기하시네요. 남자는 일단 의지와는 관계없이 흥분은 한다고 들었는데요."

"난 아니다."

"왜 당신은 아닌 겁니까? 남자로서의 욕구가 너무 없는 게 아닌가요."

"대체 얘기가 왜 이런 방향으로 흘러가고 있는 거야?"

아르하드가 조금 못마땅한 기색을 풍기며 대답을 피했지만 이아나는 얌전히 그의 말을 기다렸다. 아르하드는 이아나가 대체 왜 이런 것들을 묻는지 알 수가 없었다. 제게 아무것도 바라지 않는, 순수하기 짝이 없는 눈을 한 채로.

"하아……."

아르하드는 한숨을 쉬었다. 아이스볼이 들어 있는 잔을 천천히 돌리면서, 차가운 얼음을 중심으로 감겨드는 술을 보았다.

"이 세상의 모든 존재는 시간이 흐르는 동안 환경에 적응하고, 익숙해지지. 그건 감정도 마찬가지다. 아주 자극적인 감정에 계속 미쳐 있을 경우 거기에 익숙해져서 다른 싱거운 감정에는 쉽사리 자극당하지 않아. 감정이 향하는 대상이 아닌 감정은 논할 가치도 없지."

"……?"

"성욕 정도야 싱거운 축에 속해. 너에 대한 욕심에 비하면."

이아나가 입술을 벌렸다가 꾹 다물었다. 술을 마셔서 정신이 살짝 느슨해졌기 때문일까? 그 말은 무척 달콤하게 들려왔다. 아르하드의 진심 어린 고백을 들으면 들을수록 이아나는 그에게 버려지는 환상을 본 스스로가 멍청하게 느껴지기 시작했다.

이 남자가 자신을 버릴 리가 없는데. 불안해할 이유가 없었는데 대체 무엇을 무서워했단 말인가. 이 남자는 절대로 자신을 놓아주지 않을 텐데. 벗어나려 해도 잡아채고 잡아채서 제 옆에 둘 남자인데. 아이 같은 자신이라도 무조건 포용해 줄 텐데. 제가 어떤 모습이든 포용해 줄 텐데. 결혼도 하지 않을 거고, 저 말고 욕심내는 부하도 없고. 이보다 더한 아군은 없다.

아이 같은 자신은 나약해서 싫다.

"그렇습니까. 좋네요."

하지만 아르하드에게만큼은 그런 모습을 조금 보여도 되지 않을까? 아르하드에게만. 그는 절대로 저를 쳐 내지 않을 테니까. 그래서 이아나는 저도 모르게 평소의 날카로운 스스로를 완전히 놓았다. 소리 내어 활짝 웃는 건 아니었지만, 깊은 애정을 바라는 아이처럼 헤실 웃었다.

이아나가 저를 보며 생글생글 웃고 있자 아르하드가 눈을 크게 떴다가 얼굴을 붉히며 살짝 시선을 비껴 냈다.

"그러니까 누구한테 가면 안 된다. 알겠지?"

아무튼 정리하자면 상대를 사랑하지 않으면 성욕 정도는 얼마든지 자제할 수 있다는 말이었다. 군대를 지휘할 때 수도 없이 들어 왔던 음담패설 속의 남자들과는 달랐다.

아르하드는 알아 가면 알아 갈수록 더 신기하고, 더 이상하다. 눈을 감은 이아나가 정말 이상한 남자라고 되뇌며 술잔을 다시 입에 가져가는데 아르하드가 물었다.

"그래도 너는 결혼할 생각이 좀 있었나 본데."

심기가 몹시 불편해 보이는 그의 말에 이아나가 눈을 뜨고 다시 그를 올려다보았다.

"안 돼. 절대 허락 못 해. 정 하고 싶으면 나랑 하든가."

"⋯⋯네?"

뜬금없는 말이었다. 이아나가 말의 진위를 파악하기 위해 아르하드를 관찰했다. 이 남자의 집착은 도를 넘어서 있어서 저 말이 진짜인지 가짜인지 구분하기가 어려웠다.

이아나는 고민했다. 아르하드는 사랑하는 사람과만 몸을 섞겠다고 했지만, 이래서야 그가 사랑하는 사람을 만날 날은 올까, 하는 생각이 들었다. 제가 아르하드의 인생에 몹쓸 짓을 하고 있는 게 아닐까?

하지만 아르하드가 저를 놓아줄 것 같지도 않고, 제가 그의 사랑을 위해 곁을 떠나는 것도 싫었다. 그럼 아르하드의 인생을 위해 정말로 결혼이라도 해 줘야 하는 건가. 남자인 그의 옆에서, 제가 검뿐만 아니라 여자의 역할까지 해 줘야 하나.

남녀 간의 사랑은 아니지만.

이아나의 생각이 술기운에 평소라면 절대 하지 않을 엉뚱한 방향으로 튀고 있는데, 아르하드가 그녀의 시선을 경멸의 의미로 받아들이고 두 손을 들었다.

"농담이니 그런 눈으로 보지 마. 가지 말라는 뜻에서 한 말이다."

이아나가 푸핫, 하고 웃음을 터뜨렸다. 아르하드가 의아한 눈으로 쳐다보고 있는 와중에 이아나는 고개를 절레절레 저었다. 술김에 이상한 생각을 해 버린 것 같았다.

"농담인 거 알고 있습니다. 그리고 제가 결혼한다는 생각으로 한 질문이 아니라고 말씀드렸지 않습니까."

"그럼 뭔데?"

"제가 아니라 당신이."

이아나가 머뭇거렸다. 집착하고 싶지 않은데, 매달리고 싶지 않은데, 자신만을 바라 줄 왕은 이 어리광을 뿌리칠까? 뿌리치지 않는다면 얼마나 좋을까. 그리고 아르하드는 분명 뿌리치지 않을 것이다.

"당신이…… 결혼해서 저를 버리는 게 싫습니다."

"………?"

아르하드는 이아나가 무슨 말을 하는지 이해할 수 없었다. 말은 간결했고 단어는 알아들었지만, 자기가 들은 말이 그 뜻이라고는 생각할 수 없어서 잠시 사고가 정지했다.

"제가 당신의 안에서 다른 사람보다 뒷전인 건, 싫습니다. 그래서 당신이 결혼해서 관심이 나누어지는 게 싫어요. 다른 부하를 저보다 아끼는 것도 싫습니다."

한번 말이 터져 나오자 다음 말을 잇는 건 쉬웠다. 이아나는 주절주절 말을 이었다.

"제가 다른 사람들 앞에서 당신과 교제하고 있다고 거짓말을 한 건 다른 이들이 물어 대는 게 귀찮았고, 앞으로 안젤리나 같은 철부지들이 당신을 맴돌며 일을 그르치는 게 싫었기 때문입니다. 그래서 나중에 후회했습니다. 너무 감정적으로 일을 저지른 것 같아서. 하지만."

뒤늦게 자각한 감정의 파도를 속에만 담아 둘 수 없었다.

"지금의 저라면 또다시 그런 거짓말을 할 것 같습니다. 당신에게 연인이 생기면 지금 이렇게 저를 바라 주는 당신의 곁에서 물러나야 할 텐데, 그건 싫거든요. 싫습니다. 이런 제 감정이 정상인가 싶었습니다. 그래서 당신에게 제가 결혼하면 어떨 것 같냐고 물었습니다."

제가 듣고 있는 말이 진짠지 가짠지, 꿈인지 현실인지 분간하기 어려웠던 아르하드의 표정이 어정쩡했다. 이아나는 후우, 하고 숨을 내뱉고는 그를 술기운에 살짝 풀린 눈으로 쳐다보았다. 다 털어놓으니 속이 시원했다. 이제 그것도 말해야 할 것이다.

"환상에서 처음으로 본 건 저를 무수히 밀어내고 상처를 주었던 부모의 환상이었습니다. 그들은 너 같은 건 보기도 싫다고, 너 따위가 뭐냐고, 필요 없다고…… 그리 말했지만 저는 극복했습니다. 마법이라는 것도 알아챘습니다."

"……."

"하지만 그 후 나타난 건 저를 매몰차게 떨쳐 내고 가는 당신이었습니다. 필요 없다고, 이제 너를 바라지 않는다고 그리 말하며 저를 밀어냈습니다. 거기서 저는 싫다고, 가지 말라고 당신에게 울면서 매달렸었죠."

이아나는 말없이 술을 마시며 진지하게 생각해 봤다. 아르하드가 머리 쓰다듬어 주는 건 꽤 기분이 좋았다. 안아 주는 것도. 웃어 주는 것도.

"저는 절대적이라는 느낌까지 드는 관심과 호의를 보여 주는 당신을, 제게 뭐든 해 주겠다고 말하라고 하는 당신에게서……."

하지만 그걸 다른 사람에게 해 준다는 걸 생각하면 조금, 싫은 것 같았다.

"어린 시절 부모에게서 받지 못한 무조건적인 애정과 호감을 보상받고 싶은 걸지도 모릅니다."

왜인지 아르하드를 보고 있기 어려웠던 이아나는 천천히 시선을 내려 비어 있는 잔을 쳐다보았다. 유리로 되어 있는 잔은 술기운 때문인지 민망함 때문인지 빨갛게 달아오른 얼굴을 그대로 비추었다.

"당신은 언제나 과분할 정도의 관심과 호감을 제게 주고, 제가 실수를 해도 괜찮다고 감싸 주고, 화가 나는 일이 있을 땐 대신 화를 내 주고…… 또 무조건 제 편을 들어 주지 않습니까? 그건,

아이를 사랑해 주는 부모와 비슷하다고 생각합니다."

이아나는 턱을 괴고 있던 손을 풀어내 잔을 만지작거렸다. 차가운 유리는 민감한 손끝에 아릿한 감각을 남기며 민망함에 몸이 달아오른 스스로를 깨닫게 했지만, 이아나는 무시했다.

"저는 그런 무조건적인 관심과 애정을 받아 본 적이 없습니다. 그래서 어색했습니다. 당신이 제 머리를 쓰다듬는 행동도, 끌어안아 주는 행동도. 하지만."

이왕 이렇게 된 것, 모두 솔직히 인정하기로 했다.

"어색하긴 했어도, 표현은 잘 하지 않았지만 전 그런 당신의 태도를 좋아했던 것 같습니다. ······아니, 좋아합니다."

그가 애 취급을 하며 귀엽다는 듯 머리를 쓱쓱 쓰다듬어 주는 것도, 감정을 이기지 못하고 으스러져라 안아 주는 것도, 늘 싫지 않다고 생각했었지만 사실은 싫지 않은 게 아니라 좋았다. 그가 그런 행동을 할 때마다 안정감과 포근한 기분이 들었다. 가슴을 채우는 미묘한 뭉글거림을, 간질거림을, 따뜻함을 이아나는 부정하지 않았다.

"제가 예전부터 말했지 않습니까. 당신이 저를 원하기 때문이 아니라 제가 원하기 때문에 당신의 곁에 있는 거라고. 데뷔식 때도 말했습니다. 당신이야말로 저를 버리지 말라고."

그리 말하곤, 이아나는 입을 다물어 버렸다. 잔을 쥔 손에 힘이 들어갔다. 스스로가 정말로 약해져 버린 듯한 기분이 들었다. 그런 스스로를 부정하고 싶고, 더 이상은 말하고 싶지 않은 거부감이 역하게 올라왔다. 하지만 거부감을 이겨 내고 마지막까지 말을 하기 위해 다물려 있기를 고집하는 입을 벌렸다.

"저는 지금 당신이 저를 제일 아껴 주었으면 하고, 바라 주고 신경 써 주었으면 하는······ 그런 어린애 같은 기분을 느끼고 있습니다. 아마도 저는 당신을 부모······."

이아나는 말을 멈췄다. 말을 하다 보니 이상했다. 부모는 아닌 것 같았다. 잠시 머리를 굴려 가며 고민한 그녀는 답을 찾지 못하고 마지막 말을 꺼냈다.

"부모는 아니지만 부모와 비슷한, 절대적인 상대로 보고 있었던 걸지도 모르겠습니다."

죄다 말해 버렸다. 제 속마음을 모조리 긁어내서 내보였다. 속이 무척 시원했다. 이아나는 한숨을 후우, 하고 내쉰 후 눈동자만 위로 굴려 아르하드를 흘끔 보았다. 내내 쳐다보고 있었던 건지 바로 눈이 마주쳤다. 아르하드는 손에 턱을 괸 채, 정말 말 그대로 이아나를 빤히 쳐다보고 있었다.

이아나는 조금 의아함을 느꼈다. 이때까지의 경험으로 판단하건대, 우습지만 이런 말들은 아르하드를 기쁘게 할 테고, 평소의 그였다면 지금쯤이면 얼굴을 붉히고도 남았다. 하지만 그의 얼굴은 표정 변화가 없었다. 그렇게 말해 주니 기쁘다는 말도, 내가 네 부모가 되는 거냐는 식의 농담 한마디도 없었다.

"아르하드?"

"······."

대답이 없다. 혹시 눈 뜨고 자고 있는 걸까. 이아나는 그런 아르하드를 내버려 두고 술을 잔에 졸졸 따랐다. 유난히 술이 당기는 밤이었다. 이아나가 자작을 하고 있는 와중에도 그녀를 보고 있던 아르하드가 마침내 천천히 입을 열었다.

"말한 거, 다 진짜야?"

입을 열자마자 진위 여부를 따지고 있었다. 이아나는 조금 반발심이 들었다.

"아니면요?"

"농담이었다고 말하면 너 진짜로 혼난다."

아르하드가 풍기는 분위기는 미묘했다. 이아나로서는 이해할 수 없는 느낌이 감각을 콕콕 찔러 왔다. 어쨌든 농담을 할 만한 분위기는 아니었다. 대체 뭘 확인받고 싶은 건지, 이아나는 의아한 기분으로 말했다.

"진심입니다."

그 말을 듣고도 아르하드의 얼굴은 여전히 변화가 없었다. 생각에 잠긴 듯, 또다시 말이 없다. 이아나는 조용히 그를 관찰했다. 무슨 생각을 하고 있는지 읽기 어려웠다. 아르하드가 잔을 천천히 돌리며 중얼거렸다.

"부모라……. 아이에게 주는 사랑처럼 느끼고 있다?"

"그건 아닌데…… 기분 나쁘셨다면 죄송합니다."

"무슨 소리. 기분 나쁘지 않아. 정말로."

역시나 아르하드는 받아 주었다. 받아 줄 거라는 걸 알고 있으면서도 마음을 어지럽히던 불안이 완전히 사라지는 것을, 이아나는 느꼈다. 그녀는 아무 말도 하지 않았다. 하지만 아까보다도 훨씬 풀어진 표정으로 고개를 끄덕거렸다.

이아나를 빤히 들여다보던 아르하드가 잔을 돌리던 걸 멈추고 테이블에 놓았다. 생각을 끝낸 듯, 이아나와 눈을 똑바로 마주하며 입꼬리를 끌어 올려 웃었다.

"그런 내 행동들을 좋아해 주다니 오히려 엄청 기쁜데."

언제나처럼 얼굴을 슬쩍 붉히면서. 기분이 좋은 걸 전혀 숨기지 않는 솔직한 미소였다. 분명 그런데, 왜일까?

이아나는 저도 모르게 오싹함을 느끼고 살짝 긴장했다. 뭔가가 달랐다. 목숨을 위협당하는 느낌은 아니지만 본능적으로 위험하다는 기분을 느꼈다. 온몸이 팽팽하게 조여드는 듯하면서, 맞서 싸우기도 피하기도 뭐한 말로 설명할 수는 없는 느낌을 받았다.

'술 때문인가.'

기분 탓이라 여기며 이아나는 고개를 절레절레 저었다.

"앞으로 이보다 심하면 심했지 덜하진 않을 텐데 다행이다."

"어떻게 더 심해진다는 겁니까?"

어쨌든 이제 완전히 안심한 이아나는 그의 말에 호기심을 느끼고 물었다. 아르하드가 어깨를 으쓱이고는 이아나가 손에 쥐고 있던 와인병을 빼앗았다.

"그냥 지금보다 더 챙겨 줄 거라는 뜻이야. 상관없으니 네가 생각하고 싶은 대로 생각하도록 해. 네 말을 듣고 보니 비슷하긴 하군."

아르하드가 이아나의 빈 잔에 와인을 따라 주었다. 이아나는 잔을 채우는 도수 높은 술을 물끄러미 쳐다보며 말했다.

"사실, 저는 이런 제가 싫습니다. 당신은 제가 지켜야 할 주인인데, 이런 저는 당신에게 도움이 되지 않을 겁니다."

시아이외가 아군이라서 다행이었지 적이었으면 끔찍할 뻔했다. 들킨 이유는 아르하드가 돈을 펑펑 써 댄 탓도 있지만, 키메라 사건 때 로브를 벗어 체형을 노출한 자신이라던가, 파티에서 아르하드와 연인 관계라고 공언해 버린 자신이 제일 문제였다.

발각의 빌미를 만들어 낸 사람이 저라는 사실에 이아나는 소름이 돋았다. 이아나가 살짝 떨고 있는데 지켜보고 있던 아르하드가 고개를 저었다.

"내내 말했지 않나? 넌 존재만으로도 도움이 된다고. 네가 차라리 무능력했으면 좋겠다고. 내게 의지를 좀 해 줬으면 좋겠다고. 잘못을 했어도 혼자 앓지 말고 말해 달라고. 난 네가 그리 말해 줘서 지금 무척 즐거워. 네 태도가 아주 마음에 들어. 그리고."

아르하드가 잔을 들고 손을 까딱했다. 이아나는 잔을 들어 그의 잔에 부딪쳤다. 청명한 소리가 퍼졌다.

"넌 아이가 아냐. 스스로 생각하고 자기 의견을 주장하며 행동할 줄 알아. 자기가 한 일을 책임질 수 있는 능력도 있고, 보호가 필요할 만큼 약하지도 않아. 그런 사람을 애라고 하진 않지. 넌 이미 성인이다. 게다가 넌 내게 거의 의지하지 않잖아. 내가 하지 말라고 하는 건 골라서 하는 고집불통이 대체 뭐라는 거야."

잔을 입가에 가져다 대며 아르하드가 심술궂게 말을 내뱉었다.

"네가 말한 그 기분은 누구나 조금씩은 어떤 상대에게 가지고 있는 감정이다. 그 상대는 네 말마따나 부모가 될 수도 있지만 자식, 친구, 스승, 연인이 될 수도 있지. 어쨌든 누군가가 무조건 자기 편을 들어 주고 관심을 가져 주길 바란다고 해서 아이 같은 사람이라고 할 수는 없는 거다. 물론, 내가 봤을 때 아직 어리긴 하지만 정말 애였다면 이렇게 술을 마실 수도 없지."

아르하드의 말은 언제나 전부 다 맞는 말 같았다. 조용히 그의 말을 곱씹고 있던 이아나가 말했다.

"아이가 부모에게 매달리는 듯한 기분이 아니라면 제 이런 기분은 뭐라고 할 수 있을까요? 그래요. 분명 부모는 아닌데. 친구?

총애해 주는 주인?”

“…….”

아르하드는 그녀를 물끄러미 쳐다보다가 눈을 감았다.

“글쎄. 인간의 감정은 아주 다양하고, 그것을 한 가지 단어로 정의하는 방식은 사람마다 달라. 네 스스로 정의를 내려 봐.”

아르하드의 말이 맞다. 고개를 끄덕인 이아나가 후…… 하고 편안한 숨을 길게 내뱉었다. 개운하다. 역시 사람은 솔직해지는 게 제일 좋았다. 하지만 해결해야 할 문제가 하나 더 남아 있었다.

“그리고 그, 교제 문제 말인데요.”

“후!”

아르하드가 와인을 마시다 말고 짧게 웃었다. 왜 웃는 거지. 어이가 없어서 그런 건지, 재밌어서 그런 건지. 이아나가 말을 잇지 않고 머뭇거리자 아르하드가 계속 말하라는 듯 고개를 까딱였다.

“죄송하게 됐습니다. 제 기분은 제 기분이고, 이건 이거죠. 내일부터는 당신이 저를 찼다고 말하고 다니려고 합니다.”

“왜?”

아르하드가 아무렇지도 않게 되물었다.

“제가 너무 감정적으로 행동했습니다. 거짓말을 한 게 계속 마음에 걸려서요. 앞으로도 거짓말을 계속해야 하는데, 양심에 찔립니다……. 그리고 저는 이런 관계를 혐오해요.”

거북해서 당장이라도 차이고 싶었다. 거짓말하고 다니는 것도 싫었고, 이런 관계에 스스로를 끼워 넣고 싶지도 않았다. 특히나 아르하드와는 더더욱. 머리가 아파 왔다. 거짓말을 한 그때의 자신을 패 버리고 싶었다.

아르하드는 이아나의 마음을 파헤치려는 듯, 그녀의 꺼림칙해 보이는 얼굴을 유심히 들여다보다가 나지막하게 말했다.

"그럴 필요 없어. 싫은 건 사실이지. 너는 남자들의 접근이, 나는 여자들의 접근이. 그럼 된 거 아닌가? 특히나 안젤리나가 문제잖아. 내게 관심이 많아 보이던데…… 아니면 죽일까?"

이아나는 아르하드가 이렇게 말할 때마다 당황스러웠다. 문제가 되면 그게 누구든 죽인다는 그의 논리는 언제나 당연하다는 듯 펼쳐졌다.

저도 방해되면 검으로 제거한다는 입장이지만 일단은 최후의 방편으로 두고 있었다. 하지만 아르하드는 살해를 최우선으로 염두에 두었다. 케이거스 때도, 슈나이더 때도…… 특히나 저와 관련된 문제에 한해서는 더욱 그런 성향을 보였다.

"안 됩니다. 파장이 커요."

"그럼 어쩔 수 없지. 이 거짓말을 계속하자고."

"……."

"그리고 이아나, 시작은 네가 했으니 끝은 내가 내야지. 난 얻어터지기만 해? 난 일방적으로 너를 찬 나쁜 놈이 되는 거고…… 불공평하잖아."

아르하드의 말에는 틀린 부분이 없었다. 그는 분명 재밌어할 거라는 안이한 생각으로 일방적으로 거짓말을 시작했다. 그의 의사를 무시한 일이었고, 지금도 그의 의사에 관계없이 제멋대로 결정하고 있었다.

이아나는 머뭇거렸다. 환상 속에서, 언제나 제멋대로고 이기적인 네가 싫어졌다고 냉정하게 말하던 아르하드가 떠올랐다. 현실에서 그가 그럴 리는 없지만…… 조금 신경이 쓰였다. 눈치를 보는 이아나를 보며 아르하드가 픽 웃으며 두 손으로 깍지를 꼈다.

"또, 난 이 상황이 상당히 재밌거든. 심심한 일상에 아주 좋은 유희가 될 것 같다."

"저는 재미없습니다. 시작한 게 저라서 입이 열 개라도 할 말이 없지만, 아무튼 그러고 싶지 않아요. 제 마음을 이해해 주시면 안 되겠습니까? 왕녀는 다른 방법이 있을 겁니다."

"싫어."

아르하드가 이아나의 거부를 일축했다.

"너도 막상 겪어 보면 별것 아니라고 여길 거다. 더 나아가 꽤 재밌어할 거라고 생각해."

"별로 그럴 것 같지 않은데요."

"어차피 넌 평생 연애할 생각이 없잖아."

"네."

"나도 마찬가지다. 또 우리 둘 다 상대방 옆에 누가 있는 게 싫잖아."

"……그렇죠."

이아나는 조용히 동의했다. 자신도 아까 그리 생각해서 결혼이라도 해 줘야 하는 건가— 하고 미친 고민을 했기 때문이다. 이제는 솔직하게 받아들였다. 아르하드가 저보다 아낄지도 모르는 사람을 곁에 두는 게 싫었다.

"이대로라면 평생 연애 못 할걸. 하지만 살면서 한 번쯤은 그런 관계를 겪어 보는 것도 괜찮을 것 같아. 놀이를 하는 거다."

"놀이?"

이질적인 단어에 이아나가 되물었다. 아르하드는 심통이 난 아이를 타이르듯 상냥하게 말했다.

"어차피 너와 내 관계는 변하지 않을 거야. 그렇지?"

"네."

이아나는 확답했다. 아르하드가 바라 주는 이상 그녀가 변할 일은 없었다. 또 아르하드가 저를 바라지 않을 리가 없었다.

"한 번쯤은 거짓이라도 색다른 관계로 놀아 보자는 거다. 전혀 문제없잖아?"

진짜와 가짜를 떠나서 놀이……. 변하지 않는 관계에, 변하는 게 별로 없다. 그렇게 생각하니 나름 거부감이 덜어지는 것 같기도 했다. 이아나는 조금 설득당했다.

그녀의 표정이 미묘해지자 아르하드가 의자를 드르륵 끌며 일어났다. 이아나는 제게 가까이 오는 그를 의심스러운 눈초리로 쳐다보았다.

"교제한다고 해서 특별히 달라지는 게 있는 건 아냐. 네가 말한, 머리를 쓰다듬는다든가, 끌어안는 등의 행동을 자주 할 뿐이겠지. 별 뜻을 두고 한 행동은 아니지만 그건 교제하는 연인들도 자주 하니까. 너도 그 행동들은 괜찮다고 말했어."

그건 아르하드가 평소에도 아무렇지도 않게 하는 행동이었다. 그리고 저도 꽤 좋아하고 있다고, 조금 전에 고백했었다. 이아나는 조금 더 설득당했다.

아르하드가 이아나의 옆에 의자를 놓고 앉았다. 이아나의 잔에 술을 따라 주었다. 떨어지며 유려한 곡선을 만들어 내는 술은 한 방울도 새지 않고 텅 비어 있던 잔을 가득 채웠다.

"지금도 같이 다니고 있지만, 더 자주 같이 다닐 테고. 이렇게 아주 가까이 있는다든가."

"……."

……딱히 나쁘지 않았다. 거부감이 서서히 옅어지고, 침묵의 이유는 점점 긍정적인 방향으로 기울어 갔다. 이아나는 말없이 잔을 잡았다.

"다만."

아르하드가 손을 뻗어 이아나의 어깨를 감쌌다. 이아나는 전혀 겪어 보지 못한 새로운 행동 패턴에 흠칫했다. 잔에 들어 있던 술도 깜짝 놀라 밖으로 튈 듯 말 듯 참방거렸다. 이아나는 얼굴을 돌렸다. 서로의 숨결이 느껴질 정도로 가까운 거리에서, 두 눈이 마주쳤다.

"이렇게 어깨를 감싼다든가. 시아이외의 앞에서 했던 것처럼 허리를 감는 등의 행동은 하겠지. 보편적인 연인들이 하는 거니."

"……."

"싫어?"

아르하드에게 어깨를 감싸인 채, 이아나는 생각에 잠겼다. 취한 탓인지, 아니면 제 진짜 마음인지…… 심장이 울렁거려서 좋은지는 모르겠지만 나쁘지는 않았다. 싫었다면 벌써 쳐 내고도 남았을 것이다.

물론, 누가 뭐라고 해도 아르하드와 이 관계로 얽히는 일은 없을 거라고 생각해 왔기 때문에 아무리 거짓말이라고 해도 어색한 기분이 들었다. 그러나 동시에 이상한 기분도 느꼈다. 좋은 것도, 나쁜 것도 아닌 생소한 기분이었다.

분명 술에 취한 탓이리라. 그리고…… 아르하드가 평소와는 다르게 보이는 것도 마찬가지다. 그는 변하지 않는다. 언제나 너를 바란다는, 독점욕에 가까운 감정을 보여 왔고 그의 환한 금안은 항상 저를 담고 있었다. 지금도 마찬가지였다. 분명 똑같다. 그러나 어딘가 달라 보이는 건, 술기운 탓이다.

아무튼 싫지는 않았다. 이아나는 고개를 저었다. 그리고 저도 모르게 아르하드의 시선을 피해 시선을 술잔으로 떨어뜨렸다. 아르하드는 잔을 만지작거리고 있는 이아나를 물끄러미 쳐다보다가, 어깨를 쥐고 있던 손에 힘을 한 번 세게 준 후 천천히 떼어 냈다.

"그럼 됐잖아."

"……그런 겁니까?"

"그렇지. 네게 접근하는 놈들을 막을 명분도 되고 여러 가지로 효율적이다. 그래, 이왕 이렇게 된 거 한술 더 뜨는 건 어때. 나랑 결혼해서 학술제 때 50만 골드로 너를 산 사람에게 갈 생각이라고."

이아나는 아르하드의 정신 상태가 의심되었다. 술을 마시고 사고력이 실종되었나 싶었다.

"제정신이십니까?"

"물론."

"연결점이 있으면 눈치 빠른 사람들이 50만 골드의 남자와 당신을 연관시키지 못할 리가 없습니다."

"그게 문제인가. 결혼은 괜찮은가 봐?"

"……."

아르하드가 심술맞게 굴자 눈을 부라리던 이아나는, 결국 포기했다. 눈에 힘을 풀고 한숨을 푹 쉬었다.

"……짓궂은 농담은 자제해 주세요. 전 아직도 반대지만, 이왕 하는 거라면 탄로 나서 이상한 사람이 되는 일은 없도록 제대로 해야 한다고 생각합니다. 그리고 남들 앞에서만 그리 행동하는 거겠지요?"

이아나의 허락이 떨어지자 아르하드가 슬쩍 얼굴을 붉혔다. 하지만 여러 가지로 심란했던 이아나는 눈치채지 못했다. 아르하드의 입가에 미소가 걸렸다.

"그렇지. 자, 이제 여기에 상황 한 가지만 더 덧붙이도록 하자. 고백은 내가 한 걸로."

이아나가 그를 흘끔 쳐다보았다. 굳이 그래야 하는 이유가 있나 싶었다.

"왜요?"

"그럼 네가 한 걸로 할래?"

그 말을 듣자마자 거부감이 들었다. 고백을 한 사람이 저라고? 절대 어울리지도 않았고, 할 생각도 없었고, 할 리도 없었다. 그리되면 거짓말을 할 자신이 없다. 아르하드가 네가 고백한 거로 하자고 말했다면 다 집어치웠을지도 모른다.

"……아뇨."

"그럼 그렇게 하는 걸로 하고. 앞으로 잘 지내보자. 이아나."

아르하드가 손을 내밀었다. 이아나는 살짝 뚱한 기분으로 그 손을 쳐다보다가, 한숨을 내쉬며 손을 붙잡았다.

이아나가 그 결정이 뭔가 잘못되었다는 것을 깨달은 것은 바로 다음 날이었다.

"……"

이아나는 뻣뻣하게 굳어 있었다.

"대박이다."

"헐. 헐. 허얼."

상황은 이러했다. 이아나는 언제나처럼 수련을 위해 기숙사를 나오고 있었다. 어제는 술도 많이 마시고 피곤한 상태라서 조금 늦잠을 자 버렸는데, 이상하게도 아르하드가 기숙사 앞에 있었다. 여자들의 시선은 당연하게도 그에게 집중되고 있었다. 이아나는 멈춰 서서 그가 왜 여기에 있나 생각하며 멀뚱히 쳐다보다가 그에게 걸어갔다.

"왜……."

왜 여기에 왔냐고 물어보려 할 때, 아르하드가 홱 잡아당겨 이아나를 끌어안았다. 어깨를 감싸고, 유혹적으로 속삭였다.

"왜 이제 나왔어."

"……."

그녀의 몸이 경직되었다. 여학우들의 시선이 그들에게 집중되었다. 이게 바로 현재의 상황이었다.

이 상황을 이해하지 못한 이아나는 조용히 물었다.

"지금 뭐 하시는 겁니까?"

"어제 말한 대로 연인인 척."

아르하드가 귓가에 속삭인 내용은 이랬지만, 다른 사람들 눈에는 달콤한 밀어를 속삭이는 것처럼 보였다. 왜냐면, 이아나는 그의 품에 있어서 몰랐지만 아르하드의 표정은 정말, 완전히 사랑에 빠진 남자의 것이었다. 품 안의 여자가 너무 사랑스러워서 견딜 수 없다는 것처럼 끌어안은 팔에 힘을 주고, 뺨을 살짝 붉힌 채 좋아해도 너무 좋아하는 듯한 그의 모습에 의심의 여지조차 없었다.

핑크빛 소문만 만들어 내던 이아나와 아르하드가 사귀기 시작한 것이다!

그나저나, 너무 잘생긴 남자가 그러고 있자 여학우들의 심장이 두방망이질 쳤다.

"……."

아직도 얼떨떨했던 이아나가 할 말을 잊고 가만히 서 있는데, 아르하드가 그녀를 조금 풀어 주었다. 정신을 차린 이아나가 어이가 없어서 노려보자 아르하드가 노려보는 시선조차 사랑스러워서 어쩔 줄 모르겠다는 듯 웃었다.

"정말 좋아해, 이아나."

이아나의 온몸이 굳어 버렸다.

－블랙폭시 편(2) 終

－6권에 계속